KB273515

다매체 융합의 시대

문학, 영화로 소통하기

다매체 융합의 시대

문학, 영화로 소통하기

허만욱 지음

보고사

문학과 영화의 소통과 상생의 모색, 비평적 감상을 통한 즐거움

21세기에 들어서면서 거의 모든 학문 분야에 통합의 바람이 거세게 불고 있다. 그리고 이러한 융합과 통섭의 메커니즘은 디지털 매체의 확산 때문에 더욱 가속화되고 있다. 디지털의 특성은 그동안 대립해 오던 것들과의 경계를 해체하고 뒤섞으며 재구성하여 문학과 영화의 경우처럼 예술장르끼리의 융합뿐 아니라, 문학과 과학 또는 예술과 산업 사이의 소통까지도 가능하게 해준다는 점에서 고무적이며 바람직하다. 디지털 매체는 컴퓨터와 인터넷 등의 급속한 발전에 힘입어 문학의 창작과 향유 방식에도 큰 영향을 미치고 있다. 글쓰기의 타자화, 작가와 독자의 경계의 붕괴, 창작의 쌍방향성 등 창작의 변모와 다양한 분야의 디지털 콘텐츠가 문학 속으로 자연스럽게 흡수되고, 디지털 매체가 새롭게 만들어 내는 가상 세계가 현실 세계를 대신하여 문학 속에 현실로 등장하고 있다.

디지털 매체로 인하여 서로의 경계를 허물고 분야를 넘나들며 복합적 기능을 가진 제품이나 기계가 선호되고 있는 하이브리드(hybrid) 디지털시대에서, 문학이 자기만의 정체성에 집착해 있다는 사실은 반성해 볼 일이다. 이제 종전과 다르게 사유하고 새로운 방법과 형식으로 변해야 한다. 어느 형태의 문학이든 시대의 흐름에 따라 변화하여 독자의 관심을 끌지 못한다면 경쟁력 상실로 이어져 그 고유 영역마저 축소되거나 퇴출될 수밖에 없다. 마찬가지로 소설도 기존의 불필요한 요소를 버리고 새로운 시대의 흐름을 수용해야 자생력을 확충하고 경쟁력을 확보할 수 있게 될 것이다.

　그런데 소설의 발전은 타 장르 혹은 비활자 매체와의 융합 및 통섭의 실천과 무관하지 않다. 그렇지만 인접 장르 수용에 있어 영화의 경우, 이미지 모사(模寫)의 영상미학이 소설 고유의 영역에 침투됨으로써 소설의 정체성이 위협받고 있다는 우려가 없는 것도 아니다. 그러나 전통적인 소설 문법에서 벗어나 다양한 장르와 비활자 매체를 자신의 몸 속에 용해시키는 것은 소설의 본질적 속성과 관련된다. 소설은 끊임없이 변화해 가는 미완성의 장르로서, 가령 활자 매체로서의 소설이 속도와 몰입의 특성을 갖는 영상물을 받아들여도 문학이 본질적으로 지니고 있는 느림과 지속성을 바탕으로 그것을 수용하기 때문에 소설의 기본 형질은 소멸되지 않는다는 것이다. 곧 이러한 속성은 다매체 디지털시대에서 소설이 살아가는 방식이 될 것이며, 타 장르와의 소통을 가능케 하는 원천이 될 것이다.

　그러나 소설과 영화가 서사예술의 동질성에도 불구하고 매체의 특성에서 비롯되는, 즉 서로 뛰어넘을 수 없는 차이가 존재한다. 그리고 그 차이는 결코 대체될 수 없는 것이어서 이 둘은 공존과 상생의 길을 모색해야 할 것이다. 특히 소설문학은 자생력과 경쟁력을 확보하기 위한 다양한 변화를 모색하는 가운데서도, 여전히 치열한 문학정신과 진정한 글쓰기로써 우리들이 안고 있는 문제에 대한 해답과 구원의 비전까지를 제시할 수 있어야 한다. 그리고 인쇄물로서의 소설은 영상이나 디지털과 대척되는 지점에서 그것들과 대결하는 것이 아니라 이러한 다양한 매체들과 더불어 살아가면서 소통과 상생의 가치를 보여주어야 할 것이다.

　이 책은 필자가 문학을 가르치면서 문학텍스트 확장으로서 새로운 가능성을 인정받고 있는 영화에 대한 지속적인 관심과, 그에 관한 교양 강좌 텍스트의 필요성을 요구받던 연장선상에서 집필되었다. 이 책은 모두 4부로 나뉘어져 있는데, 제1부에서는 문학과 소설의 이해를 통하여 영화를 올바로 감상하는 데 도움이 되도록 하였다. 제2부에서는 탈 장르와 경계 해체라는 새로운 패러다임 속에서 문학과 영화 두 매체 간의 차이점과 공통점을 통하여 서로 간의 소통과 상생을 모색하였다. 또한 디지털시대를 맞아 서사가 문화 공간 전체로 확산되면서, 영화와 게임 등의 문화콘텐츠 산업에서 스토리텔링이 중요한 생산 전략으로 활용되고 있는 상황과 앞으로의 과제 및 방향에 대하여 살펴보았다. 제3부에서는 제대로 영화 보기를 위해 영화예술의 양식체계와 기법 등에 대하여 정리하였다. 그리고 제4부에서는 실제 작품을 통해 소설문학과 영화예술이 각각 담아내고 있는 작가와 감독의 세계관 및 두 매체 간의 미학을 탐색함으로써 비평적 감상의 즐거움을 경험할 수 있도록 하였다.

아무쪼록 이 책을 통하여 새로운 패러다임인 융합과 통섭의 원리를 이해하고, 그 토대 위에서 문학텍스트의 확장이라는 영화의 새로운 가능성을 확인할 뿐만 아니라, 영화가 성장하는 데 있어 더없이 중요한 스토리를 제공해 주었던 소설문학에 대한 애정도 지속시키길 바란다. 그리하여 두 매체가 상생의 길을 모색하는 데 도움이 되었으면 한다.

끝으로 이 책이 나오기까지 많은 분들의 도움과 수고가 있었다. 먼저 필자의 부족함을 보완하기 위해 선학과 동학들의 단행본 및 소논문, 기본자료 텍스트, 각종 저널의 기고문, 인터넷 관련 사이트 등의 도움을 받았다. 책의 편집상 '참고문헌'에 함께 정리했으며, 특히 몇 자료는 저술에 중요한 토대가 되었음을 밝혀 둔다. 혹시 빠뜨린 자료가 있다면 이 자리를 빌려 양해를 구하며 다시 한번 모든 분들께 감사를 표한다. 또한 좋은 책이 될 수 있도록 깊은 관심과 애정으로 출판을 독려하고 격려해 주신 지인들의 도움도 컸다. 항상 호의를 베풀어 주시는 보고사 김흥국 사장님과 훌륭한 의장으로 책을 만들어 준 편집부에도 고마움을 전한다. 그리고 늘 지극한 정성으로 자식을 염려하시는 부모님께 감사드리며, 언제나 지독한 평자였던 아내에게도 고맙다. 무엇보다 많은 시간을 함께 하지 못하는 사랑하는 재영이와 재석에게 미안하다.

화정관 연구실에서
2010년 8월 허만욱 씀

목차

제2부 다매체 융합의 시대, 소통과 상생의 패러다임

제1장 디지털 매체시대, 문학 환경의 변화와 현대소설의 변모 …………………………………… 67

제2장 새로운 패러다임, 융합과 통섭의 실천 ………………… 86

제3부　영화의 이해와 올바른 감상법

제4부 문학과 영화의 만남, 그 비평적 감상의 즐거움

제1장 통찰력과 묘사를 통한 제국주의에 대한 문학적 성찰 ·· 295

제2장 욕망으로부터의 자유, 소유할 수 없는 사랑 이야기 ···· 320

문학과 소설의 이해

문학이란 어떤 예술인가

1. 문학의 특성

1) 문학은 언어예술

문학은 일상의 언어와 다른 차원의 언어로 표현된 것이 아니다. 문학의 언어와 일상의 언어는 그 뿌리는 같으나, 모습이 다를 뿐임을 아는 것이 문학 이해의 출발이라고 할 수 있다.

그런데 문학이 무엇인가를 한 마디로 대답하기란 그리 쉬운 일이 아니다. 동양에서 문학이란 전통적으로 문장(文章)이나 문필(文筆)의 개념을 지닌다. 『논어(論語)』 선진편(先進篇)에 문학이란 말의 용례가 보이는데, 여기서 문학은 시(詩)·서(書)·예(禮)·악(樂)을 가리키며, 학예(學藝)를 총칭하는 말이었다.

우리 나라의 문학관도 이와 다르지 않다. 문학 선집의 성격을 지니는 서거정(徐居正)의 『동문선(東文選)』에는 예술적 시문(詩文) 이외에도 논설적이거나 실용적인 글이 두루 실려 있기 때문이다. 서양에서 문학을 뜻하는 'literature'는 라틴어 'litera'에서 온 말이며 'litera'는 문서(文書)를 뜻하는 'letter'의 뜻으로, 글로 쓰여진 모든 것을 포함한다.

이와 같이 문자로 기록되고 책으로 엮어진 모든 것을 뜻하는 넓은 의미의 문학 개념은 근대에 이르러 그 범위가 축소되는 양상을 보인다. 즉 정서와 사상을 상상의 힘을 빌려 언어를 예술적으로 형상화한 문장만을 문학의 개념에 포함시키는 좁은 의미의 문학 개념이 자리 잡게 된 것이다.

문학은 광의의 정의이거나 협의의 정의이거나 모두 언어를 표현 매체로 하는 언어 예술이다. 이때 언어 예술로서의 문학의 언어는 일상어가 강화된 것이다. 즉 문학어는 일상의 언어와 동떨어져 있는 것이 아니라, 일상어가 지닌 다양한 요소들에 내재한 자질을 예술화한 것이라는 점을 이해하는 것이 중요하다. 따라서 문학의 언어는 일상 언어의 차원을 넘어서서 언어가 가진 자질을 최대한 활용한다. 누구나가 사용하는 언어지만, 언어의 창조적 사용과 운용 능력에 따라 표현 효과는 확연히 달라지게 되며, 그것이 미적 지향성을 지닐 때 비로소 문학 행위로서의 의미를 갖게 된다.

문학의 언어는 언어의 전달 방식이 다르다. 문학은 그 의미를 단순히 전달하는 것이 아니라, 독자로 하여금 다양하게 헤아리도록 하는 것이다. 그리하여 수용 주체의 태도나 심리에 따라 표현하는 사람의 의도와는 매우 다른 의미가 생성되기도 한다. 이는 문학적 표현이 진술이나 기술이 아니라, 미적 체험을 하게 함으로써 의미를 변용하기 때문이다. 특히 시의 언어는 정서적인 용법이 상대적으로 중시되며, 상징 작용을 하기 때문에 독자의 창조적 수용이 더욱 두드러진다.

또한 문학의 언어는 언어의 사용 방법이 다르다. 물론 역사책이나 법조문, 학술 논문 등도 언어를 매체로 쓰여졌지만, 그것은 문학과는 다른 글이다. 말하자면 간명하고 직접적인 기술적 언어를 쓰고 있는 것이다. 이러한 기술적 언어는 전달하고자 하는 관념이나 내용의 정확성을 목표로 하기 때문에 언어와 언어가 지시하는 대상 사이에는

1대 1의 대응관계가 성립한다. 한 낱말이 이렇게 단일한 의미로 한정되는 것을 지시적 의미 또는 외연적 의미라고 한다. 그러나 문학의 언어는 표현적인 묘사이다. 기술적인 의미를 벗어남으로써 독특하고 개별적인 의미를 추구하는 만큼 주관적이며 함축적이다. 이와 같은 표면적 언어를 함축적 의미 또는 내포적 의미라고 한다. 문학의 언어란 이러한 함축적 의미가 최대한 활용되었을 때 생기는 의미 상태를 말하는 것이다. 그리하여 문학은 상황이나 상태에 딱 들어맞는 표현을 하는 데서 나아가 표현법의 다양한 양상을 보여준다. 맥락에서 벗어난 것 같으면서도 전혀 벗어나지 않은 표현 방식을 보여주기도 하고, 명확하지 않은 맥락을 선명하게 보여주기도 한다. 이러한 표현의 적절성과 그 표현을 뒷받침하는 비유·생략·역설 등의 문학적 장치는 좀더 효과적이고 생동감 있는 문학을 가능하게 한다.

문학의 언어에는 일탈성과 창조성이 동시에 작용하고 있다. 일탈성은 문학적 언어가 본질적으로 지니고 있는 속성이기도 하다. 언어는 규범의 틀 안에서 기능을 수행하면서 부단히 그 규범으로부터 벗어나려는 본질을 가지는데, 이러한 탈규범으로서의 언어가 지향하는 것은 근본적으로 창조성이다. 대상의 새로운 측면을 발견하고 그에 맞는 새로운 언어를 창조하는 것이 언어의 지향점이며, 기존의 언어 규범과는 매우 다른 독법을 요구한다는 점에서 창조적 일탈이라고 할 수 있다. 문학 작품에서 언어의 일탈성을 읽어낼 수 있는 통로는 역설이나 풍자 등의 표현 방식일 것이다. 김소월의 「진달래꽃」에서 보이는 역설이나 채만식의 「태평천하」에 나타난 풍자를 그 예로 들 수 있다.

2) 문학은 삶의 양상 재현

문학 활동이 형성되는 문학의 맥락은 매우 다양하다. 그 중에서 문학은 인간 생활의 사회적 삶과 개인 차원의 삶 속에서 형성되는 관계망을 기초로 성립하고 있다. 이처럼 문학은 인간의 삶을 반영하고 형상화하는 방식이다. 그렇다면 수평적인 삶과 수직적인 삶, 개인의 삶과 전체의 삶, 이 각기 상반하는 두 가지 삶의 지향성 앞에서 문학이 가야 할 곳은 어디일까. 그런데 이 질문은 그 자체가 어리석은 것인지도 모른다. 왜냐하면 문학이란 이 두 가지 세계 중에서 어느 한 편하고만 관련을 맺을 수 없기 때문이다. 문학을 한 특수한 삶의 일면으로만 파악하려는 태도는 바람직하지 못하다. 문학은 여러 다양한 관점에서 삶을 조명할 수 있는 것이며, 보다 훌륭한 문학 작품일수록 그것은 상반하는 두 세계를 이상적으로 조화시키고 있기 때문이다. 따라서 문학은 수직적인 삶과 수평적인 삶, 개인적인 삶과 전체적인 삶을 동등하게 반영해야 하는 것이다. 바람직한 문학이란 이 두 가지 세계가 가장 이상적으로 조화를 이루는 데서 성립하는 까닭이다.

문학은 삶의 모습을 상징적으로 보여준다. 그리고 문학은 예술적 형상의 창조를 특징으로 하기 때문에, 삶을 대하는 태도가 과학의 논리적·실증적인 것과는 크게 다르다.

문학은 삶의 양상을 총체적으로 재현해 내는 입장을 취한다. 인간의 여러 유형의 삶의 모습과 자연의 풍광, 나아가 이 세계의 모든 것들을 다룬다. 그렇다고 문학이 눈에 보이는 현실 세계를 있는 그대로 작품 속에 나타내는 것은 아니다. 현실 세계는 작가의 '상상력'에 의해서 꾸며진 이야기로 독자와 만나게 된다. 그래서 문학의 세계를 허구의 세계라고 일컫는다. 우리가 잘 알고 있는 「춘향전」의 '춘향'이나 「부활」의 '카추사'와 같은 인물 등은 실제로 존재했던 인물이 아니라, 문학을 통해 창조된 가상의 인물들이다. 그러나 우리들은 이와 같은 문학 속의 인물들과 만나면서 인간과 삶에 대한 이해와 세계에 대한 인식을 확장하게 된다.

그리고 문학은 아주 엉뚱한 허구의 세계가 아니라, 현실과 많이 닮아 있고 실제로 있을 수 있는 세계를 담고 있다. 이것을 일컬어 문학의 개연성이라고 한다. 곧 현실의 세계에서 유추하여 그럴 법한 허구의 세계를 만들어 내는 것이다. 박태원의 소설에 등장하는 '구보 씨'의 하루와, 현진건 소설의 '김 첨지'에게 있었던 운수 좋았던 하루는 우리 현실에서 실제로 있을 수 있는 세계다. 이때 문학의 허구성을 정당화하거나 그 보편성을 획득하는 데에도 역시 작가의 '상상력'이 발휘된다. 섬세하고도 구체적인 작가의 고도의 상상력에 의해 문학의 허구성은 극복되어 개연성 있는 세계로 받아들여지게 된다.

한편 허구의 요소가 포함되는 문학 창조의 과정에서 작가의 상상을 공상으로 보는 것은 옳지 않다. 문학에서의 상상이나 허구는 항상 현실적 체험을 기반으로 하는 것이기 때문이다. 주인공이 겪는 여러 가지 사건이나 상황은 작품의 내용을 이루는데, 이 모든 실천적 행위는 작가의 상상력에 의해 다듬어진 경험 또는 체험이라고 할 수 있다. 경험 또는 체험은 인간이 삶을 살아가면서 자신을 둘러싸고 있는 세계와 관계를 맺는 모든 행위다. 따라서 인간의 삶은 세계와의 조정이라고 할 수도 있다. 인간과 세계와의 조정 관계가 조화롭게 이루어진다면 화해의 결말을 가져올 것이며, 그렇지 못하다면 파국을 맞이할 것이다.

문학은 대체로 삶의 모습을 대립·성장·방황의 세 유형으로 보여 주면서 각각의 결말을 이끌어 간다. 흔히 대립하는 삶은 무수한 그 갈등 요인과 화해하는 결말을 지향하는 특징이 있다. 조화로운 삶을 추구하고자 하는 인간의 소망이 반영된 연유일 것이다. 한 인물이 사회 구성원으로서 집단적인 관습과 요구에 적응해 가는 성장 구조에서는 개인의 가치나 욕구 사이에서 생기는 어려움이나 좌절 등을 통해 우리는 그것을 극복하고 삶을 이해하는 안목을 얻게 될 것이다. 또

방황을 형상화하는 삶은 결국 제자리로 회귀하는 결말을 지향한다. 방황과 회귀는 삶을 살아가면서 끊임없이 반복하는 인생의 과정일는지 모른다.

문학은 상상을 통해 체념을 재구성한 창조물로서, 인간의 삶을 더욱 인간답고 올바르게 하는 삶의 진실을 보여주고 있다. 그리고 문학을 통한 삶의 이해와 가치는 다시 삶의 힘으로 작용한다.

3) 문학은 언어 기호의 구조물

문학은 노래 하기, 이야기 하기, 보여 주기 등의 표현 방식과 구조로서 형상화된다. 구조물로서의 문학을 이해하는 일은 문학에 대한 접근과 언어 생활에서의 필요한 표현 원리로 작용할 것이다.

문학 작품은 언어의 구조물이다. 곧 언어를 매재(媒材)로 하여 어떤 논리적인 연관성을 지닐 수 있도록 알맞은 자리에 사건을 배치하고 연결시킨 것을 말한다. 구조란 그 자체가 하나의 전체를 형성하면서, 그 구조를 이루는 여러 가지 부분들이 유기적인 관련을 가지고 형성해 낸 고유한 규칙의 틀을 가리킨다. 이 구조에 의해 문학 작품은 하나의 유기적 생명체처럼 생동적(生動的)으로 존재하게 된다.

유기체로서의 문학 작품은 부분과 부분의 결합을 통해 하나의 전체를 구성한다. 또한 이들 부분적인 요소들은 반드시 서로 밀접하게 연관되어 있어야 한다. 인물과 사건, 그리고 배경이 긴밀하게 결합하여 소설의 구조를 이루며, 운율과 리듬, 시어와 이미지의 결합으로 한 편의 시 작품이 존재하는 것이다. 이들 각 부분들이 서로 연관을 맺지 못한 채 독자적으로 존재한다면, 작품의 구조가 견고해질 수 없다. 소설 속에 뚜렷한 연관을 맺지 못하는 삽화가 삽입되어 있거나, 시 속에 전체와 조화롭게 결합되지 못하는 시구(詩句)가 존재한다면, 그 작품의 미적 가치는 떨어질 수밖에 없다.

한편 문학의 구조는 내용과 형식을 포괄하는 개념으로 이해해야 한다. 문학이 예술적 효과를 획득하도록 그 목적을 위해 어떠한 내용과 형식은 조직되는 것이다. 곧 시는 시라는 문학 양식이, 소설은 소설이라는 문학 양식이 요구하는 요건에 따라서 그 구성 요소들의 내적인 규칙에 따라 조직되어 하나의 구조물을 만드는 것이다. 시의 운율·비유·반어·역설 등은 언어의 형식미를 위한 장치며, 산문의 상징·함축 등도 이를 구현한다. 아울러 문학은 가치 있는 사상과 감정을 다룸으로써 새로운 깨달음을 주는데, 문학을 통해 구현되는 숭고미(崇高美)·우아미(優雅美)·비장미(悲壯美)·해학미(諧謔美) 등이 문학의 내용미라고 할 수 있다.

문학은 우리에게 즐거움을 주면서 한편으로 정신적인 깨달음을 주는 언어 예술이다. 우리는 문학을 통하여 작가의 사상과 정서를 발견하게 되며, 나아가 이제까지 느껴보지 못했던 감동이나 생각을 달리하는 체험도 얻는다.

문학은 언어 기호에 의해 이루어진 구조물이다. 따라서 일정한 개념의 틀을 지니지 않을 수 없다. 언어는 하나의 기호로서 그 형식이 말소리이고, 거기에 내용이 담겨 있는 것이다. 그리하여 이러한 언어 기호들이 밀접한 관련을 맺어 짜여짐으로써 단순한 문장의 차원을 넘어 감동과 의미를 주는 문학이 될 수 있게 된다. 이와 같이 기호들이 일정한 체계를 이루어 의미 작용(Significance)을 드러내는 일을 문학 구조의 인지적(認知的) 측면으로 이해할 수 있다.

언어는 의미의 전달을 중시한다. 그만큼 언어의 지시적 기능이 중요시된다는 것이다. 그러나 문학의 언어는 이와 다르다. 작가는 비유적인 표현이나 생략과 비약, 상징이나 풍자 등의 방법을 통해 새로운 언어의 의미를 동원하여 그 언어에 함축되어 있는 의미를 이끌어 낸다. 그리고 문학 작품에서 인지적 측면은 주제를 구심점으로 하여 함축적으로 나타나게 된다. 곧 주제는 문학 작품의 부분들을 선택하고 결합하는 중심 원리이다. 문학 작품의 구조는 작품의 의미, 곧 주제를 가장 효과적으로 전달하기 위해 특정한 요소들이 선정되고, 또 결합된다. 현진건의 「운수 좋은 날」에서 김 첨지의 비극적 운명을 드러내기 위해 '비가 추적추적 내리는 날'을 배경으로 선택한 것은 모두 주제를 선명하게 드러내기 위해 선정되고 결합된 것이다.

하지만 주제의 제시에 효과적이라고 해서 모든 요소들이 사용될 수 있는 것은 아니다. 요소들의 선택과 결합은 시나 소설 등 각 갈래가 지니고 있는 특정한 규칙에 의해 지배를 받는다. 그리하여 시인과 소설가는 이미 존재하는 각 갈래의 구조적 특성이나 구성원리의 체계를 한편으로는 수용하고, 다른 한편으로는 새롭게 변형하면서 자신의 작품을 형성해 간다. 이러한 수용과 변형 사이에 가로놓인 긴장 속에서 각각의 작품은 창조적인 의미를 담아낸다.

문학은 그 내용을 통해 자연히 어떤 정서나 사상을 유발한다. 이러한 정의적(情意的) 측면은 문학이 독자의 공감을 이끌어 낼 수 있는 중요한 요소가 된다. 문학은 작가의 상상을 통하여 독자에게 감동과 쾌락을 제공하는 것이라고 한다면, 정서와 사상이야말로 문학 구조의 가장 필수적인 요소다. 정서는 감정을 통해서 일어나는 주관적인 것이라면 사상은 보다 객관적이다. 사상은 작가의 인생관과 세계관을 작품 속에 구체화한 작가의 의식 세계다. 그런데 문학에서 작가가 드러내는 정서나 사상은 독자가 공감할 수 있는 것이어야 한다. 작가의 인생에 대한 태도와 관점이 작품 속에 자연스럽게 용해되어 있고, 보편적으로 타당할 때 비로소 독자는 감동을 받게 되는 것이다.

이처럼 문학 작품이 발산하는 생명력의 몸짓이나 색채 등과 같이 우리가 작품을 읽고 체험한 모든 것은 구조물로서의 문학이 우리에게 주는 심미적(審美的) 측면이다. 잘 짜여진 조직과 정연한 질서를 가지고 완결된 형상을 지닌 것은 아름다움을 지니게 마련이다. 그래서 문학의 구조를 심미적 구조라고 일컫는 것이다.

그런데 문학의 구조는 고정되어 불변하는 것이 아니다. 구조를 이루는 부분과 전체가 끊임없이 상호 작용하는 역동성을 지닌다. 하나의 구조를 이루는 낱낱의 부분들은 서로 밀접하게 작용하면서 완결된 전체의 구조를 지탱하고자 한다. 예술적인 완성을 이룩하였다든지, 미적 완성을 보인다든지 하는 것은 이 같은 구조의 완결성을 말하는 것이다. 따라서 문학 작품을 올바로 이해하기 위해서는 문학이 인지적(認知的)·정의적(情意的)·심미적(審美的) 복합 구조물로서 전체의 이야기를 위해 각각의 요소들이 서로 어떤 관계를 유지하면서 결합되고 있는가를 파악해야 한다. 그리고 각 부분들이 하나의 작품 속에 통합되어 어떤 미적인 성과를 거두고 있는지를 해명해야 문학의 특성이 밝혀질 수 있다.

문학 작품을 하나의 구조로 인식하는 일은 작품을 명료하고 정확하게 이해하기 위한 바탕이 된다. 먼저 작품의 내용과 형식을 하나의 전체적인 구조 속에 결합하여 이해함으로써 내용 중심, 혹은 형식 중심의 일방적인 편중을 극복할 수 있다. 나아가 이러한 인식은 완성된 미적 대상으로서의 작품을 감상할 수 있는 근거를 마련해 준다. 하나의 주제로서 완결된 작품을 통해 우리는 삶이 지니고 있는 불연속성과 비완결성을 뛰어넘어 삶의 총체적인 진실에 도달할 수 있다. 이것이 미적 구조로서의 문학 작품이 갖는 진정한 의미다.

2. 문학의 기능과 효용

1) 문학의 기능

문학이 추구하는 것은 인간의 이상인 진선미(眞善美)의 세계이며, 문학의 기능 또한 궁극적으로 인간의 본질과 이상을 추구하는 데 집약될 것이다.

(1) 문학의 인식적(認識的) 기능

문학은 삶의 진실과 역사 현실의 본질적인 문제 등에 대해 앎과 깨우침을 주는 인식적 기능을 갖는다. 아리스토텔레스는 역사가 개별적인 것을 말하는 데 반해, 시는 보편적인 것을 말하는 경향이 우세하기 때문에 시가 역사보다 보다 철학적이라고 하였다. 이 견해는 문학의 핵심적인 기능이 사물의 본질에 대한 인식과 깨우침에 있음을 나타내고 있다.

문학의 기능에 대한 논의는 고대로부터 현대에 이르기까지 매우 다양하게 전개되어 왔다. 그 논의는 대체로 교시적(教示的) 혹은 교훈적 기능과 쾌락적 기능이라는 두 가지 양상으로 집약된다. 그런데 문학이 언어를 표현 매재(媒材)로 한다는 점을 중시하여, 인식적 기능으로서의 지적 기능과 심미적 기능으로서의 정적 기능으로 가름하여 살필 수 있다.

지적 기능이란 객관 세계를 대표하고 지시하는 경우의 활동 능력을 말한다. 이것을 나타내는 말은 지적 언어, 즉 수사적 기교가 전혀 쓰이지 않는 것을 원칙으로 하는 과학 용어를 말한다. 따라서 순수한 객관적 태도에 의해서 어떠한 객관 세계가 언어로 정착되었을 때, 독자는 거기에서 무엇을 느끼는 것이 아니라, 무엇을 알게 된다. 곧 문학의 인식적 기능이 작용하는 것이다. 이때 그 무엇은 특수한 것이 아니고 보편적인 것이다.

　그런데 문학의 기능을 완전히 분리하여 인식적 기능과 정적 기능으로 나눌 수 있는 것은 아니다. 문학이 예술가에 의한 상상의 창조물이라고 해서 오직 정서와 상상, 그리고 사상만으로 작품을 이끌어 갈 수는 없다. 가령 서정주의 「국화 옆에서」의 '국화'는 작가에 의해 단순한 꽃의 의미로부터 인생의 고뇌와 좌절을 겪은 중년 여인의 의미라는 고도의 정적 언어로 변용되긴 하지만, 그 밑바닥에는 보편적이고 인식적인 기능을 발휘하는 개념어(槪念語)가 바탕을 이루고 있는 것이다. 곧 이 두 가지 기능은 따로따로 작용하는 것이 아니고, 작품 전체에서 동시에 작용하고 있다.

(2) 문학의 심미적(審美的) 기능

　모든 예술의 공통적인 본질은 미(美)를 매개로 하여 쾌락이라는 직접 목적을 달성하기 위해 정서를 자극하는 데 있다고 한다. 즉 예술의 기능은 '미를 매개로 한 쾌락의 추구'라는 것이다.

　이와 같은 관점에서 문학의 미적 기능을 정의한다면, 문학의 심미성이 주는 재미와 즐거움은 정신 작용을 일으키는 미적(美的)·지적(知的) 쾌감을 주는 것이라고 할 수 있다. 작가는 언어, 문체, 운율, 구성, 이미지, 상징, 인물형, 표현 양식 등 여러 층위에 걸쳐 문학 작품이 지닌 신선한 감각과 깊은 인상을 주고자 노력한다. 그러한 노력에 의하여 작품이 독자의 감성과 정신을 이끄는 아름다움을 발휘하게 될 때, 거기서 문학의 즐거움이 생겨나는 것이다. 그렇다면 문학의 즐거움이란 예술적 체험의 즐거움으로서, 독자는 심리적인 충족과 정서적인 카타르시스를 경험하게 된다.

　그러나 문학의 즐거움은 관능적 쾌락이나 통속성과는 구별되어야 한다. 최재서는 문학이 관능적 향락주의나 오락성에 빠지는 것을 경계하며, 쾌락의 종류를 다음과 같이 나누었다.

① 하등감각(下等感覺)에서 오는 관능적 쾌락
② 시각(視覺)과 청각(聽覺)에서 오는 감각적 쾌락
③ 이지(理知)에서 오는 지적 쾌락

최재서가 특히 강조하고 있는 것은 진정한 문학 작품의 쾌락이 지적인 체험이 되어야 한다는 것이다. 그는 "좀더 복잡하고 비범한 체험이 활동할 때에 좀더 넓고 깊어서 영속적인 쾌락이 발생한다. 이리하여 쾌락의 질과 영속성은 정신능력의 얼마나 많은 면이 그 속에 참여되었는가, 또 체험이 어느 정도로 지성의 계몽과 지도를 받아서 질서화되고 또 의미와 가치를 획득하는가에 따라서 결정된다"고 말한다. 즉 문학은 폭넓은 체험의 부산물로서, 그 체험이 지성의 계몽과 지도를 받아 질서화되고 의미와 가치를 획득할 때 영속성을 지닌 쾌락이 발휘된다는 것이다.

(3) 문학의 윤리적(倫理的) 기능

문학이 독자나 사회에 대해 끼치는 도덕적·교훈적 영향을 강조하는 태도가 문학의 윤리적 기능이다. 따라서 이 견해는 문학이 독자에게 교훈을 주고 독자를 가르쳐야 한다는 공리적 효용성에 그 뿌리를 둔다. 곧 문학의 근본적 기능을 사회에 끼치는 영향력의 측면에서 문학의 효용 가치를 찾으려는 입장이다.

그러나 문학의 윤리적·교시적 기능을 말할 때, 그것이 직접적인 진술로 교훈을 전달한다는 뜻은 아니다. 작가는 자신의 교시적 내용을 직설적으로 드러내지 않는다. 문학은 독자로 하여금 삶의 진실과 의미를 스스로 깨닫고, 윤리적·도덕적 가치를 만들어 나갈 수 있도록 동기를 부여해 주는 기능을 하는 데 목적이 있다. 예컨대 「춘향전(春香傳)」이나 「심청전(沈淸傳)」 등 고전소설의 대부분은 철저하게 권선징악의 주제 의식을 기반으로 하여, 도덕적 가치관을 부여하고자 하는 윤리적·교시적 기능에 충실한 모습을 보여주고 있다.

그런데 문학의 기능이 단지 독자를 교화(敎化)시키는 데에만 있지 않다. 문학 작품 속에 담겨진 교시적 내용만을 중시한다면, 문학은 빈 껍질과 같은 아무런 가치 없는 것이 되고 만다. 곧 문학은 약효를 지닌 핵심 성분을 싸고 있는 달콤한 사탕껍질에 불과하다는 것이다.

우리가 작품을 읽는 것은 작품 자체가 미적 구조와 인간 감성에 공감하는 표현 가치들을 지니고 있기 때문이다. 문학에서 오직 교훈성만이 두드러지게 나타나거나, 혹은 쾌락성만이 두드러지게 나타나면 그때는 이미 문학의 존재 이유가 없어지고 만다. 이 두 가지 기능은 서로 반발하거나 상반되는 것이 아니며, 그 가치의 비중이 어느 한쪽으로 기울어지는 것도 아니다. 문학은 독자에게 간접적으로 인생의 진리를 가르치며, 동시에 독자를 감동시켜 고차원의 정신적인 즐거움을 줄 때 비로소 참다운 문학의 기능이 발휘되는 것이다.

2) 문학의 효용

문학이 어떠한 효용을 나타내는가 하는 논의는 독자들이 왜 문학 작품을 읽는가 하는 문제와 연관된다. 문학의 효용성은 개인적인 차원을 넘어서서 사회적·역사적으로 확대되기도 한다. 문학의 효용은 독자가 문학을 통해 얻은 지식이나 기술, 취향과 태도가 내면적 통합을 이루어 개인적으로는 인격의 성장에 이르고, 사회적·역사적으로는 문화의 계승과 창달에 이르는 데 있다. 즉 문학의 사실, 개념, 방법, 태도에 대한 앎을 체질화하여, 그것이 심미적·이지적·사회적·도덕적 등 삶의 전 영역에 걸치는 개인의 행복과 사회적 정의를 실천하는 양상을 이상으로 한다. 그리고 이러한 행복의 성취와 정의의 실현은 궁극적으로 '인간다움'과 그 맥락이 닿아 있어야 한다.

문학이 주는 즐거움과 교훈은 독자에게 개념적으로 인식되는 것이 아니다. 저절로 일어나는 감동으로 체험된다. 그리고 이 과정에서 독자는 자신도 모르게 기쁨과 교훈을 얻게 된다. 바로 이러한 감동이 독자, 즉 개인의 삶을 고양하고 성장시키는 문학의 일차적 효용성이다.

문학은 삶을 영위하는 개인의 태도와 인식, 그리고 품성을 바람직하게 형성하도록 하는 작용을 한다. 헤밍웨이의 「노인과 바다」에서는 고기잡이 노인을 통하여 인생이 끊임없는 도전과 실패의 연속임을 깨닫게 한다. 그리하여 독자로 하여금 좌절이나 절망에 낙담하지 않도록 성숙시키고 있다. 문학 자체가 갖는 예술적 속성으로 지니게 되는 일차적인 효용 가치는 주로 개인의 문제에 한정되어 문학은 개인이 인간답게 사는 데 실제적 효용을 갖는 지식이며, 인생을 살아가면서 활용할 수 있는 지식을 제공한다.

그리고 문학은 사회 역사적 관계 속에서 수행하는 기능에 의하여 확대된 이차적인 효용 가치를 지닌다. 이는 대체로 개인적인 것에서 사회로 확대된 효용성을 나타낸다.

특히 근래에 들어와서 문학의 효용은 더욱 중요하게 인식되고 있다. 문학이 개인의 삶뿐만이 아니라, 특정한 시대의 삶과 관련되기도 하고, 역사적으로는 유기체적인 질서의 궤적을 보이기도 하기 때문이다. 「구운몽」은 지금도 여전히 가치 있는 작품이며, 시조 역시 오늘날까지 계속 이어지는 문학이다. 따라서 우리는 과거의 작품이 현재에 이월되어 효용성을 발휘하는 문학적 가치의 질서를 발견할 수 있으며, 아울러 이 질서에 접속함으로써 역사적 존재로서의 자신을 향상시킬 수 있는 소득을 얻을 수 있다.

문학이 현실을 외면할 경우, 문학 행위는 허무주의에 흐르기 쉽다. 문학은 사회적·역사적 삶과 관련되어 어떤 구실을 수행하며 공동체 통합의 기능을 한다. 가령 「홍길동전(洪吉童傳)」에서 당시 반상(班常) 제도의 사회적 모순을 지적하고 아울러 이상적인 사회의 청사진을 제시한다. 작중 현실과 현실의 삶을 비교하면서, 역사 현실의 발전을 기획하고 실천하게도 하는 것이다. 또한 작품 속에 투영된 인간 생활의 여러 가지 방식을 체험하고 혹은 그것을 비판하면서 독자 개개인은 사회 생활에 유익한 도덕과 규범을 갖춘 공동체로서 통합되는 기능을 한다.

문학은 개인적인 존재이자, 동시에 사회적 존재인 인간의 삶에 내재하고 있는 진실의 표현이다. 대부분의 시가 갈등을 그 정서의 출발점으로 삼는 것, 소설이 끝없는 갈등과 질곡을 제시하는 것 등은 개인적이면서 동시에 사회적인 삶의 진실과 관계된 형상으로서, 독자는 그 때마다 결정과 선택에 의한 갈등과 질곡을 해소해야 한다. 그럼으로써 독자는 주체적 판단력을 기르며, 그것을 인격화하게 되는 것이다. 이와 같이 오랜 역사를 통하여 인류가 문학 작품을 창작하고 계승·보존하며, 또한 그것들을 거듭하여 찾아 읽는 것은 문학 작품에서 얻을 수 있는 그 효용의 가치가 매우 소중하기 때문이다.

소설이란 어떤 장르인가

1. 소설의 특성

1) 소설은 인간에 대한 이야기

소설은 사람 사는 일에 관한 이야기다. 물론 사람이 등장하지 않는 소설도 있긴 하지만 그것은 극히 예외적인 경우이며, 또 그런 경우라도 대개는 사람들이 살아가는 이야기를 빗대어 쓴 것이다. 소설은 우리들에게 다른 사람들이 어떠한 일을 겪으며 어떻게 살아가고 있는가에 대한 다양한 이야기를 폭넓게 들려준다. 소설이란 말 그대로 자잘한 이야기들이 주요부분을 이룬다. 동양에서 소설문학의 기원을 패관문학(稗官文學)에서 찾는 것이라든지, 반고(班固)가『한서예문지(漢書藝文志)』에서 소설을 일러 '가담항어 도청도설(街談巷語 道聽塗說)'이라고 말한 것이라든지, 이규보가 그의 일상잡기들을 엮어 그 책이름을『백운소설(白雲小說)』이라고 한 것들은 모두 소설의 근본 성격을 시사해 주는 것이라 볼 수 있다.

그러니까 요즘으로 치자면 신문의 가십(gossip) 같은 것들이 소설의 모태 혹은 원시적 모습이라고 생각해도 좋을 것이다. 뿐만 아니라 소설이란 의미를 가진 불어 '로망(roman)'의 원래 뜻도 '대중들이 사용하는 속어(俗語)'를 가리킨다. 즉 중세 궁정이나 사원 등에서 귀족들이 사용하던 라틴어와는 대립된, 일반 민중들이 사용하던 비천한 말이다. 역시 소설의 근본 성격이 다름 아니라 평범한 사람들의 자잘하고 속된 이야기임을 말해주는 것이다.

이러한 성격 때문에 소설이란 장르는 오랫동안 멸시와 박해를 받아왔다. 지금은 훌륭한 고전작품이라고 평가되어 젊은이들에게 권장되고 있는 「춘향전」도 불과 한 세기 전에는 배척당했던 이야깃거리였으며, 대부분의 소설작가들이 자신의 이름을 숨기거나 가명을 사용하였다. 이런 사정은 서양에서도 마찬가지였다. 17세기의 프랑스에서는 '소설을 짓는 사람들과 연극작품을 쓰는 사람들은 기독교 신자의 영혼에 독을 부어넣는 공공의 적으로서 무수한 정신적 살인죄를 저지르고 있다고 생각해 마땅하다'고 주장되었는가 하면, 20세기에 들어와서도 많은 소설들이 의혹과 불신이나 방종을 조장한다는 견해가 피력되기도 하였다.

그러나 소설이란 장르는 이러한 멸시를 무시하고 오히려 스스로의 서민적인 성격을 강화함으로써 오늘날의 가장 위대한 언어형식이 되었다. 영어권에서는 중세소설을 로망스(romance)라 하고 근대소설을 노블(novel)이라고 분리하여 지칭한다. 로망스가 모험에 찬 영웅들의 황당무계한 활약상이라면, 노블은 서민적 일상 속의 평범한 이야기다. 영국문학에서 최초의 근대소설로 규정되는 소설 「파멜라」는 하녀라는 하층신분을 여주인공으로 내세우고 있다. 즉 근대소설은 시시한 인물들의 자질구레한 이야기라는 성격을 한층 강화시킨다. 이는 우리 소설 「춘향전」, 「홍길동전」 등이나 「감자」, 「물레방아」 등을 비교해 보아도 쉽게 알 수 있다. 소설의 주인공이 귀족신분에서 하층신분으로 바뀐 것은 중세의 귀족사회가 근대의 시민사회로 바뀌는 과정, 즉 민주주의 발달과정과 어느 정도 대응한다. 그래서 근대소설을 중산계급의 문학 장르라고 이르기도 하는 것이다.

2) 소설은 창조된 가공의 이야기

소설은 사람 사는 일에 관한 이야기지만, 그것은 실제의 이야기가 아니고 꾸민 이야기다. 소설을 허구(fiction)라 하기도 하고, 창작이라 하기도 하는 것은 그것이 꾸민 이야기이기 때문이다. 소설의 힘은 바로 이 꾸밈에서 나오는 것이라고 할 수 있다.

그런데 흔히 실제로 발생했던 사건들이 소설의 소재가 된다. 때때로 그렇지 않은 경우가 있다 하더라도 그 작품의 부품들은 모두 삶의 이러저러한 조각들이다. 이러한 실제의 이야기를 '구성'이라는 유기적 형식으로 변형시켜 놓은 것이 소설이다. 이 변형의 공간에서 소설의 의미와 가치는 발생한다. 동일한 사건을 소재로 삼더라도 어떤 소설은 탐정소설이 되고 어떤 소설은 연애소설이 되는가 하면, 또 어떤 소설은 삼류소설이 되고 어떤 소설은 일류소설이 되기도 한다. 플로베르(G. Flaubert)의 「보바리 부인」이 실제 있었던 통속적인 간통사건을 소재로 했으면서도 훌륭한 소설로 평가받는 것은 그 변형의 공간이 탁월했기 때문이다. 우리 주변에는 고전작품들의 줄거리를 요약한 책들이 간혹 있는데, 변형의 공간 또는 창조의 공간이 완전히 무시된 이러한 책들은 전혀 쓸모가 없는 것이 분명하다. 소재가 되는 실제 이야기를 변형시키는 과정, 즉 에피소드의 재배열이라든가 삭제와 첨가라든가 인물들의 재창조라든가 시점의 결정이라든가 문체의 선택 등등에서 소설의 진정한 의미와 가치가 생성되기 때문이다. 거짓 꾸밈이 어떻게 이루어져 있는가, 그리하여 그 꾸밈이 어떤 효과를 나타내는가가 창작의 수준을 결정한다.

사실로부터 허구로 변형되는 과정에서는 인과성(因果性)과 개연성(蓋然性)의 구속을 받는다. 소설 속의 사건 전개나 행동은 인과적 설득력을 지녀야 한다. 인과적 설득력이 없는 거짓 이야기는 이야기로서의 자격을 상실한다. '픽션이 넌픽션보다 더 넌픽션답다'라고 하는 역설적인 말이 있다. 참말은 마치 거짓말처럼 뜻밖이어야 흥미가 있고, 거짓말은 참말처럼 당연해야 주목을 끈다. 인과성은 허구 속에 숨어 있는 진정성에 대한 신뢰를 마련해 줄 뿐 아니라, 삶의 진실을 드러내는 수단이기도 하다. 김동인의 「감자」를 예로 들어보자. 이 소설은 복녀의 간통과 살인이라는 행위결과에 대한 인과적 탐구로 볼 수 있다. 독자들은 복녀가 왜 간통과 살인이라는 행위를 하게 되었는가에 대하여 작가에게 인과적으로 설득을 당함으로써 복녀의 행위에 대한 통념적 비판을 유보시키고 삶의 깊은 진실을 엿보게 한다. 거짓 이야기를 통한 소설적 인과론의 탐구는, 곧 삶의 숨은 진실에 대한 탐구이기도 하다. 그래서 좋은 소설은 관습이나 제도나 통념으로부터 소외된 삶에 대한 가장 훌륭한 변론이 되기도 하다. 개연성이 없는 거짓 이야기 역시 이야기로서의 자격을 상실한다. 다시 말해 거짓 이야기이니만큼 더욱 그럴듯해야 한다. 이 그럴듯함은 상당부분 인과성에 의존한다. 그러나 인과성 이외의 부분에서도 그럴듯함이 요청된다. 가령 인물의 성격이라든지 사건의 구도라든지 장면의 묘사 등등에서 소설이 실제감을 주어야 한다. 그런데 이 개연성도 실제에의 추종이라는 수동적 역할에 머무는 것이 아니라, 보다 적극적인 역할을 한다. 독자들이 미처 그럴듯하리라고는 생각지 못했던 정황들이 작품 속에서 개연성을 획득할 때, 그 개연성은 우리 삶에 대한 비범한 통찰의 결과로서, 소설의 신빙성을 혹은 진실성을 더욱 배가시키는 것이다. 따라서 그 개연성을 통하여 독자들의 삶에 대한 안목이 수정되거나 확장될 수 있다.

이처럼 소설은 그럴듯한 이야기로 꾸며서 삶의 보편적 진실을 드러낸다. 즉 소설은 현실을 그럴싸하게 '모방'한다는 것이다. 모방이란 본래 흉내 내기·본뜨기의 뜻을 지니고 있는데, 여기서는 아리스토텔레스(Aristoteles)가 『시학(詩學)』에서 제시한 재현(再現)과 재구성(再構成)을 의미한다. 즉 모방(mimesis)이란 현실 또는 인생을 그대로 본뜨는 것이 아니라, 그것들이 그렇게 존재하는 이치와 원리를 찾아내고, 이를 새롭게 해석하여 '그럴듯하게' 재현한다는 뜻이다. 소설에서의 리얼리티는 바로 여기에 있는데, 이렇게 모방에 대한 새로운 이해, 소설은 현실을 '재현'해 보이는 것이라는 인식을 바탕으로 근대 리얼리즘은 이루어진다. 따라서 소설에서의 허구의 세계는 현실 그 자체가 아니라, 작가가 현실을 대상으로 진실을 발견하고 이를 재구성하여 창조해 낸 또 하나의 현실세계라 할 수 있다. 그래서 소설은 '진실된 거짓'의 이야기로서 인간의 본성과 진실을 드러내고, 그리하여 인생에 대한 이해를 확대하고 심화시킬 수가 있다.

소설이 현실을 그럴싸하게 모방 재현하여 표현하고자 하는 세계는 인간의 삶이요, 인간 그 자체다. 즉 소설은 인간 또는 인간성 탐구를 통해 인생의 참된 모습을 제시하고, 인생의 의의를 밝혀주려는 데 그 목적이 있다. 그래서 작가는 남다른 관심을 기울여 인간에 대해 탐구하고, 작품 속에 새로운 인간형을 창조해 보인다. 그리고 창조해 낸 이 인물을 통해 가치있는 삶, 참된 인생을 표현하려 한다. 살아있는 인물을 그려 삶의 구체적인 모습을 드러내려는 데 그 두드러진 특징이 있는 근대소설의 경우에는 특히 더 그러하다. 프루스트(M. Proust), 조이스(J. A. Joyce), 이상(李箱)의 소설 같은 현대소설 또한 마찬가지다. 현대소설은 인간 탐구보다는 인간을 감싸고 있는 사회, 인간을 끊임없이 간섭하고 속박하고 규제하는 사회 상황에 대해 더 많은 관심을 두고 의미를 부여하지만, 궁극적으로 추구하는 것은 인간 탐구 그것이다. 그러므로 인간성 탐구는 소설의 중요한 특성 가운데 하나로 지적할 수 있다.

3) 소설은 효과적인 간접체험의 공간

예전에는 소설 읽기를 파한(破閑)의 여기쯤으로 생각하고 못마땅하게 생각한 사람도 많았지만, 요즘에는 오히려 소설 읽기를 권장한다. 심지어 소설은 현대 교육과정의 중요한 일부분이 되었다. 소설 속에서 우리가 일상적으로 체험할 수 없는 파란만장한 삶과 기구한 우여곡절이 펼쳐진다. 그 속에서 우리는 아름다운 여인과 사랑을 나누기도 하고, 먼 나라를 여행하면서 기이한 체험을 하기도 하며, 영웅이 되어 활극을 펼치기도 하고, 불행과 비극의 나락에 빠지거나 세상살이의 고달픔에 휩쓸리기도 한다. 그러나 이 모든 일들이 현실이 아니기 때문에 재밋거리가 될 수 있다. 바로 우리가 소설을 읽는 첫 번째 이유는 바로 이러한 즐거움 때문이다. 어렸을 적에 할머니로부터 재미있는 옛날이야기를 듣고자 했던 것과 마찬가지로 우리는 소설책을 찾는다.

그러나 이러한 재미만을 위해서 소설을 읽는 것은 아니다. 재미가 물론 소설의 중요한 측면이기는 하지만, 현실의 삶을 망각하고 꿈의 세계에서 몸과 상상력의 휴식을 찾는다는 점에서 오락과 다를 바 없다. 이 오락적 재미가 소설을 읽는 이유의 전부라면, 우리는 「죄와 벌」, 「백 년 동안의 고독」, 「오만과 편견」같은 소설이 없어도 무방할 것이다. 무협지나 「반지의 제왕」, '해리포터 시리즈'와 같은 판타지 소설만으로 만족할 수 있다. 그러나 소설 읽기에는 오락적 재미 이상의 생산적인 의의가 있다. 꾸며낸 거짓 이야기를 읽는 것이 어떠한 생산적 의의를 지닐 수 있는가. 이에 대한 해명을 위해 다시 한번 소설이 사람 사는 일에 관한 이야기임을 상기해 볼 필요가 있다.

우리는 소설을 통하여 다른 사람들이 어떠한 일을 겪으며 어떻게 살아가고 있는지를 배우고, 또 세상살이가 어떻게 돌아가는지를 배운다. 즉 우리는 소설을 통하여 세상살이를 간접 체험한다. 체험은 살아가는 지혜와 고통을 이겨내는 힘을 얻는 데 가장 좋은 방법이 된다. 많은 체험을 가진 자는 큰 일을 당해도 그것을 슬기롭게 이겨낼 여지가 많다. 우리가 산전수전 다 겪은 사람의 지혜와 의지를 존중하는 이유다. 체험만큼 훌륭한 스승은 없다. 그러나 이 세상의 이모저모를 골고루 체험하여 삶의 지혜를 갖추기에는 우리의 인생이 너무 짧다. 인생에서 연습이라는 것은 없으며, 인생은 일회적인 것이다. 우리가 세상의 이치를 잘 알아 슬기로운 삶을 살기 위해 온갖 체험을 할 시간도 없으며, 직접적인 체험만을 스승으로 삼을 필요도 없다. 그리고 평생을 바친다 하더라도 우리가 직접 체험할 수 있는 체험의 양은 보잘 것 없다. 그래서 다른 사람들의 삶을 보고 들으며 그것을 자기 체험으로 대신하는 슬기가 필요하다. 이때 소설 읽기는 우리의 삶을 소모하지 않고, 또 시간도 매우 절약하여 세상살이를 배우는 방식으로 간접체험을 구하게 되는 방법 중에 매우 효과적인 방식이 된다.

소설 읽기가 특히 효과적인 간접체험이 되는 까닭은 여러 가지가 있다. 그 중에서도 소설이 사람 사는 일을 이야기하되, 구체적이고도 깊이있게 해준다는 점이 가장 중요한 사항이 된다. 어떤 현실이 있다고 가정할 때, 그 현실을 드러내는 방식은 참으로 많다. 그림으로 그려 보여줄 수도 있고, 이론적으로 정리해서 보여줄 수도 있다. 경제학 이론이라는 것도 따지고 보면 경제 현실을 드러내기 위한 하나의 방식이다. 이러한 수많은 방식 중에서 소설은 그것의 정황을 이야기로 꾸며서 드러낸다.

잘 꾸며진 이야기 속에서는 개체의 실존적 진실이 구체적으로 제시되는 동시에 보편적인 것이 된다. 우리가 신문 기사 속에서 「죄와 벌」

의 주인공 라스콜리니코프를 만나거나, 이웃에서「폭풍의 언덕」의 히드클리프를 만나거나, 법정에서「감자」의 복녀를 만난다면 우리는 그들을 거의 이해할 수 없을지도 모른다. 그러나 우리는 소설 속에서 그들의 삶을 이해할 수 있었다. 아울러 그들의 삶을 통하여 정돈될 수 없는 세상의 모습에 대한 보다 깊이 있는 안목을 가질 수도 있었다. 뿐만 아니라 우리는 그 이야기를 꾸며내는 작가 자신의 삶에 대한 안목과 태도도 은연중에 배운다.

소설은 세상살이에 대한 단편적인 지식을 주는 것이 아니라 세상살이에 대한 보다 심층적인 이해를 가능케 한다. 그리하여 우리는 세상의 이치가 어떠하며 또 세상이 어떠해야 하는지를, 다른 무엇에서보다 소설을 통해서 잘 배울 수 있다.

4) 소설은 효율적이고 올바른 삶의 좌표

사람이 사는 일에 관한 이야기를 듣는다는 것은 곧 다른 사람들이 어떻게 살아가는가를 배우는 일이다. 다른 사람들의 삶은 자기의 삶을 비춰볼 수 있는 거울이 된다. 자기 삶의 아이덴티티(identity)는 타인의 삶의 좌표 위에서 비로소 분명해지기 때문이다. 우리는 흔히 자기 자신만이 말 못할 사연을 가지고 있다거나, 자신만이 억울한 불행을 지니고 있다거나, 자신만이 기구한 팔자를 타고났다고 한탄한다. 남들 앞에서는 큰소리치고 으스대지만 홀로 있으면 초라해지고 소침해지는 자신이 혐오스러울 때도 있다.

이러한 때에 소설은 남들도 다 나처럼 그들대로의 상처와 단점을 가지고 있음을 알려준다. 소설은 인간을 업신여기는 자에게 인간의 고귀함을 알려주고, 인간을 두려워하는 자에게 인간의 따뜻함을 알려준다. 우리는 소설 속의 다양한 인간들을 만남으로써 마침내 자기 자신이 어떤 인물인가 알게 되고, 그리하여 세상과 자신을 바라보는 눈을 갖게 된다. 자신의 욕망과 고통과 비극과 부끄러움이 타인의 삶 속에서도 발견될 때, 그것의 모습은 보다 분명해지고 나아가 극복의 힘을 얻는다. 개인적 삶 속에 갇혀 있던 열등감이나 소외감이 타인의 그것과 공명함으로써 해소되기도 한다. 또 타인의 고통에 동참해 보면서 자기의 고통이 한낱 투정에 불과하다는 것과, 타인의 꿈을 보면서 자기 꿈의 허황됨이나 졸렬함을 깨닫기도 한다. 우리는 소설을 읽음으로써 고립된 자신의 체험을 보편적 현실의 좌표에 효율적으로 편입시킬 수 있는 것이다.

한편 우리는 좋지 못한 소설과 좋은 소설을 구분하는 하나의 단서를 생각해 볼 수 있다. 좋지 못한 소설은 일반적으로 개체의 폐쇄적 욕망이 지닌 허위성과 이기성과 비현실성을 오히려 부추김으로써 독자들을 매료시킨다. 즉 개인적 삶에 현실의 좌표를 주는 것이 아니라 환상의 좌표를 준다. 「보바리 부인」에서, 보바리 부인의 비극은 상당 부분 그녀가 소녀 적에 읽었던 삼류 연애소설 탓이다. 그녀는 수도원이라는 폐쇄적 공간에서 삼류 연애소설을 탐독한 결과 비현실적이고 몽상적인 욕망에 침윤되었으며, 그 욕망을 실제 결혼생활에서 추구하다가 그러한 비극적 결과를 맞게 된 것이다. 그러나 보바리 부인이 읽었던 삼류 연애소설과는 달리, 플로베르의 「보바리 부인」은 그러한 헛된 욕망이 현실 속에서 어떤 좌표를 갖게 되는가를 분명히 보여줌으로써 좋은 소설이 되는 것이다.

이처럼 소설은 우리에게 올바른 삶을 위한 지혜를 준다. 그런가 하면 우리들로 하여금 고통을 극복할 수 있는 힘을 길러주기도 한다. 트릴링(L. Trilling)은 고통을 극복할 수 있는 힘을 길러주는 소설의 기능을 '미트리다데스적 기능'이라고 설명한다. 미트리다데스는 희랍의 비극에 나오는 왕의 이름이다. 그런데 미트리다데스는 자기가 누군가에 의해 독살을 당할지 모른다는 공포에 시달린다. 그래서 그는 그 공포로부터 벗어나기 위하여 매일 아주 적은 양의 독을 스스로 먹는다. 우리 몸에는 면역성이 있기 때문에 처음에는 아주 적게 그러다가 점차 그 양을 늘려가며 독을 섭취하다 보면 나중에는 치사량의 독을 먹게 되어도 죽지 않는다는 것이다. 이런 방식으로 미트리다데스는 독살의 공포로부터 벗어난다. 고통스런 삶에 대하여 문학도 이와 유사한 기능을 한다.

우리는 소설 속에서 주인공을 통하여 여러 가지 삶의 고통을 간접 체험한다. 실연의 아픔에 젖어 처절한 상처를 입기도 하고, 배고픔에 시달리기도 하며, 남의 모함에 빠지기도 하고, 진퇴양난의 곤경에 처하기도 한다. 이러한 고통의 간접체험은, 마치 미트리다데스가 매일 독을 조금씩 섭취하여 그 독을 이겨내는 것과 같이, 삶의 고통을 극복할 수 있는 힘을 길러준다. 어떤 일이든지 처음 당할 때가 당황되고 큰 충격을 받는 법이다. 같은 일을 여러 차례 당하면 거기에 대응하는 태도에는 힘과 여유가 생긴다. 실패와 고통이 인간을 성숙하게 만든다는 말이 있지만, 소설은 실패의 소모와 고통이 괴로움이라는 투자가 없이도 인간을 성숙하게 만든다. 흔히 소설은 삶의 밝은 면보다 어두운 면을 집중 조명한다는 지적이 있는데, 이는 약하고 소외되고 고통받는 자에 대한 문학의 당연한 복무이기도 하지만, 또 한편으로는 세상살이의 지혜와 힘은 고통을 통해서 얻어질 수 있기 때문이기도 하다.

이외에도 우리가 소설을 가까이 하는 이유는 여러 가지가 있을 수 있다. 우리는 소설 속에서 참으로 반짝이는 삶의 금언을 발견할 수도 있고, 선지자(先知者)를 만날 수도 있고, 순수한 아름다움을 즐길 수도 있고, 심지어 초월의 경험까지 얻을 수도 있다. 그러나 결국 소설은 우리를 삶으로 되돌아오게 하여 그 삶을 바르고 풍요롭게 만들어 준다. 이에 대해 밀러(H. Miller)는 다음과 같이 말했다.

> 책이 우리를 삶으로 되돌아오게 해주지 않는다면, 더욱더 왕성한 목마름으로 삶 속에서 목을 축이게 해주지 않는다면 도대체 책이 무슨 필요가 있겠는가? 〈중략〉 책을 펴들 때 우리들 모두가 품는 희망은 우리의 마음에 맞는 한 인간을 만나리라는 것이며 우리들 스스로 야기시킬 용기는 없는 비극과 기쁨을 체험하자는 것이며 삶을 보다 더 정열적으로 사랑할 수 있도록 해주는 꿈을 꾸어 보자는 것이며 어쩌면 하나의 삶의 철학까지도 발견하게 되어 우리를 에워싸고 있는 문제들과 시련들에 대결할 수 있는 능력을 갖자는 것이다.

5) 소설은 현실의 언어적 재현

소설은 사람 사는 일에 관한 이야기다. 이것을 달리 말하면 소설이란 현실의 언어적 재현이라고 할 수 있다. 그래서 소설에서는 늘 현실이 문제가 된다. 즉 어떤 현실을 그리고 있는가와 그 현실이 제대로 그려져 있는가가 언제나 관심의 초점이 된다.

그렇지만 현실을 제대로 그리기란 매우 복잡한 문제를 내포하는 어려운 과제다. 또한 여기에는 대체적으로 두 가지 조건이 주어진다. 우선은 뛰어난 통찰력으로 현실의 숨은 진실을 꿰뚫어볼 수 있어야 하고, 그 다음은 그 진실을 언어로 재현해 낼 수 있어야 한다. 즉 인식과 기술(記述)이 문제가 된다. 그러나 현실을 어떻게 인식하는가와 또 그것을 어떻게 언어적 구조물로 드러내는가 하는 문제가 소설의 과제이기도 하지만, 오히려 소설은 이 두 가지 과제를 해결하는 방식을 통하여 그 독자적 가치를 확보한다.

먼저 소설의 현실 인식은 기존의 명분이나 당위 또는 이데올로기의 구속을 벗어나 자유롭다. 즉 소설의 인식은 열려 있다. 현실이란 거의 무한하여 인식의 용량을 넘어선다. 무정형이며 무한정인 현실을 이해하기 위해서 우리는 일정한 인식틀에 의존한다. 이 인식틀은 세계 이해의 지평을 이룬다. 통상적으로 우리가 이해하는 세계는 이 지평선 안에 있는 것이다. 기존 인식틀 혹은 이데올로기는 이 지평선 밖의 세계를 무시하고 억압함으로써 스스로의 권위를 유지한다. 그런데 소설의 인식 방법은 기존 인식틀에 대한 의존도가 매우 낮다. 그래서 기존질서에서 볼 때, 소설은 대체로 불온한 것이 된다. 소설의 현실 인식은 구체적 실존에 근거하며 합리성이나 당위성에 구애받지 않는다. 인정하고 싶지 않은 것이나 이해되지 않는 것이라 할지라도 그것이 실존적으로 체험되고 관찰된다면 그것은 포용된다. 기존의 인식틀에서는 그 인식영역에 등기(登記)된 현실만을 인정하는 데 반해서 소설의 인식은 등기되지 않은 현실을 오히려 주목한다. 문학이 이데올로기에 대한 항체가 되는 것은 이 때문이다. 그래서 프루스트(M. Proust)는 '참다운 삶, 마침내 발견되고 해명된 삶, 따라서 우리가 체험한 유일한 삶'에 접근하는 단 하나의 수단이 문학적 작업이라고 말했다.

이러한 인식 방법이 갖는 가치를 잘 대변해 주는 문학사적 개념이 '리얼리즘의 승리'다. 발자크(H. Balzac)가 그의 계급적 이데올로기에도 불구하고 당대의 진실을 제대로 그려낼 수 있었던 까닭은 소설적 인식 방법 때문이며, 이를 일러 엥겔스(F. Engels)는 '리얼리즘의 승리'라고 말했던 것이다. 프로이트(S. Freud)가 무의식의 세계를 합리적 인식의 세계로 편입시키기 이전에도 이미 수많은 문학 작품 속에 무의식의 세계는 그려져 있었고, 리스먼(D. Riesman)이 '군중 속의 고독'을 개념화하기 이전에도 소설 속에 그러한 사회 현상이 포착되고 있었으며, 여성 해방이 운위되기 이전에도 소설 속에서는 '노라'와 같은 여성형이 등장하였다. 이처럼 소설은 그 특이한 인식 방법으로 기존의 인식 지평을 확장하고 숨어 있던 진실을 들추어 낸다. 그래서 소설은 시대정신의 전위를 담당하는 선구자의 명예를 누린다.

그리고 인식 방법과 함께 소설에서 문제가 되는 것은 기술의 방법이다. 현실을 그대로 그린다는 것은, 대상의 기계적 묘사만으로 되는 것이 아니다. 아무리 가는 필치로 꼼꼼하게 그린다 하더라도 대상의 완벽한 복제는 불가능하다. 오히려 묘사의 기계적 충실성은 대상의 본질을 흐리게 만드는 경우가 허다하다. 따라서 소설이 현실을 그대로 그린다는 것은, 현실을 마치 사진처럼 그려낸다는 뜻이 아니라 진실의 대응물을 창조해낸다는 뜻이 된다. 소설이 꾸민 이야기이기 때문에 오히려 가치있는 것이라는 말도 이런 측면과 상관된다. 현실의 외면을 기계적 충실성으로 묘사하는 것이 실제로는 '언어로 현실 드러내기'가 아니라 '언어로 현실 가리기'였다는 사실은 많은 사례를 통하여 확인할 수 있다.

언어를 매개로 하여 또 하나의 현실을 창조하여 그것이 인식된 현실과 등가물이 되도록 하는 것, 이것이 소설 특유의 기술 방법이다. 소설은 이 기술 방법으로써 작은 공간 안에서 많은 현실을 진실되고 효율적으로 담을 수 있게 된다. 그런데 사실 이러한 기술 방법은 인식과 안과 밖을 이루면서 동시에 추구되는 것이지, 분리되어 순차적으로 추구되는 것은 아니다. 인식의 내용 안에 기술의 방법까지 포함되어 있다고 보아야 하는 이유다.

소설이 '언어로 현실 드러내기'라는 사실에 전적으로 동의하면서도, 한편으로는 약간의 이의가 있을 수 있다. 소설은 '언어로 현실 드러내기'이면서, 동시에 '언어로 현실 넘어서기'라 말할 수도 있기 때문이다. 우리는 소설 속에서 일상의 모습을 만나기도 하지만, 일상을 넘어서는 세계를 만나기도 한다. 황홀한 사랑을 체험하기도 하고, 신비의 나라를 탐험하기도 하며, 정의와 윤리를 위하여 삶을 불태우기도 하기 때문이다. 이러한 일상적 현실 밖의 체험이 분명히 소설적 매력의 중요한 일부분임은 사실이다. 우리는 실제의 일상적 삶에서 충족되지 못하는 욕구를 소설을 통해서 간접적으로 해소하기도 한다. 「인간시장」에 나오는 장총찬의 매력은 우리의 천박한 영웅심과 순진한 정의감을 대리 충족시켜 주는 데 있다고 할 수도 있을 것이다.

그러나 이러한 쾌감은 결핍된 현실의 값싼 보상이다. 소설이 지닌 '현실 넘어서기'의 진정한 의미는 이러한 보상에 있다기보다 현실을 딛고 그 현실을 초월하는 데 있다. 근대 이전의 소설들은 원래 비현실적이고 영웅적이며 황당한 것이라 논외로 치더라도, 근대소설에 있어서도 그 주인공은 흔히 '문제적 개인'이다. 즉 시대적 모순과 첨예한 갈등을 일으키는 비일상적 인물이다. 「적과 흑」의 줄리앙 소렐, 「이방인」의 뫼르소, 「숲속의 방」의 소양 등이 그 예다. 우리는 이러한 인물들을 통해서 현실의 질곡에 부딪쳐 고통당하면서 동시에 그 현실을 뛰어넘고자 하는 의지와 꿈을 만난다.

현실을 드러낸다는 말은 달리 말하면 현실의 결핍상을 드러낸다는 말이다. 그렇다면 세계의 불완전한 모습을 제대로 드러내기 위해서는 그것의 완전한 모습을 상상할 수 있어야 한다. 완벽한 세계를 상상하여 실제 세계의 불완전함을 인식한다는 것은 곧 그 불완전함에 대한 초월과 극복의 노력이라 할 수 있다. 소설은 현실을 그리되, 그 결핍상을 드러내고 또 결핍을 극복하고자 하는 자의 수난과 고통을 드러낸다. 우리는 이러한 소설 속에서 현실 초월의 노력과 의지를 간접체험함으로써 닫힌 일상을 깨고 나와 새로운 삶과 새로운 세상으로의 변화를 기도한다. 결국 현실을 제대로 인식한다는 것은 그것을 올바른 방향으로 수정 보완하기 위해서일 것이다. 우리는 소설 속의 비일상적 초월 경험을 통해서 개인적 삶의 윤리적 고양과 사회적 삶에로의 확장, 그리고 세계 변화의 힘과 방향성을 구할 수 있다. 이러한 면에서 소설은 우리로 하여금 세계 이해의 지평을 확장시켜 주고, 나태하고 상투적인 일상적 삶을 넘어서 보다 고양된 삶으로 나아가도록 자극시켜 준다. 이것이 소설의 궁극적 가치다.

2. 서사양식의 발달 과정

문자도 없고 기계도 사용하기 이전의 아득한 옛날 인간은 동굴에서 잠을 자고 나무 그늘 밑에서 열매를 따먹거나 짐승을 사냥했다. 그리고 먹을 것을 마련하고 잠자는 시간을 제외하고 여가가 남을 때 그들은 자신들이 사냥하는 모습을 동굴 벽에 그리거나 신께 제물을 바치는 의식을 위해 노래를 짓기도 했다. 도망치는 짐승의 날랜 뒷다리를 열망에 가득차 바라보는 그들의 응시, 인간과 자연을 지배하는 신에 대한 존경과 두려움이 가득 찬 그들의 시선 속에는 많은 이야기가 숨어 있었다. 그림 속에, 춤 속에, 노래 속에 숨어있는 이야기들, 바로 이 이야기에 대한 갈망은 인간의 욕망 가운데 가장 근원적인 것 중의 하나다. 현실에서 이룰 수 없는 것에 대한 동경과 환상, 그리고 자신의 생각을 남에게 전달하고 설득하고자 하는 욕망 등의 요인들이 아마도 인간으로 하여금 이야기를 꾸미고, 전하고, 글로 남기게 하는 이유가 될 것이다.

오늘날까지도 어린이는 옛날이야기를 들으며 잠이 들고, 어른은 소설을 읽거나 영화를 보며 현실의 고단함을 잊고 내일에 대한 믿음을 갖는다. 그러면 이야기, 혹은 서사(narrative)가 어떻게 생겨나고, 지금까지 어떤 형식으로 변모되었는지 그 발달 과정에 대해 알아보자.

1) 신화와 민담

가장 오래된 서사양식은 신화와 민담이다. 건국에 얽힌 그리스 로마 신화 및 민간으로 전해오는 이야기들은 자연과 인간을 하나로 간주하던, 즉 신과 인간의 관계가 확연히 구분되지 않았던 시대의 서사양식이다. 건국 신화에서 왕은 신의 아들이거나 하늘에서 점지되었거나 동물의 세계와 연결된다. 그리스 로마 신화에서 올림푸스산의 신들은 질투, 정염, 사랑 등의 인간 세계를 그대로 반영하며 인간과 관계를 맺는다. 그리고 숲이나 나무 등의 자연물에도 신성을 부여하고 있다. 이런 초기의 서사는 주로 자연과 신과 인간의 경계가 확연히 분화되지 않았던 당시의 세계관을 보여준다. 호머의 『오디세이』나 『일리아드』에서 신들의 싸움은 그대로 인간에게 이어져 마치 신을 위한 대리전쟁 같은 성격을 띤다. 그래서 트로이전쟁이나 전쟁이 끝난 후 귀향의 길에서 부딪히는 모험들은 영웅들의 이야기이면서 지극히 인간적이다.

민담은 신이나 영웅이 아닌 낮은 계층의 사람들 사이에서 지어지고 전해지는 이야기다. 신화나 서사시가 왕과 영웅에 얽힌 이야기였다면, 민담이나 우화는 민중들의 이야기였다. 전자가 초자연적이요 신성이 깃든 존재였다면, 후자는 초자연적인 힘의 도움을 받아 신분을 상승하는 이야기였다. 그러나 환상이 섞이고 신과 같은 초월적인 힘이 개입되는 것은 신화와 비슷하다. 민담이나 우화의 주인공은 신화와 달리 왕이 아니라 평범하거나 비천한 백성이다. 그들은 어떤 작은 결함으로 혹은 어떤 임무를 띠고 모험을 시작하며 그 과정에서 초자연적인 힘의 도움을 받아 방해하는 악마를 물리친다. 많은 장애물을 헤치고 목적지에 이르면 주인공은 보상을 받는다. 그는 아름다운 공주와 결혼을 하거나 많은 재물을 얻는 등 신분상승을 이룬다. 곧 민담이나 우화는 희망도 없고 지루한 민중의 삶에서 아름다운 환상으로 도피하게 해주고, 현실을 열심히 살게 하는 동기를 주며, 권선징악의 도덕성을 심어주는 역할을 담당하였다. 이야기 속에는 이처럼 당대의 이념이 깃들어 있다.

2) 극, 드라마

극 혹은 드라마는 짧은 대사와 배우들의 행위로 이루어진 서사양식으로서 그 다음 단계에 나타난다. 신화, 서사시, 민담 등이 구전되거나 문자로 쓰이거나를 막론하고 모두 언어로만 이루어진 서사양식인 것에 비해, 극은 배우의 행위가 중요시된다. 그러나 초창기에 극은 행위보다 대사가 더 중요했다. 배경은 있으나 단순했고, 배우의 행위는 관객과의 거리 때문에 큰 동작 외에는 전달할 수 없었으므로 인물의 심리나 상황의 설정은 거의 언어, 즉 대사에 의존했기 때문이다. 아리스토텔레스의 『시학』은 서사시에 대한 언급보다 소포클레스나 유리피데스 등 당대의 고전드라마에 더 바탕을 두고 있다. 이처럼 극은 소설이나 영화가 나오기 이전까지의 긴 세월 동안 서사예술의 총아로서 귀족과 대중의 사랑을 받았다. 고전드라마는 완벽하게 잘 짜인 구성과 예술성을 높이 평가했고, 인간의 비극을 절제된 언어로 전달했다. 예를 들어 소포클레스의 『오이디푸스 왕』은 아리스토텔레스가 잘 짜인 극의 전형으로 극찬한 작품으로서 오늘날까지 미학적 완결성을 갖춘 서사양식으로 논의된다.

한편 인간의 감흥과 이성보다 신의 힘이 우세했던 중세의 서사양식은 종교극으로 성경이 극의 소재가 된다. 그것은 주로 암울한 현세를 슬퍼하고 내세의 평안을 추구하는 내용이 대부분이었다. 그러나 이러한 종교극으로부터 인간과 현세를 구해낸 르네상스는 인본주의 이야기들로부터 시작된다. 보카치오의 짧은 이야기 모음집인 『데카메론』이나 초서의『캔터베리 이야기』는 억압된 인간의 본능을 그대로 드러내고, 제도의 위선과 인간의 탐욕을 드러낸다. 사랑, 열정, 고독, 질투, 탐욕 등 인간이 지닌 선과 악을 그대로 보여주고, 인간 스스로 선을 지향하고 악을 버리게 만들려는 것이 르네상스극의 목적이었다. 셰익스피어의 극들은 환상과 현실이 조화를 이루는 가운데 인간의 감흥과 사회의 질서를 한데 묶는다. 배경이 거의 없는 극장에서 여배우의 역할을 어린 소년이 맡았던 그의 극은 특히 절묘한 대사가 극치를 이루었다. 극이라기보다는 한 편의 아름다운 시와 같았다. 낭만적인 환상과 리얼한 현실이 균형을 이루고 본능과 사회질서가 어느 한 쪽에 치우침 없이 완벽히 녹아들어 그의 극은 귀족들의 후원과 향유물이었을 뿐만 아니라 일반 민중들도 즐기는 훌륭한 오락이었다. 그는 전해오는 이야기들을 자신의 색채로 마름질하여 화려하면서도 감칠맛 있는 자신만의 독특한 경지로 이루어 냈다. 그가 한 세기를 휩쓸고 간 후, 극들이 더 이상 발전 혹은 기능할 것이 없어 감각주의나 자극적인 소재로 흘렀다. 급기야는 퇴폐주의라는 딱지를 맞고 크롬웰 정부에 의해 폐쇄된 것은 위대함이 낳은 피할 수 없는 결과였는지도 모른다.

3) 소설의 등장과 약화

이렇게 극의 한계를 느끼고 침체를 겪으며 잦아들던 서사가 새로운 시대와 환영을 맞아 태어난 것이 바로 소설이다. 그렇다면 새로운 시대와 환영은 무엇이고, 그에 따른 서사양식의 새로움은 무엇이었을까. 그것은 바로 시민사회의 등장과 소설의 서사양식이었던 것이다. 왕권과 봉건제도로부터 시민사회로 옮겨가기 시작하면서 예술은 더 이상 귀족의 향유물이 되기를 멈추었다. 시민들은 자신들의 교양을 넓히기 위해, 시민으로서의 소속감을 확인하기 위해 그들에게 공유되는 이야기가 필요하게 된 것이다. 이런 시민사회는 정치적 민주화 못지않게 경제의 민주화가 요구되었는데 주로 상인계급들이 여기에 해당되었다. 이들은 처음부터 독립된 중간계층으로 있다가 흡수된 사람도 있었고, 봉건귀족의 하인이었다가 재물을 모아 계급상승을 시도하는 계층도 있었다. 그리하여 상인들을 중심으로 한 시민사회의 출현이라는 이런 분위기와 함께 소설이 등장하는데, 소설의 등장은 필연적으로 인쇄술의 발달이라는 기술혁명이 함께 하게 된다. 인쇄술과 독서시장의 형성은 소설의 판매를 가능하게 했고, 이야기는 그 어느 때보다 빠른 속도로 확산되어 오락과 도덕의 양면을 충족시킨다.

소설은 극이 갖는 제약에서 벗어나 창작자가 마음껏 상상력을 확대시킬 수 있는 장점을 갖고 있다. 우선 제한된 무대배경, 제한된 숫자의 등장인물, 그리고 제한된 시간 등 극의 세 가지 요소인 시간, 장소, 인물의 일치에서 벗어나 마음껏 자유로울 수 있었다. 극의 길이도 제한 받지 않았다. 그러나 아리스토텔레스가 『시학』에서 언급한 구성[플롯]과 감동은 소설에서도 필수적이었다. 시작과 중간과 끝이 있고 클라이맥스가 있으며 반전이 있은 후 결말에 이른다는 전형은 심지어 소설의 전성기 사실주의 작품들에서도 여전히 지켜졌다. 사람들은 이제 정해진 시간에 극장에 가지 않아도 이야기를 즐길 수 있었다. 아무 때나 어느 곳에서나 책을 펼치고 이야기를 즐길 수 있게 되었다. 소설의 주인공은 영웅도 귀족도 아닌 평범한 시민이거나 그보다 낮은 가난한 사람들이었고, 그들이 열망과 동경으로 삶의 갖가지 애환을 겪으며 자신을 발견하게 되는 성장소설이 주류를 이루었다. 갈등이 지속되다가 가장 팽팽한 긴장의 순간인 절정에 이르며 반전을 통해 삶의 아이러니를 깨닫는 플롯은 소설이 전성기를 맞던 19세기의 전형적 서사양식이었다. 그래서 노드롭 프라이(Northrop Frye)는 이 시절의 서사가 비록 비천한 출신을 그릴지라도 인간의 위엄과 사회 개선의 의지가 있었던 시대의 문학으로 정의했다.

한 세기 이상 사실주의 양식이 풍미한 후 19세기 말에 이르러 소설은 피로의 기미를 보이기 시작한다. 실증주의 철학이 물러나고 자연주의 사상이 일어나면서 인간에 대한 존엄성이나 사회의 개혁의지 대신 물질과 쾌락의 산물로서 인간을 파악하며 과학적 관찰의 대상으로 보기 시작한다. 문학도 동물적 속성을 지닌 인간의 모습을 드러내는 자연주의 문학이 세기말 현상으로 확산되더니 곧이어 모더니즘이라는 실험양식으로 이어진다. 모더니즘은 자연과 인간의 유기적 통합이라는 꿈을 상실하고 우주를 하나로 묶는 총체성이나 절대논리가 사라진 시대에 대응하는 잃어버린 세대의 문학이었다. 즉 신의 음성 대신 실존적 용기와 윤리를 선택한 시대의 문학이다. 총체성이나 본질이 사라진 시대에 그것이 있는 것처럼 말하는 개인의 낭만적 자아를 의심하며 그들은 개성 대신 전통을, 저자의 음성 대신 인물들의 독백을, 세상이 무엇인가 라는 물음 대신 그 속에서 어떻게 살 것인가를 묻는다. 따라서 진리의 상대성 혹은 주관성을 보여주기 위해 소설은 파편화된다. 재미보다는 난해함, 대중성보다는 장인의식이 앞섰던 모던소설은 당대의 실험양식이었다. 그러나 이런 파편화와 난해함은 소설이 어쩔 수 없이 다른 대중매체에 자리를 내주어야 했기 때문에 나타난 불안의 징후라고 볼 수 있다.

4) 영화의 등장과 상생

과학기술의 발달과 함께 나타난 새로운 서사양식, 그것은 20세기 초에 등장한 영화였다. 영화는 여러 장의 사진들이 모여서 이루어 내는 영상과 배우들의 대사, 그리고 자막과 음향효과가 한데 어우러져 만들어진 서사다. 관객은 카메라가 포착하는 배우의 표정, 몸짓, 배경 등을 보고 대사를 들으면서 이야기를 엮는다. 이때 배경음악이나 음향효과는 스토리를 엮어내는 보조적 역할을 하였지만, 감흥을 좌우하는 중요한 요소가 되었다. 영화는 장면들이 병치되어 스토리를 만들고 카메라의 클로즈업이나 트랙 숏 등 화면을 어떻게 찍느냐에 의해 의미가 달라진다. 또한 장면들의 편집, 촬영방식, 액션, 대사, 음향효과 등에 의해 감흥이 좌우된다. 장면들의 병치는 소설에서의 매끄러운 서술과 달리 해석의 공간을 주며, 이런 몽타주 기법이 다른 장치와 함께 관객을 몰입시키게 된다.

소설에서도 그렇지만 영화는 몽타주적 요소 때문에 편집이 중요하다. 그래서 어떤 장면을 먼저 놓고 어떤 장면을 뒤에 놓는가는 감동을 좌우하는 열쇠가 되기도 한다. 촬영방식이나 대사, 액션도 중요하지만 사건의 배열순서야말로 영화 만들기의 기본이다. 같은 원작이라도 만든 사람에 따라 감동을 줄 수도 있고 그렇지 못할 수도 있는 것이 원작 혹은 작품 내용보다 만든 형식이나 배열의 순서가 더 중요하다는 것을 말해주는 단적인 예다. 어떤 부분을 살려내고 어떤 부분을 잠재우는가, 어떤 부분을 앞에 놓고 어떤 부분을 뒤에 놓는가 등을 재단하며 영화는 수많은 단계의 재창조를 거친다. 실제 원작을 영화로 만들 때를 가정해 보자. 원작은 시나리오 작가에 의해 재창조되고, 그것을 촬영하면서 감독이나 배우에 의해 다시 창조되며, 촬영이 끝난 후에는 편집과 음향효과에 의해 달라지고, 그리고 마지막에는 관객의 감상에 의해 다시 창조되는 것이다. 이렇듯 영화는 몇 단계의 굴절을 거치기 때문에 하나의 완결된 작품은 그것에 참여한 많은 사람들의 재능에 의해 이루어지게 마련이다. 이것이 고독한 작업의 산물인 문학과 달리, 영화를 종합예술이라 부르는 이유다.

무성영화에서 출발하여 뮤지컬, 서부영화, 오락성이 가미된 스펙터클 역사물 등에 이르기까지 영화는 서사예술의 총아로서 기술문명의 발전과 함께 성장해 왔다. 거의 한 세기를 거치면서 기법도 다양해지고 만드는 사람의 의식도 달라져서 최근에는 단순한 오락성을 넘어 사회개혁을 담는다. 현실과 환상이 뒤섞이는 공상과학영화, 과거와 현재가 뒤섞이는 컴퓨터 합성 등 이제는 단순한 사진과 소리의 합성이 아니라, 가상현실을 창조하여 독자를 끌어들인다. 최근에는 비디오의 발달과 컴퓨터의 보급으로 일부러 극장에 가지 않아도 얼마든지 영화를 볼 수 있게 되었다.

노드롭 프라이는 그의 책 『비평의 해부』에서 서사체계를 도표로 정리하고 모든 이야기의 원형을 신화와 성경에 그 연원을 두었다. 그는 세상이 달라지고 시간이 흐름에 따라 어떤 서사체계가 등장하고 어떻게 변해가는지를 알아보기 위하여 이 원형을 기준으로 삼는 '원형비평'을 마련한다. 신화와 민담, 서사시, 극, 그리고 소설 가운데에서도 사실주의, 모더니즘 등의 소설을 중심으로 아득한 옛날부터 현재까지 현실을 모방해 가는 서사의 변형을 연구하고 있는 것이다. 그러나 그의 책은 영화까지 담지는 않았다. 영화는 문자예술과 다른 영역이어서 동질감보다 이질감을 더 느낀 탓도 있었을 것이고, 그 책이 집필되던 50년대의 영화는 지금처럼 성숙된 장르가 아니었을지도 모른다.

그러나 매체는 달라도 문학과 영화는 서사의 기능에서 같은 범주에 속한다. 서사란 무엇인가, 그리고 그것에 관한 이론들에는 어떤 것이 있으며 서사양식이 변모해도 변치 않는 중요한 기본적인 요소들은 무엇인가. 대표적인 이론들을 통해 서사의 본질에 접근해 본다.

3. 서사란 무엇인가, 소통을 위한 문학의 이야기 구조

1) 고전 서사이론, 다양한 미학적 요소와 카타르시스

이야기의 본질을 논한 이론으로서 오늘날까지 유용한 것은 아리스토텔레스의 『시학』과 프로이드의 예술이론일 것이다. 『시학』은 시에 관한 이론서가 아니라 서사시와 극에 관한 이론이다. 당시의 서사시와 드라마가 운율을 갖는 시형으로 쓰여졌기 때문에 시인은 곧 이야기를 꾸미는 사람이었다. 이 책은 스승이었던 플라톤이 『공화국』에서 시인을 추방해야 한다고 말한 것에 대한 대안으로 해석되지만, 실제로 글 속에서 스승에 대한 반론을 분명하게 언급한 것은 아니었다.

플라톤은 '공화국'을 세우고 다스리는 데 있어 시인은 방해가 되는 존재라고 생각했다. 예술가는 실재(reality)를 그대로 그려내지 못하고 이데아로부터 세 단계 멀어진 모방을 할 뿐이라고 생각했기 때문이다. 우선 '침대'라는 이데아가 있고, 그것을 실재에 가장 가깝게 모방한 목수의 침대가 있다. 그리고 화가는 다시 목수가 만든 침대의 단면만을 그려내므로 그것에서 한 번 더 굴절된 모습을 보여준다는 것이다. 플라톤은 이성을 지닌 철학자가 실재에 가장 가까이 이를 수 있어서 정치가로서 가장 적절하고, 감성을 다루는 예술가는 오히려 방해가 된다고 믿었다. 억압하고 조종하여 다스려야만 되는 감성을 오히려 일깨우고 부추겨서 여자나 아이처럼 나약하게 만들고 미망을 진실인 양 오도하여 공화국을 어지럽힌다는 것이다. 플라톤의 이런 생각 저변에는 이성우월주의나 남성우월주의가 짙게 깔려 있다. 그는 말하기와 글쓰기 역시 이와 같은 맥락에서 우월을 나누었다. 말하기(telling)는 생각이 굴절될 여유도 없이 직접적이어서 오염이 적고, 글쓰기는 여유를 갖기에 욕망이 개입되고 굴절된다는 것이다. 말하기보다 보여주기(showing)가 간접적인 모방이기에 열등하다는 이분법적 우월의 차이 역시 이런 맥락에서 파생된다. 아무튼 플라톤은 공화국의 통치를 위해 시인은 추방되어야 한다고 말한다.

아리스토텔레스는 시인을 옹호하지도, 그렇다고 플라톤에 대해 언급하지도 않는다. 그는 직접 예술이란 어떤 것이고, 모방의 유용성은 무엇인가에 대해 논한다. 그리고 무엇보다 오늘날까지 다르게 되풀이되는 플롯 이론을 세운다. 즉 시학의 핵심은 플롯인 셈이다.

소포클레스의 비극『오이디푸스 왕』을 보자. 막이 오르면 테베시의 재난이 펼쳐지고 신하의 걱정을 들으며 오이디푸스 왕은 어떻게 테베시를 재난에서 구할 것인가를 신탁에 묻는다. 신탁은 아버지를 죽이고 어머니와 결혼한 부도덕한 자를 찾아서 벌을 주라고 명한다. 왕은 범인을 찾는다. 그는 막연한 불안 속에서 자신의 과거를 더듬는다. 그는 코린토스 왕자였다. 어릴 적에 아버지를 죽이고 어머니와 결혼할 것이라는 신탁의 예언을 듣고 코린토스를 떠난다. 그는 무작정 이웃나라로 발걸음을 옮기던 중 한 무리의 방해를 받아 용감히 물리친다. 그리고 스핑크스의 수수께끼를 풀고 그 나라의 왕이 되었다. 범인 찾기가 계속되는 도중 코린토스의 사자가 와서 왕이 죽었음을 알린다. 그는 신탁의 예언에서 자신이 벗어났음을 느끼면서도 여전히 불안해한다. 왕비 조카스터는 범인 찾기를 그만 두라고 애원한다. 그럴수록 왕은 더욱 단호히 증인들을 불러 모은다. 드디어 결정적인 증인이 잡혀 들어온다. 옛날 이 나라의 왕자가 막 태어났을 때 신탁의 저주를 듣고 왕자를 죽이라는 명령을 받았던 늙은 목자였다. 그는 왕의 강요에도 불구하고 차마 왕자를 죽이지 못하고 코린토스로 보냈었다고 자백한다. 코린토스의 왕자가 신탁의 저주를 피하려고 이웃나라로 오다가 죽인 남자는 바로 자신의 아버지였고, 왕이 되어 결혼한 아내는 어머니였다. 왕비는 자살하고 왕은 자신의 눈을 찌르고 테베시를 떠난다.

훗날 프로이트는 오이디푸스 신화에서 인간의 가장 원초적인 욕망을 읽어냈다. 아들이 아버지를 죽이고 어머니와 하나가 되고 싶어 하는 근친상간에의 욕망이다. 이것은 물론 사회와 윤리에 의해 억압된 사악한 것이다. 그러나 프로이트는 인간이 어머니의 품에서 태어나 연인의 품을 그리워하다가 대지로 돌아가는 비유를 들며 어머니, 연인, 대지를 같은 상징체계 속에 놓았다. 그런데 소포클레스의 비극 『오이디푸스 왕』이 아리스토텔레스를 매혹시킨 것은 훗날의 프로이트와 전혀 다른 측면이었다. 한 인간이 신으로부터 내려진 운명을 벗어나려고 애를 썼지만 끝내 벗어나지 못하는 운명론도, 추구와 탐색을 단념하지 못하고 끝까지 밀고 나간 왕의 자만심에 대한 경고 등도 아니었다. 아리스토텔레스를 매혹시킨 것은 다름 아닌 이 극의 짜여진 모습, 즉 구성이었다.

테베시의 재난으로부터 시작하여 범인 찾기의 과정이 한 치의 틈새도 없이 긴박하게 짜여진다. 어떤 사건이나 사소한 대화조차 극의 진행에 불필요하게 끼어들지 않는다. 일어나는 모든 일이 전체의 사건이나 의미에 필연적으로 연결된다. 매우 유기적 구성이다. 그리고 일어나는 사건들은 실제 사건이 일어나는 순서와 다르게 짜여 있다. 실제로는 신탁의 예언, 왕자를 낳자 버리는 것, 코린토스 왕궁에서의 성장, 신탁의 예언을 피하려고 테베시로 오다가 아버지를 죽인다, 왕이 되어 어머니와 결혼한다 등으로 진행되고 있다. 그런데 이것이 흩어져서 현재, 과거의 추적, 그리고 다시 현재로 돌아와 비극의 대단원이 종결되는 식으로 배열된다. 앞의 것은 극을 감상하며 독자가 경험하는 플롯(plot) 즉 행동의 모방 혹은 예술의 형식이요, 뒤의 것은 극을 감상하면서 독자가 의미를 파악하기 위해 시간 순서로 머릿속의 컴퓨터 파일에 차곡차곡 끼워 넣는 순서다. 극이 끝나는 순간, 시간 순서대로 끼워 넣던 파일의 마지막 빈칸이 채워지고 그때 독자는 극의 줄거리와 의미를 완성시킨다. 이것이 스토리(story) 혹은 예술의 내용이다. 20세기 초 러시아 형식주의자들은 '낯설게 하기' 이론에서 앞의 것을 수제(sjuzer), 뒤의 것을 파블라(fabula)라고 하여 예술은 형식에 의해 내용이 이루어진다고 언급함으로써 예술의 본질을 기법(art)에 두었다.

관객에게 호기심과 즐거움을 주는 예술의 본질을 유기적 구성과 플롯의 중요성에서 찾게 한 것 외에도 『오이디푸스 왕』이 아리스토텔레스를 매혹시킨 요인은 또 있다. 범인을 찾는 과정이 한 단계씩 찾는 자를 향해 집중해 오는 구성이었다. 찾는 대상이 찾는 주체가 아닌가 하는 의구심이 한 단계씩 상승되다가 어느 순간 그것이 사실로 밝혀진다. 순간 극은 전환점을 맞으며 발견과 함께 비극적 종결에 이른다. 그리고 지금까지 갈등 속에서 팽팽한 긴장을 이루며 고조되던 감흥은 절정을 이루면서 다음 순간 방출된다. 카타르시스다. 신탁을 피하려던 행동 하나하나가 그대로 신탁을 실천하는 셈이 된 아이러니였던 것이다. 아이러니는 대상이 곧 주체였다는 것뿐만 아니라, 피하려는 행동이 바로 그것을 실천하는 과정이었다는 데에도 있었다. 반전과 카타르시스, 그리고 아이러니 등 이것이 아리스토텔레스 『시학』의 핵심이고 그것은 '행동의 모방'이라는 플롯의 핵심이기도 했다.

아리스토텔레스에게 『오이디푸스 왕』은 유기적 구성, 플롯과 스토리, 반전과 발견, 아이러니, 카타르시스 등 자신의 시학을 설명하는 적절한 텍스트였다. 그리고 이 속에 플라톤이 추방한 시인을 구출해 내는 묘약이 들어 있었다. 바로 카타르시스다. 예술 혹은 극은 관객의 감흥을 점차 고조시켜 그것이 최고로 긴장되었을 때 이완시킴으로써 감정을 배출시킨다. 플라톤은 나라를 다스리는 데 있어 민중의 감흥이란 억압된다고 해서 사라지는 게 아니라, 어느 순간 한꺼번에 폭발할 수 있다고 본다. 그래서 그때그때 조금씩 분출되고 해소되어야 한다고 믿는다. 이런 감정의 승화를 예술이 맡기 때문에 시인은 필요한 존재이다. 그러므로 그의 시학은 미학이론일 뿐만 아니라, 다분히 도덕성 혹은 정치성을 띠고 있다.

극을 경험하면서 느끼는 감동과 재미, 긴박감 등은 극이 어떻게 짜여졌는가에 기인한다. 그리고 인간이 사회인으로서 어떻게 살아가야 할 것인가가 극의 내용에서 얻어진다. 미학성과 도덕성[혹은 정치성]은 극의 두 가지 요소로서 형식과 내용의 다른 이름이기도 하다. 프로이트의 '창조적 작가와 백일몽'이 아리스토텔레스와 만나는 지점이 바로 즐거움과 현실, 혹은 쾌락원칙과 현실원칙이라는 서사의 두 축이다.

어린 아이는 유아기에 어느 누구의 눈치와 방해를 받지 않고 자유롭게 놀이를 한다. 그러나 성장하면서 쾌락을 추구하는 욕망은 제약을 받게 된다. 자신을 돌봐주던 어머니와 누이에 대한 욕망을 버리고 아버지의 세계로 들어서며 사회가 정해놓은 여러 가지 관습과 법을 따르게 된다. 그러나 어릴 적에 누렸던 무한한 평화와 아늑한 쾌감을 결코 잊지 못한다. 이미 그것은 금지되었지만 무의식 속에 남아 틈틈이 현실과 사회의 제약을 뚫고 솟아오른다. 언제나 위장된 다른 모습으로 솟아오른다. 성인이 된 그는 금지된 유아기의 놀이에 대한 소망을 환상이나 공상 속에서 누린다. 그런데 평범한 사람과 달리 창조적인 작가는 이렇게 혼자서 즐기는 백일몽을 사회가 용납하는 내용물로 바꾸어 내놓는다. 어머니나 누이는 나이 어린 연인으로 대치되고 그녀를 얻기 위한 욕망으로 우회된다. 그는 사회가 요구하는 고귀한 목적을 위해 여러 가지 모험을 하거나 악과 싸우고 그것에서 승리한 대가로 연인을 얻는다. 그래서 서사시의 장엄한 모험 뒤에는 그가 추구하는 연인이 늘상 나타난다.

프로이트는 이 글에서 억압된 무의식이 작가의 경우에는 어떻게 돌아오는지를 밝히고 있다. 쾌락원칙이 현실원칙에 종속되는 모습으로 나타나는 예술은 재미와 도덕성의 양면을 갖추게 된다. 재미는 인간이 본능적으로 추구하는 현실도피의 욕망, 백일몽 속에서 누리는 기쁨, 즐거움과 쾌락에의 욕망을 충족시킨다. 인간은 그러면서도 사회와 문화 속에서 살아야 하기 때문에 현실이 요구하는 것을 외면할 수 없다. 인간은 이 두 가지 가운데 어느 쪽도 포기하지 못한다. 예술이 이 두 가지를 모두 지녀야 하는 이유가 여기에 있을 것이다.

이때 백일몽을 사회가 용납하는 내용으로 바꾸면서 여전히 재미를 잃지 않게 만드는 데 플롯이 필요하다. 갈등의 고조와 반전과 발견, 아이러니 등 미학적 요소와 카타르시스라는 윤리적 승화감이 한데 어우러진 고전 서사이론은 프로이트의 글에서도 다르게 되풀이된다.

2) 현대 서사이론, 고전 서사이론의 변형

현대 서사이론은 고전 서사이론의 변형 내지 다르게 반복하기라고 볼 수 있다. 20세기 초 러시아 형식주의자의 수제와 파블라는 곧 플롯과 스토리다. 그들은 예술의 형식과 내용의 관계를 낯설게 흩어놓는 것으로 설명했다. 시간 순서대로 진행되는 우리의 삶이 너무도 낯익어서 감지하지 못하는 것에 비해, 이것을 흩어놓은 예술은 그것을 낯설게 만듦으로써 순간순간을 경험하게 한다. 순간순간을 경험하게 하는 예술의 형식 혹은 기법이 아리스토텔레스의 '액션의 모방'이요 프로이트의 사회적으로 용납되도록 변형시킨 백일몽이다.

그런데 프라이는 내용과 기법을 통틀어 이야기를 시대별로 구분했다. 20세기 전반부 영미권의 서사이론은 주로 소설분석으로서 성격 발전, 플롯, 배경, 주제 등 아리스토텔레스의 『시학』을 다시 반복했는데, 이 가운데 플롯은 예술의 형식이라기보다는 극의 구조로 축소시키는 경향이 있었다. 브룩스와 워렌의 신비평에서 서사의 3요소는 플롯, 인물, 주제로 압축된다.

20세기 후반부 프랑스 구조주의는 플롯과 스토리를 분리하지 않고 합친 이분법적 안목으로 서사를 분석한다. 작품의 내용을 뒤져 그 속에 숨은 대립적 구조를 찾는 것이다. 그리고 후기 구조주의 서사이론은 수사(혹은 담론)비평과 스토리와 플롯을 다시 분리시키는 경향으로 나뉜다. 웨인 부스(Wayne C. Booth)는 『소설의 수사학』에서 소설을 저자가 독자를 설득시키기 위한 수사학으로 본다. 그는 내포저자를 만들어 인물과 내포저자와의 관계를 살피는데 둘 사이가 우호적일 때도 있고, 인물이 전혀 반대 소리를 하다가 내포저자에게 얻어맞는 경우도 있다. 프랑스 문학이론가 쥬네트(Gérard Genette)는 누가 보는가, 누가 말하는가를 분리하여 생각했다. 서술자는 누구이고 시점자는 누구인가. 자서전적 회고적 서술에서 서술자는 성인이지만 경험자 혹은 시점자는 어린아이이거나 점차 성장해 간다. 둘 사이의 거리가 멀 때는 인식론적 틈새가 크지만 서사가 진행될수록 이 거리가 점차 줄어든다. 한편 서술자가 어떻게 인물을 조정하여 소설을 엮어가는가를 연구한 독일의 스탄젤은 일인칭과 삼인칭 서사상황을 나누고 각각이 사실주의 양식에서 출발하여 모더니즘의 내적 독백을 향해 내려오는 모습을 보여준다. 이 둘은 한 점에서 만나게 되는데, 그것이 내적독백의 극치로서 서술자가 완전히 사라지고 인물의 의식만 투명하게 남는 자동 독백이었다.

이런 수사비평이나 서사이론이 너무 건조하다는 입장에서 다시 아리스토텔레스의 플롯을 되살려 내는 피터 브룩스의 「플롯을 따라 읽기」는 고전 서사이론이 얼마나 끈질지게 되살아나는가를 보여주고 있다. 게다가 브룩스는 아리스토텔레스의 플롯에 프로이트의 반복 충동을 결합시켜서 더욱 흥미롭다. 그는 액션의 모방 혹은 수제에 해당되는 플롯을 살피는 데 어떻게 억압된 것이 되돌아오는가에 초점을 맞춘다. 삶의 본능과 죽음의 본능 혹은 쾌락원칙과 현실원칙이 교차 반복되는 가운데 삶이 길게 연장되듯 소설도 곡선을 그으면서 연기된다.

수많은 이론들을 우회하여 고전 서사이론은 이렇듯 서로 만난다. 그러면 지금까지 살펴본 예술의 형식과 내용을 창조자와 관객의 입장에서 바라보자.

3) 창조자와 관객, 작품에 대한 반대 방향의 경험

예술작품은 그것을 만든 사람과 감상하는 사람 사이에 존재한다. 한 편의 소설이나 영화는 만든 사람과 보는 사람을 연결시키는 매체다. 그러므로 비평 방식은 이 세 개의 관계를 놓고 어느 편에 서서 보는가에 달려 있기도 하다. 작품과 저자의 관계에 초점을 맞추는 경우를 전기적 비평, 작품 자체만을 보는 경우를 신비평이나 구조주의 등 형식비평, 작품과 독자의 관계를 보는 경우를 현상학적 읽기나 독자반응비평이라 한다. 이런 갈래는 그 시대의 이념이나 철학적 맥락에서 이루어지는데 20세기 비평은 주로 작품 자체에 초점을 맞추는 형식비평이 압도적이었다.

그러면 이제 이러한 분류법을 벗어나 그저 소비자인 관객의 입장에서 서사를 대했을 때 일어나는 현상을 보기로 한다.

관객이 극장에 들어가 맨 먼저 대하는 것은 작품의 형식이다. 수제, 플롯, 낯설게 흩어놓은 것 등이다. 그는 플롯을 경험하면서 동시에 사건들을 시간 순서대로 차곡차곡 배열해 간다. 그리고 극이 끝날 때 내용과 줄거리를 합성한다. 그런 다음에 그 작품이 무엇을 말하려는가를 생각하게 된다. 세상과 인간에 대해 얘기하는 그 가운데에서도 어떤 부분을 강조하고 있는가에 대한 생각이다. 그리고 수많은 에피소드들이 같은 코드를 두드릴 때 그것이 작품의 주제다. 대부분의 관객은 여기에서 멈춘다. 그러나 좀더 사려 깊은 사람들은 작품 뒤에 숨은 창조자의 얼굴을 떠올린다. 바로 작가의 사상은 무엇인가에 대한 점이다. 사상은 개별 작품을 낳는 강줄기다. 그러므로 그가 만든 여럿의 작품들은 다르게 반복되는 같은 이야기다. 그 다음은 작가가 속한 시대상황이다. 그는 자신이 살고 있는 시대의 특수한 상황을 기법과 내용으로 반영한다. 그리고 마지막 단계는 특수한 상황을 넘어서는 보편성이다. 어느 시대, 어느 지역의 인간에게도 공감되는 초월성이다.

그런데 이때 같은 서사라도 소설과 영화 사이에서 차이가 난다. 소설은 창조자가 대부분 혼자인 까닭에 그의 사상과 시대상황이 비교적 수월하게 점검되지만, 영화는 여러 단계에 걸쳐 여러 사람들에 의해 만들어지기 때문에 제작자나 감독만의 고유성이 줄어든다. 그렇다 해도 어떤 감독의 영화에서 어떤 형식과 내용이 반복되어 줄기차게 담기는 경우를 흔히 보게 된다. 알프레드 히치콕의 작품이 그런 경우다. 이제 이 순서를 바꾸어 창조자와 작품의 관계를 보자. 창조자는 역사 속의 존재로서 전통의 일부다. 그는 이런 보편적 존재이며 동시에 특정한 시대의 산물이다. 그는 그 시대의 문제점을 극복하기 위해 무엇을 쓸 것인가를 생각한다. 그리고 그것을 어떤 형식 속에 어떻게 담을 것인지를 생각한다. 실제로 만드는 작업에서 많은 이탈이 일어난다. 그러나 그가 완성시킨 작품은 관객의 감상을 기다린다. 보편적 상황 → 특수한 시대상황 → 사상 → 주제 → 줄거리[내용, 파블라] → 수제[형식] → 관객의 과정에 의한 것이다.

관객과 창조자는 작품을 사이에 두고 서로 반대방향의 경험을 하게 된다. 그리고 이 때 작품이 관객에 의해 다양한 해석을 낳는다는 해석

학적 입장이 강조되면 작품은 열린 형식이 되고 그것을 텍스트(text)
라고 부르기도 한다.

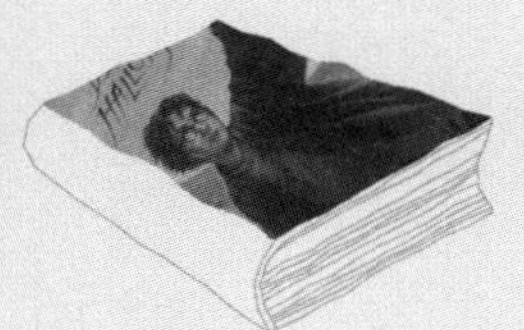
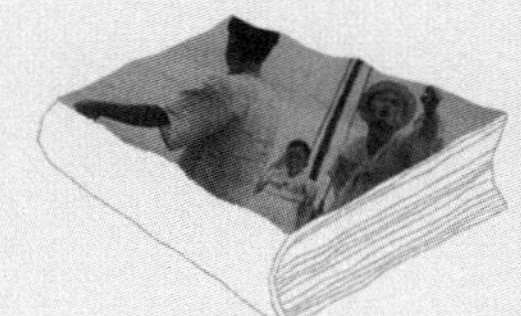
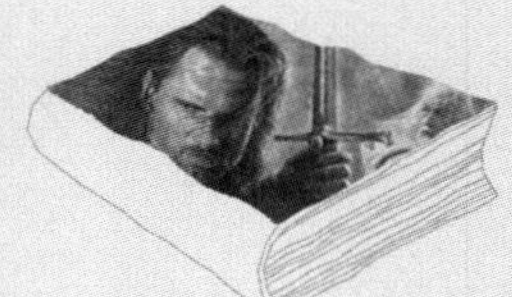
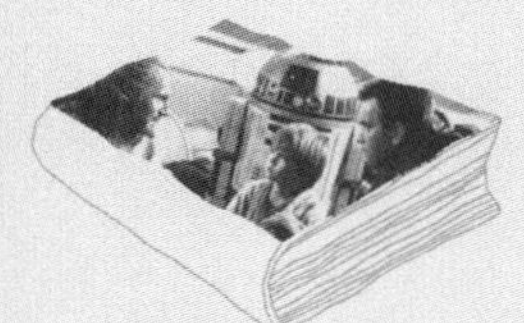
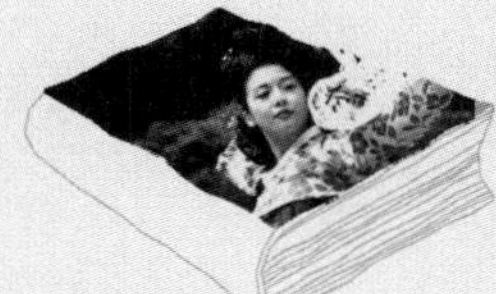
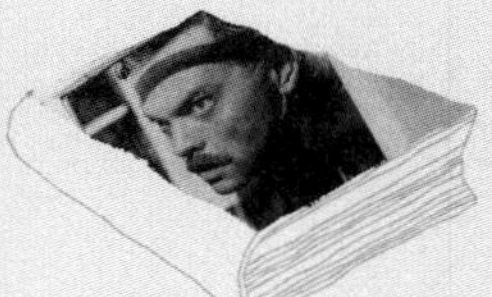
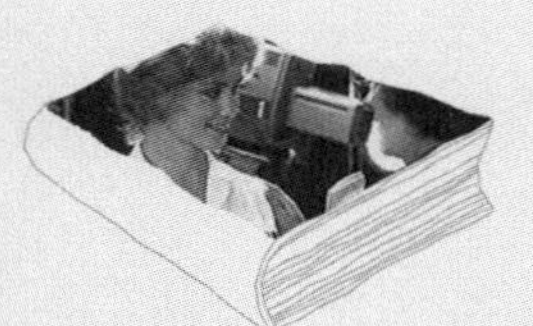
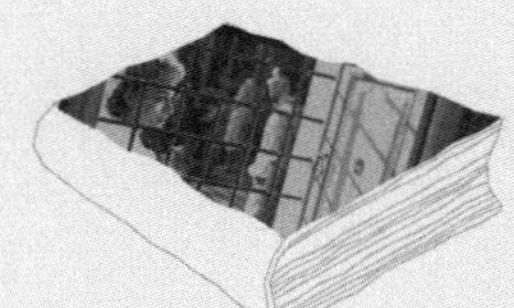
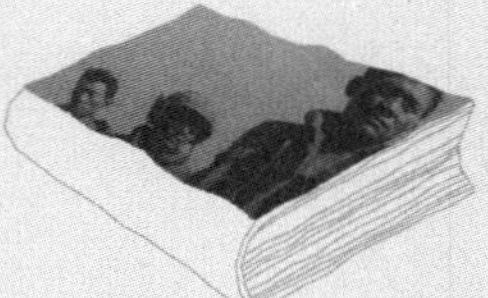

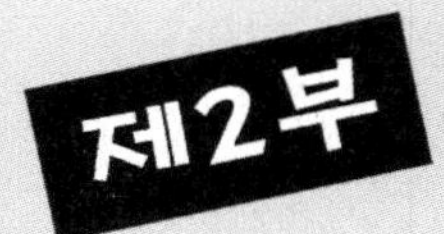

제2부

다매체 융합의 시대,
소통과 상생의 패러다임

제1장

디지털 매체시대, 문학 환경의 변화와 현대소설의 변모

1. 새로운 매체의 출현, 문화 예술의 변화

1) 유비쿼터스 시대, 아우라의 붕괴와 변화의 가속화

인간이란 종(種)이 출현한 이후로 매순간 상태의 변화를 겪었다는 점에서 모든 시대는 전환의 시대로 규정될 수 있다. 하지만 현재 우리가 목도하고 있는 디지털 혁명으로 인한 변환은 보다 극적이며 가시적이다. 요컨대 그것은 새로운 문명으로 진입하는 어떤 문턱을 암시한다. 즉 대기의 공기가 없다면 인간은 한 시도 살아갈 수 없듯이, 이제 우리들 생활 속에서 디지털 기술이 존재하지 않는다면 첨단시대의 삶을 살아가는 데 큰 어려움이 따를 것이다. 가령 아침기상을 도와주는 알람 시스템, 정보를 전달해 주는 쌍방향 디지털 텔레비전, 음식의 신선도를 유지해 주는 디지털 냉장고, 개인 간의 커뮤니케이션을 연결해 주는 모바일 폰, 그리고 디지털 카메라, 자동차의 네비게이션, 집안을 지켜주는 안전시스템 등 이제 우리들은 디지털의 바다에서 건져 올린 풍부한 디지털이란 물고기를 공유하며 유비쿼터스(Ubiquitous) 시대를 열어가고 있다.

유비쿼터스의 어원은 라틴어다. '신(神)이 언제, 어디서나, 존재하며 공유한다'란 의미다. 그리고 그 어원의 구체적인 내용은 성경에서 찾아볼 수 있다. 즉 갈릴리 앞바다에서 물고기를 낚아 올리지 못하던 베드로가 예수의 말을 듣고서는 그물 가득 풍부하게 끌어올려 모든 이에게 나누어 주었다는 의미에서 유래되었다고 한다. 따라서 유비쿼터스란 모두가 함께 호흡하고 공유하는 문화적 패러다임을 뜻한다고 볼 수 있다. 무엇보다도 디지털시대에서 급속하게 확산되어 온 컴퓨터와 이를 통한 사이버 문화는 폭넓은 파장을 일으키며 삶의 변화를 이끌고 있다. 지식정보화, 전지구적 네트워크화, 디지털화를 중심으로 정치·경제·사회·문화 등 우리 삶의 전분야에 걸쳐 이루어지고 있는 이들 변화는 인류의 새로운 운명을 예감하게 한다.

디지털 매체의 공간적 파급력과 광속의 신속성에 힘입어 소원했던 지구의 구성원들은 실시간으로 정보를 주고받으며 서로 교감하고, 권위와 위계화 대신 평등한 정보 접근의 가능성과 함께 보다 포괄적인 상호 이해를 증진시키며, 서로에게 지적·정신적 자양분을 제공하면서 보다 민주적인 공동체를 건설할 수 있는 기회를 얻게 되었다. 디지털 테크놀로지는 '네트워크'에서의 사람들의 참여와 정보의 탈중심적 분배에 기초하며, 지금까지 소외되었던 작은 목소리들에게도 당당히 작가의 권리를 부여한다. 디지털 매체는 이제 우리 삶의 거의 모든 면에서 돌이킬 수 없는 급격한 문화적·정치적·인식론적 변형을 동반하고 있다. 그래서 현재는 디지털시대를 살면서도 문화가 지닌 첨단성과 보수성으로 인해 아직은 상당 부분 20세기적 요소가 완강하게 버티고 있지만, 분명 시와 소설을 비롯한 문학은 물론 모든 예술의 존재 방식은 필연적으로 격변을 겪지 않을 수 없을 것이다.

독일의 철학가 발터 벤야민(Walter Benjamin)은 흉내를 낼 수 없는 예술작품에서의 고고한 분위기를 '아우라'라고 하면서, 기술복제 시대의 예술작품에 일어난 결정적 변화를 '아우라의 붕괴'라고 정의하였다. 이렇듯 디지털시대에 변질된 아우라(aura)와 전도된 가치관, 컴퓨터 언어를 이용한 하이퍼텍스트 문학에서의 작가와 독자의 위상 변화, 더 나아가 컴퓨터 기술을 응용한 멀티미디어 작품에서의 창작과 그 수용 양식의 변화, 그리고 컴퓨터 데이터베이스를 작품의 혼성 모방에 이용하는 작품 등은 우리 문학에 나타난 변화의 서곡에 불과하다. 비록 일부 작품에 국한되기는 하겠지만, 디지털 기술이 외부적으로만 응용되는 데 그치지 않고, 그 자체가 작품의 구성 요소로 포함되는 새로운 형태의 멀티미디어 문학작품의 출현도 이미 현실화되고 있기 때문이다. 다시 말해 어느 누구도 디지털 환경의 가속화에 따른 문학의 변화와 영역 확장을 부인할 수 없는 시점이다.

2) 디지털시대, 사이버 공간에서의 사이버소설 형성

한편 리얼리즘이 지배하던 세계에서는 사이버 현실이 공허한 환상처럼 느껴졌을지 모른다. 그러나 사이버 세계가 실재 현실보다 더 리얼하게 느껴지는 지금, 실재 현실의 중요성을 강조하는 것은 어쩌면 전시대의 향수를 고백하는 최고조(最高潮)가 되기 싶다. 오늘날 디지털시대에서의 사이버 공간은 모든 부분에서 역량을 키워가고 있다. 물리적으로 존재하지 않을 뿐 아니라 서로 원격지에 떨어져 있으면서도 현실세계에서처럼 각종 정보를 교환하고 대화를 나누며 문학 작품까지 창작할 수 있는 논리적 가상공간이 되었다. 특히 '자기 자신과 가상현실이 일체된 동일감을 강하게 줄 수 있는 새로운 매체'의 공간이 되었다. 그 곳은 분명 가상공간이지만, 이용자들은 실제적 삶의 요소가 존재하는 또 다른 사회로 인식하게 된 것이다.

사이버 공간은 '네트워크로 연결되어 있는 컴퓨터, 네트워크를 통해 전달되는 정보, 네트워크를 사용하는 사람들로 구성'된다. 그리고 이와 같은 사이버 공간을 토대로 성장하는 사이버소설은 다음과 같은 몇 가지 형성배경을 지닌다.

첫째로 컴퓨터가 대량 보급됨에 따라 글쓰기가 대중화되고 있다. 사회는 '과거가 아니라 현재에서 맺어지는 사회계약이며, 그 속에서 기존의 규칙은 그것이 공정하고 정당하다고 생각될 때만 지켜지는 것'이라면, 컴퓨터는 사회와 계약을 맺은 새로운 규칙의 성격을 지녔다고 하겠다. 컴퓨터의 역할은 비디오나 텔레비전에 비교가 되지 않을 만큼 혁명적이다. 컴퓨터의 출현이 혁명적이라는 것은 컴퓨터가 하나의 도구이거나 대상의 성격에만 그치는 것이 아니라, 제 스스로 주체가 되어 인간과 상호작용을 기도한다는 사실에서 기인하는 것이다. 이러한 새로운 매체로서의 컴퓨터는 글쓰기의 다양한 변화를 가능하게 했다. 먼저 컴퓨터는 작가의 창작과정에 기여한다. 문서 처리기를 활용함으로써 수정과 교정이 용이하게 되어 창작의 속도를 높아지게 한다. 또한 데이터베이스 기능을 이용하여 시간을 절약할 수 있으며, 대량의 정보를 가공하고 복제하여 '패러디나 패스티시 등의 일탈적 작품'을 생산할 수도 있다. 아울러 탈시공간적인 하이퍼나 사이버 리얼리티로 작가의 새로운 리얼리티 요구를 가속화시킨다. 특히 작가의 창조적 상상력은 인문적 상상력과 과학적 상상력 및 추리적 상상력을 상보적으로 결합시켜 문학의 영역을 확대한다. 마지막으로 컴퓨터와 모뎀의 결합은 독자와 작가의 상호소통을 가능하게 하였다. 이러한 사이버소설의 양방향성은 기존의 매체에도 영향을 주어 시종 일방향적 성격을 띠던 라디오는 청취자들의 문자나 전화를 적극적으로 수용하고 있으며, 텔레비전은 시청자들을 직접 출연시키고 설문지를 통해 연속극의 진행 방향을 결정하기도 하면서 점차적으로 양방향성을 지향하고 있다. 이러한 현상은 기존 매체의 일방향성이 시청자들에게 일방적 시청을 강요했다는 반성과 더불어 상호소통을 통해서 매체 자신들의 한계를 극복하고자 하는 의도로 보인다.

둘째로 현실공간에서 리얼리티를 바탕으로 하는 작가의 상상력이 빈곤을 면치 못하고 있다. 현실에서 '있음과 있을 수 있음'만이 작품의 리얼리티를 살릴 수 있다는 생각은 작가들의 창작활동에 가장 큰 장애 요인이었다. 그리하여 작품이 사실인 것처럼 보이도록 노력하지 않을 수 없었으며, 이는 작가의 문학적 상상력을 제한하게 되었다. 다시 말하면 현실세계에서 있을 법한 허구를 바탕으로 하는 작가들의 문학 적 상상력이 그 한계에 도달했다는 것을 의미한다. 작가는 허구성과 사실성의 경계가 불분명해진 현재의 문학적 상황을 직시하여 현실뿐 만 아니라 의사현실이라는 새로운 리얼리티까지도 작품에 담아내야 할 것이다. 작가의 상상력이란 현실을 뛰어넘고 현실을 이미지로 만 들어 내는 능력이며 '하나의 상태가 아니라 인간의 실존 그 자체'이기 때문이다.

셋째로 주변문학과 본격문학의 경계가 해체되고 있다. 문학의 독자 부재 현상이 어제오늘의 이야기는 아니지만, 이러한 현상이 점차적으 로 심각성을 더해가고 있다. 문학을 대신할 수 있는 매체가 다양하게 나타남에 따라 기존의 본격문학만으로는 역부족이 되었다. 사이버소 설 모두를 주변문학과 동일하게 보아서는 안 되겠지만, 주변문학에 문학성이 없다고도 단정할 수 없는 법이다. 오히려 문학을 주변 혹은 본격으로 이분화시키는 문단풍토가 더 큰 문제일 수도 있다. 문학 작 품의 작품성이나 문학성 또는 예술성에 대한 가치 평가는 자의적 성격 이 강하다. 즉 평자가 보는 시각에 따라 다르게 나타나는 불안정한 개념이다. 어떤 작품이 주제나 소재 및 기법적 측면에서 본격문학의 범주에서 벗어난다면 좋은 평가를 받기가 쉽지 않을 것이다. 하지만 아직 사이버소설은 전위적 성격이 강하면서도 본격문학의 범주에 포함되려는 성향이 다분하다. 그렇다면 사이버소설은 주변 혹은 본격의 경계를 극복하고 대중을 지향하면서도 문학성을 잃지 않는 문학을 지향해야 할 것이다. 결국 주변문학과 본격문학의 상호소통이 필연적인 상황이다.

디지털 매체의 출현은 인쇄 매체에 종속되었던 문학에 대한 근본적인 변화를 가져왔다. 디지털 기술이 다양한 영역으로 확대됨에 따라 인쇄 매체 자체가 디지털화 되었을 뿐만 아니라 문학의 창작, 수용, 판매 과정이 상당 부분 디지털화된 것이다. 그런데 이는 문학의 새로운 가능성이기도 하지만, 정체성의 위기이기도 하다. 실로 소설의 양적·질적 변화 양상은 영상매체가 출현하면서 지평변동의 조짐을 보였으며, 컴퓨터와 통신의 결합은 '사이버 공간'을 만들고 '사이버 소설'이라는 새로운 문학 장르를 개척했다. 1948년 노버트 위너(N. Winer)가 처음으로 사용한 '사이버(Cyber)'는 가상이라는 의미로서 사이버네틱스(Cybernetics), 즉 인공두뇌학에서 유래되었다. 그러므로 사이버를 연구한다는 것은 사이버네틱스를 논의하는 것과 다르지 않다. 클라우스의 말처럼 우리의 기술이나 자연에서 아직까지 실현하지 못한 구조와 기능의 관계, 또는 제어 및 조절과정에 관한 공통된 원리를 인간의 인식과정과 컴퓨터의 인공지능과의 공통점을 탐구하는 것으로 보아야 한다. 사이버는 디지털시대와 밀접한 정보를 통한 정치, 경제, 사회, 문화, 예술 등의 교량 역할을 하여 사이버소설의 형성배경을 파악하는 데 중요한 단서를 제공한다. 우리 나라의 경우 천리안의 '컴퓨터문단(DEBUT)'과 하이텔의 '하이텔문학관(LITER)'이 가장 대표적인 사이버소설 공간이었다. 이러한 컴퓨터문단을 작품 발표의 장으로 삼아 온 작가들은 독자들에게 꾸준히 인기를 얻었으며, 종이책으로 출간하기도 하였다.

이제 컴퓨터의 대중적 보급으로 말미암아 사이버소설은 팽창 일로에 있다. 이런 점을 간과하지 않는다면, 혹은 디지털시대의 컴퓨터에 의해 소설은 어떤 형태로든지 변모할 것이라고 전제한다면 사이버소설을 탐색하고 정리해야 할 필요성이 절실하다고 본다. 그리고 이는 우리 소설사를 더욱 풍성하게 확충시키는 행위가 될 것이다. 이러한 시대적 현실을 올바르게 인식하지 않고서는 인간과 세계에 대한 깊고 넓은 안목을 제공하고 미의 정체를 보여주는 문학의 본질에 대한 그 구현을 충실하게 할 수 없기 때문이다.

2. 디지털 매체의 등장, 문학 환경의 변화

1) 디지털 매체의 등장, 새로운 표현 방식의 디지털 서사

주지하듯이 문학은 일상의 사소한 의미까지도 우리 앞에 세세히 보여주었으며, 역사의식의 반대편에 서 있는 시원(始原)의 삶도 제시해 주었다. 또한 문학은 사회의 제반 문제를 제기하고 사상의 향방을 주도하는 중요한 글쓰기로 군림해 왔다. 그래서 문학은 시대를 이끄는 지식인의 의사표현 수단이었으며, 이런 성향은 지성사의 한 전통으로 이어져 왔다.

그런데 바로 지금 그 문학 작품들이 점차 우리 시대의 중심부에서 멀어지고 있다. 그리고 이러한 현상이 개탄해야 할 일이라거나 일시적인 일이 아니라는 사실을 사적 공간에서는 대부분의 사람들이 시인하고 있다. 왜냐하면 인류의 또 다른 의사소통 수단으로써 영상매체가 출현한 이후, 이 현상은 본질적으로 불가피한 변모로서 수긍 혹은 시인하고 있기 때문이다. 말로 의사소통을 하던 인류가 문자를 발명한 이후, 책을 중심으로 지식이 생산·전달되던 전통이 이제 디지털 미디어의 발명으로 새로운 전기를 맞고 있는 것이다.

문자가 발명된 이후로 문학이 있었고, 영상을 매체로 영화와 드라마가 있었으며, 디지털 매체가 탄생한 후 그것을 매체로 한 디지털 서사들이 나오기 시작했다. 컴퓨터 게임, 애니메이션, 하이퍼텍스트 소설들이 그것이다. 우리가 현재 위기라고 말하는 것은 텍스트 문학의 경우인데, 이 텍스트 문학은 활자가 보급되면서부터 융성했다. 즉 텍스트 문학은 인류 역사의 시작부터 존재해 온 이야기의 한 방식일 뿐이다. 그러므로 현재의 문학 관련자들이 자신을 문자에 묶어놓지 말고 이야기라는 표현의 원질에 자신을 개방시켜 놓는다면 문학은 그 영역을 더 넓힐 수 있으리라고 본다. 이런 가능성은 최근 통합서사의 경향이 더해지면서 더욱 현실적으로 와 닿는다.

디지털 서사는 양방향성(interactivity)·비선형성(nonlinarity)·통합성의 특성을 지닌다. 텍스트와 본질적으로 다른 하이퍼텍스트에서 지식은 전례에 없던 방식으로 생산, 교환, 소비되고 있는 것이다. 이와 동시에 영상매체는 훨씬 쉽고 본격적으로 우리 앞에 서 있다. 그리고 이 매체는 예술의 중요한 표현매체로 우리 앞에 다가왔고, 특히 글을 표현의 도구로 삼아온 문학은 이 영향을 가장 심각하게 받았다. 즉 문학의 위기는 텍스트의 위기와 가장 밀접한 관련을 지닌다. 이야기라고 하는 인간의 자기표현의 원질은 원시시대부터 있어 왔고, 이것이 문자시대에는 활자를 매체로 한 문학으로 존재했으며, 영화나 드라마를 위한 시나리오로도 존재했다. 그리고 디지털시대에 하이퍼텍스트 상에서 다시 새로운 표현의 방식을 획득한다. 이제 텍스트의 문학은 문자성을 더욱 강조한 채 소수 집단을 위한 향유물로 자신의 정체성을 지켜나가든지, 아니면 문자성의 본질은 계속 고수하면서 영상물까지 아우르게끔 자신의 영역을 개방하든지 결정해야 할 처지에 놓여 있다.

디지털시대에는 벤야민이 말했던 의미에서의 복제본은 더 이상 만들어지지 않는다. 디지털 방식은 무한대의 원본을 만들 수 있기 때문이다. 디지털 사진이나 디지털 영화, 컴퓨터 그래픽 등 애초에 디지털 기술로 만들어진 예술작품이라면 원본만이 지니는 아우라는 존재하지 않는다. 돌이켜 보면, 롤랑 바르트가 텍스트에서 저자의 권위를 빼앗고 독자의 탄생을 선언했던 것이나, 그 이듬해 미셸 푸코가 바르트와 견해를 달리하며 마르크스와 프로이드처럼 무한한 담론 가능성을 세워 놓은 경우에 대하여 '근원적 저자'라는 유보 사항을 달아 두었던 것은 벌써 한 세대 전의 일이다. 이제 가상공간이라는 새로운 디지털 환경 속에서 그들의 이론은 수정을 요구받는다. 인터넷으로 대표되는 가상공간에서 이뤄지는 디지털 기반의 텍스트는 바르트나 푸코가 대상으로 했던 문자언어로서의 '원본'이라는 개념을 벗어나기 때문이다. 이같이 디지털 기술은 모든 예술로부터 예술적인 것의 아우라를 빼앗아 갔다. 원본보다 더 생생한 원본을 만들어 낼 수 있기 때문에 벤야민이 말한 복제품과 원본 사이의 거리가 사라져 버린 것이다.

2) 인터넷 혁명, 문학 환경의 변화와 문화 매체의 확산

한편 우리가 지금 속한 디지털시대를 이해하는 지름길은 '비트(bit)'라는 개념을 파악하는 것이다. 이미 대중화된 개념인 비트는 전자의 속성상 무게없이 빛의 속도로 달리면서 다른 것과 손쉽게 뒤섞일 수 있다. 비트는 정보의 최소 단위라는 점에서, 물질의 최소 단위인 '아톰(atom)'과 비교되는 개념이다. 정보화시대 이전까지의 정보는 대개 아톰을 기본 단위로 만들어졌지만, 디지털시대인 지금은 대부분의 정보가 비트라는 최소 단위로 이루어진다. 예컨대 과거에는 종이로 된 신문이나 잡지, 책 등을 통해 정보를 얻고 대차대조표 같은 서류를 교환해 가며 경제활동을 했다. 이에 비해 오늘날에는 많은 정보들이 비트화되어 인터넷을 통해 세계로 전달된다. 이처럼 인터넷혁명은 산업혁명이나 그 이전의 어떤 문화적 혁명보다 강력하고 절대적인 혁명이라 하지 않을 수 없다. 산업혁명이 활자문화시대의 지식보급을 확대시켰다면 인터넷혁명은 전파문화시대의 기술정보의 가속화를 무한대로 혁신시켰다고 할 수 있다. 전파문화가 활자문화 위에 성립한다고 하더라도 전파문화의 급속한 성장과 보급은 활자문화 시대의 지식과 교양을 타파하는 새로운 세대의 문화를 범세계적이며 동시다발적으로 확대시키고 있는 것이다.

그런데 비트의 속성 가운데 핵심적인 요소는 손쉬운 혼합성이다. 우리가 흔히 '멀티미디어'라 부르는 것은 다름 아니라 '오디오 데이터'와 '비디오 데이터'의 혼합이다. 그것은 일견 매우 복잡해 보이지만 기본 원리는 비트를 섞어놓았다는 것이다. 이 같은 비트의 혼합으로 이루어진 디지털시대는 가상현실 혹은 사이버 스페이스라는 신대륙을 만들어 놓았다. 여기서 '가상현실'이란 말은 언뜻 모순된 용어처럼 들린다. 왜냐하면 '가상'과 '현실'이라는 서로 상반된 개념이 결합해 있기 때문이다. 그러나 가상현실은 가공의 것을 마치 현실의 것처럼 만들 수 있으며, 심지어는 현실보다 더 실감나게 만들 수 있다. 지금 우리의 최대 관심사 중의 하나인 인터넷이야말로 우리가 일상에서 가장 쉽게 또 가장 많은 시간을 접하는 가상현실의 공간이며, 특히 대표적 서사 장르로 발전해 온 문학 환경에 커다란 변화를 가져오고 있다.

무엇보다도 하이퍼텍스트 문학은 전통적인 서사 구조와 작가와 독자 등의 위상에 커다란 변화를 가져올 것으로 보인다. 가상공간에서의 작가와 독자는 실시간으로 또한 쌍방향으로 소통함으로써 두 문학적 주체 사이의 경계가 모호해진다. 이때 작가는 자신의 텍스트를 끝없이 고쳐 쓸 의무가 있다는 점에서는 기존의 작가와 다를 바 없지만, 자신의 텍스트를 인터넷에 개방하고 실시간으로 제시되는 독자들의 요구를 최대한 수렴한다는 점에서 기존의 작가와 명백히 다르다. 그리고 독자들도 작가들에게 끊임없이 고쳐 쓸 것을 요구하는 동시에, 텍스트의 의미 구축 작업에 직접 참여한다는 점에서 분명 이전과는 다른 독자다.

일찍이 아리스토텔레스가 정의한 전통적인 플롯 개념은 처음, 중간, 끝을 지닌 통일체를 지향한다. 여기서 작가 혹은 화자의 이야기는 스토리들의 시간적 순서와는 상관없이 독자에게 선형적(linear)으로 전달될 수밖에 없었다. 이에 비해 하이퍼텍스트 문학에서는 독자가 선택한 이야기가 마치 인터넷의 웹사이트를 이리저리 이동할 때처럼 비선형적(nonlinear)으로 전달된다. 따라서 하이퍼텍스트를 이용한 작품에서는 독자들의 취향에 따라 주인공이 달라질 수 있고, 전혀 다른 사건이 발생할 수도 있다. 독자들은 자신의 선택 나름으로 각기 다른 작품을 경험하게 되는 것이다. 최근에는 문학 전문 포털사이트도 많이 개설되어 있는데 이곳에서는 작품 감상뿐 아니라 독자가 투고한 시에 대한 교정, 독자들의 의견 교환과 수렴도 이루어지고 있다.

특히 서사물의 경우에 나타나는 새로운 변화야말로 사이버문학의 새로운 패러다임을 잘 보여주는 것이다. 이러한 사이버 문학적 특성을 여실히 드러내고 있는 인터넷 상의 서사물로는 '팬픽(fan-fic)'과 '판타지(fantasy)'를 들 수 있다. 모두가 나름대로 디지털 매체의 특성을 수용하여 문학을 변형시키고 있는 예라고 할 수 있다. 팬픽이란 팬(Fan)과 픽션(Fiction)의 합성어다. 만화·소설·영화 등 장르를 구분하지 않고 팬들이 자신의 뜻대로 비틀거나 재창작한 것으로 인기 연예인의 팬들이 스타들을 주인공으로 하는 소설을 써서 게시판에 올리는 것을 일컫는다. 작가들은 대부분 10대들로서 만화 캐릭터 등도 주인공으로 등장하지만 연예인을 대상으로 한 작품들이 주를 이루고 있다. 그러나 팬픽의 경우 판타지에 비하면 사이버 공간에서 그다지 많은 비중을 차지하고 있는 것은 아니다. 판타지는 현재 사이버 공간에서 가장 활발하게 창작되고 유통되는 새로운 사이버문학 형식이라고 할 만하다. 오늘날 영화나 소설에서 붐을 이루고 있는 판타지의 세계에서도 충분히 짐작할 수 있다. 소설의 다른 장르와 달리, 판타지의 텍스트는 스크린에 펼쳐진 영상보다 독자의 상상력을 더 자유롭게 풀어줄 수 있기 때문이며, 소설 독자층이 리얼리즘을 떠나 판타지 중심으로 재편되는 것은 세계적 추세다. 이러한 판타지소설과 영상매체와의 동거 현상은 앞으로 더욱 뚜렷하고 긴밀해질 것이다.

또한 디지털 북, 흔히 전자책(e-Book)이라 불리는 새로운 문화매체의 등장은 문학의 기능을 좀더 근본적으로 변화시킬 요소를 지니고 있다. 전자책은 출판의 방식을 본질적으로 바꾸어 놓았다. 전자책은 책을 보관할 공간이 따로 필요 없고 영구적으로 보관이 가능하며 제작비가 적게 든다. 여기에 멀티미디어 기능을 비롯한 검색, 구연, 음성인식 등의 기능도 가능해서 정보의 전달에 효과적이라는 이점도 있다.

그러나 화면으로 책을 보는 데 익숙하지 않은 독자들은 여전히 인쇄된 책을 더 선호하여 읽기 때문에 전자책 본연의 취지를 이루지 못하고 있다. 이에 통신 공간에서 끼리끼리의 재미를 추구하는 아마추어들과 달리, 체계적으로 기업을 운영하고 이윤을 남겨야 하는 출판업계에서는 하이퍼텍스트의 음성인식과 같이 책에서 즐길 수 없는 기능들을 적극적으로 활용하여 독자들을 유인하려 할 것은 당연하다. 그리하여 전자책 회사에서는 책에 소리를 넣는다거나, 독자가 주석을 달 수 있는 난을 개설한다거나, 저자의 인사를 동영상으로 넣고 있기도 하다.

이와 같이 소설책도 전자책으로 출판되고 있으므로 다른 전자책들과 마찬가지로 하이퍼텍스트의 특성을 자연스럽게 이용할 것이다. 이제 하이퍼텍스트 문학이 제작되어 인터넷 사이트에 걸려 있거나 감상되고 있다. 전자 출판이 확산되고 작가들이 이 매체에 작품을 콘텐츠로 제시하고 있어 새로운 매체를 적극적으로 활용한 작품이 활성화될 것이다.

3. 사이버 매체의 수용, 현대소설의 변모

1) 사이버 매체의 수용, 소통 변화의 촉진

정보화시대를 이끌어 가고 있는 것은 인터넷이라는 최첨단 사이버 매체다. 그리고 많은 사람들이 이 매체 때문에 오늘날 문학이 위기를 맞게 되었다고 말하고 있다. 하지만 문학의 위기가 우리 주위에서 논의되기 시작한 것은 비단 최근의 일이 아니다. 다만 국내의 인터넷 인구가 가히 폭발적인 양적 팽창과 증가 추세에 있는 현재의 시점에서는 사정이 판이하게 달라졌음을 실감하지 않을 수 없다. 네트워크를 삶의 중요한 요소로 삼음으로써 N세대라고 불리는 오늘날의 신세대들은 우리가 말하는 본격소설을 더 이상 과거처럼 열심히 읽지 않는다. 그 대신 그들은 영화나 비디오를 통해 자신들의 지적·정서적 기갈을 해결하며, 스타크래프트나 포트리스 같은 온라인 게임에 탐닉함으로써 여가를 즐긴다.

더욱이 이처럼 시청각을 중심으로 하는 최근의 문화는 같은 영상이라 하더라도 과거와 달리 얼마든지 조작과 변형이 가능한 정보로 바꿀 수 있고, 또한 그러한 정보를 PC통신이나 인터넷과 같은 온라인 매체를 통해 신속하게 교류할 수 있다는 점을 커다란 특징으로 한다. 다시 말해 디지털화되고 네트워크화된 문화가 이 시대의 주류문화가 되었다. 사실 디지털화는 네그로폰테(N. Negroponte)가 아톰(atom)에서 비트(bit)로의 전환으로 규정한 것으로서 실체값을 가지지 않는 0과 1을 조합함으로써 의미 지향적인 추상화 대신 중성화를 통해 무의미를 지향했지만, 그 합성의 무제한적 가능성으로 인해 생생한 감각물들을 자유롭게 변조하고 생산할 수 있는 결과를 가져다 주었다.

이제 인류는 이러한 문화를 통해 현실 세계를 생생하게 재현할 수 있을 뿐만 아니라, 현실 이외의 모든 것을 창조하면서 동시에 신속하게 그것들을 이동시킬 수 있게 되었다. 이처럼 오늘날의 디지털시대에서는 창작과 수용 방식에 있어 커다란 변화를 가져오고 있는 것이다. 실제로 컴퓨터와 인터넷의 급속한 발전은 분명히 문학의 창작과 향유 방식에 커다란 변화를 가져오고 있다. 사이버 문학에 관한 많은 논의들은 컴퓨터와 인터넷의 보급 및 발전이 몰고온 문학의 변화를 여러 가지 측면에서 고찰하고 있는데 그 중에는 글쓰기의 타자화, 작가와 독자와의 경계 상실, 작가층의 확대, 창작의 쌍방향성, 공동체적 글쓰기 등이 많이 지적되고 있다. 그러나 이는 서로 다른 용어를 사용하여 그 변화 현상을 지적하고 있는 것에 불과하다. 결국 컴퓨터와 인터넷이라는 미디어의 특성 때문에 생겨난 변화의 모습들이며 그 뿌리는 같다고 할 수 있다.

아무튼 이러한 소통의 변화를 가능케 하고 촉진시킨 것이 바로 '사이버'인 것이다. 즉 현실에 존재하지 않고 또 멀리 떨어져 있으면서도 현실세계에서처럼 정보를 교환할 수 있는 논리적 가상공간이 바로 사이버 세계이며, 그것을 가능하게 만들어 주는 인터넷 등의 매체가 사이버 매체다.

그런데 소설의 경우, 이질적인 요소를 자신 속에 수용하는 일은 오래 전부터 있어 왔기 때문에 전혀 새로울 것이 없다고 말할 수 있을지 모른다. 소설이 오래 전부터 시나 설화 등 다른 문학 장르를 수용하는 잡식성을 보여왔던 탓이다. 그리고 근대 이후에는 소설이 영화, 연극, 음악, 미술 등 매체를 달리하는 예술 장르까지 폭넓게 수용해 왔기 때문이다. 그러나 사이버 매체에 대한 수용은 이와 같은 예전의 경우와 근본적인 차이를 보이고 있어서 주목된다. 무엇보다도 그것이 예전처럼 내용과 표현 중 어느 한 면에만 국한된 것이 아니라, 내용과 표현 모두에서 커다란 변화를 가져왔기 때문이다.

첫째로 내용면에서 가장 두드러진 것은 사이버 매체를 통해 새로운 리얼리티의 구축과 재현이 가능해졌다는 점이다. 사이버 매체는 그야 말로 무한대에 가까운 정보를 갖고 있고 누구나 쉽게 그 정보에 접근 할 수 있게 해준다. 그렇기 때문에 소설가들은 그 매체를 통해 영화, 비디오, 음악, 미술, 서적 등 자기가 원하는 문화에 관한 정보를 거의 제한없이 제공받을 뿐만 아니라, 자신이 원하는 어떤 세계라도 체험 할 수 있는 기회를 가진다. 그리하여 이제 작가들은 디지털화된 사이 버 세계를 통해 현실 체험의 제한성을 자유로이 극복할 수 있음으로써 전통적인 의미의 반영이라는 것을 염두에 두지 않게 된다. 물론 이 경우에도 사이버 매체는 시청각적 재현을 중심으로 하기 때문에 작가 는 사이버 세계에서 체험한 시청각 이미지를 바탕에 깔고서 작품 창작 에 임하게 된다. 이와 같이 최근의 소설들은 사이버 세계의 이미지를 수용하여 현실과 비현실의 경계를 무너뜨리는 경지에까지 나아가고 있는데, 이제 이런 현상은 전혀 낯설지도 않을 뿐만 아니라 예외적인 것으로 받아들여지지도 않는다. 그만큼 사이버 세계를 통한 새로운 리얼리티의 구축이 소설 창작의 일반적인 현상으로 자리잡았다고 할 수 있다. 그리고 사이버 매체 시대의 소설이 갖는 또 다른 내용의 특징 은 과학적 상상력과 미래 지향적 공상이 폭발적으로 증가하고 있다는 사실이다. 원래 사이버 매체 자체가 컴퓨터에 의한 네트워크에 기반 을 두고 있으며 정보를 가공하는 특징을 지니고 있기 때문에 사이버 매체를 소설 속에 수용하게 되면 자연스럽게 과학적 상상력이 주된 내용으로 자리잡게 된다. 컴퓨터에 익숙한 세대가 성장하게 되면 이러한 과학소설은 더욱 증가할 것으로 보인다. 물론 그 결과는 본격소설과 대중소설이라는 소설 장르의 전통적인 구분을 무너뜨리는 것으로 나타나게 될 것이다. 한편 사이버 매체에 발표되는 과학소설은 과학적 지식을 토대로 하여 미래 세계에 관한 공상을 펼쳐 보이는 것이 많은데, 그 까닭은 미래 세계의 모습을 그리는 작업이야말로 무한한 자유를 누리고 꿈을 실현하는 가상 체험의 일종이기 때문이라고 할 수 있다.

둘째로 사이버 매체는 소설의 표현면에서도 많은 변화를 야기하였다. 그 결과 소설은 영화, 애니메이션, 게임 등에 사용된 캐릭터 및 표현기법을 사용한다든가 패러디와 혼성모방을 주요한 창작기법으로 사용하는 등의 변모를 꾀하게 된다. 표현면과 관련하여 작가와 독자 사이의 양방향성이라는 활성화된 창작 과정을 통해 새로운 창작 기법이 나타나고, 채팅 과정 등에서 발생하는 새로운 문자와 조어법이 등장한 것도 지적할 수 있다. 키보드에 바탕을 둔 새로운 문자와 조어법에 대하여도 많은 사람들이 언어 사용의 혼란 등을 우려하지만, 실제로 그것은 회화적 측면과 경제성을 갖추고 있기 때문에 사이버 매체에 적합한 표현 양식으로서 자리를 잡아갈 수밖에 없을 것이다.

앞에서도 언급했듯이 양방향성이라는 사이버 매체의 특징을 이용하여 자유로이 독자의 반응을 작품에 수용하고 곧바로 작품의 내용을 수정하는 일은 이미 많은 작가들에 의해 행해졌고 또 지금도 행해지고 있다. 사이버 소설 가운데 책으로 인쇄되어 가장 많은 판매 부수를 기록한 「퇴마록」의 작가 이우혁도 창작 당시에 등장인물의 이름을 독자가 제공하게 하는 등의 방법을 통하여 독자를 능동적으로 작품 창작에 참여시킨 바 있다. 이러한 일은 문학 생산 및 유통 방식의 변화에도 사이버 매체의 특성이 일정하게 관련되어 있는 사실을 보여준다. 결국 사이버 매체를 수용하여 소설의 근본적 성격을 변화시키든,

그렇지 않든 이미 그 매체를 받아들였다는 사실 자체는 소설이 개방적 성격을 강화한 것으로 보아야 한다.

텔레비전이나 영화 등 소리와 이미지를 자체적으로 내장한 영상 매체에 밀려 문학의 입지가 좁아진 것은 이제 엄연한 현실이다. 또한 소리와 이미지 등을 '멀티미디어'란 용어로 한데 묶어 제공하는 디지털 기술의 등장은, 문학의 활로와 영역 확장에 매우 중요한 변수로 작용할 것으로 보인다. 이와 함께 컴퓨터의 힘을 빌린 혼성모방의 작품도 활성화할 것으로 전망된다. 이는 방대한 문학 원전과 역사 자료 등을 컴퓨터 데이터베이스로 구축해 문학 창작에 활용하는 방식이다. 이를테면 『삼국유사』의 「수로부인」 설화나 「춘향전」 같은 작품을 원전으로 삼되, 등장인물에 대한 정보나 작중 사건에 대한 역사 자료, 원전에 관련된 2차 자료를 비롯하여 원전을 수용·변형한 문학작품들을 종합해 변형한다면 기존과는 매우 다른 양식의 작품이 탄생하게 되는 것이다. 이러한 시도는 앞으로 훨씬 가속화되고 복잡해질 것이다.

이처럼 디지털시대의 변질된 아우라와 하이퍼텍스트 문학에서의 작가와 독자의 위상 변화, 더 나아가 컴퓨터 언어를 응용한 멀티미디어 작품 등에서 창작과 수용 양식의 변화, 컴퓨터 데이터베이스를 작품의 혼성모방에 이용하는 작품 등은 우리 현대문학에 나타난 변화의 시작에 불과하다. 새로운 미디어의 출현과 변화는 예술뿐만 아니라 우리들 삶이 변화하는 근본 원인으로도 작용하고 있다. 이제는 어느 누구도 디지털 환경의 가속화에 따른 문학의 변화와 영역 확장을 결코 부인할 수 없게 된 것이다.

2) 사이버 매체에 따른 문학 환경, 그 가능성과 한계점

디지털화된 사이버 매체에 의해 구축된 사이버 세계는 소설이라는 문학 풍토에 무한한 가능성을 제공하였다. 먼저 사이버 공간이라는 새로운 리얼리티를 창조하여 문학의 영토를 확장한 점이다. 그리고 불확정적이고 모호한 성격을 활성화함으로써 해체주의 내지 포스트 모더니즘의 효과를 높인 점, 작품 소재의 새로움으로 소설의 다양성에 기여한 점, 실험적이고 모험적인 창작 및 비평 기법을 도입한 점 등이다. 또한 양방향적인 사이버 매체에 적응하는 독자를 대량으로 길러낸 점, 전통적인 유통 과정의 변화를 가져온 점, 그리고 이밖에도 작가와 독자와 작품의 층위에서 이루어진 여러 가지 변화를 지적할 수 있다.

그러나 사이버 매체에 의한 문학 환경은 그 한계점을 드러내기도 하였다. 먼저 인터넷을 통해 유포되기 때문에 컴퓨터 네트워크를 소유하지 않은 사람을 소외시켰고 그 과정에서 새로운 권위를 탄생시켰다는 사실을 지적할 수 있다. 뿐만 아니라 지나치게 비선조성을 강조함으로써 작품의 통일성을 해쳤으며, 작가의 정체성을 해체하였다는 사실도 지적할 수 있다. 이밖에도 과도하게 가벼운 주제에 탐닉함으로써 독자에게 영합하는 측면을 보였으며, 그 결과 편협성·경박성·즉흥성·절연성 등을 증대시킨 점, 작품의 복제성과 외설성의 범람으로 인해 소설의 저급화 현상을 초래한 점 따위의 한계성을 열거할 수 있을 것이다.

아무튼 사이버 매체의 수용에 의해 무엇보다도 이제까지 문자를 통해 현실을 모방하고 더 나아가 현실을 넘어서기도 했던 소설 장르의 특권은 박탈되었다. 굳이 루카치(Lukács Gyorgy)에 기대지 않더라도 소설은 발생 초기부터 현실세계의 총체적 반영을 목표로 하는 문학 장르였다. 그런데 사이버 매체의 비선조성(非線條性), 비인과성(非因果性), 양방향성(兩方向性) 등은 서사 장르의 연대기적 연속성과 인과성을 정면으로 뒤엎는 방향으로 전개됨으로써 소설 본래의 현실 반영이라는 특징을 극도로 위축시켰다. 이와 함께 사이버 매체는 현실을 뛰어넘는 데 있어서도 소설보다 훨씬 탁월한 면모를 보여주었다. 소설이 오랫동안 종사해 오던 꿈의 생산이라는 천착에 있어서도 소설은 그 능력상 현실에 존재하지 않는 세계를 창조해 내는 사이버 매체와는 비교도 될 수 없을 만큼 열등하다. 바로 이처럼 막강한 능력을 갖춘 사이버 매체의 등장으로 인해 세계의 총체적 재현과, 불가능한 것의 재현이라는 양 측면 모두에서 저급한 면을 드러낼 수밖에 없는 것이 오늘날 소설이 처한 위기의 실상이다.

새로운 패러다임, 융합과 통섭의 실천

1. 소셜 네트워킹 서비스 시대, 새로운 문학의 정체성 확립

1) 매체 융합의 혼합시대, 작가의 지혜와 문학의 생명력

문학은 삶에 대한 질문이며, 삶을 치유할 수 있는 힘이 있다. 특히 소설은 삶에 대한 이해를 나누는 것, 인간의 삶을 전체적으로 조망하거나 통찰한 것을 다른 사람과 대화하려는 본질적 속성을 가진다. 사르트르는 "하나하나의 책은 어떤 특수한 소외로부터 어떤 구체적인 해방을 제안한다"고 하였다. 행복하고 자유로운 삶을 살기 위해서는 삶을 잘 이해해야 하고, 삶의 원리를 파악해야 한다. 삶이란 나와 다른 세계와의 만남이다. 세계 속에서 살아가는 나는 세계와 대립하기도 하고 화해하기도 한다. 소설가가 소설을 쓰는 것은 이러한 관계를 이해하고 판단하며, 궁극적으로 세계 속에서 어떻게 살아가야 할 것인가에 대해 다른 사람과 공감대를 형성하려는 시도다. 결국 작가의 역할은 시대와 공간에 대한 공감대를 만들어 타인과의 소통, 삶과의 소통을 도모하는 데 있다.

그런데 우리는 지금 매체 융합이라는 혼합의 시대에 살고 있다. 아날로그와 디지털, 아톰과 비트, 굴뚝과 벤처, 오프라인과 온라인,

텍스트와 하이퍼텍스트, 종이책과 전자책, 문자 문화와 영상 문화 등이 우리 삶 속에 혼재하고 있다. 디지털 기술이 없을 때에는 지식이나 정보를 전달하기 위해 반드시 종이에 의존해야 했지만, 지금은 LCD, LED, 전자종이 등의 표시장치를 비롯하여 CD, DVD, 하드디스크, 메모리디스크, 플래시메모리 등의 저장장치까지 다양한 전달매체가 나날이 진보하고 있다. 더욱이 단말기의 진화와 통신·네트워크의 확충과 발전으로 스마트폰 같은 조그만 단말기 속에 수천 권의 책을 소장하여 다닐 수 있고, 수천 권의 책을 전 세계 어디에서나 접속해서 볼 수 있게 되었다. 그리고 작가는 '트위터(twitter)'라는 네트워킹을 통해 원하면 언제 어디서나 독자와 대화할 수 있고, 무수한 정보를 자기 것으로 만들 수도 있다. 새들의 지저귐을 뜻하는 트위터는 140자 이내의 짤막한 메시지를 PC나 휴대전화(스마트폰) 등으로 입력해 다른 사용자들과 이야기를 나누는 소셜 네트워킹 서비스(SNS)다. 즉 자신의 신변잡기나 정보를 써서 올리면, 수십 수만 명의 팔로워(수신 등록자)에게 즉시 전달되면서 인터넷에서 가상의 인간관계를 맺어주는 서비스를 일컫는다. 인간을 전자 텍스트 세상에 얽맨다는 폐해론도 있지만 새로운 소통 수단이 된 트위터의 상승세가 무섭다.

　디지털미디어 정보시대의 변화는 이전 어느 시대보다 빠르고 광범위하다. 또한 정보의 바다라고 불리는 인터넷을 통하면 이제 공용화되지 않는 지식과 정보는 아무 것도 없다. 이렇듯 디지털 매체로 인하여 서로의 경계를 허물고 분야를 넘나드는 여러 가지 복합적 기능을 가진 제품이나 기계가 선호되고 있는 하이브리드(hybrid) 디지털시대에서 문학이 자기만의 정체성에 집착해 있다는 사실은 반성해 볼 일이다. 이제 종전과 다르게 사유하고 새로운 방법과 형식으로 변해야 한다. 어느 형태의 문학이든 시대의 흐름에 따라 변화하여 독자의 관심을 끌지 못한다면 경쟁력 상실로 이어져 그 고유 영역마저 축소되거나 퇴출될 수밖에 없다. 마찬가지로 소설도 기존의 불필요한 요소를 버리고 새로운 시대의 흐름을 수용해야 자생력을 확충하고 경쟁력을 확보할 수 있게 될 것이다.

그런데 소설의 발전은 타 장르 혹은 비활자 매체와의 융합 및 통섭의 실천과 무관하지 않다. 그렇지만 인접 장르 수용에 있어 영화의 경우, 이미지 모사(模寫)의 영상미학이 소설 고유의 영역에 침투됨으로써 소설의 정체성이 위협받고 있다는 우려가 없는 것도 아니다. 그러나 전통적인 소설 문법에서 벗어나 다양한 장르와 비활자 매체를 자신의 몸 속에 용해시키는 것은 소설의 본질적 속성과 관련된다. 소설은 끊임없이 변화해 가는 미완성의 장르로서, 가령 활자 매체로서의 소설이 속도와 몰입의 특성을 갖는 영상물을 받아들여도 문학이 본질적으로 지니고 있는 느림과 지속성을 바탕으로 그것을 수용하기 때문에 소설의 기본 형질은 소멸되지 않는다는 것이다. 곧 이러한 속성은 다매체 디지털시대에서 소설이 살아가는 방식이 될 것이며, 타 장르와의 소통을 가능케 하는 원천이 될 것이다.

그러나 오늘날과 같은 첨단의 디지털시대에서도 여전히 지속되어야 할 조건이 있다. 소설문학이 자생력과 경쟁력을 확보하기 위한 다양한 변화를 모색하는 가운데서도, 여전히 치열한 문학정신과 진정한 글쓰기로써 우리들이 안고 있는 문제에 대한 해답과 구원의 비전까지를 제시할 수 있어야 하는 것, 바로 그것이다.

모든 텍스트가 하이퍼텍스트 속으로 빨려 들어가고, 굴뚝 산업이 전부 소멸되는 때가 언젠가 올지라도 당분간은 혼재와 중첩이 불가피하다. 그리고 이 혼합의 시기를 어떻게 보내느냐에 따라 이후 새로운 문명 형태가 어떤 것이 될지도 결정된다. 그러므로 이러한 혼합의 시대를 면밀히 관찰하고 이해하며 이용하는 것이 중요하다. 그렇지만 사람들은 이런 복합적인 시대 변동이 주는 피로감을 잘 견디지 못해 쉽게 좌절해 버린다. 그래서 무작정 복고를 강렬히 주장하거나, 아니면 지나치게 실속 없는 첨단을 외치기 쉽다. 그렇다면 작가의 지혜는 바로 이런 혼합의 시대에 발휘되어야 할 것이다.

문학은 인류사적 변동과 맞물려 있으며 인간이 지향하는 바를 반영한다. 문학은 사소하기도 하지만 대범하기도 하다. 그 어느 경우든 작가는 의미의 표출과 확장을 추구한다. 사실주의를 추구하든, 환상문학을 추구하든 끊임없는 실험으로 확장된 현실을 보여주고, 그것을 파악할 수 있는 증가된 능력을 작품을 통해 수용자에게 부여해 주는 사람이 작가다. 그래서 영화와 만화, 오락과 터치폰, 컴퓨터와 아이팟 등 문자보다 효율적이고 감각적인 매체들이 득세하는 변화와 혁신의 시대 속에서 문학의 위기와 죽음을 외치는 절박한 선언들이 끊임없이 이어지고 있어도 문학은 여전히 그 강력한 위상을 이어가고 있는 것이다.

2) 디지털 매체의 확산, 융합과 통섭의 메커니즘 가속화

21세기에 들어서면서 거의 모든 학문 분야에 통합의 바람이 거세게 불고 있다. 에드워드 윌슨은 이 같은 변혁에 이론적인 기초를 제공한 사람이다. 그는 21세기 학문이 크게 자연과학과 창조적 예술을 기본으로 하는 인문학으로 양분될 것으로 내다본다. 결국 과학과 인문학을 융합하려는 인간 지성의 위대한 과업은 계속될 것이라고 단언한다. 그리고 이러한 융합과 통섭의 메커니즘을 가속화시키는 것은 디지털 매체의 확산 때문이라고 본다.

인쇄 매체의 제작과 문학의 창작 과정에 디지털 매체들이 보편적으로 이용됨에 따라, 오늘날의 문학작품들도 어느 정도 디지털 매체의 성격을 지녔다고 할 수 있다. 실제 작품의 포장 혹은 유통 방식에서도 우리는 아날로그 매체에서 디지털 매체로 변화한 문학의 단적인 모습을 확인할 수 있다. 즉 문학작품을 굳이 종이로 인쇄하기 전이라도 그것은 이미 디지털 코드로 편집되어 있기 때문에 별도의 번거로운 공정 없이 간단히 시디롬(CD-ROM)으로 제작할 수도, 인터넷에 올릴 수도 있다. 이러한 전자책(e-book)의 등장은 문학의 수용과 판매 과정에서 일어난 가장 큰 변화다.

특히 최근 매스컴이나 젊은이들을 중심으로 가장 인기 있는 정보통신 관련 키워드인 '스마트폰'의 시대는 가히 혁명적 변화라고 할 수 있다. 이것은 문학이 종이책이 아닌 디지털 코드의 상태로 유통된다는 사실 이상의 의미를 가진다. 동영상, 음악, 영화 등과 같은 문화콘텐츠와 문학작품이 사이버 공간에 나란히 진열됨으로써, 문학은 그러한 인터넷상의 다양한 미디어 콘텐츠들(contents)과 전면적으로 경쟁해야 할 처지에 놓이게 된 것이다. 그리고 이 콘텐츠들의 전장에서 문학이 생존하기 위해서는 감각적이고 가벼운 것을 추구하는 인터넷 이용자들의 구미에 맞게 창작·편집될 수밖에 없게 된 것이다. 인터넷 시대의 디지털 콘텐츠가 깊이보다는 신속함을, 진실보다는 환상을 추구하는 성향이 주를 이루는 것은 매체의 성격과 그 매체가 낳은 문화의 성격에서 기인하는 것이어서, 변화의 방향을 근본적으로 전복시킬 수는 없다. 오히려 인터넷 속에서 진행된 이러한 변화가 인터넷 바깥의 문화에까지 영향을 미치고 있는 실정이다. 무겁고 진지하고 심각한 이야기가 가볍고 감각적이고 흥미있는 이야기로 급속히 대체되고 있는 것이다.

3) 사이버 매체의 확충, 정체성 문제 제기와 대응 방법 모색

소설을 사이버 매체로 확장시킬 경우, 그것을 계속 소설이라고 불러야 할지 아니면 다른 이름으로 부를 것인지 그 정체성이 문제될 수밖에 없다. 어쨌든 이 경우에는 기존 책의 형태를 취하지 않고 파일의 형태로서 디스켓 또는 시디롬에 담기거나 사이버 매체상에 로드(load)되어 있는 것이 일반적이다. 종이책에 담긴 지금까지의 문학과는 구별되어 사이버문학이라는 이름을 달고 사이버 매체에 올라 있는 것이다. 이것은 사이버 매체를 통하므로 언제든지 수정하고 편집할 수 있으며, 글을 쓰는 사람과 읽는 사람의 구분이 뚜렷하지 않아 양방향의 글쓰기가 가능하다. 아마도 이러한 차원의 글쓰기는 머지않아 기존의 '작가—독자'의 관계뿐만 아니라, 문학 생산 및 유통 구조를 획기적으로 변화시킬 것으로 예상된다. 왜냐하면 이런 글쓰기에 참여하는 사람들은 각 신문사의 신춘문예나 각종 잡지의 신인상 또는 추천을 통하지는 않았지만 스스로 작가라고 자처하면서 글을 올리고 독자와 그 글을 직접적이고 수평적인 관계에서 주고받기 때문이다. 또한 독자들도 종래의 '작가=능동성 / 독자=수동성'이라는 도식에서 벗어나 언제든지 글쓰기에 능동적으로 참여하기 때문이다. 이런 상황에서 '창작 → 출판 → 구입'이라는 유통 구조는 아무런 영향력을 행사하지 못하게 될 것은 두 말할 필요도 없는 것이다. 하지만 아직까지 이러한 글쓰기는 기존의 장르를 크게 파괴시키지 않는 범위에서 행해지고 있다.

이에 비해 하이퍼텍스트 형태로 소설을 변화시키는 것은 보다 심각하게 정체성의 문제를 제기한다. 바로 앞의 글쓰기가 문자 중심인 데 비하여 하이퍼텍스트의 경우에는 문자뿐만 아니라 동영상, 음성 등이 비선조적으로 연결되고 본격적인 사이버 세계가 펼쳐지기 때문이다. 결국 하이퍼텍스트로 전이한다는 것은 소설이 더욱 더 열린 장르를 지향한다는 의미로서, 문자로 된 소설보다 훨씬 감각적이기 때문에 그것을 이해하는 일도 보다 쉬워질 것이다. 하지만 문제는 이러한 매체의 수용이 단지 기법의 수용이 아니라 세계를 보는 새로운 관점의 수용과 관련되어 있다는 점이다.

기술 복제 시대의 카메라가 화가를 내쫓지 못했다는 발터 벤야민의 말처럼 사이버 매체가 소설을 축출하지 못할 것인지, 아니면 소설을 영원히 예술의 변두리로 축출할 것인지 지금 현재로서는 누구도 장담할 수 없다. 여전히 문학에 커다란 희망을 거는 사람은 문학과 사이버 매체의 공존을 은근히 기대하겠지만, 그러나 이러한 기대는 문자 그대로 기대 자체로 그칠 가능성이 농후하다. 대부분의 사람들은 시간이 흐를수록 사이버 세계가 더욱 더 무서운 속도로 확장될 것이라고 확신하고 있기 때문이다. 과거에는 주로 데스크 탑 컴퓨터나 노트북 컴퓨터를 통해서 연결되던 사이버 세계가 초고속 통신망의 확충과 위성 통신의 발달 등으로 디지털 텔레비전이나 이동 전화 등의 다양한 매체를 통해서도 연결이 가능하게 됨으로써 벌써부터 홈 네트워크, DMB 등이 현실화되었다. 장차 이 추세가 가속화되면 그에 따라 사이버 세계도 확장될 것이고, 그럴 경우 제 아무리 소설이 하이퍼텍스트로 변신한다 해도 그 입지는 점차 좁아지게 될 것이다. 그리고 사이버 매체를 이용하는 사람이 늘어나면 늘어날수록 인간은 한층 더 사이버 세계 속의 체험을 통해 자신의 정체성을 확립해 나가게 될 것이라는 사실도 쉽게 짐작할 수 있다.

그렇다면 이와 같은 흐름이 문학에 어떤 영향을 끼칠 것인가에 대한 대답은 비교적 용이하다. 무엇보다도 문학의 현실 재현 기능이 대폭적으로 축소될 것이고, 그 동안 언어라는 매체를 통해 수행해 온 반성적 기능 역시 엄청나게 약화될 것이다. 바로 이러한 시대에 소설이 처하여 있기 때문에 그에 대한 대응 방법을 모색해야 할 이유가 있는 것이다.

4) 새로운 문학의 정체성 확립, 전문성이 확보된 대중적 글쓰기

기존의 진지한 문학들이 디지털화되고 사이버 공간에 전면적으로 노출됨에 따라, 문학은 점점 사이버 세계의 다양한 문화 형식들과 닮아갈 수밖에 없을 것이다. 이때 그것이 야기시킬지도 모르는 문학적 정체성에 대한 문제의 핵심은 문학이 다루는 세계와 사이버 세상이 지향하는 세계가 서로 모순된다는 점이다. 이는 디지털화가 더욱 가속될 문학이 처한 딜레마이기도 한데, 기존의 세계관과 미학을 고수하자니 새로운 환경에서 도태될 수밖에 없고, 사이버 세계의 그것을 전면적으로 수용하자니 더 이상 문학이라고 불릴 수 없는 정체성의 위기에 처하게 된다는 것이다. 이러한 고민 속에서 새로운 문학적 정체성을 확립하고자 하는 방안에는 여러 가지 논의가 있겠으나, 언어적 의미의 질서와 그 사용 가치가 복잡하고 다단하게 분화되고 있는 동시대에서는 정체성의 확립이라는 명제 자체가 자칫 구두선의 허망하고 부실한 지점으로 추락할 가능성이 분명하다. 그러므로 이를 극복하기 위해선 시대의 흐름과 특성을 적극적으로 반영하는 글쓰기가 필요하며, 그것은 무엇보다 대중화를 바탕으로 한 전문성이 확보된 글쓰기가 요구된다는 점이다.

컴퓨터 테크놀로지에 의한 우리 일상의 변화는 가히 혁명적이다. 문학적 측면에서는 글쓰기 도구의 변화를 가져왔는데, 이것이 단지 도구가 바뀐 것에 그치지 않고 글의 양식과 메시지의 성격에까지 영향을 미치고 있다. 특히 가상공간이라는 또 다른 세계가 열리면서 그곳에서의 대중적 글쓰기 경향이 두드러졌으며, 이 대중적 글쓰기는 글쓰기 주체의 변화와 글의 성격에 큰 변화를 가져왔다. 이러한 대중성은 질적 수준과는 무관하게 자유로운 참여와 권력의 분산을 전제한다. 어떤 고정된 틀을 요구하지 않는다는 의미다. 문학이 사이버 공간에서 왕성한 생명력을 가지고 서식할 수 있는 까닭도 문학예술이 어떤 확정된 틀로부터 비교적 자유롭다는 점 때문일 것이다. 방법이나 형식에서 제한적이면 그만큼 대중이 접근하기 어렵기 때문이다.

따라서 앞으로의 문학은 종전의 획일성에서 벗어나 창의성에 바탕을 두고 자율성과 다양성을 이루어야 한다. 대중은 항상 새로운 것을 갈구하며, 새로운 것을 통해 필요한 에너지를 보충 받으려 한다. 그리고 시대적 흐름을 역행하거나 이를 무시한 예술은 대중의 호응을 받을 수 없기 때문에 대중의 공감을 획득할 수 있는 문학을 창작해야 하는 것이다. 그리하여 문학이 가질 수 있는 자유로운 상상력에 대중화 및 전문성까지 확보하게 된다면 정체불명의 디지털시대, 통합 장르적 속성의 다매체시대에도 불구하고 문학은 변함없이 그 문학적 정체성을 확보하게 될 것이다.

2. 디지털시대, 소통과 융합을 통한 현대소설의 발전

1) 새로운 패러다임, 시대 흐름의 반영과 변화의 필요성

21세기 문학의 미래를 성찰하고 있는 앨빈 커넌의 저서『문학의 죽음』은 주목할 만한 책이다. "지난 30여 년 동안 문학의 제도와 주요 가치들은 근본적인 동요를 겪었다"라는 말로 서두를 시작하는 이 책에서 커넌이 설정하는 핵심적인 화두는 "문학 행위는 계속되고 있지만 문학은 죽었다"라는 것이다. 문학은 대학의 저 음침한 구석 속에서만, 그리고 여전히 문학의 시대를 향수하는 비평 속에서만 그야말로 생존하고 있을 뿐 문학은 더 이상 문화의 중심부에 존재하지 않는다고 말한다. 그가 말하는 죽은 문학이란 인쇄문화 중심의 산업자본주의 사회에서 발전된 18세기 중반부터 20세기 중반까지의 낭만주의와 모더니즘 문학이다. 커넌은 "이제 인쇄 서적에 기초한 문학은 그 권위를 잃기 시작했으며 결과적으로 그 존재 자체를 위협받기에 이르렀다. 그와 동시에 책을 읽는 능력이 사라지면서 시청각적 이미지, 영화, 텔레비전, 컴퓨터 화면 등이 가장 효율적이고 매력적인 오락과 지식의 원천으로써 인쇄 서적의 자리를 대신하고 있다"라고 말한다. 커넌은 이와 같은 문학의 죽음이 급격한 정치적·기술적·사회적 변화의 시기—패러다임이 바뀌는 시대—에 따른 필연적 현상이며, 광범위한 사회적·문화적 변화의 일부로서 이해되어야 한다고 말한다.

커넌이 보는 현대는 "창조와 표절의 구분이 점점 더 어려워지고, 광고와 이미지가 언어를 장악하고 있는" 시대, 그리고 "문학의 우월성에 대한 사람들의 신념이 점차 사라져 가고 있는" 시대다. 그래서 앞으로 문학은 고전적 가치를 갖고 고전학에서나 재생될 것이며, 사회학이나 심리학 같은 다양한 학문에서 증거자료로 재가공될 것이라고 말한다. 즉 문학은 이제 더 이상 예술 장르나 학문의 중심이 아니며, 다만 박물관적인 가치만을 갖게 되리라는 것이다.

커넌은 급진주의자도 보수주의자도 아닌 중도파 학자처럼 보인다. 그는 문학의 특권을 부인하며 과감히 전통적 문학의 죽음을 선언하지만, 그렇다고 해서 죽어가는 문학을 해체시키며 새롭게 등장한 문학 이론들에 매료되지도 않는다. 그는 다만 문학이 스스로의 중요성을 주장하고 인정받기 위해서는 새 시대에 부합하는 새로운 모습으로 다시 태어나야 한다고 강조한다. 이제 낭만주의와 모더니즘 시대를 대표했던 활자문학의 변화 속도가 커넌이 언급했던 '서서히'가 아니라 '급속히' 종말을 고하고 있기 때문이다.

2) 디지털시대로의 변화, 경계 해체와 재구

이제 디지털이란 말은 과학기술 용어에만 그치지 않고 세계 질서의 틀을 다시 짜는 보이지 않는 손이 되었다. 실제 디지털 매체의 등장은 그동안 인쇄 매체에 종속되어 있던 문학에 근본적인 변화를 가져왔다. 디지털 기술이 다양한 영역으로 확대됨에 따라 인쇄 매체 자체가 디지털화되었을 뿐만 아니라, 문학의 창작·수용·판매 과정에서도 상당 부분 디지털화된 것이다.

그러나 이에 따른 인터넷과 디지털 환경이 인간의 사고방식과 가치관에 미치는 부정적인 영향 또한 간과할 수 없다. 가치관의 전도가 날로 심화되는 현실에서 문학의 책무란 그 전도된 가치관에 대해 통찰력 있는 비판으로 맞서는 일이다. 그렇다면 디지털 환경 속에서 필연적으로 확장되는 문학의 영토를 주시하며 우리 소설의 새로운 정체성을 모색하는 일이 지금 우리에게 가장 시급한 일이 된다.

디지털시대라는 문학 환경 속에서 우리 현대소설의 새로운 정체성을 모색하는 작업은 무엇보다 과거의 소설에 대한 깊은 이해와 더불어 현재의 소설에 대한 분별력, 그리고 미래의 소설에 대한 포용력을 함께 갖출 때 비로소 온전하게 진행될 수 있다. 하지만 이 모든 능력을 어느 한 개인이 두루 갖춘다는 것은 현실적으로 매우 어려운 일이다. 세부 전문 영역이 다른 여러 전공자들에 의해 논의가 활발히 이루어질 수 있는 인터넷 환경과, 그것을 바탕으로 새로운 형태의 문학공동체를 이뤄 나가려는 실천적 노력이 더욱 요청되는 이유다.

디지털이라는 매체는 인류가 발전시켜 온 그 어떤 것보다도 통합(統合)적이고 통섭(統攝)적인 매체다. 인문학도 기본적인 과학지식과 함께 기술 변화의 흐름을 파악해야 세상을 이해할 수 있으며, 경제도 문화를 외면하고서는 홀로 설 수 없다. 그런데 흔히 문학자들이나 작가들은 전자매체인 디지털이 문자매체인 문학의 존립을 위협한다고 생각한다. 그러나 디지털시대로의 변화는 이미 문학에서도 광범위하게 나타나고 있다. 디지털이 지닌 멀티미디어적·인터렉티브적 속성에 의해 문학연구나 문학교육 현장에서 타 매체와의 접목이 활발하게 이루어지고 있는 것이 그 한 예다. 이러한 디지털의 특성은 그동안 대립해 오던 것들과의 경계를 해체하고 뒤섞으며 재구성하여 문학과 영화처럼 예술장르끼리의 혼합뿐 아니라, 문학과 과학 또는 예술과 산업 사이의 대화까지도 가능하게 해준다는 점에서 고무적이며 바람직하다.

3) 현대소설의 올바른 방향, 소통과 융합을 통한 발전 모색

영화가 신기한 재현 매체의 수준을 넘어 이야기 예술로서 도약하려고 하던 시기에 소설의 도움을 받았다는 사실은 부정할 수 없다. 그러면서 소설은 소설로서, 영화는 영화로서 고유의 서사 문법을 발전시켜 왔다. 그리고 시각적 인지가 중요해진 현대문화를 구성하는 대표적인 서사물로서 각각 소설과 영화는 대등한 관계에서 동질감과 문제의식을 공유하며 상호 연관을 맺어오고 있다. 영화와 소설은 우선 서사성을 가진 구조물이라는 점에서 공통적이고, 소통체계와 기호체계 면에서 유사성을 가진다는 점에서 영화와 소설을 함께 논의할 수 있는 논리적 기반이 되어 왔기 때문이다. 그런데 소설의 판매량이 말해 주듯이 소설의 독자층은 줄어들었고 영화의 관객층은 현저하게 두터워졌다. 흔히 대중적이라는 관형사 속에서 통속적 취향으로 쉽게 폄하해 온 대중의 기호는 하루가 다르게 다원화되며 영화 발전의 저변을 형성하였다. 이러한 상황 속에서 소설은 영상매체의 등장과 확대에 따른 위기감의 타개책으로 오랜 동안 동반자적 관계를 형성해 온 영화와 더욱 긴밀하고 적극적인 제휴를 모색하고 있다. 그러나 어디까지나 소설은 소설, 영화는 영화라는 엄연한 사실도 간과할 수 없을 것이다. 소설이 대중과의 대화 속에서도 오랜 세월 확보해 온 지성과 저항의 힘을 버리고 자본의 흐름에 영합하여 영상 매체인 영화와의 관계에 경도되어 있다는 사실에서, 소설의 현 상황을 검토해 보는 것은 소설의 정체성을 점검할 수 있는 중요한 작업이라고 판단된다.

우리 사회가 최근의 변화를 거치면서 한국문학은 시대담론에 대한 진중한 작품에서 상상력을 기반으로 한 재기발랄한 문학으로 변모되었다. 우리 주변의 변화한 생활방식을 다양한 상상력으로 구현해 내고 있는 소설들이 나타났고, 그런 변화의 배경에 대한 해석이 구구하지만 이런 변화는 마땅히 나타났어야 하는 일정한 시대적 흐름 속에 있는 것이었다. 그런데 이런 변화가 편향적이라는 데 문제가 있다. 세계를 총체적으로 인식하려는 노력이 상대적으로 약화된 것이다. 변화를 통하여 다양한 작품들이 나타나는 것 자체는 좋아 보인다. 다만 소설 구성이 대부분 상상력 쪽에 치중해 있을 뿐 현실에 대한 깊은 통찰을 함께 보여 주는 작품이 적어졌다는 것이다. 상상력이 풍부하게 나타나고 있는 것은 고무적이지만 세계에 대한 감각이 사라지는 것이 아쉽다.

그러나 발랄한 상상력을 펼친다고 해서 그러한 작품이 모두 가볍고 경박하다는 것은 아니다. 진지한 주제를 그들 나름의 방식으로 담아내고 있기 때문이다. 단지 소설문학은 시대의 징후를 예민하게 포착하여 자생력과 경쟁력을 확보하기 위한 다양한 변화를 모색해야 한다는 것이다. 그리고 문학을 통해 항상 새로운 시대에 부합하는 글쓰기가 나타났듯이, 앞으로도 더욱 확대될 거대담론의 해체와 서사구조의 파편화 등의 글쓰기에 대처해야 한다는 것이다. 소설가 김영하는 시대의 징후를 예민하게 포착하여 거기에 누구보다도 빨리 문학의 깃발을 꽂으며 다양한 문화 코드들을 소화해 내어 젊은 독자층을 사로잡았다. 그리고 신예 소설가 한유주도 한국 소설문학이 이제껏 경험하지 못했던 낯설고도 파격적인 소설 세계를 보여주고 있다. 그의 수상작 단편소설 「막」에 대해 심사위원들은 "우리가 살고 있는 이 이야기 과잉 시대에 그 교묘하게 재단된 이야기 자체의 진실성을 정면으로 문제 삼고 있는 소설"이라고 하며 "이야기를 거부하면서도 어떻게 소설이 구축될 수 있는지를, 그때 드러나는 소설의 다른 힘이 어떤 것인지를 보여주고 있다"고 평하였다. 그에게는 소설 언어 자체가 소설적 탐구의 대상이 되는, 또 다른 변이의 공간을 생성해 내는 것이다. 앞으로 소설문학은 지금까지 추구해 온 대중성과의 결합과, 타 장르와의 융합과 통섭을 더욱 구체화하고 가속화할 것이다. 오히려 현대소설의 발전은 타 장르 혹은 비활자 매체와의 융합 및 통섭과의 실천에 달려 있다. 10년 뒤면 컴퓨터와 대화하는 시대가 도래한다고 하듯이 10~20년 후의 세상은 더욱 혁명적인 변화를 겪게 될 것이다.

이러한 시대의 변화에 따라 기업 경영에서는 테크놀로지뿐 아니라 인간의 상상력과 창의력에 대한 연구가 진행되고 있는데, 이것은 창의적 상상력과 테크놀로지가 융합되어 가고 있다는 반증이다. 그러므로 IT업계에서 흔히 사용하는 융합이라는 키워드가 단지 기술만의 융합을 의미하는 것이 아니라, 테크놀로지와 인문학, 혹은 예술과의 결합이라는 큰 틀에서 이해해야 한다. 소설문학이 타 장르 혹은 비활자 매체를 수용하는 경향을 총체적으로 고찰하고 있는 것은 소설의 위기, 더 나아가 문학의 위기를 우려하는 이 시대에, 소설이 통합 장르로서의 정체성을 이 시대에도 발휘하며 스스로 자생력과 갱신력을 확보하고 있다는 것이다.

그러나 소설의 시대가 지나갔다고 하지만 소설은 결코 사라지지 않을 것이다. 다만 소설의 주류가 이제는 영화나 게임의 보완 서사

이상으로 나아가지 못할 것이라는 점은 예견할 수 있다. 그럼에도 불구하고 소설의 가능성이 있다면, 바로 소설이 지닌 상상력, 영화와 게임의 상상력으로는 대체될 수 없는 그 다른 상상력의 영역에 있을 것이다. 아직도 대다수의 문인들은 문학적 상상력이 인간의 정신력 중에서 가장 많이 에너지를 뿜어내는 것이라고 인식하고 있다. 기본적으로 문학적 상상력은 과학적 사고에서부터 단순한 환상까지를 빚어낼 수 있는 저력을 지니고 있다. 작품으로 구현되는 문학적 상상력은 우리의 사회, 경제, 문화 등 여러 부문에서 새로운 미래를 열어가는 또다른 동력이 될 수 있다. 예컨대 디지털로 상징되는 정보와 기계문명의 시대에서 환상적 마법 세계를 그린 「해리포터」시리즈를 들 수가 있다. 이 작품이 세계적 신드롬을 일으킬 정도로 떠오른 이유는 다양한 캐릭터들을 능숙하게 부리는 작가의 역량에 있다. 쉬우면서도 아름다운 문체와, 끊임없는 반전을 통해 독자들의 눈을 붙잡아 놓는 장치, 즉 이야기의 탄탄한 구조가 그 생명력임을 알 수 있다. 그러므로 롤링은 구조주의자가 말하는 설화적 결합론, 즉 이야기를 생성하는 얼개를 구축하여 '이야기'라는 운용을 생성해 내는 설화의 능력을 갈파한 이야기꾼이라 할 수 있다. 그리고 무엇보다 중요한 것은 동화적이며 환상적인 상상력과 인간적 마법의 세계를 재미있게 그려 놓았다는 점이다. 특히 디지털시대에 상상력과 마법의 세계를 훌륭하게 되살려 놓은 환상의 마법적 상상력이 '해리포터'의 매력을 극대화한다고 할 수 있다. 비트(bit)의 지배에 대항하는 영혼의 위엄 같은 것이 이 작품에 아우라(aura)를 부여하고 있는데, 이것이 비루한 우리 현대인들을 끊임없이 매혹시키고 있는 것이다. 신비로운 힘을 상정하고 그 힘과 인간 마음과의 긴밀한 상호 연관성을 주장하는 마법의 원리가 사람들을 무한한 상상력의 세계로 이끌었다. 사실 근대 과학도 그런 상상력에서부터 비롯된 것이다.

3. 하이브리드 시대, 서사매체의 변용과 확장

1) 영상 매체의 확장, 정체성 확보와 상생 효과의 극대화

현대 문화예술에서 가장 두드러지게 나타나는 현상 중의 하나는 영상매체의 강세다. 현대사회가 문자매체의 시대가 아니라 이미지 시대라는 것을 암묵적으로 말해주는 것이다. 문자매체에 대한 영상매체의 압도적 우위 때문에 문자매체에 기반한 전통 고급예술은 그 침체의 위기를 타개할 새로운 전략을 구사해야 하고, 영상매체는 그 매체의 특성상 초고속으로 변화하는 기술적 부분을 따라가기 위해 늘 긴장하며 더 나은 변모 가능성을 모색해야 한다. 이러한 현상은 문화예술의 매체 및 장르 간 혼종화, 중첩화 현상으로 나타난다. 그런데 이와 같은 현대사회에서의 장르의 혼합 현상은 모든 매체 간에 상호 보완적으로 일어나는 현상이기도 하다. 최근 퓨전의 이름으로 두 매체 간의 통합이나 융합, 그리고 통섭이 활성화되고 있는 분위기는 이러한 변화 요구를 반영한 것이다. 무엇보다 IT와 디지털 기술이 엄청난 속도로 진화하는 시대에 매체 간의 소통과 융합은 각 매체의 정체성 확보와 자생력을 키우는 것이자, 콘텐츠의 세계화를 위하여 경쟁력을 키우는 중요한 패러다임이다.

이렇듯 21세기는 통합과 융합의 시대로서 국경과 이념을 초월하여 공생과 상생을 추구하고 있다. 이에 따라 문화예술부분에서도 문학과 영화에서뿐만 아니라 매체 간의 융합과 통섭이 이루어지고 있다. 최근 게임 시장의 중심으로 영화 제작자들이 진출하고 있는 것도 그 단적인 예다. 영화와 게임업계 콘텐츠 간의 융합 현상이 본격화된 것이다. 사실 게임과 영화는 그 동안 가깝고도 먼 사이였다. 1980년대부터 두 영역이 상호 융합을 통해 더 큰 파이를 만들려고 노력해 왔지만 결과는 신통치 않았다. 두 장르가 잘 융합되지 못한 까닭은 공통점만큼 차이점도 많았기 때문이다. 두 장르는 모두 영상과 음향을 바탕으로 하고 있지만, 영화가 하나의 줄거리 흐름에 따라 순차적으로 진행되는 데 반해, 게임은 사용자인 게이머의 선택에 따라 다양한 줄거리와 결말을 갖는다. 따라서 영화의 내용을 그대로 게임에 가져오면 구성이 단조로워지기 쉽고, 게임을 영화의 소재로 쓰면 왠지 낯설거나 캐릭터와 내용이 빈약해 보이는 경우가 많다. 이 같은 간극을 극복하기 위해 최근 영화업계는 방향을 바꾸고 있다. 게임을 영화와 전혀 다른 장르로 인정하고, 영화의 틀을 게임에 강요하지 않는 것이다. 스필버그처럼 자신의 기존 영화와 전혀 다른 게임을 만들기도 하고, 조지 루카스처럼 동일한 세계관(스타워즈)을 바탕으로 하지만 전혀 다른 구성과 재미를 각각 게임과 영화로 담아내는 경우도 있다. 실제로 두 장르의 인력들이 차츰 노하우를 쌓아감에 따라 성적도 좋아지고 있는데, 바로 각자의 정체성을 유지 발전시키면서 소통과 융합을 통하여 상생의 효과를 극대화시킨 결과다.

2) 서사 매체의 디지털화, 문화적 지각 변동과 전략의 필요성

3D가 영상산업의 혁명을 예고하면서 전 세계가 3D 콘텐츠 제작에 몰두하고 있다. 즉 3D 이모션 캡처의 기술적 성과와 정교해진 컴퓨터 그래픽(CG)의 응용으로 영화로서의 보편성을 제시한 제임스 캐머런 감독의 〈아바타〉 광풍 이후로 전 세계는 3D 콘텐츠 제작에 몰입하고 있는 것이다. 무엇보다 수익성이 높으면서 불법 복제가 까다롭고 미래 엔터테인먼트 시장의 중심축이 될 수 있기 때문이다. 〈아바타〉는 영상 산업 및 영상 테크닉의 발전과 더불어 더욱 다양한 종류의 특수 효과에 컴퓨터 그래픽이 사용되면서 3D가 미래 영화 산업의 강력한 패자임을 스토리에 자연스럽게 녹아든 3D 화면으로 웅변한다. 3D가

애니메이션과 영화산업의 블루 오션으로 등장하면서 소비자들이 영상을 보는 방식을 완전히 바꾸었으며, 작법에도 변화가 생겨 그동안 애니메이션이나 공포영화에 한정되다시피 한 3D가 스토리텔링 효과를 극대화하는 장치로 자리 잡은 것이다. 이처럼 3D 〈아바타〉가 엄청난 규모로 흥행에 성공하면서 영화사에 남을 작품으로서 평가받는 이유 가운데 하나는 제임스 캐머런 감독의 장인정신과 동화적 상상력을 들 수 있다. 어릴 적 읽은 동화에서 영감을 받았다는 감독은 상상 속에 있는 영상을 표현하기 위해 IT 산업의 발전을 믿고 기다려 왔던 것이다. 95년에 〈아바타〉의 시나리오를 쓰고 10년을 기다려 온 이유는 상상 속의 세계를 영상으로 표현하기에는 미흡했던 기술적 한계 때문이었다. 마침내 컴퓨터 산업의 발전은 그의 기대를 저버리지 않았고 무한한 상상의 미래를 3D로써 관객 앞에 현실로 보여주었다. 결국 성공은 실리콘 밸리로 이어지는 컴퓨터 업계의 신기술 개발과 이를 응용할 수 있는 할리우드의 풍부한 자원, 그리고 무엇보다 감독의 장인정신과 문화적인 소양과 독서에서 비롯된 상상력이 있었기에 가능했다.

그런데 3D 영화는 자본이나 기술의 문제가 아니라 이야기를 하는 패러다임 자체가 다르다. 연출과 미술, 편집, 녹음 등 모든 과정이 3D에 대한 같은 생각을 갖고 있어야 가능한 작업이다. 유성영화가 나온 이후 소리라는 개념이 생기고, 컬러 화면의 등장이 다른 차원의 미장센에 영향을 주었듯이, 입체영화 역시 영화를 표현하는 새로운 언어와 분야를 만들어 냈다. 이제 입체영화는 텔레비전, 사진, 그래픽 디자인 따위의 시각적 수단으로 표현하고 정보를 전달하는 비주얼(visual)만의 문제가 아니다. 제작과 배급, 상영에 이르기까지 지금까지와는 다른 시각으로 총체적으로 접근해야 한다. 물론 기술과 콘텐츠의 질이 비례하는 것은 아니지만 역시 작품의 성공 여부는 전적으로 스토리텔링에 달려 있다. "영화는 스토리텔링이다. 기술과 매체의 변화는 궁극적으로 스토리텔링을 이루기 위해서다. 케이블이나 인터넷 모두 마찬가지다. 이런 기술 변화는 우리가 어떻게 소비자와 스토리를 소통하느냐를 위한 것이다. 영화의 제작 배급 방식은 변하지만 스토리텔링의 중요성은 변하지 않는다"고 하며 영상문화에서 서사의 중요성을 언급한 스필버그 감독의 말은 의미심장하다. 온갖 첨단 기술과 특수 효과 등을 동원해 이른바 할리우드식 블록버스트를 제작, 감독해 왔기 때문이다.

이같이 세계의 내로라하는 영화나 게임 업체들은 좋은 시나리오와 탄탄한 연출, 그리고 최첨단의 디지털 기술 등을 바탕으로 하는 3D 영화나 애니메이션 등으로 상업적인 성공을 거두고 있다. 한국은 아직 콘텐츠가 부족하여 훌륭한 판타지 원작도 없고, 또 해외에 잘 알려진 애니메이션 캐릭터도 없지만 그 가능성은 열려 있다. 그래서 우리는 스토리나 캐릭터 등 모든 것을 다 처음부터 만들어야 한다. 세계적인 IT 기술을 바탕으로 디지털 시대에 세계 시장에서 통할 수 있는 콘텐츠 개발은 물론, 이것을 영화·애니메이션·게임 등 다양한 장르로 개발하여 문화상품을 내놓을 수 있는 전략과 시스템이 필요한 것이다.

3) 하이브리드 시대, 양질의 콘텐츠 개발과 세계화

새로운 시대의 문화 예술은 이제까지의 자기중심적 도취와 좁은 공간에서 벗어나 스스로 손을 내밀고 국내외 수용자에게 가까이 다가가야 할 뿐만 아니라, 그 콘텐츠에 있어서도 과감히 수용의 폭을 넓혀야 할 것이다. 그야말로 문화 예술에서도 전략이 필요한 시대가 되었는데, 그 방법과 전망을 일률적으로 제어하고 정리하여 내놓을 수는 없다. 그렇지만 그것이 문화 예술의 외연을 확장하고 내용에 대한 인식의 변화를 수반하는, 이를테면 구체적이고 실효성 있는 답안이어야 한다는 점은 확실하다. 중요한 것은 콘텐츠이며, 하루가 다르게 변모하는 매체 속에서 어떤 방식으로 표현하는가이다. 이제 사람들은 품질이 좋은 상품을 소비하는 단계를 지나 자신을 감동시키는 상품을 찾아 사용하고 읽고 듣고 본다. 이때 하나의 콘텐츠가 우리를 감동시키고 우리 삶을 풍부하게 하는 작품으로 승화하기 위해서 가장 중요한 것은 디지털 시대 장인들의 창의적이며 대중적인 표현이다. 특히 작가들을 포함한 제작자들의 문화적 소양과 상상력을 기반으로 한 재미있는 작품을 요구한다.

오늘날 문학의 미래나 미래의 문학에 대한 담론이 무성한 가운데 한편으론 '디지털 시대의 문학'이라는 문제에 집중하는 것 같다. 특히 미래의 문학에 대한 담론은 최근의 큰 흐름인 문화 예술과 과학 기술의 접목을 문학에도 응용하는 방식에 주로 관심을 둔다. 하이퍼텍스트문학에 대한 관심도 그 가운데 하나다. 하지만 그 어느 경우든 전제해야 할 것은 창작의 내용에 관한 것이다. 디지털시대의 용어로 표현하면 콘텐츠에 관한 것이다. 왜냐하면 일정한 작품의 내용은 시대의 변화를 더 잘 흡수하며, 어떤 새로운 표현 방식에 더 잘 적응할 수 있기 때문이다.

따라서 미래 문화 예술의 융합 전개 과정 방향은 콘텐츠를 중심으로 하여 전체 산업의 가치사슬이 재편되고 달라질 것이다. 이것은 앞으로 동일 콘텐츠가 소비자에게 직접적이고 동시다발적으로 유통될 것이기 때문이다. 그리고 가치사슬이 단순화됨으로써 어떤 경로로 어떻게 유통되느냐의 문제보다 무엇이 유통되는가에 자연스럽게 비중이 주어진다. 이러한 상황에서 콘텐츠 영역은 전체 가치사슬에서 무엇보다 가장 중요해질 것이다. 예컨대 '해리포터'라는 콘텐츠가 처음에는 판타지 소설로 창작되어 문화상품으로 수익을 창출하였지만, 이후 디지털 콘텐츠로 전환되어 영화, 캐릭터 상품 등으로 개발되면서는 OSMU 방식의 전형을 보여주었다.

실상 한국에서도 기존의 순수문학상과 함께 '판타지 문학', '뉴 웨이브 문학', '멀티 문학' 등의 이름으로 고액의 고료를 내세우며 작가와 작품 발굴에 나서고 있다. 결국 해외 시장에 내놓을 수 있는 콘텐츠를 생산하고 장기적인 안목으로 실력 있고 환상적인 이야기꾼을 양성하기 위해서다. 문제는 톨킨의 「반지의 제왕」과 롤링의 「해리포터」처럼 세계 시장에 진출할 수 있는 양질의 창작 판타지 소설이 한국문학에도 본격적이고 지속적으로 등장해야 한다는 것이다. 또한 「반지의 제왕」과 「해리포터」시리즈가 유럽의 유구한 신화와 민담의 역사 위에서 탄생했듯이, 한국 판타지라면 우리만의 고유한 역사와 현실이 반영되어야 한다는 인식이 자리한다.

그런데 이러한 환상문학의 판타지 소설은 새로운 문화콘텐츠 발굴의 한 예일 뿐이다. 이외에도 유망한 작가와 작품을 발굴하고 다양한 실험으로 콘텐츠 자원을 지속적으로 개발해야 할 것이다. 이를테면 철저하고 완벽하게 계획된 프로젝트에 따라 제작된 '텔레시네마' 콘텐츠는 아직 산업적 가치를 제대로 인정받지 못하고 있는 한류 활성화에 새로운 계기가 될 수 있다. 따라서 닫힌 시각으로 무조건 자국 내지 외국 콘텐츠를 고집할 것이 아니라, 하이브리드(hybrid) 시대에 부응하는 열린 시각으로 서로 융합하고 통섭하여 새로운 콘텐츠를 찾는 노력이 필요하다. 이러한 '원 소스'의 개발이야말로 21세기 문화콘텐츠 산업의 견인차가 되고, 성장 동력의 에너지가 되는 일이기 때문이다.

4) 21세기의 성장 동력, 그 지표의 판타지 문학

문화산업의 성장과 디지털 기술의 발전이라는 새로운 시대변화를 맞아 바야흐로 문화콘텐츠는 고부가가치 산업으로 떠오르고 있다. 특히 최근에는 문화콘텐츠의 생산이나 그 전문 인력의 양성이 국가 경쟁력의 핵심으로 급부상하였다.

한편 문화콘텐츠는 예술적 감각과 공학적 기술, 그리고 인문학적 상상력을 두루 필요로 하며 생산되는데, 이때 인문학적 상상력 중에서도 문화콘텐츠의 창작에 가장 핵심적 역할을 하는 것이 스토리텔링이다. 디지털시대의 서사가 차세대 문화콘텐츠의 핵심이자, 고부가가치를 만들 수 있는 산업 동력원으로 등장한 것이다. 즉 18세기에는 산업혁명이, 20세기에는 정보혁명이 새 부가가치를 만들었다면 현재는 이야기 혁명의 시대다. 이미 세계 각국은 21세기의 성장 동력이 문화콘텐츠와 그 핵심인 관광산업에 있다는 점을 직시하고 그 개발과 응용에 열중하고 있다. 그래서 더 좋은 이야기 자원을 손에 넣기 위한, 고요하지만 뜨거운 전쟁을 벌이고 있는 것이다.

이와 같이 이제 이야기 산업은 한 국가 경제의 동력원으로 강력히 작용하고 있다. 문학성과 대중성을 갖춘 스토리텔링이 궁극적으로 한 국가의 문화적·경제적 풍요와 번영의 지표가 되면서 나라마다 자국의 문화 습속과 세계적인 보편성을 잘 반영한 문화콘텐츠 발굴에 적극적으로 나서고 있다. 그 한 예로 시대와 공간을 뛰어넘는 영국의 '판타지 문학'을 들 수 있다.

그동안 본격문학이나 예술 양식으로서 좀처럼 인정받지 못했던 판타지가 책으로, 영화로, 혹은 만화 등으로 제작되면서 세계를 사로잡고 있다. 사실 소설 「해리포터」 시리즈와 「반지의 제왕」, 「나니아 연대기」 등은 모두가 초대형 베스트셀러다. 조앤 K 롤링의 「해리포터」 시리즈는 비디오와 게임에 빠졌던 아이들을 다시 책의 세계로 끌어들인 마법담 판타지로서 새로운 시리즈가 출간될 때마다 대흥행을 기록했다. 또한 이 작품의 선배격인 톨킨의 「반지의 제왕」도 판타지 문학의 고전으로서 신화, 전설, 민담, 그리고 상상력 등 판타지의 모든 것이 망라되어 있으며 책, 만화, 영화 및 텔레비전 시리즈로도 만들어지면서 아이들은 물론 어른들까지 매료시키고 있다.

그런데 판타지 문학에 대해서 여전히 부정적인 견해를 피력하는 이들도 많다. 곧 판타지 문학은 현실세계로부터의 가벼운 도피이며, 삶의 복잡성에 대한 진지한 사유를 마비시키는 값싼 위안의 공식이라는 것이 그 이유의 하나다. 사실 판타지는 현실을 지배하는 법칙들을 거부하고 부정하거나 혹은 초월함으로써 현실의 중력권을 단숨에 뛰어넘어 일상세계의 원칙들이 적용되지 않는 다른 세계로 가볍게 날아오른다. 이 뛰어넘기가 일종의 도피라고 간주한다면, 판타지의 행복한 결말은 어려운 삶이라는 보다 치열하고 진정한 이야기들을 비틀고 왜곡하는 가짜 위안일 수 있다.

그러나 판타지 문학에는 이러한 비판으로도 잠재울 수 없는 어떤 강력한 힘과 매력이 있다. 무엇보다도 판타지는 '상상력의 보고(寶庫)'이며 낯익은 세계를 눈으로 보게 하는 '발견의 시각'이 있다. 아이들에게 있어 판타지는 도피주의에의 탐닉이라기보다 '모험의 정신'을 길러주는 데 더욱 크게 기여한다. 그리고 이제는 많은 사람들이, 특히 젊은 이들은 판타지 문학의 기본적 속성인 환상, 꿈, 신화 등의 신비로운 세계에 대하여 커다란 매력을 느끼기 시작했다. 이들에게 판타지는 정신의 해방구이자, 이상과 괴리된 현실을 잊게 하거나 새로운 비전을 제시하는 신세계로 여겨진다.

그동안 한국문학에서도 판타지는 주변부 장르로 폄하되어 왔고, 일부 마니아들 사이에서 통신이라는 특수한 공간을 통해 향유되던 소수 취향의 것이었다. 아마도 주제, 구성, 문체, 스토리 등에서 본격문학에 버금가는 자질을 갖추지 못했기 때문일 것이다. 그러나 본격문학과 장르문학과의 경계가 허물어지는 가운데, 우리도 더 이상 지체할 수 없는 시점에 처한 가운데 한 신문사에서 '판타지 문학상'을 제정하기에 이르렀다. 한국형 판타지의 필요성을 절감하고 21세기 문화콘텐츠 산업의 동력원이 될 한국형 본격 판타지 소설을 찾고 있다. 톨킨의 「반지의 제왕」과 롤링의 「해리포터」처럼 세계 출판 시장에 진출할 수 있는 창작 판타지 소설이 한국문학에서도 탄생됨으로써 21세기 문화콘텐츠 산업의 견인차가 되어야 할 때가 되었기 때문이다.

과학과 합리화라는 초고속의 정보통신 시대에 어떻게 이런 판타지 문학 장르가 세계인들을 사로잡게 되었을까? 특히 조앤 K 롤링의 「해리포터」 시리즈가 세계적 신드롬을 일으킬 정도로 설정 매력이 극대화된 이유는 무엇일까? 거기에는 분명 그럴 만한 요건이 있을 것이다. 예컨대 다양한 캐릭터들을 능숙하게 부리는 작가의 아름다운 문체와, 끊임없는 반전을 통해 독자의 눈을 붙잡아 놓는 숨겨진 장치들이 그럴 것이다. 그리고 무엇보다 세계시장에서 통할 수 있는 보편성과 창의적인 상상력을 바탕으로 독자들이 무엇을 원하고 있는지를 잘 보여주었기 때문이다.

「해리포터」 시리즈는 대중문학이다. 대중적이란 것은 우선 대량소비를 목적으로 하며, 대중이 요구하고 있는 부분을 작품화하여 대리만족, 즉 카타르시스를 체험하게 해주는 것이다. 정보와 기계문명의 디지털시대에 오히려 「해리포터」 시리즈는 창의적 상상력으로 인간적 마법의 세계를 훌륭하게 되살려 놓았다. 현실보다 재미없는 소설이 팔리는 경우는 드물다. 소설가란 결국 창의적 상상력을 통해 독자들을 현실 밖으로 끌어내는 사람들이다. 독자들이 소설가들에게서 무엇을 원하고 있는지를 잘 포착해 낸 작품이었다.

지금 세계는 더 많은 이야기 자원을 확보하여, 이를 더 재미있고 대중적인 문화콘텐츠로 만들어 내기 위해 국가 차원의 경쟁에 돌입하고 있다. 따라서 한국을 대표하고 세계적으로 통할 수 있는 품격있는 대중적 판타지 문학의 창작과 확보가 시급하다. 그러나 우리가 이야기 산업의 21세기적 중요성을 크게 인식하지 못하는 데 문제가 있다. 그 결과 이야기 산업 선진국들의 하청 생산 기지라는 위치에서 벗어나지 못하고 있다. 이야기 전쟁에서 질 경우 선진국 도약이 어려울 뿐만 아니라, 문화적 식민지가 될 가능성도 높다. 그러므로 이제부터라도 정책 당국의 세심한 배려와 포괄적이고 통합적인 시각으로 이야기 산업의 경쟁력 제고를 위한 유통 및 디지털 기술 등 정부의 적극적이고 총체적인 지원이 이루어져야 할 것이다. 또한 각 분야의 문화콘텐츠 산출에 직접적으로 기여할 수 있는 보다 새로운 이야기의 개발, 이러한 이야기를 다양한 스토리로 만들어 내는 기획 능력, 그리고 스토리텔링과 같은 창작방법론을 구체적으로 연구하여 능력을 갖춘 많은 이야기꾼을 길러내야 할 것이다.

4. 디지털시대의 문화콘텐츠, 스토리텔링의 의미와 방향

1) 디지털시대의 문화콘텐츠, 문화 변화와 스토리텔링의 등장

문화의 시대를 넘어 문화콘텐츠 개발의 시대라는 말이 낯설지 않을 만큼 21세기의 지금 우리는 다양한 콘텐츠를 향유하고 소비하는 시대에 살고 있다. 콘텐츠를 벗어나서는 인간의 존재적 가치를 느낄 수 없을 정도로 다양한 매체에 의해 전달되고 있는 콘텐츠가 범람하고 있다. 그리고 그 콘텐츠는 우리의 감각기관을 끊임없이 자극하여, 자신을 향유하고 소비하도록 조종하는 듯하다. 특히 최근의 문화콘텐츠는 다양한 분야에서 학제 간 연구의 화두로 급부상하고 있으며, 콘텐츠의 적용범위도 확장되고 있다. 즉 콘텐츠의 개념이 게임, 애니메이션, 영화, 방송 등의 온라인 영역과 축제, 관광, 테마파크 등의 오프라인 영역을 모두 종횡하는 내용물로 확대된 것이다. 이와 함께 온라인과 오프라인 매체에 담기는 내용물인 콘텐츠를 유통시키기 위해서는 창작 소재를 발굴하여 콘텐츠를 기획하고 마케팅할 수 있는 전략 영역이 중요하게 대두되고 있다.

문화콘텐츠가 산업적으로 각광을 받을 수 있었던 데에는 디지털 기술이 중요한 작용을 하였다. 따라서 문화콘텐츠 전문가라면 무엇보다도 디지털스토리텔링 등의 여러 체계에 대한 전문적인 지식과 실무 능력을 갖추어야 한다. 디지털스토리텔링이란 디지털 기술을 매체 환경 또는 표현 수단으로 수용해 이루어지는 스토리텔링이다. 디지털스토리텔링의 영역들은 각 콘텐츠들을 제작하는 주체와 수용자, 매체의 성격, 정보를 다루는 방식에 따라 구분이 가능하다. 이러한 디지털스토리텔링은 크게 엔터테인먼트 스토리텔링과 인포메이션 스토리텔링으로 나눌 수 있다.

먼저 엔터테인먼트 스토리텔링은 디지털스토리텔링 중 가장 큰 부분을 차지하는 디지털 콘텐츠들을 주로 제작하는 스토리텔링으로 디지털 영화, 디지털 애니메이션, 컴퓨터 게임, 디지털 방송, 디지털 음악, 디지털 출판 등이 여기에 해당된다. 디지털 콘텐츠들이 일상적인 필요성보다는 하나의 허구적인 서사 양식으로 일반에 받아들여지면서 일종의 오락 산업으로 기능하고 있다는 점에서 엔터테인먼트적인 성격을 띠고 있다고 할 수 있다. 다음으로 인포메이션 스토리텔링은 주어진 정보를 바탕으로 이를 가공, 배치, 편집, 디자인하는 과정을 거치는 스토리텔링으로 디지털 광고, 브랜드 이미지, e-러닝, 디지털 박물관, 컴퓨터 매개 커뮤니케이션(CMC) 기반의 커뮤니티, 디지털 다큐멘터리, 디지털 자서전 등이 여기에 해당된다. 엔터테인먼트 스토리텔링이 허구적인 이야기를 창조하는 것에 비해 인포메이션 스토리텔링은 현실을 바탕으로 논픽션적인 이야기를 만들어 내는 것이다. 따라서 인포메이션 스토리텔링에서는 주어진 정보를 스토리로 엮어내는 편집적인 성격이 강하게 부각된다. 이는 문화콘텐츠 기획 전문가라 하더라도 피할 수 없는 과업이기도 하다. 문화콘텐츠 창출은 그 특성상 '창안-기획-제작-유통'의 과정이 긴밀하게 연관된 작업이다. 문화콘텐츠가 문화적 내용을 산업화시킨 것이라는 점을 전제할 때, 한 시대의 형이상학이라는 공통된 시대정신을 어떻게 공유하고, 어떻게 차별화해서 표현할 수 있는가에 대한 인문적 안목을 갖추어야 한다. 문화콘텐츠가 상상과 창조의 산물이라는 점에서 문화콘텐츠 창출에서 인문학적 상상력이 차지하는 비중은 막대하기 때문이다.

이제 디지털 세상은 텍스트, 이미지, 그리고 음악과 음향뿐 아니라 후각, 촉각을 포함하는 명실상부한 통합미디어 세상을 구축할 것이다. 따라서 지금보다 훨씬 더 다층적인 상상력이 발휘되어야 할 것이다. 이제까지 문자 문화의 스토리텔링에서는 상황을 묘사할 언어만을 필요로 해 왔고, 애니메이션이나 영화 등 초보적인 차원의 디지털스토리텔링을 기반으로 하던 문화 양식은 기존의 문자적 서사를 위주로 하는 스토리텔링 위에 이미지와 영상, 음향을 덧입혀 왔다면, 이제 그 위에 또다시 새로운 감각을 입혀야 한다. 그리고 2차원적 영상에서 3차원적 영상으로 변화, 창출해야 할 것이다. 이는 단순히 기술의 컨버전스만 이루어진다고 해서 되는 것이 아니다. 인간의 경험을 우리가 실생활에서 경험하는 그대로 재현할 수 있고 인간의 상상을 훨씬 더 풍부하게 표현하고 창출할 수 있는 보다 통합적인 상상력이 요구될 것이다. 디지털 미디어의 멀티미디어성은 끝없이 진보하면서 그에 걸맞는 상상력과 스토리텔링을 요구하는 것이다.

따라서 이러한 디지털 기술의 발달로 스토리텔링은 종전의 관습적 방식으로는 더 이상 온전한 설명이 어렵게 되었다. 디지털 기술을 매체 환경으로 수용한 예로 가장 쉽게 생각할 수 있는 것은 온라인 게임과 모바일 영화, 웹 광고, 웹 엔터테인먼트, 그리고 인터랙티브 드라마나 인터랙티브 논픽션 등이다. 이러한 것들은 서사와 이미지, 동영상과 음향 등이 결합되어 있을 뿐 아니라, 상호작용성, 네트워크성 등 이전에는 도저히 생각할 수 없었던 다양한 기술과 기능 등이 통합되어 있다.

따라서 소위 디지털시대라고 통칭하는 이러한 시대의 디지털 매체의 변화가 문화에 있어서, 특히 스토리텔링에 있어서는 어떠한 변화를 가져왔는가에 대하여 살펴볼 필요가 있다. 온라인 게임, 모바일 영화, 인터랙티브 드라마, 웹 광고, 웹 에듀테인먼트 등이란 과거에는 듣도 보지도 못했던 생소한 용어들이다. 하지만 따지고 보면 이런 것들은 모두 이미 문자를 주축으로 하여 과거로부터 존재해 온 영화, 드라마, 교육 등의 문화 영역을 기반으로 한 것이다. 그런데 디지털이라는 신기술이 등장하면서 이러한 전통적인 문화 영역에 혁신적인 변화가 일어나면서 종전의 패러다임으로는 도저히 생각할 수 없었던 특징들이 생기게 되는 것이다.

2) 디지털 문화 환경, 새로운 매체서사 디지털스토리텔링의 확산

스토리텔링은 사건에 대한 진술이 지배적인 담화 양식이다. 사건 진술의 내용을 스토리라 하고, 사건 진술의 형식을 담화라 할 때 스토리텔링은 스토리, 이야기가 담화로 변화는 과정에서 세 가지 의미를 모두 포괄하는 개념이다. 이런 포괄적인 개념이 대두된 것은 현대 이야기예술에서 행위와 결과물, 즉 이야기하기의 행위(conduct)와 이야기 자체(contents)를 동시에 지칭하는 경우가 많아졌기 때문이다. 이 것은 프로그래머와 사용자, 프로그램과 프로그램 참여 행위의 경계가 허물어지는 디지털 환경의 특징과 상통한다고 말할 수 있다. 형식적 으로 스토리텔링은 사건과 인물과 배경이라는 구성 요소를 가지고, 시작과 중간과 끝이라는 사건의 시간적 연쇄로 기술된다는 점에서 논증, 설명, 묘사 같은 다른 담화 양식과 구별된다. 또한 내용적으로 스토리텔링은 사건에 대한 순수한 지식이 아니라 화자와 주인공 같은 인물의 형상을 통해 사건을 겪은 사람의 경험을 전달한다는 점에서 단순한 정보와도 변별된다.

이와 같은 형식적·내용적 특징들은 스토리텔링에 고유한 역할을 부여한다. 오늘날 IT 혁명이 만든 정보의 홍수는 인간 두뇌의 정보 처리 능력을 넘어서고 있다. 기존의 많은 지식이 새로운 지식으로 대 체되고 있으며 더욱 더 세분화, 전문화되고 있다. 그래서 우리는 자신 이 관여하는 매우 좁은 분야의 지식을 소화해 내기도 힘들게 되었고 나머지 방대한 분야의 지식에 대해서는 무지할 수밖에 없게 되었다.

스토리텔링에 대한 사회 각 분야의 광범위한 요구는 삶의 전체적 파악이 불가능해지는 이런 인식론적 위기와 관련되어 있다. 정보의 홍수 앞에 절망한 사람들은 논리적·연역적 사유의 한계를 절감하고 단순한 정보보다 사건을 겪은 사람의 경험을 통해 한 번 걸러진 담화, 즉 스토리를 원하게 된다. 말하자면 서사적·상징적 세계를 통해 삶을 전체적으로 파악할 수 있는 스토리텔링의 감성적·직관적 사유를 요 청하고 있는 것이다. 이 같은 상황에 처한 정보화 사회의 요구에 의해 디지털 미디어 기술과 결합한 새로운 스토리텔링, 디지털스토리텔링 이 나타난 것이다.

한편 디지털스토리텔링이란 디지털 매체를 기반으로 하며, 디지털 기술을 매체 환경 혹은 표현 수단으로 수용하여 이루어지는 스토리텔링이다. 디지털 기술을 매체 환경으로 수용한 예로는 모바일 영화, 인터랙티브 드라마, 웹 광고, 웹 에듀테인먼트, 웹 BI, 인터랙티브 논픽션 등을 들 수 있다. 이와 같은 서사 콘텐츠들은 상호 작용성, 네트워크성, 복합성이라는 디지털 미디어적 특성에 의해 소설과 같은 전통적 스토리텔링과 확연히 구분된다. 이들은 또 장치 면에서도 컴퓨터, 모바일, 인터랙티브 텔레비전이라는 별도의 매체를 이용한다. 미시적으로 파악할 때 디지털 스토리텔링은 컴퓨터 기반의 정보 기술이 만들어 낸 디지털 콘텐츠의 일부 영역이다. 이때 적용되는 스토리텔링은 동일한 사건에 대해 서로 다른 진술이 가능한 다중 형식 이야기 정도로 이해되며, 이야기 예술로서의 수준은 떨어진다. 그러나 거시적인 관점에서 볼 때 디지털스토리텔링은 인류가 현존 질서를 유일한 현실로 받아들이기를 거부하고, 이야기 예술을 통해 새로운 자유의 영토를 탐구해 온 오랜 노력의 결과물이다. 인류는 항상 자신에게 주어진 세계에 만족하지 않고 보다 잘 이해할 수 있고, 보다 정의로우며, 보다 멋있고 사리에 맞는 '또 다른 세계'를 추구해 왔다. 이 같은 추구 때문에 무수한 이야기꾼들이 자신의 이야기로 또 다른 세계의 허구적인 구성틀들을 만들어 냈다. 바로 서사와 이미지, 동영상과 상호 작용성이 통합되어 완벽한 몰입의 허구적 구성틀을 창출하는 디지털스토리텔링이야말로 인류가 소망하던 꿈의 이야기 기술이라고 말할 수 있다.

3) 문화예술과 산업의 융합, 스토리텔링의 과제와 올바른 방향

(1) 문화산업과 스토리텔링의 결합

융합의 시대가 되면서 지금까지 다른 영역으로 치부되던 각 장르를 모두 관통하는 공통 요소를 도출하여 영역의 개별적 발전이 전체에 시너지 효과를 주는 방안 마련이 시급해졌다. 문화콘텐츠는 텍스트 콘텐츠(출판·신문·잡지·출판문화), 디지털 이전의 비텍스트 콘텐츠(공예품·미술품·공연), 시청각 콘텐츠(방송·영상·광고·영화·비디오·음반), 디지털 콘텐츠(애니메이션·게임·디지털·모바일)로 나눌 수 있는데, 이들 장르의 원활한 소통과 교섭은 부가가치 창출의 핵심이다.

그런데 이들 장르의 소통을 가능하게 하는 것이 스토리텔링이라는 사실이다. 스토리텔링이란 문학·만화·애니메이션·영화·게임·광고·디자인·홈쇼핑·테마파크·스포츠 등의 이야기 장르를 아우르는 상위 범주라 할 수 있다. 상위와 하위, 각각의 이야기 장르들은 서로 미학적 영향 관계 속에 있다. 여기서 스토리텔링은 서사 형식의 원형질로 존재한다. 따라서 각각의 장르들은 스토리텔링이란 공통점을 지니면서도 매체의 특성 때문에 형식상의 차이를 갖게 된다. 예를 들어 이야기가 종이 매체에서 표현될 경우 문학이 되고, 영상 매체에서 표현될 경우 영화가 되며, 디지털 매체에서 표현될 경우 게임 등 디지털 서사가 된다.

이와 같이 하나의 스토리텔링은 다른 매체로 옮겨가면서 매체 변주를 하게 되고 새로운 표현 방식을 획득하게 된다. 이러한 현상 자체가 OSMU(One Source Multi Use)를 대변하며 하나의 콘텐츠가 여러 매체

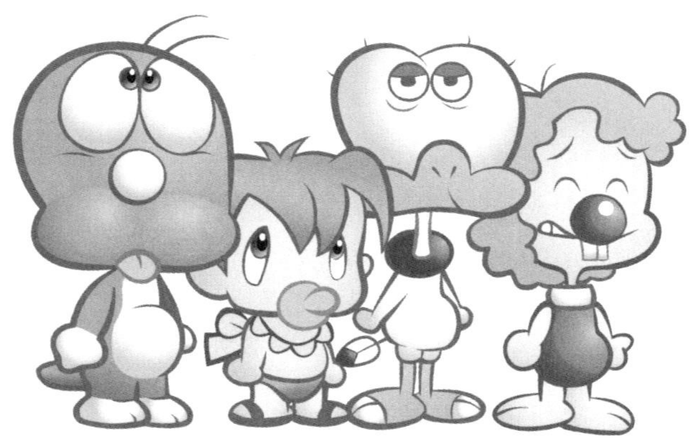

의 콘텐츠로 변주되면서 문화상품을 양산하는 문화콘텐츠 산업의 특징을 보여 준다. 한국의 문화콘텐츠 중 OSMU가 가장 고르고 다양하게 된 작품이 〈아기공룡 둘리〉일 것이다. 1983년 어린이잡지 『보물섬』에 연재되면서 시작된 '둘리'는 1985년 롯데삼강 '둘리바'로 개발되었고, 학용품, 장난감, 만화 단행본, TV 애니메이션으로 제작되기도 했다. 또한 극장 애니메이션·에듀테인먼트 장르 등에도 진출했으며, 2003년에는 둘리박물관·둘리거리·둘리미용실까지 등장했다.

문화기술이란 '산업'과 '기술'의 개념에 문화예술을 근간으로 하는 산업이 존재할 수 있다는 새로운 발견으로부터 출발했다. 이것의 출발은 과학기술자에 의존할 수밖에 없었으며, 이것이 주목받기 시작한 것은 고도의 부가가치를 지닌 산업이라는 사실 때문이다. 그리고 바야흐로 문화산업이 한국 경제의 성장을 이끌어 갈 새로운 성장 엔진으로 각광받고 있는데, 그 이유는 문화산업의 경이적인 성장률에서 기인한다.

그런데 그간 문화예술인은 예술의 진정성을 외치며 자본에 함몰되는 세계에 반대해 왔다. 이것이 예술과 상품을 구분해야 한다는 논리이기도 했다. 이 간극을 극복하기 위해서는 상품과 예술의 교환 관계가 디지털 시대의 새로운 패러다임이라는 사실을 인식해야 한다. 또 오늘날은 예술작품과 상품의 관계도 이미 모호해졌다.

이제 문화예술과 과학기술·산업이 어떤 방식으로 융합되어야 할 것인가에 주목해야 한다. 여기에 대해서는 아직 답이 없다. 단 융합은 이제 시작에 불과하며, 삼자는 자신의 영역에 무게 중심을 두며 열린 태도로 융합을 모색해야 한다는 점이다. 그런데 이 융합의 단계에서도 생각해 볼 수 있는 것이 스토리텔링이다. 특히 스토리텔링이 디지털 매체로 이동하면서 발생하는 문화콘텐츠의 지각 변동은 실로 엄청나다. 이 때문에 스토리텔링을 중심으로 문화산업의 미래를 생각해 보는 것은 현시점에서 반드시 필요한 일이다.

한편 문화원형과 스토리텔링의 결합은 경제적인 부가가치 창출뿐 아니라 국가 브랜드 가치 제고에도 기여할 수 있다. 문화원형 분야의 CT가 성과를 거둔 사례로는 충남 역사문화원 등이 행한 전통문화유산 콘텐츠화 사업을 들 수 있다. 충남 역사문화원은 백제시대의 대표적인 문화유산인 무령왕릉의 출토 유물을 분석해 디자인의 밑바탕이 되는 원형들을 추출해 냈을 뿐만 아니라 무령왕릉과 무령왕 일대기에서 시나리오적 요소를 추출했다. 그리고 그것은

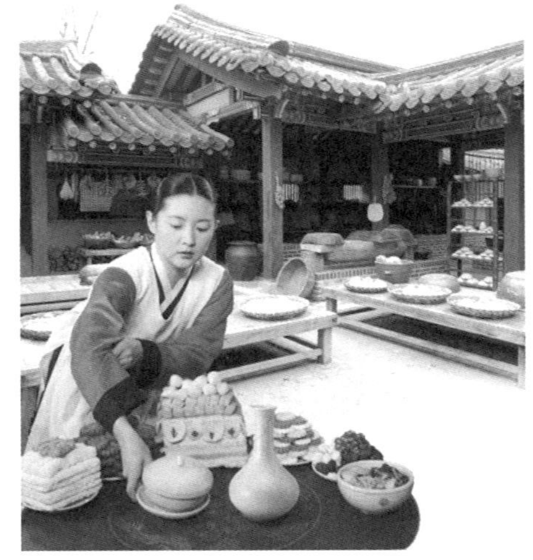

〈대장금〉

다양한 매체의 스토리텔링 등에 이용 가능하게 되었다. 전통문화유산 속의 문화원형을 추출해 내어 이를 다른 문화콘텐츠 분야에서 활용 가능토록 함으로써 문화원형 소재가 다양한 문화산업에 적용될 수 있게 된 것이다.

문화원형 스토리텔링의 디지털 콘텐츠화 사업이 소기의 성과를 거두면서 최근에는 드라마를 중심으로 게임·영화·뮤지컬·연극은 물론이고, 패션·음악 등 다양한 분야에서 문화원형에 관한 스토리텔링 개발이 이뤄지고 있다. 예컨대 드라마 〈대장금〉의 인기와 열풍이 중화권과 인도를 넘어 중동 지역까지 뒤덮고 있다. 이처럼 중화권을 넘어 인도와 이란에서까지 인기를 끄는 이유는 여성의 자아성취라는 보편적인 소재를 다루면서 한국적인 아름다움과 음식문화를 선보이기 때문이다. 실제 〈대장금〉을 시청한 외국인들은 "한국의 다채로운 궁중 의상과 아기자기한 음식 문화에 경이로움을 느꼈으며, 여성을 주인공으로 해서 이야기를 진행하는 방식이 독특하고 많은 호기심과

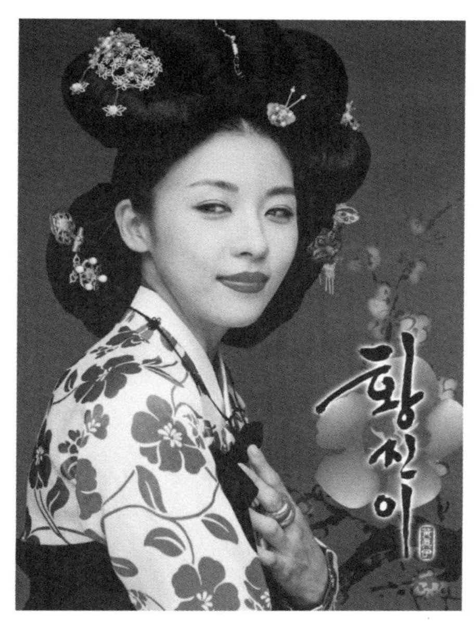

〈황진이〉

궁금증을 가지게 한다”는 반응이 주를 이룬다. 또한 인도와 이란 등에서는 여성의 사회 진출과 권익 신장이 한창 대두되는 시점에서 출생의 비밀을 지닌 여주인공이 온갖 역경을 딛고 최초로 여성 어의(御醫)의 지위에 오른다는 설정이 공감과 환호를 이끌어낸 것으로 보인다. 이러한 현상은 문화원형 소재를 잘 녹여낸 스토리텔링이 질 좋고 다양한 유형의 콘텐츠로 성공할 수 있다는 것을 보여준다. 특히 궁중음식·궁중의복 등은 다양한 문화상품으로 개발되기도 했다. 그리고 드라마 〈황진이〉의 스토리텔링도 여러 콘텐츠로 개발되고 있다. 이같이 역사적 인물을 재조명하는 스토리텔링 개발은 '원 라이프 멀티 스토리'라는 관점에서 지속적으로 이어질 것이다.

이렇게 한 장르가 성공했을 때, 다른 장르로 활용·개발되는 것은 디지털 컨버전스 시대의 특성이다. 이제 중요한 것은 하나의 스토리텔링을 매체 장르에 알맞게 각색하는 방법이다. 이 때문에 원 장르와 활용될 장르의 매체 특성을 정확히 파악하고 재능 있는 시나리오 작가를 개발하는 노력이 병행되어야 한다.

(2) 담화방식의 전환과 매체의 심층적 분석

담화란 주어진 이야기를 어떻게 설명할 것인가에 대한 것이다. 기존의 서사 양식에서 담화는 곧 서술이나 서술자의 몫으로 남겨졌다. 이는 기존의 서사 양식들이 주로 시간을 바탕으로 창작되었기 때문에, 플롯의 선후 관계를 뒤바꾸거나 인물의 내면을 현재적으로 재현하는 것이 목표가 되었던 것이다. 그러나 디지털스토리텔링에서는 시간적인 배치도 중요하지만, 시각적 영상의 역할이 강화되면서 공간적인 배치와 대상의 묘사가 더욱 중요해진다.

따라서 주어진 내용을 디자인하고, 인터페이스를 사용자의 환경에 맞도록 개선하는 작업 자체가 새로운 담화 방식의 실천이 된다. 문자 문화의 권위가 영상으로 옮겨지면서 시각적인 측면의 행위와 묘사들이 모두 하나의 서술 행위로 인정받게 된 것이다. 단지 읽고 쓰는 행위만이 의사소통의 방법이 아니라는 것을 이미지는 증명하고 있는 셈이다. 이미지는 문자보다 더 확실하면서도 직접적인 피드백을 얻을 수 있으며, 문자보다 더 사실적으로 현실을 재현할 수 있다. 이러한 이미지의 등장은 이미지를 주요한 정보 전달 수단으로 사용하는 영화나 애니메이션의 담화에만 영향을 끼치는 것이 아니다. 문자를 통한 매체들도 이미지와의 결합을 중시하면서 문자와 이미지가 혼합된 담화 방식이 주목받고 있는 것이다.

이는 단순히 만화처럼 이미지가 상황을 제시하고 문자가 대사를 전달하는 서술과 묘사의 이분된 상황을 의미하지 않는다. 오히려 대부분의 서술적 메시지를 영상과 이미지가 전달하는 전도된 콘텐츠로 창작될 가능성이 높다. 찰리 채플린(Charles Spencer Chaplin)의 무성영화에서 문자와 대사의 의도적인 삭제가 가져오는 긴장감은 영상을 통한 메시지의 전달을 매우 효율적으로 유지하도록 만들어 준다. 이와 같은 긴장감은 영상을 통한 커뮤니케이션이 가지는 내면 심리 전달의 어려움을 발전시키는 계기가 되었다.

또한 디지털스토리텔링은 사용자의 참여가 보장되는 상호 작용적인 환경이 조성되어 있다. 따라서 문자와 이미지, 영상, 상호 작용성이 복합적으로 작용하는 새로운 매체에 대한 다양한 담화 방식이 연구되고 개발되어야 할 것이다. 디지털스토리텔링의 범위는 새로이 개발되는 매체와 플랫폼에 따라 확장되고 재편되고 있다. 예컨대 휴대용 전화기가 초기에는 음성을 전달하는 수단에 불과했으나, 문자·영상·게임·전자 결제의 수단으로 그 영역을 넓혀가고 있다. 최근에 들어서는 모바일 게임이 독립된 시장으로 형성될 만큼 그 가능성을 인정받고 있다. 따라서 급격하게 변화하는 매체와 플랫폼에 대처할 수 있는 연구가 시급하고도 필요한 것이다.

그러나 그동안 문학 연구는 전통적인 장르론과 장르의 역사를 탐구하는 데 중점을 두어 왔다. 문자와 언어를 통한 이야기와 담화의 관계 설정에만 관심을 기울여 왔기 때문에, 영상과의 상호 작용성을 통한 새로운 방식의 정보 전달에 적응하지 못하고 있다. 이러한 실정에서 디지털스토리텔링은 문학 연구에서 정점을 이룬 서사 이론과 여러 매체들의 특성들을 조화시켜 각각의 콘텐츠들을 서사 양식으로 기능하도록 만드는 데 일조할 수 있는 방안이 된다. 그러기 위해서는 디지털 영화, 디지털 애니메이션, 컴퓨터 게임 등 엔터테인먼트 스토리텔링과 브랜드 이미지, 웹 광고, e-러닝, 디지털 박물관 등 인포메이션 스토리텔링에 해당되는 각 매체들의 독자적인 특성들을 연구하여 이야기와의 결합 가능성을 타진해야 하는 것이다.

(3) 새로운 스토리와 형식 개발, 그 창작의 시스템화

스토리텔링은 스토리를 전달하는 인류의 오랜 담화 형식이었다. 그리고 디지털 미디어 기술에 의해 이 같은 담화 양식이 새롭게 재구성된 것이 디지털 스토리텔링이다. 오늘날 디지털 콘텐츠 산업의 가장 큰 시장을 점유하고 있는 컴퓨터 게임을 비롯하여 애니메이션, 디지털 영화, 웹 에듀테인먼트, 웹 뮤지엄, 웹 광고, 컴퓨터 커뮤니티 등의 콘텐츠들은 모두 스토리에 대한 인간적인 욕망 위에 존재하고 있다.

정보화 혁명은 정보의 자유로운 축적과 교환을 가져왔지만 인간 두뇌의 한계를 넘어서는 정보의 급증을 야기했다. 즉 정보화는 무지(無知)의 아이러니를 가져왔다. 지금도 월드 와이드 웹에서는 1분당 하나씩 새로운 사이트가 등장하고, 새로운 논문과 새로운 신문 기사와 새로운 책들이 태풍 속의 폭우처럼 쏟아진다. 인류는 이제 정보의 홍수 속에서 오히려 무지를 느끼며, 정보가 유력한 자원이 되는 정보사회를 살면서 상대적으로 도태되는 박탈감을 느낀다. 발생하는 정보량에 미처 따라가지 못하는 이러한 시대 앞에 위축되고 왜소해진 인류는 그래서 그 어느 때보다 간절하게 스토리를 갈망하고 있다.

인류의 문화는 솔직하고 재미있고 감동적인 스토리와 더불어 진보해 왔다. 스토리는 사건을 겪은 사람의 경험을 중심으로 한 번 걸러진 지식, 알기 쉽고 습득하기 쉬운 지식을 제공함으로써 인류로 하여금 복잡한 상황에서 질서를 찾고 혼돈의 현실로부터 가치를 통찰하도록 도와주었다. 스토리가 만들어 내는 서사적이고 상징적인 세계는 복잡한 사회 변화 속에서도 삶의 전체적 파악을 가능케 해주는 소중한 수단이었다.

지난 세기까지 우리에게 익숙했던 '소설'은 자본주의적 근대화 시절의 스토리였다. 사회를 움직이는 힘이 토지 자본으로부터 산업 자본으로 이동하자, 토지에 근거한 집단들이 해체되고 인간은 개인으로 파편화되었다. 이때 고향에서 유리되어 익명의 도시에 내던져진 사람들에게 중요했던 것은 '나는 누구냐'라는 개인의 정체성 문제였고, 소설은 바로 이 같은 사람들의 의식과 생활을 스토리로 보여줌으로써 근대 시민 문화의 주인공이 될 수 있었다.

마찬가지로 21세기 정보화 혁명은 새로운 상황을 만들었다. 디지털 미디어 기술은 문자, 소리, 영상, 동영상을 하나로 묶어 초고속 광역 통신망 속에서 자유롭게 다운받고 변경하고 다시 네트워크에 올리게 만들었다. 정보의 제공자와 사용자가 양방향 커뮤니케이션 속에서 자유롭게 상호 작용하고 각 개인의 컴퓨터는 파일 교환 소프트웨어에 의해 무한정의 자료를 가진 도서관과 영화관으로, 세계 최대의 복사기로 변해갔다.

이러한 문화의 변화에 따라 사회 운용의 힘이 산업 자본으로부터 정보 통신 자본으로 이동하고, 산업 사회가 만든 개인의 공간이 해체되는 새로운 국면이 나타났다. 디지털시대 인류 사회가 요구하는 새로운 스토리 형식은 컴퓨터 게임과 애니메이션, 디지털 영화, 에듀테인먼트, 웹 박물관, 웹 광고, 컴퓨터 매개 커뮤니케이션(CMC) 등이다. 디지털 미디어 기술은 스토리 창작의 기회를 수평적으로 확장시켰고, 창작자와 수용자의 민주적 상호 작용을 촉진시켰으며, 스토리 형식 사이의 장르적 통합을 도출하였다. 폭증하는 정보 때문에 논리적·개념적 사유의 한계를 절감한 인류는 점점 더 이야기의 감성적·형상적 사유에 의지하게 되고, 이러한 스토리의 요구는 디지털 미디어 기술을 통해 더욱 몰입적이고 더욱 전방위적인 스토리 형식들을 만들어내고 있는 것이다.

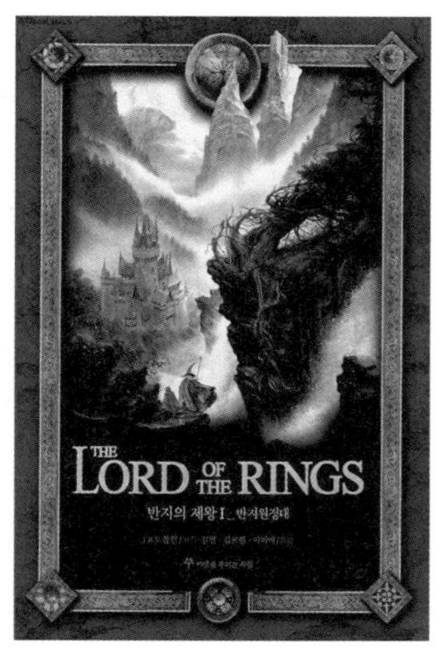

「반지의 제왕」

따라서 디지털스토리텔링에서는 새로운 서사의 틀이 필요하다. 디지털 기술의 발달이 서사의 내용과 방법마저 결정하는 시대가 됐다. 아날로그 방식의 소설과 영화가 보여주는 전통적 서사와는 다른 새로운 서사의 틀이 필요하다. 일례로 모바일 전화기 화면에 4~5분짜리 다큐멘트리가 상영되는 시대다. 그러나 긴 장편 구조의 서사는 이런 틀에 적합하지 않다. 디지털 시대에 맞는 스토리는 분명히 이전의 서사와 다른 점이 있다. 영국 작가 톨킨의 「반지의 제왕」이 처음 발표되었을 때는 '영문학의 재앙' 취급을 당했지만, 지금은 디지털시대 최고 흥행의 성공 상품이 되었다. 특히 하나의 큰 줄거리 속에 독립적인 이야기들이 병렬로 연결된 서사구조라는 점이 주목된다. 이런 서사 구조는 영화와 게임, 모바일 콘텐츠 등에서 쉽게 활용할 수 있는 것이 장점이다. 따라서 이 작품은 적어도 디지털스토리텔링과 같은 새로운 이야기를 갈망하는 독자들에게는 완벽한 영감의 원천이 되었다. 무엇보다 허구적 공간을 구성할 수 있는 모든 요소들, 즉 캐릭터와 지형과 배경 이야기의 방대한 구상에 성공했다. 그리고 그는 생생한 캐릭터 디자인을 중심으로 이 방대한 이야기를 권력을 둘러싼 스토리 밸류의 주도적 아이디어로 정리했다. 겁 많고 소심했던 프로드 일행은 용감한 반지의 사자로 의미 있는 변화를 보여주며 이 과정에서 캐릭터가 가진 은유적 복합성은 관객들로 하여금 그들의 운명에서 잠시도 눈을 뗄 수 없게 만든다.

그런데 이러한 디지털 영화, 애니메이션, 컴퓨터 게임 등의 개발에 절대적으로 필요한 것은 훌륭한 스토리다. 허구적인 양식에 대한 자발적인 믿음이 저절로 생겨나는 것이 아니라, 잘 짜여진 '스토리 밸류'를 바탕으로 해서 생기(生起)되기 때문이다. 인류 역사에서 민담과 설화에서 수많은 스토리들이 변형되고 발전해 온 것을 떠올려 볼 때, 스토리 원형이 되는 모티프의 연구는 필수적이다. 즉 블라디미르 프롭이 정리한 민담의 형태들은 과거 구술적인 전통의 민담과 전설들을 정리하기에는 편리한 측면을 지니고 있지만, 복잡다단한 다중 형식의 플롯을 사용하는 디지털 콘텐츠의 이야기들을 분류하는 데는 적합하지 않다. 스토리는 그 자체의 원형만으로도 가치를 지니기는 하지만, 현대소설과 영화의 기법에 익숙한 관객들을 만족시키려면 변형을 거쳐야 하는 것이다. 이는 수사적 변형[한 모티프의 확대, 축소, 복제], 논리적 변형[반대 항목들을 그대로 유지하려고 하는 것], 역사적 변형[모티프의 유형이 사회와 역사에 따라 변함]과 같은 형태로 존재하다. 관객들은 변형된 모티프를 통해 원형 모티프의 이야기적 재미를 그대로 경험하면서도 동시에 시대와 역사, 상황에 맞는 흥미진진함을 그대로 맛볼 수 있게 되는 것이다.

따라서 디지털스토리텔링에서 지금까지 만들어진 원형 모티프들을 주제와 인물, 상황에 따라 분류하여 이에 대한 변형의 형태들을 정리할 필요가 있다. 사실상 이러한 모티프의 변형과 주제별 정리는 거대한 시스템을 필요로 한다. 그렇더라도「길가메시 서사시」에서부터「햄릿」을 거쳐「매트릭스 2」와「파이널 판타지 10」에 이르는 서사 양식의 이야기와 담화들과 모티프의 상관관계 등이 정리될 때 디지털 콘텐츠의 질적인 발전이 기대될 수 있다. 이는 궁극적으로 소설에서부터 영화, 게임까지의 모든 장르를 아우르는 창작의 시스템화를 시도하는 것이기도 하다.

우리는 아직 이야기를 만들어 내는 기획 능력이 부족하고 여전히 소극적이다. 우리의 디지털 기술은 매우 발달해 있지만 이야기의 내용과 개발이 그에 미치지 못하고 있다. 신화와 전설 같은 인문학적 콘텐츠들을 확보하고, 온라인상에서 통하는 이야기의 구성 원리를 찾아내어 이 둘을 결합시키는 등의 방안을 시도하며 부단히 그 역량을 확충시켜야 할 것이다.

(4) 창작론의 개발과 범위의 확장

지금은 이야기 전쟁 시대다. 따라서 무엇보다 국내외 이야기를 재미있는 상품으로 창조해 내는 유능한 스토리텔링 작가들을 양성해야 하며, 이를 위한 창의력 중시 교육 시스템의 구축 및 이의 실제 활용이 뒤따라야 할 것이다.

문화콘텐츠 장르 중 에듀테인먼트 출판물은 에듀테인먼트 산업의 급성장과 에듀테인먼트 출판물의 산출에 있어 스토리텔링 같은 문학

창작론과 관련된 사실들의 중요성 때문에 최근 빈번한 연구 논의의 대상이 되고 있다. 에듀테인먼트(edutainment)란 교육(education)에 오락(entertainment)을 결합시킨 신조어다. 국가적·개인적 경쟁력을 위해서 필수적으로 지속되어야 할 교육을 보다 더 효과적으로 전수하고자 오락의 즐거움을 한 데 묶어보자는 발상이다.

특히 풍요롭고 여유로운 환경과 오락의 즐거움에 익숙한 새로운 세대에게 무겁고 어려운 교육을 관행적이고 일방적으로 전달하는 것은 더 이상 효율적이지 못하다는 판단에 따른 것이며, 아울러 디지털 기술의 눈부신 발전에 힘입어 소리, 음악, 동영상, 문자 등을 자유롭게 전달할 수 있는 멀티미디어적 환경 자체도 기존의 교육방식에 변화를 가져올 필요성과 가능성을 불러 일으켰다.

그리하여 실제 교육의 모든 영역에서 쉽고 재미있게 지식과 정보를 전달하고자 하는 움직임이 일고 있으며, 그것은 과학, 수학, 경제학, 어학 등의 지식이나 정보를 게임, 추리물, 만화, 영상물 등의 오락물 형태로 제작하는 것으로 나타나고 있다. 이런 에듀테인먼트는 교육에 대한 폭넓고 열정적인 필요성 때문에 유수한 기업과 제품을 탄생시키며 급격하게 신장되고 있다. 그런데 이처럼 에듀테인먼트 분야의 급성장과 함께 우리가 주목해야 할 사항이 있다. 특히 역사, 지리, 수학 등과 같은 에듀테인먼트 출판물의 경우 전달하고자 하는 교육적 내용을 재미있게 구성하기 위해 동원하는 만화, 게임, 신문, 동화 등의 형태에 있어 추리물이나 가상 역사소설의 활용, 스토리텔링 방식의 다양한 실험, 영웅담 서사구조의 차용 등과 같이 문학 혹은 문학창작론과 관련된 사실이나 기능이 매우 중요하게 역할을 하고 있다는 점이다. 달리 말해 에듀테인먼트 출판물의 산출에 있어 문학창작론의 활용이나 논의가 매우 유용하다는 사실이다.

관건은 다양한 스토리텔링 방식의 도입이다. 김영사의 '앗시리즈'

는 역사, 고전, 자연, 문화, 예술, 스포츠 등의 분야에 관한 지식이나 정보를 만화, 일러스트레이션, 퀴즈, 일기 등의 방식을 동원하여 쉽고 재미있게 전달하기 위해 기획된 시리즈로 현재 1백 권이 넘는 방대한 규모로 출간되었다. 그 가운데 스토리텔링 방식의 다양한 실험과 관련하여 「아찔아찔 아서왕 전설」을 보면 바로 영국의 전설적인 왕 아서에 대한 이야기를 담고 있는데, 에듀테인먼트와 관련된 중요한 한 가지 사실을 시사한다. 크게 보면 옴니버스 스타일의 스토리텔링에서, 좁게는 역사상 중요한 인물의 일대기를 다루는 스토리텔링까지 중요한 점이 무엇인지를 말해준다. 그러나 무엇보다도 중요한 점은 필자가 각 절마다 전달하려는 이야기의 내용과 가장 잘 부합하는, 그래서 이야기를 효과적이고 재미있게 전달하려는 의도를 잘 성취하고 있다는 점이다. 즉 「아찔아찔 아서왕 전설」은 아서왕과 관련된 흥미로운 이야기 10가지를 택하여 그 각각의 이야기마다 그 이야기를 가장 효율적으로 전달하기 위한 스토리텔링 방식을 각기 달리하고 있다. 바로 하나의 주제나 화두 아래 묶일 수 있는 다양한 이야기를 모은 옴니버스 형태의 콘텐츠나, 한 인물의 생애를 중심으로 이야기의 외연의 폭을 확대하여 연관이 있는 간접적 사건까지도 집중적으로 조명하였는데, 입체적인 역사기술 혹은 전기를 서술하는 데 있어 독자들의 흥미를 끌면서도 이야기의 의미나 정서를 세심하고 효율적으로 전달할 수 있는 다양한 스토리텔링 방식의 도입이 얼마나 중요한 것인지를 확인시켜 준다.

아울러 그것은 우리가 스토리텔링 방식의 선택에 있어 전통적인 기술법과 함께, 대중 특히 에듀테인먼트의 주 수용층인 유소년이나 청소년들이 선호하는 대중 매체의 스토리텔링 방식에 열린 자세를 보여야 한다는 점도 시사하고 있는 셈이다. 그리고 이에 더하여 이제까지는 일상적이고 사적이어서 깊이있는 사고력이나 정서를 반영하는 데 미흡하다고 간주되었던 일기나 편지 등의 양식도 에듀테인먼트 세계에서는 아주 효율적인 스토리텔링 방식으로 거듭날 수 있음을 보여준다.

이는 바야흐로 국가경쟁력이 된 문화콘텐츠 분야의 지속적 성장을 위해서 문화콘텐츠 산출을 위한 문학창작론의 개발이 중요하다는 사실을 말해주는 것이며, 한편으로는 문학 혹은 문학창작론의 외연확대에도 기여할 수 있다는 사실을 시사한다. 우리가 이런 논의들을 활성화하면 특히 문학적 상상력과 창작능력을 갖춘 많은 국문학도들이 문화산업 분야에서, 문화콘텐츠 산출 작업에서 당당하고도 주도적인 역할을 할 수 있으리라는 바람을 이룰 수 있을 것이다. 에듀테인먼트, 영화, 게임, 모바일 콘텐츠 등의 문화콘텐츠 현장에서 실무자들이 이구동성으로 이야기하는 애로점이 바로 시나리오나 스토리텔링, 인문학적 상상력의 부재다. 이러한 때 스토리 창출의 능력에 가장 근접해 있다 할 수 있는 국문학도들이 문화콘텐츠의 창작에 필요한 실효성 있고 새로운 방법론을 갖출 수 있다면 그것은 기존 국문학의 역량에 새로이 커다란 힘을 보태는 일이 될 것이다.

소설과 영화의 소통, 탐색과 확장

1. 소설과 영화의 유사성과 차별성

1) 소설과 영화의 유사성, 서사예술의 동질성

소설과 영화는 모두 이야기를 하는 예술이라는 데 특징이 있다. 단순하지만 매우 중요한 두 장르의 이러한 유사성에 기인하여 소설과 영화는 서로 교섭하며 병립하는 양상을 보여준다. 소설은 그 장르가 탄생한 이후부터 줄곧 다른 분야의 예술과 긴밀한 관계를 맺으며 발전해 왔다. 특히 소설이 '신화(myth) → 서사시(epic) → 로망스(romance)'로 이어져 온 서사예술의 전통 위에 자신의 양식적 특성을 확립한 이후, 19세기 산업기술의 기반 위에서 출현한 영화라는 서사 장르에 미친 영향은 실로 지대하다. 선행 서사예술이 지닌 양식적 특성을 계승하고 응용하여 영화가 자신의 특성을 구축하는 과정에서 소설은 결정적인 기여를 하였다.

현대적 모습을 갖춘 극영화의 실질적인 출발점은 그리피스(D.W. Griffith) 감독 때부터로 인정된다. 그런데 그는 영화적 표현양식의 많은 부분을 소설에서 빌려왔음을 공공연하게 인정하고 기록해 왔다. 그리피스가 클로즈업(close-up) 기법을 창안할 때 영국의 소설가 디킨

스(C. Dickens)의 소설에서 모티프를 얻었다고 말했듯이, 영화는 초기
부터 소설적 기법과 소설 양식을 적극적으로 수용했다. 또한 1920년
대 유럽의 많은 작가들은 전위적이며 혁신적인 예술을 주창하는 아방
가르드(avant-garde) 영화운동에 직접 참여했다.

소설과 영화, 두 장르의 관계를 이처럼 긴밀하게 만든 것은 무엇보
다 무성영화에서 유성영화로의 발전이었다. 흑백의 무성으로 출발했
던 영화는 말하는 능력, 즉 토키(talkie)와 컬러 재현 능력을 갖추고
현실과는 다른 세계를 표현하는 감성까지 개발하였다. 그리하여 영화
는 재미있는 오락으로, 우아한 예술로, 그리고 때로는 강력한 선동력
을 지닌 선전매체로 이용되기도 하면서 그 영역을 넓혀 나갔으며, 어
느 사이 영상문화시대를 주도하는 중심매체로 자리잡았다. 또한 영화
의 이야기 전달 기능이 추가되면서 관객의 수준이 높아졌고, 영화는
더욱 적극적인 방식으로 소설의 서사적 내용과 양식을 수용하기 시작
했다. 이때 가장 직접적이고 대표적인 형태가 바로 소설의 영화화였
다. 그리고 문학의 요소인 이야기를 영화라는 전달방식으로 표현한다
고 하여 이를 '영상문학'이라고 하였다.

영상문학은 문학의 성격과 영화의 성격을 공유한다. 협의의 개념으
로 본다면 영화의 하위 장르요, 광의의 개념으로 본다면 영화의 문학
적 연구를 의미한다. 즉 영상문학은 문학적 성격과 영화적 성격을 동
시에 지니고 있는 것이다. 또한 좁은 의미로 본다면 문학작품이 영화
화된 것을 의미하지만, 넓은 의미로 본다면 문자모드가 영상모드로
바뀌는 과정과 그 결과물의 사회적 기능과 효과를 연구하는 학문을
뜻한다.

결국 영상문화의 핵심은 소설과 영화의 상호 텍스트성 규명에 있
다. 한 텍스트가 소설에서 시나리오로 바뀌고 다시 영화로 제작되어
궁극적으로 대중에게 소비되는 과정을 추적하여 그 의미와 효과를

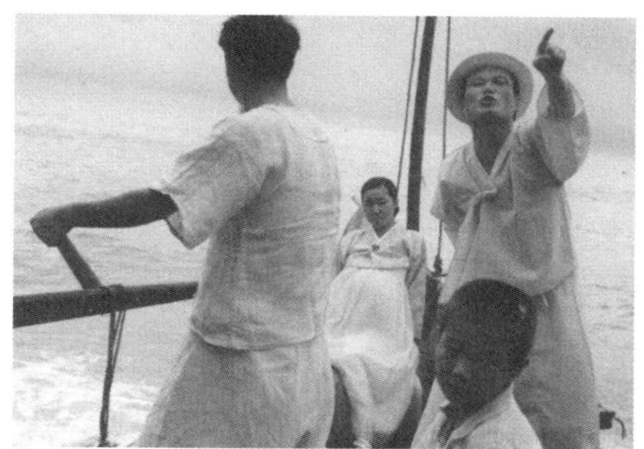
〈그 섬에 가고 싶다〉

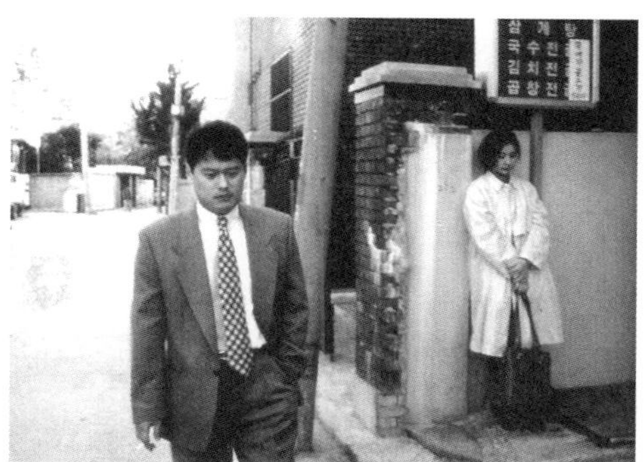
〈돼지가 우물에 빠진 날〉

밝히는 것이 그 연구의 핵심이다. 한 작품의 문학적 가치와 영화적 가치를 동시에 확대시키는 데 궁극적인 의미가 있다.

문학 텍스트의 영상화는 서구에서 1930년대부터 본격적으로 이루어졌는데, 이는 한국영화에서도 예외가 아니었다. 〈하얀 전쟁〉, 〈그 섬에 가고 싶다〉, 〈우묵배미의 사랑〉, 〈그들도 우리처럼〉, 〈경마장 가는 길〉, 〈서편제〉, 〈돼지가 우물에 빠진 날〉과 같은 영화는 특히 작품의 완성도와 흥행에서 다같이 성공을 거두어 소설의 영화화 작업에 대한 관심을 크게 고양시켰다. 그리하여 신간 소설이 나올 때마다 가장 적극적인 관심을 가지고 읽는 독자가 다름 아닌 영화사 기획 담당자들이 된 것이 오늘의 현실이다.

아놀드 하우저(A. Hauser)는 현대를 '영화의 시대'라 지칭하고, "영화는 기술의 영적 기초에서 진화한 예술이며, 따라서 그 때문에 산재한 문제와 잘 어울린다. 기계는 영화의 근원이며 매체, 그리고 그것의 적절한 주제"라고 말한 바 있다. 영화가 어떤 차원에서 문학과 같은 예술로 논의되어야 하는지, 그리고 그것들은 서로 어떠한 방식으로 예술의 고독과 창조의 충동을 경험했으며 기법상의 교류와 연대감을 나누어 왔는지에 대해 로버트 리처드슨(R. C. Richardson)은 선구적인 통찰을 보여주고 있다.

　　우리가 문학을 말의 예술이라고 생각한다면, 즉 문학적 행위에 특별하고 고유한 성격을 부여하는 것이 글자와 말이라면, 그렇다면 영화는 무성영화 시대뿐만 아니라 유성영화 시대에서도 분명히 문학도 아니고 문학적이지도 않다. 문학을 창조하고 허용하는 것이 말의 탁월성이라면, 영화는 기껏해야 영화가 가지고 있는 회화적 어휘와 구문 역할을 하는 몽타주 때문에 문학과 비슷하다고 말하는 데 만족해야 할 것이다. 그러나 초점을 약간 바꾸어 문학을 독자의 마음에 이미지와 소리를 창조하는 데 집중하는 서사예술로 본다면, 영화도 명백히 문학성을 띠는 것으로 볼 수 있을 것이다.

─로버트 리처드슨, 이형식 옮김, 『영화와 문학』, 동문선, 2000, 19쪽.

　　그러나 영화가 문학성을 갖는 서사예술임을 인정한다고 해서 그것이 곧 영화의 우월성을 의미하는 것은 아니며, 문자시대의 종말을 예고하는 것은 더더욱 아니다. 소설과 영화는 인간의 삶과 현실로부터 소재를 얻어 새로운 질서를 창조하는 서사 장르라는 공동의 운명을 지니고 있다. 그러나 이러한 소설과 영화가 서사예술이라는 동질성에도 불구하고 매체의 특성에서 비롯되는, 서로 뛰어넘을 수 없는 차이를 지니고 있다. 그리고 그 차이는 결코 대체될 수 없는 것이어서 이 둘은 공존과 상생(相生)의 길을 모색해야 할 것이다.

2) 영화만이 할 수 있는 것

　　소설은 인물, 배경, 행위 등의 모든 요소를 언어의 힘에 의지하지만, 그 언어가 인간의 상상력을 여과해서 마음을 움직이게 한다. 그러나 영화는 직접 눈으로 보고 귀로 듣는다. 그러므로 주인공의 묘사나 배경이 읽는 이의 주관적 상상력에 의해 연상되는 소설에 비해, 영화는 모든 이에게 어느 정도 공감이 가는 인물과 배경이 필요하게 된다.

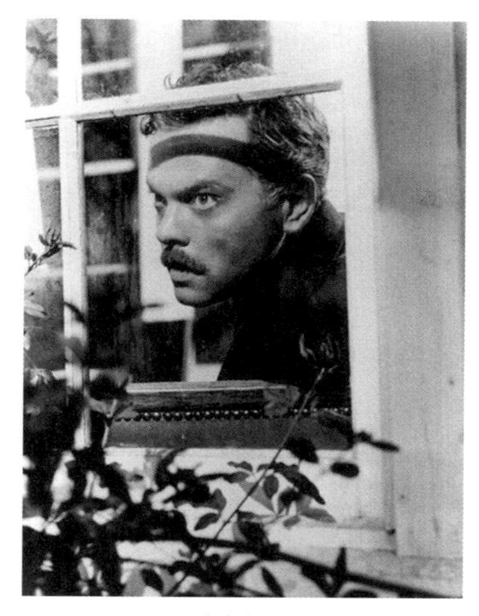

〈이방인〉

특히 인물의 선정과 액션은 더욱 중요하다. 예를 들어 소설에서 '아름답다'거나 '오만하다' 등으로 표현된 형용사에 대해 다수가 공감하는 인물이 선정되어야 플롯이 설득력을 지닌다. 한 남자의 생애를 좌우하는 여주인공일 경우, 그에 걸맞는 신비로운 아름다움이 필요하다. 영화를 보는 남성에게도 저 정도의 여자이니까 그럴 만하구나 하고 느껴지도록 해야 하며, 여성 관객도 남주인공과 동일시를 일으키기 때문에 같은 감흥을 요구한다. 남자 주인공의 경우도 마찬가지다.

오손 웰스가 주연과 감독을 맡았던 흑백영화 〈이방인〉(*The Stranger*)은 남주인공을 잘 선정함으로써 성공한 영화다. 즉 악한이지만 매력이 있어야 하는 주인공의 캐스팅이 성공한 것이다. 극이 긴장을 유지하려면 선과 악의 대결이 팽팽히 맞서야 하고 그러기 위해서는 악이 무거워야 한다. 그러나 악이지만 거부할 수 없으리만큼 매력적일 것이라는 그런 역할에 오손 웰스는 적격이었다. 또한 추리물이 감동과 재미를 주기 위해서는 사랑이야기가 함께 얽혀 있어야 하고 그것도 매우 긴밀하게 얽혀 있어야 한다. 〈이방인〉은 나치 전범을 추적하는 FBI와 젊은 그 아내의 이야기다. FBI는 남편을 지극히 사랑하는 아내를 이용해서 그의 정체를 확인하고 추적의 범위를 좁혀간다. 아내의 갈등, 여러 가지 암시적 발언과 상징적 장면, 그것이 실마리가 되어 조금씩 드러나는 신분, 그리고 마지막 시계탑에서의 3인의 대결 구도 등 극을 긴박감 있게 살려가는 잘 짜인 플롯만큼이나 실감나는 인물과 연기도 그만큼 중요하다.

프랑스의 감독 장 르누아르(Jean Renoir)는 모파상(Guy de

Maupassant)의 중편 「시골에서의 어느 하루」를 영화화했다. 이때 차트먼이 지적한 부분은 흥미롭다. 소설에서는 여주인공의 모습을 언어로써 얼마든지 묘사할 수 있다. 그렇지만 르누아르의 고심은 영화에서 그녀의 '순진하면서도 유혹적인' 모습을 어떻게 표현할 수 있을 것인가였다. 르누아르는 그녀의 모습을 바라보는 네 남자의 표정을 화면에 담는다. 관객은 네 단계로 나이 차이가 지는 남성들의 표정 속에서 그녀의 모습을 읽어낸다. 보여주는 방식이 읽는 것보다 늘 직접적인 것은 아니다. 때로 우회적인 보여주기는 해석의 공간을 넓혀주어 관객을 즐겁게 하기 때문이다.

소설과 영화는 몽타주 기법을 쓸 수 있다. 헤밍웨이(E. M. Hemingway)가 단편 「살인자들」에서 채택한 카메라의 눈은 서술자가 카메라의 눈이 되어 인물의 대사와 행위묘사, 배경설명을 보여줌으로써 인물의 심리와 작가의 메시지를 엮어낸다. 모더니즘 문학의 파편화 현상은 흔히 몽타주 기법에 비유된다. 포크너가 사용한 서술자의 매개 없는 시점이동, 내적 독백은 카메라가 직접 인간의 마음 속을 들여다보고 찍어낸 것과 같아서 X레이 촬영을 떠올리게 한다. 영화가 이 시절에 출현했고 그 본질이 몽타주 기법에 있는 것은 우연의 일치라기보다 한 시대의 문화현상의 상사성을 보여주는 것이다.

그런데 몽타주 기법으로 들어가면 소설이 영화보다 불리해진다. 언어의 수사적 힘은 파편화된 서술에서 힘을 잃게 되고, 장면 전환이나 인물의 심리를 설명해 주는 친절한 서술자가 사라지게 되면서 독자는 난해함 속에서 읽는 재미를 잃어버리고 만다. 그러므로 절제와 단련을 요구하는 모더니즘 문학은 재미와 대중성에서 영화에게 자리를 내줄 수밖에 없게 된다. 영화에서는 서술자의 설명 없이도 독자는 불편을 느끼지 않는다. 카메라의 눈이 그 역할을 하기 때문이다. 대사가 거의 없는 영화도 가능하고 배경음악이 없이도 가능하다. 서머셋 몸

(William Somerset Maugham)의 중편 「비」를 영화로 만든 것을 보면 배경음악이 거의 없고 처음부터 줄곧 빗소리와 비가 내리는 배경뿐이다. 프랑스의 필립 라모리스의 〈빨간 풍선〉(*Red Ballon*)도 대사가 거의 없이 카메라의 눈으로 인물의 행위에만 초점을 맞춘 실험영화다. 파리의 외로운 소년이 어느 날 커다란 풍선을 만난다. 풍선은 그를 따르고 그는 풍선을 돌봐준다. 학교나 전철에서나 집에서나 사람들은 풍선을 구박하지만, 소년만은 그것을 아끼고 보호한다. 어느 날 마을의 불량소년들이 소년을 괴롭히고 풍선을 터뜨린다. 그때 숨어있던 동료 풍선들이 일제히 하늘로 떠오른다. 그리고 시위를 하듯 소년을 번쩍 들고 하늘을 난다.

라모리스가 수년에 걸쳐 고심하여 만든 시나리오와 인물이라곤 자신의 아들인 주인공 소년 그리고 커다란 풍선이 전부인 이 34분짜리 실험영화는 그 해 아카데미 시나리오상, 칸영화제 단편극 그랑프리, 프랑스 영화 대상을 차지하였고, 서독, 스위스, 일본, 영국, 미국 등에서 최우수 외국 영화상을 수상했다. 풍선을 의인화하여 자연과 인간 사이의 교감을 통한 사랑의 윤리를 상징적으로 암시한 이 영화에서 그야말로 카메라는 철저히 밖에서만 머문다. 인물의 행위, 거리 풍경, 풍선, 사람들의 반응만 보여질 뿐 대사조차 거의 없는 이 영화에서 라모리스는 영화가 한 편의 시가 될 수 있음을 보여준다. 언어의 몽타주가 시라면 몽타주 예술인 영화는 시처럼 은유의 공간을 조합한 것이다.

한편 때로는 반사실주의 기법이 극의 리얼리티를 더하는 경우가 있다. 줄리앙 뒤비비에가 감독한 흑백영화 〈안나 카레니나〉(*Anna Karenina*)

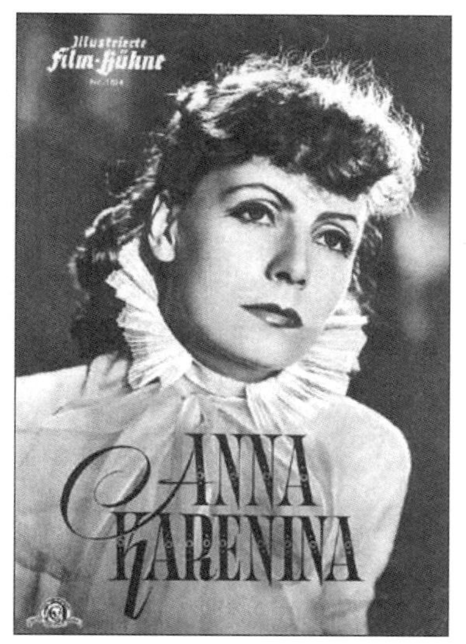

〈안나 카레니나〉

의 마지막 장면은 몽타주 기법에 의한 특이한 영상미를 보여준다. 안나(비비안 리)의 허탈한 표정이 화면에 클로즈업되고 멀리서 기적소리가 들린다. 기차가 흰 연기를 가득 내뿜으며 힘차게 달려오고, 다음 순간 안나는 철길에 몸을 던진다. 관객은 끔찍스런 생각에 다음 장면에 눈을 가느다랗게 뜬다. 그러나 안나는 멀쩡하다. 화면의 위로는 기차가 지나가고 밑으로는 안나가 누웠지만 두 장면이 오버 랩되어 상징적으로 처리되어 있기 때문이다. 이런 몽타주 기법은 반사실주의 소설이나 초현실주의 미술에서도 흔히 쓰인다. 그러나 영화는 장면과 장면이 엇갈리고 한 장면 속에 클로즈업되는 부분이 그렇지 않은 부분과 병치될 수도 있기 때문에 가장 몽타주적인 속성을 지닌다.

그리고 영화만이 할 수 있는 부분 가운데 배경음악이 있다. 적절한 장면에서 들려오는 음악이나 음향효과는 관객의 마음을 움직이는 데 큰 역할을 한다. 그러나 이보다는 영상과 소리가 합쳐져 보고 듣게 만든 영화가, 즉 이 두 가지를 교묘하게 병합했을 경우 독특한 기법을 낳는다. 헤밍웨이의 「무기여 잘 있거라」는 두 번이나 영화로 만들어졌지만, 두 번 모두 원작의 의미를 제대로 살리지 못했다. 독특한 글쓰기 기법은 물론이려니와, 주제에서 글의 핵심을 제대로 짚어내지 못했다. 신이 사라진 시대를 어떻게 살 것인가에 대한 주제를 감정의 절제와 자신에게 보이는 용기로 보여준 작가의 철학은 시나리오로 옮겨지면서 단순히 전쟁을 배경으로 한 남녀 간의 사랑 문제로, 게다가 지독한 멜로드라마로 단순화된다.

그런 가운데에서도 1933년 아카데미 녹음상과 촬영상을 받은 흑백영화 〈무기여 잘 있거라〉(*A Farewell To Arms*)는 영화의 촬영사에서

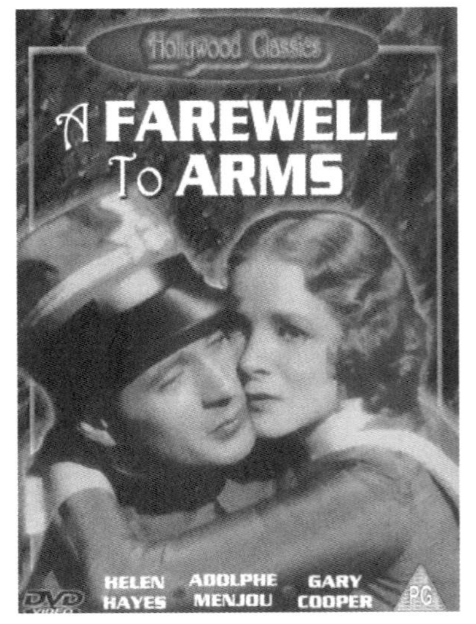

〈무기여 잘 있거라〉

기억할 만한 장면을 담고 있다. 간호장교 여주인공(헬렌 헤이즈)은 연인의 아기를 갖게 되면서 일을 하지 못하고 홀로 삶을 꾸려가게 된다. 그녀는 전선에 나가 있는 헨리(게리 쿠퍼)에게 자신의 근황을 알리는 편지를 쓴다. 카메라는 초라한 그녀의 방과 낡은 카펫, 허술한 가구를 훑으며 지나가는데, 그녀가 쓰는 편지 구절들은 그와 정반대다. 그녀의 음성으로 들리는 문구는 모든 게 잘 되어가고 아파트도 깨끗하며 편안하다는 내용이다. 관객은 눈으로는 낡은 카펫을 보며 귀로는 푹신한 카펫이라는 말을 듣는다. 보여주는 것과 들리는 것의 부조화, 이 묘한 반어법이 관객의 눈시울을 뜨겁게 만든다. 이런 반어법은 소설이 할 수 없는 부분이다.

3) 소설과 영화의 공통된 기법

서술자의 설명 대신 카메라의 눈이 보여주고, 서술에서 자세히 묘사하는 부분은 카메라가 가까이 다가가서 크게 보여준다. 바로 클로즈업이다. 소설과 영화는 똑같이 인물의 행위와 대사를 통해 현실을 재현한다. 그런데 서로 비슷하면서도 다른 두 서사양식에서 특이하게 공통으로 쓰이는 기법이 있다. 알프레드 히치콕(Alfred Joseph Hitchcock)이 즐겨 쓴 방법으로 트랙 숏(track shot)이 있는데, 바로 이 기법을 소설에서도 찾을 수 있다. 주인공들은 모르는데 관객에게만 정보를 주어 극의 긴장을 높이는 방식이다. 서술자는 주인공이 모르는 어떤 사실을 관객에게 알게 하여 이 정보의 차이가 관객으로 하여금 기대감이나 충만감을 느끼게 하는 기법이다.

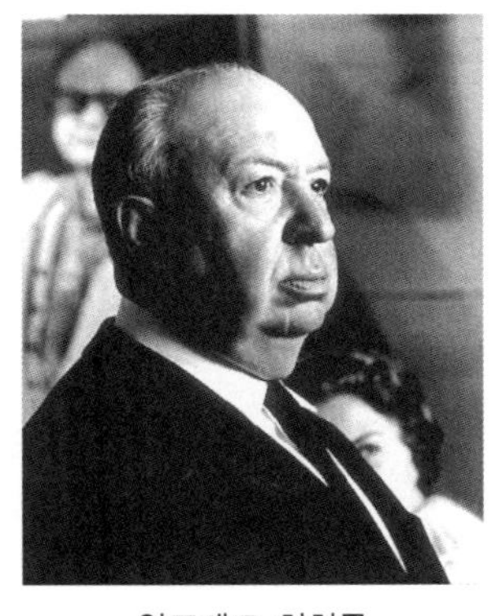

알프레드 히치콕

소설 토마스 하디의 「테스」는 이 숨김의 미학을 자연스럽게 노출시킨다. 서술자는 우선 테스가 알렉에게 순결을 빼앗긴

사실을 독자에게 알려준다. 그리고 에인절과 테스가 사랑에 빠지게
될 때도 독자에게만 에인절이 어떤 사람인지를 알려준다. 그는 목사
집안에서 자랐고 신학대학을 나왔다. 그러나 인간을 위한 교회가 아니
고 신을 위한 교회라는 이유로 목사가 되기를 거부한다. 당시 자유주
의 지성인으로서 에인절은 몰락한 귀족의 후예인 테스를 구원할 수
있는 유일한 인물이었다. 이러한 두 사람에 대한 정보를 독자는 알고
있지만 주인공들은 모른다. 두 사람이 첫날밤 고백을 하는 장면에 이
를 때까지 극의 갈등과 긴장이 고조되는 이유는 이런 정보의 차이에
있다. 과연 고백을 들은 에인절이 어떻게 나올 것인가에 대해 관심과
우려를 집중시킨다. 그러나 그는 테스를 거부한다. 자유주의 정신은
머릿속에만 있었고 가슴에까지는 내려오지 못했던 것이다. 에인절 자
신도 미처 몰랐던 그의 무지를 독자는 안다. 서술자가 에인절 모르게
속삭여 주었기 때문이다. 서술자는 인물에게 어떤 행동을 하게 하고
한 쪽 눈을 찡끗하면서 독자를 향해 정보를 알려준다. 그의 무지가
어떻게 한 여성과 자신을 불행으로 몰고 가는지에 대해서 말이다.

그러면 영화를 통해서도 이 기법을 살펴 보자.
찰스 디킨스의 스크루지 이야기를 영화로 만든
〈크리스마스 캐롤〉(*Christmas Carol*)에서 관객
이 큰 감동을 얻을 수 있었던 것은 바로 관객에게
만 정보를 주고 등장인물들에게는 주지 않는 데
서 온다. 마을 사람들 모두는 악독한 구두쇠 스
크루지를 싫어한다. 크리스마스 전날 밤 스크루
지는 꿈을 꾼다. 죽음의 사자가 와서 자신이 죽
은 뒤의 시간을 보여주는 꿈이다. 그가 평생에
걸쳐 모은 재산을 거지들이 다 훔쳐가고, 사람들
은 아무도 그의 죽음을 아쉬워하지 않는다. 그리

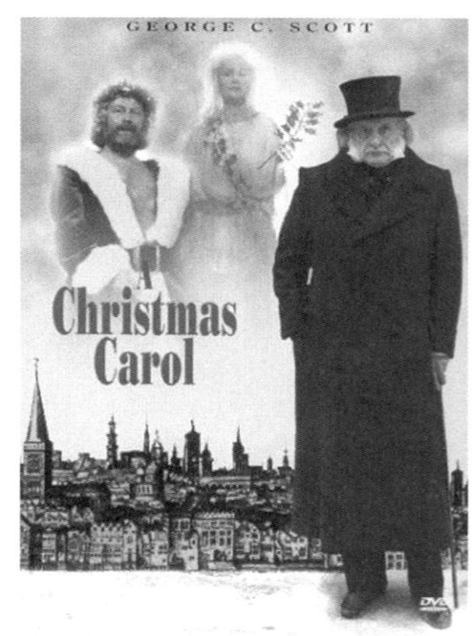

<크리스마스 캐롤>

고 가난한 서기는 화목하게 산다. 스크루지는 자신의 무덤을 보고 통곡한다. 아침에 눈을 뜬 그는 자신이 아직도 살아 있다는 것에 너무도 행복하다. 그는 완전히 다른 사람이 되어 마을 사람들 앞에 나타나고 사람들은 모두 어리둥절해 한다. 그리고 그의 변모에 놀라고 반가워한다. 사람들이 놀랄 때 관객은 흐뭇하다. 간밤의 긴 여행을 함께 다녔기 때문에 스크루지의 변모를 다 알고 있는 까닭이다. "그것 봐, 변했다니까" 이런 감동은 정도의 차이는 있지만 소설에서도 같은 방식으로 주어진다.

앞서 말한 바와 같이, 알프레드 히치콕은 누구보다 트랙 숏을 즐겨썼다. 관객에게만 정보를 주고 인물들은 모르게 하여 관객으로 하여금 다음에 무슨 일이 일어날까 하는 기대감으로 긴장에 휩싸이게 하는 것이다. 이러한 트랙 숏은 영화 〈젊고 순진한 사람들〉(*Young and Innocent*)에서도 찾아볼 수 있다. 무고하게 살인죄를 뒤집어쓴 순진한 청년이 경찰서장의 딸과 함께 누명을 벗기 위해 범인을 찾아 나선다. 이런 과정에서 두 사람의 사랑이 싹트고 의심을 거쳐 확인에 이른다.

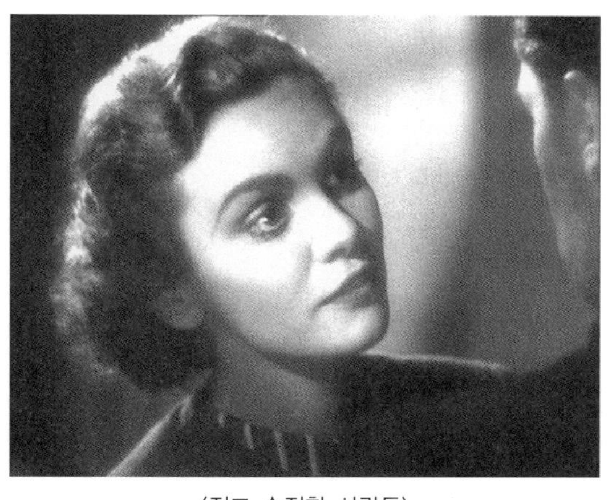

〈젊고 순진한 사람들〉

맨 처음 장면에서 벽에 박힌 못이 등장하면 끝에는 반드시 그 못에 목을 메어 죽는 게 서사의 유기적 구성이라면, 이 영화에서는 눈을 깜박거리는 장면이 처음에 얼핏 스쳐 지나가고 끝에 바로 그 사람이 범인으로 드러난다. 호텔에서 큰 무도회가 열리고 마지막 시도로 범인을 찾아 나선 순진한 두 젊은이가 나타난다. 카메라는 무도회장의 천장에서부터 천천히 전체를 비춘다. 그리고 춤추는 사람들을 지나고 두 주인공을 지나서 악단이 있는 곳으로 간다.

드럼을 치는 사람이 눈을 심하게 깜박거린다. 카메라는 그를 집중적으로 클로즈업한다. 그는 호텔 밖에서 서성이는 경찰들을 보고 불안과 초조함으로 눈을 더 깜박거리고 드럼도 틀리게 친다. 관객은 그가 범인인 것을 알아챈다. 그런데 순간 카메라는 홀 안의 엉뚱한 곳을 헤매는 두 남녀를 비춘다. 관객은 초조해진다. 두 남녀가 단념하고 호텔 밖을 나서려는데 범인이 극도의 불안으로 쓰러진다.

20세기 후반부터 서사이론들은 소설과 영화 모두에 적용되는 분석 방식을 많이 제공하고 있다. 스탄젤은 그의 책『스토리와 담론』에서 쥬네트의 방법을 이용하였다. 스토리는 내용이고, 담론은 형식·플롯 혹은 수제(sjuzet)이다. 『서사담론』에서 쥬네트가 선보인 시간의 순서, 길이, 빈도수를 영화와 소설에 적용해 보자. 스토리의 시간 순서가 플롯에서는 어떻게 흩어지는지를 살펴보면 실제 2초가 걸리는 동작을 영화에서는 슬로우 모션 등의 기법을 통해 1분으로 늘인다. 또한 4년의 시간을 영화에서는 2분으로 줄이기도 한다. 그리고 한 번만 일어났던 일이 영화에서는 몇 번씩 주인공의 의식 속에서 반복되어 나타난다. 물론 이런 분석은 소설에서도 똑같이 적용된다. 쥬네트는 프루스트의『잃어버린 시간을 찾아서』를 통해 이런 분석을 만들어 냈다.

문학과 영화에 있어 서사양식의 변모과정, 서사에 관한 고전이론과 현대이론, 그리고 구체적으로 소설과 영화의 기법상의 차이를 살펴보면 우리는 이 두 영역의 관계가 더욱 많은 연구를 남겨놓은 미개척 분야임을 느낄 수 있다. 또한 수동적인 분석을 넘어서 적극적인 창작의 가능성도 생각해 볼 수 있다. 감상에서 분석으로, 그리고 창작에 이르기까지 영화는 우리 나라에서 아직 미개척 분야이고 언어의 차이를 넘어서 가장 쉽게 다른 나라와 의사소통이 가능한 매체다. 보는 것[영상]과 듣는 것[음향효과 및 음악]은 만인에게 공통되는 의사소통의 수단이기 때문이다.

2. 다매체 융합시대, 소설과 영화의 만남과 상생의 즐거움

1) 디지털 영상문화의 시대, 문화적 향유인 서사

오늘날 서사는 이야기를 지닌 모든 것을 의미하며, 인간 활동의 거의 모든 측면에 대한 정보를 제공해 주는 하나의 양식이 되고 있다. 설화, 동화 등은 말할 것도 없고, 역사나 일기, 기행문 등도 서사에 속한다. 또한 언어로 된 서사뿐만 아니라 영화, 텔레비전, 드라마, 뮤직, 비디오, 만화, 컴퓨터 게임, 광고 등 비언어적 서사들도 많다. 이렇듯 스토리텔링은 서사 형식의 원형질로 존재하는 가운데, 하나의 스토리텔링은 다른 매체로 옮겨가면서 매체 변주를 하게 되고 새로운 표현 방식을 획득하게 된다. 즉 각각의 장르들은 스토리텔링이란 공통점을 지니면서도 매체의 특성 때문에 형식상의 차이를 갖게 된다. 예를 들어 이야기가 종이 매체에서 표현될 경우 문학이 되고, 영상 매체에서 표현될 경우 영화가 되며, 디지털 매체에서 표현될 경우 게임 등 디지털 서사가 된다. 하나의 콘텐츠가 여러 매체의 콘텐츠로 변주되면서 문화상품을 양산하는 문화콘텐츠 산업의 특징을 보여 주는 것이다.

이같이 다매체 융합의 문화시대에도 문화적 향유의 핵심을 이루는 것은 서사다. 즉 이야기를 짓고, 이야기를 듣고, 이야기 속에서 의미를 찾아내고, 이야기의 재미를 나누며, 들었던 이야기를 상기하는, 한마디로 이야기를 즐기는 것이 시대를 초월해 지속되어 온 인간의 문화적 향유 방식이다. 곧 문학이든 영화든 작품으로서 이야기는 시대에 관계없이 중요하다. 그래서 그동안 기술 서사, 영상 서사, 디지털 서사 또는 소위 '통합 서사'에 대한 논의가 꾸준히 있어 왔고, 디지털 영상 문화의 시대에도 결국 중요한 것은 서사의 힘이다. 더구나 디지털시대를 맞아 콘텐츠가 중요해지면서 이른바 문화산업에서 서사의 비중은 이미 확대되어 있는 상태다.

따라서 이러한 다매체 시대에서 작가들은 서사 매체의 중요성을 인식하고 새로운 패러다임에 맞는 소설을 써야 하는데, 창의적이며 대중적 표현, 시대의 흐름을 읽어내는 문화적 소양, 투철한 장인적 작가정신, 감각적이고 풍부한 상상력, 그리고 참신하고 경쾌하여 독자들의 관심을 끌 수 있는 문장 등으로 재미있고 감동적인 작품을 써야 한다. 그러나 많은 체험과 독서를 해도 좋은 소설을 쓴다는 것은 결코 쉬운 일이 아니다. 중요한 것은 새로운 시대와 문화 환경에 탄력적으로 대응할 수 있는 소설 창작법이다.

최근 들어 소설의 영역이 수학적 세계관과 철학으로까지 확대되고 있으나, 아직까지는 영상 매체와 소설의 결합이 주류를 이룬다. 소설의 영상화란 단순히 한 편의 이야기를 문자에서 영상으로 그 전달 수단을 바꾼다는 의미가 아니라, 그 이야기를 대중적으로 소통시킬 수 있는 기회를 확보한다는 의미로 해석할 수 있다. 단순한 전달 수단의 전이가 아니라, 전달 내용의 대중적 변이를 가리킨다. 요컨대 소설의 영상화 과정에서 발견되는 대중적 변모는 소설의 대중적 확산과 소설의 소통 공간의 확장으로서의 의미를 갖는다는 것이다.

문화적 다원주의 사회로 들어가는 디지털화된 현대사회의 시점에서 문학작품이 문자라는 제한된 매체에서 벗어나 여러 다양한 매체로, 텔레비전이나 영화라는 또다른 양식으로 전환되어 새로운 체험을 마련한다는 것은 분명 필요하고도 중요하다. 사실 현대에서는 디지털화된 다양한 매체의 영상물들이 제작되어 커다란 성과를 발휘하고 있다. 여기서 가장 중요한 것은 작품의 서사성이다. 영화뿐만 아니라 디지털 게임의 영역으로 관심을 확대해 보면 서사의 중요성과 새로운 지평을 보다 확연히 발견할 수 있다. 최근 '스마트폰'으로 불어닥친 '모바일'의 바람은 게임 업계를 강타하고 있다. 기존 모바일업체뿐 아니라 온라인 게임에 주력하던 업체들까지 줄줄이 모바일 시장에 뛰어들고 있는 것이다. 요즈음 판타지 문학이 인기를 끄는 것도 게임에 인물, 사건, 배경 등 서사적 요소들을 끌어들인 까닭이며, 나아가 그것을 예술적으로 만드는 것은 현재 예술가들이 해야 할 일이다. 지난 1996에 개발되어 선풍적인 인기를 끌었던 머드게임 「삼국지」는 여러 이유 가운데서도 대서사문학을 게임화하였다는 점이다. 또한 지난 1998년 국내에 소개되어 돌풍을 일으키며 지금까지 인기를 누리고 있는 '스타크래프트' 게임의 묘미도 게이머[광의의 독자, 관객]를 다중 결말 서사에 참여시키고, 그들의 매체 운용 기술에 따라 난이도를 달리하거나, 서로 다른 사건으로부터 서사를 출발할 수 있도록 하는 등의 게임 서사에 있었다.

이처럼 새로운 이야기 소재를 발굴, 가공, 변형, 재해석하여 새로운 이야깃거리를 창안해 냄으로써 부가가치를 높일 수 있다. 디지털 매체의 서사는 전통 서사방식의 한정된 플롯구조라는 한계를 넘어설 수 있는 가능성을 무궁무진하게 확보하고 있다는 점에 그 신선함과 가능성이 있으므로, 다양하고 새로운 이야기의 아이디어를 제공하면, 영화와 게임 등 여타의 매체 활성화에 중요한 토대가 될 것이다. 따라서 대량전달 매체의 활약과 다양한 시각적 요소들의 성행이 수용자[대중]의 취향과 수용 방식 상의 변화를 가져왔다면, 그렇게 변해가는 대중들을 여전히 마주하지 않을 수 없는 이상, 소설[문학] 역시 변화하지 않을 수 없을 것이다. 소설가는 끊임없이 새로운 이야기들을 생산해 내야 하는 운명을 타고났지만, 한편으로는 그 이야기들을 대중에게 전달해야 하는 또다른 의무를 지니고 있다. 즉 새로움에 대한 고민

이 작가의 숙명인 것처럼, 끊임없이 새로운 이야기 전달 방식들을 고민하고 모색해야 하는 과제 역시 소홀히 할 수 없는 이유다.

2) 소설의 영화화, 그 밝음과 어둠

영화사의 초기부터 소설은 영화에 무궁무진한 스토리를 제공해 왔다. 소설을 영화화하는 것은 문학작품에 대한 가치절하와 모독이라는 20세기 초의 극단적인 주장들은 이미 자취를 감추었다. 그렇지만 소설을 개작한 영화는 대체로 원작만 못하다는 등 소설의 영화적 각색에 대한 회의는 오늘날에도 여전히 남아 있다.

소설을 영화화하는 일은 원작을 기계적으로 모사하는 것이 아니라 스토리를 서술하는 언어적 관습을 영상으로 번역하는 일과 관련된다. 뛰어난 소설일수록 영화화하기가 어렵다는 자네티의 말은 소설의 문학적인 요소들을 전혀 다른 매체로 번역하는 데 따르는 문제점을 지적한 것에 다름 아니다. 영화는 소설과 스토리를 공유하며 소설의 세부적인 장면들을 구체적으로 그려낼 수 있지만, 서술자의 말투나 미묘한 어조와 같이 언어적인 특성 자체를 표현하는 데는 많은 제약이 따른다. 특히 추상화하고 일반화하는 언어의 속성을 영상으로 번역해 내기란 쉬운 일이 아니다.

또한 소설을 원작으로 하여 영화를 만드는 경우에도 모두가 같은 수준에서 장르의 전환을 이루는 것은 아니다. 원작의 극히 일부 모티프만 활용하는 아이디어 차용의 수준에서부터 원작의 서사적 내용을 충실히 재현하는 수준에 이르기까지 각색은 다양한 차원에서 이루어진다. 원작을 파편적 아이디어 수준에서 활용한 경우, 원작의 서사적 내용을 영화적 형식으로 재현하는 것을 목표로 했던 경우는 장르 전환에 따른 서사 변화의 양상이 전혀 다를 수밖에 없다.

특히 좋은 소설은 종종 다성적(polyphonic)이고 대화적(dialogic)인 성격을 띠기 때문에 하나의 소설 안에는 여러 겹의 시선들이 복합적으로 중첩되어 있기도 하고, 이질적인 목소리들이 수시로 충돌하면서 공존하기도 한다. 이런 소설을 영화화할 때 감독은 흔히 복합적인 시선들 중 어느 하나를 선택하여 부각시키고 나머지는 생략하거나 축소시키는 방법을 취하게 된다.

다만 소설의 영화화라는 장르의 전환에도 불구하고 동일하게 유지되는 것은 서사적 내용인 스토리이고, 변화하는 것은 서사적 형식인 플롯이다. 서사구조 속에 포함된 스토리는 장르에 관계없이 유지될 수 있지만, 양식이 변화하면서 전달의 표현형식은 자연히 변화를 겪게 되는 것이다.

> 소설의 특징은 작가가 작중 인물을 통해서 말을 할 수도 있고, 작중 인물에 대해서도 이야기할 수 있다는 것, 즉 자기 자신에게 하는 이야기를 독자가 들을 수 있도록 배려하는 것이다. 작가는 작중 인물의 자기 대화에 접근하여 그 수준에서 더 깊이 파고들어 잠재의식까지 들여다볼 수 있다. 인간이란 자기 자신에게까지도 진실하게 말하지 아니한다. 그가 비밀리에 느끼는 행복이나 불행은 자신도 완전하게 설명할 수 없는 여러 가지 원인에서 나온다. 설명을 할 수 있는 수준까지 끌어올리자면 곧 그 원인의 본질을 잃어버리기 때문이다. 소설가는 이 점에 있어서 정말로 유리하다.
> ― E. M. 포스터, 이성호 옮김, 『소설의 이해』, 문예출판사, 1993, 96쪽.

소설은 인물의 내면심리를 문자로 드러낼 수 있지만, 영화는 인물의 심리상태를 드러내기 위해서 문자가 아닌 다른 방법을 동원한다. 즉 문자를 사용하는 소설은 화자와 시점, 문체, 인물의 대화 등에 의존하고, 영화는 카메라와 피사체의 움직임·조명·음향 등의 시청각적 방법에 의존한다. 시각화에 성공하지 못하면 영화는 소설 속에 담긴 인물의 내면심리를 제대로 드러낼 수 없다. 소설 「서편제」의 다음 장면이 영화에서 어떻게 변환되었는지를 살펴보면 그 어려움을 구체적으로 확인할 수 있다.

> 소리는 얼굴이 없었으되, 소년의 기억 속엔 그 머리 위에 이글거리던 햇덩이보다도 분명한 소리의 얼굴이 있을 수 없었다. 그리고 언제나 뜨겁게 불타고 있던 그 햇덩이야말로, 그날의 소년이 숙명처럼 아직 그것을 찾아 헤매 다니고 있는 그 자신의 운명의 얼굴이었다.
> ― 「서편제」, 『이청준 문학전집』, 열림원, 20~21쪽.

소설의 이 장면에는 소년이 성장한 뒤에도 소리를 찾아 나설 수밖에 없었던 강렬한 기억의 원천이 담겨 있다. 작가가 빛과 소리를 결합시켜 햇덩이의 이미지를 창출함으로써 독자를 극도로 고양된 감정의 상태로 이끌어 가는 대목이다. 소리와 한을 매개하고 서사구조를 끌고 가는 이미지의 원천이었다. 그러나 영화는 이 장면을, 어머니가 밭에서 일을 하는 동안 허리를 묶인 아이가 무덤가에서 뜨거운 햇덩이를 고스란히 감당하고 있는 것으로 처리하고 있다. 평면적이고 시각적인 해석에 그친 영화의 이 장면은 소설에서 이 장면이 담보한 강렬한 역할을 결코 감당하지 못한다. 소설적 장면의 성실한 영상적 시각화에도 불구하고 소설의 서사가 지닌 위력이 영화에서 결정적으로 약화될 수 있다는 것을 확인할 수 있다.

반면에 소설적 장면을 영상적 방법으로 재해석하여 시각화함으로써 소설의 서사가 수행하였던 역할을 영화에서 어느 정도 성공적으로 담보한 사례를 이제하의 「나그네는 길에서도 쉬지 않는다」의 한 장면에서 확인할 수 있다. 이 작품은 문학에 의탁하지 않고선 어찌할 수 없는 어느 생과 그 언저리의 분위기를 묘사하면서 인간의 애가를 잔잔히 노래한 작품이다. 일상인의 시각과 일상을 벗어나려고 하는 비범인의 시각이 복안적(複眼的)으로 작용하고 있는 소설은 그 복안의 바탕에 흐르고 있는 인간적인 정감이 읽는 사람의 감동을 불러일으킨다.

> 아내의 뼈는 연연해서가 아니라 버릴 곳이 없어 그동안 차일피일 보관해오고 있었다고 할 수밖에는 없다. 장지에서거나 아니면 산자락 같은 데에라도 진작 처분해버릴 수도 있었을 것을 어쩐지 지겨운 느낌 때문에 그날은 그냥 들고 돌아왔던 것인데, 허섭스레기와 함께 처박아둔 채 근 삼 년이나 까맣게 잊어버리고 있었던 것이다.
> – 이제하, 「나그네는 길에서도 쉬지 않는다」, 『이제하 소설집』, 문학동네, 24쪽.

소설의 주인공이 아내의 뼛가루를 삼 년 동안 방안에 묵혀두었던 이유를 설명하고 있는 이 장면을 영화는 어떻게 영상으로 시각화할 수 있을까. 소설이 동원할 수 없는 배우의 연기와 카메라의 조작 등 영화적 기술들을 동원한다고 해도 쉽게 표현할 수 있는 장면이 아니다. 내면적 독백이나 화면 밖의 내레이션을 통하여 설명해 낼 수 있겠지만 그것은 매우 비영상적인 방법이다. 새로운 사건을 만들어 넣어 이 장면을 표현해 낼 수도 있겠지만 그런 방식으로 영화화 작업을 한다면 영화는 소설보다 한없이 길어질 것이며, 그 결과는 영화적 방법의 파멸을 의미한다.

여하튼 영화는 "근 삼 년이나 까맣게 잊어버리고 있었던 것이다"라는 소설적 표현을 '사내'가 벽장 문을 열고 잔뜩 쌓인 먼지를 입으로 불어 날리는 시각적 표현으로 처리하고 있다. 쌓인 먼지를 통해 삼 년이라는 시간의 두께를 드러내고 있는 것이다.

이렇듯 원작의 문학적인 특수성을 영화 속에 고스란히 담아내기란 쉬운 일이 아니다. 그러나 영화는 소설을 영화적으로 각색할 수 있다. 이 때 소설의 문학적인 요소들은 영화적인 것들로 변형된다. 이 과정이 원작이 지닌 문학성을 희생시키는 것인지, 아니면 또 다른 가능성으로 다시 태어나게 하는 것인지에 대한 평가는 각각의 경우에 따라 달라질 것이다. 영화가 원작을 얼마나 충실히 재현했는가 하는 점은 절대적인 기준이 될 수 없다. 영화는 소설과 다르며, 원작 소설과도 분명히 다른 것이기 때문이다.

이렇듯 소설을 각색함으로써 영화는 소설로부터 기존의 검증된 스토리를 끌어다 쓸 뿐만 아니라, 소설 언어의 풍부한 에너지를 영상화하는 영화적인 방법들을 실험할 수 있다. 원작의 관점이 아닌 영화의 관점에서 볼 때, 문학적인 소설의 영화화는 영화적인 것의 영역을 확장하고 두텁게 만들기 위한 탐구와 모험의 과정이라 할 만하다.

3) 소설과 영화의 경계 넘나들기, 그 상생의 즐거움

소설과 영화 두 장르는 예술을 표현하는 과정에서 양식에 따른 차별성을 보인다. 소설은 언어를 재료로 서사를 구성하여 독자에게 심상(心象, mental image)을 투사하는 데 반하여, 영화는 빛과 그림자와 음향을 통하여 관객에게 현실적인 시각 이미지를 전해준다. 소설이 지닌 관념적 심상을 영화는 감각적이고 현실적으로 전달한다. 영화의 상(像)은 감각적이고 현실적이나 소설의 상(像)은 관념적 심상이다.

이렇듯 소설과 영화는 모두 스토리를 전달하지만 근본적인 차이가 존재한다. 소설은 언어로써 스토리를 서술하고 영화는 영상을 통해 스토리를 서술한다. 소설은 상징적(象徵的, symbol) 기호가 더 쉽게 사용되지만, 영화는 도상적(圖上的, iconic) 기호가 우세하다. 영화의 기호가 지니는 도상적 특징으로 말미암아 영화는 강한 현실감을 유발하며, 그런 까닭에 리얼리즘이 영화의 일차적인 미학으로 각광을 받아왔다. 객관적인 세계를 충실하게 포착하는 카메라의 능력은 영화가 언어로는 도달할 수 없는 강력한 실감을 획득할 수 있도록 만들어주었다. 그래서 스크린 위에 생생하게 제시되는 이미지는 비록 그것이 현실적인 개연성을 잃은 것이라 하더라도 현실적이고 진실된 것처럼 오인하게 만든다.

그런데 언어기호를 사용하는 소설은 근본적으로 논리적 사고를 요구하며, 장르 자체가 이성적인 매체다. 영화가 이성적인 논리력을 요구하거나 복잡한 기억과 상상력을 요구하는 정신적 상황을 형상화하는 능력이 소설에 비해 현저히 떨어지는 이유가 여기에 있다. 영화는 시각적으로 직접 확인할 수 있는 기호를 배열하거나 혹은 대화를 주고받는 것을 통해 관객으로 하여금 사고의 진행을 도울 수는 있지만, 소설처럼 추상적 사고를 직접적으로 전달할 수는 없다.

영화의 감상 형식이 유발하는 독특한 수용 상황은 독자가 소설을 읽는 것과는 다른 심리상태로 관객을 몰아간다. 영화의 감상은 일반적으로 어떤 환상도 쉽게 받아들일 수 있는 분위기와 환경 속에서 진행되며, 관객의 몫은 오로지 보고 듣는 데 집중하는 것이다. 스크린은 관객에게 일방적이고 집중적으로 호소할 뿐 발신자와 수신자 사이의 상호 소통은 성립되지 않는다. 하나하나의 장면이 모두 현실에 실재하지만 내러티브(narrative)로서 전체가 허구인 세계를 관객은 수용하게 되고, 관객 각자의 수용 여하에 따라 가공의 세계가 현실 세계로 받아들여지게 된다. 영화와 소설 간의 가장 큰 차이는 영화가 소설처럼 유려한 문장을 가지지 못한다는 데 있지 않다. 스토리가 소설보다 덜 매혹적이어서 영화가 소설이 되지 않는 것도 아니다. 영화는 수용 방식에 대한 자율권이 독자에게 있지 않다. 개별적으로 각기 다른 속도로 작품을 받아들이는 소설의 수용 방식과 영화의 일방적인 수용 방식 사이에는 현격한 차이가 존재한다.

영화는 하나하나의 컷을 감독의 의도에 맞춰 편집하여 새로운 형상을 창조할 수 있으며, 특히 몽타주 기법을 통해 사실을 변형하거나 왜곡할 수 있고 명백한 허구를 사실처럼 보여줄 수도 있다. 따라서 자유로운 재창조의 과정을 갖는 소설의 독자와 달리, 관객은 피상적이고 수동적이 된다. 소설에서는 독자 자신이 수행할 수밖에 없는 형상화의 과정을 영화에서는 촬영기사와 감독과 영사기사가 대신 수행해 주기 때문이다. 소설의 감상을 위해 독자는 작가에 의해서 주어진 문자기호를 가지고 머릿속에서 형상으로 재현해야 하고, 전후 맥락에 따라 순서를 배열해야 하며, 연속적인 동작으로 일관화시켜야 한다. 그러나 영화의 경우, 소설의 독자가 머릿속에서 수행해야 할 재형상화의 몫을 영화는 카메라 기사가 가시적 영상으로 만들어 주고, 소설의 독자가 전후 맥락에 따라 사건과 이미지를 배열해야 하는 편집의 몫은 감독이 미리 철저한 '콘티(continuity)'를 짜서 순서에 맞추어 편집해 준다. 또한 소설에서 독자가 수행해야 하는 형상화를 비롯하여 제시된 서사의 재배열을 통해 최종적으로 도달하게 되는 작품 감상 과정을 영화는 극장에서 영사기사가 대신해 준다. 물론, 소설의 독자가 수행하게 되는 재형상화와 편집, 연속화시키는 과정은 순서대로 이루어지는 것이 아니라 거의 동시적으로 이루어진다. 이러한 소설과 영화의 감상 과정이, 소설 독자에게는 풍부한 상상력과 사고력을 동원하게 하지만, 영화 관객에게는 가시적으로 주어진 것을 수용하는 수동적이고 정태적인 태도를 지니게 만든다. 따라서 영화는 이미지를 통해 재현되는 감각적인 매체가 지닐 수밖에 없는 정태성(靜態性)을 극복하기 위해 '활동사진'의 특성인 움직임을 적극적으로 개발하였다.

소설이 인물의 내면까지 직접적으로 표현할 수 있는 반면, 영화는 인물의 심리상태를 표현하기 위해서라도 시각화 작업을 수행해야 한다. 영화는 무엇이든 가시적인 형상으로 표현해야 하기 때문에 문학에 비해 추상적인 일반화나 복잡한 내면심리의 묘사, 고도의 섬세함을 요구하는 묘사에 취약하게 마련이고, 구체적이고 시각적인 사건을 그리는 것에 더 적합하다. 이 같은 약점에 대해서 영화는 소설과 유비 장르로 발전해 오면서 '동사'를 적극적으로 활용하는 것으로 대응하였다. 움직임이 최대한 활용되었고 컷의 분할이 거듭되었으며, 그 결과 관객은 서사와 관계없이 현란하게 프레임을 바꾸는 스크린에서 좀처럼 눈을 뗄 수 없게 되었다. 그러나 그리피스 시대에 이미 발견된 카메라의 운동에 바탕을 둔 동사의 활용은 소설과 유비 관계에 놓인 영화를 대중적 장르로 발전시키는 데 지대한 기여를 했지만, 표면성을 벗어나기 어려운 한계는 여전히 계속되었다.

이처럼 추상적 기호인 문자를 바탕으로 한 소설과 직접 확인이 가능한 확정적 기호인 사진을 바탕으로 한 영화가 유비관계에 놓인 것은 분명하지만, 결코 서로 대체되거나 환원될 수 없는 차이를 유지하고 있었다. 그럼에도 불구하고 소설과 영화의 협동 작업은 영화 역사 초기부터 지금까지 계속되고 있다. 문학에 대한 통찰에서 발견해 낸 영화문법으로 런던(J. London), 셰익스피어(W. Shakespeare), 톨스토이(L. N. Tolstoi), 포(E. A. Poe), 오 헨리(O. Henry), 모파상(G. de Maupassant) 등의 작품이 있다. 그러나 이들 작품의 영화화에서도 소설이 지닌 장르의 고유한 특성을 전면적으로 환원시킬 수 있는 영화문법은 발견되지 않았다.

영화화된 모든 소설이 미학적 기조는 물론이고 그 서사까지 변형을 감수해야 했던 이유는 소설과 영화가 지닌 양식적 특성이며 영화가 소설의 미학적 기조를 규정할 뿐만 아니라 서사적 담론까지 규제하기 때문이다.

영화가 문학적인 요소들을 받아들일 때도 그러하듯이, 소설에서 영화적인 것은 문학적인 것을 확장하고 새롭게 하는 탐색으로서의 의미를 갖는다. 소설이 영화를 흉내 내는 방식이 아니라 영화적인 것을 언어화하려는 노력을 통해 문학의 관례들을 쇄신하고 새 것으로 만들 수 있다. 문학과 영화, 문학적인 것과 영화적인 것은 차별성을 지닌 만큼이나 상호보완적이다. 영화는 문학의 영향을 받아 비로소 허구 서사물로서의 가능성을 온전히 실현하였고, 영상으로 된 독자적인 서술 방식과 영화의 언어를 발전시켜 왔다. 또한 문학은 영화를 통해 오래 전부터 고심하던 소설의 문제들을 해결할 돌파구를 모색했고, 자기 시대의 감수성을 반영하는 현대적인 문학으로 변화해 왔다.

오늘날 문학과 영화가 각각 자기 영역을 구축하고 공존하면서 영향을 주고받는 것은 양쪽 모두에게 긍정적인 자극과 에너지로 작용할 수 있다. 그리고 서사를 좋아하는 수용자의 입장에서는 문학과 영화라는 서로 다른 매체의 서사물이 있어 양쪽을 모두 즐길 수 있다는 것이 무엇보다 즐거운 일이다.

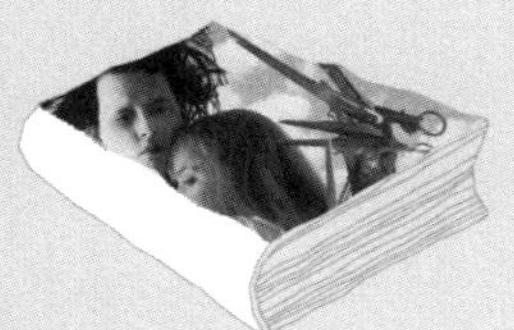
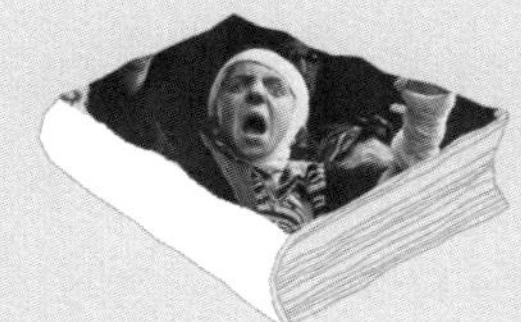
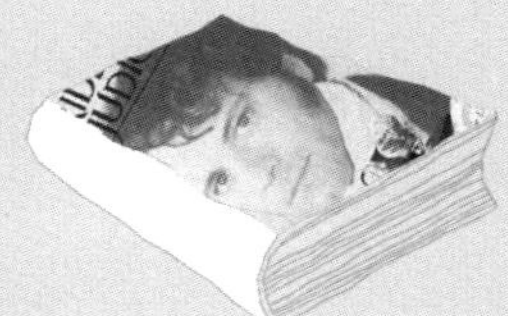
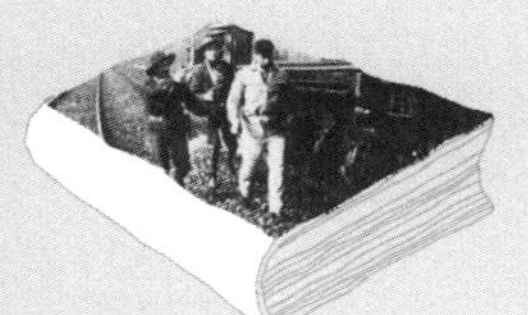
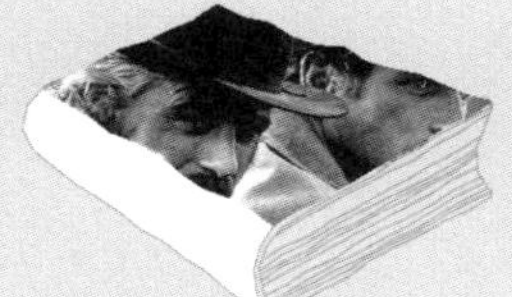
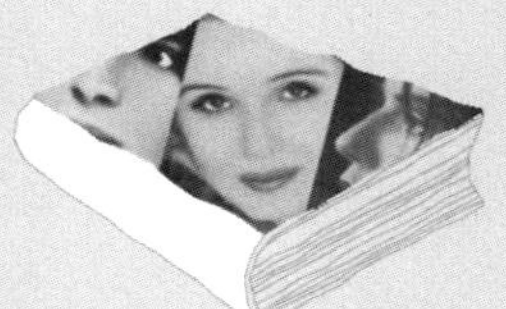
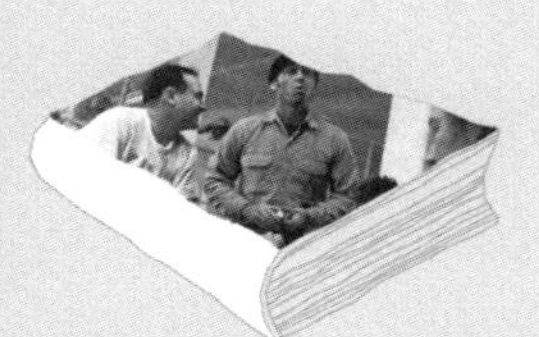
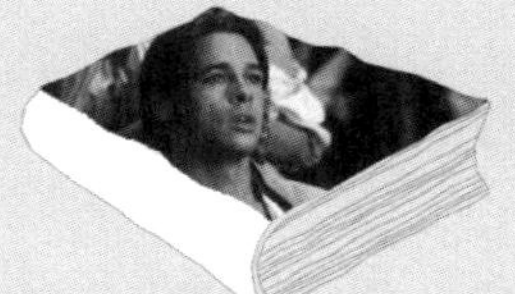
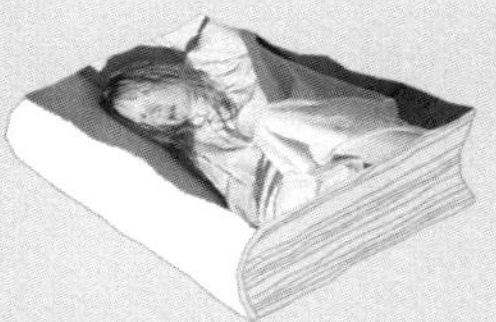
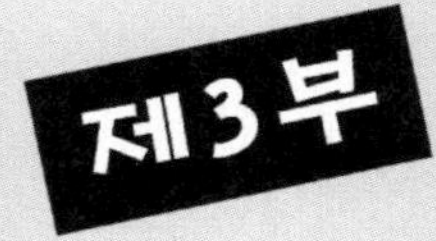

제 3 부

영화의 이해와 올바른 감상법

영화의 이해와 감상법

1. 영화란 어떤 예술인가

영화란 무엇인가? 현실에서 쓸모나 용처를 찾을 수 없는 영상과 음향에 대해 우리는 왜 시간과 돈을 투자하고 즐기는 것일까? 1초에 24번 바뀌는 그 상은 눈속임이고 환영이며 환상이 아닌가? 영화 매체에 대한 이런 식의 물음은 결국 영화의 광범위한 맥락, 즉 영화의 본질적 성격과 기능에 관한 의문으로 수렴된다.

아닌 게 아니라 영화를 통해 우리가 목격하는 것은 실제 대상이 아니다. 영화는 현실 세계에 대한 왜곡을 최소화한 조작과 재구성으로 만들어지는 것이기 때문이다. 따라서 영화의 예술성에 대한 이해는 한 편의 영화가 인간의 노력에 의해 가공되는 것이라는 인식에서 출발해야 한다.

흔히 우리는 예술 작품을 거론하면서 평가를 내린다. 즉 그 작품의 좋은 점과 나쁜 점에 대해 주장하게 되는데, 이때 그 평가에는 개인적 선호도가 깊숙이 개입한다. 그러나 영화의 질을 평가할 때 개인적 선호도만으로 작품성을 결정하는 것은 올바른 방식이 아니며, 그 평가의 기준은 많은 작품을 판단하는 데도 적용될 수 있는 보편의 측면이 있어야 한다. 예컨대 어떤 사람들은 영화가 현실에 대한 그들의 관점과 일치하는가의 여부, 그러니까 사실주의적 기준에 의거하여 영화를 평가하기도 한다. 그러나 영화작품들은 때때로 현실 법칙을 위반하면서 그 자체의 내적 규칙에 의해 지배되기도 하는 미적 일반화의 집합이다.

그리고 영화를 평가하는 데 도덕적 기준을 차용하기도 한다. 이 경우에는 영화의 형식체계 내에서 전후맥락을 떠나 영화의 양상들을 판단하게 됨으로써 편협한 평가가 되기 쉽다. 그렇다면 사실주의적, 도덕적 평가 기준과는 별개로 영화를 예술적 통합체로 평가하는 기준이 있어야 할 것이며, 그러한 기준은 영화 형식을 가능한 한 많이 고려할 수 있는 것이어야 할 것이다.

어떠한 예술 작품에서든 형식은 가장 중요한 요소다. 음악은 단순한 소리가 아니며, 소설도 단순한 언어 기호가 아니다. 한 편의 그림도 선과 색채와 모양과 결을 이용하여 감상자에게 특정한 신호를 보내고, 감상자는 이를 지각하여 특별한 이미지로 발전시킨다. 따라서 예술 작품에 사용되는 재료들은 무작위로 던져지는 것이 아니라, 체계적으로 선별되고 배치됨으로써 나름대로의 형식을 유지해야 한다.

영화도 마찬가지다. 관객들은 영화를 볼 때 개별 단위들이 아니라 전체로서의 영화 작품 한 편을 감상한다. 그리고 그 특정 작품 한 편의 이해가 궁극적 목표일 때 감상자는 그것을 이해하는 데 필요한 접근 방법을 갖고 있어야 한다. 우리가 회화를 분석하려면 색깔과 형태와 구성에 대한 지식을 구비해야 하고, 소설을 분석하려면 언어에 대한 이해가 선행되어야 하는 것처럼 영화를 읽어내려면 영화가 의존하는 양식 체계들을 알아야만 한다. 바로 영화라는 형식이 의존하는 영화 양식 체계들에 대한 지식이다. 영화 형식의 문제가 영화 매체의 특질을 이루고 있는 기법들에 대한 이해와 연결되는 것은 바로 영화 작품

한 편의 전체 형식 내에서 기능하는 것이 바로 이 같은 기법들이기 때문이다.

한편 훌륭한 영화 작품에 대한 기준으로 복합성·독창성·통일성을 들 수 있다. 영화의 복합성이란 관객의 인식을 여러 수준에서 몰입시키고 많은 개별적·형식적 요소들 사이의 관계의 다양성을 창조하고, 또 흥미있는 형식적 유형을 창조하는 영화를 말한다. 영화의 독창성은 감독이 진부한 관습을 택하여 그것을 새롭게 만들거나 새로운 형식의 가능성을 창조하는 경우 미학적 견지에서 독창성을 평가할 수 있다. 그리고 통일성은 한 편의 영화가 명료하고 독특하며 정서적으로 관객을 몰입시킬 경우에 해당된다. 예술 작품으로서의 영화에 대한 이해, 그러니까 특별한 방식으로 만들어지고 일정한 총체성과 통일성을 지니며, 그것이 만들어진 당대의 역사와 세계에 대한 이해의 창으로 기능하는 것으로서의 영화에 대한 이해는 양식 체계에 대한 이해에서 비로소 출발한다.

영화는 오락과 도덕, 그리고 돈벌이와 예술을 양 축으로 한다. 인간에게는 유희적 본능이 있으며, 이 유희적 본능은 예술이라는 또 다른 형태의 삶을 가능하게 했다. 노동이라는 일상생활의 활동 외에 인간이 예술을 필요로 하는 이유는 바로 예술이 인간에게 세계를 이해하는 수단으로 기능하기 때문이다.

무릇 다른 예술품이 그렇듯이 영화는 사람들에게 일상을 벗어나 즐거움을 통해 세계를 이해하도록 부추기는 창이다. 일상생활에서 일용할 양식을 얻고 물리적 삶 환경을 개선해 간다면, 일상을 벗어난 즐거움이 담긴 활동을 통해 정신적 삶의 조건들을 풍요롭게 한다. 영화는 바로 이 즐거움에 의탁하고 있다.

그러나 영화가 단순히 즐거움이나 오락 기능에만 의존하지 않는다. 모든 예술과 마찬가지로 영화도 그 수혜자인 관객들에게 삶에 대한 깨달음과 교화라는 교훈적 기능을 베풀고 있다. 영화는 관객들에게 그들의 삶을 비춰볼 수 있도록 하며, 그 비춰진 모습을 통해 그들의 삶과 사회에 대한 이해를 돕는다. 바로 이러한 점에서 영화의 이해와 감상이 그저 영화를 보고 인상주의적 감상평을 확인하는 수준에 그쳐서도 안 되며, 난해하기 짝이 없는 고도의 기술적 용어의 나열이나 연대 외우기식의 현학적 분석 수준에 매달려서도 안 되는 이유다. 올바른 영화 감상은 한 편의 영화가 담아내는 의미를 추적함으로써 사람의 삶에 관한 교육의 마당이어야 할 것이다.

2. 장르 영화의 특성과 유형

1) 장르 영화의 특성

영화의 장르 구분이 엄격하게 이루어져 있는 것은 아니다. 그리고 작품들이 중복되어 맞물려 있는 것을 통해 생각해볼 수 있는 것은, 바로 장르 구분이란 것도 작품의 내재적 본질에 의해 분류되기보다는 관객의 소비자적 취향에 의존하고 있다는 점이다. 또한 영화 비디오의 상품성에 의해 분류되고 있음을 알 수 있다. 이는 영화가 지니는 상업적 속성 때문에 비롯된 것이다.

먼저 우리는 영화의 장르를 통해 영화의 상업성을 확인할 수 있다. 영화란 태생적으로 고급 예술이라기보다는 대중오락예술일 수밖에 없다. 영화의 대중성과 오락성 및 상품성은 관객의 호응도를 측량하고 북돋우는 데 가장 중요한 요소였다. 따라서 한 편의 영화가 흥행에 성공하면 영화 제작자들과 감독들은 또 다른 흥행을 보장받기 위해 유사한 영화들을 만들어 내야 했던 것이다. 말하자면 상업적 이익과 관객들의 요구가 맞물려서 장르 영화들이 계속해서 만들어지고 있는 것이다.

그러나 영화는 상업적이기는 하지만 동시에 예술적이기도 하다. 장르 영화들은 각기 나름대로 일정한 주제를 전달하고 있으며, 소재와 형식상의 특징, 영상 처리와 표현 방식에서 일정한 공통점을 지니고 있다. 장르 영화의 갈래는 바로 이 점에서 출발한다.

장르 영화의 특성은 다음과 같이 정리할 수 있다.

첫째, 장르 영화는 그 영화를 이해할 수 있게 하고 친밀하게 만든다. 관객들은 동일한 장르에 속한 이전 영화와 견주어 봄으로써 친근하고 편안하게 영화의 사건 진행과 그 결말을 이해할 수 있다.

둘째, 장르 영화는 일정한 틀에 줄거리와 인물 구성만을 약간 수정하여 반복적으로 찍어내기 때문에 상투성의 오명에서 자유롭지 못하다. 그러나 영화는 상투성에 의존할 수 없다. 새로운 자극을 원하는 관객들의 호기심과 기대치를 외면할 수 없기 때문이다. 따라서 장르 영화는 비슷한 다른 영화들의 맥락 안에서 변용과 혁신을 시도한다. 관객들에게 유사한 많은 영화와 견주고 구별하여 어느 한 영화를 인식하도록 하는 이런 식의 틀은 상호 텍스트성에 근거하여 관객의 기대 영역을 정한다. 친숙함과 편안함이 장르 영화의 한 축이라면, 친숙함과 편안함에서 벗어난 변용과 혁신 및 독창성 또한 장르 영화를 지속시키고 발전시키는 또 다른 축이다.

셋째, 장르 영화의 고유한 틀은 영화의 결말을 돕는다. 영화는 대중들의 일반적인 이해 정도에 크게 의존하는 예술이다. 장르 영화는 관객들의 이해 능력을 신뢰함으로써 영화적 결말에 도달할 수 있다. 그리하여 이런 관습을 깨뜨리는 일부 영화들, 그러니까 관객들이 이해하기 어려운 결말들을 제공하는 영화들은 실패하는 경우가 종종 있다.

넷째, 대개의 장르 영화들은 관객의 취향과 상업적 유행, 사회의 보편적인 가치 의식의 조건에 따라 생성되고 소멸된다. 바로 이 점 때문에 장르 영화는 그 영화가 만들어진 시기의 문화, 사회상, 가치관 등을 확인하는 통로로 기능하고 있다. 예를 들면 동일한 전쟁 영화라 하더라도 〈머나먼 다리〉(*A Bridge Too Far*)나 〈지상 최대의 작전〉(*The Longest Day*)이 세계 제2차대전에 참전한 미국의 승리를 묘사해 냄으로써 미국의 위상과 세계 평화 수호자의 역할에 대한 자화자찬의 색채를 띠고 있다면, 〈플래툰〉(*Platoon*)에 그려진 베트남 전쟁은 비록 백인의 시각임을 감안하더라도 민족 내부의 전쟁에 끼어들었던 한 젊은이의 눈을 통해 전쟁의 무모함과 파행성을 고발함으로써 당대 미국인들의 또 다른 자의식을 엿보게 한다.

한편 동일한 장르 내의 변모 외에 특정한 시기에 유행했던 특정 장르 영화를 통해서 그 장르를 요구했던 사회상을 엿볼 수 있다. 예컨대 1930년대 유행했던 뮤지컬 〈상류사회〉, 〈춤을 추실까요〉, 〈걱정 없어요〉, 〈러브 퍼레이드〉, 〈그대와 한 시간〉, 〈몬테카를로〉, 〈1933년의 황금 채굴자〉, 〈부인네들〉 등은 그 환상적 분위기와 소재를 통해 미국 경제공황의 불안함과 무게감에서 벗어나려는 도피처로 기능 했으며, 한국의 90년대 전반기의 〈결혼 이야기〉 등의 로맨틱 코미디 영화들은 중산층 관객들의 정치적 혐오증과 경제적 낙관론이 맞물려서 진지하거나

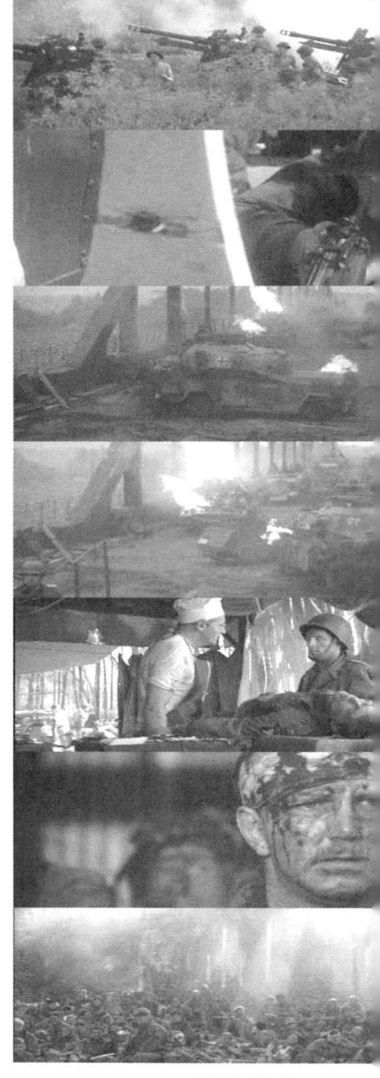

〈머나먼 다리〉

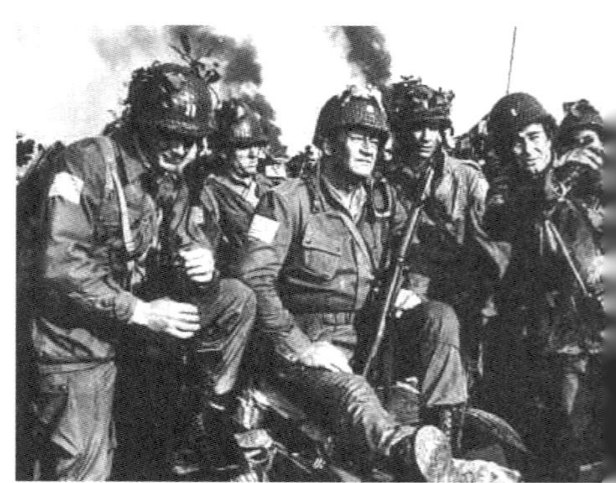

〈지상 최대의 작전〉

심각하지 않은 가볍고 낭만적인 소재를 요구했던 사회 현상의 투영이라고 볼 수 있다.

2) 장르 영화의 유형

(1) 서사극[스펙터클 영화]

서사극은 대체로 장엄한 역사적 사건을 다룬다. 전투, 투쟁, 파괴, 그리고 죽음이 개입하는 기본적 틀을 유지하고 있고, 막대한 제작비를 투입하여 정교한 세트와 화려한 의상으로 대변되는 물량공세가 두드러지며, 엄청난 인원이 동원된다. 흔히 서사극에서 한 개인은 영웅적 인물로 묘사되며, 그가 살던 시대의 흐름에 편승하지 않고 대항함으로써 인간의 위대함을 증명한다.

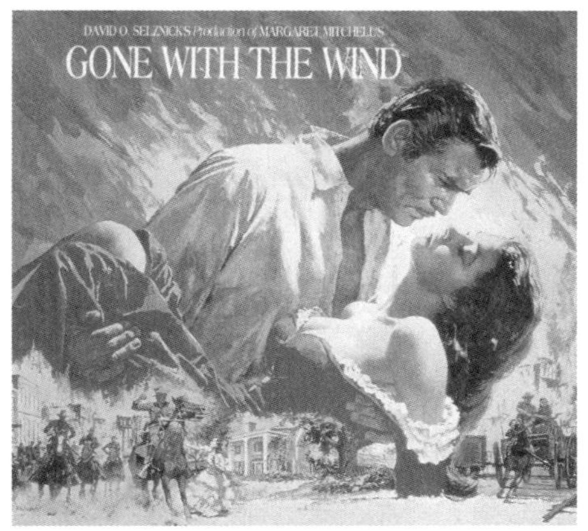
〈바람과 함께 사라지다〉

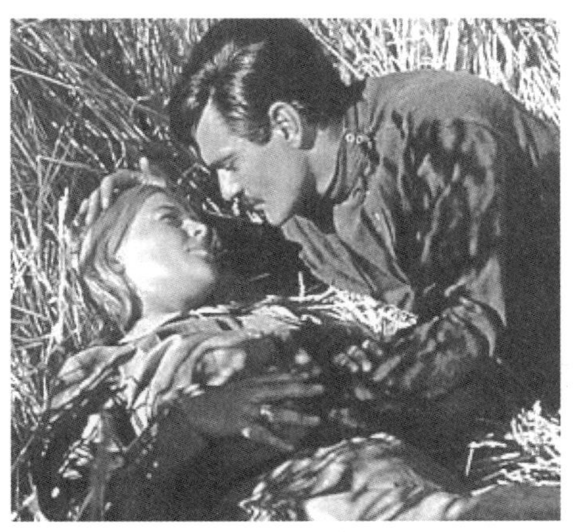
〈닥터지바고〉

서사극은 할리우드의 대표적 장르 영화로 충분한 재정적 지원으로 만들어지는 가장 미국적인 영화라고 말할 수 있다. 그리피스의 〈국가의 탄생〉(*The Birth of the Nation*)이나 〈인톨러런스〉(*Intolerance*)는 미국 서사극의 지평을 연 작품들이며, 데이빗 셀즈닉 형제가 만든 〈바람과 함께 사라지다〉(*Gone with the Wind*), 세실 B. 드밀의 〈십계〉(*Decalogue*), 윌리엄 와일러의 〈벤허〉(*Ben-Hur*), 데이비드 린의 〈아라비아의 로렌스〉(*Lawrence of Arabia*)와

〈닥터 지바고〉(*Doctor Zhivago*) 등은 할리우드가 아니면 불가능했을 작품들이다.

(2) 멜로드라마

영화 장르에서 멜로드라마는 다양한 형태의 영화를 가리키는 말로 폭넓게 쓰고 있다. 범죄 멜로드라마, 심리 멜로드라마, 가족 멜로드라마 등의 구분이 있는가 하면 여성이 주인공으로 나오거나 애정 관계를 다룬 영화를 모두 멜로드라마의 범주에 포함시켜 언급하기도 한다.

여성 관객들을 겨냥해 화려한 세트와 분장, 미남과 미녀들, 성과 육체, 그리고 애절한 사랑 이야기라는 구색을 갖춘 멜로드라마 영화들은 감상주의와 야합하여 대중들의 동경과 갈채를 모으는 데 성공했다. 멜로드라마는 1, 2차 세계대전 이후 현실에서 피폐해진 관객들의 마음을 달래주는 현실도피적인 감상에서 관객들을 탐닉하게 했다. 50년대 멜로드라마는 행복을 얻기 위해 애쓰는 여성의 모습을 담았는데, 여주인공들은 부르주아의 도덕률이나 신분의 차이에 묶여 자신의 행복을 단념하는 모습으로 그려졌다. 등장인물의 체념을 강조함으로써 기존 사회의 보수적인 가치에 동조하도록 부추기고 있다. 여성들은 연인을 위해 자신의 행복을 포기하거나 또는 거꾸로 자신의 행복을 위해 연인을 희생시키기도 한다. 삼각관계에 휘말려 고통 받는가 하면, 자식을 향한 모성 때문에 모든 것을 희생시키기도 한다.

할리우드 멜로드라마 중에서 로버트 벤튼의 〈크레이머 대 크레이머〉(*Kramer vs. Kramer*)와 같이 위축된 가정의 위기를 경고하는 뛰어

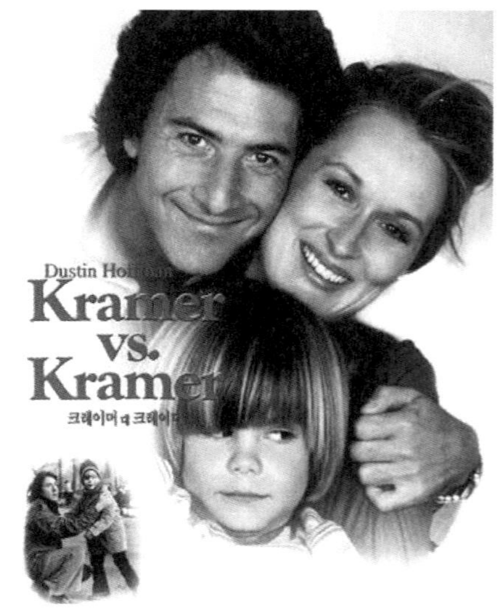

〈크레이머 대 크레이머〉

난 작품들도 있지만 게리 마샬의 〈귀여운 여인〉(*Pretty Woman*)처럼 현실과는 동떨어진 퇴행적이고 솜사탕 같은 거짓말로 채워진 영화가 대부분이어서 멜로드라마는 관객의 값싼 감상에 호소하는 통속영화라는 굴레를 벗어나기 어렵다. 멜로드라마 장르의 대표적 작품으로는 마이클 커티즈의 〈카사블랑카〉(*Casablanca*), 끌로드 를로슈의 〈남과 여〉(*Un Homme et Une Femme*) 등이 있다.

(3) 갱스터 영화

범죄 영화인 갱스터 영화가 하나의 독립된 장르로 성립된 것은 보통 1920년대부터다. 사회적으로는 당시 미국 전역에 걸쳐 시행되었던 금주령의 영향으로 밀주의 생산과 배급망을 조종하는 조직 범죄 집단이 급성장함으로써 일반 시민들은 범죄에 노출되기 시작했으며, 영화 산업적으로는 유성 영화가 등장하여 효과음과 대사가 화면에 첨가됨으로써 극적 사실성을 확보할 수 있게 되었다.

거친 인물과 폭력이 수반되는 갱스터 영화는 전원 사회에서 산업화 사회로 바뀌는 미국 사회 내 도시 속에서 발생하는 범죄 행위를 기본 골격으로 삼고 있다. 약육강식의 경쟁 원리 속에서 사회의 혼란을 틈타 일군의 범죄 집단들은 무자비한 폭력과 살인, 그리고 탈법을 통해 정부의 무력함을 비웃는다. 그들의 조직과 범죄 활동은 당시의 미국의 경제적 상황과 환경의 산물이었으며, 미국 사회의 법과 질서가 문란해지고, 실업과 생계 문제가 심각했던 사회를 반영하고 있다.

초기 갱스터 영화들은 범죄 집단들의 야비한 사업과 조직에 초점을 두었지만, 이후에는 점차 조직보다는 개인에 초점을 맞추어 갔다. 관객들은 주인공을 죽음에 이르게 하는 출세욕과 폭력성을 따라가면서 도시의 악몽을 목격한다. 아울러 검은색 정장을 차려 입은 주인공이 출세욕에 사로잡혀 산업화된 비인간적 도시에서 벌이는 총격전과 살인을 목격하면서 관객들은 무법성에 대한 묘한 쾌감도 느낀다. 죽음을 향해 내달리는 주인공의 행위를 통해 일종의 카타르시스를 느끼며 교훈을 얻는 것이다. 또한 주인공을 동정하는 여성을 기용함으로써 관객들로 하여금 주인공에 대한 동정심과 이해심을 유발하기도 하며, 주인공이 몰락할 수밖에 없는 미국 사회에 대한 비판의 시각을 담기도 한다.

갱스터 영화는 1930년대 이후 영화 검열을 강화하면서 영웅의 역할이 범죄자에서 형사 또는 탐정으로 전이하게 되며, 미국 현대 도시의 모호하고 불투명한 풍경을 헤쳐 나가는 하드 보일드(hard-boiled)의 탐정 이야기로 변주되면서 필름 느와르의 씨를 뿌리게 된다. 갱스터 영화의 대표작으로는 마빈 르로이의 〈리틀 시저〉(*Little Caesar*), 하워드 혹스의 〈스카페이스〉(*Scarface*), 프란시스 코폴라의 〈대부〉(*The Godfather*), 브라이언 드 팔마의 〈언터처블〉(*The Untouchable*) 등을 들 수 있겠다.

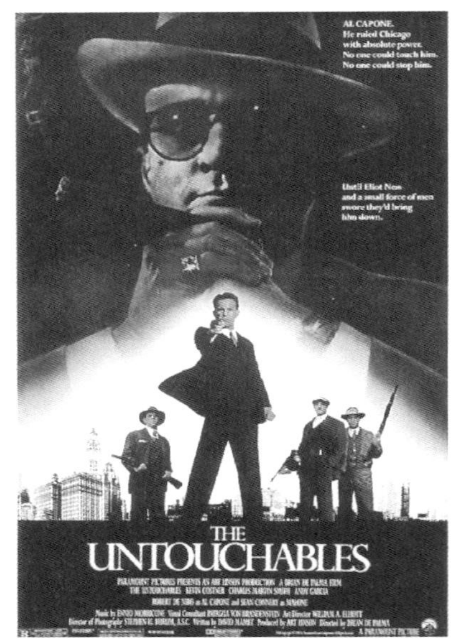

〈언터처블〉

(4) 필름 느와르(film noir)

필름 느와르는 2차 대전 후 프랑스에 소개되기 시작했던 일련의 할리우드 영화들 가운데 주로 적은 예산으로 제작된 B급 영화로서 어두운 분위기의 범죄 영화를 지칭한다. 2차 대전 후 전시에는 상영 금지되었던 40년대 초반의 미국영화들이 한꺼번에 소개되었을 때, 프랑스의 영화평론가들은 그 어둡고 음울한 일련의 흑백 범죄 영화들을 필름 느와르라고 불렀다.

필름 느와르는 하드 보일드 추리소설에서 이야기틀을 빌려왔다면,

시각 스타일은 독일 표현주의의 영향을 받았다고 할 수 있다. 1930년대 말과 1940년대 초에 걸쳐 전쟁의 위협은 증대되고 유태인 학살이 계속되면서 수많은 유럽 영화감독들과 기술자들이 할리우드로 건너왔고 이들 중 표현주의 계열의 감독들이 중요한 영향을 끼쳤다.

필름 느와르의 무대는 폭력과 범죄, 허무주의와 절망에 가득 찬 타락한 세계다. 이 어둠의 세계는 필름 느와르의 시각적 모티프로서 빛과 그림자의 강렬한 대비, 불균형, 불안정한 구도, 문, 블라인드, 유리창 등을 사용한 중첩된 화면 구도, 극단적인 클로즈업이나 대담한 부감 촬영 등을 통해 제시된다.

필름 느와르의 공간은 도시 지향적이다. 그것은 대개 도시의 뒷골목, 탐정 사무실, 담배 연기 자욱한 술집, 가로등이 서 있는 비에 젖은 거리로 설정되며, 극단적으로 카메라 앵글에 잡힌다. 도시의 풍경은 위험과 부패로 얼룩져 있고, 중요한 사건들은 어두운 밤에 일어나며, 예정된 액션보다는 무엇인가 일어날 듯한 불길한 예감으로 영화의 긴장감이 유지된다.

인물들의 성격은 그들의 모습을 비추는 조명이나 프레임만큼이나 불분명하게 그려진다. 이런 것들은 전체적으로 악과 긴장에 대한 정서를 강조하며, 주인공의 얼굴에는 측면 조명이 비춰짐으로써 얼굴의 한 쪽은 강조되고 다른 한 쪽은 여전히 어둠 속에서 남게 되는데, 이는 주인공의 도덕적 모호성을 시각화하고 있다.

느와르 영화의 이야기 구조는 대체로 '위험한 여자'(femme fatal)의 등장과 그녀로 인해 몰락의 길로 빠져드는 주인공의 행로가 회상 형식을 통해 전개된다. 위험한 요부는 여성에 대한 남성들의 경멸과 두려움과 환상이 뒤엉켜서 만들어진 이미지다. 고전적인 할리우드 여주인공에게 부드럽고 아름다운 조명이 비추어졌다면 느와르의 여주인공은 차가운 모습으로 어둡고 음습한 조명 속에 등장한다. 이런 여성상

은 제2차 세계대전 이후 활발해진 여성들의
사회활동에 대한 남성들의 시각을 반영한
것이었다. 즉 느와르에 등장하는 여성들은
다소곳한 존재가 아니라 활동적이고 지적이
며 힘이 넘치는 존재로서 남성 중심의 가치
체계를 지키기 위해서는 반드시 파괴되거나
통제될 수밖에 없었다.

느와르의 남성 주인공은 암흑가 두목과
그의 정부[위험한 여자]와 삼각관계를 이룬
다. 이러한 이야기 구조는 대부분의 주인공
이 악당의 고용인으로 설정되며 악당의 정
부가 가진 신비한 힘에 의해 배신할 수밖에

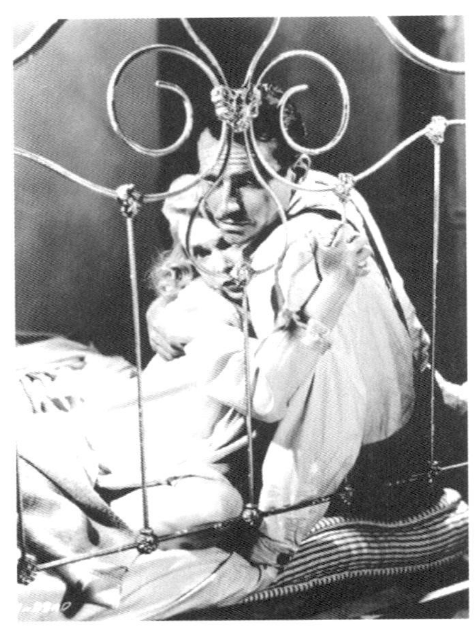

〈악의 손길〉

없는 상황에 이른다. 결국 주인공은 두목의 손에 목숨을 잃는 최후를
맞이한다. 필름 느와르의 줄거리에는 음모와 발전과 복선이 반드시
끼어 있기 마련이며, 이 점에서 보통의 갱스터 영화보다 훨씬 복잡하
고 다층적인 내러티브 구조를 지닌다.

대표적인 느와르 영화에는 빌리 와일러의 〈이중 면책〉(*Double
Indemnity*), 프리츠 랑의 〈빅 히트〉(*The Big Hit*), 오손 웰스의 〈악의
손길〉(*Touch Of Evil*), 마틴 스콜세스의 〈택시 드라이버〉(*Taxi Driver*)
등을 들 수 있다.

(5) 뮤지컬

뮤지컬은 유성 영화의 출현과 함께 가능해진 장르다. 초창기의 뮤
지컬들은 브로드웨이 뮤지컬들을 그대로 답습하거나 재구성한 경우
가 많았다. 연극을 재구성한 춤과 노래 사이에 간단한 줄거리가 첨가
된 버라이어티쇼 형식이 대부분이었으며, 인물의 성격 창조와 드라마

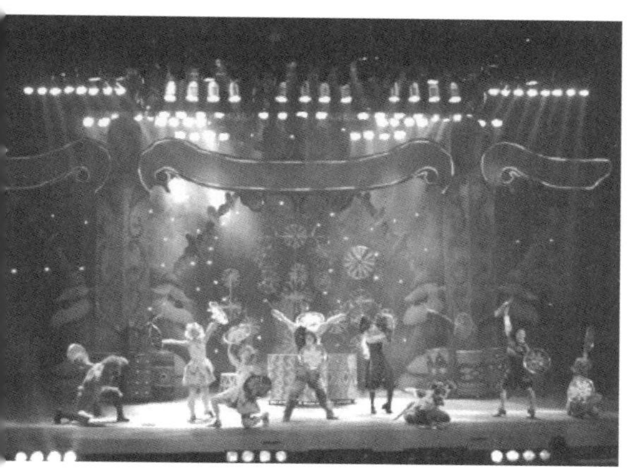

〈오즈의 마법사〉

의 전개보다는 화려한 눈요기에 더 중점을 둔 코미디물이었다.

이러한 경향은 1930년대 MGM 스튜디오를 통해 대량으로 만들어진 뮤지컬들에서 극치를 보였다. 대공황기의 도피주의적 오락영화로서 경제공황 이후 암울했던 미국 사회를 위로하고 국민들에게 낙관적 전망을 주기 위해서 밝고 명랑한 뮤지컬이 필요했으며, 또한 전쟁기에는 외로운 미국 병사들의 향수를 달래주기 위해서도 뮤지컬의 화려함과 경쾌함, 그리고 도피주의가 필요했던 것이다.

1930년대 말에 이르러 뮤지컬은 〈오즈의 마법사〉(*Return To Oz*)의 성공으로 아역 배우들이 등장하기 시작한다. 그리고 1950년대에 들면서부터 영화 관객층의 기호가 일상 생활의 정서와 구체적인 현실의 묘사를 선호하는 쪽으로 바뀌고, 뮤지컬의 제작 비용이 늘어남에 따라 대작 뮤지컬 제작은 급속히 줄어들었다.

뮤지컬은 춤과 노래라는 오락의 형태를 통해 관객에게 낙관적인 전망을 제시한다. 또한 노골적으로 통속 취미에 영합하기도 하며, 과도한 규모와 초현실주의적 발상으로 충격을 주는 노래와 춤 장면들이 관객들을 사로잡기도 한다.

(6) 서부[웨스턴] 영화

미국인들에게 황금이 있는 미지의 땅 서부는 미국적 신화가 구현될 수 있는 곳이었으며, 따라서 미국적 신화와 서정성의 토대 위에 구축된 서부 영화는 가장 미국적인 영화 장르였다. 서부 영화는 단순한

요소들, 즉 뚜렷이 대비되는 선과 악, 남자주인공의 용맹함과 희생정
신, 잔인하고 비도덕적인 악당, 순진하고 예쁜 여자, 위협적인 존재의
인디언들, 코믹하고 단순한 동네 사람들이 등장하는 권선징악의 멜로
드라마다. 과거 행적이 드러나지 않는 '고독한 서부의 사나이'인 주인
공은 역경을 헤치고 의리와 용기를 발휘하며, 극의 결말에 반드시 악
당을 죽임으로써 악을 물리치고 선이 승리한다는 서사구조를 취한다.
신격화된 주인공은 사건을 해결한 뒤 다시 어디론가 떠나며, 일시적
으로 위협받았던 질서는 회복된다.

　1884년 에디슨에 의해 처음으로 인디언과 카우보이들이 카메라에
찍힌 이래, 그들이 살던 서부의 모습은 미국 영화에서 가장 빈번히
등장했던 소재였다. 초기에는 로데오 경기의 스타들이 서부 영화에
주인공으로 발탁되기도 하였으니, 윌리엄 하트, 톰 믹스, 켄 메이너드
같은 배우들이 20년대 서부 영화에서 활약했던 실제 로데오 스타들이
었다. 20년대 후반에 들어서 할리우드는 실제 카우보이를 버리고, 진
오트리라는 시카고 출신의 가수 겸 무용수를 서부 영화에 출연시켜
노래까지 잘하는 매력적인 카우보이 상을 만들어 낸다. 그리고 해리
케리를 거쳐 30년대 할리우드는 존 포드 감독을 통해
그때까지 B급 영화에 출연했던 존 웨인을 발굴한다.

　1950년대 텔레비전의 등장으로 서부 영화의 스타들
이 TV 화면 속으로 옮겨 가게 되고, 서부 영화는 시련기
를 맞는다. 물론 제2차 세계대전을 경험했던 미국인들
은 악의 존재에 대해 실감했으며, 그 악은 반드시 격퇴
되어야 했기 때문에 서부극은 〈쉐인〉(Shane)처럼 선과
악을 구체적으로 등장시켜 대결 구도를 그려내기도 했
지만, 60년대 월남전과 신좌파 운동을 거치면서 선이
존재하지 않는 잔혹한 마카로니 웨스턴으로 변질한다.

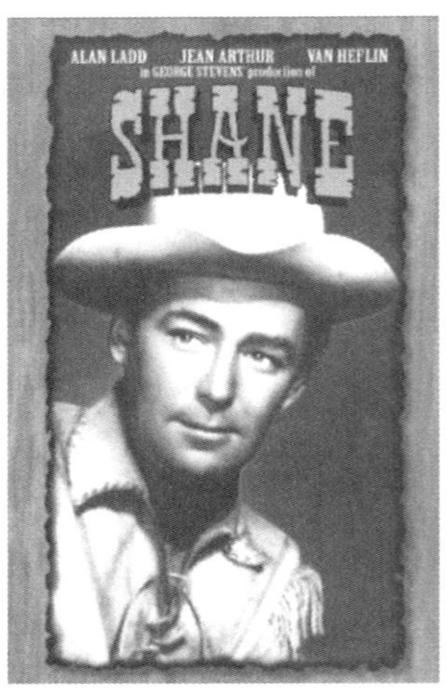

〈쉐인〉

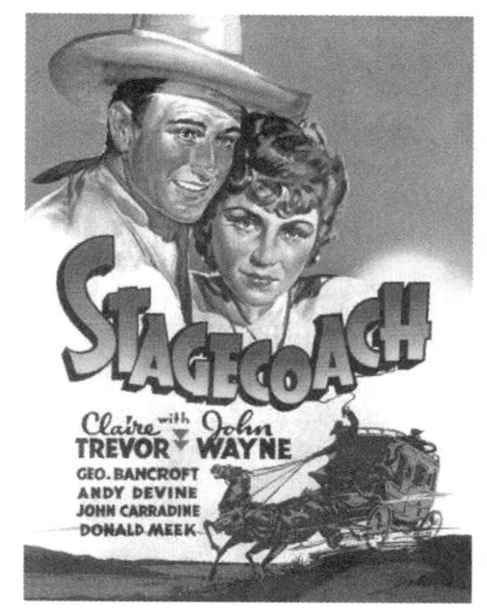

〈역마차〉

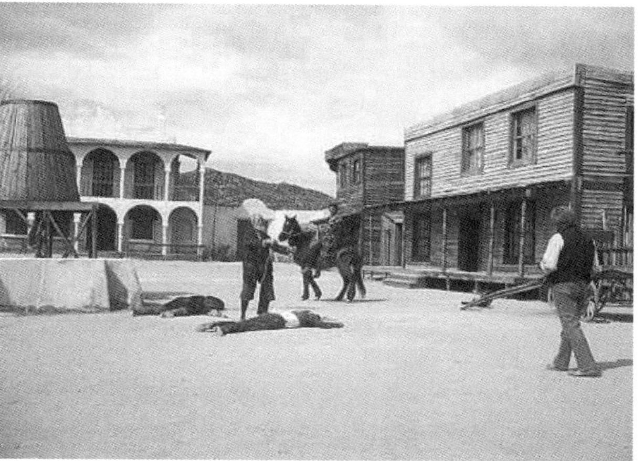

〈황야의 무법자〉

특히 〈황야의 무법자〉(*A fistful Of Dollars*), 〈석양의 건맨〉(*For A Few Dollar*)의 세르지오 레오네는 할리우드가 아닌 이탈리아에서 서부 영화를 찍은 감독이다. 그의 서부 영화에는 도덕이나 정의가 존재하지 않으며 탐욕과 시기와 복수와 살육만이 존재한다. 주인공은 현상금을 벌기 위해 총을 쏘고, 복수심 때문에 총질을 해대며, 위대했던 남북 전쟁은 물질을 탐하는 무법자들의 배경으로만 그려진다. 그런데 역설적인 것은 이렇게 변질된 서부 영화가 서부 영화의 중흥을 가져왔다는 점이다.

정통 서부 영화의 대부는 서부의 낭만과 도덕성을 주제로 〈역마차〉(*Stagecoach*), 〈추적자〉(*The Searchers*) 등을 발표한 존 포드 감독이며, 날렵한 총 솜씨를 지닌 신화적 영웅이 등장하는 정통 서부 영화가 조지 스티븐스의 〈쉐인〉(*Shane*)이라면, 심리적 공포와 두려움에서 벗어나지 못한 지치고 피로한 보통사람을 퇴역 보안관으로 등장시킨 프레드 진네만의 〈하이 눈〉(*High Noon*)은 수정주의적 시각의 서부 영화다. 그런가 하면 세르지오 레오네의 〈황야의 무법자〉(*A Fistful Of Dollars*)는 서부의 신비를 벗겨내고 서부를 탐욕과 폭력이 가득한

무법의 공간으로 묘사하면서 미국의 서부를 조롱
한 이탈리아판 서부 영화며, 조지 로이 힐의 〈내일
을 향해 쏴라〉(*Butch Cassidy And The Sundance
Kid*), 케빈 코스트너의 〈늑대와 함께 춤을〉(*Dances
with Wolves*), 클린트 이스트우드의 〈용서받지 못
한 자〉(*The unforgiven*)는 반 영웅적 주인공을 등
장시킨 서부 영화다.

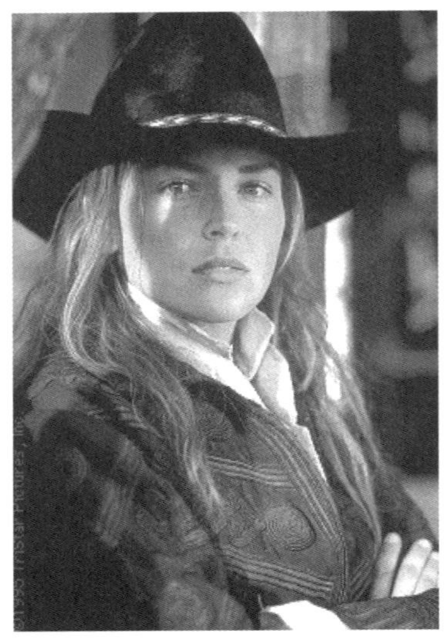

〈퀵 앤 데드〉

90년대 발표된 서부영화도 단지 그 배경이 서부
일 뿐 낭만적 정서나 위대한 영웅은 존재하지 않는
다. 〈라스트 맨 스탠딩〉(*Last Man Standing*)의 주
인공은 돈을 받고 자신의 총 솜씨를 팔고, 〈와일드
와일드 웨스트〉(*Wild Wild West*)에서는 고전 서부 영화의 낭만적 영웅
들이 희화된다. 한편 〈퀵 앤 데드〉(*The Quick And The Dead*)나 〈나쁜
여자들〉(*Bad Girls*)이 출시됨으로써 남성적 세계였던 서부에도 여성
들이 등장하고 있다.

(7) 전쟁 영화

인간이 만들어 낸 모든 것 중에서 가장 최악의 것은 전쟁일 것이다.
전쟁은 개인의 야만이 집단적으로 표출된 광기다. 그러므로 사람의
욕망을 극화하고 있는 영화 제작에서 전쟁은 가장 적절한 소재 중의
하나였다. 할리우드의 고전적 전쟁 영화의 서사구조는 미국이라는 선
과 이에 대항하는 적군의 대결이다. 적군은 편협하고 잔인하며, 미군
은 유머 감각이 있고 예쁜 여자들에게 인기가 있다. 잔인하고 비인간
적인 독일군과, 고문이나 약탈을 일삼고 뿔테 안경을 쓴 일본군은 대
표적 적군이었다. 이런 식으로 유형화된 할리우드의 전쟁 영화는 관
객들에게 적과 역사적 사실에 대해 왜곡된 시각을 심어 주었다. 독일

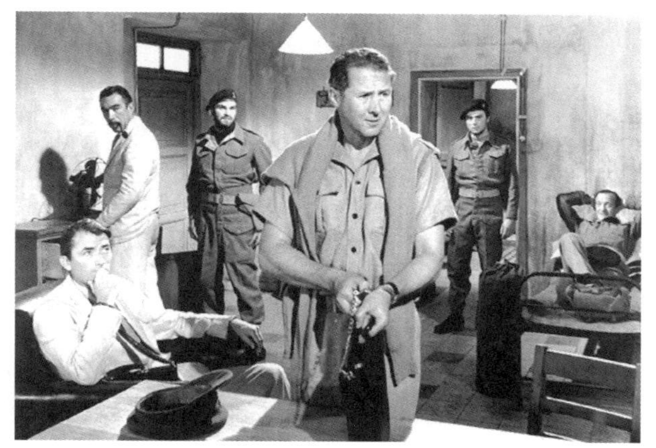

〈나바론 요새〉

군과 일본군은 인간적인 면이 거의 없는 잔인한 민족이었으며, 미군은 선을 지키고 침략에 대항하여 싸우는 좋은 사람들이었다.

제2차 세계대전을 배경으로 하고 있는 〈머나먼 다리〉(*A Bridge Too Far*)나 〈나바론 요새〉(*The Guns Of Navarone*), 〈콰이 강의 다리〉(*The Bridge On The River Kwai*) 등에서도 아군과 적군을 확실하게 구분해 놓고 적군은 섬멸되어야 할 악이었다. 공개적으로 광기가 허용된 전쟁터에서 수많은 적을 죽여야 영웅이 되는 이런 식의 영화에서 전쟁은 미화되었다. 〈머나먼 다리〉(*A Bridge Too Far*)는 코넬리어스 라이언의 원작을 영화로 만든 작품으로 제 2차 세계대전 당시 연합군의 '마켓 가든' 작전을 소재로 만들었는데, 당시 연합군의 치부를 드러낸 영화라는 점에서 큰 화제가 되었다. 컴퓨터 그래픽이 없던 당시에 실사로 찍은 도강(渡江) 장면이나 공수부대 작전 장면은 영화사에 남을 명장면이다. 제목이 '머나먼 다리'인 것은 '마켓 가든' 작전 목표가 독일로 진격하는 주요 다리를 점령하는 것이었기 때문이다. 〈콰이 강의 다리〉(*The Bridge On The River Kwai*)는 극에 달한 인간성 말살에 대한 이야기로 '적'과 얼굴을 맞대고 충돌했을 때 생존 전략은 어떻게 무력화되며, 전쟁이라는 여정은 어떻게 개인화되는가를 그려낸다.

그렇다면 미국이 공식적으로 패배했던 전쟁 베트남전은 어떻게 그려지고 있는가. 할리우드는 상반된 두 가지 모습으로 베트남전을 그려내고 있다. 그 하나는 〈람보〉(*First Blood*)에서 보여주듯 실패한 전

쟁을 되돌리고 싶은 군국주의
적 시각에서 베트남전을 그려
낸 영화다. 이런 유형의 영화는
미국인들에게 패전의 기억을
영웅을 통해 대체시킴으로써
대리 만족을 경험하게 한다. 다
른 하나는 〈플래툰〉(*Platoon*)
처럼 수정주의적 시각으로 베
트남전을 바라본 영화다.

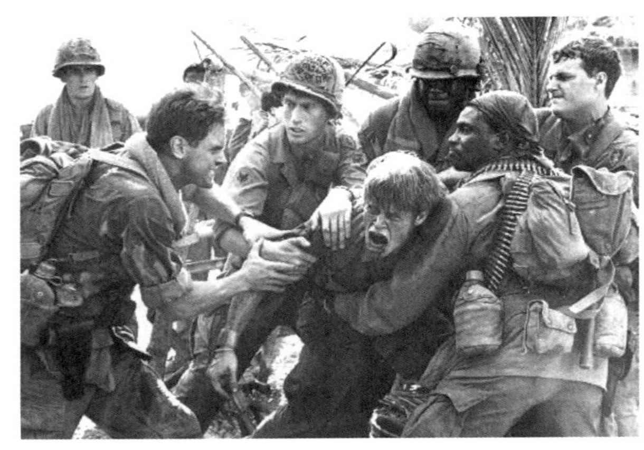

〈플래툰〉

　60년대의 미국의 정치, 사회적 풍토와 베트남전을 연결하여 실패
한 전쟁임을 인정하지만 베트남인들의 시각은 철저히 배제한 채 백인
의 시각으로만 전쟁을 바라보고 있다. 즉 아시아인들을 잔인한 악마
나 무지한 원시인으로 묘사하고 있다는 것이다. 〈플래툰〉(*Platoon*)에
서는 베트콩들이나 월맹군은 한밤중에 소리 없이 침입해 와 목숨을
위협하는 악마들로, 베트남인들은 몰개성적이고 스스로의 목소리도
없는 수동적 피해자로 제시되고 있다. 베트남전을 거치면서 파괴되어
가는 유태인 가족의 모습을 그리고 있는 〈디어 헌터〉(*The Deer
Hunter*)는 전쟁의 우매함을 고발하는 영화인데, 미군 포로에게 러시
안 룰렛 게임을 강요하는 베트콩 병사의 잔인하고 사악한 이미지를
통해 서구의 관객들에게 마치 아시아인들 전체가 악마의 화신인 듯한
인상을 준다. 〈지옥의 묵시록〉(Apocalypse Now) 역시 베트남인들과
캄보디아인들을 아프리카 토인들처럼 분장시켜 백인 신을 숭배하는
무지한 원주민들로 제시하고 있다.

　그런데 70년대 이후 전쟁 영화감독들은 앞서의 유형화된 틀을 벗어
내고 있다. 군은 경멸의 소재로 폄하되기도 하고, 군대의 규율은 무시
되며, 장교나 전쟁 영웅들은 비웃음을 당하기도 한다. 스탠리 큐브릭

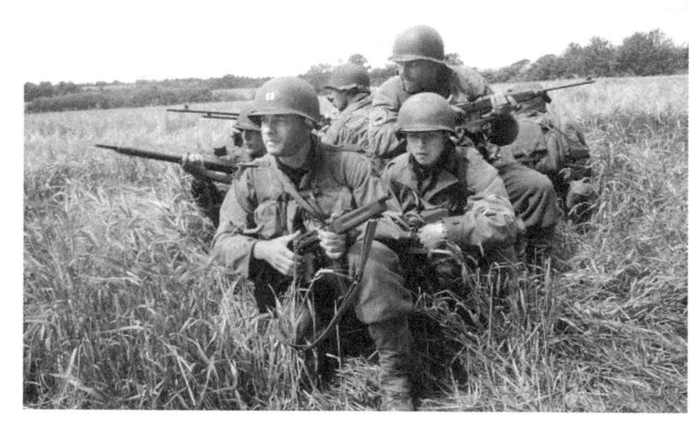

〈라이언 일병 구하기〉

의 〈풀 메탈 자켓〉(*Full Metal Jacket*)은 전쟁 기계로 조련되어 죽어가는 병사들의 모습을 통해 전쟁에 대한 냉소적 시각을 드러내고 있다.

그런가 하면 스티븐 스필버그의 〈라이언 일병 구하기〉(*Saving Private Ryan*)는 한 사람의 병사를 구하기 위해 다수의 희생을 감행하는 미군들의 집단적 휴머니즘을 은밀하게 강조함으로써 전쟁 영화를 통한 음흉한 애국주의를 교묘하게 조장하고 있다. 사라져 가는 시대와 잊혀져 가는 사람들에게 바치는 20세기 마지막 진혼곡으로 20세기와 작별하기 전에 우리가 구해야 할 것은 과연 무엇이며, 21세기에도 여전히 간직해야 할 것이 과연 무엇인가를 성찰한다. 그래서 한 분대가 자신들의 목숨을 바쳐 찾아내고 구해내는 '라이언'은 단순히 한 인간이나 하찮은 일등병이 아니라, 우리가 부단히 그 존재를 탐색하고 보호해야 하는 소중하고 값진 어떤 것의 상징이 된다. 또한 전쟁에 관한 시라는 찬사를 얻은 테렌스 멜릭의 〈씬 레드 라인〉(*The Thin Red Line*)은 긴박하고 사실적인 전투 장면과 전투에 참가한 병사들의 개별적인 기억들을 병치시킨 채 자신들의 의지와 상관없이 죽어가는 병사들을 통해 전쟁의 야만성과 폭력성을 고발하고 있다. 제 2차 세계대전의 전투를 다룬 〈그들은 소모품이었다〉(*They Were Expendable*)는 제 2차 세계대전 당시 미 전시정보국 주도하에 만들어진 컨벤션의 힘을 보여주고 있다.

(8) 코미디

코미디는 영화 역사에서 초기에 속하는 장르 중의 하나다. 이는 스크린에 등장한 최초의 배우들이 주로 보드빌과 뮤직홀 쇼 출신들이었다는 점을 감안하면 놀라운 일이 아니다. 뤼미에르 형제의 〈물 뿌리는 정원사〉(*L Arroseur arrose*)에서 정원사가 물벼락을 맞는 장면은 영화에 삽입된 코믹함의 시초였다고 할 수 있다. 코미디는 억압된 긴장감이 안전한 방식으로 해소될 수 있는 장이거나 그러한 장을 제공한다는 점에

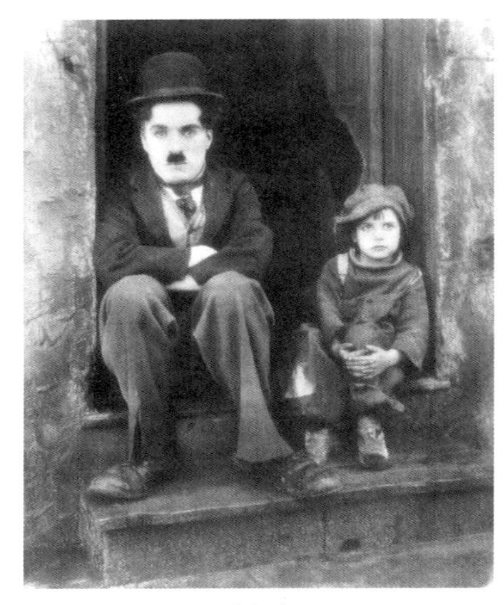

〈키드〉

서 사회적, 심리적으로 유용한 기능을 하는 장르다.

무성 영화의 최고의 스타는 찰리 채플린(Charles Spencer Chaplin)이다. 그는 자신의 대표작 〈키드〉(*The Kid*), 〈황금광 시대〉(*Gold Rush*)를 통해 완벽한 곡예사의 모습을 보여준다. 개인적 상황뿐만 아니라 사회적 문제와 따스한 인간애까지 화면에 담아냄으로써 영화 장르로서의 코미디의 호소력과 생명력을 인식시켜 준 채플린은 무성 영화와 유성 영화 양쪽 모두에서 인정받았던 위대한 희극 배우였다.

채플린을 통해 코미디 영화의 가능성을 찾아낸 할리우드는 1920년대는 슬랩스틱 코미디(Slapstick Comedy)로, 30년대는 낭만적인 스크루볼 코미디(Screwball Comedy)로 그 전성기를 이어나갔다. 40년대는 전쟁으로 말미암은 진지한 센티멘털 코미디(Sentimental Comedy)가, 50년대에는 마릴린 먼로(Norma Jeane Mortensen)를 기용한 로맨틱 섹스 코미디(Romantic Sex Comedy)가 유행했다. 그리고 60년대 이후 코미디가 위트를 잃게 되면서 블랙 코미디(Black Comedy)가 성행한다.

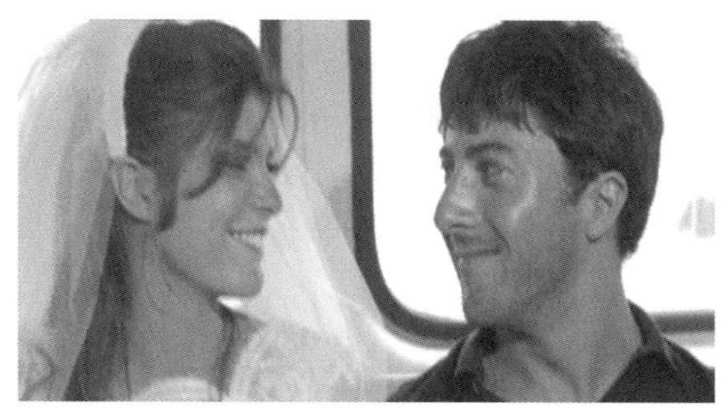

〈졸업〉

특히 젊은 관객들은 신성시되던 모든 권위에 대한 도전과 공격이라는 무거운 주제를 재치와 익살로 풍자했던 블랙 코미디에 열광했다. 핵무기로 인한 대학살을 풍자한 스탠리 큐브릭의 〈닥터 스트레인지러브〉(*Dr. Strangelove*), 미국 중산층의 위선과 관습에 대한 신랄한 공격을 보여준 마이클 니콜스의 〈졸업〉(*The Graduate*), 한국전쟁 시 이동 야전 병원 직원들의 행태를 통해 전쟁, 성, 생명 등에 관한 냉소적인 비평을 가했던 로버트 알트만의 〈매쉬〉(*Mash*)는 블랙 코미디의 대표작들이다. 70년대는 우디 앨런(Woody Allen)식 코미디가 인정을 받았다. 그의 코미디는 지적이며 수준 높은 영화팬, 특히 대학생 측에 어필했다. 검열에 의해 금지당한 장면, 오래된 뉴스 영화 필름, 과거 영화의 패러디 장면과 개그 동작, 그리고 조직된 인터뷰 등을 합성시켜 저질 개그의 수준을 높이 상승시켜 놓았다.

80년대에 들어와 〈고스트 버스터즈〉(*Ghostbusters*)와 같이 코미디는 SF와 만나면서 새로운 모습으로 발전하였고, 90년대의 코미디는 〈해리가 샐리를 만났을 때〉(*When Harry Met Sally*)와 같이 섹슈얼리티(sexuality)가 가미된 로맨틱한 내용과 결합한다. 그런가 하면 〈아담스 패밀리〉(*Addams Family*)처럼 컬트와 결합한 코미디도 등장한다.

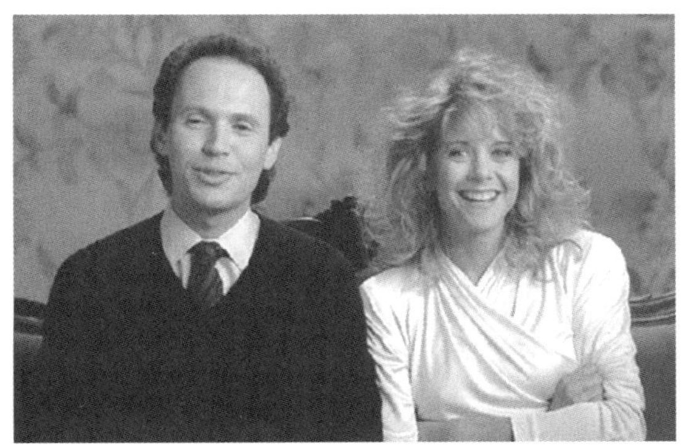

〈해리가 샐리를 만났을 때〉

(9) 공포 영화

　오랜 시간 동안 공포 영화는 소수의 마니아들에게만 통용되었으며, 영화 장르의 주변부에 머물러 왔었다. 그러나 최근에 화려하게 부활한 공포 영화는 이제 충분한 상업적 성공을 보장하는 중심부에 자리하게 되었다. 최근의 공포 영화는 10대들의 감성을 고스란히 담아내는 유형을 채택하거나, 다양한 장르들을 혼용하면서 젊은 관객층을 사로잡고 있다. 80년대까지만 해도 주변부에 머물렀던 공포 영화는 그 장르적 성격상 포괄적인 관객층을 확보하는 데는 한계가 있었던 장르였다. 예컨대 무서운 것을 좋아하는 사람들의 수가 한정되어 있으므로 자연히 대중성을 확보하지 못한 채 저예산 자본으로 제작되기 때문에 B급 수준에 머무르고 만 유사한 영화들이 반복적으로 출시되었다. 또한 상업성과 결탁한 시리즈의 남발과 반복되는 서사구조로 인한 식상함 때문에 공포 영화는 더 이상 발전하지 못했다.

　그러나 90년대에 들어와 공포 영화는 하위 장르의 오명을 벗고 극장가에 당당히 내걸리게 되었다. 공포 영화의 이러한 흥행의 성공비결은 무엇인가.

　첫째, 십대 관객들을 겨냥하여 십대 스타들을 기용함으로써 그들의 감수성을 적절하게 담아냈다. 살인과 공포를 통해 현실과 미래에 대한 십대들 특유의 불안감 및 양심의 가책 등을 전달하고 있다.

　둘째, 과거 공포 영화의 장르적 관습을 의도적으로 언급하고 동시에 이를 해체하여 패러디함으로써 새로운 규칙을 확립하였다.

　셋째, 누가 진짜 범인이지 알 수 없게 하는 스릴러적 구조를 추가함으로써 영화의 긴장도를 배가하였다.

　넷째, 다양한 장르 영화의 규칙들을 혼성함으로써 공포 영화의 경계를 확장하고 있다.

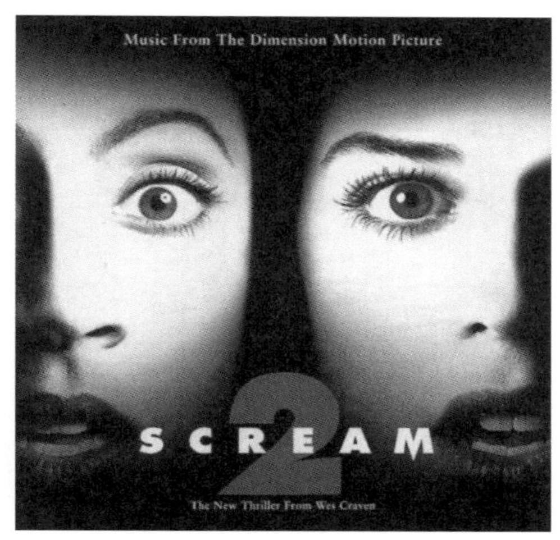

〈스크림 2〉

1970년대 말, 미국에서는 토니 커티스의 딸인 제이미 리 커티스를 여주인공으로 한 값싼 제작비의 공포영화 〈할로윈〉(Halloween)이 뜻밖에 대히트를 해 영화계를 놀라게 했다. 이 영화는 할로윈 이브에 정신병원에서 탈출한 정신병자가 고향에 돌아와 가면을 쓰고 제이미 리 커티스의 가족을 살해하려고 한다는 내용인데, 특이한 것은 아무리 죽여도 그는 불사신처럼 다시 살아나 끊임없이 칼을 들고 쫓아온다는 것이다. 그때마다 관객들은 공포의 비명을 지르면서 마치 현실처럼 두려움과 스릴을 느꼈다. 즉 관객들이 이 영화에서 매료된 부분은 다름 아닌 악마의 불사성(不死性)이었다. 1980년대에 미국에서는 〈나이트메어〉(A Nightmare On Elm Street)가 화제가 되기 시작하면서 공전의 대히트를 하였는데, 아이들이 잠만 들면 프레디 크루거라는 가위손을 가진 악의 화신이 나타나 쫓아오는 악몽을 꾼다는 내용이다. 사회 억압적 구조에 대한 분석과 직관이 탁월했던 공포 영화의 대가 웨스 크레이븐은 1990년대에 들어와 〈스크림 1,2〉(Scream)를 통해 80년대 〈나이트메어〉(A Nightmare On Elm Street)에서 시도했던 자신의 슬래서 무비(Slasher Movies)의 장르적 관습인 시점 숏, 기괴한 사운드, 잔인한 살해, 그리고 섹스의 혼합을 해체하고 재구성함으로써 새로운 유형의 공포 영화를 선보였다. 또한 〈스크림〉시리즈와 〈나는 네가 지난 여름에 한 일을 알고 있다〉(I Know What You Did Last Summer)를 통해 할리우드 최고의 공포 영화 시나리오 작가로 인정받고 있는 케빈 윌리엄스와 손잡고 〈황혼에서 새벽까지〉(From Dusk Till Dawn) 같은 혼성 장르적 공포 영화를 만들기도

했다. 그밖에 할리우드 공포 영화감독들에는 〈패컬티〉(*The Faculty*)를
만든 로버트 로드리게스, 〈슬레이어〉(*Vampires*)와 〈H20〉(*Halloween
7*)의 존 카펜터 등을 들 수 있다.

한편 한국의 공포 영화에서 그 단골 소재는
추상적 한을 담아내는 것이었다. 그러나 이제
일상성 뒤의 비정상성을 고발하고 억압적이
고 폐쇄적인 공간인 학교에서 벌어지는 제도
적 억압을 다룸으로써 과거의 추상적 한을 뛰
어넘어 현실 비판의 주제까지 담아내고 있는
작품이 나타났으니 박기형의 〈여고괴담〉이
그것이다. 그리고 우연히 발생하는 살인 사건
과 이에 대처하는 가족들의 무능력함과 판단
력을 상실한 채 지극히 주관적인 예단을 통해
현실과 직면하는 한 가족의 모습을 통해 경직
된 사회를 우회적으로 조롱하는 김지윤의 〈조

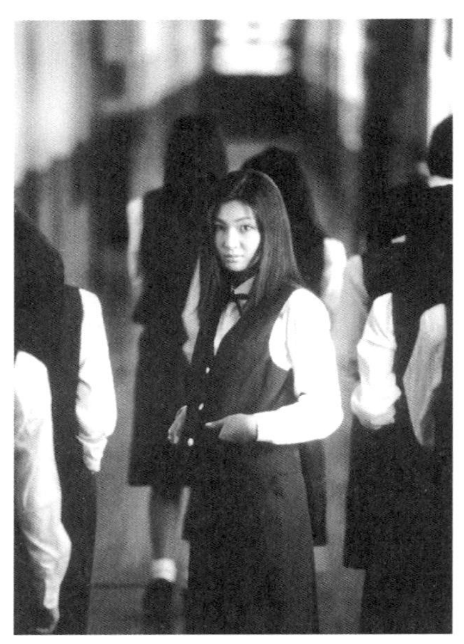

〈여고괴담〉

용한 가족〉 등이 90년대 공포 영화를 선도하고 있다. 특히 이들 영화
들은 현실에서는 가능하지 않는 상상 속의 사건이나 인물들을 등장시
켜 현실과 상상의 경계를 넘나드는 판타지 영화에 속한다는 점에서
공포 영화의 표현 지평을 새롭게 확장하고 있다는 점에 주목할 필요가
있다.

세기말을 앞둔 시점에서 공포 영화의 부활은 어쩌면 자연스런 현상
일 수 있다. 새로운 천 년에 대한 사회 전반에 걸친 다양한 계층의
막연한 공포가 반영된다고 볼 수 있기 때문이다. 또한 한 세기에 걸쳐
진행되고 축적된 근대적 합리성에 대한 반발이라고 볼 수도 있다. 실
제로 근대적 합리성이 공고해지면 그 근대적 합리성의 영역에 포함시
킬 수 없는 인간의 막연한 불안감, 욕망, 꿈, 상상력 등에 대한 표현

욕구 역시 그 만큼 팽창된다는 것이다. 왜냐하면 근대적 합리성이 강제되면 될수록 그 근대성이 견뎌내지 못하는, 그리고 합리성에 의해 억압된 내면의 욕망이나 불안감 등도 반드시 표출되려는 경향이 강해지기 때문이다.

(10) SF 영화(Science Fiction Films ; 공상과학 영화)

일반적으로 공포 영화가 신화, 전설, 민담 등에서 소재를 구하는 면이 강하다면, SF의 주요 대상은 과학 기술 문명이다. SF 영화 초기의 예는 조르주 멜리어스의 〈달세계 여행〉(*Le Voyage Dans La Lune*, 1902)까지 거슬러 올라갈 수 있지만, 50년대 이전까지는 프리츠 랑의 〈메트로폴리스〉(*Metropolis*)나 윌리엄 멘지스의 〈미래의 모습〉(*The Shape of Things to Come*) 정도를 손꼽을 수 있다. 그리고 1950년대에 이르러서야 SF 영화는 할리우드의 장르로 형성되는데, 50년 이후 SF 영화의 주된 경향은 인간이 외계인의 침입을 받아 위기에 처한다는 쪽으로 바뀌게 된다.

〈2001년 우주의 오디세이〉

50년대 미국은 냉전의 이데올로기가 그 절정에 달한 시기였고 메커시즘에 의한 마녀사냥 식 공산주의자 색출, 핵무기의 공포, 전체주의적 정권의 불안 등이 영화 제작에 반영되면서 외계인이 미국을 위협하는 이야기들이 유행했다. 60년대 SF 영화는 스탠리 큐브릭의 〈2001년 우주의 오디세이〉(2001:*A Space Odyssey*)가 대표적 작품으로서 테크놀로지에 대한 인간의 신뢰와 인간의 우위성에 대한 심각한 의문을 제기하고 있다. 70년대에 들어오면서 SF 영화의 역사는 그 장르에 대한 고유한 관습의 축적과 발전보다는 다른 장르와의 끊임없는 접합으로 이어진다. 예를 들면 〈스타워즈〉(*Star Wars*) 이후 계속 변종이 만들어지는 액션-모험-SF 영화의 출현과, 80년대의 SF와 호러 장르의 결합 등이다.

장르 전체로 볼 때 SF는 테크놀로지에 대하여 두 가지 상반된 입

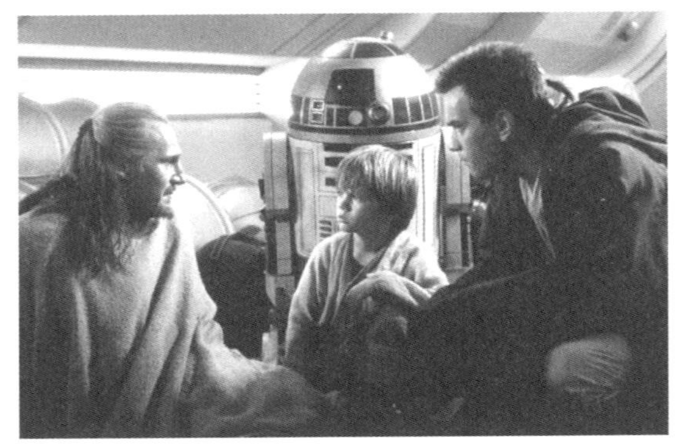
〈스타워즈〉

장을 취한다. 과학 기술이 궁극적으로 문명의 진보를 보장할 것이라는 낙관적인 견해와, 과학 기술이 지닌 파괴적인 측면에 대한 경고에 주목하는 비관적인 견해가 그것이다. 대부분의 SF 영화들은 당대 사회에 대한 은유로 읽힐 수 있다는 점에서 문명 비판적이다. 50년대 메카시 선풍과 냉전 시대의 불안이 외계인의 침략으로 그려진 것이나 7, 80년대 평화의 시대에 맞춰 개별적 외계인을 향해 충분히 개방적인 태도를 가진 영화들이 속속 제작된 것이 이를 뒷받침한다.

3. 영화 감상의 의미와 방법

1) 영화 제대로 보기의 시작

영화는 그것이 만들어진 특정 사회의 특정 문화와 이데올로기를 교묘하게 위장시켜 배치된 일련의 기호들로 이루어 낸 볼거리다. 그래서 사람이 만들어 낸 창작품 가운데 가장 대중적인 여흥의 수단이 된 영화는 계층과 인종과 성에 상관없이 전세계인들이 가장 쉽게 접할 수 있는 예술이자 오락거리라는 점이 그 장점이다.

그런데 영화를 관람하는 행위에는 친숙한 것과 독특한 것의 미묘한

역학이 작용하게 된다. 영화관을 찾는 관객들은 영화를 통해 현실에서 가능하지 않았던 꿈이 이루어지는 대리 경험을 한다. 또한 의도적으로 왜곡되고 조작된 현실을 제시함으로써 영화는 대중들이 보기를 원하는 현실을 보여주며, 그것도 몰래 훔쳐보도록 허용한다.

영화 관객들의 가장 큰 특권은 바로 훔쳐보기다. 어두운 방안에서 상영되는 영화는 보여주기 위해서 비춰지고 있으나, 관객에게는 남의 사생활을 몰래 훔쳐보는 듯한 환상을 일으킨다. 다른 사람의 행위를 들키지 않고 몰래 엿보는 관음증적 즐거움은 일면 대단히 부도덕적이면서 가슴을 떨리게 하는 마력을 지니고 있다. 영화는 바로 이러한 훔쳐보기를 합법적으로, 그리고 도덕적으로 용인해 준다. 관객들은 현실에서 막연히 동경했던 장면들을 안전하게 훔쳐보고 즐기기 위해 영화관을 찾는 것이다.

그런데 무슨 영화를 볼 것인가라는 문제는 그 해답을 찾기가 결코 만만한 게 아니다. 또한 각자 나름대로 안내서나 참고자료를 이용해 영화를 골라 본다 하여도 이 작업 역시 자신의 취향과 개성에 맞지 않을 때에는 곤혹스러움만 가중시키기도 한다. 그렇다면 단순히 많이 보는 것만으로 영화 제대로 골라 보기는 해결될 수 있을까? 아니라면 어떻게 골라 보아야 할까?

모든 사람은 자신의 입장에서 세상을 바라본다. 자신이 가장 원하는 방식으로 생각하고 자신이 가장 기대하는 방식으로 세상을 재단하려 든다. 그리고 그러한 자신의 시각은 항상 변하고 흔들리며 새롭게 바뀐다. 말하자면 개인은 사회적 역할과 개인적 역할들을 바꿔가면서 세상과 맞서고 견뎌낸다고 할 수 있다.

영화 고르기도 이러한 틀에서 벗어나지 않는다. 어차피 영화 고르기와 감동 받기는 개인의 문제로 수렴될 수밖에 없는 것이어서 자신의 시각을 고려하지 않은 선택이란 그 생명력이 짧을 수밖에 없다. 영화

골라 보기의 출발점은 바로 자신의 입장에서 고를 때 시작되고 그 감동은 배가 된다.

자신의 시각에서 영화를 골라 볼 때도 여전히 만만치 않은 문제점이 도사리고 있다. 자신의 안목에 대한 불편함과 미덥지 못함도 있거니와 그 안목이 고착되어 다양한 고르기를 방해할 위험성도 간과할 수 없다. 그렇다면 비록 자신의 안목에 근거하여 영화 고르기를 시작한다 하더라도 그 안목을 교정해 주고 닦아 줄 방책은 항상 구비해야 할 것이다.

첫째, 자신이 고른 영화에 관한 평가를 눈 여겨 보아야 한다. 영화 비평서나 안내 책자를 살펴보는 것은 가장 손쉬운 방법일 것이다.

둘째, 자신이 고른 영화에 대해 다른 사람과 대화하는 것이 필요하다. 문제 제기와 토론을 통해 좀더 다양한 의미 층위의 감상을 시도할 수 있을 것이다.

셋째, 좀더 전문적인 감상을 위해 감독이나 배우, 주제 및 장르별로 구분하여 고를 필요가 있다. 이러한 고르기 방식은 특정한 분야에 대한 안목을 배가할 뿐만 아니라 초보자라 하더라도 실패할 위험성이 적다는 점에서 반드시 시도해 볼 필요가 있다.

넷째, 영화의 특성 및 형식에 대한 이해를 위해 영화 형식과 문법에 관한 개론서 정도는 읽는 것이 필요하다.

영화를 읽는 방법은 매우 다양하다. 가장 초보적인 줄거리 위주의 감상법으로부터 주연 배우의 연기력, 영상과 음향의 패턴, 색채와 음향의 이미지, 화면의 구도 및 오브제 배치, 카메라 각도 및 감독의 의도 확인에 이르기까지 영화를 감상하는 방법에는 여러 가지 관점과 견해가 컸다. 다만 아는 만큼 보이는 것처럼, 영화 읽기의 폭과 깊이는 감상자의 감상 도구가 얼마나 구비되어 있느냐에 따라 확장되고 깊어

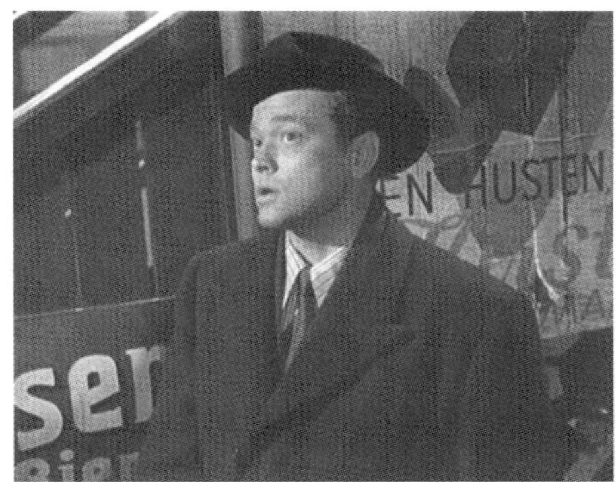
〈제3의 사나이〉

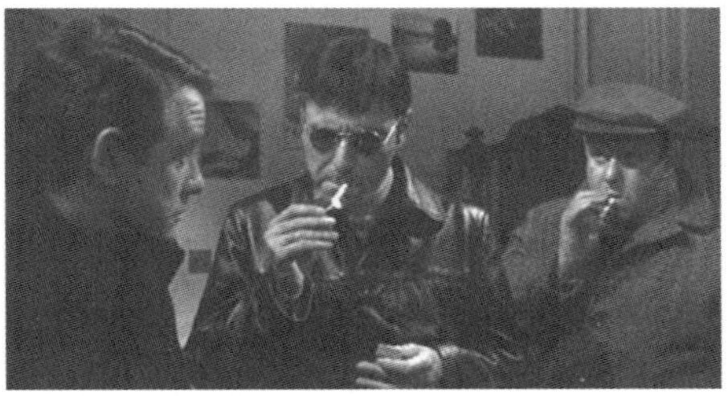
〈어두워질 때까지〉

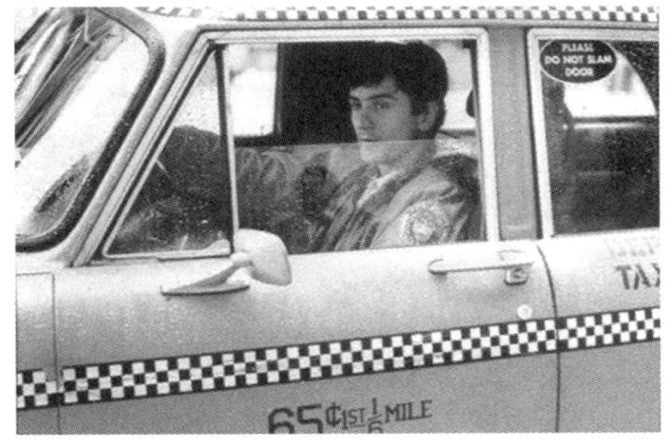
〈택시 드라이버〉

질 수 있다.

그런데 특정 장르의 영화들을 집중적으로 감상하다 보면 일정한 패턴의 줄거리를 확인할 수 있다. 특정한 구도와 주제가 변주되고 있는 이러한 영화들의 줄거리는 다분히 상투적이어서 따라잡기가 어렵지 않기 때문이다. 문제는 반복적, 상투적 줄거리가 되풀이되어 결말을 분명히 알 수 있음에도 불구하고 여전히 긴장감과 박진감을 주는 영화가 분명히 존재한다는 점이다. 또한 상투적 묘사나 흐름을 거스른 채 뒤집어 보여주는 영화도 존재한다는 점이다. 그래서 주인공이 반드시 구출되리라는 믿음을 주면서도 스릴 넘치는 공포와 미스터리를 느끼게 하는 영화가 있으며, 권선징악의 패턴을 존중하면서도 여전히 궁금증을 자아내게 하는 영화가 있음을 확인할 수 있다. 또한 분명한 결말을 제시하지 않으면서 볼 때마다 다른 결론을 생각하게 하는 영화도 있다.

그런가 하면 이전의 동일한 범주의 전형성을 의도적으로 벗어난 영화도 있다. 이런 영화는 대체로 우수한 영화라고 보아도 크게 무리가 없다. 그런 점에서 〈제3의 사나이〉(*The Third Man*), 〈사이코〉(*Psycho*), 〈어두워질 때까지〉(*Wait Until Dark*)는 훌륭한 미스터리 영화들이며, 〈택시 드라이버〉(*Taxi Driver*)는 잘 만든 필름 느와르다. 또한 〈지옥의 묵시록〉(*Apocalypse Now*)은 전형성을 벗

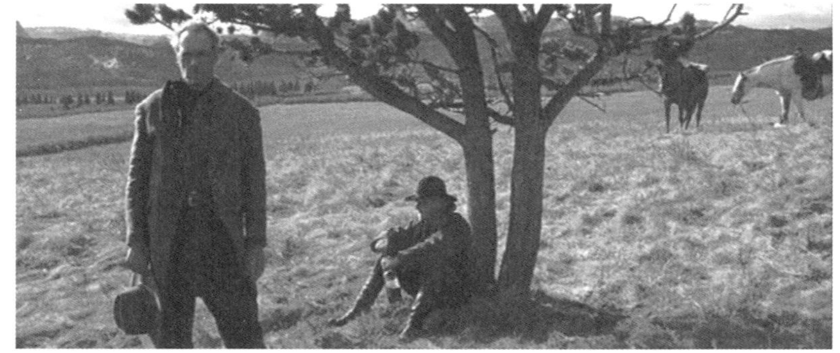

〈용서받지 못한 자〉

어난 전쟁 영화며, 〈접속〉은 90년대 후반의 한국 젊은 남녀의 만남의
행태들을 상쾌하게 조명하는 새로운 애정 영화다. 그렇다면 고전적
서부극의 전형적인 영웅, 즉 과거를 밝히지 않고 홀연히 등장한 외롭
지만 멋진, 그리고 총 잘 쏘고 미남인 남성상을 내세워 서부를 미화한
〈쉐인〉(*Shane*)보다 전설적 총잡이들이 사실은 비겁한 무법자임을 고
백하는 〈용서받지 못한 자〉(*The Unforgiven*)가 더 잘 만든 서부극이
아닐까.

2) 영화 감상의 방법

(1) 장르별로 감상하기

예술 작품을 눈에 띄는 대로, 혹은 닥치는 대로 무턱대고 감상할
때 그 감상자는 자신의 식견이나 안목을 정리하여 체계를 세울 수
없을 것이다. 예컨대 재즈 음악에 대해 일정 수준의 안목을 갖추려면
적어도 일정량의 재즈 음악을 집중해서 들어보고 그에 관한 책을 읽어
보아야 하는 것이다.

영화도 마찬가지다. 영화 작품을 갈래별로 나누어 본다면 영화란
무엇이며, 좋은 영화란 어떤 것인지를 파악하는 데 도움이 될 것이다.
물론 그렇다고 해서 영화의 본질에 정통하게 된다는 보장은 없지만,

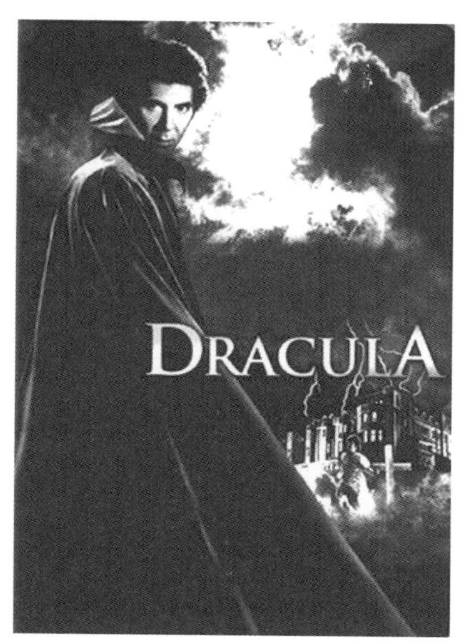

〈드라큘라〉

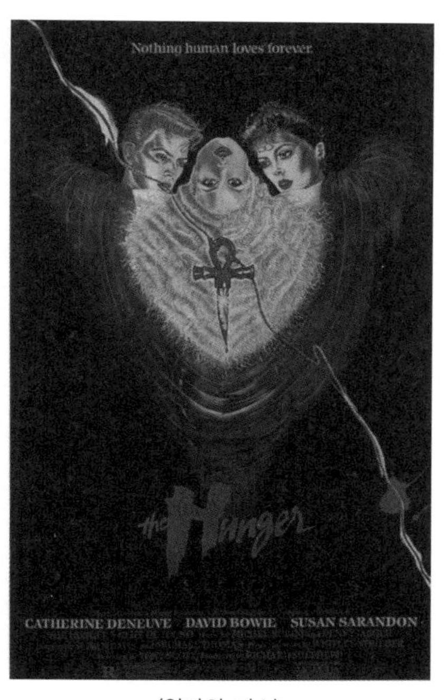

〈악마의 키스〉

적어도 많은 영화 관련자들이 갈래를 지어온 장르 구별을 통해 영화의 특성에 접근할 수 있으며, 영화 문법에도 익숙해질 수 있을 것이다. 이는 장르 영화들이 각 장르별로 특정한 영화 만들기 기법과 문법을 통해 한 무리로 묶여질 수 있기 때문이다.

그 한 예로서 동일한 장르의 영화가 시대 속에서 변화해 온 양상을 추적하며 견주는 방법은 영화가 동시대의 사회상을 반영하는 거울이라는 점에서 영화 읽기의 시각을 넓히는 좋은 방법이라고 할 수 있다. 공포 영화의 하위 범주인 흡혈귀 영화는 이러한 견주기의 좋은 예다.

어두운 극장 안에서 정지된 이미지들에게 생명력을 불어넣는 영화와 어두운 지하실의 관 속에서 불멸의 생명력을 유지하는 흡혈귀는 어떤 점에서 은밀한 반영 관계를 유지한다고 볼 수 있다. 실제로 영화 역사를 추적해 보면 흡혈귀는 반복적으로 영화 속에 등장하면서 당대의 사회상을 반영하고 있음을 알 수 있다. 흡혈귀 영화의 주류를 차지하고 있던 1930년대 할리우드 영화들은 유럽에서 건너 온 이방인 드라큘라라는 타자를 통해 당시 미국 사회를 휩쓸고 있던 사회적 불안과 경제적 공황 심리를 반영하고 있다. 그리고 존 바담의 〈드라큘라〉(*Dracula*)나 토니 스콧의 〈악마의 키스〉(*The Hunger*) 등과 같은 7, 80년대의 영화들은 감각적 화면 속에 어두운 밤거리를 배회하는 나약하고 소외된 인간으로 흡혈귀를 묘사하고 있는데, 거대화 되는 사회 속에서 상대적으로 왜소해진 인간 의 자의식을 반영하는 것이다. 또한 닐 조단의 〈뱀파이어와의 인터뷰〉(*Interview with the Vampire*) 같은 90년대 이후의 흡혈귀 영화는 타자에 대한 공포보다는 소수 민족 문제나 페

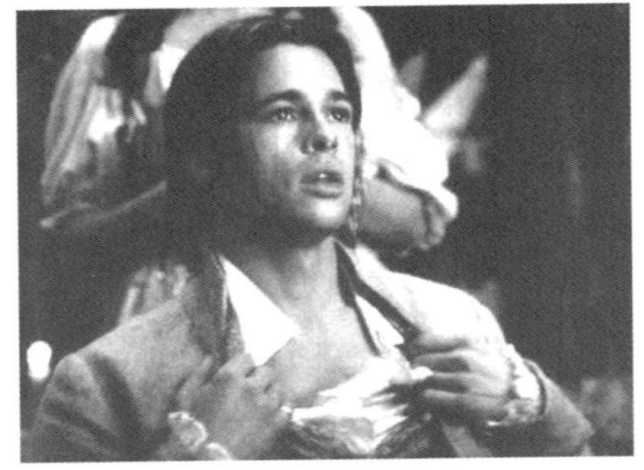

〈뱀파이어와의 인터뷰〉

미니즘, 혹은 동성애 문제 같은 하위문화를 담아내고 있으며, 흡혈귀 역시 객체가 아닌 주체로서 그려지고 있다.

(2) 이데올로기로 감상하기

영화는 어떤 식으로든 당대 사회 조건을 불가피하게 지지하거나 비판할 수밖에 없다. 이데올로기가 모든 문화에 내재하는 하나의 현 실에 대한 이론이라면 바로 이 지점에서 영화의 이데올로기도 개입한 다. 이데올로기는 지극히 복잡하고 다양한 현실을 이항 대립적으로 구분해 준다. 선과 악 혹은 우리와 그들로 분리함으로써 특정 사유를 지지하거나 반복적으로 강조함으로써 재생산하는 힘을 지닌다. 이러 한 영화 속의 이데올로기에 대한 연구는 문화의 의미 체계와 그러한 체제가 사회적 행위 속에 스며드는 방법에 대한 통찰력을 제공한다.

영화 속의 이데올로기는 대단히 교묘하게 위장된 채 전개되기 때문에 영화 전편에 걸쳐 도드라지는 사건을 뒤집어 읽어볼 필요가 있 다. 예컨대 〈투씨〉(*Tootsie*)에서 마이크가 도 로시로 변장한 채 성공하는 현상을 과연 가부 장적 남성중심 사회를 공격하기 위한 것인가, 아니면 남성이 여성보다 우월할 수밖에 없다

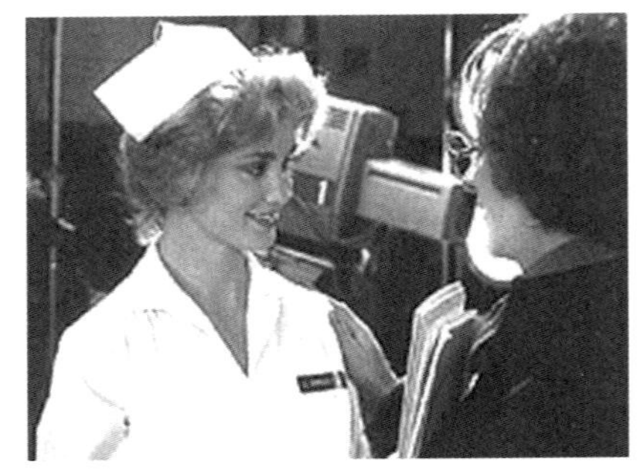

〈투씨〉

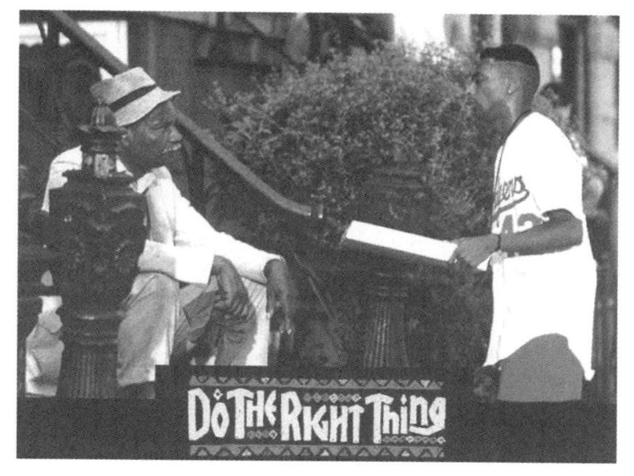

〈똑바로 살아라〉

는 것을 인정하기 위한 것인가를 결정해야 할 것이다. 또한 〈워킹 걸〉(*Working Girl*)에서 여주인공이 임원으로 승진하는 마지막 장면에서 들려오는 승리의 음악 소리와 카메라가 뒤로 빠지면서 익스트림 롱 숏으로 끝내는 감독의 의도가 과연 자본주의의 덕목을 옹호하는 것인가, 아니면 자본주의의 비인간화와 소외를 고발하는 것인가를 판단해야 한다.

또한 뉴욕의 한 이태리 피자 가게 주인과 흑인들 간의 갈등을 기본 줄거리로 하여 흑백 간의 갈등을 다루고 있는 스파이크 리의 〈똑바로 살아라〉(*Do the Right Thing*)에서는 대단히 교묘하고 은밀하게 또 다른 소수 민족을 차별하는 감독의 시선을 읽어낼 수 있다. 흑인의 인권을 주장하고 인종 차별을 유발하는 폭력과 이에 대항하는 폭력의 차이점을 주장하고 있는 영화에서 감독은 그렇다고 흑인을 무턱대고 옹호하지는 않는 듯한 입장을 견지함으로써 찬사를 받았다. 이 영화에서 감독은 백인과 흑인들 간의 갈등과 폭력을 그리고 있지만, 흑인들의 경제적 곤궁함과 실직을 남미 이민자들과 한국인 이민자들이 끼어 들어와 생긴 것이라는 발언을 영화 속에 삽입함으로써 흑백 갈등의 원인을 소수 민족들 간의 마찰로 돌리고 있다. 인종 차별의 문제점을 다루면서 은밀하게 인종 차별의 시각을 드러내고 있는 것이다.

흑인 여성의 성장 과정을 연대기적으로 그려낸 스티븐 스필버그의 〈칼라 퍼플〉(*The Color Purple*) 역시 흑인 여성에 대한 애정의 시선을 담고 있는 듯하지만, 흑인 남성

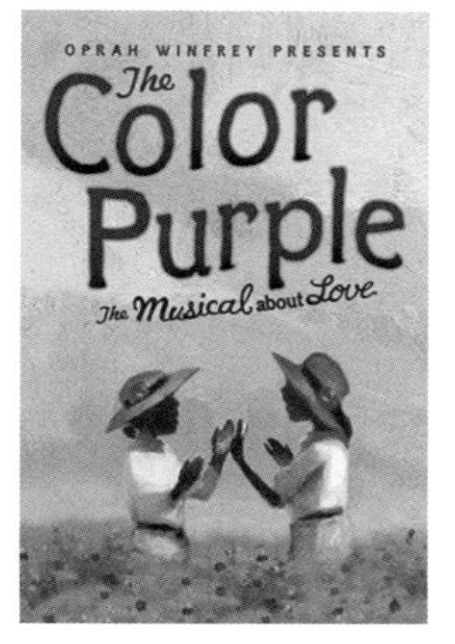

〈칼라 퍼플〉

들을 지극히 무모하고 폭력적인 인물로 묘사함으로써 흑인 여성들의 고통과 슬픔이 단지 인종 내 문제 때문에 파생된 것이라는 인상을 심어주고 있다. 결국 백인들에게 일종의 면죄부를 주는 영화로 읽혀져야 할 것이다. 또한 〈쉰들러 리스트〉(*Schindler's List*)도 역사 속의 사실을 그려냈다는 감독의 주장에도 불구하고 독일인에 대한 역사적이고 사실적인 해석을 배려하지 않음으로써 유태인 편들기로 일관된 영화로 볼 수 있으며, 또한 유태인들을 억압하는 나치는 현재 이스라엘을 괴롭히는 주변 아랍 국가들로, 더 나아가 미국에게 위협적인 아랍 국가들로 해석될 수 있다는 점에서 감독의 역 인종 차별적인 시각이 음흉하게 감춰진 영화라고 볼 수 있다.

(3) 시각과 관점의 변형으로 감상하기

❶ 반대 시각으로 바라보기

사물을 반대로 본다는 것은 말처럼 그리 쉬운 일이 아니다. 우리는 대체로 자신의 입장에서 보는 데 익숙해져 있으며, 또한 다른 사람과 비슷하게 보는 데 익숙해져 있다. 영화 보기도 이러한 입장에서 크게 벗어나지 않는다. 오히려 단순한 오락이나 가벼운 시간 때우기를 위해 영화를 보는 대다수의 젊은 관객들에게 반대로 보라고 하는 요구는 무리일지 모른다.

그러나 영화는 오락이면서 창작품이라는 점에서 그것을 만든 사람과 그것이 만들어진 사회의 특정한 시각이 반드시 내재해 있게 마련이다. 그리고 그 특정한 시각은 대단히 교묘하게 위장되어 있기 때문에 영화 감상자들에게 그저 무방비 상태로 수용하도록 부추기는 노림수를 담고 있다. 그러므로 반대로 보기는 바로 이러한 점을 전복하기 위한 전략이다. 반대로 보는 습관이나 태도는 영화를 즐기면서 동시에 영화 보기의 확장된 시각을 덤으로 얻을 수 있다는 점에서 시도해 볼만한 작업이다. 예컨대 서부 영화에서 주인공과 악당의 대결이나, 백인과 인디언의 싸움을 악당이나 인디언의 입장에서 바라보면 전혀 다른 맥락의 사건들이 그 얼개를 드러낼 수 있을 것이다. 또한 주인공의 입장을 맹목적으로 동정하기보다는 주변인들의 시각에서 주인공을 바라본다면 사건의 원인과 그 해결책이 전혀 다른 모습으로 다가오기도 할 것이다.

이러한 작업이 다소 복잡하고 심란하다면 화려하게 치장된 주인공들의 결점과 부족한 점들, 혹은 그들이 간과하고 있는 문제점들을 추려보는 것도 하나의 방법이 될 수 있다. 외형적으로 화려한 인물일수록 반드시 그가 배려하지 않는 부분이 있을 것이기 때문이다. 이런 식의 반대로 보기는 사건의 전체 지형도를 그려낼 수 있는 가장 확실한 방법이다. 또한 특정한 시각에 함몰되는 위험에서 벗어날 수 있는 가장 손쉬운 방법이다. 어차피 영화가 사람살이의 문양들을 읽기 위한 창으로 기능 한다면 영화 보기의 매력은 바로 이러한 점에서도 찾을 수 있다.

❷ 견주면서 바라보기

영화 보기에서 가장 일반적이고도 편리한 방식 중의 하나는 견주며 보는 것이다. 견주며 보기 위해서는 비교할 대상이 있어야 할 것이며, 그 대상은 실로 다양하다. 예컨대 한 영화 속에서 반복적으로 대립되어 나타나는 시간과 장소를 서로 견줄 수 있을 것이며, 특정한 장르에 속한 한 영화를 다른 영화와 견줄 수도 있을 것이다. 그런가 하면 특정 연기자나 감독의 작품들을 서로 견줄 수도 있을 것이다. 이런 식으로 한 영화 속에서 대립되는 대립항의 의미를 견주거나, 서로 다른 작품들을 견주며 보는 것은 영화 읽기의 시각을 넓히는 데 큰 도움이 된다.

㉠ 영화 속 공간을 통한 견주기

영화는 특정한 시대의 사회상과 그 시대의 인생살이 모습을 담아내고 있다. 이런 점에서 관객들은 특정 영화를 감상하면서 그 영화 속에 설정된 공간이 영화 속 서사의 시간적 배경 속에서 어떤 의미를 담고 있는가에 자연스럽게 관심을 쏟게 된다. 왜냐하면 영화 속 공간의 의미는 보편적이며 일상적 공간의 의미를 뛰어넘는 상징적 의미를 담고 있는 경우가 많기 때문이다.

예컨대 〈바보 선언〉, 〈칠수와 만수〉, 〈개 같은 날의 오후〉 등의 한국 영화 속에 등장하는 옥상은 80년대 한국 사회에서 소외당한 자들의 반항과 투쟁의 공간으로 그려지고 있다. 이들 영화 속에서 옥상으로 내몰린 인물들은 옥상이 강조하는 심리적 현기증과 무력감을 통해

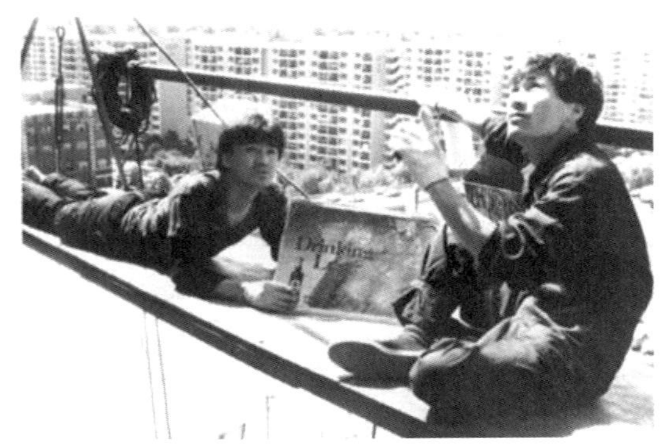

〈칠수와 만수〉

사회에 대한 현실적 반항이나 고발과 맞물린 채 투쟁하는 인물로 그려지고 있다. 박광수의 〈칠수와 만수〉에서 옥상 위의 두 인물은 그들이 그려야 하는 대형 간판의 그림이 상징하는 자본주의 사회에서 내몰린 자들이며, 옥상 위의 심리적 고립감은 그들의 목소리가 제대로 전달되지 않는 단절된 소통의 현실적 처지를 반영한다. 따라서 칠수와 만수가 차지하고 있는 옥상이라는 공간은 지상과 공간적·심리적 거리를 두고 있는 고립과 소외의 공간이자 사회적 모순이 집약된 공간이 된다.

또한 자유와 해방을 상징하는 공간으로서 바다와 길이 있다. 일상

과 떨어진 세상의 끝이자 개방과 미지의 공간인 바다와, 이와 반대로 세상과 이어지는 공간이자 세상 속으로 돌아오는 공간인 길이다. 여균동의 〈세상 밖으로〉에서 소외된 세 사람이 마지막으로 찾아가는 공간인 바다는 사회로부터 도피한 자들이 묻혀야 하는 어두운 공간이면서 동시에 억압으로부터 해방되는 공간으로 기능한다. 또한 장선우의 〈화엄경〉에서 길은 선재 동자가 삶 속으로 돌아오는 윤회의 공간이자 바다에서 깨달은 지혜를 실천하는 공간이며, 임권택의 〈노는 계집 창〉에서 길은 남성중심주의와 천박한 물질주의가 합세하여 여성들의 성의 상품화가 가속화되던 80년대 이후의 한국 현대사를 여주인공 영은이 통과해야 했던 질곡의 길이다. 살아내기 위해 그녀는 그 길을 따라가야 하며, 비록 반복적으로 그녀를 가로막는 제도적 장애물들이 돌출되지만 그녀에게 있어서 길은 결코 포기하거나 외면할 수 없는 삶의 다층적 공간이다.

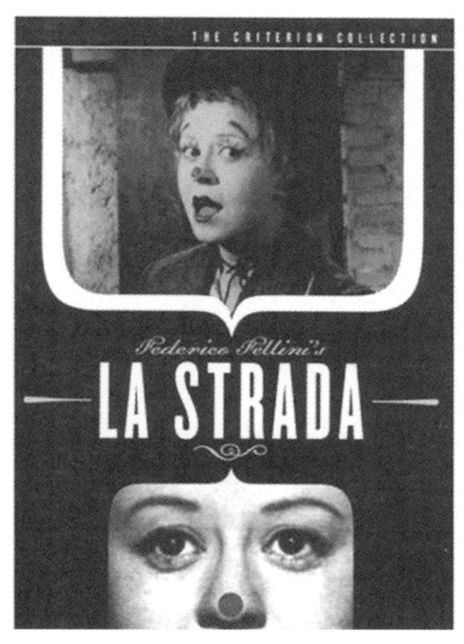
〈길〉

한편 페데리코 펠리니의 〈길〉(*La Strada*)에서도 대조적인 공간으로 설정된 바다와 길의 의미를 찾아볼 수 있다. 펠리니는 젤소미나가 장 파노에게 보내는 따스한 인간애와 사랑을 통한 구원을 주제로 인간 내면의 심리를 섬세하게 그려내고 있다. 앤소니 퀸과 줄리에트 마시나를 기용하여 아카데미 최우수 외국어 영화상을 수상하기도 한 이 영화에서 그들이 서커스 행각을 벌이기 위해 따라가야 하는 길은 현실 속의 삶의 길이면서 사랑이라는 정신적 구원을 찾아가는 길이다. 그리고 자신이 버린 젤소미나가 죽었음을 알고 찾아간 바닷가 해변에서 절규하는 장 파노에게 바다는 사랑의 힘을 깨닫게 하는 구원의 장소다.

한편 관객들에게 공간의 형식과 의미가 비교적 쉽게 구분되어 전달되었던 영화가 있다. 바로 팀 버튼의 〈가위손〉(*Edward Scissorhands*)이다. 이 영화에서 공간은 잘 정돈된 길과 아담한 집들이 밝은 파스텔조 색깔들에 의해 채색된 마을과, 어둡고

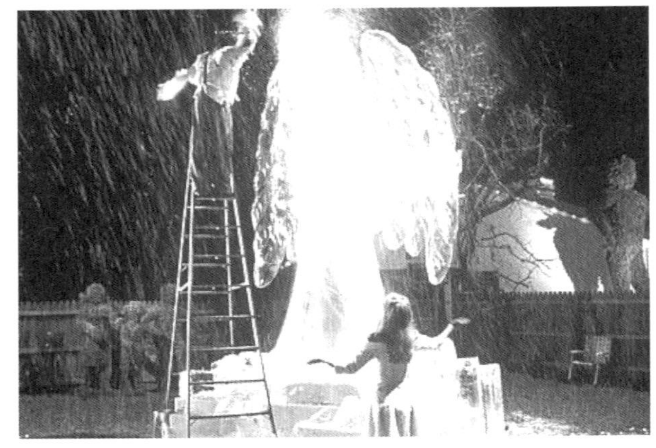

〈가위손〉

무거운 색조로 표현된 마을 밖 성으로 나뉘어진다. 그러나 밝고 화사한 마을에 살고 있는 주민들은 이기심에 가득찬 사람들이며, 어둡고 칙칙한 성에 사는 에드워드는 순수하고 투명한 심성의 소유자다. 감독은 이 두 공간의 물리적 이질성을 마을 주민과 에드워드라는 인물의 심리적 이질성으로 확장하고 있으며, 얼음 조각을 만드는 예술가 에드워드의 모습을 통해 사회의 주변부에 머물러야 하는 영원한 타자로서의 예술가의 위치를 대변하고 있다.

이렇듯 영화 속에서 대립되어 설정되고 있는 공간의 의미를 다양하게 견주어 봄으로써, 영화 읽기의 폭과 깊이를 확장할 수 있을 것이다.

ⓒ 패러디 영화를 통한 견주기

영화 견주기에서 가장 효과적인 방식 중의 하나는 바로 서로 다른 감독들의 작품들을 견주어 보는 것이다. 특히 영화 속에서 이전 감독의 영화를 패러디하는 장면 들을 찾아내는 작업은 영화 보기의 즐거움이나 깊이를 배가하는 묘미가 있다.

이때 후세 감독들에 의해 가장 많이 추종되고 패러디되는 할리우드 영화감독을 들라면 아마 알프레드 히치콕이 첫손에 꼽힐 것이다. 브라

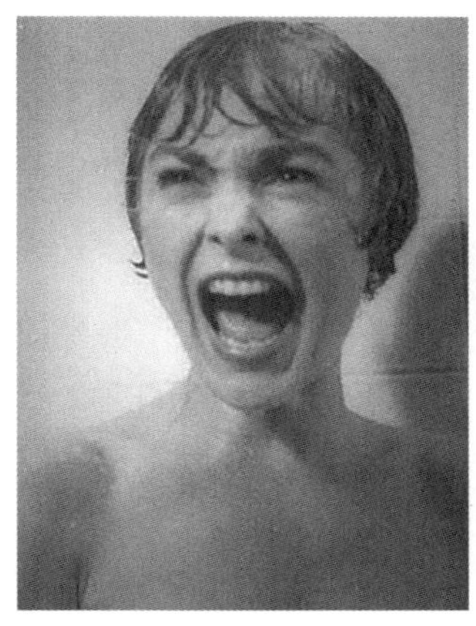

〈사이코〉

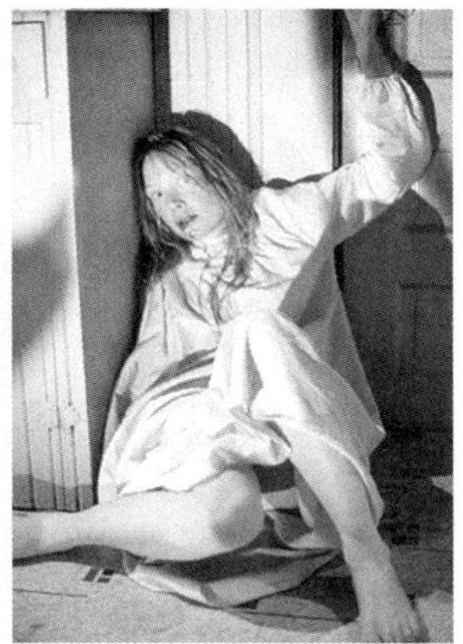

〈캐리〉

이언 드 팔마를 위시하여 〈할로윈〉(*Halloween*)의 존 카펜터, 〈베드룸 윈도우〉(*The Bedroom Window*)의 커티스 핸슨, 〈무언의 목격자〉(*Mute Witness*)의 앤소니 윌러, 그리고 히치콕의 〈사이코〉(*Psycho*)를 그대로 복사한 구스 반 산트 등

의 감독들은 히치콕의 스릴러 수법들을 모방하고 차용하면서 패러디하고 있다. 특히 이들 가운데서도 브라이언 드 팔마 감독은 심지어 히치콕의 영화들이 어휘라면 자신은 이를 이용해 문장을 만든다고 주장하기도 했을 정도로 히치콕의 영화 스타일을 그의 영화 속에서 자주 패러디하고 있다. 드 팔마의 〈드레스드 투 킬〉(*Dressed To Kill*)에서 여주인공 케이트가 샤워하는 장면은 히치콕 감독의 〈사이코〉에서 매리언이 샤워하는 장면을 인용하면서 동시에 자신의 출세작 〈캐리〉(*Carrie*)에서 주인공 캐리가 샤워하는 장면을 이중 인용하는 장면이었으며, 〈침실의 표적〉(*Body Double*)에서 남주인공이 이웃집 여자를 훔쳐보는 장면은 〈이창〉(*Rear Window*)과 〈현기증〉(*Vertigo*)의 장

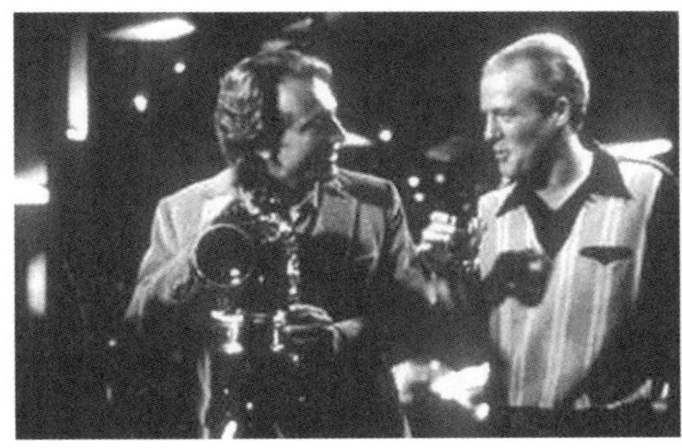

〈침실의 표적〉

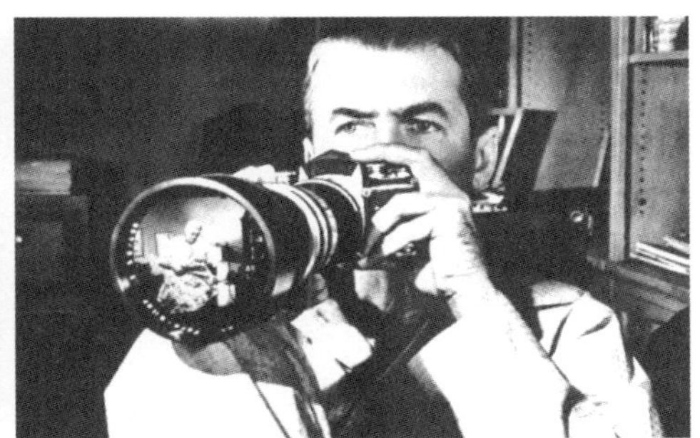

〈이창〉

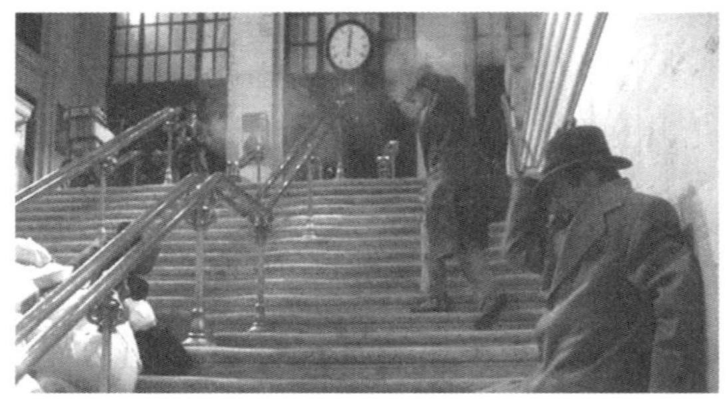
〈언터처블〉

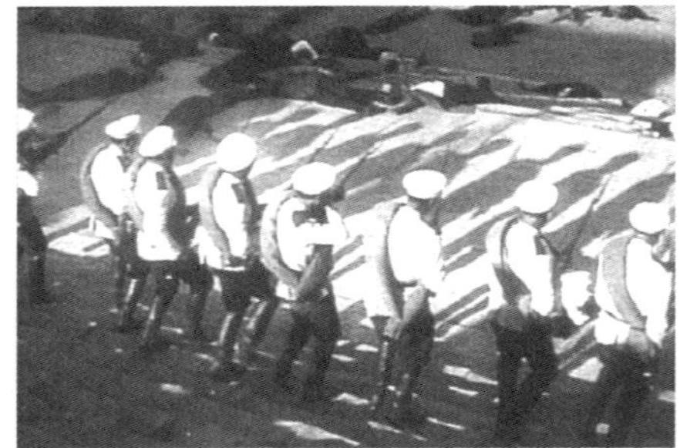
〈전함 포템킨〉

면들을 인용하고 있다. 그는 히치콕의 사생아라는 비난을 받을 정도로 자주 히치콕을 인용하고 있지만, 단순한 화면의 구도나 촬영 기법 소재의 차용을 넘어서 성도착증이나 관음증, 살인 혹은 성적인 모호성 등과 같은 인간 정신의 어두운 면을 심도있게 분석하기 위한 것이었다. 그런가 하면 그의 〈언터처블〉(*The Untouchables*)의 계단의 총격 장면은 에이젠스타인의 〈전함 포템킨〉(*The Battleship Potemkin*)의 오데사 계단 학살 장면을 연상시킴으로써 이전의 거장들에 대한 그의 존경심을 엿보게 한다.

이런 식의 견주기는 영화 속에서 베끼기와 짜집기라는 포스트모던적 특징들을 건져 올릴 수 있다는 점에서도 영화 읽기의 새로운 방식으로 추천될 만하다.

제2장

영화의 양식체계와 기법

1. 미장센(mise en scéne)

영화 예술의 기법 중 관객들에게 가장 익숙한 것은 미장센(mise en scéne)이다. 한 편의 영화를 관람한 뒤, 우리는 흔히 편집이나 카메라 움직임, 심지어 음악까지를 기억하지 못하는 경우가 많다. 그러나 이와 대조적으로 영화 속 특정 장면들은 거의 확실히 기억하는 경우가 많다. 특정 장면 속에서 주인공의 표정, 그가 입었던 의상, 걸음걸이, 주인공과 다른 인물들과의 관계, 그리고 이 모든 것을 아우르는 전체적 분위기 등은 오래도록 기억할 수 있다.

미장센은 '무대 위의 배치'라는 뜻이다. 글자 그대로의 의미처럼 미장센은 연극에서 '연출'과 '무대장치'를 혼합한 의미로서, 연출가에 의해 사건을 무대화하기 위해 한 장면에 배치되는 등장인물들과 그 배경까지 아우르는 개념이다. 따라서 영화에서도 연극 무대 구성 기법들을 주로 이용하여 화면에 담아내는 방식을 의미하며, 감독이 카메라에 담아내는 화면 구성, 배경 설정, 조명, 의상, 색채, 그리고 등장인물의 행위까지를 포괄하는 의미로 사용된다.

영화적 화면 구성은 회화와 영화가 맞물리는 지점이다. 감독은 정지된 그림의 연속적 작업을 통해 장면을 완성하고, 관객들은 감독이 화면의 각 정지된 일련의 그림 속에 무엇을 어떻게 담아내느냐를 이해함으로써 그 장면을 통해 무엇을 강조하는가를 읽어낼 수 있다. 따라서 장면 구성은 미학적·수사적 장치이면서, 동시에 주제를 전달하는 틀로 기능한다.

1) 시간

감독들은 각 숏이 얼마나 오랫동안 화면 속에 정지해야 하는지를 결정해야 한다. 이때의 시간은 사건의 전체적인 리듬과 밀접한 관계를 지닌다. 긴박하고 경쾌한 사건은 빠른 장면 전환과 리듬 위에 구축되며, 차분하고 일상적인 사건은 느린 리듬 위에 작은 움직임들로 표현된다. 즉 모든 숏은 적절한 화면 지속 시간을 지닌다. 영화가 등장한 초기에는 대체로 긴 지속 시간에 의존했으며, 1910년대에 들어와서는 연속 편집이 가능해지면서 숏의 길이가 짧아졌다.

감독은 하나의 신을 하나 또는 몇 개의 테이크로 표현할 수 있다. 이 경우 롱 테이크는 롱 숏이나 미디엄 숏으로 주로 담아내며, 관객은 특별히 흥미 있는 부분을 찾아 살펴 볼 수 있다. 최근에는 클로즈업으로 촬영되고 테이크가 짧아지는 경향이 있는데 텔레비전의 영향 때문이다. 흔히 1시간 30분 정도의 영화라면 평균 600~700개의 숏으로 구성되기 때문에 테이크의 평균 길이는 대략 8~9초에 해당된다. 대부분의 상업영화는 이 수준을 지키고 있지만, 몇몇의 영화 작가는 몇 분 단위로 길이를 따져야 할 만큼 비정상적으로 긴 롱 테이크(Long Take)를 사용하기도 한다. 인간은 5초면 스크린이나 영상에서 정보를 획득하기 때문에 영상이 컷 없이 지속될 경우 대부분은 지루함을 느낀다. 그러나 일정한 시간이 흐른 뒤에는 다시 롱 테이크의 의미를 찾기

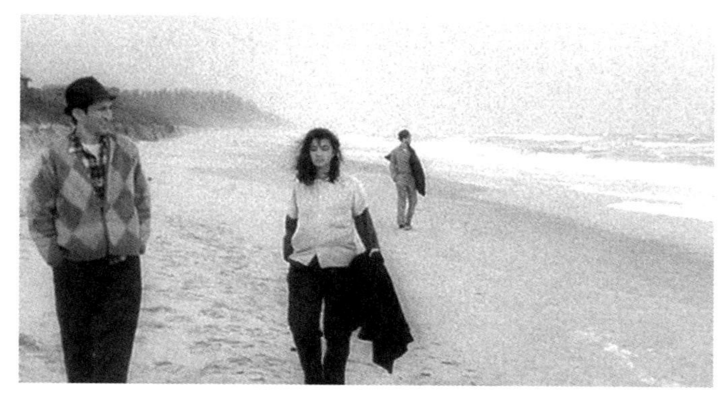

〈천국보다 낯선〉

위해 화면의 정보 사냥에 몰입하게 된다. 즉 정서적 몰입이 아닌 이성적 몰입을 통해 의미를 찾게 된다. 따라서 이 경우 관객은 이미지나 줄거리를 수동적으로 받아들이는 존재가 아니라 영화를 체험하는 존재, 다시 해독하는 존재가 된다.

롱 테이크의 가장 대표적인 예로 안드레이 타르코프스키의 〈희생〉, 짐 자무쉬의 〈천국보다 낯선〉의 첫 장면과 임권택의 〈서편제〉 등이 손꼽힌다.

2) 공간

영화 장면 구도 속의 특정 부분은 상징적인 의미를 지니고 있다. 연극에서 무대가 그 구역 별로 특정한 정서를 전달하듯이, 영화 화면의 공간들에서도 가운데, 위, 아래, 가장자리는 각각 특유의 독자적 의미를 지닌다. 따라서 감독은 화면의 특정 부분에 배우나 대상물을 배치함으로써 그 배우와 대상물에 대한 자신의 주장을 담아내게 된다.

화면의 가운데는 가장 강력한 시각적 효과를 지니고 있다. 그래서 그 장면의 중심이 되는 경우가 많다. 마치 사진을 찍을 때 사진의 중심에 인물을 담아내는 것처럼, 감독들도 가장 중요한 시각적 정보를 화면 중앙에 배치한다.

화면의 위 부분은 힘을 상징한다. 위 부분에 배치된 인물들은 화면 아래에 놓여 있는 인물들이나 대상물들을 통제하는 것처럼 드러나며, 그 곳에 배치된 인물들은 권위와 장엄함을 부여받고 있다. 또한 위 부분은 시각적으로 무거움을 암시하기 때문에 화면의 균형을 유지하기 위해서는 화면의 밑 부분에 비중을 두어 무게 중심을 낮게 유지해야 안정된 화면을 확보할 수 있다.

화면의 아래 부분은 무력함과 나약함, 그리고 굴종을 상징한다. 따라서 같은 화면에 비슷한 크기의 두 사람이 등장한다면 화면 아래에 배치된 인물은 위쪽에 배치된 인물의 지배를 받거나 그 사람에게 의존하고 있는 인물임을 암시하게 된다.

화면의 변두리는 미약함, 어두움, 미지의 것, 그리고 부적응 등을 상징한다. 예컨대 한 사람이 등장하는 화면에서 그 사람을 중앙에 배치하지 않고 변두리에 두고 촬영함으로써 감독은 그 인물의 부적응성을 암시할 수 있다.

화면의 좌우도 무게가 다르다. 연극의 무대 구역 정서에서도 확인할 수 있듯이 왼쪽은 가볍고 밝은 느낌을 주며, 오른쪽은 무겁고 어두운 느낌을 준다. 이는 무지개의 분광이 밝은 색에서 어두운 색으로 나뉘는 것과 같은 이유에서다. 실제로 우리는 그림을 감상할 때나 방 안을 둘러볼 때 화면이나 장면의 구성 요소가 그 중요성에서 차이가 없을 때 왼쪽에서 오른쪽으로 보게 된다. 사람들의 시선이 일반적으로 가볍고 밝은 곳으로 먼저 향하기 때문이다.

그리고 등장인물이 화면에 잡히지 않고 목소리만 들린다거나, 카메라의 패닝이나 트레킹을 통하여 화면에서 빠져나갔다가 다시 잡히는 경우가 있다. 이것은 등장인물의 공간적 불안정성을 표현한다. 이런 식의 화면 구성은 등장인물이 그가 속한 사회나 조직에서 적응하지 못하고 소외되고 있다는 점을 보여준다.

화면 속에서 공간의 크기도 상징성을 띤다. 일반적으로 가까운 숏

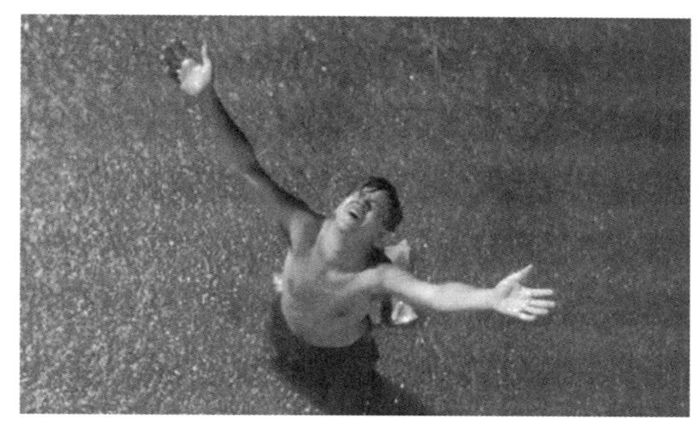

〈쇼생크 탈출〉

(shot)일수록 피사체는 통제되거나 부자유스러운 경향을 보인다. 이에 반해 먼 거리 숏은 자유로움과 평화를 암시한다.

예컨대 〈쇼생크 탈출〉(*The Shawshank Redemption*)에서 감옥 장면들은 주로 클로즈업이나 미디엄 숏으로 찍고, 주인공이 탈출에 성공한 뒤 비를 맞으며 환호하는 장면과 마지막 장면의 해변 풍경은 먼 거리 숏으로 잡아준다. 곧 감독은 공간의 크기를 통해 주인공의 정신적 해방감과 자유를 표현하고 있는 것이다.

또한 공간의 크기는 관객과 화면 속 배우와의 심리적 원근감을 결정한다. 개인적이고 은밀함을 느낄 수 있는 친밀한 거리는 가까운 숏을 통해 확보되며, 사회적인 거리는 미디엄 숏과 풀 숏에 의해, 그리고 공적인 거리는 롱 숏과 익스트림 롱 숏에 의해 표현된다.

이를테면 화면 가득 한 인물이 클로즈업 될 때 관객들은 그 인물과 친근한 관계에 놓이는 것을 느낀다. 그런데 이때 만약 그가 혐오감을 주는 인물이라면 그가 관객의 공간을 침입했다는 느낌 때문에 불안해지기도 한다. 그리고 멀리 찍힌 인물에서는 정서적으로 중립을 유지할 수 있게 된다. 〈서편제〉의 가장 유명한 롱 테이크 장면에서 관객들은 익스트림

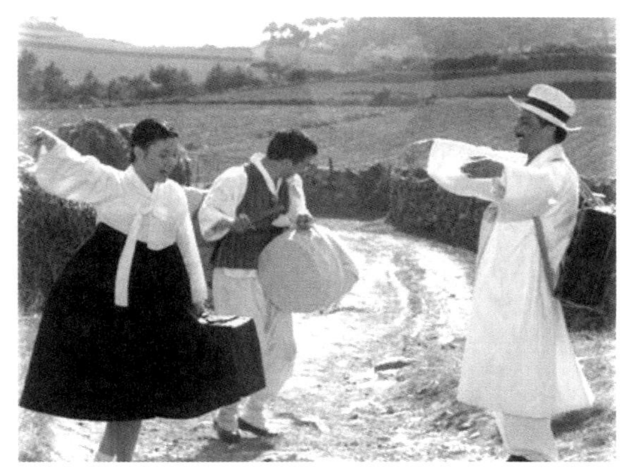

〈서편제〉

롱 숏으로 잡힌 세 사람의 노랫가락을 편안하게 감상하다가 점점 가까운 거리로 접근해 옴에 따라 그들의 애틋한 심정을 마치 자신들의 일처럼 느끼게 된다.

3) 움직임

영화(movie)라는 말 자체는 영화의 움직임을 강조하고 있다. 또한 시네마(cinema)라는 영어 단어 역시 '운동에 관한'(kinetic)이라는 의미에 그 기원을 두고 있다. 따라서 영화에서의 움직임은 영화라는 예술의 가장 중요한 골격이 되는 요소다. 감독들은 특정한 움직임이 담아내는 의미를 적절히 배치하여 주제를 효과적으로 전달하고 있다.

먼저 상하 움직임으로 화면의 특정 구역이 지니는 정서와 마찬가지로 화면 위로 움직이는 동작과 아래를 향해 움직이는 동작은 그 의미가 다르다. 예컨대 부감(俯瞰) 앵글로 잡고 있는 화면에서 한 인물이 계단을 달려서 올라가고 있는 동작은 그의 탈출 열망이나 자유를 향한 행동으로 비치며, 앙각(仰角) 앵글로 잡아 준 화면에서 엘리베이터를 타고 내려오는 인물의 모습은 주위를 억압하는 인상을 주는 움직임이다.

다음으로 좌우 움직임을 들 수 있다. 사람의 시선은 대체로 좌에서 우로 움직이기 때문에 화면 속에서 사람이 왼쪽에서 오른쪽으로 움직일 때 대단히 자연스럽게 보인다. 그러나 반대로 오른쪽에서 왼쪽으로 달려갈 때는 긴박하거나 불안에 휩싸인 심경을 드러내 준다. 그래서 흔히 주인공들의 움직임은 왼쪽에서 오른쪽으로, 그의 적수의 움직임은 오른쪽에서 왼쪽으로 배치되는 경우가 많다.

또한 피사체가 카메라로 다가오는 움직임은 이를 지켜보는 관객에게 매우 강한 시각적 인상을 준다. 이때 그 인물이 우호적인 사람이라면 관객은 황홀감이나 매력을 느낄 것이며, 반대로 적대적인 사람이라면 자신의 영역을 침범 당하고 있다는 느낌 때문에 불안하고 두려워할 것이다. 카메라에서 멀어지는 동작은 이와 반대의 느낌을 준다.

한편 감독이 화면 속의 피사체를 어떤 숏으로 잡아내느냐에 따라 움직임의 강도가 달라진다. 흔히 극단적으로 먼 거리에서 피사체를 잡아줄 때 피사체의 움직임이 강조되는 것으로 생각할 수 있다. 그러나 사실은 그와 반대일 경우가 더 많다. 오히려 클로즈업 장면에서 화면 가득히 얼굴을 담아낼 때 더욱 광범위하고 풍부한 움직임을 전달할 수 있다.

4) 선과 구도

화면 속의 선들은 각자의 운동 방향이 있다. 수직선과 수평선은 정지한 것처럼 보여도 실제로 관객들은 그 운동을 느낄 수 있다. 수평선은 왼쪽에서 오른쪽으로, 수직선은 아래에서 위로 움직이는 경향이 있다. 사선은 좀더 역동적이어서 팽팽한 사선으로 이루어진 영상은 인물의 내면적 초조감을 효과적으로 전달할 수 있다.

화면 속의 인물 배열에서 가장 효과적인 것은 삼각형의 배열이다. 이 경우 관객의 시선은 양쪽 끝의 인물들 사이로 오가다가 삼각형의 정점에 위치한 인물에게 집중하게 된다. 또한 삼각 구도는 시각 요소들을 활성화시키고 그 균형을 계속 파괴하며, 소재를 변화 있게 만드는 효과를 준다. 일반적으로 홀수 단위의 구도는 대체로 이런 효과를 낸다.

또한 화면을 구성할 때 감독은 중심인물의 자세와 위치, 즉 구도를 어떻게 설정할 것인가를 연구해야 한다. 이것은 관객들의 시선을 집중시키는 문제와 연관되기 때문이다. 그래서 배우의 자세가 열려 있으면 있을수록, 즉 배우가 관객을 정면으로 바라보고 있으면 있을수록 그 인물은 관객의 주의를 보다 많이 끌게 된다.

일반적으로 관객을 향한 배우의 자세는 네 가지로 나누어진다. 관객을 정면으로 대하고 있는 자세, 그 다음이 1/4 정도 관객으로부터 돌아 선 자세, 옆얼굴 3/4 정도 돌아 선 자세, 관객에게 완전히 등을 돌린 자세가 그것이다. 그리고 이 순서로 배우가 관객을 향하고 있는 각도에 따라 관객의 시선을 끄는 강도가 결정된다.

또한 서 있는 자세는 앉아 있는 자세보다 우세하며, 꼿꼿한 자세는 웅크린 자세보다 관객의 시선을 많이 끌게 된다.

5) 의상과 분장

의상은 연기자가 직접 착용하는 것으로, 시각적으로 연기자와 의상은 가장 밀접한 관계를 이룬다. 등장인물이 착용하는 의상은 그 사람의 외형적 장식이라는 역할을 넘어서 내면의 심리까지 전달하는 이미지며 메타포로 기능한다. 또한 의상은 영화 전체의 효과에 색채, 형태, 질감, 상징 등을 부여한다.

개인이 선택하고 착용하는 의상은 바로 그 사람에 대한 정보를 다른 사람에게 전달하는 기호로 작용한다. 실제로 영화 속 의상은 그 착용자의 상징적 기호로서 기능하고 있다. 예컨대 젊은 사람들이 착용하는 밝은 색의 평상복은 그들의 자유분방함을 나타내며, 전문직에 종사하는 사람들이 입는 짙은 감색 양복은 그들의 보수적 성향 및 권위적 사고방식을 나타낸다. 또한 여성의 치마는 일상 활동에서 신중하고 조심할 것을 강조하며, 남성의 바지는 활달하고 적극적인 활동을 강조한다. 법관의 법복은 위엄과 지혜를 나타내기 위한 색깔과 형태를 취하고 있으며, 군인의 군복은 절제와 일사불란한 통제 및 소속감을 나타내기 위해 착용된다. 이렇듯 개인이 착용하는 의상은 그의 신분, 지위, 생별, 직업, 성격 등을 나타낸다.

의상 소도구 역시 등장인물의 성격과 그 성격으로 인한 영화 서사 구조의 진행 양식까지를 보여준다. 예컨대 페데리코 펠리니의 〈달콤한 인생〉(*La Dolce Vita*)의 주인공 마르첼로가 즐겨 착용하는 검은 선글라스는 주인공의 성격을 대변한다. 즉 검은 선글라스는 그가 외부 세계로부터 자신을 감추려고 하며, 세상을 보는 시각이 왜곡되어 있음을 보여주는 소도구다.

그리고 의상에 이용되는 선은 시대와 국가에 따라 다르며, 선의 방향과 모양에 따라 상이한 느낌을 전달한다. 수직선은 수평선과 전혀 다른 느낌을 주며, 직선은 곡선과 정 반대의 느낌을 준다. 또한 의상의 색깔은 등장인물들의 성격이나 지위를 나타낼 뿐만 아니라 인물 상호 관계를 나타낸다. 따스한 색과 차가운 색, 밝은 색과 어두운 색의 대조를 통해 극중 인물들의 관계를 전달할 수 있다.

영화에서 분장은 등장인물의 나이, 건강 상태, 인종, 직업, 심리적 특징 등을 전달하는 기능을 수행한다. 분장의 역사는 영화의 역사와 같이 한다. 영화 초기에는 낙후된 필름의 품질 때문에 배우들의 얼굴이 잘 잡히지 않자 분장이 필요했으며, 이후에는 점차 화면 위에 다양하게 변모된 모습을 담아내기 위해 분장의 수요가 증가했다.

방송과 영화에서 사용되는 분장이 일반 화장과 가장 크게 구별되는 점은 바로 조 명과 화면을 통해 분장이 평가된다는 것이다. 또한 최근의 특수 효과를 사용하는 영화 제작의 증가와 더불어 특수 분장이 자주 사용된다는 점을 들 수 있다. 채색을 위주로 하는 순수 분장이 주로 사용되는 무대 위 연극과 비교할 때 영화는 용모의 변경이나 특수한 모습을 덧붙이는 특수 분장의 효과가 뚜렷하다. 특히 상업 영화를 위주로 제작되기 때문에 관객의 시선을 끌어들여야 했던 할리우드 영화에서 특수 분장에 대한 필요성은 대단히 컸다.

한국 영화에서도 특수 분장은 최근 그 중요성이 계속 증대되고 있다. 다양한 영화 소재가 발굴되고 있는 한국 영화계에서 〈은행나무 침대〉를 비롯해 〈구미호〉와 〈퇴마록〉을 거쳐 〈자귀모〉에 이르기까지 현실과 상상의 경계를 넘나드는 판타지 영화가 연이어 발표되고 있는 실정을 감안한다면, 우리 영화계에서 특수 분장의 필요성은 그 어느 때보다도 높다고 볼 수 있다.

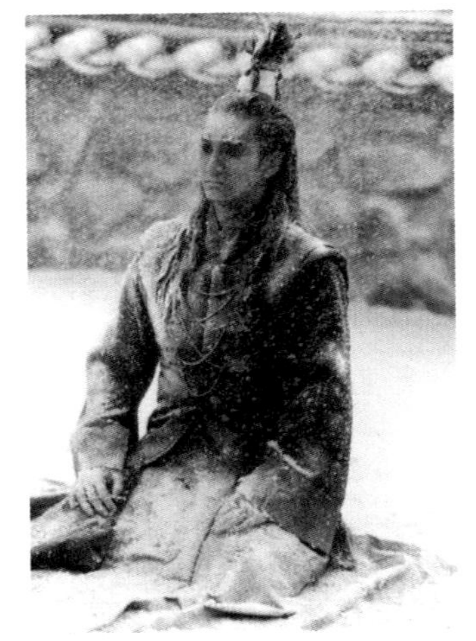

〈은행나무 침대〉

6) 색채와 조명

영화 속에서 따뜻한 색채는 관객에게 접근하는 듯한 느낌을 주며, 보라색에서 초록에 이르는 차가운 색은 멀어지는 느낌을 준다. 따라서 따뜻한 색채는 의상이나 전경 요소들을 위해 사용되고, 차갑고 창백한 색채는 배경의 영상 면을 위해 사용된다.

이와 같이 색채 이미지들은 그 배합 및 조합에 의해 영화 속 분위기와 정서를 표현한다. 그래서 낭만적인 분위기는 부드럽고 꿈결 같은 다정한 이미지로 나타내는데 주로 엷고 부드러운 청색계와 백색계를 배합하여 맑은 이미지를 자아낸다. 화려하고 고급스런 이미지는 주로 깊이감이 있는 색조를 이용한 색상 배색을 통해 장식적인 감각이 전달된다. 자연미를 추구하는 이미지는 친숙하고 소박한 이미지를 전달하는데 온화하고 부드러운 감각을 바탕으로 노랑 계열과 초록 계열의 색상을 사용한다. 격정적이고 활력적 이미지는 대담하며 강렬한 힘을 느끼게 하는 이미지로서 화려한 색상으로 강한 대비 효과를 표현한다.

박광수의 〈그들도 우리처럼〉의 검은 산과 물로 표현되는 탄광촌이나 광부들의 검은색 얼굴은 관객들에게 그들이 흔히 만나는 일상적 삶의 환경이나 주변 인물들과 전혀 어울리지 않는 외진 낯선 곳이나 얼굴로 비쳐지게 함으로써 감독이 의도하는 사회의 부조리와 불평등 고발이라는 주제를 적절히 담아내고 있다.

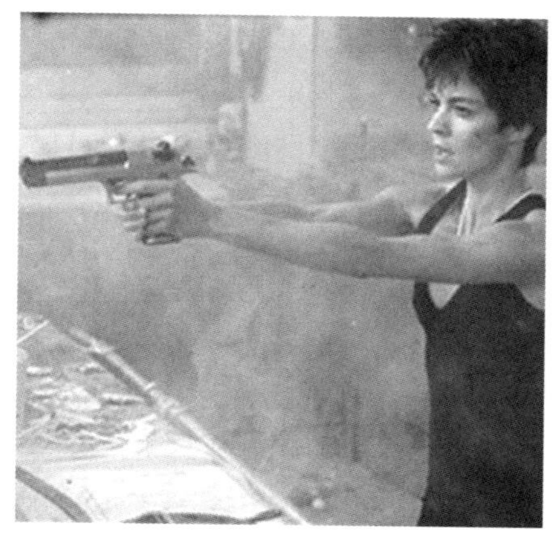

〈니키타〉

뤽 베송의 〈니키타〉(*La Femme Nikita*)는 그동안 폭력적인 '보통세상'에 억눌려 있던 여성성을 치유하고 교화되어 가는 한 여성의 여정을 아름답게 표현한 은유로써, 누벨 이마쥬 계열의 감독에 의한 작품임을 확연히 보여준다. 누벨 이마쥬 계열의 감독들에게 색채가 주는 이미지는 주제를 효과적으로 전달하기 위한 도구였다. 이 영화에서 뤽 베송은 푸른색 이미지를 통해 인간성이 매몰된 도시를 상징하게 하였고, 부드럽고 따스한 느낌의 붉은색의 이미지를 통해 진정한 인간성을 회복하려는 여주인공 니키타의 애절한 노력을 표현해 낸다.

한편 색채를 통해 주제를 표현하는 데 탁월한 솜씨를 지닌 감독으로서 크쥐스토프 키에슬롭스키(Krzysztof Kieslowski)를 꼽을 수 있다. 그는 주인공들의 대사에 의해 주제를 전달하는 평면적 방식을 지양하고, 색채와 사운드의 영화적 양식을 통해 주제를 전달한다. 색채에 관한 이미지는 그의 다수의 영화 속에서 발견된다. 〈사랑에 관한 짧은 필름〉(*A Short Film About Love*)에서 붉은 색은 사랑의 욕망을, 흰색은 영혼의 순수함을 표현하고 있으며, 〈베로니크의 이중생활〉(*The Double Life of Veronique*)에서 필터를 통한 단조로운 색조는 주인공 베로니크의 꿈과 현실의 모호한 의식 세계를 표현하고 있다. 또한 〈블루〉(*Three Colors: Blue, Trois Couleurs Bleu*, 1993)에서 파랑색은 자유를 뜻하며 주인공 줄리의 고독한 내면과 과거에 대한 집착을 나타내고 내면의 집착에서 벗어남으로써 자유를 얻을 수 있다는 주제를 전달하고 있다. 〈화이트〉(*Three Colors: White, Trzy Kolory : Bialy*, 1994)의 흰색은 평등을 뜻하며 도미니크와 카롤의 억압된 상태를 벗어난 해방감을 표현하고 있고, 〈레드〉(*Three Colors : Red, Trois Couleurs : Rouge*, 1994)의 붉은색은 박애를 뜻하며 희생당하고 배신당하는 이미지를 통해 사랑으로부터 버림받은 발렌틴의 슬픈 내면 세계를 표현한다.

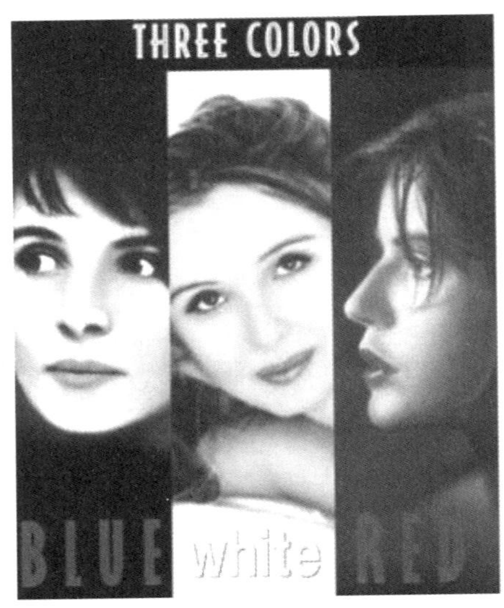

〈블루〉, 〈화이트〉, 〈레드〉

영화 속에서 색채를 찾아내 그 의미를 주제와 결부시키는 작업은 흑백 영화에서도 가능하다. 주제와 빛과 색채의 관계를 잘 보여주는 흑백 영화로서는 스웨덴 감독 잉그마르 베르히만(Ingmar Bergman)의 〈제7의 봉인〉(*The Seventh Seal*)이 있다. 중세기 십자군 전쟁 후 전쟁터에서 고향으로 돌아온 한 기사가 겪는 신과 죽음에 대한 이야기를 다룬 이 영화에서 베르히만은 죽음에 대한 인간의 원초적 공포와 신의 존재에 관한 문제들을 빛과 어두움, 흑과 백의 뚜렷한 명암의 대조를 통해 그리고 있다. 밝은 하늘과 어두운 대지, 죽음의 사자가 입고 있는 검은 옷과 기사 블로크의 하얀 머리, 그들이 두고 있는 체스의 하얀 말과 검은 말 등 흰색의 밝은 부분과 검은색의 어두운 부분으로 화면이 끊임없이 분할됨으로써 지식과 무지, 삶과 죽음, 구원과 파멸, 신과 인간의 대립항들을 이분법적 화면 구성을 통해 표현하고 있다.

그리고 흑백의 화면 속에 컬러를 삽입함으로써 감독이 관객들의

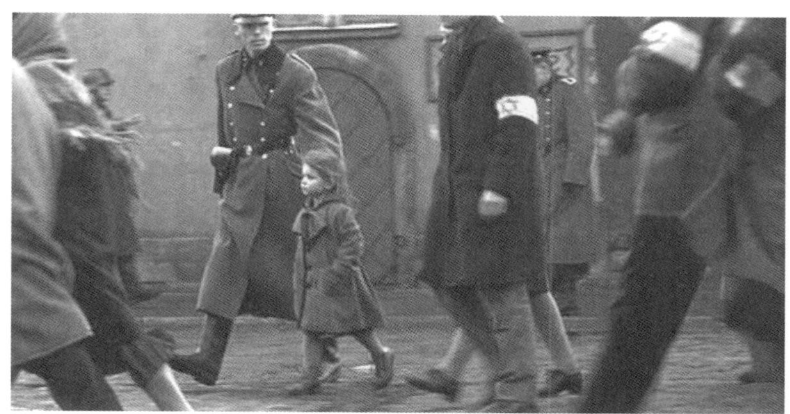

〈쉰들러 리스트〉

시선을 붙들어 두는 경우도 있다. 스필버그(Steven Allan Spielberg)는
〈쉰들러 리스트〉(*Schindler's List*)에서 흑백으로 처리된 유태인 군중
들 사이로 유독 붉은색 코트를 입은 한 어린 소녀를 걸어가게 한다.
관객들에게 그 소녀의 모습은 마치 진흙 속에 핀 연꽃처럼 화사하게
비치며 관객들은 그 소녀가 사라진 뒤에도 그 모습을 기억하게 된다.
그 소녀가 살해되어 수레에 실려 가는 모습이 풀 숏으로 잡힐 때 그
죽음의 비극성과 처참함은 최고조로 강조된다.

그리고 영화에서 조명은 단순히 피사체를 비춰주는 기능만을 수행
하는 것이 아니다. 사진사가 카메라의 렌즈를 통해 피사체를 잡을 때
가장 중요하게 고려하는 것이 바로 빛의 강도와 각도이다. 그것처럼
화면 속의 밝고 어두운 영역은 관객의 시선을 특정한 대상이나 행위로
이끄는 기능 외에도 화면의 총체적 구성을 새롭게 창조한다. 그러므
로 촬영기사는 하나의 연속적인 장면 내에서 모든 움직임을 계산해
내야 한다.

조명의 적절한 사용은 모든 대상을 장식화하고 극화시킬 수 있다.
무대 미술가 고든 크레이그(Gordon Craig)가 "조명 감독은 무대 감독과
달리, 빛으로 무대를 칠할 수 있다"고 말한 맥락은 영화에도 그대로

적용된다. 대상물의 색조, 형상, 질감에 따라 빛의 반사나 흡수의 정도
가 달라진다. 한 영상의 심도가 깊어지는 딥 포커스의 경우 조명 또한
그에 맞게 심도가 깊어져야 하므로 많은 양의 조명이 필요하게 된다.

조명의 방식은 영화의 주제, 분위기 등과 연관성이 있다. 코미디와
뮤지컬의 경우는 밝고 균등한 조명이 주로 사용되고, 비극이나 멜로
드라마는 강렬한 광선과 뚜렷한 대조를 이루는 조명을 쓴다. 공포영
화나 느와르영화 등은 확산된 암명과 분위기가 있는 빛으로 음울한
분위기를 자아낸다.

영화 조명은 방향을 조절함으로써 전혀 다른 피사체의 질감과 분위
기를 창조한다. 정면 조명은 영상을 단순하게 보이게 하며, 측면 조명
은 피사체를 입체적으로 드러나게 한다. 후면 조명은 피사체를 배경
과 분리시킴으로써 깊이를 강조한다. 하부 조명은 피사체의 모습을
왜곡시키며 극적인 공포 효과를 나타낸다. 수직 조명 역시 하부 조명
과 같은 효과를 나타낸다.

또한 조명의 색채를 이용한 분위기 조성은 관객들에게 강력한 인상
을 주기 때문에 관객은 색채와 관련된 정서를 읽어낼 수 있어야 한다.

고전적 할리우드 영화에서는 최소한 세 개의 광원을 피사체에 비추
었다. 주광과 보조광, 그리고 역광을 비춤으로써 주요 등장인물이 입
체적으로 보이도록 하고 있다. 일반적으로 밝은 부분과 어두운 부분
사이에 낮은 명암 대비가 이루어지도록 비추는 명조광은 사실주의적
이며, 강한 명암 대비와 선명하고 어두운 부분이 두드러져 보이게 하
는 암조광은 표현주의적이다.

2. 숏(shot)과 앵글(angle)

연극이 무대 위의 사람을 그 본래 크기대로 보여주며 관객의 상상력과 주의력을 자극하고 시험하는 예술이라면, 영화는 관객들에게 보여주고 싶은 크기대로 조작해 보여준다. 감독은 영화 속의 사람들을 가까이 찍어 확대하기도 하고, 들고 찍어 흔들리게도 하며, 멀리 찍어 줄어들게도 한다.

렌즈로 피사체를 잡을 때 사용되는 렌즈의 종류는 크게 세 가지로 나눌 수 있다. 광각렌즈, 표준렌즈, 그리고 망원렌즈다. 초점길이가 35mm 이하인 광각렌즈는 초점길이가 짧은 렌즈로서 화면의 깊이를 과장한다. 광각렌즈로 찍힌 화면 속의 인물들 사이의 거리는 훨씬 깊어 보인다. 또한 수직선과 수평선도 기울기가 왜곡되어 나타난다. 표준렌즈는 초점길이가 35~50mm인 렌즈로서 화면의 깊이를 왜곡하지 않는다. 망원렌즈는 화면의 깊이를 감소시키고 압축시킴으로써 공간을 평면적으로 보이게 한다. 야구경기 중계 화면에서 포수, 타자, 그리고 투수가 거리감 없이 한 화면에 잡을 수 있는 것과 영화 화면에서 실제로 멀리 떨어져 있는 인물들이 아주 가까워 보이는 것은 망원렌즈를 사용하기 때문이다.

렌즈를 통해 피사체를 잡는 영화에서 영상에 대한 심도 관계의 통제는 영화감독에게 가장 중요한 문제다. 렌즈의 초점 거리를 통제함으로써 감독은 영상으로 표현된 내용에 대한 관객들의 지각 반응을 조정하고 통제할 수 있다. 따라서 영화감독이 내려야 하는 가장 기초적인, 그러나 중요한 결단은 피사체를 어떤 숏으로 잡아줄 것인가 하는 일이다. 한 구도 안에 포함되는 공간의 양은 이를 바라보는 관객의 반응에 큰 영향을 미치기 때문이다.

특정 사회에서 모든 개인은 저마다 일정한 약속에 의해 공간 감각을 지니고 있다. 실생활에서 특정한 공간 내의 대상물에 대한 개인의 반응은 바로 그 사람의 삶의 다양한 정보의 축적이다. 무의식적으로 형성된 공간에 대한 이러한 반응은 바로 영화 화면 속의 피사체에도 적용된다.

감독은 카메라로 피사체를 잡으면서 카메라의 움직임을 중단하지 않고 계속 작동시켜 촬영함으로써 하나의 테이크를 얻어낸다. 촬영장에서 "액션"하는 감독의 지시와 함께 카메라가 돌기 시작하고 "컷"하는 지시와 함께 카메라가 멈출 때까지 찍혀지는 내용이 숏(shot)이고 하나의 테이크(take)다. 그러니까 숏이나 테이크는 카메라의 멈춤없이 단 한 번에 찍혀지는 내용을 말한다. 보통 촬영 중에는 여러 개의 테이크를 시도하는데, 완성된 화면을 만들기 위해서는 그 중 하나를 선택하여 컷 되지 않은 하나의 화면을 확보하며 최종 영화 화면에서 이를 하나의 숏이라 한다. 따라서 숏과 테이크는 기본적으로 유사한 의미로 쓰인다.

1) 숏(shot)

숏은 카메라와 피사체의 관계를 나타낸다. 하나의 숏에 의해 포착되는 영역이 넓어지면 화면은 웅장함을 드러내며, 좁아지면 섬세함을 드러낸다. 그래서 서사적인 영화의 경우 먼 거리 숏을 자주 사용하며, 심리묘사에 중점을 둔 표현주의 영화들은 가까운 숏을 주로 채택한다.

영화 찍기에서 하나의 숏은 카메라와 피사체 간의 거리에 따라 익스트림 롱 숏부터 익스트림 클로즈업 사이의 장면들로 이루어진다. 그리고 카메라 움직임에 동원된 기재에 따라 이동차나 크레인 숏으로, 촬영 각도에 따라 조감부터 앙각까지 분류된다. 이때 카메라와 피사체의 거리 구분에는 대체로 일곱 개의 기본 범주로 나눈다. 익스트림 롱 숏(extreme long shot), 롱 숏(long shot), 풀 숏(full shot), 미디엄 숏(medium shot), 클로즈업(close-up), 익스트림 클로즈업(extreme close-up), 그리고 딥포커스 숏(deep focus shot)이 그것이다.

(1) 카메라와 피사체 간의 거리

❶ 익스트림 롱 숏(extreme long shot)

익스트림 롱 숏은 흔히 한 시퀀스(sequence, 이야기의 한 덩어리)의 첫 부분에서 주위 배경이나 상황을 설명할 때 사용되는 구축 숏을 말한다. 아주 멀리서 넓은 지역을 촬영하는 카메라 숏으로 배경이나 사건의 광대한 범위를 인상 깊게 보여주기 위해 사용되며, 촬영되는 인물이 처해 있는 고립된 상황 등을 표현할 때 사용된다.

그리고 익스트림 롱 숏을 사용할 경우 팬보다는 극단적인 와이드 앵글의 정지된 숏이 더 적합하며, 부감대 위나 높은 곳, 건물 꼭대기, 산정 혹은 비행기나 헬리콥터 위에서 촬영하는 것이 가장 좋다.

존 매든(John Madden) 감독의 〈셰익스피어 인 러브〉(*Shakespeare in Love*) 마지막 장면은 난파선에서 홀로 살아남은 바이올라가 백사장을 걸어가고 있는 모습을 익스트림 롱 숏으로 잡아내고 있다. 엔딩 크래딧이 올라가기 전 3분 이상 지속되는 이 롱 테이크 숏에서 감독은 전체 화면을 거의 수평으로 이등분하여 파란 하늘과 하얀 백사장을 잡아주면서 하얀 백사장을 걸어가는 바이올라의 모습

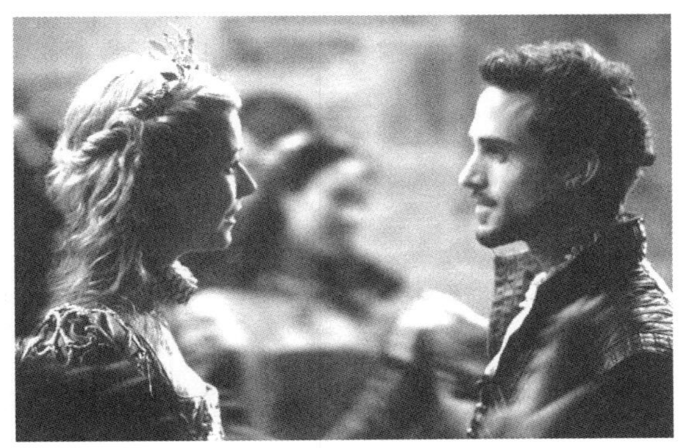

〈셰익스피어 인 러브〉

이 작은 점이 될 때까지 카메라를 고정시키고 있다. 그런가 하면 이광모의 〈아름다운 시절〉의 롱 테이크로 잡은 익스트림 롱 숏들은 창희네 가족이 살아내야 했던 시절의 어려움을 지루하게 보여줌으로써 힘겨운 인생의 무게를 표현하고 관객들에게 그것을 똑같이 느끼게 하는 효과를 내고 있다.

이 같은 숏의 가장 효과적인 사용은 서사적 필름에서 찾을 수 있다. 서부 영화, 전쟁 영화, 전기 영화 등이 대표적이다. 그리고 이런 종류의 숏을 즐겨 사용한 대표적 감독에는 존 포드(John Ford), 데이비드 린(David Lean), 세르게이 에이젠스타인(S. M. Eisenstein), 구로사와 아키라 등이 있다.

❷ 롱 숏(long shot)

연극에서 무대와 관객의 거리에 해당되는 장면, 연기 범위 전체를 잡는 숏이다. 즉 롱 숏은 극중 인물이 누구이며 그들이 어디에 위치하고 있는가를 텔레비전 드라마 시청자들이 알 수 있도록 장면 내의 모든 요소를 설정하는 데 사용된다. 배경의 크기를 최대한 활용함으로써 화면의 범위를 확대시킨다. 그러나 TV 드라마의 경우 대체로 단지 몇 개의 스튜디오 세트를 이용하여 제작되고 있으며, 이러한 세트는 엄청나게 많은 세부묘사를 소화할 능력이 없으므로 최소한의 롱 숏만이 쓰이고 있다.

그리고 롱 숏은 사실주의 계열의 감독들이 즐겨 사용한 숏으로, 사람의 몸 전체뿐만 아니라 그를 둘러싼 주변까지 적당히 담을 수 있다. 또한 미장센을 중시하는 감독들도 롱 숏을 선호한다. 또한 롱 숏은 특별한 심리적 효과가 수반되지 않기 때문에 일반적인 이야기 진행에서 사용되는 것으로서 익스트림 롱 숏에서 할 수 없는 세부묘사와, 클로즈업에서 할 수 없는 주위 정황에 대한 설명이 가능한 절충 숏이라 할 수 있다.

❸ 풀 숏(full shot)

롱 숏의 범주 내에서 피사체에 가장 근접한 것으로, 사람의 몸 전체를 간신히 담아낼 수 있는 거리에서 찍는 숏을 말한다. 찰리 채플린은 이러한 풀 숏을 선호했는데, 그 이유는 그것이 무언극이라는 예술에 가장 적합할 뿐 아니라 적어도 다양한 얼굴 표정을 잡을 수 있을 정도로 피사체에 근접하기 때문이다. 몸 전체의 몸짓과, 동시에 표정도 잘 잡을 수 있는 숏이다.

❹ 미디엄 숏(medium shot)

텔레비전이나 영화에서 원거리 촬영(long shot)과 근거리 촬영(close shot)의 중간에 해당하는 장면을 촬영하는 것, 또는 그러한 화면을 가리킨다. 중거리 촬영이라고 하며, MS로 약칭된다. 미디엄 숏은 모든 연기를 제한된 범위 속에서 비교적 큰 크기로 묘사할 수 있기 때문에 텔레비전 드라마에 효과적이다. 또한 이야기 전달에 적합해서 빈번하게 사용된다. 미드 숏(mid shot)이라고도 하여 클로즈업 숏과 롱 숏의 중간 크기, 인물의 경우 무릎 혹은 허리 위에서 얼굴까지를 잡아내는 숏으로 움직이는 장면이나 드라마의 대화 장면, 게임 쇼, 좌담회를 비롯한 다양한 프로그램에 사용한다. 또한 먼 거리 숏과 클로즈업을 연결하는 숏으로 사용된다.

어깨 너머 숏(over-the shoulder shot)은 미디엄 숏의 변형으로 한 사람은 정면으로 카메라를 보고, 다른 사람은 등을 보이고 있는 구도를 말한다. 이러한 촬영 수법은 두 사람 간의 관계를 강조하는 경우에 주로 사용된다. 즉 한 사람이 말할 때 그 얘기를 듣는 사람을 같은 화면에 잡아줌으로써 두 사람 사이가 밀접한 관계를 유지하고 있음을 보여준다. 이 경우 카메라와 가까운 거리에 있는 뒷모습의 인물이 정면으로 보고 있는 사람보다 우월하거나 주도권을 쥐고 있는 인물이며, 관객은 카메라를 응시하고 있는 인물의 표정을 통해 두 사람의 관계를 읽어낼 수 있다.

❺ 클로즈업(close-up)

접사(接寫), 대사(大寫)라고도 한다. 피사체의 크기를 확대하여 얼굴 전체나 작은 사물들을 화면 가득히 찍는 숏이다. 인물이나 사물을 가장 크게 묘사하는 것으로 피사체가 인물일 경우 대개 어깨 부위와 얼굴을 포함한 화면을 말한다. 감독이 피사체의 크기를 확대해 찍는 까닭은 특별한 의미를 가진 피사체에 관객의 시선을 모으고 강조와 깊은 인상을 주기 위해 쓰인다.

또한 클로즈업은 관객에게 이러한 집중의 효과와 함께 주관적인 감정을 전달할 수 있는 효과를 준다. 클로즈업을 사용하기 전에 감독은 이미 상황의 진행에 대해 관객에게 충분히 알려주어야 한다.

최근에는 이러한 효과를 역이용해서 어떤 사물을 거의 무엇인지 알아볼 수도 없을 정도로 가깝게 찍고 나서 점점 카메라를 물러나게 함으로써 피사체의 실체를 보여주기도 한다. 관객의 호기심을 자극하기 위해서다.

❻ 익스트림 클로즈업(extreme close-up)

빅 클로즈 업(big close up)이라고도 하며, XCU나 ECU로 약기한다. 피사체와 카메라 렌즈 간의 거리가 극단적으로 가까운 화면으로 미세한 특정의 피사체나 눈, 코, 입처럼 한 인물의 특정한 신체부위만을 화면 가득히 채우는 경우를 말한다. 접사에 비해 피사체에 더욱 접근하거나 또는 더 크게 확대한 화면으로 접사(close up)와 함께 과학적인 목적 및 극적인 효과를 위해서 사용된다.

❼ 딥포커스 숏(deep focus shot)

딥포커스 숏은 광각렌즈를 이용하여 화면의 심도를 깊게 구축하는 숏이다. 넓은 범위까지 렌즈 초점이 맞는 광각렌즈는 맨 앞의 전경뿐만 아니라 후경의 깊숙한 공간까지에도 초점이 맞아 모두를 선명하게 잡을 수 있다.

딥포커스는 대상의 한 부분에 대한 특별한 환기를 요구하지 않고 모든 대상들을 좀더 균등하게 보여준다. 따라서 공간의 통일성을 유지하는 데 효과적이며, 관객들은 가까운 피사체부터 먼 피사체까지 시선을 움직이면서 전체를 관찰할 수 있고, 그 장면을 통해 사건의 인과관계를 짐작할 수 있다. 또한 공간적으로 거리가 있는 인물들을 화면의 전경과 중경, 그리고 후경에 시각적으로 동시에 담아냄으로써 관객들은 능동적으로 화면 속에 담긴 정보를 확보할 수 있고 감독은 장면의 객관성을 전달할 수 있다. 딥포커스는 주로 짧은 컷으로 처리되지 않고 롱 테이크로 찍힘으로써 관객들의 판단에 도움을 주며 장면의 사실성을 높여준다.

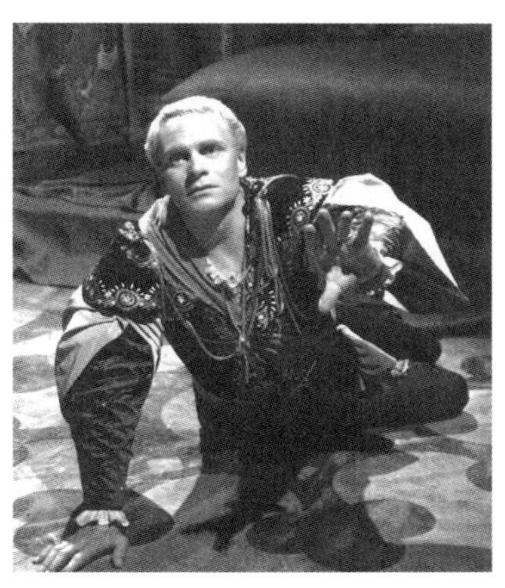

로렌스 올리비에의 〈햄릿〉

문제는 동일한 소재를 가지고 영화를 만들더라도 감독이 지향하는 주제의 폭과 결에 따라 그가 주로 사용하는 숏의 종류가 다르다는 점에 유의해야 한다. 예컨대 〈햄릿〉은 그 좋은 본보기다. 지금까지 여러 명의 감독들이 셰익스피어의 〈햄릿〉을 연출했지만, 로렌스 올리비에(Laurence Olivier)가 감독과 주연을 겸한 1948년의 〈햄릿〉과 프랑코 제피렐리(Franco Zeffirelli)가 감독하고 멜 깁슨이 주연을 맡은 1990년의 〈햄릿〉을 비교해 보면 극명한 차이를 알 수 있다.

올리비에의 작품은 기본적으로 서사
적 색채를 깔고 있어 롱 숏이 주로 쓰이
고 있는 데 반해, 제피렐리의 〈햄릿〉은
주로 심리적인 탐구로서 클로즈업과 미
디어 숏이 많이 쓰이고 있다. 올리비에
영화에서 롱 숏은 우울한 배경을 강조
하며, 햄릿의 행동에 다양한 외부 요소

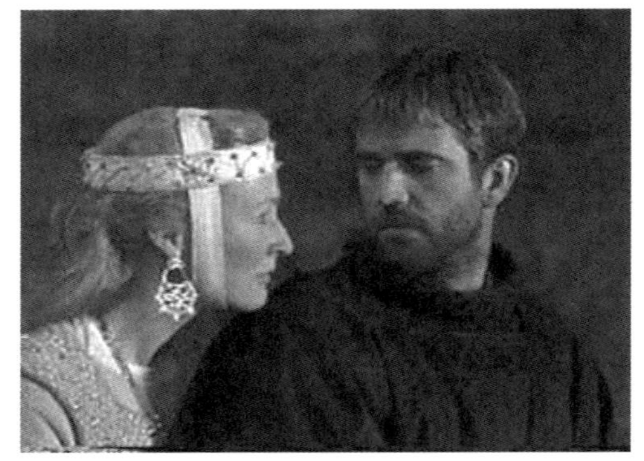

제피렐리의 〈햄릿〉

들이 개입하고 있음을 보여준다. 대부분의 장면들은 햄릿에게 일정한
정도의 행동의 자유를 부여하고 있지만, 햄릿의 우유부단함에 의해
그는 행동을 거부하고 어두운 구석으로 숨어 들어간다. 이러한 모습
들은 주로 롱 숏에 의해 포착되고 있다.

제피렐리는 멜 깁슨을 주로 꽉 찬 프레임 속에 가까운 숏으로 잡아
주고 있다. 멜 깁슨을 포위하는 듯한 구도는 그의 격렬함 때문에 터질
듯한 느낌을 준다. 올리비에의 우유부단한 햄릿과 달리, 멜 깁슨은
다분히 충동적이고 과격하며 성급하기까지 하다. 감독은 그의 격렬한
동작을 심지어 들고 찍은 카메라로 잡아내 줌으로써 그 빠르기와 속도
감을 한층 강조하고 있다.

(2) 카메라 움직임

피사체의 움직임을 잡아내는 데는 카메라를 고정시키고 피사체를
움직이게 하는 방식뿐만 아니라, 카메라 자체를 이동시킴으로써 피사
체의 상호 관계 및 그 움직임을 제시하는 찍기 방식이 있다. 1910년
이전까지 영화에서 카메라는 그저 고정된 채 카메라 앞에서 진행되는
사건들을 기록했지만, 이후에는 카메라의 움직임을 조절함으로써 다
양한 표현이 가능해졌다.

일반적으로 카메라 움직임은 그 자체로서 의미를 창조한다. 카메라가 서사 구조에서 중요한 무엇인가를 드러내기 위해서 인물로부터 물러나거나, 극중 인물이 등장하게 될 공간을 미리 설정하기 위해 움직일 때 관객들은 화면 속의 공간을 인식하는 방식에 영향을 받는다. 카메라가 빠르게 사건으로부터 지나쳐 버리면 관객은 어떤 일이 일어났는가에 대해서 알고 싶어 할 것이다. 또한 카메라가 갑자기 물러나서 관객들이 전혀 기대하지 못했던 무엇인가를 보여준다면 관객들은 놀라게 된다. 그런가 하면 카메라가 특정한 세부로 천천히 다가가면서 점차로 그것을 확대하되 관객의 기대를 충족시키지 않고 있다면, 이 카메라 움직임은 서스펜스를 유도한다.

카메라의 움직임에 의한 촬영 기법으로는 파노라마 숏(패닝 숏, panning shot), 크레인 숏(crane shot), 달리 숏(dolly shot, 혹은 트레킹 숏) 등으로 구분할 수 있으며, 이의 변형으로 핸드 헬드 카메라 찍기나 공중 숏이 있다.

❶ 파노라마 숏(panorama shot)

한 장면을 수평 혹은 수직으로 카메라로 훑어 찍는 숏이다. 일반적으로 화면 안에 피사체를 계속 잡아둘 때 사용한다. 화면의 광대함을 강조하는 서사적 영화에서 주로 사용되는 익스트림 롱 숏으로 찍은 파노라마 숏이 대표적이다.

파노라마 숏은 흔히 등장인물의 시점과 연계된다. 서부극에서 총격전의 서막은 숨어 있는 총잡이를 보여주면서 겁에 질린 주민들이 황급히 사라지는 거리를 천천히 훑어준다. 이런 식의 숏은 서스펜스를 지속시키고 주인공의 고립감과 취약함을 강조함으로써 관객의 감정을 극대화시킨다.

또한 파노라마 숏은 피사체의 유대감과 친밀감을 강조할 때도 사용되는데, 한 화면 속의 인물들을 컷으로 보여줄 때와 파노라마 숏으로 보여줄 때 그들의 관계는 다소 다르게 나타난다.

❷ 크레인 숏(crane shot)

피사체의 공간적, 심리적 변화나 상호 관계를 암시하거나 인과 관계를 강조할 때 사용된다. 공중에서의 달리 숏이라고 할 수 있는 이 숏은 관객이 피사체를 여러 각도로 훑어보게 함으로써 외적인 환경부터 내면의 심리까지 전지적으로 알아차리게 하는 효과를 준다.

❸ 달리 숏(dolly shot)

움직이는 이동차에 카메라를 싣고 이동하면서 피사체를 잡아주는 숏으로 트레킹 숏(tracking shot)으로도 불린다. 달리 숏에는 수평 트레킹과 수직 트레킹이 있는데 그 효과가 대단히 다르다.

수평 트레킹은 카메라가 피사체와 일정한 거리를 유지하고 이동하면서 피사체를 잡아주는 숏을 말하고, 수직 트레킹은 화면 속의 인물의 시점에서 다른 인물에 다가가거나 그 인물로부터 멀어지도록 촬영하는 숏이다.

수평 트레킹은 의도적으로 영상의 입체적 3차원성을 부정하고 평면적 2차원성을 강조하는 숏이다. 그런데 다르나 짐 자무쉬 감독은 이를 롱 테이크와 맞물려 활용함으로써 관객들에게 그들이 보고 있는 장면이 영화 속의 장면이라는 점을 의도적으로 강조하기도 했다. 카메라의 수평 이동을 통해 잡힌 이동 화면에서 관객들은 배우가 아니라 주변 환경에 시선을 집중하게 되며, 화면과의 거리두기를 통해 스스로 판단을 내린다. 관객들은 자신이 피사체를 선택해 관찰하며 화면 속에 나타나지 않은 장면들을 적극적으로 해석해 냄으로써 영화 화면에 비치지 않은 공백을 채워가는 것이다.

수직 트레킹은 주로 화면 속의 특정 인물의 주관적 시점을 통해 관객들의 궁금증과 호기심을 자극하거나 전지적 시점의 효과를 높이기 위해 사용된다. 실제로 관객들은 한 인물을 카메라로 직접 따라갈 때 그렇게 따라가면 무엇인가 발견하리라는 기대감을 갖는다. 이 경우를 시점 숏(view-point shot)이라고 할 수 있는데, 등장인물의 눈이 보는 것을 카메라가 촬영해 감으로써 관객들은 등장인물과 자신을 동일시하게 된다. 시점 숏은 공포영화의 긴박한 장면 등에서 흔히 사용된다. 클로즈업이 갑작스럽게 사건의 변화를 드러내는 데 반해, 수직 트레킹 숏은 관객들의 호기심을 자극하며 무엇인가 중요한 결과를 예상하게 하는 효과를 주기 때문에 천천히 단계적으로 발전하는 심리 묘사를 강조하는 데 애용된다.

❹ 핸드 헬드 카메라 찍기

트레킹 숏이 카메라를 궤도 위에 올려놓고 피사체를 잡아줌으로써 움직임이 있어도 비교적 안정감이 있는 화면을 얻을 수 있는 데 비해, 핸드 헬드 카메라 찍기는 끊임없이 움직이는 화면 때문에 관객들로 하여금 긴장감과 불안감, 그리고 긴박감을 느끼게 한다. 또한 관객들은 화면 속의 장면들에 실제 참여한 듯한 착각을 느끼며 사건 속으로 빨려 들어가는 느낌을 받는다.

실제로 〈쉰들러 리스트〉(*Schindler's List*)에서 스필버그는 독일군이 유태인들을 학살하는 광장 장면에서 관객들에게 마치 기록 영화를 보는 듯한 느낌을 받도록 핸드 헬드 카메라로 촬영했다. 충격적이고 생생한 장면들이 흔들리는 카메라에 잡히기 때문에 관객들은 이 장면들을 허구라기보다는 실제의 사건들이라는 인상을 받는다. 또한 총을 맞고 피를 뿜으며 쓰러지는 유태인들의 모습을 컷으로 처리하지 않고 한 숏으로 잡아주기 때문에 현장성과 박진감은 배가된다. 한국영화

속에서 핸드 헬드 카메라가 가장 효
과적으로 사용된 장면은 유영길이 촬
영한 정지영 감독의 〈하얀 전쟁〉의
마지막 장면을 꼽을 수 있다.

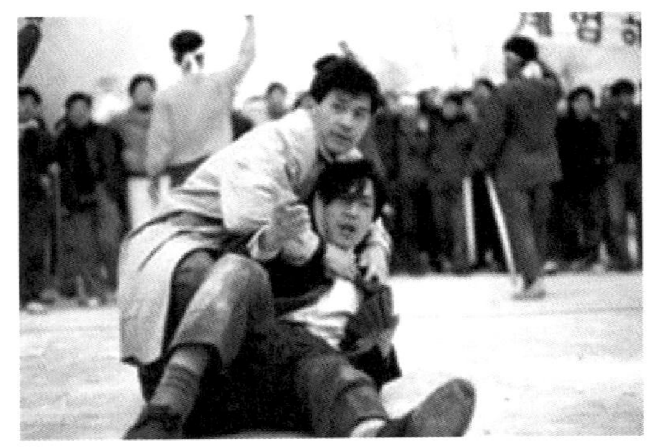
〈하얀 전쟁〉

2) 앵글(angle)

감독들은 피사체와 카메라의 거리를 조정하는 숏 외에도 양자 사이
의 각도를 선택함으로써 특정한 의도를 드러낸다. 영화에는 다섯 가
지 기본 앵글이 있다. 조감 앵글(bird's-eye angle), 부감 앵글(high
angle), 눈높이 앵글(eye-level angle), 앙각 앵글(low angle), 그리고
사각 앵글(oblique angle)을 일컫는다.

(1) 조감 앵글(bird's - eye angle)

조감 앵글은 피사체의 바로 머리 위에서 촬영하는 것으로, 피사체
를 가장 낯설어 보이게 하는 앵글이다. 피사체를 조롱하고 우스꽝스
럽게 비치게 하는 효과가 있
기 때문에 숙명적인 결말을
중시하는 감독들은 종종 이
런 앵글을 채택하는 경우가
있다. 제임스 캐머런의 〈타
이타닉〉(*Titanic*)에서 타이타
닉호의 침몰 장면을 조감 앵
글로 잡아주고 있는 것도 이
와 무관하지 않을 것이다.

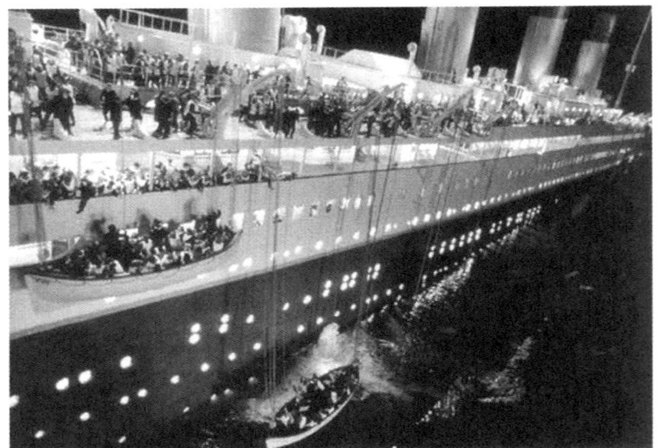
〈타이타닉〉

(2) 부감 앵글(high angle)

조감 앵글이 피사체의 머리 위에서 찍는 것이라면 부감 앵글은 그 각도가 다소 완만한 앵글이다. 부감 앵글은 피사체의 무력함, 억눌림, 왜소함, 혹은 덫에 걸린 듯한 느낌을 강조한다. 이때 각도가 높으면 높을수록 화면의 의미는 그만큼 더 숙명적이다.

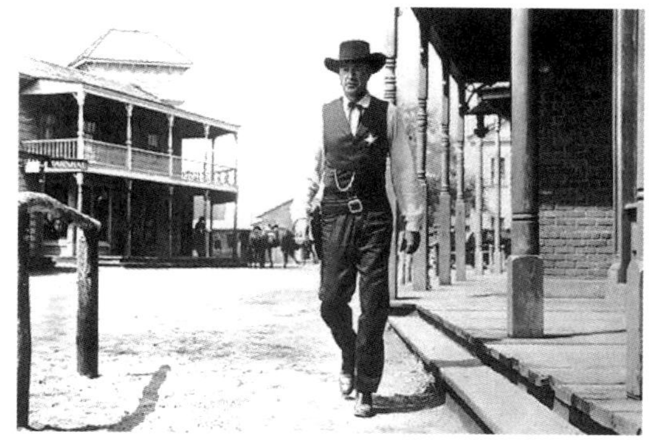

〈하이 눈〉

또한 부감 앵글로 잡은 화면 속의 피사체의 움직임은 보통 느리게 느껴지며 동작 역시 상대적으로 작게 보이게 된다. 따라서 부감 앵글은 지루함을 나타내는 데 효과적이다. 전통적으로 영웅시되었던 다른 서부극의 주인공들과 달리, 프레드 진네만은 〈하이 눈〉(*High Noon*)에서 결투를 앞둔 주인공 케인의 무력감과 공포심을 보여주기 위해 텅 빈 거리를 혼자 걸어가는 주인공을 부감 앵글로 잡아준다. 부감 앵글 역시 일상적인 사물들을 낮설게 하는 효과가 있다.

(3) 눈높이 앵글(eye-level angle)

눈높이 앵글은 카메라가 사람의 눈높이에서 수평적으로 피사체를 촬영하는 것을 말한다. 눈높이 앵글은 우리가 일상생활에서 항상 사물을 쳐다보는 높이이기 때문에 이런 앵글로 촬영된 장면에서 관객은 카메라의 존재를 인식하지 못한다.

눈높이 앵글은 다른 앵글들과 달리 감독의 감정을 드러내지 않으므로 사실주의적인 경향을 가진 감독들이 즐겨 사용한다. 카메라는 주로 롱 숏과 미디엄 숏을 사용하며 피사체와 일정한 거리를 유지하면서 평범한 앵글로 등장인물들을 잔잔하게 지켜볼 따름이다. 감독의 개입을 자제함으로써 관객들이 스스로 화면에서 일어나고 있는 일들을 해석하고 받아들일 것을 요구하기 때문에 매우 중립적이고 객관적인 앵글이라고 할 수 있다. 그러나 동시에 관객의 적극적인 해석을 유도하는 앵글이기도 하다.

(4) 앙각 앵글(low angle)

앙각 앵글로 촬영된 화면은 일반적으로 부감 앵글과 반대의 느낌을 준다. 곧 피사체가 화면을 통해 관객을 내려다봄으로써 관객은 피사체로부터 위압감, 공포감, 당당함, 경외심, 영웅성, 힘, 권위 등을 느끼게 된다. 앙각 앵글은 피사체를 실제보다 더 크게 보이게 하며, 그 움직임에 속도와 크기를 배가한다. 따라서 액션장면에서 사용되는 앙각 앵글은 피사체의 움직임을 더 속도감 있게 비춘다. 주로 빠른 편집으로 그 효과를 극대화한다.

조지 스티븐스의 〈쉐인〉(*Shane*)의 마지막 결투 장면에서 어린아이 조이의 시점으로 본 쉐인의 모습은 앙각 앵글로 잡힘으로써 쉐인의 날렵한 총 솜씨가 한층 영웅시되고 있으며, 이명세 감독의 〈인정사정 볼 것 없다〉는 앙각 앵글을 효과적으로 사용하여 폭력 장면이나 움직이는 차량의 속도감이 한층 돋보이는 효과를 드러내고 있다.

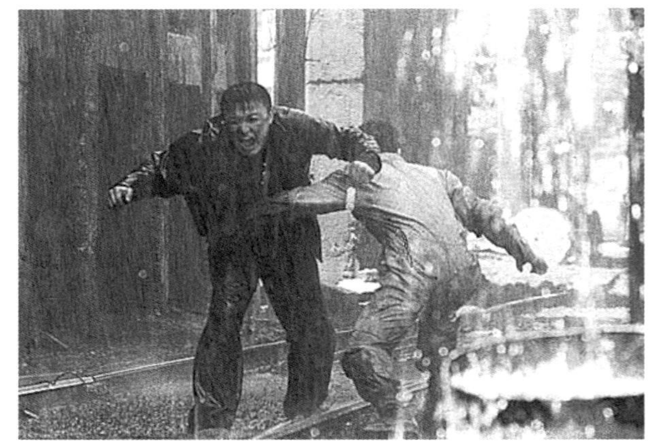

〈인정사정 볼 것 없다〉

(5) 사각 앵글(oblique angle)

심리적으로 사각 앵글은 긴장, 변이, 그리고 임박한 변동 등을 암시한다. 비스듬히 경사진 각도가 환각적이며, 비현실적인 심리 상태를 표출시키기 때문이다. 따라서 사각 앵글이 쓰이는 경우는 보통 불안한 장면이나, 술 취한 인물의 시점 숏, 액션 장면 등에서이다. 그리고 사각 앵글은 놓고 찍기도 하지만 들고 찍는 장면에서 주로 사용되며, 시점이 불안하기 때문에 불안감과 긴박감을 준다.

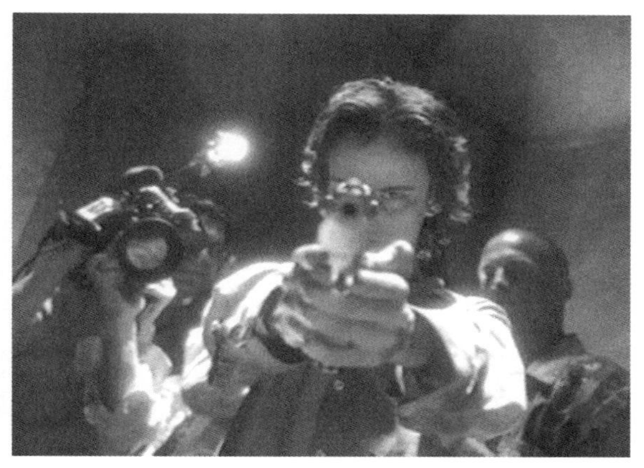

〈킬러〉

올리버 스톤의 〈킬러〉(*Natural Born Killers*)는 영화 내내 사각 앵글을 사용했는데, 이는 불안정한 등장인물들의 정신상태뿐만 아니라, 그렇게 아름답지도 안정적이지도 못한 미국 사회의 천박한 단면을 상징적으로 나타내기 위한 앵글 선택이라고 볼 수 있다.

3. 편집

영화를 연극과 구별 짓는 가장 커다란 요소는 아마 편집일 것이다. 물론 영화가 숏에 의해 피사체를 가깝게 혹은 멀리 잡아줌으로써 관객의 시야를 통제하는 점에서도 연극과 구별되지만, 보다 더 중요한 것은 영화 전체의 양식적 체계를 지배하는 편집 때문이다. 편집은 작품 전체의 구성과 효과에 가장 큰 영향을 미친다고 할 수 있다.

물리적인 의미에서 편집이란 숏과 숏을 연결하거나 신과 신을 연결하여 신 혹은 시퀀스로 확장하는 작업을 의미한다. 그러나 영화에서

편집은 이러한 연결 및 확장이라는 단순한 물리적 작업을 뛰어넘어 영화 문법의 가장 핵심적인 요소다. 바로 이 이유 때문에 영화사를 따라가면서 편집의 갈래가 불어났으며, 초기의 단순한 활동사진에서 벗어나 아주 새로운 영화 장면들이 가능하게 되었던 것이다.

편집이 가능해지면서 영화에서의 시간이 실제 사건의 길이에서 자유로워지고, 영화 속에 새로운 주관적 시간개념이 도입되었다.

1) 편집의 기교

숏과 숏을 연결하는 방법으로는 페이드 아웃(fade out), 워시 아웃(wash out), 디졸브(dissolve), 와이프(wipe), 커팅(cutting) 등이 있다.

페이드 아웃은 숏의 시작과 끝을 늘어지게 함으로써 시간적 이완을 통해 서정적 리듬을 준다. 워시 아웃은 페이드와 유사한 편집상의 목적으로 사용되는 광학적인 장면 전환의 하나지만, 이미지들이 암흑 상태까지 어두워지는 페이드 아웃과는 달리, 워시 아웃에서는 이미지들이 갑자기 탈색되거나 스크린이 백색이나 색깔 있는 빛으로 가득한 프레임이 될 때까지 채색되며, 그 후에 새로운 장면으로 이어진다는 것이 다르다. 디졸브는 한 화면의 영상이 서서히 나타나는 동안 다른 화면의 영상이 사라지는 방식이다. 와이프는 커튼이 걷히듯이 다른 장면으로 전환하는 방식으로 속도감이 있어 희극 영화에 자주 쓰인다. 커팅은 가장 일반적인 장면전환 방식으로 교차 편집(cross-cutting)이나 점프 컷(jump cut)과 같이 좀더 발전된 방식으로 세분된다. 교차 편집은 서로 다른 장소에서 발생하는 두 가지 이상의 사건들이 담고 있는 상호 연관성을 드러내기 위해 사용되며 긴박감을 준다. 점프 컷은 동일한 등장인물의 행위는 변화시키지 않고 의상이나 배경을 변화시킴으로써 그 인물의 행동이나 모습을 시간적 생략을 통해 보여주는 방식이다.

2) 편집의 종류

(1) 연속 편집

연속 편집은 사건의 모든 행위를 전부 그대로 묘사하지 않고도 행위의 연속성을 유지하려는 작업이다. 그러므로 설명적인 시퀀스에 주로 사용되는데, 특별한 감정이나 주제를 전달하는 것이 아니라 이야기를 전달하는 편집이다. 예컨대 어떤 사람이 한 장소를 떠나 다른 장소에 도착하는 장면을 서너 개의 짧은 컷으로 압축해서 보여주는 방법이다. 이 경우 그 사람의 행위를 논리적이고 연속적으로 유지하기 위해서 편집된 시퀀스를 방해하는 어떤 장면도 개입되어서는 안 되며, 특별한 목적 외에 30도를 넘어야 하고 180도를 지나쳐서는 안 된다.

그리고 연속 편집은 화면의 자연스러운 흐름을 유지하기 위해서 다음과 같은 원칙들을 지킨다. 동작 및 행위의 일치, 조명과 색조의 일치, 시선 및 방향의 일치, 사운드의 일치, 행동의 인과관계 등을 말한다. 따라서 연속 편집은 장면들의 연속성을 생명으로 하기 때문에 촬영 전부터 면밀하게 장면들을 계획해 두어야 한다.

(2) 고전적 편집

고전적 편집은 그리피스가 시도한 이후 편집의 전형이 되었다. 단순한 물리적인 동기에서 벗어나 극적인 집중과 정서적 고양을 위해 고안된 편집으로서, 심리적 차원에서 관객들의 반응을 조종하고 통제하기 위해 사용된다. 또한 극적인 집중과 감정적 강조를 위해 고안된 기법으로서 연속 편집이 현실적인 시간 생략으로 이야기를 축약하여 전달하는 기법이라면, 고전적 편집은 관객들에게 등장인물들의 감정이나 심리상태를 전달하기 위한 기법이다. 물론 고전적 편집 역시 사건의 연속성을 깨뜨리지는 않는다는 점에서 연속 편집 체계를 벗어나지는 않는다.

고전적 편집을 통해 감독은 한 사건 안에서 자신이 보여주고 싶은 부분을 고도로 계산된 다양한 숏으로 잡아낸 다양한 컷들을 통합하고 대조시키고 병치시키면서 한 신 속에서 관객의 시점을 다양하게 이동시킨다. 아울러 화면 속의 인물의 행위를 일련의 분할된 숏으로 나누어 줌으로써 그 인물이 드러내는 감정의 미세함뿐만 아니라 이를 지켜보는 관객의 반응까지 조절할 수 있다.

(3) 비연속 편집[주제적 편집]

그리피스의 다양한 편집 기교는 영화 속에서 현실적인 시공간을 파괴하였다. 또한 장소 전환, 시간 격차, 서로 다른 숏의 배치, 인물의 심리적·신체적 특징 강조, 상징적 삽입 화면, 병행과 대조, 시점 이동, 동기의 반복 등과 같은 그리피스의 기교들은 당시 구 소련의 영화 감독들에게 영화 편집의 새로운 지평을 열어 주었다.

구 소련의 감독 세르게이 에이젠스타인은 자신의 편집 방향을 스토리의 명료화에 종속시키기보다는 대립물의 충동과 종합을 통해 역동적 편집 원리를 제시했다. 주제적 몽타주로 불리는 이러한 편집 방향은 현실적 시·공간의 연속성을 무시하고 관념들 사이의 결합을 강조한다. 그의 편집 방향은 고의적으로 연속 편집을 위반하며 숏과 숏, 시퀀스와 시퀀스 사이에 최대한의 상충이 발생하도록 하는 것이다. 서로 다른 이미지들이 충돌하면 새로운 의미가 발생한다는 그의 몽타주 이론은 〈전함 포템킨〉(*Bronenosets Potyomkin*)의 오데사 계단 위의 학살 장면에서 잘 나타난다. 잘게 나눈 장면들을 빠르게 결합시켜

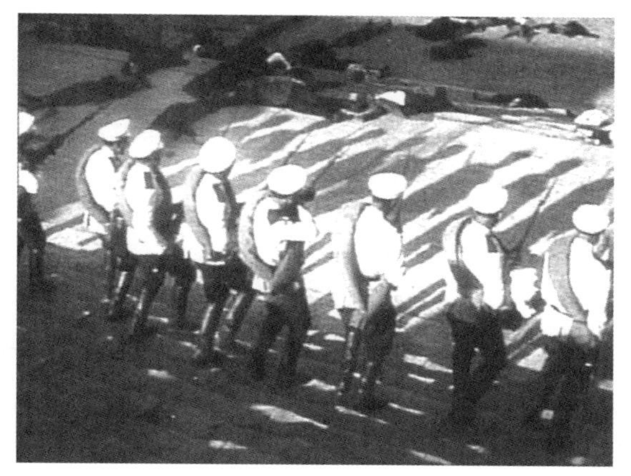

<전함 포템킨>

보여줌으로써 롱 테이크로 찍힌 하나의 숏으로 잡아주는 것보다 훨씬 더 강력한 긴박함과 호소력으로 민중학살 현장을 보여주었다. 이런 그의 이론의 배후에는 관객들이 상충되고 충돌하는 장면들을 지각하고 인식함으로써 의식을 바꾸리라는 믿음이 깔려 있다.

마르크스주의자였던 에이젠스타인은 영화를 통해 관객의 감각, 정서, 영혼 등을 자극하고자 하였다. 즉 의도된 복잡한 영상 유형을 구출하기 위해서 시간과 공간을 자유롭게 넘나든다. 그의 공간적 편집은 시간적 편집과 맞물려 영화 속의 사건을 해석하는 조응, 비유, 대립을 구축하며, 관객들은 서로 다른 컷 사이의 상호 연관성을 건져 올리도록 요구받는다.

주제적 편집의 기교에는 교차[병행]편집, 인서트[인터 컷], 플래시백, 플래시 포워드, 컷 어웨이 등이 있다. 이러한 방식들은 사건의 시간적 순서보다는 주제적으로 연관성을 확보하게 함으로써 시간의 본질을 자유롭게 탐색할 수 있게 한다. 영화 속에서의 시간을 실제 사건의 시간보다 줄이거나 늘림으로써 가능해지는 시간의 가변성은 주제의 깊이와 폭을 확장해 주었다.

교차 편집의 백미로서는 프란시스 코폴라의 〈대부〉를 들 수 있다. 영화의 첫 장면은 한낮의 밝은 정원과 어두운 실내가 번갈아 보여지고 있다. 딸의 결혼식이 거행되는 정원은 경쾌한 음악이 흐르며 가족들의 춤이 이어지는 공간으로, 어두운 실내는 남자들만의 냉혹한 비즈니스가 진행되는 구역으로 설정해서 마피아 두목 돈 꼴리오네(말론 브란도)의 삶에서 가족과 사업이 분리될 수 없다는 점을 강조한다. 또

한 아버지의 뒤를 이어 대부
가 된 마이클(알 파치노) 역시
영화의 마지막 부분에서 이
루어지는 교차 편집에 의해
종교적 대부와 조직의 대부
가 된다. 동시에 진행되는 성
당에서의 유아 세례라는 가
족 행사와, 복수라는 조직의
행사를 통해서다. 거의 70개

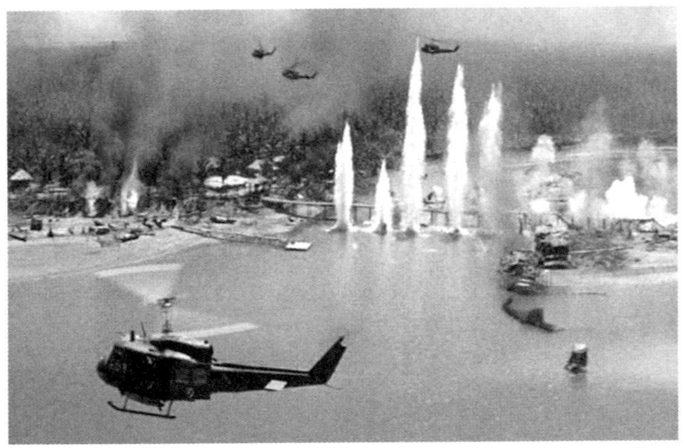

〈지옥의 묵시록〉

에 이르는 숏들이 얽히며 편집된 이 시퀀스는 가히 코폴라식 교차
편집의 백미라고 할 수 있다.

한편 조셉 콘라드 원작의 「어둠의 심연」을 베트남전을 배경으로
영화화한 〈지옥의 묵시록〉(*Apocalypse Now*)에서도 교차 편집의 미학
을 확인할 수 있다. 바로 짐 모리슨의 음악이 흐르는 가운데 소를 잡는
원주민들의 의식과, 윌러드(마틴 쉰)가 커츠 대령(말론 브란도)을 살해
하는 장면이 거의 5분 동안 교차 편집된 마지막 장면이 바로 그것이다.

그런가 하면 두 개 이상의 컷들을 교차 편집해 사건의 긴박감을
한층 상승시키는 장면을 〈쉰들러 리스트〉에서 찾아볼 수 있다. 유태
인 수용소에서 은밀하게 결혼식을 올리는 장면과, 독일군 장교가 유
태 여성을 성폭행하는 장면, 그리고 쉰들러가 파티에서 여러 여자들
과 어울려 술을 마시며 키스하는 장면 등 모두 세 개의 컷들이 교차
편집된 이 시퀀스는 서로 다른 장소에서 벌어지는 세 개의 다른 사건
들을 관객들에게 동시에 보여줌으로써 유태인들이 처한 상황의 비극
성을 훨씬 더 강화시키며 긴박감을 준다.

인터 컷은 영화 속 시간을 실제 사건보다 늘려줌으로써 긴장감을
제공하고 등장인물의 복잡한 심리상태를 표현하는 것이다. 인터 컷의

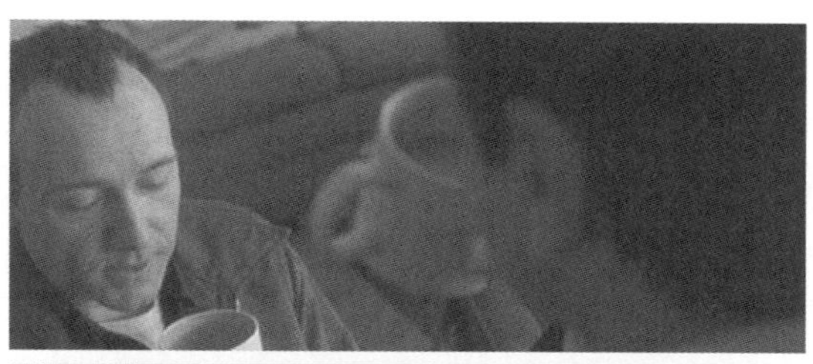
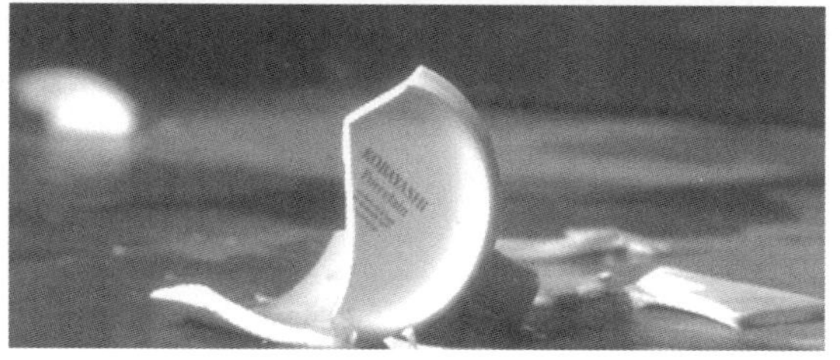
〈유주얼 서스펙트〉

좋은 예는 〈유주얼 서스펙트〉의 마지막 반전 장면이다. 취조를 받던 킨트(케빈 스페이시)가 혐의를 벗고 경찰서 밖으로 나가자 책상을 정리하던 래빈 형사가 메모판 밑에 쓰인 상표를 확인하고 커피잔을 떨어뜨린다. 이 장면은 래빈이 추적하던 카이저 소제와 고바야시가 모두 메모장과 커피잔에 새겨진 글씨를 보고 킨트가 꾸며 낸 거짓이라는 것을 증거한다. 영화 내내 래빈과 관객 모두가 속았다는 것을 깨닫게 하는 이 장면은 래빈이 깨닫는 시간보다 훨씬 더 늘려 편집되고 있다. 충격적인 반전은 대사 없이 다양한 숏의 컷들의 편집으로 전달된다.

3) 편집의 흐름

영화가 편집된 최초의 예는 에드윈 포터의 〈대열차 강도〉에서였다. 그러나 실질적 영화 편집의 선구자는 미국의 D.W. 그리피스라고 할 수 있다. 그는 영화 기술들을 한 단계 높였을 뿐 아니라 예술의 영역으로 끌어올린 영화인이었다. 영화 매체에 대한 철저하고 창조적인 이해에서 출발하여 영화 예술의 새로운 문법을 구축한 영화인으로 평가받고 있는 것이다.

아울러 그리피스는 앞에서 살펴본 연속 편집, 고전적 편집, 비연속 편집 등 세 가지 기본 유형의 편집 기술을 개발했다. 〈국가의 탄생〉 (*The Birth of a Nation*)은 미국 영화감독들에게 고전적 편집의 교과서

로 평가받고 있으며, 〈인톨러런
스〉(*Intolerance*)는 20년대 소련
의 영화감독들이 시도했던 주제
적 편집의 모델이 된 작품이다.

1920년대 프세볼로드 푸도브
킨이나 세르게이 에이젠스타인
같은 소련의 영화감독들은 그리
피스의 주제적 편집 기술을 더 확

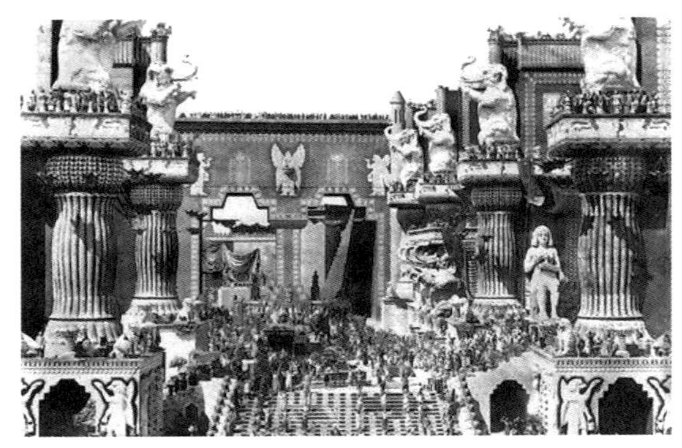

〈인톨러런스〉

장 발전시켜 소위 몽타주 편집의 이론을 확립했다. 푸도브킨의 경우
그리피스보다 훨씬 더 많은 상호 연관적 클로즈업 컷을 사용했으며,
에이젠스타인의 경우 다분히 은유적 이미지들을 삽입하여 컷 별로
충돌하도록 배치한 것이 특징이다. 특히 〈전함 포템킨〉의 제4막 오데
사 항구의 계단 장면은 그의 충돌 몽타주 이론을 반영한 장면으로서
밝음과 어두움, 수평과 수직, 직선과 원형, 긴 숏과 짧은 숏, 롱 숏과
클로즈업, 멈춤과 움직임 등 극단적인 양 국면을 병치시킴으로써 주
제적 편집의 백미로 꼽히고 있다.

1940년대 미국의 윌리엄 와일러나 오손 웰스와 같은 감독들은 인위
적인 편집보다는 딥포커스 촬영을 더 선호했다. 1930년대 장 르누아르
감독이 채택했던 딥포커스 촬영은 어떤 거리에서건 피사체를 선명하
게 잡을 수 있어서 한 숏 내의 어떠한 미세한 부분이라도 똑같이 선명하
게 표현할 수 있었다. 영화 무대 출신이었던 와일러와 웰스는 숏의
병치보다는 공간적으로 통일된 화면을 선호하였으며, 관객들에게 영
화 속의 장면들을 스스로 판단하고 분별하며 결론을 내리도록 했다.

1950년대 장 뤽 고다르, 프랑스와 트뤼포, 끌로드 샤브롤 등의 감독
들은 영화 만들기의 이론과 실제에 있어 이전까지의 틀에 전혀 얽매이
지 않는 모습으로 영화계에 등장했다. 바로 누벨 바그 선구자들이다.

그들은 어떤 공식적인 편집 기법도 옹호하지 않았다. 어떤 작품에서는 롱 숏, 미장센, 롱 테이크 등 사실주의적 기법을 주로 이용했으며, 어떤 작품에서는 표현주의적 기법을 이용했다. 그들의 자유로움과 절충주의적 수법은 이후 많은 영화인들이 추종했던 기법들이 되었다.

그리고 1970년대 중반 이후 영화 만들기에 있어서 어떤 편집 기교도 탁월한 지위를 확보하지 못한 채 광범위한 표현 기교들은 관객들의 눈에 자연스럽게 익숙해졌다.

4) 후반 제작

후반 제작은 영화 제작의 조합 단계를 말한다. 그렇지만 반드시 촬영이 완료된 후 작업이 시작된다는 의미는 아니다. 촬영기간에도 후반 제작의 스텝들은 지속적으로 작업을 하는 것이 보통이다.

촬영이 시작되기 전에 감독이나 제작자는 편집을 담당할 편집기사를 고용한다. 이 편집기사는 촬영된 다양한 필름들을 분류하고 조합하는 책임을 맡는다. 영화 촬영 시 각각의 숏들은 여러 테이크로 촬영되고, 또한 연속성을 벗어나 촬영되기 때문에 편집기사의 역할은 대단히 중요하다. 할리우드 영화 가운데 상영 시간 90분인 극영화의 경우 보통 45만 미터가 촬영되어 편집을 통해 7천 미터로 압축되기도 한다. 가편집과 진편집을 거치고 나면 대사 음대, 음향 효과 음대, 음악 음대 등 서로 다른 자기 테이프에 개별적으로 녹음된 음대들을 합성하여 합성 음대로 만들고 영화의 음화 필름과 합쳐진다.

5) 특수 효과

텔레비전 때문에 영화관을 멀리했던 관객들이 다시 영화관을 찾게 되었다. 70년대 후반 디지털 특수 효과를 사용하여 모험과 판타지를

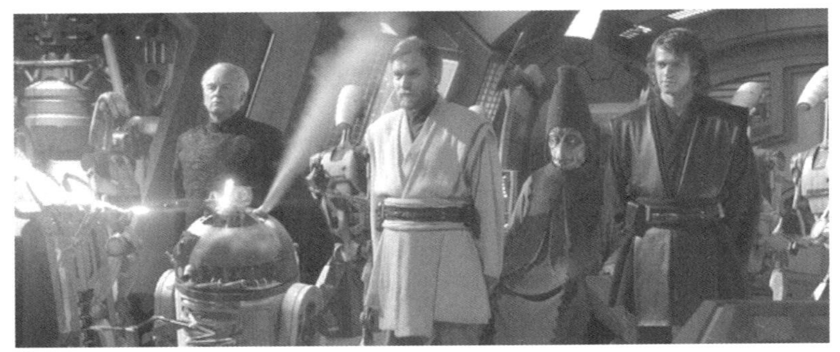

〈스타워즈 에피소드 3〉

영화 속에 담아낸 조지 루카스나 스티븐 스필버그 등의 감독이 있었기 때문이다.

할리우드 영화는 말할 것도 없고 최근 한국영화에도 자주 도입되어 한국 영화 중흥의 일익을 담당하고 있는 특수 효과는 영화 만들기의 수준과 범위를 한 단계 더 높이고 있으며 그 의미까지 확장시키고 있다. 컴퓨터 그래픽의 놀라운 발전과 첨단 기술은 실제 물리적인 피사체가 차지했던 화면 속 공간들을 가상의 피사체들로 채울 수 있도록 하고 있으며, 현실에서 존재하지 않는 가상의 이미지들이 현실을 오히려 더 현실감 있게 구축해 내고 있다.

〈구미호〉에서 엿볼 수 있었던 초보적인 컴퓨터 그래픽을 시작으로 〈은행나무 침대〉에서의 환상적인 영상을 비롯하여 한국 영화에 3차원적 입체 화면을 도입했다는 평가를 받았던 〈퇴마록〉 등은 한국 영화의 특수 효과의 가능성을 보여주었다. 그리고 이후 〈유령〉과 〈인정사정 볼 것 없다〉에서의 특수 효과는 사실보다 더 사실적인 효과를 그려내고 있다. 또한 20분 이상의 컴퓨터 그래픽 화면을 삽입하여 저승과 이승을 넘나드는 환상적인 장면들을 보여주었던 〈자귀모〉는 한국 영화의 특수효과의 비약적인 발전을 보여준다.

달리는 열차의 벽을 뚫고 들어가거나 사람의 몸을 통과하게 하는 장면은 배경과 물체를 따로 촬영해 합성하는 기법을 통해 만들어지

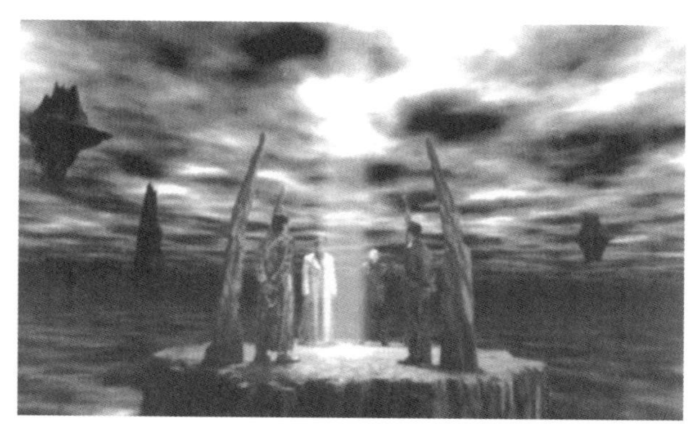

〈자귀모〉

며, 동일한 장면에서 한 인물이 순식간에 다른 인물로 변하는 모습은 여러 개의 장면을 단계적으로 촬영해 합성함으로써 가능하다. 또한 물방울이 모여 움직이는 물귀신이 되는 장면은 치밀하게 계산된 컴퓨터 그래픽 화면이다.

특수 효과에 의해 만들어지는 이미지는 실제가 아닌 가짜의 이미지다. 관객들은 특수 효과가 만들어 내는 가짜를 통해 실제 있었으나 지금은 사라져 버린 과거를 만나고, 지금은 존재하지 않지만 앞으로 분명히 존재할 미래를 확인한다. 영화를 만드는 일이 인간의 무한한 상상력을 통해 가짜를 진짜처럼 보이게 하고 복제된 허구의 이미지를 통해 원본을 확인하는 일을 가능하게 하는 작업이라면, 또한 관객들이 영화를 통해 모험과 판타지가 가득한 미지의 세계 속으로 들어가고 싶어 하는 욕망이 지속된다면, 그리고 바로 이러한 점들이 영화가 탄생한 배경이고 의존하는 토양이라면, 영화에서 특수 효과가 차지하게 될 영역은 더욱 확장될 것이다.

4. 스토리(story)

스토리는 많은 것을 의미할 수 있다. 제작자에게는 흥행 가치가 있는 재산이고, 작가에게는 각본이며, 감독에게는 예술적 매체다. 또 장르 비평가에게는 분류할 수 있는 내러티브 형식이다. 사회학자에게는 대중 정서의 지표다. 정신병리학자에게는 감추어진 두려움이나 공동 사회의 이상에 대한 본능적인 탐구다. 그리고 영화를 보러가는 사람에게는 이 모든 것이 될 수도 있고, 그 이상의 것일 수도 있다.

고대 이래로 사람들은 스토리텔링의 유혹적인 힘에 호기심을 가져왔다. 아리스토텔레스는 『시학』(Poetics)에서 허구적 내러티브를 두 가지 타입으로 구분했다. 미메시스(mimesis, 보여주기)와 디제시스(diegesis, 이야기하기)가 그것이다. 미메시스는 연극 무대의 영역이고, 사건은 '스스로를 이야기'한다. 그리고 디제시스는 문학적인 서사와 소설의 영역으로, 때로는 믿을 만하고 때로는 믿을 수 없는 내레이터가 이야기하는 스토리다. 영화는 스토리텔링의 이 두 가지 형식을 모두 혼합하여 지녔기 때문에, 사용할 수 있는 내러티브 테크놀로지의 범위 또한 훨씬 넓고 복합적인 매체다.

1) 내러톨로지(Narratology)

오늘날까지 학자들은 문학과 영화, 그리고 드라마에 초점을 맞추어 내러티브의 형식을 연구해 왔다. 내러톨로지라는 이 새로운 상호 학문 분야는 1980년대에 명명되었다. 어떻게 스토리가 작용하는지, 어떻게 내러티브의 가공되지 않은 재료들의 의미를 파악하는지, 어떻게 그것들을 한데 묶어서 일관된 전체를 만드는지 등에 관한 학문이다. 또한 서로 다른 내러티브 구조, 스토리텔링 전략, 미학적 관습, 스토리[장르]의 유형, 그리고 그것들의 상징적인 의미에 관한 학문이기도 하다.

전통적인 관점에서 내러톨로지는 이야기하기(Storytelling)의 수사학, 즉 메시지 전달자가 메시지 수용자와 의사소통을 하는 데 사용하는 형식에 관심을 갖는다. 이 삼각 구도의 커뮤니케이션 모델과 관련된 영화에서의 문제는 누가 전달자인지를 결정하는 것이다. 이때 내포작가(implied author)는 영화감독이다. 내포작가란 스토리텔링의 주체이지만 직접 겉으로 드러나지 않는 것을 표방하는 서술자를 말한다. 그러나 스토리를 한 사람의 스토리텔러가 만들지는 않는다. 대본을 쓰는 사람이 여럿인 경우에는 물론이려니와 특히 미국에서는 더욱 그러하다. 미국에서는 종종 프로듀서, 감독, 작가, 스타가 함께 작업을 하는 경우도 있다. 정말로 공동 사업인 것이다. 펠리니, 구로사와, 트뤼포와 같이 명망있는 영화감독조차도 스토리의 사건을 만들어 낼 때 다른 사람들과 공동으로 작업하는 것을 선호했다.

영화가 보이스 오버(voice-over) 내레이션을 사용할 때 '관객이 알아차리기 힘든 영화 작가'에 관한 문제는 복잡해진다. 보통 화면 밖에 있는 이 내레이터는 스토리 속의 인물이기도 하기 때문에 우리가 그 사건을 해석하는 데 일조한다. 영화의 내레이터가 반드시 중립적인 것도 아니며, 또한 반드시 감독의 대변자인 것도 아니다. 가끔씩은 내레이터가 1인칭 소설에서처럼 영화의 주인공이 되기도 한다.

내레이션은 또한 영화의 스타일에 따라 다르다. 사실주의적인 영화에서 내포작가는 사실상 보이지 않는다. 대부분의 연극 무대에서처럼 사건들은 스스로 말한다. 스토리는 대개 연대기적인 순으로 자동적으로 펼쳐지는 것처럼 보인다.

우리는 고전적인 내러티브 구조에서 일반적으로 스토리 라인의 모양을 만드는 손을 알고 있다. 내러티브 내의 지루한 공백은 스토리텔러의 신중한 의도에 의해 삭제된다. 그는 진행 방향을 따라가며 낮은 자세를 유지하기도 하고, 특정한 방향을 향하여 움직이기도 하는데, 이로써 스토리의 중심 갈등이 해결된다.

그리고 형식주의적인 내러티브에서 작가는 공공연한 조작을 한다.

주제가 되는 생각을 최대화하
기 위해서 스토리의 연대기를
뒤범벅시키거나 사건을 강화하
거나 재구성하기도 하는 것이
다. 올리버 스톤(Oliver Stone)
의 문제작 〈JFK〉에서처럼 스
토리는 주관적인 관점에서 전
달된다.

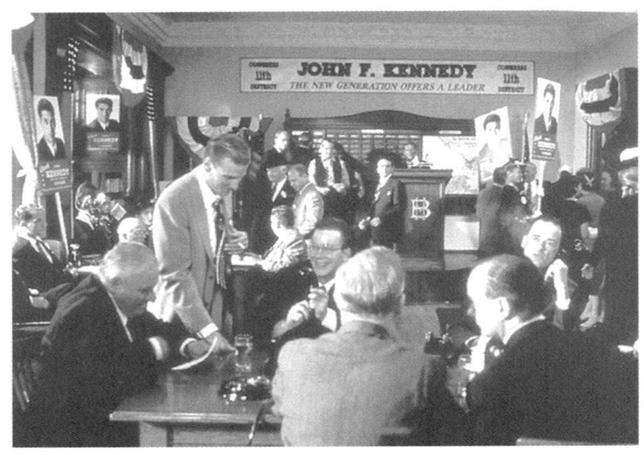

〈JFK〉

내러톨로지는 추상적인 언
어와 용어 때문에 난해할 때가 많고, 가끔은 이해가 되지 않을 때도
있다. 종종 전통적인 개념을 묘사하는 데에 낯선 용어들이 사용되기
때문이다. 예컨대 스토리와 그 플롯 구조와의 차이점, 즉 내러티브의
내용과 그 형식 간의 차이점은 색다른 용어로 표현된다. 미국의 많은
학자는 스토리(story) 대 담화(discourse)라는 용어를 선호하고, 다른
학자들은 이야기(historie) 대 담화(discourse), 미토스(mythos) 대 로고
스(logos), 파뷸라(fabula) 대 수제(syuzhet)라는 용어를 선호한다.

그러면 스토리와 플롯의 차이는 무엇인가? 스토리는 연대기 순으
로 된 일반적인 소재, 극적 행위의 가공되지 않은 재료로 정의될 수
있다. 반면 플롯은 스토리 위에 구조적인 패턴을 포개어 놓는 스토리
텔러의 방법과 관계가 있다.

내포작가는 인물에게 동기를 부여하고 사건의 시퀀스에 인과관계
를 제공한다. 피터 브룩스(Peter Brooks)는 플롯을 "내러티브의 디자
인과 의도"라고 정의했는데, 그것은 "스토리를 형성하고 특정한 방향
이나 의미의 의도를 부여하는" 것이다. 한 마디로 플롯은 씬을 미학
적 패턴으로 구조화하는 것은 물론, 내포작가의 관점과도 연관되어
있다.

2) 관객(The Spectator)

내러티브 논리와의 역동적인 상호 작용에 능동적으로 가담하지 않고서는 영화를 이해하기 쉽지 않을 것이다. 우리는 너무나 오랫동안 영화와 텔레비전을 시청해 왔기 때문에 우리 자신이 플롯의 전개에 순간적으로 적응한다는 사실을 거의 대부분은 깨닫지 못한다. 우리는 믿을 수 없을 정도의 빠른 속도로 시청각적 자극에 몰입한다. 복잡한 컴퓨터가 처리해 내는 것처럼 우리의 두뇌도 사진적인 것, 공간적인 것, 동적인 것, 음성적인 것, 연극적인 것, 뮤지컬적인 것, 의상에 관한 것 등 수많은 언어 체계가 동시에 딸깍거리면서 작동한다.

영화이론가 데이비드 보드웰(David Bordwell)을 비롯한 많은 학자들은 관객이 어떻게 영화의 내러티브와 끊임없이 상호 작용을 하고 있는지를 연구했다. 우리는 영화라는 세계 위에 우리 자신이 갖고 있는 질서와 일관성에 관한 상식을 투영하려 한다. 대부분의 경우, 우리는 영화를 보기도 전에 그 영화에 대해 일련의 기대를 갖는다. 주어진 시대나 장르에 대해 알고 있기 때문에 몇 가지의 예측 가능한 변수를 기대하는 것이다. 예컨대 대다수의 서부 영화는 19세기 후반에 일어난 일이며 미국의 서부 개척지가 배경이다. 책이나 TV, 그리고 다른 서부 영화 덕분에 우리는 개척 시대 사람들이 어떤 옷을 입었고 어떻게 행동하는지를 대충 알고 있다.

멜 브룩스의 〈불타는 안장〉(*Blazing Saddles*)에서처럼 내러티브가 전통, 관습 또는 우리의 역사 감각과 맞지 않을 때 우리는 억지로 그 내러티브를 향한 우리의 인식 방법과 태도를 재평가해 보려 한다. 아니면, 그 작가의 작품에 적응하려 하거나 혹은 그 작품을 부적절한 것, 조잡한 것, 제멋대로인 것으로 여겨 거부하기도 한다.

내러티브적인 전략은 종종 장르로 결정된다. 예를 들어 스릴러, 정치물, 미스터리 등과 같이 서스펜스로 성공하는 타입의 영화들의 경우, 내러티브는 아주 교묘하게 정보를 차단한다. 그리고는 우리로 하여금 추측을 하여 그 공백을 메우도록 한다. 반면에 낭만적인 코미디물에서는 대체적으로 그 결과를 미리 알 수 있다. 남자 혹은 여자가 이기느냐 지느냐가 아니라, 어떻게 남자가 여자를 얻느냐 혹은 여자가 남자를 얻느냐가 강조되는 것이다.

영화 스타에 대한 사전 지식 또한 그 내러티브의 한계를 결정한다. 우리는 셰익스피어 연극을 각색한 영화나 관습적인 보통의 러브 스토리에서 아마 클린트 이스트우드(Clint Eastwood)를 볼 것이라고 기대하지 않을 것이다. 이스트우드의 전문 분야는 액션 장르이고, 특히 서부 영화와 현대 도시에서 벌어지는 범죄 이야기였다. 특히 성격 배우들이 나오면 우리는 영화의 내러티브의 본질에 대해 미리 짐작할 수 있다. 그러나 메릴 스트립(Meryl Streep)과 같은 스타의 경우에는 무엇을 짐작하고 기대해야 할지 확신할 수가 없을 것이다. 이는 메릴 스트립의 연기 범위가 범상치 않게 폭넓기 때문이다.

관객은 제목으로도 미리 영화를 판단한다. 〈살인자 매춘부들의 공격〉(*Attack of the Killer Bimbos*)과 같은 제목의 영화는 명예로운 뉴욕 영화제에서는 상영될 것 같지 않다. 또한 〈윈더미어 부인의 부채〉(*Lady Windermere's Fan*)는 다소 나약하고 귀족적으로 들리는 제목 때문에 지방의 상점가 극장에서는 상영될 것 같지가 않다. 그러나 늘 예외는 있다. 〈새미와 로지 함께 눕다〉(*Sammy and Rosie Get Laid*)라는 제목이 흡사 포르노 영화처럼 들리지만, 실제로는 훌륭하고 섹시한 영국의 사회 코미디다. 교묘하게 공격적이고 약간은 노골적인 이 제목은 다분히 의도적인 것이다.

일단 영화가 시작되면, 우리는 그 내러티브의 한계를 규정한다. 이때 크레디트와 배경 음악의 스타일은 그 영화의 분위기를 판단하는 것을 용이하게 해 준다. 이 서두 부분에서 영화감독은 앞으로 추진해 갈 내러티브의 전제를 설정하면서 스토리의 변수와 분위기를 결정한다. 오프닝 씬은 내러티브가 어떻게 발전되어 갈 것인지, 그리고 어디에서 끝날 것인지를 암시한다. 아울러 설명적인 오프닝 씬은 무엇이 가능한지, 무엇이 있음직한지, 무엇이 아주 없을 것 같은지 등등 그 스토리의 내적 세계를 설정한다.

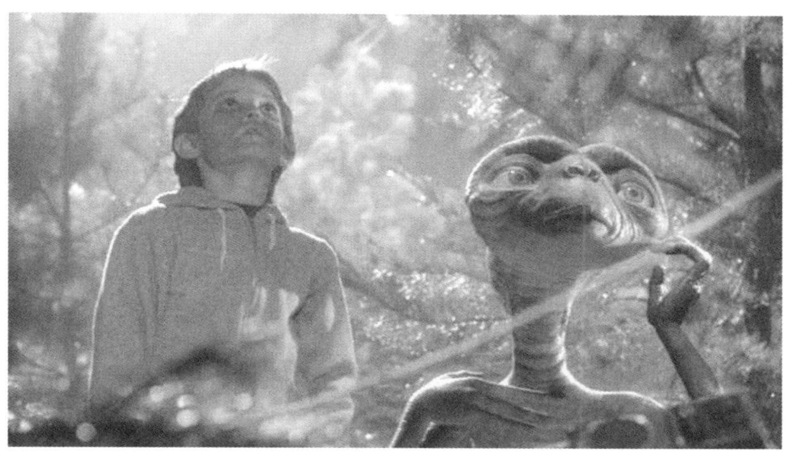

〈E.T.〉

앞서 이야기한 내용들을 부언하자면 내포작가가 예시해 주기 위해 주의깊게 어떤 장치를 해놓았다면 스토리에는 어떤 느슨한 실마리도 없어야 한다. 예컨대 〈E.T.〉에서 스필버그(Spielberg)는 우리에게 'E.T.'가 어떻게 그의 우주선을 놓치는지를 보여주는 오프닝 씬에서 내러티브의 변수로써 초자연주의를 설정한다. 그래서 영화의 중간과 후반부에 나타나는 초자연적인 사건에 대해 준비하게 한다.

어떤 비평가가 장 뤽 고다르(Jean-Luc Godard)에게 영화에는 반드시 처음과 중간과 끝이 있어야 한다고 생각하느냐고 물었다. 급진적인 혁신가이며 인습 타파주의자 그는 이렇게 대답했다. "그렇다. 하지만 꼭 순서대로일 필요는 없다." 대부분의 영화에서 설명을 통한 오프닝 씬은 그 스토리의 시간 틀을 설정해 주는 역할을 한다. 이 설명은 플래쉬백으로 현재로 또는 그 둘이 섞인 형태로 펼쳐질 수 있다. 또한 설명은 환상 장면, 꿈, 그리고 이런 종류의 스토리와 관계있는 양식화된 변수들에 대해 기본적인 규칙을 설정해 준다.

영화의 내러티브와 관객 사이에서는 잘 꾸며진 게임이 진행된다. 영화를 보는 동안, 관객은 중요하지 않은 디테일을 가려내고, 가설을 세우고, 우리의 가설을 시험하고, 필요하다면 반복하고 개조하고, 설명을 형식화하는 등의 작업을 해야 한다. 왜 여주인공이 저런 일을 할까, 왜 남자 친구는 저렇게 반응할까, 그 어머니는 지금 무엇을 하고 있을까 등등 끊임없이 질문을 던지는 것이다.

더욱이 플롯이 복합적일수록 관객은 교묘해져야 한다. 가려내고, 바꾸고, 새로운 증거를 재어 보고, 동기와 설명을 추리하고, 감추어진 것을 밝혀내는 것이다. 특히 스릴러, 탐정 영화, 정치 영화처럼 관객을 속이는 장르에서는 끊임없이 예기치 못한 반전을 탐색한다.

간단히 말해서 우리는 영화의 플롯을 대할 때 절대로 수동적이지 않다. 그 스토리가 지루하고 기계적이고 완전히 유도적인 것일 때에도 우리는 여전히 그 플롯의 음모에 빨려들어갈 수 있다. 우리는 행위가 어디로 나아가는지를 알고 싶어한다. 그리고 따라갈 수만 있다면 그곳이 어디인지를 발견해 낼 수 있는 것이다.

3) 고전적 패러다임(The Classical Paradigm)

1910년 이래로 극영화 제작을 지배해 온 특정 내러티브 구조를 묘사하기 위해 학자들은 고전적 패러다임이라는 용어를 만들었다. 그리고 이것은 아직까지도 여전히 스토리 구성에서 가장 인기있는 유형이며, 특히 미국에서는 타의 추종을 불허할 정도로 지배적이다. 고전적이라고 하는 것은 실제 실용성의 표준이며, 반드시 예술적 탁월성을 의미하는 것은 아니다. 다시 말해서 좋은 영화는 물론이고 나쁜 영화도 이런 내러티브의 정형(formula)을 이용한다.

고전적 패러다임은 연극 무대에서 비롯된 것으로서 규칙이 아니라 일련의 관습이다. 이 내러티브 모델은 행위를 시작한 주인공과 그에 저항하는 경쟁자 간의 갈등에 기초한다. 이 형식으로 된 대부분의 영화는 암시적인 극적 질문으로 시작된다. 관객은 커다란 저항에 부딪힌 주인공이 어떻게 그의 의지를 관철시키는지 알고 싶어한다. 그 다음 씬들은 상승하는 패턴의 행위 속에서 이 갈등을 첨예화시키게 된다. 이 같은 점진적인 확대는 인과 관계라는 관점에서 각 씬이 다음 씬과 연계되고 있음을 뜻한다.

갈등은 클라이맥스에서 최고조의 긴장 상황에 달한다. 여기에서 주인공은 경쟁자와 노골적으로 충돌한다. 그리고 한 쪽은 이기고 한 쪽은 진다. 그들의 맞대면 이후에 극적 긴장은 결말로 가라앉는다. 전통적으로 코미디에서는 결혼이나 춤으로, 비극에서는 죽음으로, 보통의 드라마에서는 재결합이나 정상으로의 복귀 등 스토리는 일종의 형식적인 결말로 끝난다. 마지막 숏은 그 특권적인 위치 때문에 앞의 이야기의 의미를 요약하면서 일종의 철학적인 개관을 담는 경우가 많다.

고전적 패러다임은 극적인 통일성, 그럴듯한 동기화, 그리고 그 구성 요소들의 일관성을 강조한다. 행위를 부드러운 흐름으로 만들고 필연적이라는 느낌을 주기 위해서 각 숏은 아주 부드럽게 다음 숏으로 이어진다. 그런데 감독들은 이따금씩 갈등을 긴박하게 하기 위해서 일종의 데드라인을 설정하기도 하는데, 이 때문에 정서가 격렬해진다. 할리우드 스튜디오 시대에 고전적인 구조에는 종종 이중적인 플롯이 쓰였다. 특히 낭만적인 러브 스토리가 액션이라는 주 플롯과 병행되었다. 또한 많은 러브 스토리는 종종 코믹한 또 다른 커플이 주인공 연인들과 나란히 나왔다.

　고전적인 플롯 구조는 직선적이며, 대개 여행이나 추적 혹은 탐색의 형식을 취한다. 심지어 등장인물의 성격도 그들이 하고 있는 행동이 무엇인가에 따라 결정된다. 시나리오 작가 사이드 필드(Syd Field)는 "행위는 인물이다. 사람은 그가 말하는 것으로 드러나는 것이 아니다. 그 사람의 행동이 바로 그 사람"이라고 주장했다. 필드를 비롯한 고전적 패러다임의 옹호자들은 수동적인 인물, 어떤 일을 당하는 사람들에 대해서는 별로 관심이 없었다. 그리고 수동적이거나 일을 당하는 타입의 이런 인물들은 할리우드가 아닌 다른 나라의 영화에서 좀더 전형적으로 볼 수 있다. 고전주의자들은 목적 지향적인 인물을 선호하고, 따라서 관객은 그들의 행위에 관심을 갖게 된다.

　필드의 개념적인 모델은 전통적인 연극 용어로 표현되며, 영화 각본은 3막으로 구성된다. 첫 번째 막은 설정(setup)으로서, 각본의 처음 1/4을 차지한다. 이 부분에서는 주인공의 목적이 무엇이고 그 목적을 달성하는 과정에서 어떤 장벽에 부딪히게 될 것인가 하는 극적인 전제를 설정한다. 두 번째 막은 대립(confrontation)이다. 스토리의 중간 2/4로 구성되는데, 그 안에는 행운 또는 불운의 주요 반전이 포함되어 있다. 영화 각본에서 이 부분은 플롯이 급진전하고 위기감이 고조되어 갈등이 복잡해지고, 주인공이 장애와 맞서 싸우는 것을 보여준다. 세 번째 막은 해결(resolution)로서, 스토리 마지막 1/4을 이룬다. 이 부분은 클라이맥스에서 벌어지는 대립의 결과로 무엇이 일어나는지를 극화한다.

　영화사상 가장 위대한 플롯 가운데 하나는 무성영화 희극배우 버스터 키튼(Buster Keaton)의 〈장군〉(*The General*)으로서 고전적 패러다임의 교과서적인 예를 보여준다. 이 영화는 필드의 3막극법은 물론, 프레이탁(Freytag)의 반전된 V자 구조에 딱 들어맞는다. 다니엘 모우스(Daniel Moews)가 지적했듯이, 키튼의 모든 장편 코미디는 한결같

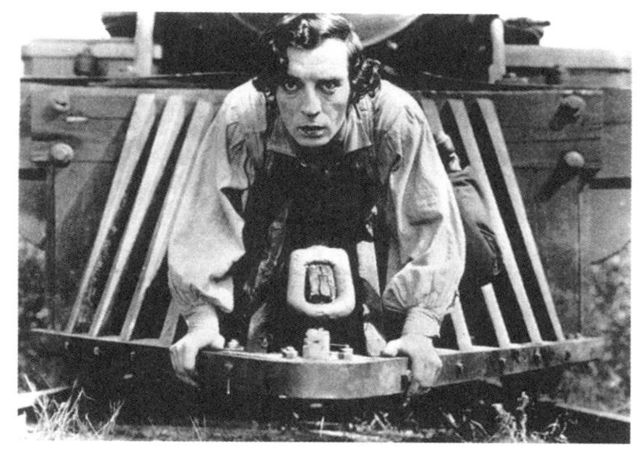

〈장군〉

이 기본적인 희극 형식을 이용한다. 버스터는 성실하지만 어색한 풋내기로 자기가 경외하는 사람, 즉 대개가 예쁜 여자인 그녀들의 환심을 사기 위해 노력하지만 모두 실패한다. 그는 외롭고 우울하고 풀이 죽은 채로 잠에 빠진다. 잠에서 깨어나면, 그는 새로운 사람이다. 이와 같이 그는 그 영화의 앞부분에서 보여준 것과 똑같거나 비슷한 행동을 계속한다.

시민 전쟁을 다룬 코미디는 대체로 실제 사건을 기초로 한다. 마찬가지로 〈장군〉도 콩그리브의 원작 희곡을 내러티브적으로 우아하게 설계한 것이다. 첫 막에서는 주인공의 인생에 있어 사랑하게 되는 두 대상을 설정한다. 그것은 그의 기차인 '장군'과 그의 다소 별난 여자 친구인 애너벨 리(Annaballe Lee)다. 그리고 이 영화는 성장 스토리이기도 하다. 그래서 아직 사춘기도 되지 않은 소년 두 명이 그의 친구로 나온다. 전쟁이 일어나자, 조니 그레이(Johnnie Gray)는 여자 친구에게 강한 인상을 주기 위해 입대를 결심한다. 그러나 당국에 의해 거부당하고 마는데, 엔지니어로서 남부에 남는 게 더 가치가 있었던 것이다. 애너벨은 조니를 겁쟁이라고 오해한다. "당신이 군복을 입을 때까지 나에게 아는 체하지 말아요." 그녀는 그에게 오만하게 말한다. 그리고 제1막이 끝난다.

제2막이 시작될 때 이야기는 이미 일 년이 흐른 뒤다. 영화의 나머지는 약 24시간 정도를 다룬다. 북부 연방 장교들이 남부 동맹의 기차를 강탈하려는 계획을 세운다. 물론 남부군의 보급선을 차단하려는 목적이다. 양키 지도자가 지닌 지도에는 주요 정거장과 철로를 따라 강이 흐르고 있음을 보여준다. 사실상 이 지도는 제2막의 지리학적 윤곽이다.

기차를 강탈하기로 한 바로 그날, 애너벨 리는 부상당한 아버지에게 가기 위해 조니의 기차를 탄다. 그녀는 옛 구혼자인 그를 냉대한다. 기차는 강탈당하고 그 다음 행위가 유발된다. 영화의 두 번째 1/4은 추적 시퀀스다. 조니는 애너벨을 태운 채 도둑맞은 '장군'을 추적하고, '장군'은 북쪽으로 달린다. 이때 전보선, 선로 교체, 급수탑, 대포 등 다른 소품들이 연관될 때마다 일련의 개그가 쏟아진다. 조니는 이 과정에서 농담의 대상이 되곤 한다.

영화의 중간에서 우리의 영웅 조니는 혼자서 적의 캠프에 접근하기도 한다. 기진맥진한 상태에서 그는 애너벨을 가까스로 구해낸다. 그들은 비가 쏟아져 내리는 숲 속에서 낙담한 채로 녹초가 되어 잠에 빠진다. 다음날 두 번째 추적이 시작된다. 그 전날의 패턴과는 정반대가 되어 플롯의 세 번째 1/4을 차지한다. 이제는 조니와 애너벨이 다시 탈취한 '장군'을 타고 양키를 쫓아 남쪽으로 달리는 과정이 희화된다. 개그 요소들 역시 앞에서와 정반대의 방향을 취한다. 그들 대부분은 전선, 철도의 통나무, 급수탑, 불타는 다리 등 첫 번째 추적과 평행을 이룬다. 겨우 시간에 맞게 조니와 애너벨은 남부 동맹 캠프에 도착하고 임박한 북부 연방의 공격 계획을 알린다.

세 번째 막은 두 군대 간의 전투 시퀀스다. 조니가 언제나 성공하는 것은 아니지만, 불굴의 정신을 지닌 끈질긴 군인임을 스스로 입증하게 된다. 그는 군대에서 장교로 임관되어 그의 영웅적 행위에 대한 보답을 받는다. 또한 연인의 사랑을 되찾는다. 모두가 행복하게 끝을 맺는다.

키튼의 내러티브 구조는 정교한 대칭의 패턴을 따르며, 처음의 굴

욕은 마침내 영광으로 상쇄된다. 이렇게 도식적으로 묘사하면 키튼의 플롯은 다소 기계적으로 보이기도 한다. 그러나 복잡하게 상호 작용하는 평행 구조와 단정하게 균형잡힌 대칭성 등을 갖춘 키튼의 구조적 엄격함이야말로 18세기의 위대한 네오리얼리즘 예술가들의 작품에 비견될 수 있다고 극찬하는 목소리도 있다.

아무튼 이러한 인위적인 플롯 구조는 형식주의 내러티브로 여겨질 수도 있다. 그러나 각 부분의 연기나 수법 등은 엄격하게 사실적이다. 키튼은 그의 모든 익살 연기를 보통 첫 번째 테이크에서 연기했다. 또한 의상과 세트, 심지어 기차에 이르기까지 모든 것을 매우 정확하게 역사적인 사실과 부합하도록 만들 것을 고집했다. 이 사실적인 효과와 형식적으로 패턴화된 내러티브의 조합은 고전적인 영화에는 전형적인 것이다. 고전주의는 양쪽의 양식화된 극단적 관례를 뒤섞은 중간 스타일이다.

4) 내러티브(Narratives)

(1) 사실주의적 내러티브(Realistic Narratives)

일반적으로 비평가들은 사실주의를 삶과 연결시키고, 형식주의를 패턴과 연결시켰다. 사실주의는 스타일의 부재로 정의되고, 반면에 형식주의에서 스타일은 두드러진 관심거리다. 사실주의자들은 물리적인 세계를 왜곡하는 것은 생각도 하지 못했거니와, 심지어는 '투명하게' 묘사하기 위해 어떠한 기교도 거부한다. 거꾸로 형식주의자들은 아름다운 상상의 세계 그 자체를 강조하기 위해서 환상적인 재료나 허황된 주제에도 관심을 가진다.

그런데 오늘날 최소한 사실주의에 관한 한 이런 견해는 순진하다고 여긴다. 현대 비평가나 학자들은 사실주의를 스타일이라고 간주한다.

확연해 보이지는 않지만 아마도 표현주의자들이 사용한 것만큼이나 인위적이고 정교한 관습을 가지고 있다는 것이다.

사실주의와 형식주의의 내러티브는 모두가 패턴화되고 조작된다. 그렇지만 사실주의적인 스토리텔러는 패턴을 덮어 가리기 위해서, 표면에 '어지럽게 흩어져 있는 것'과 극적사건들의 분명한 임의성 속에 패턴을 파묻으려 한다. 달리 말해서 사실주의 내러티브는 조작되지 않거나 삶과 동일한 척 하지만, 그것은 허위이며 미학적인 기만이라는 것이다.

사실주의자들은 느슨하고 광범위한 플롯, 다시 말해서 처음과 중간과 끝이 분명히 정해지지 않은 플롯을 선호한다. 우리는 임의적인 지점에서 그 스토리에 가담하게 된다. 또한 우리는 고전적인 내러티브에서처럼 명쾌한 갈등을 보지 못한다. 오히려 갈등은 억지스럽지 않은 사건에서 거슬리지 않게 나타난다. 스토리는 단정하게 구조화된 이야기가 아니라 마치 시의 단장(斷章)처럼 '삶의 편린'으로 보인다. 사실주의가 단정하게 구조화되는 경우는 거의 없다. 사실주의적 예술은 현실 세계의 모습을 그대로 따라야 한다. 마지막 릴이 돌아간 다음에도 삶은 흘러간다.

그래서 사실주의자들은 종종 자연의 순환에서 구조를 빌려 온다. 예컨대 오즈 야스지로(小津安二郎)의 많은 영화에는 초여름, 늦가을, 초봄, 여름의 끝, 늦은 봄 등과 같이, 인생을 적절하게 상징화하는 계절의 길목을 끌어오고 있다. 다른 사실주의적 영화들은 여름방학이나 학교의 한 학기처럼 한정된 기간을 둘러싸고 구조화된다. 그런 영화들은 가끔씩 그 중심에 출생, 사춘기, 첫사랑, 첫 직장, 결혼, 고통스러운 헤어짐, 죽음과 같은 통과 의례가 있다.

그런데 간혹 영화가 끝날 때까지도 내러티브의 일관성의 원리를 추측할 수 없는 경우도 있다. 특히 많은 사실주의 영화에서 볼 수 있는

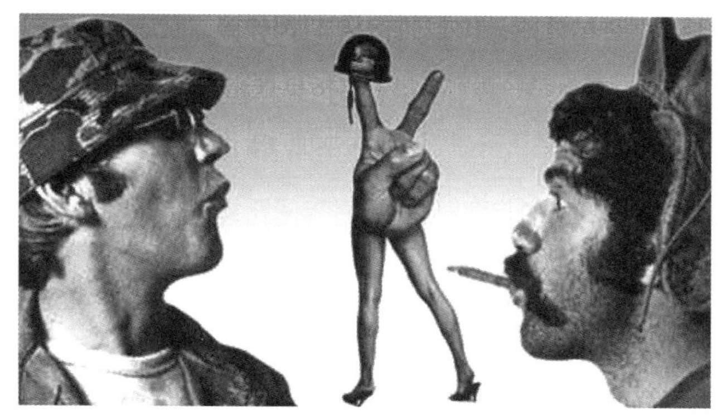

〈매쉬〉

원형 혹은 순환적 구조일 경우에는 더욱 그렇다. 예를 들어, 로버트 알트만의 〈매쉬〉는 호크아이 피어스와 듀크 포레스트라는 두 명의 군의관이 도착하면서 시작된다. 그리고 영화는 그들의 임무 기간이 만료되면서 끝난다. 그러나 매쉬 부대는 뛰어난 두 사람의 외과의가 떠난 후에도 계속해서 생명을 구할 것이다. 이것과 똑같은 구조적 원리는 후일의 군대 코미디물 배리 레빈슨(Barry Levinson)의 〈굿모닝 베트남〉(*Good Morning Vietnam*)에서도 사용된다.

〈매쉬〉의 에피소드 구조는 텔레비전 시리즈에 익숙한 사람들에게 호소력이 있는 것이다. 사실주의 영화의 내러티브는 종종 에피소드적이고 상호 교환적인 사건의 시퀀스다. 플롯은 타협의 여지없이 건축되는 것이 아니라, 관객을 놀라게 하는 어떤 씬들로 귀결되기 위해 그저 흘러가는 것처럼 보인다. 그러나 이것들이 스토리를 꼭 앞으로 진행시키는 것은 아니다. 이 씬들은 그냥 실제로 일어나는 좀 별다른 몇몇 이야기들로만 존재하는 것이다.

빠르게 진행되는 스토리를 좋아하는 관객은 흔히 천천히 진행되기도 하는 사실주의 영화를 참을 수 없어 한다. 이렇게 느린 진행은 초반 씬에서 특히 심해서, 그동안은 중요한 내러티브적 요소가 나타날 때까지 기다려야 한다. '옆길로 빠지는 것'은 종종 중심 플롯에 대한 평행 구조였음이 드러난다. 그러나 이 평행 구조는 추론으로 알 수 있는 것이고, 외적으로 분명하게 드러나는 경우는 거의 없다.

그밖에도 사실주의 내러티브의 다른 특징은 다음과 같다.

① 객관적으로 보고할 뿐 판단 내리기를 회피하여 개입하지 않으려
  는 태도를 견지한다.

② 독특하고 구체적이고 특정한 것을 선호하기 때문에 판에 박힌
  표현, 진부한 관습, 상투적인 상황과 인물을 거부한다.

③ 이따금 딱딱하고 나쁜 취향으로 비판받는 쇼킹한, 혹은 저급한
  소재를 선택하여 폭로하는 것을 선호한다.

④ 그럴듯한 해피엔딩, 희망적인 생각, 기적적인 치유, 그리고 또
  다른 형태의 허위적인 낙관주의를 거부하는 반감상적인 관점을
  취한다.

⑤ 말수가 적고, 비(非)극화를 선호하며, 멜로 드라마 및 과장을 피
  한다.

⑥ 운명이나 숙명과 같은 낭만적인 개념을 거부하고, 인과 관계와
  동기 부여라는 과학적인 관점을 갖는다.

⑦ 평범하고 솔직한 표현을 좋아하고 서정적인 충동을 피한다.

(2) 형식주의적 내러티브(Formalistic Narratives)

형식주의적 내러티브는 그 인위성을 즐긴다. 주제를 강화하기 위해
시간은 종종 다시 배열된다. 플롯의 디자인은 감추어지는 것이 아니
라 강조된다. 그것은 관객에 대한 쇼의 일부로서 존재한다. 형식주의
적 플롯은 구색이 잘 갖추어져 있지만, 일반적으로 영화감독이 의도
하는 주제에 따라 구조화된다. 예를 들어 알프레드 히치콕(Alfred
Hitchcock)은 이중적 플롯과 아울러 엉뚱하게 걸려 든 사람, 즉 아직
잡히지 않은 범인과 닮아 추궁당하는, 법적으로 결백한 사람을 다루
는 주제에 사로잡혀 있다.

히치콕의 〈잘못된 사람〉(*The Wrong Man*)은 이 내러티브 모티프를
가장 분명하게 다룬 영화다. 전체적인 플롯은 이중적이고, 두 개로

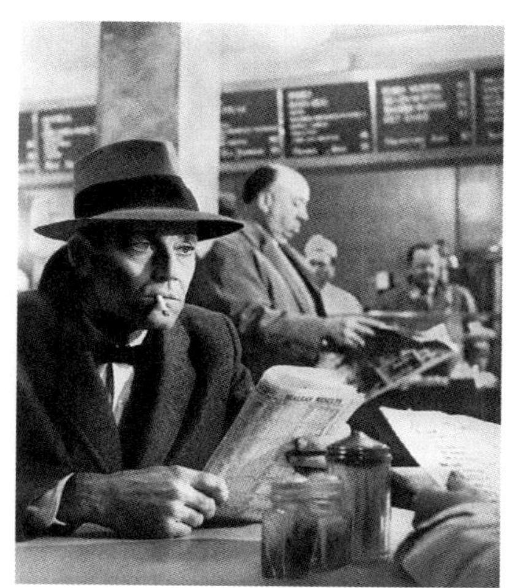

〈잘못된 사람〉

구조화되어 있다. 두 번의 투옥과 두 번의 필적 테스트, 부엌에서의 두 번의 대화, 두 번의 법률 청문회, 두 번의 병원 방문, 두 번의 변호사 방문 등이다. 주인공은 두 명의 경찰관에 의해 두 번 체포된다. 그는 두 개의 다른 상점에서 두 명의 증인에 의해 (잘못) 확인된다. 죄에 대해서도 두 번 이송된다. 주인공(헨리 폰다)은 그가 저지르지 않은 죄로 기소되고, 정서적으로 불안한 아내(베라 마일즈)는 자신이 수용소에 가야 한다고 주장하며 죄가 있는 체 한다. 장뤽 고다르는 "사람들은 히치콕이 조종끈을 너무 자주 보여준다"고 말했다. 그리고는 "그러나 그가 그 조종끈을 보여주기 때문에, 그것들은 더 이상 조종끈이 아니다. 그것은 우리가 파고들어 따지는 것을 버텨내기 위해 만든 훌륭한 건축 디자인의 기둥이다."고 했다.

많은 형식주의적 내러티브는 작가에 의해 간섭을 받는데, 이때 작가의 개성은 바로 쇼의 일부가 된다. 이를 테면 브뉘엘(Bunuel)의 영화에서 그의 개성을 무시하는 일은 사실상 불가능하다. 그는 냉소적인 블랙 유머를 그의 내러티브 사이에 수줍게 끼워 넣는다. 그는 자신의 인물에게 그들의 거만한 언행, 그들의 자기기만, 그들의 비열하고 쩨쩨한 마음 등을 설정함으로써 몰래 해를 입히는 것을 좋아한다. 또한 고다르는 몹시도 간섭적인 데에 개성이 있다. 특히 그의 비전통적인 내러티브에서 뚜렷하게 나타나는데 그는 그것을 '영화적인 에세이'라고 불렀다.

형식주의 내러티브는 종종 서정적인 간주곡, 1930년대의 프레드 아스테어 진저 로저스 알케이오 뮤지컬에서의 매혹적인 춤곡들과 같은 것에 간섭을 당한다. 사실상 뮤지컬, SF, 판타지처럼 양식화된 장

르 영화는 양식화된 황홀감
과 화려한 효과를 보여주어
가장 풍요로운 잠재력을 제
공한다. 이 서정적인 간주
곡들은 플롯의 진행 추진력
에 끼여든다.

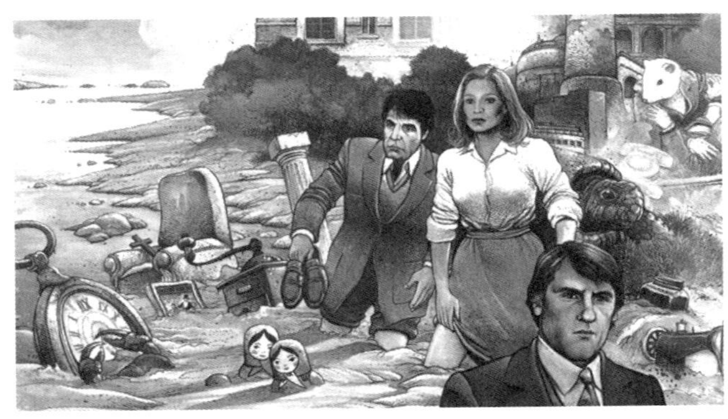

〈내 미국 삼촌〉

형식주의 내러티브의 탁
월한 예는 알랭 레네(Alain
Resnais)가 감독하고, 레네와 장 그롤(Gean Grualt)이 각본을 쓴 〈내
미국 삼촌〉(*Mon Oncle d' Amerique*)을 들 수 있다. 이 영화의 구조는
고다르의 에세이 형식에 큰 영향을 받았는데, 그것은 다큐멘터리와
아방가르드 영화에서 따온 요소들을 극영화와 혼합시켰다고 할 수
있다. 이 영화에서의 아이디어는 기초 심리학에서 다루는 것이다. 레
네는 실제 의사와 행동과학자 앙리 라보리 박사(Dr. Henri Laborit)의
기록 화면을 그의 극영화적인 에피소드 사이에 흩뜨려 놓는데, 이 사
람들은 절개, 분석, 그리고 분류에 대한 프랑스적인 열광에 빠져 있
다. 레네는 두뇌의 구조, 의식적이고 잠재의식적인 환경, 신경 체계,
동물학, 그리고 생물학에 이르기까지 인간 행위의 관계를 논의한다.
그는 스키너(B. F. Skinner)와 다른 인간 발달 전공학자들의 행위-수
정 이론에 대해 언급한다.

이 영화에서 극영화적인 에피소드들은 이 이론의 구체적인 예시다.
인물들은 기계적인 좀비(zombies)가 아니라 자율적이다. 그런데도 그
들은 그들이 잘 이해할 수 없는 어떤 힘의 희생자가 된다. 레네는 세
명의 호소력 있는 인물에 초점을 맞춘다. 각각은 독특한 생물학적 구
조와 문화적 환경의 산물이다. 그런데 그들의 행로는 우연히 교차한
다. "이 사람들은 행복해질 수 있는 조건을 모두 갖추고 있다. 그러나

그들은 전혀 행복하지 않다. 왜일까?"하고 레네는 말한다. 그리고 나서 레네는 관객에게 그의 현란한 편집과 중층적 내러티브를 통해서 그 이유를 보여준다. 관점이 바뀌는 만화경 속에서 레네는 각 인물들의 삶과 꿈과 기억의 단편들을 라보리 박사의 추상적인 공식화, 통계, 그리고 조심스러운 관찰과 함께 병치시킨다.

세 주인공은 영화광이다. 그래서 이야기가 진행되는 동안 레네는 다양한 지점에서 그들의 어린 시절의 우상이었던 장 마레(Jean marais), 다니엘 다리외(Danielle Darrieux), 장 가방(Jean Gabin) 등의 영화에서 몇 개의 장면을 짧게 인터 컷한다. 그러나 어떤 장면은 인물들의 극적 상황에서 소외되어 있으며 우연히 비슷한 데조차도 없다. 레네는 위대한 세 명의 프랑스 영화 스타에게 경의를 표하고 있다.

(3) 넌픽션 내러티브(Nonfictional Narratives)

영화는 크게 세 가지로 분류된다. 극영화, 다큐멘터리, 그리고 전위 영화(avant-garde)가 그것이다. 전위 영화는 보통 스토리를 말하지 않는다. 최소한 관습적인 즉, 극적인 의미에서는 그렇지 않다는 말이다. 물론 다큐멘터리와 전위 영화는 구조화되어 있지만, 그 어떤 것도 플롯을 이용하지 않는다. 만약 스토리가 있다고 가정하면 오히려 스토리는 주제나 논쟁을 따라 구조화되는데, 특히 다큐멘터리에서 그러하다. 전위 영화에서 구조는 종종 영화감독의 주관적인 본능의 문제가 된다.

다큐멘터리는 대부분의 극영화와는 달리 사실을 다룬다. 만들어진 것이 아닌 현실의 사람들, 장소, 사건 등을 다루는 것이다. 다큐멘터리 감독은 자신들이 한 세계를 창조하고 있다기보다는 이미 존재하는 어떤 세계를 보고한다고 믿는다.

그러나 그들은 외부 세계의 단순한 기록자가 아니다. 왜냐하면 극

영화 감독처럼 그들 역시 디테일을 선택함으로써 그들의 기본적인 재료를 형상화시키기 때문이다. 이 디테일은 일관된 예술적 패턴으로 구성된다. 많은 다큐멘터리 감독은 교묘하게 그들 영화의 구조를 단순하고도 자연스런 것이 되도록 한다. 그들은 사실에 대한 그들의 해석이 삶 그 자체의 풍부한 무작위성을 전달해 주기를 바라는 것이다.

사실상, 사실주의와 형식주의라는 개념은 극영화로서의 다큐멘터리를 논의하는 데 유용하다. 그러나 압도적인 다수의 다큐멘터리 감독은 그들의 주된 관심이 스타일보다는 소재에 있다고 주장할 것이다.

사실주의적인 다큐멘터리는 1960년대의 시네마 베리테(cinema verite) 혹은 다이렉트 시네마(direct cinema) 운동으로 가장 잘 표현된다. 뉴스 이야기를 재빨리, 효과적으로 그리고 최소한의 스탭으로 포착할 필요가 있기 때문에, 텔레비전 저널리스트들은 새로운 테크놀로지를 개발하게 되었고, 결국 다큐멘터리 영화의 진실에 대한 새로운 철학이 생겨났다. 그 테크놀로지는 다음과 같다.

① 촬영 기사가 사실상 어떤 곳이든 쉽게 돌아다닐 수 있게 해주는 가벼운 16mm 핸드 헬드 카메라

② 촬영 기사가 12mm 광각 위치부터 120mm 망원 위치까지 한 번의 조절바로 작동시킬 수 있게 해주는 줌 렌즈

③ 따로 조명을 설치하지 않아도 촬영할 수 있는 새로운 고감도 필름. 이 필름은 최소한의 조명만으로 심지어 밤 장면까지도 만족할 만한 선명도로 담아낼 수 있을 만큼 조명에 민감하다.

④ 녹음 기사가 자동으로 영상과 음향을 동시에 녹음할 수 있는 이동용 테잎 레코더. 이 장비는 사용하기가 너무나 쉽기 때문에 카메라를 조작하는 사람과 사운드 시스템을 조작하는 사람 등 두 사람만 있으면 뉴스 기사를 촬영할 수 있다.

촬영 장비의 이러한 유연함과 기동성은 다큐멘터리 감독으로 하여금 진실성의 개념을 다시 정의하도록 해주었다. 이런 새로운 미학은 사전 계획과 조심스럽게 세분화된 각본을 준비하는 작업을 불필요하게 하였다. 각본은 현실세계에 대하여 선입견을 갖는 셈이 되고, 어떤 즉흥성이나 모호함도 중화시켜 버리는 경향이 있다. 다이렉트 시네마는 그러한 허구적인 선입견을 거부했다. 현실은 관찰되고 있는 것이 아니라, 그 각본이 그렇다고 말하고 있는 것에 따라 배치되고 있는 것이기 때문이다. 다큐멘터리 감독은 재료 위에 플롯을 얹어 놓는다. 어떤 종류의 재창조도 더 이상 필요하지 않다. 왜냐하면 만일 제작팀의 구성원들이 그 사건이 실제로 일어나고 있는 현장에 있다면, 그들은 사건이 일어나고 있는 동안 그 사건을 직접 포착할 수 있기 때문이다.

현실 세계에 대한 최소한의 간섭이라는 개념은 미국과 캐나다 시네마 베리테 학파의 지배적인 입장이었다. 영화감독은 어떤 식으로도 사건을 통제하지 않아야 한다. 심지어는 실제의 사람과 장소가 포함된다고 할지라도 재창조는 받아들여질 수 없는 것이었다. 편집은 최소한도로 그쳤다. 만약 그렇지 않을 경우 편집이 사건의 연결에 그릇된 인상을 심어줄 수 있기 때문이다. 또한 가능한 한 장시간 촬영을 주로 함으로써, 실제 시간과 공간을 보존할 수 있었다.

그리고 시네마 베리테는 사운드를 최소한으로 사용한다. 이 영화감독들은 전통적인 다큐멘터리에 수반되는 '신의 목소리' 해설에 적대적이었고 지금도 그렇다. 화면 밖에서 이루어지는 내레이션은 관객을 위해 영상을 해석해 주는 경향이 있고, 따라서 관객 스스로 분석할 필요성이 줄어든다. 그래서 어떤 다이렉트 시네마의 옹호자는 해설을 완전히 없애 버리기도 한다.

형식주의자이거나 주관적인 다큐멘터리의 전통은 소비에트 영화

감독 지가 베르토프(Dziga Vertov)까지 거슬러 올라간다. 1920년대 대부분의 소비에트 예술가들처럼 베르토프도 선동가였다. 그는 영화가 혁명의 수단이며, 노동자들에게 이데올로기적인 관점에서 사건을 볼 수 있는 안목을 가르치는 방법이어야 한다고 믿었다. 그는 "예술이란 역사적 투쟁을 반영하는 거울이 아니라 그 투쟁의 무기"라고도 하였다.

이 형식주의 전통에서의 다큐멘터리 감독은 영화를 주제적으로 건축하려는 경향이 있고, 논제를 예시하기 위해 이야기 재료를 배열하고 구조화한다. 대부분의 경우, 숏의 시퀀스와 심지어는 씬 전체가 의미나 논리를 살리면서도 배치가 바뀔 수 있다. 영화의 구조는 연대기나 내러티브의 일관성에 기초하지 않고, 다큐멘터리 감독의 주장에 기초한다.

한편 전위 영화는 너무 다양해서 그 내러티브 구조를 일반화하는 일이 어렵다. 이 영화의 대부분은 심지어 이야기를 말하려고 하지도 않으며, 자전적인 요소가 강하다는 공통점이 있다. 많은 전위 예술가는 주로 내적인 충동, 인간, 이념, 경험 등에 대한 그들의 사적이고 주관적인 관계를 전달하는 데 관심이 있다. 이런 이유로 전위 영화는 때때로 모호하고 이해조차 할 수 없기까지 하다. 전위 영화의 영화감독들은 대개 자신만의 사적인 언어와 상징학을 창조한다.

거의 예외없이 전위 영화는 그 각본 작업이 미리 이루어지지 않는다. 부분적으로는 감독이 동시에 촬영하고 편집하기 때문에 영화를 만드는 과정의 모든 단계에서 소재를 통제할 수 있는 까닭이다. 그들은 또한 자신의 영화에서 우연과 자발성에 가치를 두고, 이런 요소를 탐색하기 위해 각본의 불가변성을 피한다.

1940년대 미국의 전위 영화 감독인 마야 데런(Maya Deren)은 전위 영화를 사적인 혹은 시적인 영화라고 부르며, 주로 구조적인 관점에서 상업 영화와 차별화했다. 서정시처럼 사적인 영화들은 어떤 주제나 상황의 수직적인 연구라고 할 수 있다. 영화감독은 무엇이 일어나고 있는지보다는 어떤 상황이 무엇과 같은지, 혹은 무엇을 의미하는지에 더 관심이 많다. 영화감독은 주어진 순간의 의미에 대한 깊이와 층을 탐구하는 데 집중하였다.

반면에 데런에 따르면 극영화는 소설이나 연극과 같다. 본질적으로 그 전개 과정이 수평적이다. 내러티브 영화감독은 상황에서 상황으로, 느낌에서 느낌으로 전진해야 하는 선적인 구조를 갖는다. 그래서 극영화 감독은 주어진 생각이나 정서의 의미를 탐험할 시간이 많지 않다. 왜냐하면 플롯이 계속 앞으로 나아가도록 진행시켜야 하기 때문이다.

전위 영화 감독들은 알아볼 수 있는 소재는 무엇이든 경멸한다. 한스 리히터(Hans Richter)와 유럽의 다른 초기 아방가르드 예술가들은 내러티브를 거부했다. 절대 영화의 대부였던 리히터는 주로 추상적인 형태와 디자인으로만 영상을 구성했다. 그는 영화란 연기, 스토리, 혹은 문학적인 주제와는 상관이 없어야 한다고 주장하였다. 그러나 음악과 추상화처럼 순수하게 비재현적인 형태와 관계가 있어야 한다고 믿었다. 많은 동시대 전위 영화 감독도 이런 신념을 공유하고 있었다.

5) 장르(Genre)와 신화(Myth)

장르 영화란 전쟁 영화, 갱 영화, 공상과학 영화 등 특정한 유형의 영화를 이르는 말이다. 따라서 장르 영화는 문자 그대로 수백 가지나 되는데, 미국과 일본에서 특히 더하다. 미국과 일본의 극영화는 사실상 모든 장르에 따라 분류될 수 있다. 장르는 스타일, 소재, 그리고 가치 면에서 특징적인 일련의 관습으로 구분한다. 또한 장르는 스토리 소재에 초점을 맞추고 조직되는 편리한 방법이기도 하다.

흔히 많은 장르 영화는 특정한 관객을 겨냥한다. 성장 영화(Coming -of-age films)는 일반적으로 10대를 목표로 한다. 액션 모험 장르는 모든 남성의 활동에 초점을 맞춘다. 그리고 여성들은 보통 흔히 있는 극영화, 즉 낭만적인 흥미를 제공하는 영화에 기울어진다. 미국의 여성 영화와 일본의 어머니 영화는 가정생활에 초점을 맞춘다. 그런데 이 여성 지향적인 장르에서, 남성들은 비슷한 방식으로 관습화되고 있으니 일반적으로 집안의 벌이를 하는 사람, 성적인 대상, 혹은 딴 남자로 등장한다.

앙드레 바쟁(Andre Bazin)은 일찍이 서부 영화를 "내용을 추적하는 형식"이라고 설명했다. 그러나 서부 영화뿐 아니라, 모든 장르 영화에 대해 이와 똑같은 설명을 할 수 있을 것이다. 그러니까 장르는 일련의 느슨한 기대감이고, 절대적으로 신성한 명령은 아닌 것이다. 즉 주어진 스토리 유형의 각 예는 그보다 앞선 것들과 관계되어 있지만, 어쩔 수 없는 굴레는 아니라는 것이다. 어떤 장르 영화는 좋고, 다른 어떤 장르 영화들은 끔찍하다는 것은 편견일 뿐이다. 예술적인 탁월함을 결정하는 것은 장르가 아니라 그 예술가가 그 형식의 관습을 얼마나 잘 이용하는가에 있다.

그런데 장르 영화의 주된 결점이 있다. 영화가 모방적이며, 진부한 기계적 반복으로 가치를 잃어버리기 쉽다는 것이다. 장르적 관습들은 스타일이나 소재에 있어 의미있는 혁신을 이루어 내지 못하면 그저 판에 박힌 영화가 될 뿐이다. 그러나 이것이 영화의 경우에만 해당되는 것이 아니다. 모든 예술에 있어서도 그렇다. 아리스토텔레스는『시학』(The Poetics)에서 장르는 질적으로 중립이라고 했다. 고전적인 비극의 관습들은 그것이 천재에 의해 사용되건, 무명의 문사에 의해 사용되건 근본적으로 똑같다. 어떤 장르는 그것이 아주 재능있는 예술가의 관심을 끌었다는 이유로 좀더 문화적인 명성을 누린다. 그렇지 못한 장르들은 대개 원래보다도 예술적이지 않았다고 여긴다. 그러나 대부분의 경우 이런 장르의 지위 몰락은 원래부터 가능성이 없었다기보다는 소홀히 여겼던 데서 비롯된다. 예를 들어 초기의 영화 비평가들은 채플린과 키튼과 같이 중요한 희극 예술가가 이 분야에 입문하기 전에는 슬랩스틱 코미디를 유치한 장르라고 여겼다. 그렇지만 오늘날 그 어떤 비평가도 이 장르를 헐뜯지 않는다. 무시 못할 수많은 걸작이 이 장르에 있기 때문이다.

장르 영화가 비평적으로 최고의 찬사를 받는 경우는 기존의 형식적인 관습과 예술가의 독특한 공헌이 균형을 이루었을 때다. 고대 그리스의 예술가들은 동일한 신화를 토대로 작품을 썼으며, 극작가들과 시인들이 다시 같은 이야기로 돌아가곤 할 때도 그것을 탓하는 사람은 아무도 없었다. 무능한 예술가들은 그저 반복할 뿐이지만, 진지한 예술가들은 재해석을 하기 때문이다. 잘 알려진 이야기나 스토리 유형의 대체적인 윤곽만을 이용하여 스토리텔러는 재해석, 재생산의 작업을 수행한다. 그 주인공을 통해, 장르의 관습과 예술가의 창안 사이에서, 낯익은 것과 원래의 것 사이에서, 일반적인 것과 독특한 것 사이에서 도발적인 긴장감을 만들어 내는 것이다. 신화는 한 문명의 공통된 이상과 열망을 구체화하는 것이며, 예술가는 이러한 공동 사회의 이야기를 반복 이야기함으로써 어떤 의미에서는 정신적인 탐험가가 되어 알려진 것과 알려지지 않은 것 사이의 심연에 다리를 놓는다. 장르의 양식화된 관습과 원형의 스토리 패턴은 관객에게 그들 시대의 근본적인 신념, 공포, 불안에 제의적으로 참여하도록 격려한다.

영화감독들은 흔히 장르 영화에 이끌린다. 장르 영화가 자동적으로 막대한 양의 문화적 내용을 종합하고, 감독이 좀더 개인적인 관심사를 탐색하도록 해방시켜 주기 때문이다. 반면 일반적인 영화는 훨씬 자기 억제적이어야 한다. 예술가는 실제로 자신의 작품 속에서 모든 주요한 사상과 정서를 전달해야 하는데, 이것이 상영 시간의 대부분을 차지하게 된다. 그러나 장르 예술가는 절대로 출발선에서부터 시작하지 않는다. 앞선 사람들의 업적을 토대로 하여, 자신의 취향에 따라 그들의 아이디어를 더욱 풍요롭게 하거나 문제시할 수 있다.

가장 오래도록 지속되는 장르는 변화하는 사회적 조건에 적응하는 경향이 있다. 그 장르의 대부분은 선 대 악이라는 소박한 우화로 시작한다. 그러나 세월이 흐름에 따라 이런 것들은 형식과 주제적 범위 양쪽에서 모두 점점 복잡해진다. 그리하여 마침내는 수많은 장르가 원래 지니고 있던 가치와 관습을 조롱하면서 아이러니한 양식으로 바뀌는 것이다. 어떤 비평가들은 이 진화가 불가피한 것이며, 반드시 미학적인 발전을 의미하는 것은 아니라고 주장한다.

영화 비평가와 학자들은 장르 영화를 다음의 네 가지 중요한 주기로 분류하고 있다.

① 원시적(primative) : 정서적인 영향력이 강할지라도 부분적으로는 형식의 새로움 때문에 이 단계는 보통 소박하다. 장르의 여러 관습이 이 국면에서 확립된다.

② 고전적(classical) : 균형, 풍부함, 안정 등과 같은 고전적인 이상을 구현한다. 장르의 가치는 확실해지고 관객이 널리 공유하게 된다.

③ 수정적(revisionist) : 장르는 일반적으로 훨씬 상징적이고 모호해지며, 가치는 덜 분명하다. 이 단계는 양식적으로 복합적인 경향이 있는데, 정서보다는 지성에 호소하게 된다. 이미 확립된 장르의 관습은 종종 일반적인 신념을 의문시하거나 잠식해 들어가기 위해 아이러니한 장식으로 이용된다.

④ 패러디적(parodic) : 장르 발달에서 이 단계는 관습을 노골적으로
   조롱하고 터무니없이 진부한 것으로 깎아내리며 희극적인 방식
   으로 표현된다.

서부 영화의 원시적인 측면에 대한 예는, 최초의 서부 영화이자
대중에게 대단한 인기를 얻은 에드윈 포터(Edwin S. Porter)의 〈대열
차 강도〉(*The Great Train Robbery*, 1903)를 들 수 있다. 이 영화는
몇십 년 동안 모방되고 윤색되었
다. 그리고 서부 영화의 고전적
인 단계는 존 포드(John Ford)의
다수의 작품이 그 전형이라고 할
수 있다. 특히 흥행에 성공했을
뿐만 아니라, 비평적인 면에서도
널리 인정받은 그 시대의 얼마
안 되는 서부 영화 중 하나인 〈역
마차〉(*Stagecoach*)가 그렇다. 또

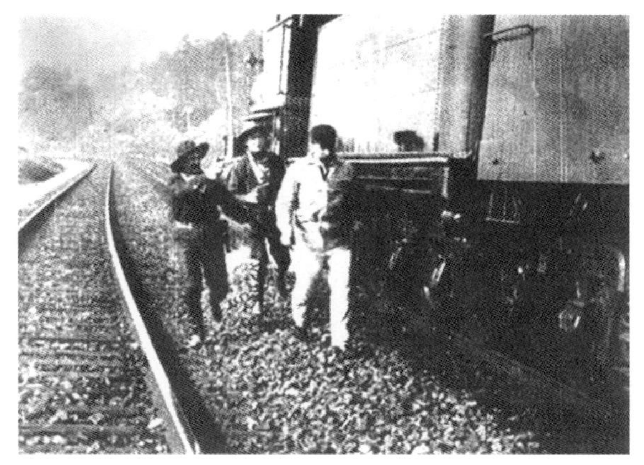
〈대열차 강도〉

한 〈하이 눈〉(*High Noon*)은 최초의 수정적인 서부 영화 가운데 하나인
데, 그 장르의 고전적인 단계의 많은 대중적인 가치를 아이러니하게
의문시한다. 이후 20여 년에 걸쳐서 대부분의 서부 영화들은 이 회의
적인 양식으로 남아 있었는데, 〈와일드 번치〉(*The Wild Bunch*)와 〈맥
케이브와 밀러 부인〉(*McCabe and Mrs. Miller*)과 같은 작품들이 이에
포함된다. 어떤 비평가들은 멜 브룩스(Mel Brooks)의 패러디 작품인
〈불타는 안장〉을 서부 영화 장르의 치명적인 것으로 지적했다. 왜냐
하면 많은 관습이 무자비하게 풍자되었기 때문이다. 그러나 장르는
몇 년 동안의 휴지기 후에 재도약할 방법이 있다. 예를 들어 클린트
이스트우드의 인기 있는 〈페일 라이더〉(*Pale Rider*)는 태연하게도 고

전적이다. 많은 문화 이론가는 한 장르의 진화에 대한 개별적인 가치의 문제는 대개 취향과 유행의 문제이며, 장르의 단계 그 자체의 내재적인 장점은 아니라고 주장한다.

장르와 그 장르에 영양을 공급하는 사회와의 관계를 탐색해 온 매우 시사적인 비평적 연구가 있다. 이 사회심리학적 연구는 19세기의 프랑스 문예비평가 이폴리트 테느(Hippolyte Taine)가 개척한 것이다. 테느는 어떤 특정한 시대, 혹은 특정한 나라의 사회적이고 지적인 불안이 곧 그 예술에 표현된다고 주장했다. 한 예술가의 함축적인 기능은 문화적인 가치의 불일치를 조화롭게 하고 화해시키는 것이다. 그는 공공연하게 드러나는 예술의 의미와 숨은 의미 양쪽을 모두 분석해야 하며, 예술에는 명시적인 내용 아래, 보이지 않는 사회적이고 심리적인 정보를 담고 있는 광대한 저수지가 존재한다고 믿었다.

이러한 접근은 인기 있는 장르에서 가장 효과적이다. 그러한 장르는 다수 관객의 공유된 가치와 두려움을 반영한다. 그러한 장르는 현대의 신화로 여겨질 수 있고, 일상 생활의 현실에 철학적인 의미를 부여해 주기도 한다. 사회적인 조건이 변함에 따라 장르도 종종 함께 변하고, 일부의 전통적인 풍습과 신념에 도전하고 다른 것들을 지지한다. 예를 들어 갱 영화는 미국 자본주의의 은밀한 비판자였다. 때때로 반란 신화를 탐구하는 수단이 되기도 했으며, 사회적 몰락기에 인기가 있었다. 주인공은 보통 몸집이 작은 사람이 연기하는데 그는 무자비한 사업가에 비유되고, 권력에 오르는 것은 호레이쇼 알제(Horatio Alger) 신화의 냉소적인 패러디다. 재즈 시대 동안, 〈지하 세계〉(*Underworld*)와 같은 갱 영화들은 본질적으로 탈정치적인 방식으로 금주법이 실행된 기간의 폭력과 매혹을 다루었다. 1930년대 초 공황기의 가장 힘든 시절 동안, 이 장르는 매우 이데올로기적으로 전도되었다. 〈작은 시저〉(*Little Caesar*)와 같은 영화들은 권위와 전통적 사회 제도 면에서

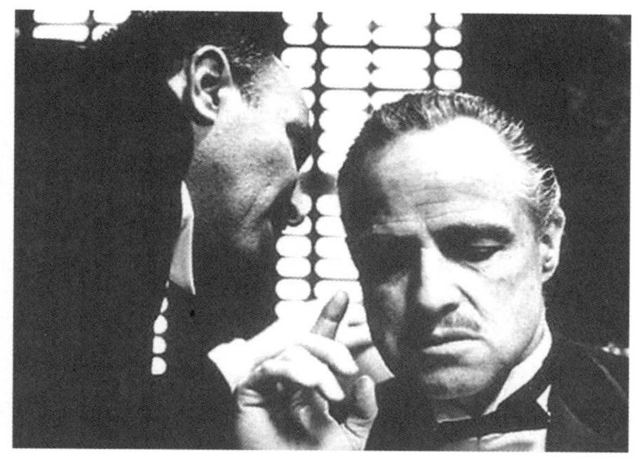

〈대부〉

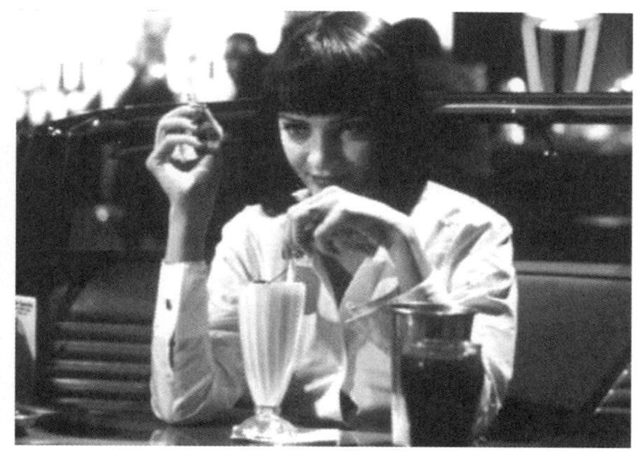

〈펄프 픽션〉

흔들리는 국가적 신념을 반영했다. 미국 대공황 말기의 〈막다른 골목〉(*Dead End*)과 같은 갱 영화들은 자유로운 개혁을 위한 청원이었고, 범죄는 파탄된 가정, 기회의 부족, 그리고 빈민굴 생활의 결과라고 주장한다. 모든 시대의 갱들은 여성에게 무능력하여 고생하는 경향이 있었으니, 1940년대의 〈하얀 열기〉(*White Heat*)와 같은 영화들은 노골적인 성적 신경증 환자의 주인공을 묘사했다. 1950년대에 부분적으로는 크게 알려진 케파우버 상원의원의 범죄 조사의 결과로, 〈피닉스 시 이야기〉(*The Phenix City Story*)와 같은 갱 영화들은 미국 조직 폭력단의 범죄 기밀을 폭로하는 형식을 취했다. 프란시스 포드 코폴라의 〈대부〉와 〈대부2〉는 갱 영화라는 장르의 역사를 사실상 다시 훑어본 것으로서, 3세대에 걸친 인물들을 보여주며 베트남과 워터게이트 사건으로 인해 지성과 감성을 마비당하고 망연자실해 있는 미국의 기진맥진한 냉소주의를 반영하고 있다. 세르지오 레오네(Sergio Lenoe)의 〈옛날 옛적 미국에서〉(*Once Upon a Time in America*)는 우화 같은 제목이 암시하는 대로 노골적으로 신화적이고, 거의 제의적인 방식으로 장르의 전통적인 흥망 구조를 다룬다. 쿠엔틴 타란티노(Quentin Tarantino)의 〈펄프 픽션〉(*Pulp Fiction*)은 장르의 재치있는 희화이며, 갱 영화 관습의 많은 것을 패러디한다.

지그문트 프로이트와 칼 융의 사상은 많은 장르 이론가들에게 영향을 미쳤다. 테느처럼 이들 정신병리학자는 예술이 의미의 잠재적 구조의 반영이라고 믿었고, 예술가와 관객 모두의 특정한 잠재의식적인 필요를 만족시키는 것이라고 믿었다. 프로이트에게 예술이란 백일몽과 소망 성취의 한 형식이었고, 현실에서 만족될 수 없는 절박한 충동과 욕망을 대리적으로 해결하는 것이었다. 포르노 영화는 아마도 열망이 어떻게 대리적인 방식으로 진정될 수 있는지를 보여주는 가장 분명한 예가 될 것이다. 그리고 실제로도 프로이트는 대부분의 신경증이 성적인 것에 바탕을 두고 있다고 믿었다. 그는 본질적으로는 사회적으로 유익한 것일지라도 예술을 신경증의 부산물이라고 생각했다. 신경증처럼 예술은 반복적인 강박증, 즉 어떤 심적인 갈등을 재현하고 일시적으로 해결하기 위해 똑같은 이야기와 제의들을 반복할 필요성을 갖는다는 것이다.

융은 프로이트의 제자로 출발했지만, 결국에는 프로이트의 이론이 공동 사회라는 차원이 결여되어 있다고 생각하면서 결별하고 말았다. 융은 신화, 동화, 민속학에 매혹되었고, 그런 것들에는 모든 문화, 모든 시대, 모든 개인에게 찾아볼 수 있는 보편적인 상징과 스토리 패턴이 있다고 믿었다. 융에 따르면 무의식적인 콤플렉스는 본능만큼이나 깊이 뿌리박혀 있고 불가해한 원형적인 상징들로 이루어진다. 그는 이 가라앉아 있는 상징들의 저수지를 집단 무의식(collective unconscious)이라고 불렀고, 이것은 근원적인 것으로서 원시 시대까지 거슬러 올라갈 수 있다고 생각했다. 이 원형적 패턴들은 다수가 서로 양극적인 것으로 종교, 예술, 그리고 사회의 기본적인 개념을 구현한다. 예컨대 선과 악, 능동과 수동, 남성과 여성, 정적인 것과 동적인 것 등이 그렇다. 융은 예술가들이 의식적이건 무의식적이건 가공되지 않은 재료로서 이 원형을 끌어내어, 특정 문화권에서 선호할 만한 일반적인 형식들로 바꾸어야 한다고 했다. 융에게 있어서 모든 예술 작품, 특히 포괄적인 예술은 보편적인 경험의 극미한 탐구이며, 고대의 지혜를 향한 본능적인 모색이다. 또한 엘리트 문화는 복합적인 표면의 디테일 아래로 원형과 신화를 가라앉히는 경향이 있는데 반하여, 대중문화는 원형과 신화에 대해 가장 솔직한 관점을 제공한다고 그는 믿고 있었다.

5. 대본(screenplay)과 각색(adaptations)

1) 시나리오 작가(The Screen writer)

시나리오 작가는 영화감독과 함께 일하는 다른 어떠한 사람보다도 영화의 주된 '작가'로서 자주 부각되어 왔다. 작가는 대체로 대사를 책임지며, 행동 대부분의 윤곽을 결정한다. 그리고 때때로 행동을 매우 자세하게 결정할 때도 있으며 종종 영화의 주제까지도 제시한다. 그러나 영화 제작에서 작가가 어떠한 공헌을 했는가를 한마디로 말하려는 것은 헛수고일 따름이다. 왜냐하면 영화나 감독에 따라 작가의 역할이 크게 달라지기 때문이다. 어떤 감독들은 시나리오에 별로 신경을 쓰지 않는다. 최소한의 시나리오만을 사용하는 감독도 있다. 특히 무성 영화 시절에 즉흥적인 연기는 예외 없이 늘 있는 일이었다.

그리고 뛰어난 감독들 중에는 직접 시나리오를 쓰는 사람이 많다. 콕도(Cocteau), 에이젠슈테인(Eisenstein), 베르히만(Bergman), 그리고 헤르조그(Herzog) 등이다. 미국 영화의 경우에도 마찬가지다. 그리피스(Griffith), 채플린(Chaplin), 슈트로하임(Stroheim), 휴스턴(Huston), 웰즈(Wells), 맨키위츠(Mankiewicz), 와일더(Wilder), 스터

지스(Sturges), 우디 앨런(Woody Allen), 코폴라 (Coppola) 등은 직접 시나리오를 쓰는 감독으로서 유명한 사람들이다. 이처럼 감독 대부분이 대체로 직접 시나리오를 쓰기도 하지만, 생각을 넓히기 위해서 다른 작가의 도움을 얻기도 한다. 펠리니(Fellini), 트뤼포(Truffaut), 구로사와(黑澤, Kurosawa) 등이 이런 방식으로 작업한 감독들이다.

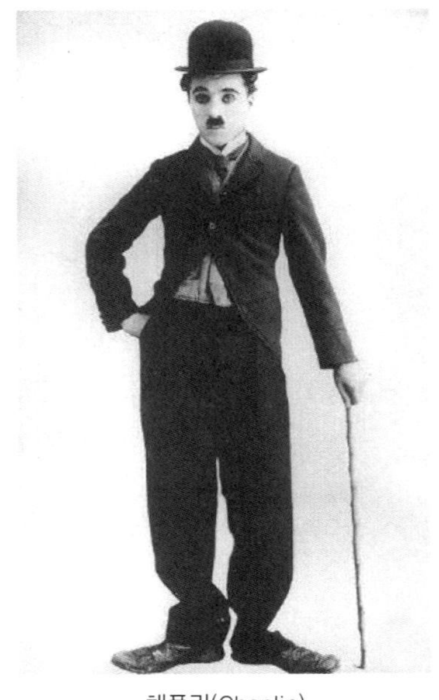

채플린(Chaplin)

미국의 스튜디오 시스템은 대본을 여러 사람이 함께 만들도록 권장하는 경향이 있었다. 그리고 그것은 대화, 코미디, 구성, 분위기 등의 전문 분야 작가로 세분되는 경우가 많았다. 그래서 보잘 것 없는 시나리오를 좋게 고치는 데에 뛰어난 작가도 있었고, 시나리오로 옮겨 쓸 능력은 모자랐지만 아이디어는 훌륭한 아이디어 작가도 있었다. 그러므로 이러한 협동 작업에서 영화의 자막에 나오는 각 부문 담당자의 이름만 보고 누가 영화에서 어떤 부분을 맡았는가를 확실하게 말할 수는 없을 것이다. 히치콕(Hitchcock), 캐프라(Capara), 루비치(Lubitsch) 등과 같은 많은 감독들은 시나리오를 완성하기까지 자신들도 많은 수고를 했지만, 구태여 자기가 시나리오를 작성했다고 자막에다 이름을 넣으려 하지 않았기 때문이다. 공식적으로는 그 영화의 시나리오를 담당한 작가가 전체를 작성한 것으로 모든 공을 돌린다.

여러 해 동안 미국 비평가들은 예술이란 것이 존경을 받으려면 엄숙해야만 한다고 믿는 경향이 있었다. 그렇다고 그것이 실제로 재미가 없는 것은 아니라 할지라도 엄숙한 품격은 지니고 있어야 한다는 것이다. 심지어 할리우드 스튜디오 시스템의 전성기에도 돌턴 트럼보 (Dalton Trumbo), 칼 포먼(Carl Foreman), 도어 섀리(Dore Schary)와 같은 작가들은, 정의·동포애·민주주의를 논하는 세련된 대사로써 시나리오를 썼기 때문에 당시 대단한 위세를 누렸다.

정의니, 민주주의니 하는 주제가 중요하지 않다는 말은 아니다. 이런 주제들이 예술적으로 효과를 거두려면 기술적으로도 타당하게 작품에 융화되어야 한다는 것이다. 애국자를 기리는 날에 듣게 되는 거창한 연설처럼, 작중인물에게 아무렇게나 주어져서는 안 된다. 예를 들어, 소설 「분노의 포도」(*The Graps of Wrath*)에서 존 스타인백(John Steinbeck)은 종종 조드가(家)의 강인함을 칭찬한다. 그들은 대공황기에 농장을 버리고 캘리포니아로 새로운 삶을 찾아 나서는데, 그곳의 상황은 훨씬 더 열악하다. 그렇지만 강인한 생명력으로 가지고 어려움을 헤쳐 나간다.

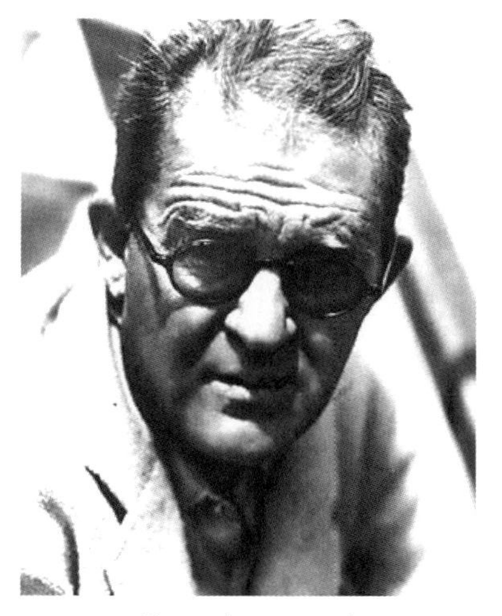
존 포드(John Ford)

존 포드(John Ford)의 영화에는 내레이터가 없기 때문에 인물들은 스스로를 이야기해야 했다. 너낼리 존슨(Nunnally Johnson)의 각본에 이념이 없는 것은 아니었지만, 그것은 인물의 말로 표현된다. 좋은 예는 마지막 씬에서의 남편에 대한 마 조드(제인 다웰)의 평이다. 그들은 낡아빠진 트럭을 타고 새로운 일자리를 찾아가는 중이다. 20일 동안 과일을 따는 일이다. 파 조드(러셀 심슨)는 아내에게 "한때 가정이 끝장났다"고 생각했었다며 말한다. 그녀는 대답한다. "알아요. 그게 우리를 강하게 만들었어요. 부유한 놈들은 태어나서 죽고, 그 자식들도 마찬가지예요. 하지만 우리는 계속해서 태어나요. 우리가 바로 살아있는 사람들이에요. 아무도 우리를 파괴할 수 없어요. 아무도 우리를 없애버릴 수 없어요. 우리는 영원히 살아가는 거예요. 파, 왜냐하면 우리가 진정한 사람들이기 때문이죠."

이 영화의 마지막 영상은 장렬한 익스트림 롱 숏이다. 금방이라도 부서질 것 같은 조드의 트럭이 다른 헐어빠진 트럭과 자동차의 행렬 속에 알아볼 수 없이 뒤섞이고, 끊이지 않는 자동차들의 왕래가 교통의 홍수를 이룬다. 포드가 영상으로 보여주는 인간의 용기와 신속한 회복력에 대한 찬사이다.

일반적으로 학생, 예술가, 지성인들은 자의식이라는 개념 없이 사상과 추상에 대해 논의하기를 좋아한다. 그러나 어느 경우에도 수긍이 가게 하기 위해서는 설득력 있는 말이 필요하고, 극 속에서는 그것이 그럴듯해 보여야 한다. 작중 인물의 말이 대사라는 옷을 입은 작가의 설교가 아니라는 생각이 들어야 하는 것이다.

하지만 늘 예외가 있게 마련이다. 예컨대 〈카사블랑카〉(*Casablanca*)는 전통적인 사랑의 삼각 관계를 다룬다. 이 영화에서 일자(잉그리드 버그만)는 깊이 존경하고 감탄하는 레지스탕스 지도자인 남편 빅터 라즐로(폴 헨리드)와, 그녀가 언제나 사랑했고 사랑할 남자 릭 블레인 (험프리 보가트) 사이에서 괴로워한다. 영화 전반에 걸쳐 릭의 말은 일반적으로 퉁명스럽고 냉소적이고 딱딱하다. 언변이 멋진 사람도 아니다. 그러나 영화의 끝부분 공항 씬에서, 그가 사랑하지만 포기해야 하는 여자에게 하는 말은 노골적으로 이데올로기적이다.

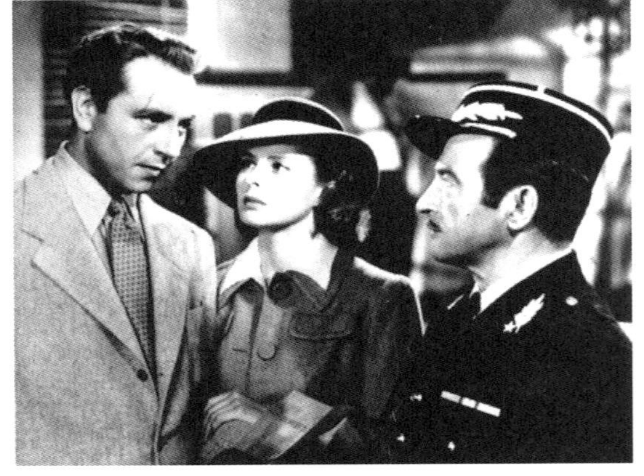

〈카사블랑카〉

우리 둘 다 속으로는 당신이 빅터의 사람이라는 것을 알고 있소. 당신은 그의 일, 그가 계속 나아가도록 해주는 것의 일부지. 만일 저 비행기가 이륙해 떠나고 당신이 그와 함께 있지 않다면, 당신은 후회할 것이오 …… 어쩌면 오늘도 아니고, 어쩌면 내일도 아니지만 곧 그리고 당신의 일생 내내 말이오…… 일자, 나는 고귀해지는 것에 능숙하지 못하지만, 이 미친 세상에서 조그만 문제는 아주 하찮은 것이라도 정도는 쉽게 알 수 있소. 언젠가 당신도 그걸 이해할 것이오. 현실을 직시해 봐요.

몇몇 영화감독은 매우 뛰어나 대본을 생산해 내기도 한다. 재치가 번뜩이는 유성 영화 대본에서도 말이다. 이것은 베르트뮐러(Wertmuller), 베르히만(Ingmar Bergman), 그리고 우디 앨런(Woody Allen) 등의 가장 잘 된 영화들에서 확인해 볼 수 있는 사실이다. 또한 프랑스와 스웨덴, 그리고 영국 영화는 매우 문학적이다. 특히 조지 버너더 쇼(George Bernard Show), 그레이엄 그린(Graham Greene), 앨런 실리토(Alan Sillitoe), 존 오스본(John Osborne), 해롤드 핀터(Harold Pinter), 데이비드 스토리(David Storey), 하니프 쿠레이쉬(Hanif Kureishi) 등은 영국 영화의 각본을 써온 중요한 작가들이다.

무엇보다 토키 영화에서는 대본이 아주 중요함에도 불구하고, 작가가 영화를 주도한다는 측면을 우습게 여기는 감독도 있다. 안토니오니(Antonioni)는 도스토예프스키의 「죄와 벌」이 내용상으로는 평범한 스릴러물에 속하는 소설이라고 말한 바 있다. 이 소설의 정수는 내용 그 자체가 아니라, 그 내용이 어떠한 방식으로 서술되고 있는가라는 것이다. 상당수의 훌륭한 영화가 평범한, 아니 심지어는 신통치도 않은 소설을 기초로 하고 있다는 사실이 그러한 견해를 입증하는 예다.

영화의 대본은 십중팔구 읽기에 재미가 없다. 왜냐하면 대본이란 완제품의 청사진과도 같기 때문이다. 그래도 즐겁게 읽을 수 있는 연극의 대본과 달리, 시나리오에는 생략된 부분이 너무나도 많다. 영화 대본이 대단히 자세한 것이라고 하여도, 감독의 주된 표현 수단인 미장센이 어떻게 될 것인지를 대본만 보고서 추측하기는 힘들다. 앤드류 사리스(Andrew Sarris)는 특유의 위트 있는 표현으로, 감독의 숏선택, 혹은 연기의 촬영 방식이 영화의 결정적인 요소라는 점을 지적하였다.

클로즈업과 롱 숏 중에 어느 것을 택하느냐하는 문제는, 이야기 그 자체를 초월하는 더 중요한 문제가 될 수 있다. 늑대와 소녀의 이야기에서 늑대를 클로즈업으로, 소녀를 롱 숏으로 촬영한다면, 감독의 주된 관심사는 어린 소녀를 잡아먹으려고 정신이 없는 늑대의 감정적인 문제와 관련된 것이다. 만약 소녀를 클로즈업으로 찍고, 늑대를 롱 숏으로 찍는다면, 사악한 세상에 그나마 남아 있는 순진무구함과 관련된 정서적 문제가 강조되는 것이다. 이렇게 바탕이 되는 소재가 동일할지라도 서로 다른 두 이야기가 만들어지는 셈이다. 늑대와 소녀를 토대로 한 이 두 가지 해석에서 관건이 되는 것은 감독의 대조적인 인생관이다. 한 쪽은 늑대에게 더 기울어져 있다. 이는 남성적이고 충동적이며 타락한 것이고, 악 그 자체일 수도 있다. 다른 한 쪽은 어린 소녀 쪽으로 기울어져 있다. 이는 순진하고 환상적이며, 이상적이고 인류의 희망인 것이다. 말할 나위도 없이 이런 구별을 하려 드는 비평가는 거의 없으며, 그렇게 한다면 이는 영화를 감독하는 일이 창조적 행위라는 사실을 충분히 이해하고 있지 못함을 증명한다.

2) 영화 대본(The Screenplay)

영화 대본은 완결된 문학 작품이 아니다. 만약 그렇다면 영화 대본은 지금보다 더 많이 출판될 것이다. 베르히만, 펠리니, 트뤼포 등과 같이 몇몇 저명한 감독의 시나리오는 출간되기도 했지만, 이는 단지 영화의 총체적 내용을 언어로써 대충 엮어낸 정도에 불과하다. 아마도 영화가 남기는 가장 나쁜 문학적 부산물은 '소설화'일 것이다. 즉 어떤 영화의 흥행을 이용해 전문 작가에게 그 영화를 소설로 쓰게 하는 주문 소설을 이르는 것이다.

각본은 종종 그 역할을 연기하는 배우가 수정한다. 특정 스타를 위해 씌어진 각본에서는 특히 더 그렇다. 그러한 각본은 당연히 그 스타를 인기있게 만들만한 요소를 담을 것이다. 예컨대 게리 쿠퍼(Gary Cooper)를 위해 글을 썼던 각본가는 그가 말을 적게 할수록 최상이라는 것을 알고 있었다. 클린트 이스트우드(Clint Eastwood)는 "계속해, 오늘은 날 위한 날이야"하는 무뚝뚝하고 짤막한 농담으로 유명하다. 이스트우드가 연기하는 인물은, 쿠퍼가 연기하는 인물처럼 말재주 좋은 사람을 의심한다.

반면, 애기를 잘하는 사람의 경우는 듣기 좋다. 조셉 맨키위츠(Joseph L. Mankiewicz)는 할리우드의 빅 스튜디오 시대에서 가장 존경받는 작가이자 감독 가운데 한 명이다. 그의 최고의 작품 〈이브의 모든 것〉(*All about Eve*)은 등장인물의 훌륭한 대사로 유명하다. 그 인물 중 한 명은 신랄한 연극 비평가 애디슨 드위트(Addison Dewitt)로서 넘치는 성적 매력과 침착한 연기로 배우 조지 샌더스(George Sanders)가 소화해 냈다. 영화 후반부에

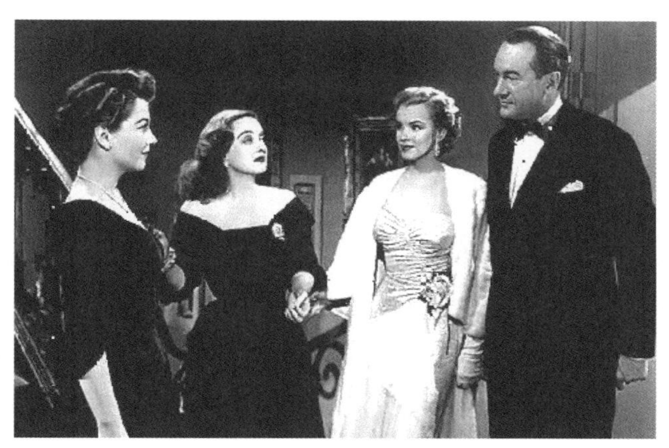

〈이브의 모든 것〉

서, 능란한 거짓말과 속임수로 정상의 자리를 고수하려는 젊은 여배우 이브 해링턴(Eve Harrington)이 더 이상 쓸모가 없어진 동료 드위트를 무시하지만, 드위트는 그녀를 끝까지 두둔하며 비웃지 않는다. 화가

난 그녀는 문 쪽으로 걸어가 문을 연다. "당신은 그런 제스처를 하기에
는 너무 키가 작아요." 그는 냉담하게 지켜볼 뿐이다. "게다가 그 역은
피스크에게로 갔어요." 비로소 그는 그녀의 모든 거짓말을 폭로함으로
써 그녀의 가면을 벗겨 내기에 이른다. "당신의 이름은 이브 해링턴이
아니야. 거트루드 슬레킨스키가 진짜 이름이지." 그리고는 "당신의
부모는 가난했지. 그리고 아직도 그래. 당신 부모는 당신이 어떻게
지내는지, 어디에 있는지를 알고 싶어 하셔. 3년 동안 당신에게서 소
식 한번 듣지 못했으니까."

이브는 마침내 그의 통렬한 비난의 말이 끝나자 무너지고 만다.
"내가 당신을 원할 수밖에 없다는 생각이 거짓말처럼 너무 갑자기 떠
오르는군. 그것이 아마도 진짜 그 이유겠지. 당신은 독특한 사람이오,
이브. 그리고 나도 그렇소. 우리는 그게 공통점이오. 또한 인간성에
대한 경멸과, 사랑하거나 사랑받지 못하는 것, 만족할 줄 모르는 야
심, 그리고 재능도 그렇지. 우리는 서로에게 자격이 있소."

〈이브의 모든 것〉에서 대부분의 등장인물은 고등 교육을 받았고
교양이 있었다. 이에 비해 버
드 슐버그(Budd Schulberg)가
각본을 쓴 〈워터프론트〉(*On
The Waterfront*)의 인물들은
거칠고 무지한 노동 계급의
부두 노동자들이었다. 그런
인물들은 보통 남성적이라는
허울 아래 감정을 감추려고

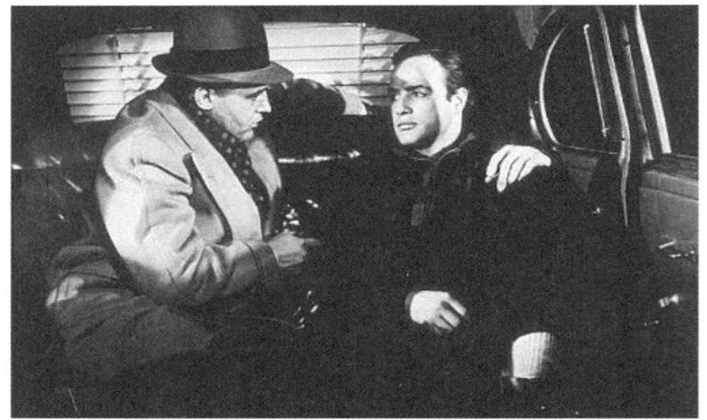

〈워터프론트〉

한다. 그러나 격렬한 감정 씬에서는, 단순하지만 말에 힘이 있다. 형
제인 찰리(로드 스타이거)와 테리(말론 브란도) 사이의 유명한 택시 씬이
좋은 예다. 약삭빠른 형 찰리는 한때 중요한 권투 경기에서 동생으로

하여금 일부러 지도록 한 적이 있다. 이제 더 이상 테리는 권투 선수가 아니지만, 찰리가 속해 있는 조니 프렌들리의 조직에서 일부러 져 주는 일을 했다. 찰리는 그 일에 대해 테리의 매니저를 비난하려고 애쓴다. 그러자 화가 나서 테리가 대답한다.

> 그건 그가 아니었어! 그건 형이었어, 찰리. 그 날 밤처럼 형네 둘은 탈의실에 와서 "임마, 이건 너희를 위한 밤이 아니야 – 우리는 윌슨에게 돈을 걸었어."라고 말하지. 그건 나를 위한 밤이 아닐 거라고. 나는 그날 밤 윌슨을 혼내줄 참이었지! 나는 준비가 되어 있었어. 처음 몇 라운드 동안 난 녀석에게 호흡을 잘 맞춰 주었지. 그래서 무슨 일이 일어났느냐하면, 이 게으름뱅이 윌슨이 타이틀을 거머쥘 한 방을 때린 거지. 경기장 바깥에서 말야! 나는 돈을 좀 받고 팔루커빌로 가는 편도 티켓을 받았지. 그게 형이야, 찰리. 형은 내 형제야. 형은 나를 위해서 조심해야 해. 내가 얼마 안 되는 돈 때문에 넉아웃당한 체하게 만드는 대신에……. 나는 싸울 수도 있었어. 나는 일류일 수도 있었고, 다른 사람이 될 수도 있었어. 건달 말고 진짜 일류말이야. 똑바로 봐. 그게 형이야, 찰리.

좋은 대사는 종종 좋은 귀를 가진 결과다. 사람들이 사용하는 말의 적당한 리듬, 단어 선택, 문장, 사투리, 은어, 혹은 욕설 등의 길이를 포착하는 것이다. 올리버 스톤의 〈살바도르〉(*Salvador*)에 등장하는 입이 거친 인물들은 난잡한 말을 쏟아놓는데, 이는 그들 생활에서의 폭력을 말로 옮겨놓은 것이다. 이런 맥락에서 오히려 공손하거나 단정한 문장은 나쁜 대사가 될 것이다.

니콜라스 마이어(Nicolas Meyer)의 각본 〈7퍼센트 용액〉(*The Seven Per-Cent Solution*)이 제공해 주는 즐거움 중 하나는 그가 어떻게 주인공인 셜록 홈즈의 19세기적인 우아하고 문학적인 산문 스타일을 포착하고 있는가 하는 점이다. 비엔나에 있는 의사의 집에서 어떤 외국 의사를 처음 만났을 때 홈즈는 이렇게 말한다.

> 당신이 헝가리에서 태어나서 파리에서 잠시 공부를 한 뛰어난 유태인 의사라는 사실과 당신의 급진적인 이론 때문에 권위 있는 의학 협회와 소원하게 되고 그래서 여러 병원과 의학 동호회 지부와의 연계를 끊어 버렸다는 사실 이외에 나로서는 거의 추론할 수가 없습니다. 당신은 결혼해서 아이 다섯을 두고 있고 셰익스피어를 즐기고 명예심이 있는 사람이지요.

그 의사는 바로 지그문트 프로이트다. 그는 당연히도 홈즈가 그저 방에 들어선 순간부터 그렇게 많은 것을 추론할 수 있다는 것에 놀란다.

대부분의 대본은 실제적이고 사실적이다. 대본은 출판을 위해 쓰인 것이 아니고, 행동의 시퀀스도 통상 문학적인 수식이 없이 단순하게 묘사될 뿐이다. 그러나 이 규칙에도 예외가 있다. 그 중 하나가 존 오스본(John Osborne)의 각본 〈톰 존스〉(*Tom Jones*)다. 헨리 필딩(Henry Fielding)이 쓴 18세기 소설을 기초로, 그는 세련된 감각으로 각색을 하고 있다. 더욱이 영화의 여우 사냥 장면은 토니 리처드슨(Tony Richardson)의 능숙한 연출 덕분에 놀라울 정도로 효과적이다. 그러나 리처드슨은 분명 오스본의 각본에서 영감을 얻었을 것이다.

> 사냥은 분명 크리스마스에 어울리는 일이 아니라 아주 지독히 타락할 일이었고, 모두가 그렇게 전심전력으로 열중해서 참가하는 것이 그들의 생활에 너무나 가까이 있는 노골적이고 난폭한 활기를 잘 표현해 주는 것 같다. 그것은 열정적이고 폭력적이다. 웨스턴 영주는 그 진흙탕 너머로 말을 채찍질하면서 미친 듯이 소리를 지른

다. 목사는 그의 살진 발뒤꿈치를 허공에 차 대면서 열광적으로 즐겁
게 소리를 지른다. 크고 추하며 도무지 귀여워해 줄 수 없는 개들이
땅에서 날뛴다. 톰은 말 위에서 현기증을 느끼고 고함을 지른다.
그의 얼굴은 불그스름하고 축축하며, 욕정과 울부짖음 그리고 상쾌
한 공기 중의 뜨거운 살덩이와 사람들의 피와 살, 동물들의 피와
털도 거의 알아차리지 못할 정도로 말을 내몰고 있었다. 모두가 피비
린내 나는 흥분에 사로잡혀 있다.

3) 문학 작품의 각색(Literary Adaptations)

상당히 많은 영화는 문학 작품을 각색한 것들이다. 어떤 측면에서
소설이나 희곡을 영화화하는 작업은 순수한 시나리오를 쓰는 것보다
더 많은 기술과 독창성을 요구한다. 나아가 문학 작품이 훌륭한 것일
수록 각색하기는 더 어렵다. 이런 이유에서 문학 작품을 영화화한 것
대다수가 별로 신통치 않은 문학 작품을 원작으로 삼고 있다. 왜냐하
면 원작 자체가 신통치 않을 경우, 영화에 맞게 수정을 가하더라도
그것을 당혹스럽게 받아들일 사람은 거의 없을 것이
기 때문이다.

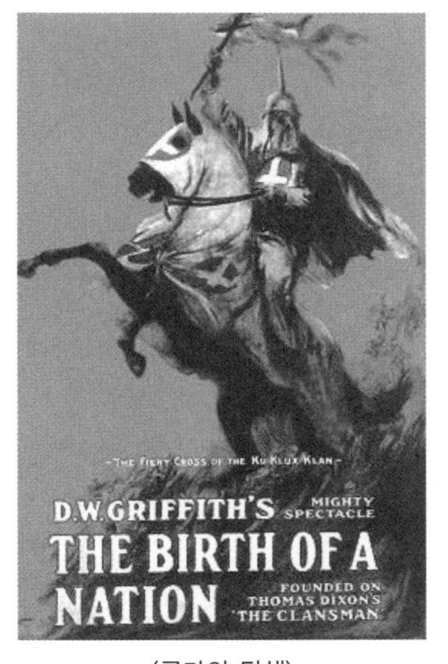

〈국가의 탄생〉

그러나 원작보다도 더 훌륭하게 영화화에 성공하
는 경우도 많다. 가령 〈국가의 탄생〉(*The Birth of
a Nation*)은 토머스 딕슨(Thomas Dixon)의 소설 「클
랜스맨」(*The Klansman*)을 기초로 한 것인데, 이 소
설은 영화에서보다 훨씬 더 뻔뻔스럽게 인종 차별을
드러내고 있다.

어떤 평자들은 한 예술작품이 한 가지 형식에서
예술적인 표현의 정점에 다다랐다면, 그것을 다른
형식으로 바꾸었을 때는 원작에 못 미치는 것이 될

수밖에 없다고 주장하기도 한다. 이런 주장을 따른다면 「오만과 편견」을 제아무리 훌륭하게 영화화하여도 원작 소설을 따를 수 없고, 반대로 어떠한 소설도 '페르소나(Persona)' 혹은 문학적인 영화라고 할 수 있는 〈시민 케인〉(*Citizen Kane*)의 풍부한 의미를 포착할 수 없을 것이다. 우리는 문학과 영화가 서로 다른 방식으로 문제를 해결하고, 각 매체의 진정한 내용이 그 형식에 의하여 유기적으로 좌우되는 양상을 보았으므로 이런 견해는 상당히 타당성 있게 받아들여진다.

그런데 각색자가 직면하게 되는 문제는 문학 작품의 내용을 어떻게 재현하는가가 아닐 것이다. 아마도 선택된 소재의 원천적인 자료에 얼마나 충실하게 근접하는가 하는 문제일 것이다. 이러한 충실도에 따라 각색을 세 가지 종류로 구분할 수 있다. 이른바 '대략적(loose) 각색', '충실한(faithful) 각색', '축자적(literal) 각색'이 바로 그것이다. 물론 여기서의 분류는 편의를 위한 것이다. 실제로는 대부분의 영화가 이 세 지점 사이에 어중간하게 걸쳐있기 때문이다.

'대략적 각색'은 사실 각색이라고도 할 수 없다. 하나의 아이디어나 상황 혹은 한 인물만을 문학 작품에서 선택하여 원작과는 별개로 독립적으로 영화를 전개시켜 나간다. 셰익스피어가 「플루타크 영웅전」(*Plutarch*)이나 「반델로」(*Bandello*)에서 하나의 이야기를 택하여 희곡으로 꾸며놓은 것이나, 고대 그리스 극작가들이 그들의 신화에서 이야기를 취재한 것에 비유할 수 있다. 또한 이런 범주에 속하는 영화로는 구로사와의 〈란〉(亂, *Ran*)을 들 수 있다. 구로사와는 셰익스피어의 「리어 왕」(*King Lear*)에서 몇 가지 플롯적인 요소들을 따다 쓰고 있지만, 이는 셰익스피어의 원작을 전혀 다른 이야기로 변형시킨 것으

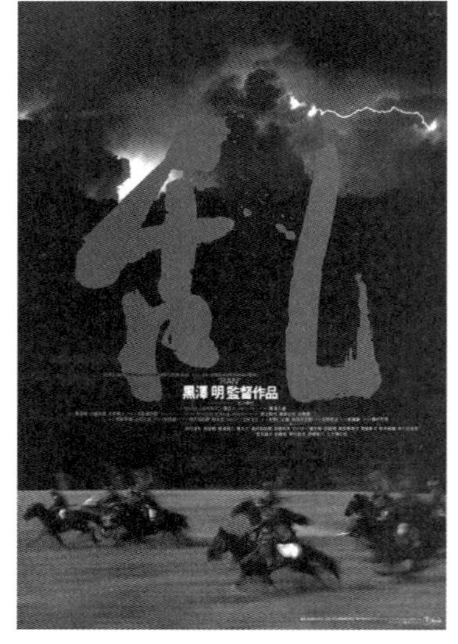

〈란〉

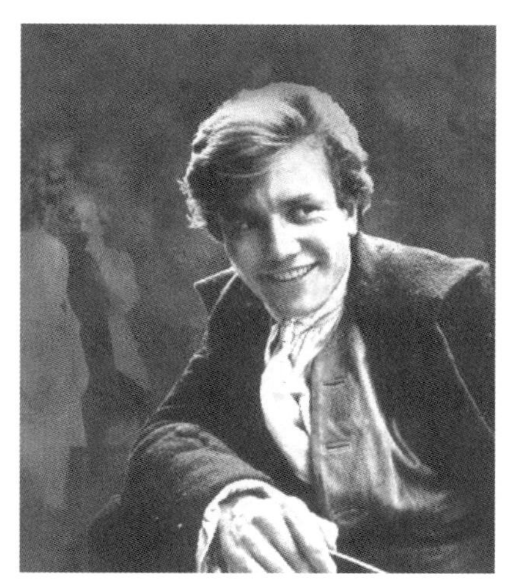

〈톰 존스〉

로서 중세 일본을 배경으로 하고 있다.

'충실한 각색'은 말 그대로 원작의 정신에 접근하여, 가능한 원천으로 삼은 문학 작품을 영화의 입장에서 충실하게 재현하려 한다. 앙드레 바쟁(Andre Bazin)은 충실한 각색자를 원작에 상응하는 의미를 찾으려고 노력하는 번역자에 비유하였다. 물론 바쟁은 문학과 영화 간에 근본적으로 차이가 존재한다는 것을 인식하고 있었다. 'road'를 'strada' 혹은 'strasse'로 바꾸는 번역자의 문제는 언어를 영상으로 변화시키려는 영화감독의 문제만큼 통렬한 것은 아니다. 충실한 각색의 예는 리처드슨의 〈톰 존스〉(*Tom Jones*)에서 볼 수 있다. 존 오스본의 시나리오는 소설의 플롯 구조를 대부분 간직하고 있으며, 주요 사건과 대부분의 주요 인물을 그대로 등장시킨다. 심지어 재치 있는 전지적 화자까지도 그대로다. 그러나 리처드슨의 영화는 소설을 그림으로 보여 주는 것에만 그치는 것이 아니다. 우선 필딩의 원작 소설이 영화로 만들기에는 너무나도 많은 사건들로 가득 차 있다. 그래서 수많은 여인숙 장면은 그 중심적인 에피소드인 업톤 여인숙에서의 장면으로 집약된다. 그리고 소설에서 부차적이었던 두 가지 측면이 영화에서는 확대되었다. 톰과 워터즈 부인 사이의 식사 장면과 여우 사냥 이야기다. 사실 원작 소설 전체를 통해 필딩이 가장 즐겨 쓴 메타포의 원천 중 두 가지가 식사와 사냥이었기 때문에 오스본은 이런 장면을 의식적으로 포함시켰을 것이다. 오스본은 이런 분산된 메타포를 근본적인 재료로 하여 시나리오를 썼다. 바쟁의 용어로 말하자면 영화적 '등가물'로 사용한 것이다.

'축자적 각색'은 희곡을 원작으로 삼는 경우에 한정된다. 우리가 이미 보았듯이, 희곡의 두 가지 기본적 양식인 행동과 대사는 영화에서도 발견되는 것이다. 희곡을 영화화하는 데 있어 중요한 문제는 언어보다 시공(時空)을 다루는 면에 있다. 만약 감독이 롱 숏에 카메라를 두고 씬을 바꿀 때에만 편집 기법을 국한시켜 사용한다면, 그 결과는 원작과 유사하게 될 것이다. 그러나 자신의 영화가 녹화된 연극이 되기를 바라는 감독은 거의 없을 것이다. 또한 영화감독이라면 그렇게 할 리도 없다. 그런 식으로 영화를 만든다면 그 동안에 원작의 흥미는 상실될 것이고, 영화라는 매체의 이점, 특히 시간과 공간을 다루는 데에 영화가 지닌 커다란 자유로움을 살리지 못할 것이기 때문이다.

특히 영화는 클로즈업과 편집을 통한 숏의 병치에 의해 연극에서 불가능한 여러 차원을 부가할 수 있다. 이런 기법은 무대에서는 볼 수 없는 것이므로, 영화에서의 축자적 각색도 원작과는 어느 정도 차이가 나게 마련이다. 즉 원작을 수정한 점에서 더욱 섬세하다는 정도인 것이다. 연극 대사가 영화에서 그대로 보존될 때도 종종 있지만, 관객에게 미치는 효과에서 차이가 난다. 무대에서 대사의 의미는 작중 인물이 동일한 대사에 관객과 함께 반응하면서 동일한 시간에, 동일한 무대 위에 있다는 사실로 결정된다. 이와는 달리 영화에서의 시간과 공간은 각각의 숏에 의해서 잘게 나뉜다. 나아가서 문학적인 영화도 주로 시각에 의존하고 부차적으로만 언어에 의존하므로, 모든 대사는 영상에 의해 그 의미가 가감 수정된다. 그렇다면 대략적 각색, 충실한 각색, 축자적 각색 사이의 차이는 정도의 문제인 것이다. 각각의 경우에서 영화적 형식은 원작의 문학적 내용을 바꾸어 놓을 수밖에 없는 것이다.

4) 비유(Figurative Comparisons)

알렉산드르 아스트뤽은 「카메라 만년필설」(*La Camera-Styio*)이라는 그의 글에서 영화가 지닌 전통적인 문젯거리 가운데 하나를 지적하였다. 바로 사상과 심상을 표현하기가 어렵다는 점이라는 것이다. 물론 유성 영화의 등장은 영화감독에게 커다란 이득을 가져다 주었다. 대사를 통하여 감독은 어떤 종류의 추상적인 생각이라도 표현할 수 있게 되었기 때문이다. 그러나 또 한편으로 영화감독은 추상적 사상의 전달체로서 영상의 사용 가능성도 탐구하고자 했다. 사실상 유성 영화 이전의 시대에도 영화감독은 언어를 동원하지 않는 비유적 테크닉을 많이 고안해 냈다.

비유적인 테크닉은 매체가 전달하는 직의적(直意的)인 의미를 초월하여 추상적 의미를 제시하는 예술적 장치라고 정의할 수 있다. 사실 문학과 영화에는 이러한 테크닉이 많이 있는데, 가장 흔한 것으로는 모티프, 상징, 은유, 메타포 등을 들 수 있다. 그런데 실제로 이러한 용어의 의미는 상당 부분이 겹친다. 하나의 대상물이나 사건이 그것의 직의적 의미를 초월한 어떤 것을 의미할 수 있다는 점에서 그들 모두가 상징적이다. 이러한 테크닉을 분류하는 가장 실용적인 방법은 그들이 얼마나 눈에 두드러지는가를 보는 것이다. 그러므로 이 용어들은 따로따로 엄정하게 정의하기보다는 대략적인 구분만 지어야 할 것이다. 따라서 모티프는 가장 표가 나지 않는 것으로, 메타포는 가장 표가 많이 나는 것으로 구분할 수 있겠고, 각각의 범주는 이웃하는 것과 어느 정도 중복되는 부분도 있을 것이다.

모티프(motif)란 영화의 사실적인 조직 속에 전적으로 포함되어 있으므로, 잠재적이거나 보이지 않는 상징이라고 지칭할 수 있다. 모티프란 하나의 기법일 수도 있고, 특정 대상물일 수도 있으며, 영화에서 체계적으로 반복되어 나오지만 우리의 각별한 주의를 끌지 않는 것일 수도 있다. 그런데 영화를 보고 난 후에도 모티프를 뚜렷하게 찾아낼 수 없는 경우도 있다. 왜냐하면 그것의 상징적 의의는 작품의 맥락에서부터 튀어나오거나 분리되어서 눈에 확연하게 드러나지 않기 때문이다.

상징(symbol)의 경우 구체적인 사물이 상징으로 쓰일 수도 있지만, 예민한 관찰자에게는 비교적 확실하게 느껴지는 부가적 의미를 품고 있다. 나아가서 이런 사물의 상징적 의미는 작품의 맥락에 따라 변화한다. 예를 들면 구로사와의 〈7인의 사무라이〉에서 상징의 의미가 변화하는 예를 잘 찾아볼 수 있다. 젊은 사무라이와 농부의 딸은 서로 매력을 느끼지만, 그들의 신분적 차이는 극복하기 힘든 장애물이다. 영화는 밤늦게 벌어지는 일을 보여주는 한 씬에서 두 사람을 우연히 만나게 한다. 이때 구로사와는 각각 다른 숏으로 두 사람을 촬영함으로써 두 사람의 분리성을 강조한다. 이 때 옥외의 모닥불이 일종의 장애물로 작용하고 있다. 그러나 그들은 너무나도 강렬하게 이끌려서 마침내는 동일한 숏에 나타나고, 이제 그들 사이의 모닥불만이 장애물임을 암시하고 있다. 이는 역설적으로 두 사람 모두가 느끼고 있는 성적 욕망을 암시하기도 한다. 그들은 서로에게 다가가고, 모닥불은 이제 한 쪽으로 비켜서 보이는데 그것의 성적인 상징성은 압도적이다. 이제 그들은 오두막 안으로 들어가는데, 밖으로부터 들어오는 빛은 이 씬의 관능성을 강조한다. 그들이 오두막의 어두운 구석에서 사랑을 시작할 때, 오두막의 벽에 비추어지는 모닥불 때문에 싸리벽의 그림자가 두 사람의 몸을 가로지르는 줄무늬를 만들고 있다. 그런데 소녀의 아버지가 두 사람을 발견한다. 이제 춤추는 모닥불의 불꽃은 그의 분노를 나타낸다. 그는 너무나 분노하여 사무라이 우두머리가 오히려 그를 말려야 할 판국이 되고, 두 사람 모두 강렬한 모닥불 빛 때문에

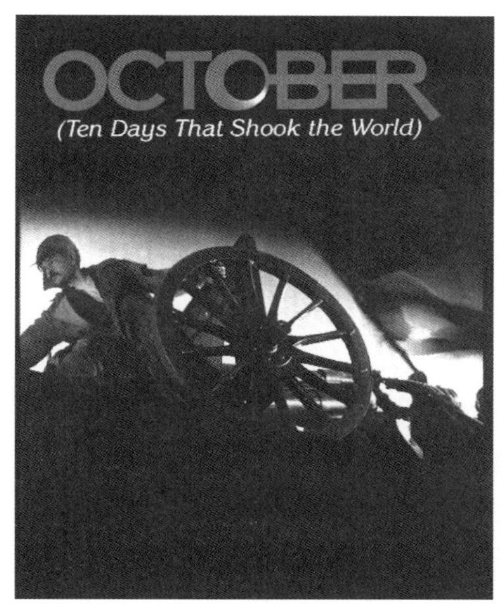

〈10월〉

시각적으로 화면에서 씻겨나갈 정도이다. 비가 내리기 시작하고 슬픔에 잠긴 젊은 사무라이는 낙담하여 걸어간다. 구로사와는 이 씬의 끝에서 비가 내려 모닥불이 꺼지는 것을 클로즈업으로 보여주고 있다.

은유(metaphor)는 말 그대로 진짜가 될 수 없는 비유로 정의된다. 서로 연관성 없는 두 단어가 함께 묶여서 일종의 문자적 부조화성을 낳는 것이다. "독을 품은 시절", "슬픔으로 찢어져", "사람에게 잡아 먹혀" 등은 문자적 묘사라기보다는 상징적 묘사를 포함하고 있는 언어적 비유다. 편집은 영화에서 메타포의 원천으로 자주 쓰인다. 왜냐하면 두 개의 숏은 제3의 숏을 만들어 내기 위하여, 그리하여 상징적 관념을 만들어 내기 위하여 연결될 수 있기 때문이다. 이것이 에이젠슈타인의 몽타주 이론의 토대가 된다. 가령 그리고리 알렉산드로브와 공동으로 감독한 〈10월〉(October)에서 그는 하프를 연주하는 '천상의 성가대'와 비겁한 연설을 하고 있는 정치가의 숏을 번갈아 보임으로써 반동적인 그 정치인의 공포와 근심을 풍자하고 있다. 그런데 금발의 예쁜 하프 연주자들의 대열이 난데없이 나타난다. 그들은 원래의 배경, 즉 정치 연설이 벌어지는 공회당에는 없는 것이지만, 전적으로 메타포라는 목적을 위하여 도입된 것이다.

그리고 특수 효과 촬영 또한 비유적 의미를 창조하기 위하여 사용될 수 있다. 이를테면 현실세계에서는 실제로 볼 수 없는 심상을 나타내기 위하여 광학기기로 두 개 혹은 그 이상의 대상물이 하나의 프레임 안에서 함께 묶여 나타날 수도 있는 것이다.

영화적 메타포는 보통 눈에 확연하게 노출된다. 모티프 및 대부분의 상징과는 달리 메타포는 작품의 맥락에 통합된 정도가 낮으며, 우리의 일상적인 지각의 견지에서 보자면 덜 사실적이다.

영화와 문학에는 또 다른 두 가지의 비유 방법이 있다. 알레고리(allegory, 풍유)와 인유(allusion)다. 알레고리 기법은 사실성과 개연성을 전적으로 도외시한다. 한 인물 혹은 상황에 대한 특별한 상징적 의미가 일 대 일 대응관계로 성립하게 된다. 알레고리

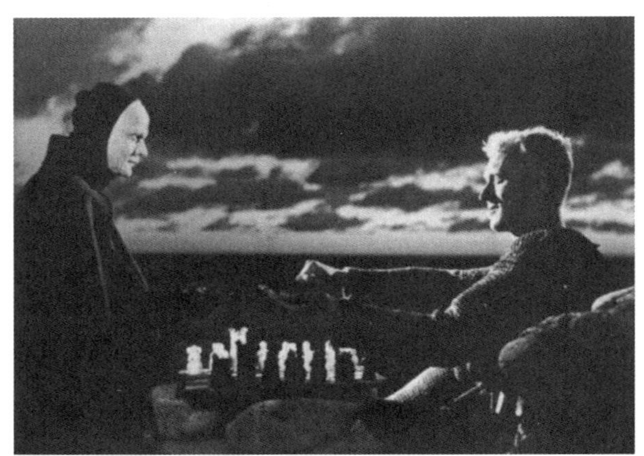

〈제7의 봉인〉

의 가장 유명한 예는 베르히만의 〈제7의 봉인〉(*The Seventh Seal*)에 등장하는 죽음을 나타내는 인물이다. 말할 나위도 없이 그 인물이 상징하는 것이 무엇인지는 별로 모호하지 않다. 이러한 알레고리적인 이야기는 독일 영화에서 특히 유행했다. 예를 들어 베르너 헤르조그의 모든 작품은 보편적인 의미에서 삶이란 개념을 취급하고 있다. 즉 광범위한 상징적 견지에서 인간의 상황이 어떤 본질을 가졌는가를 살피고 있는 것이다.

인유는 작품상의 유사점을 언급하는 것으로서 흔히 볼 수 있는 양식이다. 그것은 일반적으로 잘 알려진 사건, 혹은 예술 작품을 암시적으로 지칭하는 것이다. 혹스(Hawks)의 〈스카페이스〉(*Scarface*)의 주인공은 갱 두목 알 카포네를 모델로 하여 만든 것이다. 그의 뺨 위에는 십자 모양의 유명한 상처가 있었다. 이는 당시의 관객이 알아차릴 수 있는 인유였다. 그리고 영화감독은 인유를 위해 종교적인 신화를 끌

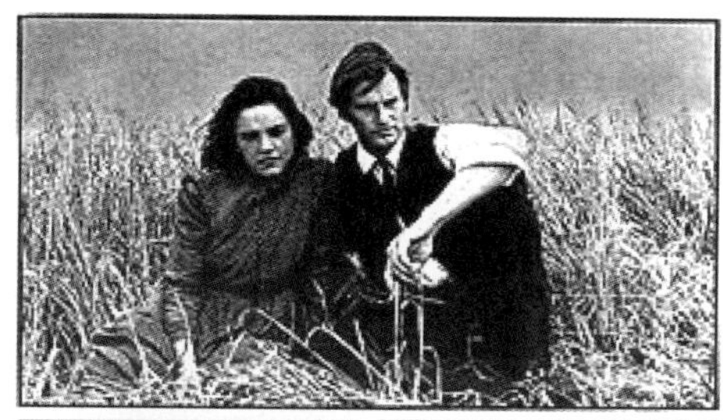
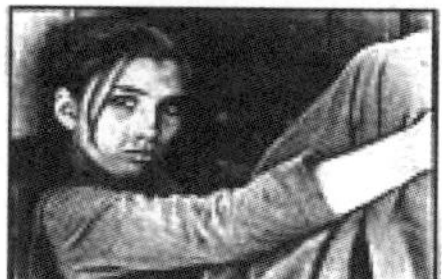
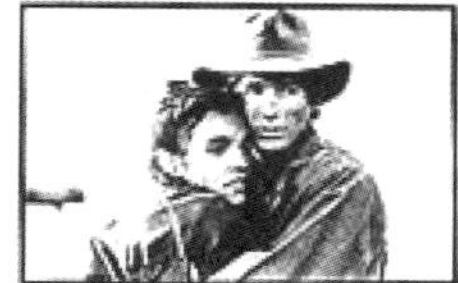

〈천국의 나날들〉

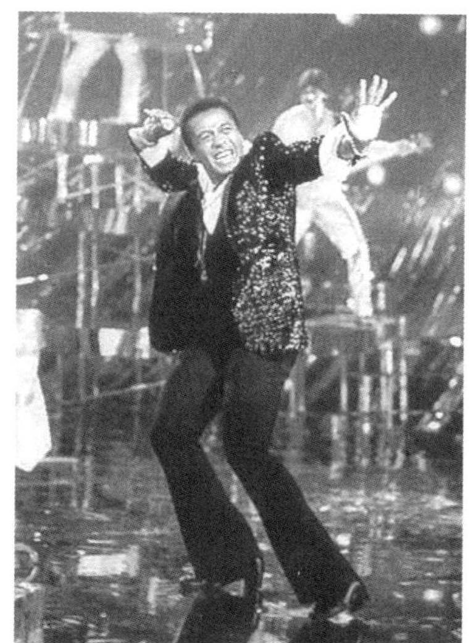

〈올 댓 재즈〉

어와 사용하기도 한다. 예를 들어 에덴동산의 기독교적 신화는 〈핀지콘티니스의 정원〉(*The Garden of the Finzi-Continis*), 〈천국의 나날들〉(*Days of Heaven*), 〈나의 계곡은 얼마나 푸르렀나〉(*How Green Was My Valley*), 〈나막신의 나무〉(*The Tree of the Wooden Clogs*) 등의 다양한 작품에 사용되고 있다.

어떤 영화는 다른 영화나 감독, 혹은 다른 영화나 감독들의 인상적인 숏을 공공연하게 지칭하거나 인유하기도 한다. 이는 그 영화나 감독에 대한 경의를 표시하기 위함이다. 그리고 다른 작품을 언급하여 영화감독이 동료 감독이나 유명한 거장에게 바치는 품위있는 찬사다. 이렇게 영화 속에서 찬사를 바치는 것은 고다르와 트뤼포가 유행시켰다고 볼 수 있는데, 그들의 영화에서 많이 발견되고 있기 때문이다. 예를 들어 고다르의 〈여자는 여자〉(*A Woman Is a Woman*)에서 뮤지컬과는 전적으로 거리가 먼 두 인물이, 봅 포스(Bob Fosse)가 안무하고 진 켈리(Gene Kelly)가 출연한 엠지엠사의 뮤지컬에 출연하고 싶다는 열망을 표현하면서 갑작스럽게 흥에 넘치는 노래와 춤을 시작한다. 포스의 〈올 댓 재즈〉(*All That Jazz*)는 그의 우상인 펠리니에 대한 찬사를 담은 것인데, 특히 펠리니의 〈8 1/2〉에 대해 경의를 표하고 있다. 스티븐 스필버그는 종종 그의 우상인 월트 디즈니(Walt Disney)와 알프레드 히치콕에게 존경을 바친다.

5) 시점(Point of View)

소설에서의 시점은 일반적으로 화자와 관련된다. 그래서 이 화자의 눈을 통해서 한 스토리의 사건을 보여주고, 화자의 의식과 언어로 사상과 사건이 걸러진다. 화자는 행동에 참가할 수도 그렇지 않을 수도 있으며, 독자가 믿고 따를 만한 안내자일 경우도 있고 그렇지 않을 경우도 있다. 소설은 기본적으로 네 가지 시점으로 나눈다. 1인칭(the first person) 시점, 전지적(the omniscient) 시점, 3인칭(the third person) 시점, 객관적(the objective) 시점이 그것이다.

마찬가지로 영화에도 시점이 있다. 하지만 영화에서는 소설에서보다 시점이 덜 엄격하다. 네 가지 기본적 시점에 해당되는 영화적 기법이 있기는 하지만, 극영화는 자연스럽게 전지적 시점으로 되고 마는 경향이 있다.

'1인칭 화자'는 자기 자신의 이야기를 한다. 어떤 경우에 있어서 그는 사건을 정확하게 이야기하는 믿을 만한 객관적 관찰자일 수 있다. 피츠제럴드(Fitzgerald)의 「위대한 개츠비」(*The Great Gatsby*)에 나오는 닉 캐러웨이는 이런 화자 유형의 좋은 예다. 또한 1인칭 화자는 작품의 주요 행동에 주관적으로 관여하며, 전적으로 믿을 수 없는 경우도 있다. 「허클베리 핀의 모험」(*Adventures of Huckleberry Finn*)에서 미성숙한 헉은 모든 사건을 자신이 경험한 대로 이야기한다. 헉은 필요한 모든 정보를 독자에게 제공할 수 없다. 왜냐하면 헉 자신도 잘 모르기 때문이다. 이런 1인칭 화자를 택할 때에 소설가는 화자의 신뢰성을 높이지 않고서도, 즉 화자의 성격을 변화시키지 않고서도 독자가 진실을 깨달을 수 있는 모종의 조처를 취해야만 한다. 그래서 이러한 경우 대부분의 소설가는 화자보다도 더욱 명확하게 사건을 볼 수 있게 하는 단서를 독자에게 제공하여 이 문제를 해결한다. 가령 혁이 서커스의 화려한 모습과 그 광대들의 놀라운 묘기를 열정적으로 이야기할 때, 혁보다 더 경험이 많은 독자는 혁의 말 이면까지 보고 광대들이 초라한 무리이고 그들의 공연은 싸구려 속임수에 불과하다는 것을 알아차리는 것이다.

많은 영화에서 1인칭 화자의 테크닉을 사용한다. 하지만 항상 1인칭 화자만을 사용하는 것은 아니고 산발적으로 채택된다. 소설에서 화자의 '목소리'에 해당하는 영화적 기법은 카메라 '눈'으로서, 이 차이는 중요하다. 문학에서 화자와 독자의 구분은 확실하다. 문학에서 독자는 마치 친구가 하는 이야기를 듣는 것과도 같다. 그러나 영화에서 관객은 렌즈와 자기 자신을 동일시하여, 영화의 화자와 자신을 결국 동일시하게 되는 것이다. 1인칭 화자를 만들기 위하여 카메라는 모든 행동을 한 인물의 시야를 통해서 기록해야만 할 것이며, 그것은 결국 관객을 주인공으로 만들게 될 것이다.

〈호수의 여인〉(*The Lady of the Lake*)에서 로버트 몽고메리(Robert Montgomery)는 영화 전체를 1인칭 시점의 카메라로만 사용하려고 했다. 이는 매우 흥미 있는 시도였지만, 몇 가지 이유로 인하여 실패하고 말았다. 우선 몽고메리는 여러 가지 불합리한 사태에 부딪히지 않을 수 없었다. 배우가 카메라를 향하여 대사를 하도록 하는 것은 큰 문제가 아니었다. 대부분의 영화에서 시점 숏은 흔하기 때문이다. 그러나 그런 기술을 전혀 사용할 수 없는 행동이 있었다. 예를 들어 한 여인이 주인공에게로 걸어가서 키스를 할 때, 그녀는 카메라로 살금살금 걸어가서 얼굴이 렌즈에 더욱 가까워질 때까지 카메라를 포옹하여야만 한다. 마찬가지로 주인공이 주먹 싸움에 말려들 때, 주인공의 상대는 실제로 카메라를 공격해야만 했고, 카메라는 영화의 '화자'가 주먹을 맞을 때마다 적당히 움직여 주어야 했다. 또한 1인칭 시점의 카메라 사용에서 문제가 되는 것은 그것이 고지식하다는 점이다. 나아가서 주인공을 보고싶어 하는 관객에게 일종의 좌절감을 안겨준다. 소설에서는 1인칭 화자를 그의 말을 통해, 혹은 그의 말에 반영된 판단력과 가치관을 통해 파악하게 된다. 그러나 영화에서는 한 인물이 사람과 사건에 대하여 반응하는 모습을 보면서 그 인물을 알게 된다. 감독이 1인칭 시점의 카메라 사용을 고집한다면, 관객은 주인공을 결코 볼 수 없고, 다만 주인공이 보는 것을 볼 수 있을 뿐이다.

'전지적 화자'는 19세기 소설과 자주 연관된다. 일반적으로 전지적 화자란 직접적으로 이야기에 관련되어 있지는 않아도, 작품의 감상을 위하여 알아야 할 필요가 있는 모든 사실을 독자에게 제공해 주는 전지적 관찰자가 되어야 한다. 이러한 화자는 여러 장소와 시간대를 옮겨 다닐 수 있고, 많은 사람의 의식 내부로 들어갈 수 있기 때문에 우리에게 그들의 생각과 감정을 말해줄 수 있다. 전지적 화자는 「전쟁과 평화」에서처럼 이야기에서 떨어져 나와 비교적 객관성을 유지할 수도 있고, 「톰 존스」에서의 친절한 화자처럼 심술궂은 관찰과 판단으로 우리를 즐겁게 해줄 수도 있다. 나름대로 뚜렷한 개성을 가질 수 있다는 것이다.

그런데 전지적 서술은 영화에서는 거의 불가피한 것이다. 문학에서는 1인칭 서술과 전지적 서술이 상호 배타적이다. 만약 어떤 인물이 우리에게 자기의 생각을 직접 말한다고 해도, 그가 타인의 생각마저 정확하게 말해줄 수는 없기 때문이다. 그러나 영화에서 1인칭 서술과 전지적 서술의 결합은 매우 흔하다. 한 숏 내에서 움직이거나 혹은 숏과 숏 간에 움직이거나 간에 감독이 카메라를 움직일 때마다 우리는 새로운 시점을 제공받는 셈이며, 그 새로운 시점에서 씬을 평가하게 될 것이다. 영화감독은 주관적인 시점 숏[1인칭]에서 여러 가지 객관적 숏으로 쉽게 컷하여 전환할 수 있다.

감독은 하나의 반응에 집중할 수도 있고[클로즈업], 대여섯 인물의 반응을 동시에 잡을 수도 있다[롱 숏]. 수초 이내에 감독은 원인과 결과를 보여줄 수도 있고, 한 가지 행위와 그에 대한 반응을 보여줄 수도 있다. 거의 동시에 서로 다른 시간대와 장소를 연결시킬 수도 있고[병행 편집], 혹은 상이한 시간대를 직접 겹쳐 놓을 수도 있다[디졸브 혹은 다중 노출]. 전지적인 카메라의 사용은 채플린의 여러 영화에서처럼 객관적인 관찰자 역할을 할 수 있다. 또 히치콕이나 루비치의 영화에서 종종 그랬던 것처럼 사건에 대한 가치 판단을 내리는 평자가 될 수도 있다.

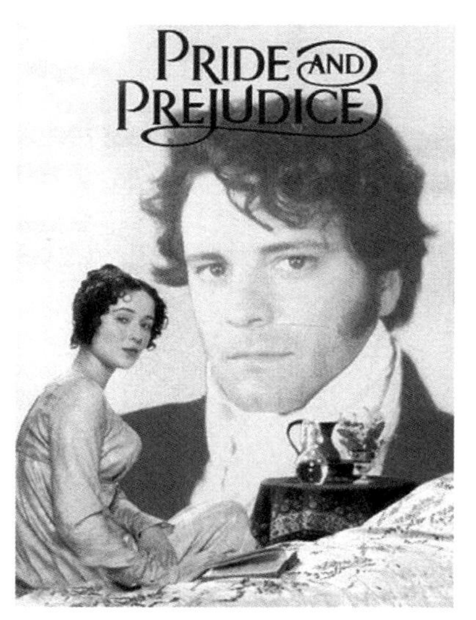

〈오만과 편견〉

'3인칭 시점'은 그 본질상 전지적 시점을 변화시킨 것이다. 3인칭 서술의 형태로서 사건에 참여하지 않는 화자가 한 인물의 의식에 비치는 대로 이야기를 하고 있다. 어떤 소설에서 이런 화자는 완전히 한 인물의 마음 속을 꿰뚫어 본다. 그러나 그렇게 꿰뚫어 보는 일이 일어나지 않을 수도 있다. 예를 들어 제인 오스틴(Jane Austen)의 「오만과 편견」(Pride and Prejudice)에서 우리는 엘리자베드 베넷이 사건에 관해 생각하고 느끼는 것을 모두 알 수 있지만, 그 이외의 인물의 의식 속으로는 들어갈 수 없다. 우리는 엘리자베드의 해석을 통해서 그들의 느낌을 단지 추측만 할 수 있을 뿐이다. 그런데 이는 종종 부정확할 때도 있다. 엘리자베드가 내린 해석은 1인칭 화자의 경우처럼 직접적으로 독자에게 주어지는 것이 아니라, 그녀의 반응을 우리에게 이야기하는 화자가 중개함으로써 주어지는 것이기 때문이다.

3인칭 서술에 해당되는 것이 영화에서도 있기는 하지만, 문학에서와 같이 엄밀하지는 않다. 영화에서의 3인칭 서술은 보통 익명의 평자가 중심 인물의 배경을 우리에게 말해주는 다큐멘터리에서 발견된다. 예를 들어 시드니 메이어(Sidney Meyer)의 〈조용한 사람〉(*The Quiet One*)에서, 시각적 요소는 가난한 청년 도널드의 삶을 통해 충격적이었던 사건들을 극적으로 보여준다. 사운드 트랙은 제임스 애지(James Agee)의 논평을 통해서, 도널드가 지금과 같이 행동하게 된 몇 가지 이유와, 그가 부모와 동료와 선생에 대해 느끼고 있는 바를 우리에게 알려준다.

'객관적 시점' 역시 전지적 시점의 변형이다. 객관적 서술은 모든 서술 가운데 가장 편견이 없는 것이다. 어떤 인물의 의식 속으로 들어가는 것이 아니라, 단지 겉에서 보이는 대로 사건을 보고할 뿐이다. 화자의 이러한 태도는 공평하고 편견없이 사건을 기록하는 카메라에 비교되어 왔다. 그것은 사건을 제시하고 독자로 하여금 스스로 해석을 내리게 한다. 객관적인 서술 방식은 문학보다 영화에 더 잘 맞는다. 무엇보다 영화는 직접적 상황을 기록하는 카메라를 사용하기 때문이다. 영화에서의 객관적 시점은 모든 종류의 기교와 앵글과 렌즈와 필터 등 논평을 가하는 기법을 피하고 카메라를 롱 숏으로 유지시키는 사실주의 감독들이 널리 사용한다.

6. 음악과 음향

영화의 분위기에 감정과 리듬을 부여하는데 기여하는 음악의 중요성은 재론할 필요가 없다. 영화 음악은 영화의 내용과 분리되어서도 시청자들의 심금을 울리고 기억 속에 오래 남아 있을 만큼 중요하다. 특히 음향 기능에 발달한 근래에 들어서 음악은 영상 못지않게 관객을 환희와 슬픔의 결정에 이르게 하는 요소이다.

영화 음악 안에는 영화에 관련된 것들은 물론이고 음악적인 예술성과 사운드 트랙의 가치가 모두 들어 있다. 즉 영화의 재미와 음악적인 감동을 동시에 즐길 수 있는 매력을 지니고 있다.

그러나 무엇보다 영화 음악의 가장 큰 매력은 듣는 음악에 그치는 것이 아니라 보는 음악, 그러니까 시각적인 상상력을 불러일으킨다는 점이다. 영화를 보고 있을 때는 물론이거니와 그 이후에도 영화의 수많은 장면들을 떠올리게 하는 힘을 발휘하는 것이 영화 음악이다. 또한 음악 자체로서도 각종 효과음이 배경에 깔리게 됨으로써 기존의 음악에서는 발견할 수 없는 생동감과 현장감을 느낄 수 있다.

소설을 각색한 영화에서 흔히 두 매체 간의 대조에 중점을 두다 보면 음악의 중요성을 간과하기 쉽다. 일반 영화의 경우 음악이 맡은 기능을 충분히 이해하려면, 영화에 음악이 덧붙여지기 전과 덧붙여진 후를 생각해 보면 되는데, 소설을 각색한 영화의 경우에 음악은 소설의 분위기와 영화의 분위기를 변형시키는 중요한 요인이 된다. 따라서 영화를 통한 소설 읽기에서는 영화의 음악과 대조될 수 있는 부분을 소설 속에서 찾아내도록 노력해야 한다. 예를 들어 〈분노의 포도〉의 경우 배경음악으로 '홍하의 골짜기'(The Red River Valley)가 나오는데 이 음악은 개척시대 미국인의 삶을 회고하는 향수 어린 분위기를 자아내고 있다. 그 결과 다소 급진적인 사회주의 경향을 보였던 소설의 분위기가 영화에서는 복고적이고 보수적인 분위기로 전환되는데 가장 중요한 요인이 되그 있는 것이다.

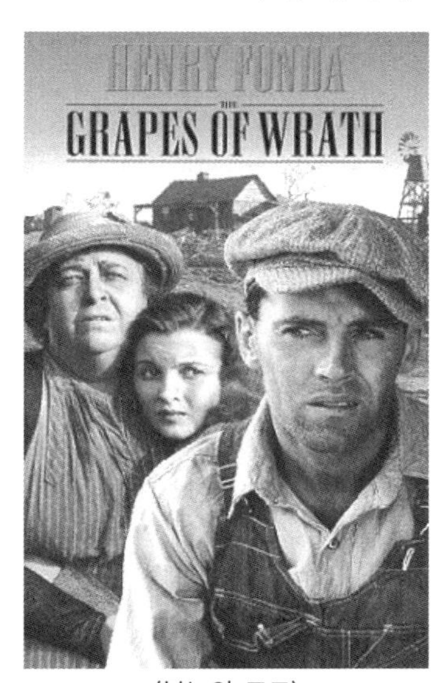
〈분노의 포도〉

영화 음악은 또 원작에서 빠진 부분을 보완시켜주는 경우도 있다. 게리 시니즈가 감독한 〈생쥐와 인간〉(*Of Mice and Men*)은 영화의 시작과 더불어 주인공이 타고 가는 기차가 천천히 달

리면서 비장한 분위기
의 음악이 흘러나오고
있는데 이때 이 음악
은 작품을 지배하는
자연주의적인 숙명론
을 암시하고 있다. 앞
날에 대한 희망이 없
이 상황에 휩쓸려 다

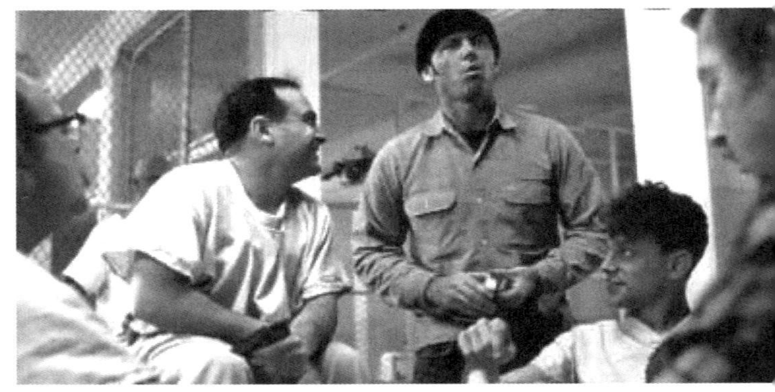

〈뻐꾸기 둥지 위를 날아간 새〉

니는 떠돌이 노동자들의 삶을 그리면서 작가가 드러내고 있는 자연주
의적인 시각을 영화에서는 음악이 그 기능을 대신하고 있는 것이다.
또 〈뻐꾸기 둥지 위를 날아간 새〉의 경우 인디언 풍의 북 장단, 기타로
연주되는 부드러운 음악, 그리고 애잔한 하모니카 소리 등은 영화에
서는 부각되지 못한 인디언 추장의 시점을 보완시키고 있다. 소설에
서는 인디언 추장과 작가의 시점이 혼합되어가면서 상실된 인디언
사회의 가치가 중요한 주제로 부각되고 있다. 하지만, 이러한 가치가
영화에서는 1970년대 미국 사회에서 개인의 반항 정신과 체제에 대한
순응의 문제가 드러나면서 가려지고 있는데, 인디언 풍의 배경 음악
이 소설의 빠진 부분을 보완시키고 있는 것이다.

1) 영화 음악의 역할

영화 음악은 영상에 대한 느낌과 해석 등에 여러 가지 도움을 준다.
첫째, 물리적 차원의 도움을 들 수 있다. 즉 관객들의 시각적 주의
에 청각적인 미적 요소를 더함으로써 영화 장면의 극적 느낌을 향상시
킨다. 음악은 영상에 대한 관객의 인상을 결정해 준다. 특정 장면에
대한 관객의 인상은 화면 못지않게 음향 효과에 의존하고 있으며, 이

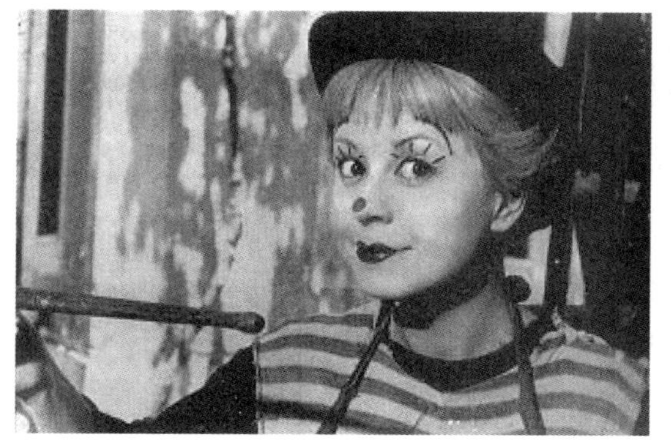

〈길〉

두 가지가 훌륭하게 맞물릴 때 관객은 또렷한 인상을 받게 된다.

둘째, 영화 음악은 관객들의 영상 해석 방법을 능동적으로 유도한다. 즉 같은 장면이라도 사운드를 달리하여 다른 느낌을 불러일으킬 수 있으며, 서로 다른 장면이지만 같은 사운드를 입혀 화면의 동질성 내지 연관성을 불러일으킬 수도 있다.

셋째, 사운드를 통하여 영상에 대한 특별한 지시를 할 수 있다. 관객들에게 무언가를 추측하게 하거나 보도록 유도함으로써 궁금증을 증폭시키거나 오해를 불러 일으켜 반전의 효과를 낼 수 있다. 사건 전개의 어떤 전조로서 음악을 통해 화면 내에 관객의 관심을 각별하게 유도하는 이런 식의 음악적 경고는 특히 알프레드 히치콕이 즐겨 사용했다.

넷째, 음향 효과는 상징적 기능을 담당하기도 한다.

다섯째, 음악은 특정한 장소, 계급, 종족 등을 암시하며, 특정한 인물의 성격을 묘사한다. 하모니카로 연주되는 서부극의 단순한 멜로디는 개척시대 미국의 모습을 묘사하며, 페데리코 펠리니 감독의 〈길〉에서 자주 들을 수 있었던 트럼펫 가락은 여주인공 젤소미나의 성격을 나타낸다.

2) 영화 음악의 종류

영화 화면 속에 삽입된 소리는 크게 배우의 대사와, 그 외의 비언어적 음향과 음악으로 나눌 수 있다. 비언어적 소리인 음향과 음악은 극의 분위기와 스타일을 설정하거나 감정을 고양시키며 장면과 장면을 연결해 주는 부수적 음향 및 음악(배경 음악)과, 작품의 필수적인 요소로 작품의 구성, 등장인물의 성격, 작품의 주제를 확립하는 극적 음향 및 음악(전경 음악)으로 구분할 수 있다. 펠리니의 〈길〉에서 니노 리타가 담당한 젤소미나의 테마 송은 젤소미나의 심리를 표현해 줄 뿐만 아니라 장 파노의 죽은 양심을 깨우는 음악이다. 니노리타가 담당한 음악은 영화 속에서 단순히 부수적으로 사용된 것이 아니라 또 다른 의미를 관객들에게 전달하는 기능을 수행한다는 점에서 극적 전경 음악의 압권이라 할 수 있다.

그런데 이를 다시 서사 구조의 내부와 외부로 구분해 보면 스토리 공간 내 세계의 음원으로부터 나오는 내재 음향(diegetic sound)과, 서사 구조의 공간 외부에 있는 음원으로부터 비롯된 것으로서 분위기를 위한 외재 음향(non-diegetic sound)으로 구분할 수 있다. 영화의 사건 행위를 강조하기 위해 부가되는 음악이 가장 흔한 외재 음향의 하나다.

또한 뮤지컬에서 등장인물이 실제 자신이 노래를 하고 있음을 알고 부르는 노래인 가사 노래(diegetic song)와, 분위기를 고조시키기 위해 삽입되는 노래로서 극의 흐름 속에 삽입되는 서술 노래(non-diegetic song)로 구분할 수 있다.

3) 영화 음악의 삽입

영화 음악은 감독의 연출 계획에 의해 결정되는 것이 보통이다. 감독은 작곡자에게 자신의 음악 삽입 계획을 설명해 주고, 작곡자는 협의된 내용에 의해 작곡을 담당한다. 감독이 위촉한 부분의 작곡을 마친 작곡가는 그 부분을 일단 피아노로 연주하여 테이프에 녹음한 뒤 감독에게 일차적으로 합당한지를 검토받게 된다. 감독은 템포의 조절이나 사용될 악기에 대해 특별히 주문을 하거나 편곡상의 변화를 요청할 수도 있다. 작곡자는 감독의 의견을 종합하여 음악을 수정하고 편곡하게 되며, 연주자를 모아 일정 기간 동안 연습한 후 스튜디오에서 녹음을 한다.

녹음된 음악은 감독이 원한 부분별로 번호가 붙여져 믹싱녹음실로 옮겨지게 되며, 장면에 따라 해당 번호의 음악이 영화에 삽입된다.

4) 영화 음악의 역사

초기 무성영화 상영 시 영화 음악은 극장 안에서 상영되는 영상에 맞춰 피아니스트가 직접 연주를 하던 귀족적 음악이었다. 당시 음악은 영화 자체의 필요에 의해서라기보다는 관객의 기대에 부응하고 예술에 대한 환상을 심어주는 것에 만족했다. 그러다가 유성 영화가 도입된 이후 좀더 세련된 음악을 요구하게 되었으며, 영화관의 흥행은 영화음악에 커다란 변화를 가져왔다.

50년대 이후 영화 음악은 대규모로 편성된 교향악이 많이 이용되었다. 이미 알고 있는 전통적인 선율을 이용했을 뿐만 아니라 새로운 기술을 이용한 음악들이 삽입되었다. 50년대 할리우드 영화에는 주로 재즈가 삽입되었으며, 이후 60년대까지는 클래식이 주로 영화의 분위기를 도왔다. 7, 80년대 잡음 제거 시스템인 돌비 시스템이 개발되고, 이어 입체 음향이 일반화되면서 영화 음악은 기존의 클래식 곡을 삽입하는 형태를 뛰어넘어 새로운 연주곡을 오케스트라적인 편곡으로 창작하여 사용하게 되었다. 그리고 80년대 이후 팝 가수와 락 그룹의 활약이 두드러졌고 그 흐름은 현재에까지 이어지고 있다. 전통적인 'Original Soundtrack'의 개념을 넘어 영화 속에 담기지 않은 음악까지 덧붙여 앨범(The Album)으로 출시되기도 하였다.

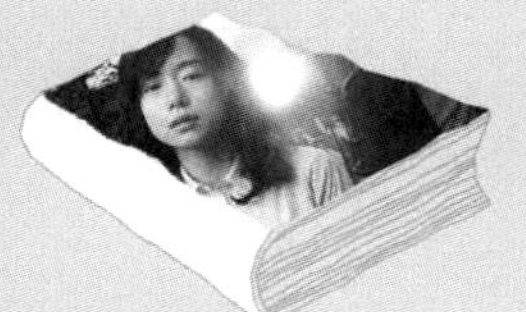
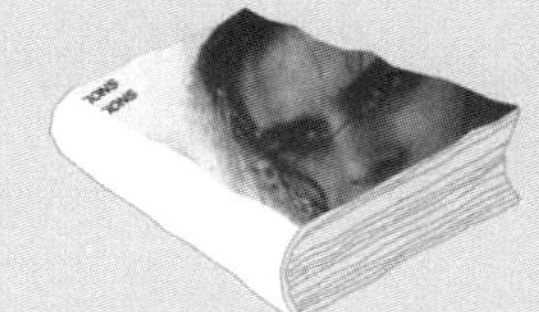
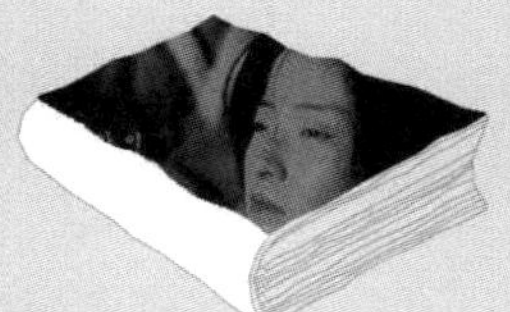
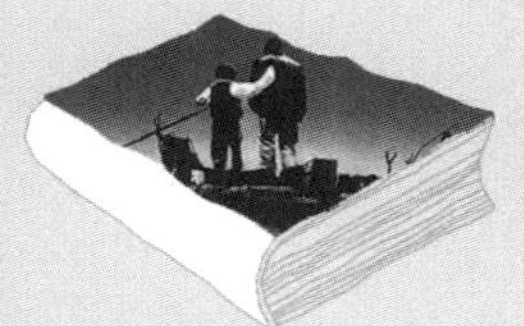
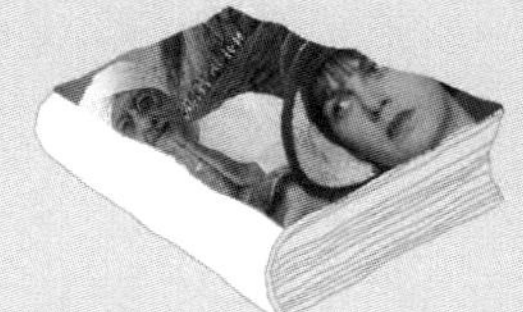
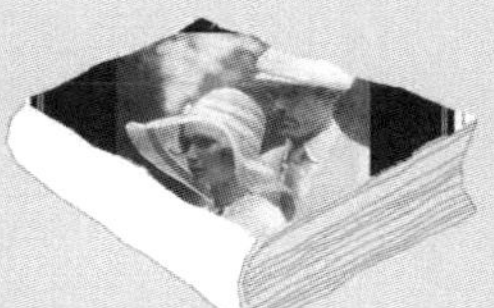
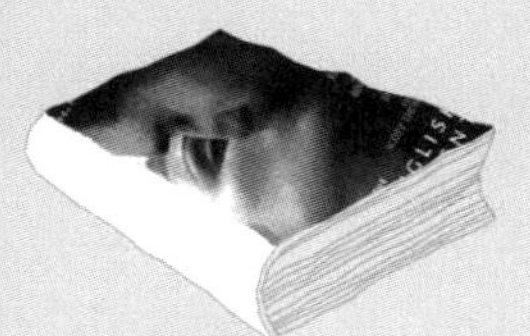
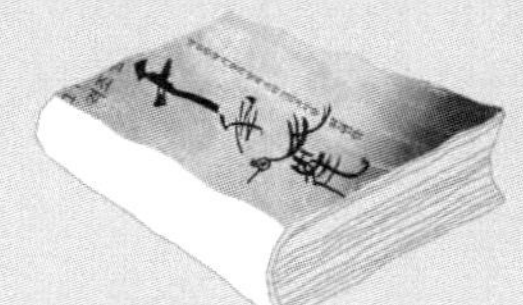
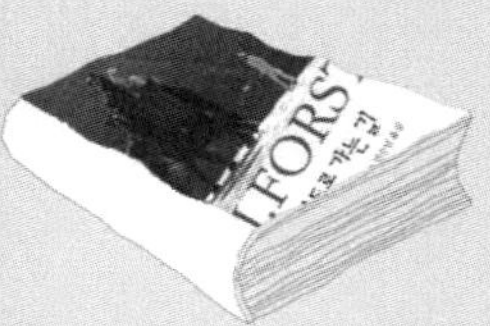

문학과 영화의 만남,
그 비평적 감상의 즐거움

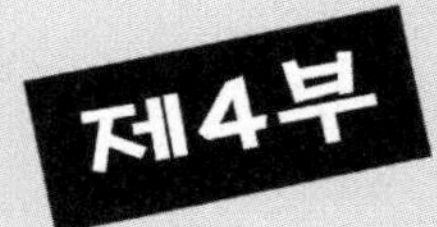

통찰력과 묘사를 통한
제국주의에 대한 문학적 성찰

E. M. 포스터 「인도로 가는 길」(1924)
데이비드 린 감독 〈인도로 가는 길〉(1984)

1. 소설과 영화의 배경과 특성

1) 소설 「인도로 가는 길」 : 인간의 내적 욕망과 심리적 갈등

포스터(E. M. Forster)의 대표작 「인도로 가는 길」(*A Passage to India*)은 인도에 대한 영국의 식민 지배를 소재로 하여 동서양의 충돌과 서구 제국주의의 비판, 그리고 인종적 편견과 문화적 오해를 인간의 내적 욕망 및 미묘한 심리적 갈등으로 연결시킨 성공적 작품이다.

포스터가 작품 집필을 시작한 때는 인도를 방문하여 영국의 식민 통치의 실상을 목격했던 1912년이다. 그러나 본격적인 집필은 두 번째로 인도를 방문하여 인도 자치 왕국의 국왕 개인비서로 6개월 동안 근무했던 1921년부터 이루어져서 마침내 1924년에 완결되었다. 이 소설은 출판 당시부터 비평가들의 주목을 받았다. 그렇지만 인도인과 영국인 모두를 만족시킨 것은 아니었다. 영국인들로부터는 대영제국에 너무 비판적이고 인도를 옹호했다는 이유로 비판을 받았고, 인도인들로부터는 자신들을 제대로 파악하지 못했을 뿐 아니라 인도인을

업신여기는 듯한 작가의 태도를 비판하였다. 그러
나 포스터의 작품은 당대 인도인, 인도 사회, 영국
의 식민지 통치에 대한 사실 기록물이 아니다. 정
치, 사회, 종교, 인종 간의 갈등, 인종적 편견이
개인에게 가하는 보편적인 제약 등을 담고 있으며,
또한 서구 문명과 토착 문명과의 갈등에서 연유되
는 정신적·사회적 긴장을 극적으로 잘 나타내고
있기 때문에 그 문학적 가치는 빛난다.

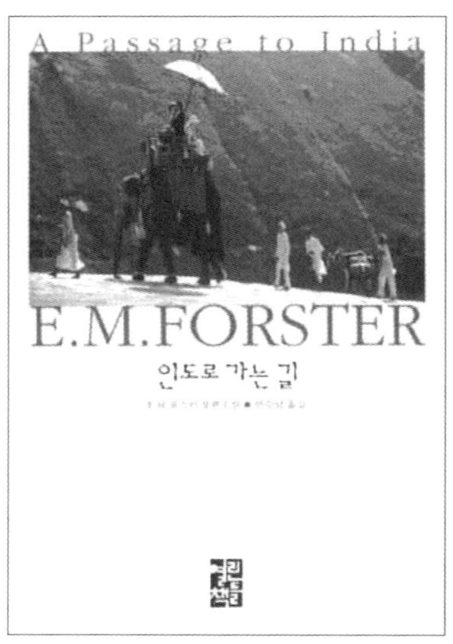

「인도로 가는 길」

「인도로 가는 길」은 '브리티쉬 라즈'(British Raj)
라고 일컬어지는 인도에 대한 영국의 식민 행정 지
배시기에 그 역사적 배경을 두고 있는데, 이 지배
는 17, 8세기 목화, 비단, 향료 등을 거래하는 동인도회사의 인도 경영
에서 비롯된 것이다. 해안의 몇 지역에서 처음 발을 붙인 이 회사는
영국군의 지원을 등에 업고 급격한 팽창을 거듭하여 인도 전 지역에서
막강한 정치적·경제적 영향력을 행사하였다. 그러나 1858년 세포이
반란(Indian Mutiny) 이후 인도는 영국 국왕의 직접적인 지배하에 들
어간다. 한편 소설과 직접 관련이 있는 정치적인 사건은 1919년 암리
차르(Amritsar)에서 일어난 비폭력저항운동에서 벌어진 인도인 학살
사건이다. 여기에서 평화적으로 시위를 하던 수백 명의 시크족 시위
대가 영국군에 의해 살해되었다. 아울러 이렇게 긴장된 분위기 가운
데서 한 영국 여성이 인도인 무리에게 집단 폭행을 당한 사건이 일어
났는데, 이 기사가 1920년 『블랙우드 잡지』(Blackwood's Magazine)에
실렸다. 포스터에게 소설의 소재를 제공해 준 것이다. 포스터 소설에
는 이 사건이 직접적으로 언급되어 있지는 않지만, 마치 유령처럼 존
재하는 듯하다. 작가는 영국 식민지배에서 비롯되는 사회적 차별, 억
압, 분노에 대한 이해뿐만 아니라, 자신들의 주권을 찾으려고 벌이는

이들의 운동에 대한 충분한 인식을 소설에서 보여주고 있다.

2) 영화 〈인도로 가는 길〉: 인물의 재현과 정체성의 탐구

영화 〈인도로 가는 길〉(*A Passage to India*)은 감독 데이비드 린 (David Lean)이 직접 시나리오와 편집까지 한 작품으로, 〈라이언의 딸〉(*Ryan's Daughter*) 이후 14년 만인 1984년에 완성되었다. 「인도로 가는 길」은 처음 산타 라마 라우 (Santha Rama Rau)에 의해 1958년 런던에서 연극으로 상연되었는데, 아지즈가 필딩의 집에서 양복 옷깃 단추를 빌려주는 장면에서 시작되어 재판으로 끝나는 구조를 취했다. 린은 당시 이 연극을 보고 저자에게 소설 판권을 사려고 시도했지만 실패했다. 영화에서는 소설처럼 인도인과 영국인을 균형있게 다룰 수 없다며 포스터가 거절했기 때문이다. 그리고 그의 사후 이 소설 판권은 캠브리지 대학에 양도되었다. 결국 아가타 크리스티(Agatha Christi)의 추리소설을 영화로 제작한 존 브라번 (John Brabourne)이 대학 당국을 설득하고 판권을 얻어 린이 감독을 맡게 되었다.

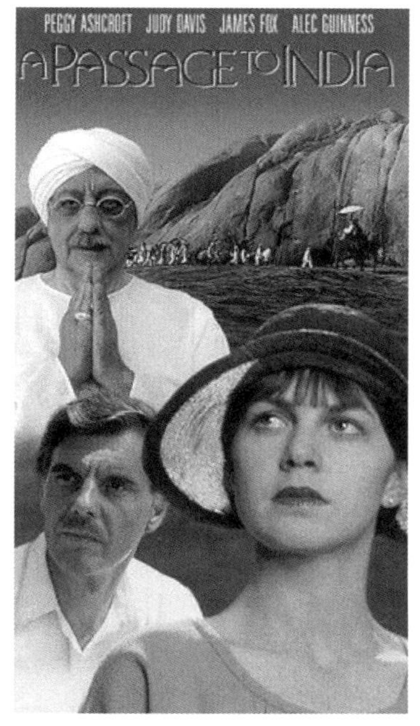

〈인도로 가는 길〉

린의 영화 스타일은 〈아라비아의 로렌스〉(*Lawrence of Arabia*), 〈닥터 지바고〉(*Doctor Zhivago*), 〈콰이강의 다리〉(*The Bridge on the River Kawi*) 등의 작품에서도 입증되듯이, 내용보다는 스펙터클한 볼거리가 더욱 강조되면서 과거 회상적인 것이 그 특징이다. 영화를 스펙터클하게 만들려는 린의 노력은 〈인도로 가는 길〉에서도 확인된다. 원래의 마라바르 동굴의 모습이 인상적으로 느껴지지 못하자, 촬영을 위해 새로운 마라바르 동굴을 제작한 것이다. 또한 인도의 지리적인 재현에 있어서도 크리슈냐의 축제가 열리는 힌두 마우(Mau)국도 분명한 지리적 위치를 밝히지 않은 원작과는 달리, 눈 덮인 히말라야 산을 배경으로 하는 카시미르 지방으로 정하여 볼거리를 제공해 준다.

다른 한편 감독 린은 〈아라비아의 로렌스〉와 〈콰이강의 다리〉에서처럼, 영웅적인 인물에 대해 혹은 영국적인 정체성에 대해 탐구를 시도했다. 그리고 이 정체성의 탐구는 영국인들에 대한 거부감보다는 비교적 호감을 가지고 긍정적인 시선을 보낸다. 이 영화가 제작되던 시기에 영국은 보수주의자인 대처 수상이 정권을 잡던 때이며, 제국주의의 유산인 포클랜드 제도를 놓고 아르헨티나와 전쟁을 마치고 난 시점이었기 때문에 화려했던 제국의 이미지를 다시 부활시켜 과거에 대한 향수를 불러일으키기에 충분한 사회적 분위기였다. 이런 면에서 본다면 영국의 인도 지배를 배경으로 하는 〈간디〉(*Gandi*), 〈인도에서 생긴 일〉(*Heat and Dust*, *The Far Pavilions*(1984), 〈왕관의 보석〉(*The Jewel in the Crown*)과 같은 일련의 영화와 텔레비전 드라마가 80년대 초반에 제작된 것은 지극히 자연스러운 현상이다.

소설의 서사구조를 충실하게 재현한 린의 작품도 여전히 인도 대륙의 광활한 모습을 화면에 담으면서 세계를 경영했던, 특히 인도를 지배했던 화려한 영국인들의 모습을 과거 회상적인 낭만적 분위기로 나타내고 있다. 당당하게 세계를 경영하던 지배자 영국을 상징하는 대표적인 장면은 봄베이 항구에 도착하는 영국인 인도 총독과 그 부인의 환영 행사에서 볼 수 있다. 이 장면은 소설에는 없는 것이다. 개선문을 연상시키는 거대한 아치형의 문을 배경으로 빨간 제복을 입고 도열해 있는 인도 병사들, 박수를 치는 인도인들, 그들의 환영을 받으며 식장을 빠져나가는 총독과 부인의 모습을 보여주면서 영화스러운 제국의 화려한 모습을 농후한 향수감으로 재현시킨다. 식민지 클럽하

우스에서 벌어지는 활동이나 파티, 영국인들의 집단 거주지 등은 이
러한 회상을 더욱 강하게 불러일으킨다.

영화의 정치적·사회적 분위기는 인물의 재현과도 밀접한 관련이
있는데, 이것 또한 소설과 다른 점이다. 린은 소설보다는 훨씬 낭만적
으로 인물을 재현하고 있다. 우선 소설 속 아델라의 역을 호주 출신의
배우 주디 데이비스(Judy Davis)가 맡은 것에서도 드러난다. 소설에서
아델라는 매력적이지 않은 여성으로 묘사되어 있지만, 영화에서는 관
객들의 호감을 살 수 있는 인물로 등장한다. 그녀는 소설보다 훨씬
더 자신감 있는 강한 인물이고 외모 면에서도 매력적인데 이러한 인물
의 등장은 관객들을 훨씬 더 서구의 눈으로 몰입시키는 데 중요한
역할을 한다. 이 영화에서 특히 주목할 만한 것은 터튼(Turton)이나
로니(Ronny) 등이 그다지 부정적이지 않은 인물로까지 비추어지는데,
이러한 유형의 인물 창조는 영화 제작 당시의 사회적·정치적 분위기
와 분명 밀접한 관련이 있다.

2. 원작과 영화의 작품 분석

1) 원작의 서사 구조

소설 「인도로 가는 길」의 구조는 이슬람 사원(Mosque), 동굴
(Caves), 힌두 사원(Temple)의 세 부분으로 나뉘어져 있다. 그리고 이
각각의 구조는 이슬람 사원에서의 아지즈(Dr. Aziz)와 무어 부인(Mrs.
Moore)의 만남, 아델라 퀘스티드(Adela Quested)의 마라바르 동굴
(Marabar Cave)에서의 경험, 그리고 고드볼(Godbole)이 주재하는 크리
슈나(Krishna)의 축제라는 핵심적인 사건으로 이루어진다. 또한 이
세 구분은 세 가지의 다른 삶의 양식인 이슬람교, 니힐리즘, 힌두교를

각각 나타낸다.

제1부 '이슬람 사원'의 첫 장은 자연의 힘에 대한 묘사로 시작된다. 영속적인 갠지스 강과 대지, 하늘, 별들 너머의 세계에 대한 묘사는 이후 일어나는 인간의 갈등, 불신, 오해와 강한 대조를 이루며 인간의 삶이 얼마나 편협하고 왜소한 것인가를 보여준다. 곧 소설은 식민 정복자의 우월감, 제국에 대한 이들의 충성심과 피지배인에 대한 불신과 편견을 나타낸다. 더불어 작가는 인도인과 영국인이 인종, 종교, 정치적 차이를 뛰어넘어 과연 의미있는 연결을 할 수 있을 것인가에 대한 중대한 의문을 제기한다. 아델라와 무어 부인은 진실한 인도와 대면하여 인도의 참모습을 보고 싶다고 피력한다. 이에 터튼은 동양과 서양의 간극을 메운다는 취지로서 친선 모임을 주선한다. 그러나 이 모임은 결국 양자 간의 거리만 확인시켜 줄 뿐이었다. 그리고 필딩 (Fielding)의 집에서 열린 티(tea) 파티조차도 마라바르 동굴의 재앙으로 연결되는 결과를 가져왔기 때문에 진정한 연결과 거리가 멀다. 다만 이슬람 사원에서의 무어 부인과 아지즈와의 만남만이 오직 나이와 인종을 넘어설 수 있는 희망적인 가능성을 제시할 뿐이다.

그런데 여기에서 주목되는 것이 있다. 그것은 인도의 참모습을 보고 싶어 하는 아델라가 대표하는 표상이다. 즉 사물을 논리적으로 설명하고 인식할 수 있다는 서구인의 합리주의 사고를 일컫는다. 아델라의 합리주의적 사고는 차가운 이성과 정직이 그 특징이다. 그러므로 이 여인은 영국인 사회가 가하는 수모의 위험에도 불구하고, 자신의 과오를 깨달았을 때 재판정에서 자신의 주장을 철회한다. 또한 자신들의 약혼을 파기하는 장면에서도 철저하게 자기 절제와 감정의 통제를 보이는데, 약혼자 로니(Ronny)와 아델라 자신들조차도 끔찍이 영국인다운 태도라고 인식한다. 그런데 이런 파혼을 선언하는 와중에서도 초록빛 새의 실체를 알아내려는 에피소드에서도 볼 수 있듯이, 이들은 끊임없이 인도에서 친숙하지 않은 것에 대해 규명하려 한다. 그러나 이들에게 인도의 사물과 인도인의 사고는 그 정체를 분명히 드러내는 것을 거부하기 때문에 이런 명확함을 추구하는 이들이라 할지라도 인도에서는 아무 것도 밝혀낼 수 없게 되는 것이다. 합리성으로 파악될 수 없는 신비와 혼돈으로 규정되는 인도는 영국인의 이해의 범위를 넘어서는 것이다.

제2부 '동굴'은 신비와 혼돈을 대표하는 마라바르 동굴이 이성주의적 영국인들에게 가하는 문화적·정신적 충격을 다룬다. 무어 부인은 명확하게 한정짓는 분할과 배제의 삶이라는 행동양식을 뛰어넘을 수 있는 가능성을 지닌 인물로 그려진다. 이슬람 사원에서 이교도의 신을 존경하는 태도, 말벌과 같은 하찮은 미물에게도 사랑을 베푸는 여인이다. 그렇지만 그녀 역시 모든 것이 '부움' 혹은 '우붐'으로 환원되는 이 동굴의 메시지는 그녀의 가치체계에 큰 혼란을 가져다 준다. 신비로운 것은 좋아하지만 혼돈스러운 것은 싫어한다는 무어 부인에게는 이 동굴 안에서의 모든 것이 혼란스럽게 여겨지며 자신에게 '부움'으로 들려지는 텅 빈 외침을 대신할 아무런 것도 갖지 못하고 있음을 문득 깨닫는다. 그러므로 그녀는 "모든 것이 존재하지만 아무 것도 가치있는 것은 없다"라는 극단적 허무주의를 거부할 수 없게 된다. 이 메아리는 그녀가 지닌 삶의 고리를 전복시켰으니, 이제 코끼리, 스텔라(Stella), 랠프(Ralph)조차도 비록 존재는 하지만 아무런 가치가 없는 것이 되어 버린다.

아델라의 경우도 자신과 로니가 사랑하고 있지 않다는, 그녀가 억눌러 왔던 이러한 진실이 이 동굴에서 드러나게 된다. 아델라는 약혼을 파기한다는 것이 사회적·정신적으로 불편과 고립을 가져오며, 또한 결혼생활에서 사랑이 전부가 아니라고 합리화를 하면서 황량한 바위산을 올라간다. 그러나 동굴 안에서 자신이 로니를 사랑하지 않는다는 분명한 사실에서 더 이상 도피할 수 없다는 것을 깨닫고 성적 히스테리 속에 무너져 버린다. 구도의 길과 연관있는 이름 ‘퀘스티드’(Quested)가 의미하듯, 아델라는 결국 혼돈의 세계에서 인도의 진정한 모습이 아니라 자신의 참모습에 직면하게 되는 것이다.

제3부 ‘힌두 사원’에서는 모든 만물을 사랑하고 포용하는 크리슈나 탄생의 축제를 통해 차별없이 신의 사랑 속에 포용되는 긍정의 세계를 보여준다. 특히 이 3부는 축제가 진행되는 동안 왕이 사망하는 설정을 통해 탄생과 죽음처럼 상반된 것의 어울림을 보여주며, 억수처럼 내리는 비의 씻김을 통해 만물의 소생을 알린다. 고드볼은 이 축제의 기간 동안 명상을 하면서 무어 부인과 벌을 보게 된다. 이 연결은 다른 사람에 대한 감수성과 자연의 신비로움을 인정하는 무어 부인과 고드볼 간의 정신적 유대감을 강조한다. 벌에 쏘인 무어 부인의 아들 랠프는 아지즈에게 치료를 받음으로써 아지즈와 무어 부인의 관계를 연결시키며, 아지즈는 재판 이후에 품고 있었던 필딩에 대한 오해를 해소하여 감정적 장애를 거둔다. 또한 필딩과 아델라가 탄 보트가 아지즈와 랠프가 탄 보트와 충돌하면서 물에 빠지는 것으로 씻김과 새로운 태어남을 강렬하게 부각시킨다.

그러나 이 소설의 결말에서 포스터는 모든 문제를 해결시키지 않는다. 소설의 마지막에서 필딩이 진정한 친구가 될 수 있는가에 대한 물음에 대해 아지즈는 인도는 어떤 외국인도 없는 하나의 국가가 될 것이며, 힌두교인과 이슬람교인과 시크교인 모두가 하나가 될 것이라고 말한다. 자신을 반영주의자라고 선언한 후, “지독한 영국인들을 한 사람도 남김없이 바다에 처넣을 것”이고 그 다음에야 “당신과 나는 친구가 될 수 있을 것”이라며 자신이 진작 이러한 입장을 취했어야 했다고 언급한다. 아직은 아니라는 아지즈의 말(No, not yet)로 종결되는 이 연결의 문제는 일견 부정적으로 보이지만, 열린 미래의 가능성을 제시하고 있는 것이 분명하다.

2) 영화의 서사 내용

영국이 인도를 식민지로 지배하던 시절, 젊고 열정적인 영국 여성 아델라 퀘스티드는 약혼자의 어머니 무어 부인과 함께 인도로 떠난다. 인도의 찬드라포어 시에서 치안판사로 있던 약혼자 로니와 결혼을 예정하였기 때문이다. 영화의 첫 장면에서 아델라는 비 오는 런던 거리에 서서 여행사의 쇼 윈도우에 진열되어 있는 범선을 낭만적인 시선으로 바라본다. 거리가 온통 검은 우산으로 뒤덮인 비 내리는 영국의 침울한 현실에서 벗어나 그녀는 상하(常夏)의 나라 인도로 가는 낭만적인 여행을 꿈꾸는 것이다.

이윽고 그녀는 안으로 들어가 여행사 직원과 이야기를 하며, 벽에 붙어 있는 인도의 사진들을 동경의 눈으로 바라본다. 이때 그녀는 나중에 사건이 벌어질 운명적인 마라바르 동굴의 사진을 보게 된다. 관객들은 여행사 직원과 그녀의 대화를 통해 그녀가 아직 영국을 벗어나 해외에 나가 본 적이 없다는 것, 그리고 인도로 갔다가 돌아오는 날이 미정으로 되어 있다는 사실들을 알게 된다. 그것은 곧 그녀가 아직 해외여행 경험도 없는 순진한 여인이며, 어쩌면 돌아오지 못할지도 모르는 기약 없는 모험을 떠나려 한다는 것을 암시한다.

아델라와 무어 부인이 탄 인도행 범선에는 인도를 통치할 영국인 총독이 타고 있어 영화의 주제는 자연스럽게 서구 제국주의 문제로 확대된다. 즉 아델라의 여행은 단순한 개인의 여행이 아니라, 식민지로 가는 제국인의 여행으로 그 의미가 확대된다는 것이다. 과연 그들이 탄 배가 인도에 도착하자 마자 총독을 위한 인도인들의 환영 행사와 퍼레이드가 시작되는데, 그 환영 행사가 비단 총독뿐 아니라 아델라와 무어 부인에게도 주어지는 환영 행사처럼 보이기도 한다. 다시 말해 그녀들의 여행은 결코 자유로운 사적 여행이 되지 못하고, 대영 제국의 제국주의 이데올로기와 필연적으로 연관되고 있다는 것이다.

인도의 혼란에 눈살을 찌푸리고 거리의 냄새에 코를 틀어막는 다른 영국 부인들과 달리, 무어 부인은 영국인들의 속물주의와 인종적 편견에 비판적인 깨어 있는 여인이다. 인도의 영국 부인들은 "동양은 별 수 없어요, 무어 부인. 문화가 달라서요"라고 말한다. 그 때마다 무어 부인은 이맛살을 찌푸린다. 그녀는 인종적 편견에 가득 차 있는 자신의 아들 로니와도 반목한다. 치안판사인 로니는 인도인들에 대해 냉정하고 잔인하며 인종적 우월감에 젖어 있는 전형적 제국주의자의 모습을 보여준다. 그런 그에게 매력을 느끼지 못하는 아델라는 결국 로니와 결혼하지 않겠다고 선언한다.

수세관(收稅官)으로 있는 터튼은 무어 부인과 아델라를 위해 동서양의 가교를 놓는다는 의미로 소위 '브리지 파티'를 연다. 그러나 그 파티는 영국인들과 인도인들, 즉 제국인들과 식민지인들 사이에 아무런 교류를 형성하지 못한다. 영국인들은 너무 오만하고, 인도인들은 마음을 열어놓지 않기 때문이다. 동서의 교류는 오히려 인종적 편견이 없던 공립학교 교장 필딩이 자기 집에서 마련한 조그만 '티(tea) 파티'에서 이루어진다. '진정한 인도'의 모습을 보고 싶다고 말하는 아델라에게 필딩은 인도인 의사 아지즈를 파티에 불러 소개해 준다. 사실 소설에서는 인도인 아지즈가 주인공인데, 영화는 처음부터 아델라에게 더 많은 장면을 할애하고 있다. 아지즈는 영화의 초반부에 자전거를 타가 가다고 영국 관리들이 탄 차에 부딪혀 넘어지면서 등장한다. 제국인들의 강력하고 빠른 자동차에 부딪쳐 부서지는 아지즈의 자전거는 식민지인의 무력함과 연약함을 드러내 주는 좋은 상징이다.

영화의 초반부에서 아지즈는 힌두 사원에서 우연히 무어 부인을 만나 친해지고, 두 사람 사이에는 동서양을 초월한 상호 이해와 우정이 싹트기 시작한다. 아지즈는 영국인들을 좋아하고 영국인들에게 호의적인 친절한 인도의 지식인이며, 무어 부인은 식민지나 식민지인들에 대해 아무런 편견을 갖지 않았던 겸손한 영국인이다. 아지즈는 또한 제국인과 식민지인 사이의 장벽을 초월해 영국인 교장 필딩과 절친한 친구가 된다. 예컨대 아지즈가 필딩에게 자신의 와이셔츠 핀을 빌려주고 대신 자기는 복장이 불량하다고 로니에게 핀잔을 받는 장면이나, 아무에게도 보여주지 않던 죽은 아내의 사진을 필딩에게는 보여주는 장면 등은 필딩에 대한 아지즈의 신뢰와 우정을 나타내는 좋은 장치다. 필딩이나 무어 부인에 대한 아지즈의 믿음과 애정은 동서양의 경계를 넘는 우정의 가능성을 보여주고 있다. 필딩의 집에서 무어 부인과 재회한 아지즈는 영국 여인들에게 마라바르 동굴 여행을 제안한다. 원작소설은 여기에서 제1부인 '이슬람 사원'이 끝나고 제2부인 '동굴'이 시작된다.

며칠 후, 아지즈는 무어 부인과 아델라를 데리고 마라바르 동굴에 도착한다. 원시의 동굴은 원래 태곳적 인간이 살았던 곳이며, 동시에 서양이 보는 동양의 혼돈의 상징이기도 하다. 동굴 속에서는 자신의 목소리가 곧바로 메아리가 되어 들려오는데, 그런 의미에서 동굴은 곧 어두운 인류 역사의 반향이자 자신의 참모습을 비추어 주는 거울의 이미지라고 할 수 있다. 그 원초적 지역에서 무어 부인은 자신과 아지즈, 또 자신과 아들 로니 사이의 공간적 거리를 절감하며, 자신이 지금까지 믿어 온 기독교적 신념과 악의 개념이 공허한 '메아리'에 지나지 않는다는 사실을 깨닫고 갑자기 현기증을 느낀다.

어지러워하는 무어 부인을 앉혀 놓고 아지즈는 아델라와 안내인만을 데리고 더 높은 곳에 위치한 더 깊은 동굴로 이동한다. 아지즈가 잠시 쉬고 있는 사이, 혼자 동굴 속으로 들어간 아델라는 비로소 자신이 로니를 전혀 사랑하지 않는다는 사실을 깨닫게 된다. 문명의 가식이 사라지고 원초적 본능이 드러나는 곳 – 바로 그곳에서 성적인 억압 속에 살아온 영국 여인 아델라는 아지즈에게 성폭행당하는 착각을 하게 되고, 혼란과 공포 속에서 극도의 히스테리 증상을 보인다.

'동굴'의 상징이 중요한 의미를 갖는 것은 바로 그 순간이다. 동굴은 동양의 신비와 혼돈을 동시에 드러내고 있는 표상물이며, 동시에 서양인들로 하여금 자신들의 합리주의적 가치관과 신념을 돌이켜보고 회의를 갖게 해주는 상징적 구축물이다. 사실 무질서와 혼돈을 견디지 못하는 서양인들에게 동굴은 곧 혼란과 두려움과 당혹감의 근원이 된다. 그 혼란스러운 지역에서 그들은 자신들을 돌이켜보고, 자신들의 진정한 모습과 대면하게 되는 것이다.

이윽고 동굴에서 나와 헝클어진 모습으로 사람들이 있는 곳으로 달려온 아델라는 이유를 묻는 사람들에게 아지즈가 자신을 성폭행하려 했다고 말한다. 그녀의 발언은 영국이 지배하고 있는 인도 사회에 커다란 파문을 불러온다. 이윽고 재판이 열리게 되자, 영국인들과 인도인들 사이의 반목과 대립은 극에 달한다. 식민지를 통치하는 영국인들은 제국의 여성을 성폭행하려 한 식민지인을 처벌함으로써 식민지 사회에 경종을 울리려 하고, 인도인들은 이번 사건을 식민지에 대한 제국의 탄압으로 받아들여 저항하려 하기 때문이다.

그러나 동서양의 첨예한 대립은 두 가지 사건으로 인해 해소된다. 첫째는, 무어 부인에 대한 인도인들의 깊은 신뢰다. 무어 부인은 혼란 속에서 영국으로 돌아가는 배에서 사망한다. 그러는 동안, 아지즈에게 유리한 증언을 해줄까 봐 로니가 어머니 무어 여사를 영국으로 보내 버렸다고 누군가가 외치자, 법원 밖에 모여 아지즈를 지지하던 인도인들은 마치 구원의 여신을 대한 듯 "무어 부인!"을 외치며 전폭적인 신뢰를 보낸다. 비록 영국인이라 할지라고 인도인들에게 신뢰를 줄 수 있는 사람이 얼마든지 있다는 것을 시사한다는 점에서 그 장면은 긍정적인 의미를 갖는다.

둘째는, 아델라가 법정에서 아지즈의 무죄를 입증해 줄 수 있는 뜻밖의 증언을 한다는 점이다. 비록 혼란 속에서 아지즈를 무고하기는 했지만, 그녀는 자신의 평판에 개의치 않고 또 명예훼손에 대한 변상의 위험까지를 감수하면서 고발을 취소하는 값진 용기를 보여준다. 아델라는 인도에서의 깨달음을 통해 보다 더 성숙해진 사람으로 다시 영국으로 돌아간다. 그러나 아지즈는 이제 영국을 증오하는 사람으로 변하여 찬드라포어를 떠나 인도 중부에 있는 마우 지방으로 이주한다. 원작소설에서는 이때부터 제3부 '힌두 사원'으로 넘어간다.

그로부터 수년 후, 영국으로 돌아갔던 필딩이 부인과 함께 인도로 돌아와 아지즈를 찾아간다. 아지즈는 처음에 필딩이 아델라와 결혼한 것으로 오해하고 필딩을 냉대한다. 재판이 끝나고 필딩이 아델라를 피신시켜 보호해 주었고, 또 자신을 설득해 손해배상을 받아내지 않도록 했기 때문이다. 그러나 필딩의 부인이 무어 부인의 딸 스텔라라는 것을 알고, 아지즈는 다시 필딩과 화해한다. 그러나 두 사람은 제국과 식민지라는 상황 속에서 정치적 고려로부터 완전히 자유로운 순수한 우정이란 결국 불가능하다는 데 동의하고 헤어진다. 〈인도로 가는 길〉이 비관적이지도 않지만, 동시에 낙관적이지도 않다는 평을 받는 이유도 바로 여기에 있다.

3) 영화의 서사 구조

데이비드 린 감독은 소설에 대한 자신의 해석을 영상에 담고 있는데, 이 해석은 영화의 시점과 매우 깊은 관련이 있다. 영화의 크레딧 시퀀스(credits sequence)는 모리스 자르(Maurice Jarre)의 신비감 있는, 또 무언가 심상치 않은 것이 닥칠 것 같은 분위기를 담은 음악이 흘러나오면서 거대한 조각상으로 시작된다. 영화의 극적 전개에 핵심이 되는 아델라의 경험에 대한 예고를 시사하는 이 시퀀스는 곧 그녀가 인도로 가는 배편을 P&O 선박회사에서 예약하는 장면으로 전환된다. 비가 오는 가운데 모든 것이 칙칙하고 어둡게 조명되는 이 장면은 당시 영국의 전반적 사회 분위기와 삶을 반영하는 듯하며, 이 회색의 분위기 속에서 우산을 쓰고 나타난 아델라 역시 매우 우중충한 옷과 표정 없는 담담한 얼굴로 비추어진다. 이러한 장면은 다음 인도에서의 아델라의 옷차림이나 그 분위기와는 대조적인 것이다. 카메라는 직원이 쓰는 예약기록을 클로즈업하여 여인의 이름이 아델라 퀘스티드(Adela Quested)이며, 클로즈업을 통해 관객에게 그 의미를 강조한다. 즉 이 '퀘스티드'(Quested)란 이름이 그녀가 무엇인가를 추구(Quest)하고 있다는 것을 보여준다.

물론 이러한 일련의 시퀀스는 감독이 원작에 없는 것을 더한 것이다. 소설은 어느 한 인물의 관점이 아닌 다양한 인물의 심리를 통해 진행되는 반면, 영화의 이런 시작은 앞으로 영화가 누구의 관점에서 진행되는지를 암시하는 중요한 역할을 한다. 아지즈가 등장할 때까지 영화는 전적으로 그녀의 시점에서 진행되고 있으며, 감독은 인도로의 여정이 바로 아델라의 여정이라는 것을 보여준다.

그리고 이러한 관점은 영화의 첫 장면에서처럼 비가 오는 날 아델라가 아지즈가 보낸 사과의 편지를 읽는 것으로 영화를 종결시키는데서 확인된다. 영화는 처음과 끝을 아델라의 관점으로 명확하게 연결하여 분명한 종결을 시도한다. 이러한 조화로운 결말은, 원작과는 달리 내러티브를 분명하게 맺어 관객들에게 확실한 결말과 해결을 보여주려는 의도다. 또 이러한 사과 편지로써 결말을 맺는 장면은 감독의 소설에 대한 해석의 일환, 즉 반(反) 영국으로 기울어진 소설의 균형을 잡고 새로운 시대 변화의 분위기를 투영시키겠다는 의도로도 받아들여질 수 있다.

선박회사 직원과의 대화에서 아델라는 인도뿐만 아니라 처음으로 자국 밖을 여행하는 것이 밝혀진다. 그의 말대로 '새로운 지평선'에 대한 기대가 가득차 있는 것이다. 이 선편 예약 장면에서 새로운 지평선을 경험하게 되는 아델라의 눈길은 벽에 걸려 있는 여러 그림들에 멈춘다. 이 그림들은 주변의 분위기와는 다르게 매우 밝게 처리되어 있어 더욱 눈길을 끈다. 인도의 실체를 액자화된 이미지를 통해 전달하는 이 장면은 아델라에게 인도의 진정한 모습을 보고 싶다는 욕망을 불러일으키지만, 이후 그녀의 이런 희망은 환상으로 끝나게 된다. 아무튼 특히 그녀의 관심을 끄는 것은 이 영화의 핵심적 사건이 일어나게 될 마라바르 동굴의 그림이다. 직원은 이 동굴이 아델라의 목적지에서 단지 20마일밖에 떨어져 있지 않다는 점을 언급한다. 동굴로 대변되는 무의식의 욕망에 대한 실체가 이제 아델라가 경험하게 될 새로운 지평선으로 떠오르게 된 것이다. 그런데 흥미롭게도 그림들을 바라보는 아델라는 응시의 주체이면서 동시에 대상이기도 한데, 이 영화는 아델라의 억압된 성애(sexuality)가 드러나는 과정에 초점을 두고 있다. 아델라의 억압된, 드러나지 않은 성애는 그 정체가 불분명하고 혼돈스런 인도와 밀접한 관련이 있음이 밝혀져서, 이국적인 인도와 아델라는 동시에 응시의 대상이 되어 버린다.

아델라에 대한 이러한 감독의 초점은 원숭이의 등장에서 가장 뚜렷하게 드러난다. 영화에서 반복적으로 보여지는 원숭이는 아델라가 자전거를 타고 간 폐허의 힌두 사원에서 그 실체를 분명히 드러낸다. 이 원숭이의 등장과 힌두 사원에서의 아델라의 경험 실체에 대해 감독은 아델라와 로니와의 관계 변화를 암시하는 것으로 이미 세심하게 준비하여 놓았다. 봄베이에서 찬드라포어로 향하는 기차 안에서 감독은 로니에 대한 아델라의 기대와 두려움을 세밀하게 표현하려 애썼다. 터튼 부인은 로니에 관해 "He's become a real sahib"라고 자랑스레 이야기한다. 이 말을 듣고 아델라는 몹시 혼란스러운 상태가 되는데, 이 말을 전달하는 이가 부정적으로 보여지던 터튼 부인이었기 때문에 더욱 그러했다. 아델라는 로니와 결혼을 하기 위해 인도에 왔지만, 자신들도 미처 의식하지 못하는 사이에 이들의 결혼은 단지 개인들 간의 문제가 아닌 정치적인 맥락에서 결정나게 된다. 즉 이들의 관계는 지배자와 피지배자의 정치적 관계를 묘사하는 수단이 되어버린다. 터튼 부인이 로니가 'real sahib'라고 언급한 것은 인종 우월적인 요소가 다분히 담겨 있는 말이기 때문에 아델라와의 갈등을 예고하기에 충분하다.

이러한 맥락에서 자신과의 결혼 가능성을 확인하기 위해 수천 마일을 달려온 약혼자 아델라를 역에서 맞이할 때 로니가 보이는 태도는 매우 시사적이다. 역에서 로니는 아델라를 반갑게 맞이하고 아델라에게 꽃을 건넨 후 양볼에 가볍게 키스한다. 그러나 곧 하인에게 짐을 옮길 것을 명한 후, 자신이 환영행사 위원이라며 던지듯 말을 하고는 터튼을 맞는 공식행사에 가버린다. 덤덤하게 혼자 있는 아델라와 터튼과 기쁘게 악수하는 로니의 환한 모습이 대조되며, 로니에 대한 비판적 판단이 서서히 움트기 시작하는 것이 보여진다. 영화에서는 계속해서 로니의 행동과 아델라의 반응을 세밀하게 보여준다. 로니의 집 발코니에서 아델라는 산을 바라보며 "저게 마라바르 언덕이죠?"하고 묻는다. 로니가 그렇다고 대답하자 다시 "동굴이 있는"이라고 덧붙인다. 아델라의 무의식적인 욕망이 다시 표출되는 것이다. 로니가 잠자리에 들기 전 무어 부인에게 "Good Night, Mother"하는 인사를 듣고 침실에 들어온 아델라의 얼굴에는 미소가 감돈다. 그러나 그녀의 기대와 아랑곳없이 로니는 아델라의 방 안으로 들어오지 않은 채 "Good Night"이란 인사만 던진다. 카메라는 아델라가 이 말을 듣기 전후의 얼굴의 표정 변화, 즉 로니를 기다리는 설레임이 실망으로 바뀌는 모습을 뚜렷이 보여준다. 특히 주목할 만한 것은 아델라가 옷장에 비친 자신의 모습을 바라보는 것인데, 옷장에 비친 아델라의 이미지는 앞으로 분열과 혼란을 겪게 될 것을 상징한다. 특히 이 장면은 동굴 속에서 다시 자신의 모습이 반사되고 눈물을 흘리는 것으로 연결되기 때문에 더욱 염두에 두어야 할 것이다.

열차 안에서부터 염려한 대로 'Real Sahib'가 된 로니에게 실망한 아델라는 폴로 경기장에서 파혼을 선언한다. 이후 무어 부인은 저녁 식사에서 "때때로 나는 결혼을 두고 너무 많이 공연한 소란을 벌인다는 생각이 드는구나. 여러 세기를 거치면서 육욕적인 포옹이 이루어져 왔지만, 우리는 다른 사람을 이해하는 데 여전히 가까워지지 못하는구나"라고 말한다. 소설에서는 무어 부인의 이 말이 마라바르 동굴에 들어가는 날 언급되고 있기 때문에 앞으로 부인에게 닥칠 정신적 충격과 혼란을 이해하는 맥락으로 받아들여진다. 그러나 영화에서는 아델라의 결혼문제와 직접 연계되기 때문에 감독의 초점이 아델라의 성애에 맞추어져 있음을 다시 한번 확인할 수 있다.

이처럼 감독은 아델라의 심적인 상태를 미리부터 세밀하게 준비했기 때문에 관객들은 힌두 사원에서 그녀가 남녀합반상과의 대면에서 받는 충격을 훨씬 신빙성 있게 받아들일 수 있다. 카메라는 아델라가 사원에 진입하는 장면과 남녀합반상의 목격을 매우 느린 속도로 보여준다. 이 사원에 도착하기 위해서는 아델라가 몇 개의 문과 나무로 덮인 길을 통과해야 하는데, 그녀가 새로운 영역에 들어가고 있음을 암시한다. 아델라의 응시와 이 다양한 남녀합반상의 모습이 크로스 컷(cross cut : 교차편집으로 두 컷을 순차적으로 나타나게 하여 강력한 긴장감과 연결성을 강조함)으로 보여지는데, 아델라의 반응은 점진적인 클로즈업을 통해 세밀히 보여진다. 이제 관객들도 크레딧 시퀀스에 나왔던 음악과 석상의 의미에 대해 구체적으로 알게 되면서 더욱 분위기가 고조된다. 아델라가 오랫동안 응시하는 것은 가장 노골적으로 성애를 표현한 상이며, 바로 이때 원숭이 무리가 소리를 지르며 일제히 조각상 아래로 내려오고 아델라는 겁에 질려 도망친다.

영화는 즉시 성애의 조각상이 아델라에게 미친 충격을 강조한다. 아델라는 이 성적 욕망의 충동으로 인해 로니에게 자신의 말을 번복한 후, 침대에 누워 낮에 보았던 남녀합반상의 기억을 떠올린다. 열린 창문으로 불어오는 바람에 흔들리는 커튼과 막 몰아치려 하는 비는 아델라의 깨어난 성적 욕망과 감정을 잘 드러낸다. 그녀가 자신의 파혼선언을 철회한 이유는 사회가 인정하는 제도 내에서 성적 욕구를 발산하는 길은 로니와의 결혼밖에 없기 때문이다. 영화에서 아델라의 성적 욕망의 표현을 보다 훨씬 강렬하게, 그리고 아델라를 소설보다 훨씬 더 아름답게 등장시킨 것은 동굴에서의 아델라의 경험을 더욱 있음직한 사건으로 만들려는 감독의 의도 때문이다.

영화가 소설의 플롯을 따라 비교적 충실하게 제작되었기 때문에 영화에서도 영국의 식민주의 및 인종적 우월감에 대한 비판이 담겨져 있다. 그럼에도 불구하고 타자의 재현에서 에드워드 사이드(Edward Said)가 지적한 오리엔탈리즘(Orientalism)이 나타나고 있는데, 남녀합반상에 대한 아델라의 반응은 그 좋은 예가 된다. 유럽인들에게 동양은 성적 교섭의 자유를 충동하여 성적 도덕을 문란케 하는 악한 곳으로 여겨져 왔다는 것을 사이드는 지적하고 있다.

> 동양에 거주하거나 여행하는 모든 유럽인들은 불안한 영향에서 자신을 보호해야만 했었다. 〈중략〉 대부분의 경우에 있어서 동양

은 서양의 성도덕을 거스르는 것처럼 보인다. 동양에 있는 모든 것은 위험스런 성을 발산하기에 에드워드 윌리엄 레인이 평소보다 더 직접적으로 감추지 않고 표현한 바에 의하면 과도한 '성적 교섭의 자유'(freedom of intercourse)로 인해 건강과 가정의 절도를 위협하였다.

린 감독이나 아델라처럼 인도를 여행하는 사람에겐 이런 남녀합반상이 단순한 성적 교섭의 자유나 쾌락을 충동하는 것으로 이해될 뿐이다. 그러나 실은 힌두 사원에서의 남녀합반상은 레인이 언급한 "성적 교섭의 자유"와는 분명히 구분되는 것이다. 힌두 사원의 남녀합반상은 그들이 추구하는 'Tavatimsa'라는 만물의 신이 거주하는 이상세계로 들어가고자 하는 열망과 관련된다. 소승불교처럼 공덕을 쌓아 더 새롭고 좋은 세계로 윤회하기를 바라는 것이 너무 어렵고 시간도 오래 걸리기 때문에 힌두교인들은 남녀의 합반으로 극한 오르가즘을 느낄 경우 그 세계에 들 수 있다고 믿는 것이다. 이러한 종교적 사상은 서구인들이 생각하는 육욕적인 욕망, 성적 쾌락의 추구와는 분명한 차이가 있다. 결과적으로 린은 남녀합반상의 진정한 의미를 파악하지 못한 채 그 표면적 인상만을 아델라에게 적용시킨 것이다.

아델라는 이 힌두 사원에 새겨진 남녀합반상을 보고 두려움과 놀라움의 충격을 받는 데다 특히 원숭이 무리에 의해 그 충격이 증대된다. 이 원숭이의 습격은 성적 욕망의 동물적 원시성과 위험성을 강조한다. 아델라는 이곳에서 자신의 억눌렸던 성애를 일으키게 되는 것이다. 후에 재판정으로 향하는 아델라의 자동차에 회교도의 모후럼(Mohurrum) 축제행렬에 참가한 원숭이 복장의 인도인 남자가 뛰어들었다가 인도 경찰의 곤봉에 맞아 쓰러지는 장면은 감독이 얼마나 집요하게 원숭이가 던져주는 의미를 강조하는지를 보여주는 예다. 소설에서는 아델라가 로니의 무례함에 실망하여 폴로 경기장에서 로니에게 결혼을 하지 않겠노라고 선언한 후, 차를 타고 돌아가던 도중에 자동차 안에서 이루어지는 이들의 신체적 접촉이 강한 자극이 되어 비로소 아델라에게 성적 욕망을 불러 일으키게 된다. 그러나 이러한 정도의 상징으로는 관객들에게 아델라가 자신의 말을 철회할 충분한 이유가 되지 못한다고 여긴 감독은 내러티브의 긴밀한 연결성을 강화시키고 관객들에게 호소력을 더하기 위해 힌두 사원의 남녀합반상을 통해 아델라의 분명한 성적 일깨움을 보여준다.

아델라의 분열된 자아는 이후 조금씩 분명하게 드러난다. 로니와의 약혼 축하파티에서 아델라가 무어 부인과 나누는 대화는 아델라의 이런 모습을 확인시켜 준다. 약혼을 하고서도 행복감과 변화도 잘 느끼지 못하며 혼란스러운 자신의 마음으로 인해 불편해하는 아델라는 이러한 자신의 문제와 인도와의 관련성에 대해 무어 부인에게 묻는다. 그러자 부인은 인도는 자신의 자아와 직면하도록 강요하는데, 이것은 매우 혼란스러운 것이 되리라는 예언과도 같은 말을 한다. 물론 아델라뿐만 아니라 무어 부인도 매우 혼란스러운 경험에 직면하게 된다. 영화는 이들에게 닥칠 혼란스러운 사건을 마라바르 언덕으로 향하는 기차에서 기차 난간을 붙잡고 벌이는 아지즈의 곡예와, 아델라가 내려다보는 천 길 낭떠러지의 깊은 계곡을 통해 예고한다.

아델라의 분열된 자아는 등잔불에 비쳐 동굴 표면에 그려진 자신의 모습에서도 찾아볼 수 있다. 무엇보다 그녀의 정신적·성적 갈등이 뚜렷하게 드러나는 것은 가파른 언덕길을 올라가면서 아지즈에게 던지는 여러 질문에서이며, 마지막 질문 즉 "부인이 여럿 있었느냐"고 물어보는 것에서 성애와 연관된 혼란스러운 마음이 잘 드러난다.

여기에 크레딧 장면과 배경음악은 감독이 의미하는 바를 더욱 분명하게 해준다. 물론 아델라의 마음 속을 흔들어 놓은 것은 로니와의 결혼의 정당성, 성적인 욕망, 아지즈에 대한 마음의 동요 등이다. 이러한 모든 흔들림은 그녀가 혼자 동굴 속에 있을 때, 아지즈가 외치는 "Miss Quested"라는 소리의 반향이 마치 자신의 정체성을 확인하려는 듯한 위협으로 다가오고, 물론 그 속에는 힌두 사원에서 원숭이들이 소리를 지르며 그녀를 쫓아오던 환상도 포함될 수 있는 공포가 엄습하여 그녀를 발작하게 한다.

영화의 결말은 할리우드의 전통적 서사구조에 의하여 관객 모두에게 해결의 즐거움을 느끼도록 변형되었다. 할리우드 서사는 주로 문제가 해결되는 것을 보고 싶어하는 관객의 욕망대로 구축된다. 감독은 질서를 회복하고 갈등이 해결되는 보수적인 이데올로기를 재현하고 있다. 영화의 결말 부분에서 아지즈는 필딩에 대한 오해를 풀고 우정의 재결합을 한다. 그리고 영화는 인도와 영국의 연결 및 결합을 카시미르 지방에서 작별을 하고 있는 아지즈와 필딩의 다정한 모습으로, 창문에 부딪치는 빗방울 소리를 들으며 아지즈의 사과 편지를 읽는 아델라의 모습으로 연결시켜 이들의 화합을 자연스레 보여준다. 이 장면은 다시 눈 덮인 히말라야 산을 배경으로 포플러가 부드럽게 흔들리는 길에서 필딩과 스텔라가 탄 차를 바라보며 아지즈가 손을 흔드는 장면으로 종결되면서 그 의미가 더욱 강조된다. 편지를 읽으면서 아델라는 비의 씻김을 통해 자신의 기나긴 여정을 마감한다.

이 작품에서 관객들이 쉽게 이해하기 어려운 것은 동굴 속에서 나온 아델라가 왜 아지즈가 자신을 성폭행하려 했다고 말했는가 하는 점이다. 이 때문에 영화에서는 아델라의 특성에 대한 몇 가지 암시를 미리 장치해 놓았다. 예컨대 '퀘스티드'라는 이름부터가 매우 시사적이지만 아델라가 대단히 낭만적이고 탐색적인 성격의 소유자라는 점, 인도에 도착한 날 로니가 침실에 들어오지도 않고 밖에서 잘 자라고 인사를 하자 실망하는 모습, 그리고 로니와 절교한 후 혼자 자전거를 타고 힌두 사원에 가서 성애에 빠져 있는 조각상들을 보고는 다시 로니에게 가서 절교를 취소하는 장면 등이 성적으로 억눌린 영국 여성의 은밀한 욕망을 표출하는 것이다. 그런 맥락에서 보면, 동굴 앞에서 아지즈의 손을 잡은 것이나, 상처한 아지즈에게 "부인이 여럿 있었느냐"고 묻는 것들도 모두 그녀의 성적 욕망과 불만을 시사하는 상징적 장면으로 보인다. 그렇다면 그녀는 혼돈과 본능과 불안의 상징인 동굴 속에서 자신의 은밀한 욕망을 반대로 아지즈에게 투사하여 아지즈가 자신을 원했다고 암시를 주고 또 그렇게 믿게 된 것이라고 볼 수 있다. 또는 그녀에게 있어 아지즈란 존재는 단순히 한 남성이라기보다는 자기가 싫어하는 로니와 반대되는 어떤 원초적인 존재의 상징이었는지도 모른다. 그렇다면 그녀는 자신과 로니 사이를 갈라놓는 인도의 바로 그 원초적인 힘이 자신을 폭행했다고 착각했을 수도 있다.

4) 영화의 양식체계와 기법

봄베이에서 찬드라포어로 가는 열차에서 이루어지는 아델라와 무어 부인과 터튼 부부와의 대화는 영국적인 면을 상징하는 열차 안의 모습과 인도의 면을 보여주는 열차 밖 풍경의 상반되고 충돌적인 이미지를 통해 그 의미를 창조하는 몽타주 기법으로 편집되어 있다. 특히 기차가 달리는 장면은 모두 롱 숏(long shot)으로 잡아 영국적인 면을 대변하는 기차가 광활한 대륙 위의 작은 물체로밖에 여겨지지 않게 느껴진다. 영화는 터튼 부인의 수다가 이어지는 답답한 좁은 공간과, 이러한 모든 것에 초연한 듯한 바깥의 열린 세상을 계속 번갈아 보여주며 충돌의 의미를 생산한다.

이러한 편집과 함께 효과적으로 의미를 전달하는 것은 음향이다. 열차 식당차에서 터튼 부인의 온갖 수다는 아델라와 무어 부인을 곤혹스럽게 한다. 그러던 중 터튼 부인이 로니에 대해 자신의 남편과 같은 "He's become a real sahib ⋯ just the type we want and ⋯ he's one of us"라고 자랑스레 언급하자, 기차바퀴 소리가 갑자기 요란스럽게 커지며 당혹스러워하는 아델라의 얼굴을 클로즈업으로 잡는다. 아델라는 바깥 창문을 바라보며 눈길을 피한다. 물론 이때 크게 들리는 기차바퀴와 기적 소리는 아델라의 불안한 심정을 드러낸다. 이미 대화 중에 아델라와 무어 부인은 터튼 부인이 바람직하지 못한 여성이라고 판단했기 때문에 관객들에게 이 큰 기적 소리와 바퀴 소리는 의미를 갖는다. 밤이 되어 침대에 누운 아델라와 무어 부인 모두는 터튼 부인이 '끔찍스런 여자'라는 사실에 동의한다. 그리고 카메라는 달빛이 비치는 철로 위를 지나는 기차의 모습을 다시 롱 숏으로 잡는다.

한편 무어 부인이 인도인들을 친구로서 사귀고 싶다는 제안을 하자, 터튼은 인도인과 영국인이 서로 인종을 뛰어넘어 친근하게 지내지 않는다는 인종 차별적 말을 하고 이에 무어 부인이 의아해하는 표정을 짓는다. 그러자 터튼 부인이 남편의 말을 잘 이해하지 못하는 무어 부인에게 "동양은 동양이죠. 문화의 문제랍니다"하며 거든다. 터튼과 부인의 모습을 본 아델라는 과연 로니가 정말 그런 비틀어진 'Sahib'가 되었는지 침대에 누워 궁금해한다. 그러자 카메라는 기차가 지나가는 다리 밑에 빼곡이 누워 잠을 자는 인도인들의 모습과 한 명의 인도인이 기침을 하는 모습을 보여주면서 인도와 영국 간의 충돌과 대비를 관객에게 효과적으로 전달한다.

이러한 기차바퀴 소리와 기적 소리가 효과적으로 사용되는 다른 시퀀스는 마라바르 언덕으로 출발하는 기차를 놓친 고드볼과 필딩 사이의 대화 장면이다. 고드볼이 기차를 놓치고 "그런 여행을 하기엔 현명한 날은 아닙니다. 매우 불길한데요"하고 필딩에게 이야기하자,

기차는 다시 요란한 기적 소리와 바퀴 소리를 내며 앞으로 일어날 사건 전개가 불길함을 보여준다.

이러한 영국과 인도의 이미지 충돌은 도처에서 발견된다. 그런데 영국적인 문화는 항상 실내의 공간으로 나타나고, 인도적인 모습은 외부의 공간으로 나타나고 있는 것이 그 특징이다. 클럽에서 연극 상연 중 들리는 웃음 소리와 박수는 인도 사원의 지붕 모습과 대비되며, 회원들이 일어나 영국 국가를 부르는 모습은 갠지스 강의 악어가 물에 떠오르는 모습과 상충되는 등 영화는 문명과 자연의 이분법적인 뚜렷한 구분을 보여주고 있다.

이러한 이분법적인 충돌이 다시 강조되는 곳은 아델라와 무어 부인이 배를 타고 인도 봄베이에 도착하는 장면이다. 여기에서는 이들과 같은 배를 타고 온 영국인 인도 총독을 맞이하기 위한 행사가 거행되고 있었다. 마치 개선문과 같은 아치형의 거대한 문을 배경으로 도열해 있는 인도 병사들의 앞을 개선장군처럼 마차를 타고 사열하는 영국 총독과 부인은 서양문화와 문명의 질서를 대변하고, 시끄러운 소리와 더불어 몸을 부딪치는 인도인의 모습은 혼란의 느낌을 준다. 물론 이러한 시점은 인도의 식민주의적인 이미지를 더욱 공고히 한다. 즉 카메라는 아래의 혼란스런 상황을 응시하고 있는 배 위의 영국인들의 모습에서 점차 부두에 모여 있는 무질서한 인도인의 모습을 보여주며 이 구분을 강화시킨다. 보통 응시의 주체는 대상을 변형시키고 정의할 수 있다는 점에서, 관객들은 이러한 식민지배자인 영국인들이 바라보는 지배적인 시선과 동일시되기 때문에 문제가 되는 것이다.

제국주의 시대의 또 다른 영국 작가 키플링은 "동양은 동양이고 서양은 서양일 뿐, 그 둘은 결코 서로 만나지 못한다(East is East, and West is West. The twin shall never meet.)"라는 비관적인 말을 남겼다. 그러나 선배 시인 휘트먼의 시에서 제목을 빌려온 E. M. 포스터에게 '인도로 가는 길'은 궁극적으로 서양의 한계를 극복할 수 있는 '구도의 길'이었다. 물론 그 길이 험난하고 혼란스러우며, 동양과의 화해와 문화적 이해라는 선결과제를 안고 있지만 말이다.

욕망으로부터의 자유,
소유할 수 없는 사랑 이야기

마이클 온다치 「잉글리시 페이션트」(1992)
앤서니 밍겔라 감독 〈잉글리시 페이션트〉(1996)

1. 소설과 영화의 배경과 특성

1) 소설 「잉글리시 페이션트」 : 사막보다 깊은 서정, 전쟁보다 장엄한 사랑 이야기

「잉글리시 페이션트」(The English Patient)는 캐나다의 다문화주의 작가인 마이클 온다치(Michael Ondaatje)의 소설이다. 1991년에 발표되어 그 다음 해에 세계 3대 문학상 중의 하나이며 영연방 국가들의 노벨문학상이라고 할 수 있는 영국의 부커상(Booker Prize)을 수상했다. 그리고 1996년에 안소니 밍겔라 감독에 의해 영화로 만들어져 이듬해 작품상과 감독상을 비롯해 아카데미 9개 부문을 수상했다.

이 소설은 로맨스, 모험, 미스터리, 철학으로 녹여낸 사랑의 이야기로, 유럽의 한 골짜기 끝에서 온전한 인간성을 회복하고자 하는 상처 입은 사람들의 몸짓과 사투를 보여준다. 곧 전쟁을 소재로 한 전쟁 문학이자, 남녀 간의 연애를 담은 로맨스 소설이자, 그 로맨스를 추리 구조로 풀어낸 추리 소설로도 읽힌다. 특히 모험과 미스터리적 요소가 곁들여지며 흥미로운 주제만큼이나 시점을 이동해 가면서 전개되는 구성은 영화와 구별되는 소설만의 특징이다. 또한 영화에서와 달리 소설은 다중적이고 입체적인 구성을 취하며, 결말을 어느 정도 열어둔 채 끝을 맺는다.

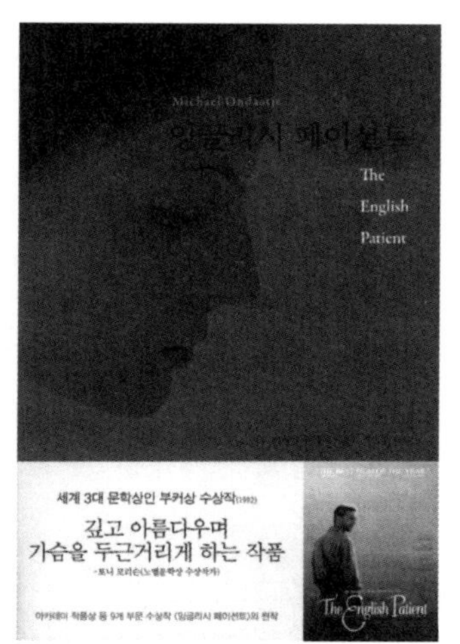

「잉글리시 페이션트」

소설은 신분을 알 수 없도록 화상을 입고 들어온 원래는 헝가리인이나 그저 영국인 환자로만 알려진 한 남자와, 그를 돌보는 캐나다 간호원, 독일군에 잡혀 엄지손가락을 잘린 캐나다인 영국 스파이, 지뢰 제거 활동을 하는 인도인 영국군 장교라는 네 인물들이 제각기 엮어가는 이야기다. 그들은 잠깐의 인연을 쫓아서 서로의 과거를 이야기하게 되는데, 제각기 전쟁의 상처를 받은 사람들의 불행한 상황을 상징하듯 이야기는 파편적이지만 소설에서는 이들의 서사가 균형 있게 제시되고 있다.

다만 이들을 한 데 묶어주는 구심점은 죽음을 앞둔 환자가 들려주는 과거 이야기다. 그러므로 현재와 과거를 넘나들면서 서술이 진행되는데, 이때 환자가 전달하려는 사랑 이야기의 핵심은 소유와 소유욕에 관한 것, 사랑이 어떻게 시작되고 어떻게 끝이 나는가에 관한 것이다. 헝가리 백작인 지리탐험가 알마시와 영국 정보원의 아내 캐서린과의 사랑은 처음에 파편적으로 얼핏얼핏 내비쳐지다가 작품의 후반부에 와서 종합되면서 그가 전하려는 핵심이 막 떠오르는 서광처럼 독자의 뇌리에 남는다. 서술구조가 그만큼 파편화되어 있어서 실마리를 잡는 게 쉽지 않다.

"내가 그 여자를 죽였어, 그녀의 이름을 잘못 부른 거지."

바로 이 한 마디가 비극적 사랑의 결말을 말해주는 것이다. 그 시작은 결혼한 지 얼마 안 된 신혼부부가 함께 탐험에 나선 사막의 동료들과 합세하면서부터다. 어느 날 밤 모닥불을 피워 놓고 둘러앉아 서로 얘기를 나누다가 캐서린은 허영심으로 아내와 왕좌를 모두 잃은 어느 왕에 관한 얘기를 한다. 왕은 가장 친한 친구 가이지에게 아내의 알몸을 자랑하며 보아줄 것을 권유한다. 거절하던 친구가 왕의 권유에 못 이겨 남편과 동침하는 왕비의 벗은 몸을 보게 된다. 그러나 몰래 숨어 있던 가이지의 존재를 알아챈 왕비는 그에게 명령한다. 내 몸을 보았으니 죽든가, 아니면 남편이 되라고. 가이지는 갈림길에서 살 길을 택한다. 그는 왕을 죽이고 그녀와 결혼하여 가이우스왕이 된다. 그런데 이 이야기를 들으며 알마시는 한 가지 생각에 사로잡히게 된다. 마치 그 이야기가 그녀 남편과 알마시 자신을 빗대어 하는 이야기라고 믿은 것이다. 한 남자의 생애를 산산조각 내고, 한 여인을 죽게 만든 절대적 사랑은 그렇게 말에서 시작되었고, 그렇게 불어넣어진 욕망에서 비롯되었다.

그렇지만 알마시는 캐서린과 사랑을 나누면서도 소유하거나 소유 당하는 것을 싫어한다고 말한다. 캐서린은 이 말에 분노하여 그를 때린다. 남편에 대한 죄의식으로 캐서린이 그를 떠난 후, 알마시는 막상 그녀를 질투하며 그녀의 정신과 육체가 내 것이라고 말하는 자신을 발견한다. 두 사람의 사랑은 서로를 완전히 소유하는 치열한 열정이었던 것이다.

한편 그들의 관계를 알게 된 남편은 비행기 사고를 낸다. 그러나 알마시가 캐서린의 구출을 위해 영국군 앞에서 성급히 소리 지른 그녀의 이름은 '캐서린 클리프턴'이 아니었다. 그녀를 자기 아내라고 말한 것이다. 만일 그때 그녀의 이름을 정당히 불러주었더라면 그들은 자국 정보원의 아내를 즉시 구출했을 것이고 그녀는 살아날 수 있었을 것이다. 그러나 그는 '나의 아내'임을 강조하며 그들이 '캐서린 알마시'로 오해하도록 만든다. 물론 그와 그녀는 스파이로 오인 받고 구출은 때를 놓친다.

2) 영화 〈잉글리시 페이션트〉 : 사랑에서 영원으로의 두 길

세계 2차대전이 끝나갈 무렵, 비행기 추락 사고로 온몸에 화상을 입은 한 명의 환자가 이탈리아 북부 어느 병원에 수용된다. 그는 영국 환자로만 불리울 뿐 전혀 신분을 알 수 없었다. 이때 캐나다인 간호원 해나는 죽음을 앞둔 그를 어느 폐허가 된 수도원에서 정성껏 돌본다. 그렇지만 해나가 할 수 있는 일이란 고통을 덜어주기 위해서 모르핀을 주사하고 먹을 것을 마련해 주는 것뿐이었다. 그런데 어느 날 두 손에 붕대를 감은 카라바지오가 찾아온다. 수년 전 사하라 사막에서 벌어진 전쟁 중에 연합군 측 첩보원으로 일했던 그는 영국 환자, 즉 알마시의 정체를 아는 인물이었다. 카라바지오는 자신의 손가락

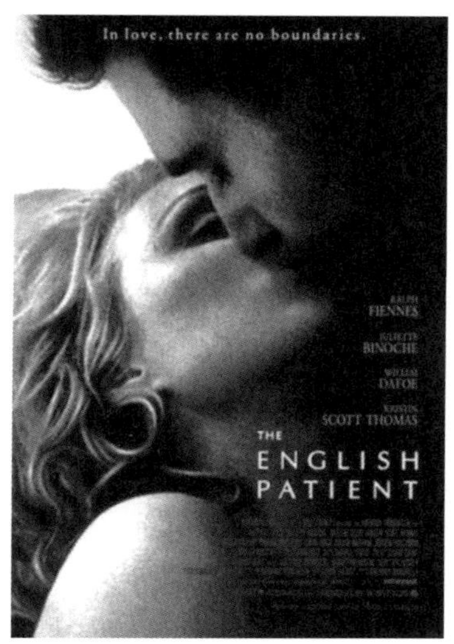

〈잉글리시 페이션트〉

을 앗아간, 수천 명의 목숨을 앗아간 알마시를 죽이기 위해 수도원으로 왔지만, 그가 죽이러 온 알마시는 그가 죽일 수 없는 처지에 놓여 있다.

알마시는 헝가리의 백작으로 전쟁이 일어나기 직전 국제지리학회 팀의 일원으로 사막의 지형을 조사하러 사하라 사막으로 간다. 끝도 없이 펼쳐진 광활한 사막에서 북부 사막지대의 지형을 조사해 지도로 작성하는 일을 한다. 그러던 어느 날 학회 동료인 제프리 클리프턴은 결혼한 지 일 년도 안 된 아름다운 자신의 아내 캐서린을 데리고 나타나는데 알마시는 캐서린을 본 순간 운명적인 사랑에 빠진다. 그러나 클리프턴은 영국 정보부를 위해 사막의 지형을 사진 찍으러 온 스파이

였고, 캐서린은 이런 사실을 전혀 알 리 없는 그의 아내였다. 알마시와 캐서린의 사랑은 사막의 모래바람처럼 거세게 불어 닥치며 사막의 열기처럼 달라 올랐지만, 결국 헤어지지 않을 수 없게 된다.

한편 북아프리카에서 영국과 독일이 전쟁에 들어간다. 원정대는 전쟁을 피해 철수하게 되는데, 캐서린의 부정에 괴로워하던 제프리는 알마시를 철수시키러 간다는 핑계로 비행기 사고를 가장하여 알마시를 죽이고 캐서린과의 동반자살을 시도한다. 그러나 알마시는 민첩하게 대응하여 목숨을 건졌으나, 제프리는 목숨을 잃고 캐서린은 심한 부상을 입는다. 캐서린이 목에 걸고 있던 골무를 통해서 캐서린의 변함없는 사랑을 확인한 알마시는 캐서린을 사막 한가운데 있는 동굴로 옮긴 후, 어두운 동굴을 비출 수 있는 작은 손전등과, 헤로도토스의 책과, '반드시 돌아오겠다'는 약속을 남겨둔 채 자동차와 모르핀을 구하기 위해 떠난다. 그러나 그가 돌아왔을 때는 이미 너무 늦은 뒤였다. 그곳엔 이미 싸늘히 식어버린 캐서린의 시신과 그녀가 남긴 편지만이 알마시를 기다리고 있었다. 울부짖으며 그녀의 시신을 싣고 사막을 비행하던 알마시는 독일군의 대공 포화에 맞아 추락하게 된다. 알아볼 수 없을 정도로 얼굴과 전신에 심한 화상을 입은 알마시는 이탈리아의 연합군 야전병원에 입원한다. 이름도 국적도 기억을 못하는 상태였기 때문에, 그가 구사하는 영국식 영어로 해서 알마시는 그저 '잉글리시 페이션트'라고 불린다. 그가 소지한 유일한 짐이라고는 달랑 낡고 두꺼운 책 한 권뿐이었다. 그러나 이 '헤로도토스'(Herodotos)의 책장들 속에는 그의 과거가 담겨 있는 듯한, 여러 장의 편지와 사진들, 그리고 그림과 메모들이 꽂혀 있었다.

한편 사랑하는 모든 이들을 전장에서 잃게 되는 저주를 받았다며 자학하고 괴로워하던 캐나다군의 간호장교 해나는, 지독한 고통 속에서도 실낱 같은 생명력을 이어가고 있는 알마시에게 연민을 느낀다.

그러다 야전병원으로 이동 중인 트럭에서 몹시 힘들어하던 이 영국인 환자를 길가의 한 수도원 건물로 옮기고 홀로 헌신적으로 간호를 하기 시작한다. 그리고 해나는 이곳에서 이 환자의 희미한 기억 속의 과거로 동행을 하게 된다.

그런데 그즈음 운명적인 남편을 만날 것이라는 그녀 어머니의 말처럼, 정말로 해나는 인도인 폭탄 전문가 킵과의 운명적인 만남을 통해 사랑을 시작한다. 이때 영화는 알마시의 흐릿한 과거 속 캐서린과의 사랑과, 해나의 현재 진행형인 킵과의 사랑을 절묘하게 조화시키며 아름다운 음악과 더불어 연출된다.

그러나 알마시는 지극한 정성으로 그를 간호하던 해나에게 남아 있는 몰핀 병들을 내어 밀며 자신을 죽여 달라는 메시지를 보낸다. 종전이 임박해 오던 1945년, 해나는 알마시가 간절히 원하던 뜻을 받아들이기로 한다. 알마시는 사막의 모래 속에 깊이 묻혀 있던 자신의 사랑 이야기를 해나와 카라바지오에게 전하며 마침내 숨을 거둔다. 그리고 해나도 그곳 수도원을 떠난다.

2. 원작과 영화의 작품 분석

1) 원작과 영화의 서술 및 구조

많은 독자들이 두 텍스트, 즉 소설과 영화 사이의 큰 차이를 보고 당혹감을 느낄 수도 있을 것이다. 소설과 영화가 같은 부분을 공유하고는 있으나 상당히 다른 서사이며, 동시에 하나의 세계에서 파생된 다른 문학 양식이다. 이처럼 '비슷하면서도 다른 성질'은 「잉글리시 페이션트」라는 텍스트의 본질이며, 작가 마이클 온다치의 문학 세계의 근간이라고 할 수 있다.

그렇다면 한 편의 시처럼 압축되고 현재와 과거가 넘나드는 이러한 파편화된 소설을 어떻게 영화로 만들 것인가. 그 속에 숨어 있는 사랑의 아픔을 어떻게 감동적으로 풀어낼 것인가. 사랑의 윤리와 정치적 윤리를 어떻게 결합시킬 것인가. 제목을 헝가리인 환자가 아닌 ‘영국인 환자’라고 만든 작가의 의도를 살려내는 방법은 무엇인가. 그러나 앤서니 밍겔라 감독이 이 소설의 플롯을 영화로 각색할 때부터 아주 매혹적이면서도 도전적인 작업이었다고 고백하고 있는 것처럼, 영화는 소설의 의미를 충분히 살려내고 있을 뿐 아니라, 더욱 살을 붙여 원작 못지않게 아니 그보다 더 풍성하게 만들어내고 있다.

우선 영화는 알마시가 회상하는 캐서린과의 사랑이 훨씬 확대되어 그 전편에 흐른다. 마치 에밀리 브론테의 「폭풍의 언덕」을 연상케 하는 두 남녀의 절대적 사랑, 한 치의 우수리도 바라지 않는 완전한 소유가 그려진다. 그러나 간호원 해나의 사랑과는 대조가 된다. 특히 인도 출신의 폭탄전문가 킵과 알마시는 대조적이다. 킵은 자신의 임무를 저버리지 않고 해나를 사랑한다. 캐서린을 소유하기 위해 독일군에게 지도까지 넘겨주는 알마시에 비해, 킵은 그녀를 기다리고 그녀에 의해 보여지기를 원한다. 킵이 연인에게 성당의 벽화를 보여주는 환상적인 장면은 알마시가 애증이 교차하던 캐서린의 다친 몸을 안고 동굴을 향해 걷던 장면과 대조된다. 전자는 서로 내 것이 아니라 두 몸이 끈으로 연결되어 남성이 여성을 공중으로 높이 떠올려 벽화를 보여준다면, 후자는 처절히 흐르는 음악과 함께 두 사람이 다시 한번 뗄 수 없는 하나임을 보여준다.

또한 엇갈리며 대조되는 또 다른 장면이 있다. 캐서린이 파티에서 젊은 남자와 춤을 추자 알마시는 질투에 불타 캐서린을 몰아세운다. 그러나 해나가 카라바지오와 춤을 추는 것을 보며 킵은 함께 흥겨워한다. 소설에 비해 두드러지게 부각되고 있는 이 대조적인 장면을 통해 영화는 무언가를 말하고 싶은 것이다. 카라바지오 역시 복수심을 품고 왔지만 알마시의 이야기를 듣고 감동하여 자신이 인정하지 않던 원주민 여자를 연인으로 받아들인다. 연합군 스파이였던 카라바지오는 알마시의 지도를 넘겨받은 독일군에게 잡혀 고초를 겪으며 손가락을 잘린다. 이후 그는 차례차례로 복수에 나서 이제 알마시를 찾았던 것이다.

사랑은 소유가 되어서는 안 된다. 사막이 누구의 소유도 아니듯이 말이다. 알마시의 사랑은 캐서린을 죽게 했고, 친구 매독스를 자살하게 했으며, 지도를 독일군에 넘겨주게 하여 연합군을 곤경에 몰아넣었으며, 카라바지오의 삶을 훼손시킨다. 그러나 우리가 눈물을 흘리며 아파했던 것은 알마시와 캐서린의 비극적 사랑이지 해나와 킵의 사랑이 아니다. 한 치의 양보도 없는 완벽한 소유가 우리를 전율케 한다. 그러나 그 사랑은 지상에 존재하지 못한다. 그것은 너무나 이기적인 탐욕이기 때문이다. '영국인 환자'라는 제목은 이런 의미에서 우리를 꼼짝 못하게 만드는 은유다. 왜 영국인 환자인가, 그는 헝가리인인데 말이다.

영화는 두 개의 사랑을 대조시킬 뿐 아니라 영국인과 인도인을 대조시키고 있다. 캐서린의 남편은 아내보다 일을 더 소중히 여긴다. 영국인 동료는 오랫동안 함께 일해 온 인도인 킵에게 약혼녀가 있다는 말을 하지 않는다. 영국인과 함께 일하고 있는 헝가리 백작은 영국인처럼 사랑한다. 그는 대상을 소유하고 그것에 자신의 이름을 갖다 붙인다. 영국인은 얼마나 많은 타자에게 자신의 이름을 붙였던가. 인도의 욕망을 자신의 욕망과 동일시했던 영국은 환자가 된다. 그리고 그런 영국의 과거를 아프고 처절하게 되돌아 본 것에 이 영화의 미학성과 정치성이 있다. 이와 같이 영화는 소설이 하지 못하는 것을 한다.

2) 소설 「잉글리시 페이션트」 세밀히 다시 읽기

소설은 다양한 요소들이 사막의 신기루 같은 모래층보다 깊은 서정과 전쟁보다 장엄한 로맨스의 서사를 보여준다. 그래서 이 소설에서는 다중적이고 입체적인 요소가 몇 겹으로 나타나면서 사랑을 잃고 전쟁으로 황폐해진, 그럼에도 불구하고 온전한 인간으로 남고자 하는 사람들의 사랑과 고통, 절망과 고독을 이야기를 들려준다.

재미있는 사실은 작가도 다중적 정체성으로 정의할 수 있다는 점이다. 약간은 낯선 조합인 마이클 온다치라는 이름에는 그가 스리랑카인 혈통임을 내포하고 있다. 1941년 생인 온다치는 열한 살 되는 1952년에 영국으로 이민을 갔고, 1962년에는 다시 캐나다로 옮겼다. 그는 소설가인 동시에 시인으로, 소설 「잉글리시 페이션트」 또한 시적인 간결한 언어로 비평가들의 찬사를 받았다. 어떤 의미에서 이 소설은 한 가지에 고착되지 않은 그의 삶의 형상화라고도 할 수 있다.

이 소설의 입체적 다중성은 여러 차원에서 실현된다. 첫 번째는 인물들의 다양한 정체성이다. 알마시, 해나, 킵, 카라바지오는 전쟁이라는 역사적 우연에 의하여 그들 누구의 조국도 아닌 이탈리아의 수도원, 빌라 산 지롤라모에 함께 머무른다. 이들의 기묘한 조합은 전쟁의 포화로 얼룩지고 찢긴 세계 위에 모두가 평등하고 공존하는 나라를 건설한다. 영국인 환자로 알려져 있으나 실제로는 헝가리인인 알마시, 캐나다 출신이나 유럽 전선으로 파견된 간호사 해나, 시크 교도이지만 영국군 공병인 킵, 이탈리아 인의 이름을 가지고 있으나 캐나다에서 온 도둑이자 연합군 스파이인 카라바지오. 이들은 모두 한 가지 이상의 정체성을 가지고 전 세계를 표방한다. 이렇게 다중의 본질을 가진 그들이 빌라 산 지롤라모의 거주자로서 공통의 국적을 가지게 되는 과정은 온다치의 문장처럼 정교하다.

　두 번째는 비선형적 시간의 공존이다. 「잉글리시 페이션트」의 세계는 과거와 현재가 얽혀 있으며 문장은 과거와 현재를 아무런 연결 없이 넘나든다. 한 가지 사건도 여러 다른 시점에서 접근된다. 심지어 마지막 부분에 이르면 다른 공간의 사건이 동시에 진행된다. 과거와 현재가 공존하는 서사 방식은 여기 등장하는 주인공들이 모두 상실의 기억을 가지고 현재를 살아가는 사람이라는 공통점을 창출하는 데 있어서 상당히 효과적이다. 알마시는 사랑하는 여인을 잃으면서 국적, 이름, 육체 등 그가 가진 모든 것들을 잃었다. 카라바지오는 엄지손가락을 잃음과 동시에, 자신감을 상실하며 모르핀 중독자가 된다. 해나는 아버지를 잃으며 머리카락을 자르고 삶의 활기를 포기한다. 킵은 나라를 잃은 식민지의 국민이며 정신적 지도자를 잃었다. 그래서 그들에게 빌라 산 지롤라모는 일종의 치유의 공간이다. 여기서 한 개인은 잃어버린 과거를 딛고 새로운 현재를 살며, 전쟁으로 단절되었던 세계를 다시 이으려고 애쓴다. 이 공간은 원폭이라는 거대한 사건으로 다시 산산조각나 버리지만 우리는 그 다음 어떻게 다시 삶이 이어지는지 를 소설의 결말에서 목격할 수 있다.

　이와 연결해서 소설의 세 번째 다중성은 다양한 텍스트의 인용에서 비롯되는 하이퍼텍스추얼리티라고 할 수 있다. 소설 안에서 인용되는 하이퍼텍스트 중에서 줄거리와 큰 관련을 맺고 있는 작품은 역시 키플링의 『킴』과 헤로도토스의 『역사』이다. 이름에서부터 킴과 유사성을 갖고 있는 『킴』은 아일랜드 출신의 고아 소년이 동양의 현자에게 가르침을 받아 깨달음을 얻는 내용이며, 『역사』는 본문에서도 인용되었듯이 "시간의 흐름에 따라" 인간들이 행한 일들이 "변색되지 않도록" 한다는 것이 집필의 목적이었다. 「잉글리시 페이션트」는 젊은이들의―해나와 킵―의 변모와 깨달음에 대한 이야기이도 하며, 전쟁에 대한 역사의 기록이기도 하다. 온다치는 여러 인터뷰에서 이 작품을 구상할 때, 플롯에 뼈대 자체가 없었으며 전쟁 이야기와 추락한 비행기에 대해서 쓰고 싶다는 막연한 생각으로 시작했다고 고백한 바 있다. 독자들이 이 소설에서 목격할 수 있는 것은 단순히 전쟁 속의 사랑 이야기가 아니라 역사 속에서 세계와 개인이 진화해 가는 방식이기도 하다.

네 번째는 사실과 허구의 혼재 속에서 찾아볼 수 있는 다중성이다. 소설의 주인공으로 등장하는 알마시는 라스즐로 알마시라는 실제 지라학자를 모델로 했지만, 그는 소설과 달리, 이탈리아에서 죽지도 않았고 동료의 아내와 사랑에 빠지지도 않았다. 여기 등장하는 역사적 사실들—제르주라 탐사와 폭탄 해체 부대—은 사실에 기반하고 있으나 인물들은 실제 존재하고 있지 않다. 작가는 소설에 역사적 사실과 허구를 섞는 방식으로 소설에 다중적 의미를 부여했다.

이렇게 다양한 요소들이 층층이 쌓아 올려져 건설된 「잉글리시 페이션트」라는 서사는 그래서 더 한층 아련하고 아름다운 이야기이기도 하다. 이 소설은 전원적 풍경을 세우고 그 안에 세상으로부터 단절된 집을 지어 독자들을 끌어온다. 시적인 언어와 감각적인 묘사, 죽음을 넘는 사랑에 대한 이야기는 우리를 허구의 환상 속에 푹 빠뜨린다. 하지만 다음 순간 작가는 혹독하리만큼 지극히 사실적인 설명으로 소설의 환영을 넘어 역사를 직시하게 한다. 짓밟힌 사막, 상실을 겪은 인간들, 영원히 용서할 수 없는 파멸의 전조인 원폭에 이르면 소설은 단단한 사실이 된다. 그리하여 독자는 다시 한 번 현실과 환영의 경계에서 머뭇거리게 된다. 그러나 이 경계선에서 주저하는 감각이 다른 소설에서는 찾아보기 힘든 심오한 문학적 경험이다. 소설의 단어 하나하나가 이 머뭇거림을 향해 쓰인 것 같기 때문이다.

3) 영화 〈잉글리시 페이션트〉 세밀히 다시 보기

영화에는 두 축의 인물이 있다. 한 축은 알마시와 캐서린이고, 다른 한 축은 해나와 킵이다. 이들은 전혀 다른 사람들이고 전혀 다른 방식의 사랑을 한다. 먼저 알마시와 캐서린의 경우는 '사랑의 욕망'이었다. 독신인 알마시와 결혼한 지 일 년도 채 안 되었던 캐서린의 사랑은 둘의 일차적인 욕망으로 자리잡게 된다.

그리고 이러한 욕망의 지배력은 가히 절대적인 것이었다. 캐서린은 자신을 놀라게 하려고 결혼기념일에 출장을 간다고 하는 제프리의 거짓말을 그대로 믿고 알마시와 데이트를 즐긴다. 전쟁이 일어나 사막의 지도가 전세를 좌우하는 중요한 정보가 되어버린 상황에서도 알마시는 그런 지도를 자기 방에 둔 것도 개의치 않고 캐서린의 쇄골 절흔을 가리키는 이름이 무엇일까를 매독스에게 묻는다.

하지만 캐서린은 이렇게 강력한 욕망과 아울러 이것과 상대할 수 있는 또 다른 욕망도 가지고 있었다. 그녀는 자신과 알마시의 일이 계속 비밀로 지켜질 수 없을 것이라 생각하고 알마시에게 헤어지자고 요구한다. 하지만 알마시를 지배하는 유일한 욕망은 사랑, 그것이었다. 그래서 그는 캐서린의 요청에 동의하지 않으며, 심지어는 자기가 사랑하는 캐서린을 모욕하기조차 한다.

이러한 알마시와 캐서린이 다시 자신들의 사랑을 확인하는 곳은 '헤엄치는 동굴' 앞에서다. 제프리의 자살 시도를 통해 알마시는 캐서린이 자신을 사랑하지 않은 것이 아니라 제프리를 불쌍하게 여겼음을 비로소 이해하게 된다. 하지만 알마시의 캐서린에 대한 욕망이 이번에는 오직 부상당한 캐서린을 살리는 것에 집중된다. 그러나 이러한 욕망이 영국군에 의해 좌절되었을 때 그는 그것을 달성하기 위하여 무엇이든지 할 준비가 되어 있었다.

그래서 그는 영국인들에게 많은 불행을 가져다 줄 지도를 독일군에게 넘겨주고 독일 가솔린을 얻어 영국 비행기를 타고 동굴로 돌아오게 된다. 그러나 캐서린은 편지를 남기고 죽어 있었다. 칸돌리스왕의 경우처럼 알마시의 경우도 나머지 것들을 아무 것도 아니게 만드는 강력한 욕망을 달성하였을 때, 그 결과는 그가 기대한 것에만 그친 것이 아니었다. 칸돌리스왕이 친구 가이지와 아내와 왕국과 자신의 생명을 잃었듯이, 알마시는 친구 매독스와 사랑하는 여인의 조국과 자신의 생명을 잃었다.

마음은 이미 캐서린과 같이 죽었지만, 몸은 아직 살아있어 알마시가 깨달은 것은 자신이 캐서린을 죽였다는 사실이었다. 그리고 자신이 참으로 원하는 삶을 살고자 한다면 이러한 사랑의 욕망으로부터 자유로워야 한다는 사실이었을 것이다.

이에 비해 해나와 킵의 욕망은 '차분한 사랑'이다. 영화는 첫 대사에서부터 해나가 어떤 사람인가를 강하게 설정하고 있다. 다리 부상을 입은 병사에게 기념이 될지 모를 탄알을 챙겨주고, 희롱을 거는 병사들의 요구에는 현명하고 따뜻하게 대응할 수 있는 사람이다. 해나가 알마시를 수도원으로 옮겼을 때 알마시는 "왜 기를 쓰고 날 살리려고 하지?"라고 묻는다. 이에 대한 대답은 간단하다. "난 간호사거든요."

수도원에서 부서진 피아노를 발견하고 해나가 한참 피아노를 치고 있을 때 킵이 공포를 쏘며 달려와 멈추라고 소리친다. 영문을 묻는 해나에게 킵은 피아노에 폭탄이 있을 가능성이 있다고 설명한다. 해나는 친구가 폭탄사고로 죽었을 때 지뢰제거 작업을 하던 킵을 본 적이 있다. 하지만 킵은 작업에 열중한 나머지 해나를 기억하지 못한다. 해나와 킵은 자신의 직업생활을 자신의 지배적인 욕구 중의 하나로 삼는 사람들이다. 그들은 자신의 삶이 다른 사람들에게 어떤 영향을 주는가에 주목하고, 자신의 욕망과 아울러 다른 사람들의 욕망에도 주목하는 사람들이다. 그러므로 그들이 사랑에 빠지게 되었을 때 그들은 상대방에게 관대하다.

알마시와 킵은 모두 사랑하는 연인이 찾아오길 기다리고 있다. 캐서린이 찾아오지 않으면 알마시는 일도 손에 안 잡히고 잠도 자지 못하면서 전전긍긍하지만, 킵은 태연하려고 애를 쓴다.

영화 〈잉글리시 페이션트〉는 사랑에서 영원에 이르는 길에는 두 가지가 있음을 말해준다. 알마시의 길과 해나의 길이 그것이다. 알마시는 사랑으로부터 자유롭지 못했다. 자유롭지 못한 그의 영혼은 자신과 캐서린을 죽음에 이르는 길로 몰아넣었다. 알마시가 자유롭게 된 나중에도 그가 영원을 향할 수 있는 유일한 길은 이미 죽음뿐이었다. 그러나 해나는 사랑으로부터 자유로웠다. 자유로운 그녀의 영혼은 자신과 킵의 사랑을 열어놓는다. 그녀와 킵은 사랑의 상실이라는 부담을 짊어지고서도 삶을 통하여 영원으로 향한다. 피렌체로 향하는 찻간에서 해나를 쳐다보는 소녀에게로 해나의 삶은 또한 영원히 이어진다.

제3장

판소리의 대중적 형상화와 스토리의 미적 영상화

이청준 『남도사람』(1988)
임권택 감독 〈서편제〉(1993)

1. 소설과 영화의 배경과 특성

1) 연작소설집 『남도사람』 : 곡진(曲盡)한 한의 가락과 창조적 생명력의 미학

연작소설집 『남도사람』에는 「서편제」, 「소리의 빛」, 「선학동 나그네」, 「새와 나무」, 「다시 태어나는 말」 등의 작품이 실려 있다. 이 가운데 「서편제」는 기구한 운명을 타고난 소리꾼 남매의 가슴 아픈 한과 여기에서 피어나는 소리의 예술을 그린 작품으로, 소리꾼 사내와 여동생을 떠났던 오라비가 그들을 다시 찾아오는 추적 과정이 그려지고 있다.

전라도 보성읍 밖의 한적한 길목에 위치한 '소릿재 주막'에서 소리를 잘하는 여자와 북장단을 하는 사내가 마주앉아 밤이 깊도록 지칠 줄 모르고 구성진 남도소리를 뽑아대는 장면으로부터 「서편제」의 이야기는 시작된다. 여자는 혼자 사는 그 집의 주인이고, 사내는 하룻저녁 손님이다. 「춘향가」, 「수궁가」의 몇 대목 소리에 빠져 들던 손님은

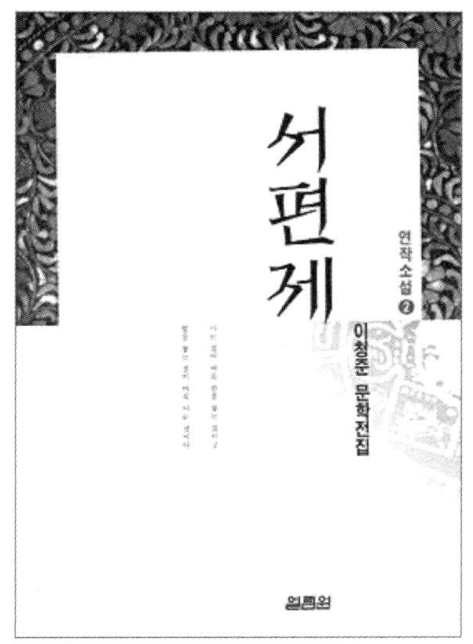

「서편제」

예감에 끌리듯, 소릿재 주막의 내력에 대해 다그치듯 묻는다. 이에 여자는 어느 소리꾼의 삶과 죽음의 이야기를 풀어 놓는다.

여자가 잔심부름으로 끼니를 빌던 대가집에서 어느 날 떠돌아 다니던 소리꾼 부녀를 식객으로 들여앉혀 놓는다. 그 아비는 이미 늙고 병들어 기력이 쇠하였지만, 어린 딸아이는 도도하고 창연한 목청으로 소리를 잘 했다. 그들은 가을 한철을 사랑채에서 지내다 한사코 집을 나가겠다고 고집을 부리더니 한나절 방황 끝에 찾아든 곳이 있었다. 바로 공동묘지 길 아래 버려진 헛간 같은 빈집이었던 지금의 소릿재 주막이었다. 아비는 병세가 더쳐 겨울이 다해 가던 음력 세모께에 이승을 떠나고, 그가 죽고 난 뒤 소리는 어린 딸에게 이어졌는데 그 딸의 소리에서 사람들은 아비 소리꾼의 소리를 듣는다고 했다.

한편 이야기의 진행은 도입부에서 소릿재 주막에 들른 손님이 그 소리꾼의 의붓아들이었음을, 그리고 딸이 손님의 의붓동생이었음을 밝혀간다. 즉 소리꾼은 손님의 어머니가 관계했던 남자였고, 그 딸은 그 사이에서 태어난 소생이었던 것이다.

무엇보다도 「서편제」는 우리의 전통적 '소리'와 '한'의 정체성 문제로 집약된다. 일찍부터 음악의 세계는 우주와의 합일과 조화를 꿈꾸는 예술 세계였으며, 이청준이 찾아나선 '소리' 역시 우주와 인간의 비밀을 열어가는 하나의 열쇠였다.

이 연작에서 소리에 대한 공포 때문에 의붓아들이 떠나버리자, 소리꾼 아비는 딸마저 도망칠까봐 두려워하던 끝에 딸의 눈에 청강수를 넣어 눈을 멀게 만든다. 그러나 사람들은 소리에만 미쳐 살아가던 소리꾼이 그 딸 또한 소리장이로 만들기 위해, 그래서 좋은 소리를 위한 한을 심어주려고 딸이 잠자는 사이 두 눈에 청강수를 부어 두 눈을 멀게 한 것이라고 했다. 그러나 이런 사정을 알고 있는 딸은 아비를 결코 원망하거나 저주하지 않는다. 평소 아비를 대하는 "행동거지로만 본다면야 말도 없고 원망도 없었다"는 것이다. 즉 딸은 용서를 통해 아비라는 타인의 세계를 넉넉히 받아들이는 것으로서, 자기의 영혼의 자리를 넓히고 깊게 한다. 그리고 복수와 적대감이라는 원한과는 질적으로 구분되는, 그래서 진실로 소리를 위한 역동적인 한의 에너지를 비로소 지니게 된다. 용서를 통해 깊어진 한은 소리로 승화되고 새로운 생명의 창조를 가능케 하는 것이다.

어린 시절 의붓아비와 소리에 대한 한 때문에 역설적으로 소리를 찾아 남도를 헤매며 그 아비와 누이의 사연을 뒤적이는 아들의 한 살이도 기구하려니와, 무엇보다 딸의 한 살이도 가탈 많은 것이었다. 그러나 한편으로 그녀는 아비의 한 살이를 창조적으로 대물림한 예술가였다. 아비가 제 눈에 청강수를 넣어 눈을 멀게 한 것이 "그렇게 하면 눈으로 뻗칠 사람의 영귀가 귀와 목청 쪽으로 옮겨 가서 눈빛 대신 사람의 목청소리를 비상하게 한다"는 이유에서였건, "목청도 목청이지만, 좋은 소리를 가꾸자면 소리를 지니는 사람 가슴에다 말 못할 한을 심어 줘야 한다"는 구실에서였건, "소리보다 자식년이 당신 곁을 떠나지 못하게" 하려는 속임수에서였건 간에 그녀는 아비를 넉넉히 받아들이고 창조적인 한의 에너지를 가지게 된다. 이청준 특유의 용서의 윤리적 미학이 제시되는 부분이다.

그래서 의붓아들 역시 딸을 눈멀게 한 아비의 행위에 어두운 혐의를 두면서도 딸이 아비를 용서한 것에 더욱 큰 의미를 둔다. 주체를 위해서도 대상을 위해서도 용서한 것은 다행스럽고 좋은 것이라는 생각, 그로 인해 소리를 위한 한이 깊어졌을 것이고 더 깊은 한 살이를 할 수 있었을 것이라는 생각은 작가 이청준이 소리의 미학을 통해 길어올린 용서의 윤리학이다.

이때 아비와 딸이 진정한 한의 소통을 이룰 수 있었던 것은 이해와 용서의 넉넉한 통로가 있었기 때문이다. 남을 위한 것이 나를 위하는 일이 되고, 나를 위한 것이 곧 남을 위하는 것과 다르지 않은 상생(相生)의 지평이 거기에 있다. 바야흐로 그 지평 위에 설 수 있었기 때문에 딸은 소리의 경지에 도달할 수 있었고, 의미있는 한 살이를 할 수 있었을 것이다. 그 한 살이는 얼마든지 현실을 넘어서 승화된 미적 현실을 창조하여 살 수 있게 한다.

아울러 「소리의 빛」은 「서편제」의 속편이라 할 수 있다. 「서편제」의 두 주인공, 즉 의붓남매가 역시 전라도 장흥땅 산골 주막집에서 우연히 상봉하는 내용을 그리고 있다. 구성은 「서편제」에 비하여 단순하지만, 원한이 한이 되어가는 과정과 그리움이 한이 되어가는 모습이 잘 묘사된다. 주막집 주방에 묻혀 살아가는 장님 여동생을 찾아 떠돌다가 그곳에 나타난 오라비는 그녀에게 소리를 청한다. 그리고 자신은 북장단을 들고 밤새도록 소리판을 벌이다가 새벽이 되어 남매는 또 다시 헤어진다. 소설 제목 그대로 만질 수도 없고 채울 수도 없는 '소리의 빛'처럼 밤새 반짝이던 빛마저 오간 데 없이 흘러가 버리고, 소리는 이미 자취도 없이 흩어진 뒤다.

소설에서 깊은 한을 가슴에 지녔던 여인의 한 살이는 소리를 통해 큰 우주를 지향한다. 바로 그 우주는 인간의 삶과 자연의 상태, 현실과 미적 우주, 현실과 초월 등을 두루 포괄하고 있는 둥근 수레바퀴다. 이청준이 추구하는 우주의 미적 현상과 특성을 여인의 소리 한 가락에서 찾아볼 수 있다. 작가가 꿈꾸는 우주도(宇宙圖)를 보게 되는 것이다.

2) 영화 〈서편제〉 : 한국 소설과 영화의 소통과 상생 가능성

영화 〈서편제〉는 이청준의 원작소설을 영
상화한 것이다. 이 작품은 판소리라는 한국
고유의 전통 음악을 소재로 하여 한국인의 한
을 훌륭하게 그려내면서 우리에게 전통예술
에 대한 무관심을 반성케 하는 기회를 주었다.

이 작품에 대한 찬사는 주로 영상과 판소리
의 아름다움에 주어지고 있다. 역사적으로 판
소리는 한국의 남서부 지역 민중들에 의해 만
들어지고 그들에 의해 많은 사랑을 받아왔다.
이 지역 사람들이 경험했던 집단적인 슬픔이
음악의 형태로 승화된 것이 판소리였기 때문
이다. 굽이굽이 펼쳐지는 남도의 아름다운 사

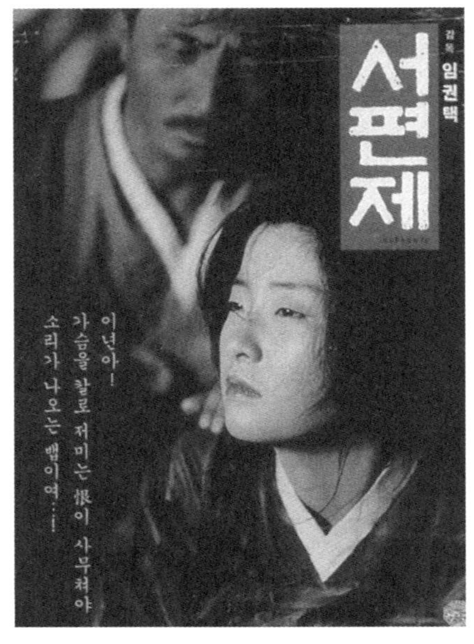

〈서편제〉

계(四季)와 「춘향가」, 「심청가」 등의 판소리가 어우러져 빚어내는 아
름다운 영상은 보는 이의 찬탄을 불러일으키기 충분했다. 이런 점에
서 임권택 감독은 한국적 소재의 영상화라는 시도를 통해 우리 관객의
공감을 얻는 데 일단 성공했다고 할 수 있다. 판소리 가락을 통해 '한
(恨)'을 보여준다는 주제적인 면에서나, 화면을 빚어내는 솜씨에서나
영화 〈서편제〉가 보여주는 장인다운 무게감과 여유와 세련미 등은
우리 영화의 수준을 대변해 주는 귀중한 미덕이다.

그러나 영화가 '이미지의 장르'라는 사실은 분명하지만, 단순히 아
름다운 화면의 나열만으로는 '예술'의 차원에까지 이르지 못한다. 따
라서 과연 영화 〈서편제〉의 아름다운 영상들은 정작 이 작품의 궁극적
인 주제라 할 수 있는 '한'의 형상화에 설득력있게 도달하고 있는지에
대해서 살펴볼 필요가 있다. 다시 말해서 우리는 영화 〈서편제〉의 영

상을 통해 단순히 우리 나라의 산수와 판소리가 아름답다는 인상적 차원을 넘어 '한'이라는 정서의 실체를 가슴으로 느낄 수 있는가를 검토해야 한다는 것이다. 임권택 감독은 한 인터뷰에서 "극적 맥락보다는 관객이 소리를 듣도록 하는 데 치중했다"고 밝히고 있다. 그러나 〈서편제〉는 단순한 '판소리 영화'가 아니라 소리꾼 일가의 애달픈 삶의 이력이라는 하나의 분명한 내러티브를 가지고 있고, 그를 통해 남도민의 소리에 왜 '한'이 깃들게 되었는가를 단적으로 보여주는 영화다. 그러므로 감독의 의도가 무엇이었든지 간에 내러티브 영화로서의 〈서편제〉의 완성도를 제대로 평가해 내기 위해서는 무엇보다 내러티브 자체에 대한 비판적 점검이 필요하다.

영화 〈서편제〉는 한 사나이가 산골의 허름한 주막을 찾아드는 데서 시작된다. 그는 지방을 돌며 한약재를 수집하는 동호라는 사람이다. 가난을 견디다 못해 집을 도망쳐 나오는 바람에 헤어지게 된 의붓아버지 유봉과 누나 송화의 흔적을 찾아 수소문하던 끝에 소릿재 주막까지 다다른 것이다. 영화 〈서편제〉의 구성은 송화를 찾아나서는 동호의 여정 사이사이에 과거에 대한 동호의 회상을 끼워넣음으로써 유봉 일가의 내력과 편력이 그려지고, 동호가 도망나간 이후의 이야기는 유봉의 친구였던 혁필장이가 들려주며, 그리고 마침내 현재로 돌아와 동호와 송화가 재회하는 세 개의 큰 대목으로 이루어져 있다. 즉 동호가 이야기를 이끌어 나가는 축이 되는 셈이다. 대부분의 관객들이 눈시울을 붉히게 되는 남매 상봉의 마지막 장면은 이 영화의 클라이맥스에 해당한다. 구성상 영화의 나머지 부분은 이 마지막 장면의 감동을 이끌어 내기 위해 밑바탕을 깔아주는 역할을 한다. 따라서 영화 대부분의 시간을 차지하면서 밑바탕에 해당하는 이 나머지 부분이 그동안 얼마나 설득력있고 탄탄하게 주인공들의 '한'을 구축해 왔느냐에 따라 마지막 장면의 감동은 자연스런 것이 될 수도 있고, 아니면 억지스런 것이 될 수도 있다.

그렇다면 동호의 회상과 혁필장이의 이야기를 통해 그려지는 이 소리꾼 일가의 내력은 대체 어떤 것일까.

부모 없는 여자 아이를 데리고 다니면서 소리를 하는 유봉은 서울의 유명한 소리꾼의 수제자였다. 그러나 스승의 여자와 관계를 가진 죄로 파문을 당하고 지금은 시골을 돌아다니며 소리품을 팔아 연명하는 신세가 된다. 어느 마을에 이르러 소리를 하던 중 과수댁과 눈이 맞아 여자와 그녀의 어린 아들까지 데리고 딴 마을로 도망가서 살림을 차린다. 하지만 과수댁은 유봉의 아이를 낳다가 죽고 만다. 유봉은 두 아이를 남매처럼 기르면서 소리와 북을 가르친다. 이후 의붓딸 송화와 의붓아들 동호가 성장하여 늙은 아버지 대신 요리집이나 장터에서 소리를 하여 생계를 이어간다. 그런데 유봉은 자식들이 벌어들인 돈으로 술만 마시는 건달이기도 하였지만, 그에게는 남다른 집념이 있었다. 즉 딸은 훌륭한 소리꾼으로, 아들은 뛰어난 고수로 만들려는 집착으로 엄격한 훈련의 고삐를 늦추지 않았던 것이다. 가난한 생활에 넌덜머리가 난 아들은 아버지와 싸운 후 집을 나가버리고, 유봉은 송화의 마음 속에 '한'을 맺히게 하여 득음(得音)의 경지를 얻게 하려고 일부러 딸의 눈을 멀게 한다. 이윽고 아버지는 병들어 죽고, 눈먼 딸은 나이가 들어 이집 저집을 전전하며 사내들의 노리개가 된다.

영화 〈서편제〉는 이처럼 소리꾼 일가의 신산(辛酸)한 삶을 보여주면서, 그 와중에 소리에 대한 유봉의 남다른 집념이 하나의 내러티브를 이루고 있다. 그렇지만 "판소리가 판을 치는 세상이 오고야 말겨!"라는 유봉의 호언장담과는 달리, 예전 시골마당의 떡 벌어진 소리판에서 불려지던 우리 고유의 판소리도 세태가 변함에 따라 술집 손님들의 안줏감으로, 장터 약장수의 호객 수단으로 점차 쇠락해 갈 뿐이었다. 이에 따라 이 떠돌이 소리꾼 일가의 삶 역시 점점 더 고단해질 수밖에 없는 것이다. 그러나 가난 자체가 곧바로 한으로 이어지는 것은 결코 아니다.

그렇다면 영화 속에서 주인공들의 입을 통해 얘기되는 '한'이란 대체 무엇일까. 동호가 집을 나가고 부녀가 소리수업을 위해 고갯마루의 빈집에 기거할 때 유봉이 송화더러 "가슴에 한이 맺혀야 소리가 제대로 나오는 법인데, 한으로 치자면 조실부모하고 눈까지 먼 너만큼 한이 깊은 사람이 따로 없을 터인데도 왜 이쁜 소리만 나오고 한 맺힌 소리가 안 나오느냐"고 나무라는 장면이 있다. 우리는 이나마의 언술로 미루어 송화의 한을 막연히 짐작할 수 있을 뿐이다. 더구나 그것도 유봉의 입을 통해 간접적으로만 전달될 뿐이지, 송화가 스스로를 표현하는 적은 거의 없으니 다른 사람의 입을 통해 줄곧 대상화되고 있다는 점도 송화의 '한'을 모호하게 만드는 주요한 원인이다.

또한 가슴에 맺힌 한이 무엇인지 막연하기는 유봉과 동호의 경우도 마찬가지다. 굳이 짐작해 보자면 유봉으로서는 스승에게 쫓겨나 소리꾼으로서의 출세가 좌절당한 채 시골장터나 돌아다니는 한심한 신세로 전락한 것이 가슴에 맺혔을 테고, 동호의 경우에는 어머니를 잃은데다가 가난 때문에 부닥치게 되는 여러 가지 고달픈 역정이 맺혔을 것이다. 유봉이 옛 스승의 제자들과 술을 마시다가 싸우고 돌아오면서 눈물을 흘리는 장면이나, 동호가 도망갈 때 서글픈 가락의 주제음악이 흐르는 장면에서 그것을 읽을 수 있다.

그러나 이렇게 각자의 한을 이해해 준다 해도 그것은 문자 그대로 '이해'의 차원이지, 실제 영상을 통해 이러한 한이 설득력있게 와닿는 것은 아니다. 유봉이 어린 아이들에게 소리와 장단을 가르치는 초반부에서는 물론이고, 장성한 아이들이 술집이나 장터를 전전하며 소리품을 팔아 생계를 이어가는 장면들에서도 이들의 삶이 고단하게 느껴지기는 할지언정 인물들의 마음속에 구체적으로 '한'이 쌓이고 맺혀가는 과정은 거의 볼 수 없다. 더구나 딸의 눈을 멀게 해서 '한'을 맺히게 한다는 것은 다분히 작위적인 설정일 뿐이다. 비단 이 대목뿐만이 아니다. 동호가 집을 나간 행위가 송화와 동호 두 사람의 가슴에 깊은 '한'을 맺히게 한 중요한 계기가 되었던 것처럼, 두 남매가 다시 재회했을 때도 쏟아내는 눈물의 원인이 되어야 한다. 그러나 어쩐지 동호가 도망 나가게 되는 과정의 필연성이 희박함으로 해서 이 역시 '한'의 설정이 작위적으로 이루어지고 있다는 느낌을 받는다.

남도 들녘에서의 진도 아리랑을 부르는 장면의 롱 테이크가 끝나고 다시 이어지는 장터 장면에서 이들 일가는 소리판을 벌여 기껏 모아놓은 손님들을 '비 내리는 경춘선'의 요란한 밴드소리에 빼앗기게 된다. 소리로는 더 이상 먹고살기 힘들게 된 현실에 대한 유봉[또는 유봉 일가]의 반응이 장터 장면이 끝나고 나서 당연히 이어질 법도 한데, 관객은 이와 전혀 상관없는 장면을 눈앞에 보게 된다. 바로 전 장면에서 유봉 일가에게 닥친 막다른 처지에 비추어 볼 때 어디서 생겨난 돈인지 이해가 가지 않는 돈을 싸들고 유봉은 송화에게 전수할 판소리를 배우기 위해 옛 동학(同學)을 찾아 나선 것이다. 이 장면은 바로 이어지는 씬에서 유봉이 동학에게서 배운 판소리를 송화에게 전수하려 함으로써 동호와 유봉의 충돌을 불러일으키게 되고, 그래서 동호로 하여금 집을 나가게 하는 빌미를 제공하자는 것인데, 이 장면 자체가 소리꾼으로 살아가는 이들의 막다른 처지를 보여준 앞 장면과 아무런 인과관계를 맺지 못하고 있음으로 해서 구성상의 무리를 드러낸다. 따라서 유봉의 행위가 이해되지 않는 것만큼 이것이 빌미가 되어 동호가 도망가는 것도 필연성이 떨어지는 결과를 낳는다. 필연성이 없는 동호의 가출은 '한'을 긴밀한 내러티브의 인과 관계를 통해 구축하지 못하고 인위적으로 만들어 가는 이 영화의 허점을 확인시켜 준다.

이렇듯 소리꾼 일가의 고단한 삶과 득음에 대한 집념이라는 이 영화의 내러티브만 가지고는 '한'이란 것이 주인공들의 입을 통해서만 강조될 뿐 영상을 통해 설득력 있게 와 닿지는 못한다.

한편 임권택 감독의 100번째 작품 〈천년학〉에는 거장의 숨결이 고스란히 녹아 있다. 잔잔하게 전개되는 이야기와 아름답게 펼쳐지는 화면의 조화는 관객의 몰입을 자연스럽게 유도한다. 〈천년학〉은 「선학동 나그네」를 원작으로 한 영화다. 〈서편제〉에서 미진한 영상미를 풍경화 같은 탁월한 영상미로 담아냈다. 이 영화에 대한 만족감은 단순히 임 감독이 50여 년의 영화 인생을 거쳐 만든 100번째 작품이라는 숫자에서 오는 것만은 아니다. 임 감독 특유의 영화 언어와 그와 30여 년을 함께 해온 정일성 촬영감독의 가슴시린 영상이 만나 명품을 만들어냈다.

임권택 감독은 이 영화에 대해 "〈서편제〉의 속편이 아니라 거듭났다는 소리를 듣는 것이 연출자로서의 목적"이라고 했다. 목적은 충분히 달성됐다. 〈서편제〉가 한(恨)을 소리로 승화시켰다면, 〈천년학〉은 다가갈 수 없는 사랑을 소리로 날려 보낸다.

그리고 등장인물은 〈서편제〉에서 그대로 이어진다. 피를 나누지는 않았지만 소리꾼 양아버지 유봉[임진택]에게 맡겨져 남매가 된 동호[조재현]와 송화[오정해]는 서로에게 애틋한 마음을 갖게 된다. 하지만 소리에만 집착하는 양아버지와 가난에 지치고 마음 속에 간직한 여인을 누이라고 불러야하는 괴로움을 견디다 못한 동호는 집을 떠난다. 집을 나와 유랑극단에서 북을 배우며 지내던 동호는 극단 여배우의 유혹에 흔들려 동거를 하게 되고, 동호

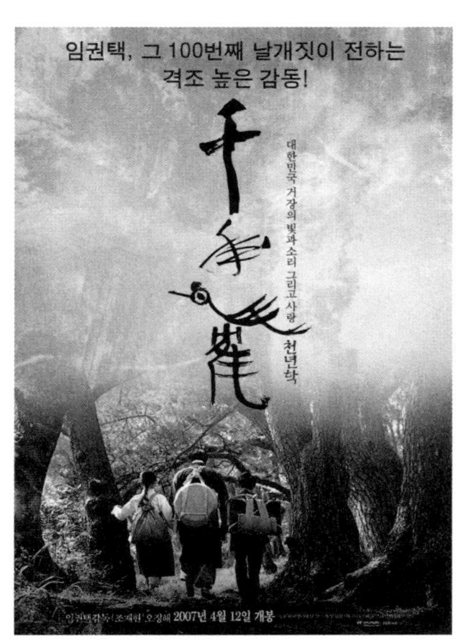

〈천년학〉

에 대한 감정을 소리로 달래며 살던 송화는 이 소식을 듣고 자취를 감춘다. 마침내 누이의 자취를 찾아 나선 동호는 양아버지와 소리공부를 하던 선술집에서 용택에게서 송화에 대한 이야기를 듣게 된다.

전남 장흥과 제주에서 촬영된 화면은 한 폭의 풍경화를 보는 듯하다. 특히 매화꽃이 눈처럼 날리는 장면에서는 화면 속으로 들어가고 싶은 충동이 인다. 마치 소리로 날아오른 학의 사랑의 날갯짓 따라 하늘로 오르고 싶은 마음처럼 말이다.

2. 영화 〈서편제〉 세밀히 다시 보기

영화 〈서편제〉 클라이맥스의 감동의 정체를 구명해 보기 전에 한 가지 남은 일이 있다. 그것은 우리가 지금까지 읽어왔던 소리꾼 일가의 고단한 삶과 득음에 대한 집념이라는 표면적인 맥락에, 그 밑으로 아주 섬세하게 드리우고 있는 또 하나의 의미망을 합쳐서 영화를 좀더 찬찬히 다시 보는 일이다. 이렇게 볼 때 영화 〈서편제〉는 훨씬 재미있어진다. 그것은 바로 세 사람 사이의 미묘한 애정관계가 빚어내는 갈등 때문이다.

이청준의 원작에서 송화는 실제 유봉과 동호 어머니와의 사이에 난 자식이며, 따라서 동호와는 씨다른 남매로 되어 있다. 그러나 영화에서는 원작과 달리 전혀 혈연관계로 이어져 있지 않다는 데에 주목할 필요가 있다. 영화 초반부터 몇 씬은 이 삼자의 관계 설정에 바쳐지고 있는데, 송화의 출신이나 내력은 유봉의 입을 통해 '부모 없는 아이'로 간단히 처리되는 반면, 동호가 유봉을 따라나서게 되는 과정은 비교적 상세히 그려진다. 여기서 주의깊게 살펴볼 것은 남의 이목을 피해 방에 숨어든 유봉과 자신의 어머니가 정사를 벌이는 것을 동호가 목도하는 장면이다. 화면은 두 남녀의 정사장면이 아닌, 자다 깬 동호가 놀라 달아나려다가 문 옆에서 이를 두려운 듯 응시하는 모습에 초점이 맞추어져 있다. 이것은 유봉에 대한 어린 동호의 석연 찮은 감정을 의도적으로 보여주는 부분이 된다. 그러나 어린 시절의 동호와 유봉과의 사이에는 별다른 갈등의 조짐이 보이지 않는다. 소리를 제대로 못한다고 유봉이 어린 동호를 구박하기는 하지만, 이내 소리 대신 북장단을 가르쳐 주고 동료의 소리판을 찾아다니며 소위 '귀를 뚫어줄' 때에도 두 남매를 나란히 데리고 나선다. 유봉과 동호가 충돌을 일으키는 것은 두 남매가 성장한 후 송화로 인한 불화가 생길 때이다.

봇짐을 지고 아버지의 뒤를 따라 정처없이 걸어가던 두 어린 남매가 어느덧 성숙하여 똑같은 모습으로 길을 가는 이들의 모습으로 오버랩 됨으로써 그간의 세월은 생략된다. 그리고 곧장 성장한 송화와 동호 사이에서 새롭게 감지되는 정서적 관계를 보여주는 장면이 이어진다. 단풍 짙은 계곡 바위 위에서 송화가 동호의 북장단에 맞춰 소리연습을 하는데, 이 장면에서 유봉은 나오지 않는다. 동호가 도망가기 전까지 두 남매만으로 씬이 이루어지는 것은 이것이 유일하다. 때마침 그녀는 다름아닌 춘향과 이도령의 희롱 대목을 부르고 있다. 동호는 자꾸 딴 생각을 해서 송화에게 핀잔을 듣다가, 마침내 송화에게 "작은 이도령 서는디…" 하는 것이 무슨 뜻이냐고 묻는다. 송화는 얼버무리다가 "애 배는 거…"라며 어색하게 대답하였고, 고개를 끄덕인 동호는 다시 송화와 춘향가를 신명나게 연습한다. 둘의 성장 후를 처음 보여주는 장면이 이렇듯 두 사람이 남녀의 애정에 눈뜨게 되는 대목인 것은 의미심장하다. 이어 송화가 요리집의 술꾼들 앞에서 예의 '작은 이도령 서는디…'라는 대목의 춘향가를 부르는 장면이 연결된다. 송화는 여기서 사내들에게 희롱을 당하게 되는데, 이 장면에서 카메라는 물론 유봉의 불쾌해하는 기색을 잡기도 하지만, 잔뜩 불만에 싸인 동호의 모습에 오래도록 초점을 맞추고 있다. 집에 돌아와 누나를 때리는 유봉에게 동호는 처음으로 거칠게 항의하다가, 유봉에게 손찌검을 당한다. 뿐만 아니라 장터에서 송화가 소리품을 팔 때에도 카메라는 언제나 동호가 불만스러운 얼굴로 송화와 구경꾼들을 번갈아 올려다보는 것을 놓치지 않는다. 동호가 항상 찌푸린 얼굴에다 북장단도 신명나 하지 않는 것은 그가 고수 노릇 따위에 관심이 없거나 소질이 없어서라기보다는 이처럼 사람들 앞에서 소리를 파는 송화에 대한 염려와 불만 때문이라는 것을 동호의 이런 반응을 보여주는 의식적인 화면처리에서 알 수 있다.

이렇듯 성장한 동호와 유봉의 관계를 보여주는 첫 장면은 송화로 인하여 충돌하는 것으로 시작된다. 동호는 누나를 술꾼이나 장사치들 앞에 세우는 무능한 유봉이 원망스러웠을 것이고, 게다가 그는 자신들이 벌어들인 돈으로 늘 술을 마신다. 또한 유봉으로서는 북장단조차 제대로 해내지 못하는 동호가 못마땅했을 것이다.

이렇게 삐걱대던 부자관계는 영화 〈서편제〉의 가장 뛰어난 대목으로서 평가받고 있는 진도아리랑을 부르는 롱 테이크 장면에서 아주 짧은 순간이긴 하지만 화합을 이루게 된다. 화면이 시작되면 가을걷이가 끝난 듯한 황량한 들길 저편에 롱 숏으로 잡은 세 남녀가 나타난다. 등짐을 지고 가방을 든 이 소리꾼 일가는 카메라를 향해 구불구불한 들길을 걸어오고 있는 중이다. 아버지 유봉과 송화가 주거니 받거니 진도아리랑을 부르고 있다. 마침내 흥이 난 동호도 장구를 치며 끼여든다. 카메라에 더욱 가까워지면 세 사람의 흥은 더욱 고조되어 덩실덩실 춤까지 춘다. 화면 오른편으로 셋의 모습이 다 빠져나갈 때까지 5분 남짓한 시간 동안 카메라는 꼼짝하지 않는다. 가방과 보따리를 이고 진 정처없는 이들의 고단한 삶의 모습으로 시작된 이 장면은,

점차 흥이 고조되어 셋 다 자신들의 고달픈 처지를 잊어버리고 흥에 겨워하는 모습을 보여주고자 하는 것이다.

그런데 이 장면을 단순히 고생하며 유랑하는 소리꾼 가족이 흥을 돋우는 장면으로만 볼 때보다는 세 남녀의 미묘한 심리적 관계까지를 드러내 주는 것으로 읽을 때 이 롱 테이크는 훨씬 복합적인 뉘앙스를 가지게 된다. 처음에 그냥 덤덤히 노래를 하던 유봉과 송화가 점점 흥이 나자 둘이 마주보며 춤사위를 주고받는데, 보기에 따라 이 장면은 단순한 부녀지간의 친밀함 이상의 표현으로 읽힌다. 이때 유봉은 노랫말을 바꿔 딸을 향해 "내 딸아, 어서어서 소리를 배워 명창이 되거라"하고 소원을 노래한다. 이 순간 뒤에서 따라오고 있는 동호란 존재는 유봉의 안중에 없다. 그러나 유봉과 춤사위를 주거니 받거니 하며 후렴을 부르던 송화는 아버지에게 화답하는 것이 아니라, 대신 뒤따라오던 동호를 향해 돌아서며 "아우님 장단에 …" 운운하는 노랫말을 한다. 그녀는 동호에 대한 배려를 잊지 않는 것이다. 이때부터 동호도 흥이 나서 울러 메었던 북을 앞으로 돌려 장단을 맞추기 시작한다. 이윽고 세 남녀는 모두 흥에 겨워하고, 동호는 이 대목에서 처음으로 웃음을 보인다.

이렇게 모처럼 이루어졌던 세 사람 사이의 화합은 그러나 금세 깨어지고 만다. 가난을 못이긴 동호가 급기야 유봉과 싸우고는 집을 나갔기 때문이다. 동호가 아버지와 싸우고 도망하는 장면에서도 카메라는 먼저, 유봉이 송화에게 소리수업을 시키는 모습을 어두컴컴한 구석에 내팽개쳐진 동호가 흘끔거리고 있는 모습부터 잡고는 이어 두 부녀에게로 천천히 옮아간다. 노골적으로 아버지를 비난하던 동호가 유봉과 주먹다짐까지 하고서 도망을 간 후, 송화는 소리는 물론 식음을 전폐하고 자리에 드러눕는다. 이러한 송화의 반응은 단순히 동기지간[실제로는 혈연도 아니지만]의 정으로만 보기에는 지나친 감이 있다.

영화 〈서편제〉의 클라이맥스를 단순히 동기지간의 별리로 인해 맺힌 한을 푸는 것으로 봤을 경우, 가장 당황스러운 대목은 바로 두 남매가 밤새 나눈 소리와 장단을 두고서 주막 주인장이 내린 해석이다. 그는 두 남녀가 애절하게 부른 판소리가심청가의 부녀상봉 대목이었음에도 불구하고 "몸을 대지 않고서는 남녀가 서로 희롱하고… 운우지정을 나누는 듯" 운운하는 대사를 태연히 읊조린다.

그런데 유봉과 송화 사이에도 단순한 부녀지간을 넘어서는 아주 상징적인 장면이 나온다. 동호가 집을 나가고 나서 유봉이 약을 타 송화의 눈을 멀게 한 후, 부녀는 어느 절 근처의 집을 찾아드는데, 다음날 아침 유봉이 정성스럽게 송화의 머리를 빗어내리는 인상깊은 장면이 있다. 이 장면은 곧장 웬 수려한 노인이 거문고를 타는 장면으로 이어지기 때문에 순간 관객은 어리둥절하게 된다. 그러나 이내 카메라는 노인 곁에 단정히 앉아 소리를 하고 있는 유봉의 모습을 잡고 이어 방문에 기대 앉아 하염없이 밖을 내다보고 있는 송화의 모습으로 연결되며, 이렇게 카메라가 되돌아오는 사이 이미 송화의 머리는 이전의 땋아 내린 머리채가 아니라 여인을 상징하는 올림머리가 되어 있다. 말하자면 유봉이 송화의 머리를 틀어 올려준 셈인데, 이것을 단순히 아비가 딸의 머리를 빗겨 올려준 것으로 본다면 두 부녀의 모습에서 노인네를 거쳐 다시 송화에게로 돌아오는 시간의 지연이 불필요하다. '머리를 올린다'는 상징적인 행위가 비록 의붓아버지와 딸 사이이긴 하지만 부녀지간에 이루어졌다는 충격적 사실을 편집과 카메라의 움직임을 통해 이처럼 세련되게 완화시킨 것으로 볼 수 있다. 어떻든 굳이 성적(性的)으로 해석하지 않더라도 이러한 기법은 이 장면을 다의적으로 해석할 여지를 얼마든지 남기고 있다.

그리고 송화와 유봉 간의 관계를 이중으로 해석할 여지를 의도적으로 남기고 있는 또 하나의 대목은 유봉이 송화의 눈을 멀게 한 까닭이다. 동호가 도망간 후 송화가 소리를 작파하여 계꾼 모임에서 유봉이 톡톡히 망신을 당하자, 송화의 눈을 멀게 한다는 표면적인 맥락으로 보자면, 이 행위는 유봉이 딸에게 소리에 전념하고 득음의 경지를 얻게 하려고 한 것으로 해석된다. 하지만 영화 첫 장면에서 소릿재 주막을 지키고 있던 여인은 이 사실에 대해 단순하지 않은 뉘앙스를 던져주고 있다. 아비가 딸이 도망갈까 두려워 그랬다는 것과 소리를 하게 하려고 그랬다는 두 풍문을 모두 동호에게 들려주면서, 그러나 여인은 어느 쪽이라고 딱 부러지게 말하는 것이 아니라 둘 다 가당찮다고 함으로써 어느 쪽으로도 해석할 수 있는 여운을 남겨두고 있는 것이다.

이처럼 소리꾼 일가의 신산한 삶의 편력 여기저기에 숨어 있는 세 주인공 사이의 미묘한 갈등까지를 함께 읽어낼 때, 이 영화는 한층 섬세한 재미를 주게 되고, 클라이맥스에서 두 남매가 보여주는 격정도 한결 설득력을 가지게 된다. 돈벌이를 위해 사람들 앞에서 할 수 없이 벌이는 소리판이 아니라, 오롯이 둘만의 정과 회한을 풀어내는 소리판이었기에, 둘은 그토록 혼신의 힘을 다해 소리와 북장단을 나눌 수 있었던 것이다.

그러나 설사 후자의 의미망까지를 함께 읽어낸다 하더라도, 영화 〈서편제〉의 내러티브 자체가 '한'을 이야기할 만큼 설득력이 있는 것은 아니라는 판단이다. 왜냐하면 주변으로 밀려나는 소리꾼의 삶이 정작 이들의 내면에 '한'으로 쌓여가는 모습들로서 치밀하게 연출되지 못하였고, 세 사람 간의 심리적 갈등도 상징적 요소로써 여기저기 잠복되어 있을 뿐 내러티브를 이끌어 가는 주맥락으로 자리잡지 못했기 때문이다. 아울러 해방 직후부터 6·25를 거쳐 60년대까지 이어지고 있는 이 영화의 시대적 배경이 영화의 내러티브 전개와 별다른 상관관계를 맺고 있지 않다는 점이다. 인물들의 입을 통해 아주 드물게 언급되는 시대적 배경에 관한 대사가 없었다면, 영화 〈서편제〉가 어떤 시대를 배경으로 한 영화인지 정확히 파악하기란 쉬운 일이 아니었을 것이다. 판소리가 점차 밀려난다는 세태 외에는 소리꾼 일가의 '한'을 구체적인 역사적 맥락 속에서 읽어낼 수 없다는 것 역시 영화 〈서편제〉의 취약점 중 하나라 하겠다.

하지만 이 영화의 내러티브가 자연스럽게 만들어 주지 못하는 한의 정서를 대신 메워주는 것이 있다. 바로 영화 전편을 통해 유장하게 흐르는 판소리의 한맺힌 가락과 자연을 담은 아름다운 영상이다. 임권택 감독의 장기인 롱 숏 기법은 이 영화에서도 어김없이 효과를 발휘하고 있다. 비바람치는 갈대밭 사이를 어린 자식을 업고 걸리고 하여 과수댁과 도망갈 때, 장성한 두 남매를 거느리고 단풍 붉은 오솔길을 정처없이 걸어갈 때, 그리고 술꾼들에게 희롱당한 송화 때문에 노기등등해서 앞서가는 유봉을 두 남매가 종종걸음으로 뒤따라 갈 때 감독은 인물들을 자연 속의 존재로 멀찍이 잡아줌으로써 그만의 독특한 관조적 정서를 만들어 낸다. 특히 동호가 도망간 후, 눈 먼 딸을 이끌고 노래를 부르면서 정처없이 남도 땅을 떠도는 장면은 롱 숏 기법이 이 영화에서 판소리와 어울려 가장 탁월한 정서적 효과를 얻고 있는 인상깊은 부분이다. 사계의 아름다운 자연을 유봉이 부르는 애절한 창으로 연결시키고 있는 이 장면에서 카메라는 멀리 떨어져 이들의 모습을 천천히 따라감으로써 끊어질 듯 이어지는 우리 노래의 유장한 가락과 뛰어난 조화를 이루어 낸다.

잊혀져 가는 판소리의 아름다움을 새삼 일깨우고 있다는 점만으로도 영화 〈서편제〉는 소홀히 넘길 수 없는 의의를 지닌다. 만약 이 점이 감독이 의도했던 바라면, 영화 〈서편제〉는 완전히 성공한 작품이다. 비록 내러티브의 어설픔으로 말미암아 정작 감독이 의도했음직한 '한'

의 승화로서의 판소리의 경지까지를 보여주는 데까지는 미흡했지만, 작품 전편에 흐르는 판소리 가락은 그 자체만으로도 관객을 매료시키기에 충분하다.

제4장
비밀스런 빛으로 그려내는
변증법적 회화(會話)

이청준 「벌레이야기」(1985)
이창동 감독 〈밀양〉(2007)

1. 소설과 영화의 배경과 특성

1) 소설 「벌레 이야기」 : 인간의 존엄성과 섭리자의 사랑

영화 〈밀양〉은 같은 시기에 개봉되었던 할리우드 블록버스터와 경쟁하면서 관객 동원에 성공하였다. 동시에 원작소설 「벌레 이야기」를 찾는 독자들도 늘어나서 영화 개봉에 때를 맞춰 삽화를 곁들인 단행본이 재출간되기도 했다. 처음엔 그리 주목을 끌지 못했지만, 주인공 전도연의 칸영화제 여우주연상 수상 이후 갑자기 관심이 집중되었기 때문이다.

바로 소설 「벌레 이야기」는 영화 〈밀양〉의 원작 소설이다. 사랑하는 아들이 유괴범에게 납치된 후 명치끝이 막히고 가슴이 막히고 숨이 차올라 문득문득 넋을 놓는 여자가 주인공이다. 그리고 아들을 유괴당한 여자와 유괴범과 하나님과의 삼각관계를 통해 용서란 도대체 무엇인가를 묻고 있는 철학적이고도 종교적인 소설이다.

보고 있어도 보고 싶은 어린 아들을 영영 볼 수 없게 된 여자는

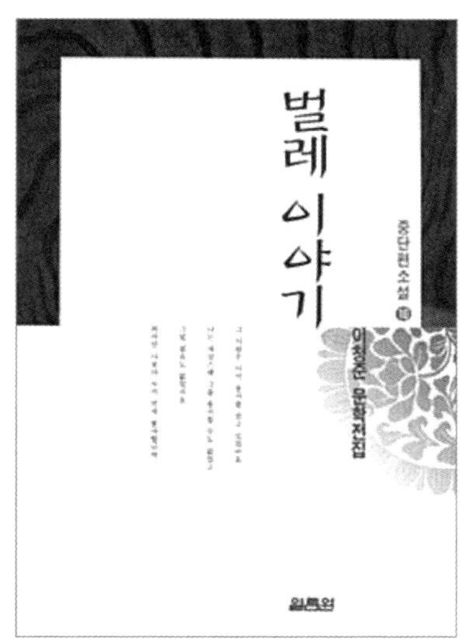

「벌레 이야기」

살아 있어도 살아있는 것이 아니었다. 그 지옥에서 마음을 태우며 혹독한 세월을 견디다 못한 여자는 오로지 하나의 기도 제목 때문에 교회를 나간다. 그것은 억울하게 죽어간 아들의 구원 때문이다. 여자는 아들의 구원을 빌고 또 빈다. 그런데 어이없이 생을 빼앗긴 아들의 구원을 확신할수록 여자는 유괴범에게 연민의 동정심이 생기는 것이다. 마침내 여자는 결코 용서할 수 없으리라 생각했던 극악무도한 아들의 유괴살인범을 용서하기로 하고 그가 수감된 교도소로 간다. 모두들 마음으로 용서하면 되지, 굳이 교도소까지 갈 필요가 있겠느냐고 말렸지만, 여자는 형식이 필요했다.

그런데 사형을 기다리는 범인의 얼굴은 성자처럼 차분하고 침착했다. 그것은 분명히 무죄한 어린이를 죽이고 불안과 죄책감으로 죄과를 치러야 할 범인의 태도가 아니었다. 그는 이미 주님의 이름으로 자신의 모든 죄를 참회하고 그 주님의 용서와 사랑 속에 마음의 평화를 누리고 있었던 것이다. 생명과도 같았던 아들을 잃고 절망과 괴로움의 늪에서 치를 떨었던 여자는 또 그만큼의 충격을 받는다. 자식을 잃은 자신 말고 누가 그 자를 용서할 수 있다는 것인가? 여자에게 용서를 받을 필요도 없이 이미 하나님의 용서를 받고 마음의 평화를 누리고 있는 범인을 보자 여자는 범인도, 범인의 죄를 사한 하나님도 용서할 수 없었다.

그 사람이 너무 뻔뻔스럽게 느껴져서였어요. 사람이 어떻게 그럴 수가 있어요. 그 사람은 내 자식을 죽인 살인자예요. 살인자가 그 아이의 어미 앞에서 어떻게 그토록 침착하고 평화스런 얼굴을 할

수가 있느냐 말이에요. 살인자가 어떻게 성인 같은 모습으로 변할
수가 있느냐 그 말이에요. 절대로 그럴 수는 없는 일이에요. 그럴
수가 없기 때문에 전 그를 용서할 수가 없었던 거예요.

　내 가슴이 갈기갈기 찢겨나가는 고통 속에서 엉키고 맺힌 삶의 매
듭을 내가 풀기도 전에 누군가가 끊어버린다면 그것을 어찌 나의 삶이
라고 할 수 있겠는가. 용서가 없으면 삶의 평화도 없는 것이지만, 나만
이 할 수 있는 용서를 내가 하기도 전에 누군가가 해버린다면 어떻게
그러한 인생을 믿을 수 있겠는가? 인생을 믿을 수 없으니 차라리 벌레
라고 할 수밖에 없는 것이다.

　　사람이 자기 존엄성이 지켜질 때 한 우주의 주인일 수 있고 우주
자체일 수 있다. 그러나 그 주체적 존엄성이 짓밟힐 때 한갓 벌레처
럼 무력하고 하찮은 존재로 전락할 수밖에 없는 인간은 그 절대자
앞에 무엇을 할 수 있고 주장할 수 있는가. 아마도 그 같은 절망적
자각은 미물 같은 인간이 절대자 앞에 드러내 보일 수 있는 마지막
증거로서 그의 삶 자체를 끝장냄으로써 자신이 속한 섭리의 세계를
함께 부수고 싶은 한계적 욕망에 이를 수도 있지 않을까.
-『밀양』, 「벌레 이야기」의 작가 서문 중에서

　작가는 사람의 존엄성과 섭리자의 사랑이 충돌하는 과정에서 인간
이 가지는 한계적 욕망을 그려내고자 한 것을 알 수 있다. 여자는 종교
의 힘에 의해 간신히 아들의 죽음을 인정하고 심지어 범인을 용서하고
자 하는 극복심리를 보이는 듯하지만, 아이러니하게도 범인 자신이
마음의 평화를 찾고 신의 섭리를 깨달았다고 말하는 순간 그녀는 무너
지고 만다. 모든 이에게 평등하게 유지되는 신의 관용을 용납할 수
없었던 것이다. 자신의 죄과를 치르는 동안 범인은 가장 낮고 절망적

인 자세로 세상에 임해야 했다. 모든 것을 용서하는 신의 포용력을
여자는 절대로 수용할 수가 없었던 것이다.

2) 영화 〈밀양〉 : 비밀스런 숨은 빛, 부재에 대한 이야기

영화 〈밀양〉의 내용은 이렇다. 남편을 잃고 여자는 남편의 고향
밀양을 찾아간다. 남편과의 이별에서 비롯되는 상실감과 외로움, 그

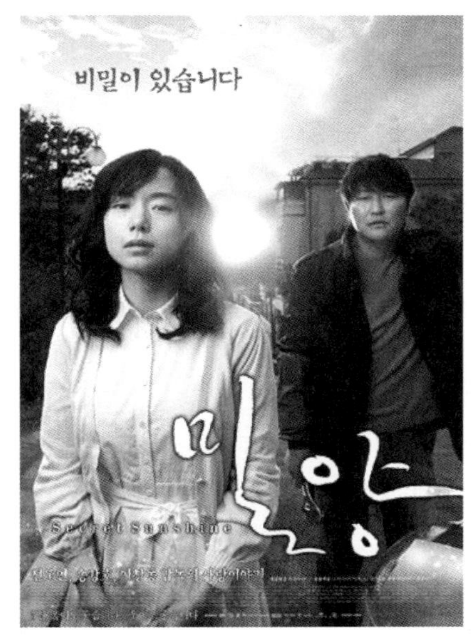

〈밀양〉

리고 이웃의 수군거림을 여자는 괜한 호기와
공연한 빈말로 감춘다. 그러다가 엄청난 돈을
노렸을지 모를 유괴범의 손에 하나뿐인 아들
을 잃고 만다. 여자는 세상 어디에도 의탁할
곳이 없어 세상 밖에서 세상을 돌보고 계신다
는 하나님께 자신을 맡긴다. 그러나 그 신의
품안에는 자신만 안겨있는 것이 아니었다. 신
의 품에서 이미 마음의 평안을 얻고 담담히
지내는 유괴범을 본 후, 미칠 것 같은 배신감
에 신을 모독하고 자신을 괴롭힌다. 마침내 여
자는 자살을 시도하지만, 겨우 살아나 석양빛
한 줌 마당에 비추는 텅빈 집으로 돌아온다.

플롯은 결코 쉽지 않지만, 일견 단순하게 읽히고 자연스럽게 따라
갈 수 있도록 짜여진 듯하다. 그러나 세밀히 들여다보면 여기에는 몇
줄기의 빛이 교차하고 있다. 현실주의자의 이성적인 눈, 이를테면 과
학자의 시각으로 보면 곳곳에 논리적 비약이 있지만 관객은 그것을
전혀 알아차리지 못한다. 예컨대 외도하다 죽은 남편의 고향에는 왜
살러 가나, 아들을 유괴하여 죽인 자를 왜 먼저 용서하겠다고 나서나,
신의 은총으로 용서받았다고 말하는 살인범에게 ‘너 같은 놈은 죽어

마땅해!'라거나 '평생 그 안에서 썩어라, 나는 바깥에서 죽는 날까지 너를 저주하마!'라고 욕하지 않는가, 왜 애꿎게도 자신이 애초 그 존재를 부인했던 신을 끊임없이 저주하고 모욕하다가 왜 자살하려고 했는가, 어떻게 다시 살아났는가, 어째서 그토록 큰 상처를 준 고장을 떠나지는 않는가 등이다.

너무나 리얼해 보였던 이 불쌍한 여자 이야기는, 이처럼 전혀 '현실주의적'이지 못하다. 그래서 이 비극적 이야기가 현실에서도 있을 법한 이야기, 있어서는 안 되지만 없을 것 같지도 않은 이야기, 너무 괴롭고 슬프지만 그래도 자꾸 보고 싶게 만드는 묘한 마력을 지닌 이야기를 만들어야 했다. 요컨대 미당이 '무슨 꽃으로 문지르는 가슴이기에 나는 이리도 살고 싶은가'라고 노래했던 심경의 그 삶의 이야기로 바꾸려면, 또 하나의 비현실주의적인 이야기를 거기 포개어 놓아야 한다. 그래서 영화 〈밀양〉은 한 남자의 이야기이기도 하다.

남자는 지방 소도시에서 작은 카센터를 운영하고 있으며, 자신의 카센터만큼이나 볼품없는 노총각이다. 그는 어느 날 서울에서 아들 하나 데리고 자신의 고장을 찾은 과부를 짝사랑하게 된다. 피아니스트를 꿈꿨던 그녀가 '절대로 마음을 줄 것 같지 않은 타입'의 이 남자는 그녀의 등 뒤를 그림자처럼 따라붙으며 삶의 매 장면마다 그녀를 지키고 바라본다. 여자 쪽에서 보면, 이 남자의 이야기는 전혀 중요하지 않다. 반면 남자 쪽에선 그녀가 없으면 이야기 자체가 성립하지 않는다. 이 두 줄기의 이야기는 '비밀이 있습니다', '이런 사랑도 있다'라는 영화 포스터의 카피처럼 비밀스런 사랑 이야기가 영화 내내 아주 비밀스럽게 교차한다.

영화 〈밀양〉은 없는 것, 이를테면 과거의 남편과 죽은 아이, 그리고 부재하는 신에 집착하는 여자와 그 여자에 집착하는 남자 사이의 엇갈린 사랑 이야기다. 여자는 '없는 것'을 짝사랑하다 상처입고, 남자는 그런 여자를 상처 입어가며 짝사랑한다. 그럼 도대체 사랑은 어디에 있는 것인가. 배신과 무응답의 외사랑에서 빠져나오지 못하는 두 사람 각자의 마음속에 있는가. 현실주의자의 눈엔 보이지 않는 것, "여기 뭐가 있어? 아무 것도 없어. 그냥 햇볕일 뿐이야"라고 말할 수밖에 없는 그 '없는 것'을 끼워 넣지 않고선 이 물음에 답하기 어렵다. 그래서 〈밀양〉은 마지막으로, 그 '없는 것'의 이야기다.

영화의 마지막에서 여자는 거울을 보며 반쯤만 손질된 제 머리를 가위질하고 있다. 남자는 그 거울을 가슴에 안고 서서 그녀를 내려다본다. 그들의 시선은 그렇게 어긋난 채로 함께 있다. 그녀는 자기를 보고 있지만 그 자기란 남자의 가슴 위에 그려지는 영상임을 알지 못하며, 남자는 앞에 앉은 여자를 바라보지만 사랑하는 저 사람이 제 가슴이 안고 있는 영상임을 알지 못한다. 이미지란 원래 죽은 사람의 얼굴을 본 뜬 데드마스크 '이마고(imago)'에서 나온 말이다. 이마고가 산 사람의 가슴에 그리움으로 떨리고 있는 동안, 그들은 사랑 속에 살아 있을 것이다.

밀양(密陽, secret sunshine)이란 무엇인가. 가령 어떤 이가 죽고 그가 남긴 흔적도 지워져 이름마저 잊어버렸는데 누군가 그를 애틋하게 그리워한다면, 있었는지조차 확인할 길 없는 이 '없는 것'에 대한 불가능한 그리움 속에서 그는 비밀스런 빛이 되고 살아가는 힘이 되며, 부재하는 그가 있는 곳은 '밀양'이 된다. 어떻게 추억해도 그 추억은 옳은 것일 수가 없고, 또 반대로 틀린 것일 수도 없다. 뭐라 불러도 그 이름은 맞는 것일 수가 없기에 그는 대답하지 않는데, 그럼에도 모든 곳에서 그의 목소리가 들려온다.

소월의 절창이 우리에게 가르쳐 주는 바 '불러도 대답 없는 그 이름'을 목놓아 부르다 죽는 것, '사랑하다 죽어버리는 것', 그것이 우리 육신의 삶과 정신의 삶 사이로 흐르는 한 줄기 또 다른 생, 즉 멜로스

(melos)다. 바로 「초혼」이 그토록 우리를 불렀건만 우리가 그에 한 번도 제때 응답하지 못했던 저 먼 것들의 노래다. 그것은 망자를 부르는 노래이지만, 이때 망자는 관두껑 같은 '현실주의적' 삶의 밀실 속에 누워 있는 우리들 자신이다. 저 산(山) 위에서 부르는 소리를 우리가 이 아래 집(宀)에서 들을 때 품게 되는 쓰리고 아린 그리움(心), 이것이 노래가 흘러나오는 비밀(密)의 장소이며, 그 노래는 사람이 다른 사람에게서 보고, 또 보여주어야 하는 사랑의 빛(陽)이다. 밀양의 노래는 사람들의 가슴 속 그리움이 만드는 사람들의 율동이다. 따라서 다른 어디에도 밀양은 존재하지 않는다.

2. 원작과 영화의 작품 분석

1) 원작과 영화의 서술 및 구조

태초에 말씀이 있었듯이, 이야기가 있고 나서 영화가 태어났다. 인도의 어느 가난한 도시에서는 새 영화가 극장에 걸리면 아이들이 돈을 거둬 한 아이를 극장에 집어넣는다고 한다. 영화를 보고 나온 아이는 본 대로 영화 이야기를 들려주고, 천진난만한 아이들은 넋을 잃은 채 상상의 스크린을 펼친다. 소설가의 문자 언어와 영화감독의 영상 언어도 그런 식으로 만난다. 바로 〈밀양〉도 작가 이청준의 「벌레 이야기」를 영상으로 옮긴 것이다. 그러나 소설과 영화는 줄거리만 같을 뿐 이야기의 구조와 전개가 완전히 다르다.

그러나 소설과 영화에서 공통분모가 전혀 없는 것은 아니다. 유괴범에게 아들을 잃은 어머니가 깊은 슬픔의 수렁에서 헤어나 종교의 힘을 얻어 유괴범을 용서하려고 했으나, 사형 집행을 앞둔 유괴범은 교도소에서 주님을 만나 모든 죄과를 참회하고 주님의 용서와 사랑 속에 평화를 누리고 있다는 점은 그 공통분모가 된다. 하지만 등장인물과 환경, 서술방식과 구조에서는 큰 차이를 보인다.

우선 등장인물의 차이를 살펴볼 수 있다. 「벌레 이야기」는 서술자인 남편과 아내, 아내에게 전도하는 김 집사, 알암이를 죽인 범인만을 소설 속에 등장시킨다. 물론 알암이는 직접적으로 등장하는 것이 아니라 남편의 서술로만 묘사되어 등장한다. 하지만 〈밀양〉에는 남편을 잃고 남편의 고향에 내려와 아이까지 잃고 마는 신애와 그런 신애를 지켜주는 종찬, 신애의 아들 준과 준을 죽인 학원 원장, 원장의 딸, 신애를 전도하는 김 집사와 장로, 신애의 남동생, 로망스 옷가게 아주머니 등 소설과는 다르게 많은 인물이 등장한다.

또한 이러한 등장인물의 환경도 다르게 설정된다. 원작에서는 남편과 아내가 약국을 운영하고, 알암이는 주산 학원을 다닌다. 김 집사는 이불집을 운영하는 것으로 설정되었다. 하지만 영화에서는 남편 없이 아들과 단둘이 밀양에 내려온 신애가 피아노 학원을 차리고, 아들 준은 웅변 학원에 다닌다. 신애의 곁을 맴도는 종찬은 카센터에서 일을 하며, 김 집사와 장로 부부는 신애의 피아노 학원 맞은편에서 약국을 경영한다.

그리고 원작과 영화의 서술의 차이를 들 수 있다. 소설을 영화화할 때 원작을 그대로 고수하는 수도 있지만 영화의 색깔과 시대에 맞게 각색도 필요하다. 「벌레 이야기」와 〈밀양〉은 스토리는 같지만 결말에서 큰 차이를 보여준다. 소설 속의 어머니는 주님의 섭리와 인간의 존엄 사이에서 방황하다가 양쪽을 모두 거부하는 방편으로 자살을 선택한다. 하지만 영화의 여주인공은 고통을 속으로 삼키며 새 삶을 살아간다. 이렇게 결말을 바꾼 것은 원작보다는 희망적인 모습을 보여주고 싶은 감독의 의도가 작용했으리라고 생각된다. 아무리 아프고 고통스러워도, 그래도 '삶 자체를 끝장내지' 않으려는 인간의 모습을 통해 우리의 삶 속에 숨어 있는 작은 희망의 빛을 보여주려는 메시지 같은 것 말이다.

시사회에서 영화를 본 작가 이청준은 "영화가 대중을 상대로 하는 것이니만큼 대중이 수용할 수 있는 쪽으로 결말을 지은 듯하다"면서 "어쩌면 죽음보다 삶을 받아들이는 것이 더 고통스러울지 모른다"며 이창동 감독의 창의적 해석을 두둔했다.

2) 각색이 빚어내는 다양한 메시지

〈밀양〉은 제목처럼 참 비밀스럽고 표현에서 낯선 영화다. 따라서 해석하는 관점도 다양할 수밖에 없다. 많은 관객들은 이 영화를 신과 인간을 다룬 영화, 혹은 한 여성의 신산한 삶을 다룬 영화로 이해하고 있다. 그러나 이러한 관점은 이 영화를 정확히 읽어낸 게 아니라고 생각된다. 루카치는 '고독한 개인과 민중의 삶 사이의 단절이 19세기 후반 부르주아 문학의 중요한 주제인데, 이 문제를 온전한 폭과 깊이에서 다룬 작가는 톨스토이와 도스토예프스키밖에 없다'고 평가했다. '고독한 개인'과 '민중의 삶' 사이의 단절이라는 이 문제는 이창동 감독이 계속 그 주의를 선회하고 있는 우리 시대의 문제이기도 하다. 이런 면에서 〈밀양〉을 개인과 집단 간의 문제를 다룬 영화라고 말할 수 있다.

영화 〈밀양〉은 공동체의 공간으로 관객을 데려간다. 영화는 처음부터 폐쇄적인 도시 밀양을 그려낸다. 신애는 밀양으로 이사를 오면서 외지인이 겪어야 하는 고초를 하나씩 겪어나간다. 동네 여자들의 수군거림, 여자 혼자라서 겪는 모욕, 이웃 남자들의 추근거림 등 갈수록 그 정도가 더해 간다. 그런데 신애는 도시에서도 이와 같은 문제들을 피해 낯선 밀양으로 온 것이다. 이런 문제를 해결하기 위해 그녀는 돈 많은 여자인 척, 그 지역의 막대한 땅을 사들일 사람인 척하면서 그들의 콧대와 정면 대응한다. 결과는 아들의 유괴와 죽음으로 돌아온다. 아들이 유괴되기 전에도 동네 여자들과의 만남을 적극적으로 추진한 바 있지만, 신애는 방법을 바꾸어나간다. 영화는 아들의 죽음 이후 달라진 신애의 태도를 종교에의 귀의로 처리하는 것처럼 보이지만, 실제로 그것 역시 한 외톨이 구성원이 자신에게 가해지는 집단의 폭력을 이겨내기 위한 자구책에 가깝다.

이 영화에서 종교는 집단의 거처이자 둥지다. 많은 이들이 신이라는 존재를 믿으며 그들의 집단의식을 만들어 간다. 신애가 택한 길은, 아니 택해야 할 길은 그 집단 속에 머리를 수그리고 들어가는 일이었다. 다시 말해 아들의 유괴 이전에 신애가 택한 길은 집단을 누르고 자신의 정체성을 확보하려는 싸움이었다면, 아들의 죽음 이후에 신애가 택한 길은 집단에 고개를 숙이고 그들에게 자신을 내맡기는 항복 선언이어야 했다. 하지만 두 길은 모두 신애에게 벅찼다. 비단 신애뿐 아니라, 어떤 개인에게도 완전히 용납될 수 없는 길이었다.

힘없는 개인에 대한 집단의 처벌과 박해는 인류 문명의 오랜 메커니즘이다. 그녀 역시 집단의 무자비한 폭력 앞에 스러지는 인물이어야 함을 확인한다는 것은, 인간들이 함께 모여 산다는 것이 얼마나 어렵고 고단한 일인지를 이해한다는 것이기 때문이다. 하지만 집단의 폭력에 강제적으로 자신의 것을 잃어본 사람들은 그 느낌을 잘 이해할 것이다. 외지인이거나 이방인일 경우에는 더더욱 말이다. 결국 함께 산다는 것은 매우 어려운 일이다. 옛날이나 지금이나 말이다.

영화로 만난 문학작품

〈외국작품〉

원작	작가	영화	감독	제작 연도
가을의 전설	짐 해리슨	가을의 전설	에드워드 즈윅	1994
개같은 내 인생	레이다 욘슨	개같은 내 인생	라쎌 할스트롬	1985
개선문	레마르크	개선문	마일스톤	1948
고통에의 요구	도널드 우즈	자유의 절규	리처드 아텐보로	1987
국가의 탄생	토머스 딕슨	국가의 탄생	D.W.그리피스	1915
그들은 바다로 갔다	존 그리샴	야망의 함정	시드니 폴락	1993
그리스도 최후의 유혹	카잔차스키	그리스도 최후의 유혹	마틴 스콜세지	1988
그린마일	스티븐 킹	그린마일	프랭크 다라본트	1999
기쁨의 도시	도미니크 라피에르	기쁨의 도시	롤랑 조페	1993
길버트 그레이프	피터 헤지스	길버트 그레이프	라세 홀스트롬	1993
나니아 연대기	C.S. 루이스	나니아 연대기 -캐스피언 왕자	앤더류 아담슨	2008
남성, 여성	모파상	남성, 여성	장 뤽 고다르	1966
남아있는 나날	가즈오 이시구로	남아있는 나날	제임스 아이보리	1993
내게 영광을	맥킨리 캔터	우리 생애 최고의 해	윌리엄 와일러	1946
냉정과 열정 사이	에쿠니 가오리	냉정과 열정 사이	나카에 이사무	2001
노 웨이 아웃	케네스 피어링	노 웨이 아웃	로저 도날드슨	1987
노인과 바다	어니스트 헤밍웨이	노인과 바다	주드 테일러	1990
노인을 위한 나라는 없다	코맥 매카시	노인을 위한 나라는 없다	코엔 형제	2007
노트르담의 곱추	빅토르 위고	노트르담의 곱추	월러스 워슬리	1923
			윌리엄 디털리	1939
			장 들라노이	1957
			앨런 쿡	1977

원작	작가	영화	감독	제작 연도
노트르담의 곱추	빅토르 위고	노트르담의 곱추	마이클 터크너	1982
			게리 트라우스데일	1996
노트북	니콜라스 스파크스	노트북	닉 카사베츠	2004
누구를 위하여 종은 울리나	어니스트 헤밍웨이	누구를 위하여 종은 울리나	샘 우드	1943
뉴욕 1963년 졸업	찰스 웹	졸업	마이클 니콜즈	1967
늑대 개	잭 런던	늑대 개	루치오 풀치	1972
			랜들 클라이저	1991
다이얼 엠을 돌려라	프레드릭 노트	다이얼 엠을 돌려라	알프레드 히치콕	1954
닥터 스트레인지 러브	피터 조지	닥터 스트레인지 러브	스탠리 큐브릭	1964
닥터 지바고	보리스 파스테르나크	닥터 지바고	데이비드 린	1965
대부	마리오 푸조	대부	프랜시스 포드 코폴라	1972
		대부 2		1974
		대부 3		1990
대장 부리바	고골리	대장 부리바	J. 리 톰슨	1962
The Shot Timers	구스타프 하스포드	풀 메탈자켓	스탠리 큐브릭	1987
도리언 그레이의 초상	오스카 와일드	도리언 그레이의 초상	알버트 루윈	1945
돌로레스 클레이본	스티븐 킹	돌로레스 클레이본	테일러 핵포드	1995
드라큘라	브람 스토커	드라큘라	프랜시스 포드 코폴라	1992
디바	델라코르타	디바	장 자크 베네	1982
떠오르는 태양	마이클 크라이튼	떠오르는 태양	필립 카우프만	1993
뜨거운 양철지붕 위의 고양이	테네시 윌리암스	뜨거운 양철지붕 위의 고양이	리처드 브룩스	1958
라쇼몽	류노스케	라쇼몽	구로사와 아키라	1950
라스베가스를 떠나며	존 오브라이언	라스베가스를 떠나며	마이크 피기스	1995
라스트 모히칸	제임스 F. 쿠퍼	라스트 모히칸	마이클 만	1992
러브레터	아사다 지로	파이란	송해성	2001
러브 스토리	에릭 시걸	러브 스토리	아서 힐러	1970
레모니 스니켓의 위험한 대결	레모니 스니켓	레모니 스니켓의 위험한 대결	브래드 실버링	2004
레 미제라블	빅토르 위고	라 미제라블	레이먼드 버나드	1934
			리처드 볼레슬라프스키	1935
			루이스 마일스톤	1952
			장 폴 르 샤노아	1958
			글렌 조던	1978

원작	작가	영화	감독	제작연도
레 미제라블	빅토르 위고	라 미제라블	로버트 오센	1986
레베카	뒤모리에	레베카	알프레드 히치콕	1940
레인메이커	리처드 내쉬	레인메이커	조셉 안소니	1956
	존 그리샴		코폴라	1997
로리타	나보코프	로리타	스탠리 큐브릭	1962
			애드리언 라인	1997
로미오와 줄리엣	윌리엄 셰익스피어	로미오와 줄리엣	조지 쿠커	1936
			리네이토 카스텔라니	1954
			폴 치너	1966
			리카르드 프레다	1967
			프랑코 제피렐리	1968
			폴 토머스	1987
			바즈 루어만	1996
롭 로이	월터 스콧	롭 로이	마이클 케이튼 존스	1995
리어왕	셰익스피어	란	구로사와 아키라	1985
마농의 샘	마르셀 파뇰	마농의 샘	클로드 베리	1986
마르셀의 여름	마르셀 파뇰	마르셀의 여름	이브 로베르	1990
마이 페어 레이디	버나드 쇼	마이 페어 레이디	조지 쿠커	1964
말타의 매	더쉴 해미트	말타의 매	존 휴스턴	1941
매디슨 카운티의 다리	제임스 월러	매디슨 카운티의 다리	클린트 이스트우드	1995
멕베드	윌리엄 셰익스피어	거미집의 성	구로사와 아키라	1957
		멕베드	로만 폴란스키	1971
맨발로 공원을	닐 사이몬	맨발로 공원을	제인 샤크스	1967
메피스토	크리우스 만	메피스토	이스트반 자보	1981
목로주점	에밀 졸라	목로주점	르네 클레망	1956
무기여 잘 있거라	어니스트 헤밍웨이	무기여 잘 있거라	프랭크 보르자즈	1932
			찰스 비더	1957
무셰트	베르나노스	무셰트	로베르 브레송	1967
미드나잇 카우보이	레오헐리히	미드나잇 카우보이	존 슐레진저	1969
미시시피 버닝	크리스 제롤모	미시시피 버닝	앨런 파커	1988
미져리	스티븐 킹	미져리	로브 라이너	1990
바람과 함께 사라지다	마가렛 미첼	바람과 함께 사라지다	빅터 플레밍	1939
바빌론 재방	F.스콧 피츠제럴드	내가 마지막 본 파리	리처드 브룩스	1954
반지의 제왕	J.R.R. 톨킨	반지의 제왕	피터 잭슨	2001
밤으로의 긴 여로	유진 오닐	밤으로의 긴 여로	시드니 루멧	1962
밤의 열기 속으로	존 볼	밤의 열기 속으로	노만 주이슨	1967

원작	작가	영화	감독	제작 연도
배신자와 영웅에 관한 테마	보르헤스	거미의 계략	베르톨루치	1970
백경	허만 멜빌	백경	존 휴스턴	1956
뱀파이어와의 인터뷰	앤 라이스	뱀파이어와의 인터뷰	닐 조단	1994
버스 정거장	윌리엄 인지	버스 정거장	죠슈어 로건	1956
버디	윌리엄 와튼	버디	알란 파커	1985
벤허	루 월래스	벤허	윌리엄 와일러	1959
보바리 부인	플로베르	보바리 부인	클로들 샤브롤	1991
분노의 포도	존 스타인벡	분노의 포도	존 포드	1940
브룩크린으로 가는 마지막 비상구	휴버트 셀비 쥬니어	브룩크린으로 가는 마지막 비상구	울리 에델	1989
브리짓 존스의 일기	헬렌 필딩	브리짓 존스의 일기	비반 키드론	2004
블레이드 러너	필립 K 딕	블레이드 러너	리들리 스콧	1982
비밀의 숲 테라비시아		비밀의 숲 테라비시아	가버 추보	2007
비밀 정보원	조셉 콘라드	사보타지	알프레드 히치콕	1936
비밀 첩보원	서머셋 몸	비밀 첩보원	알프레드 히치콕	1936
뻐꾸기 둥지 위로 날아간 새	켄 케이지	뻐꾸기 둥지 위로 날아간 새	밀로스 포만	1975
듄(사구)	프랑크 허버트	듄(사구)	데이비드 린치	1984
사이코	R.블록	사이코	알프레드 히치콕	1960
살인혐의	조르쥬 심농	살인혐의	파트리스 리콩트	1989
삼총사	알렉상드르 뒤마	삼총사	조지 시드니	1948
			스티븐 헤렉	1993
새	다프네 뒤모리	새	알프레드 히치콕	1963
세상의 중심에서 사랑을 외치다	카타야마 쿄이치	세상의 중심에서 사랑을 외치다	유키사다 이사오	2004
서부전선 이상없다	레마르크	서부전선 이상없다	루이스 마일스톤	1930
선샤인 보이	닐 사이몬	선샤인 보이	허버트 로스	1987
세일즈맨의 죽음	아서 밀러	세일즈맨의 죽음	슐렌도르프	1985
센스 앤드 센서빌리티	제인 오스틴	센스 앤드 센서빌리티	앙 리	1996
소피의 선택	윌리엄 스타이런	소피의 선택	앨런 파큘라	1982
속죄	이언매큐언	어톤먼트	조 라이트	2007
쇼생크 탈출	스티븐 킹	쇼생크 탈출	프랑크 대러본트	1994
숏 컷	레이먼드 카버	숏 컷	로버트 알트만	1993
순수의 시대	이디스 워튼	순수의 시대	마틴 스콜세지	1993
쉰들러 리스트	토마스 케넬리	쉰들러 리스트	스티븐 스필버그	1993
시계 태엽 오렌지	앤소니 버젯	시계 태엽 오렌지	스탠리 큐브릭	1971
시라노	에드몽 로스땅	시라노	장 폴 라프노	1990

원작	작가	영화	감독	제작연도
시련	아서 밀러	시련	레이몬드	1957
신의 아그네스	존 필미어	신의 아그네스	노만 제위슨	1985
심판	카프카	심판	데이비드 존스	1993
아담스 패밀리	아담스	아담스 패밀리	베리 소넨펠드	1992
아마데우스	피터 셰퍼	아마데우스	밀로스 포만	1984
아메리카의 비극	시어도르 드라이저	젊은이의 양지	조지 스티븐스	1951
아웃 오브 아프리카	아이작 디네센	아웃 오브 아프리카	시드니 폴락	1985
악마는 프라다를 입는다	로젠 와이저버그	악마는 프라다를 입는다	데이비드 프랭클	2006
안나 카레리나	톨스토이	안나 카레리나	버나드로즈	1979
안드로메다의 위기	마이클 크라이튼	안드로메다의 위기	로버트 와이즈	1971
애수	로버트 E.셔우드	애수	머빈르로이	1940
애정의 조건	래리 맥머트리	애정의 조건	제임스 브룩스	1983
앵무새 죽이기	하퍼 리	알라바마 이야기	로버트 멀리건	1962
양들의 침묵	토머스 해리스	양들의 침묵	조나단 드미	1991
양철북	귄터 그라스	양철북	폴커 슐렌도르프	1979
어느날 밤에 생긴 일	홉킨스 아담스	어느날 밤에 생긴 일	프랭크 카프라	1934
어둠의 심연(암흑의 핵심)	조셉 콘라드	지옥의 묵시록	프랜시스 포드 코폴라	1979
어머니	막심 고리키	어머니	푸드브킨	1926
어셔가의 몰락	엘렌 포	어셔가의 몰락	로저 코먼	1960
언터처블	데이비드 마메트	언터처블	브라이언 드 팔마	1987
에덴의 동쪽	존 스타인벡	에덴의 동쪽	엘리아 카잔	1955
에드 우드	루돌프 그레이	에드 우드	팀 버튼	1994
에쿠스	피터 셰퍼	에쿠스	시드니 루멧	1977
엑소시스트	피터 블래티	엑소시스트	프리드킨	1973
엘리펀트 맨	버나드 포메란스	엘리펀트 맨	데이비드 린치	1980
L.A. 컨피덴셜	제임스 엘로이	L.A. 컨피덴셜	커티스 핸슨	1997
엠마	제인 오스틴	엠마	맥그러드	1996
여왕 마고	알렉상드르 뒤마	여왕 마고	파트리스 세로	1994
여인의 향기	지오바니 아르피노	여인의 향기	마틴 브레스트	1992
열차 안의 낯선 자들	하이 스미스	열차 안의 낯선 자들	알프레드 히치콕	1951
영광의 길	험프리코프	영광의 길	스탠리 큐브릭	1957
영광의 탈출	레온 유리스	영광의 탈출	오토 플레밍거	1960
영혼의 집	이사벨 아옌데	영혼의 집	빌리 오거스트	1993
오만과 편견	제인 오스틴	오만과 편견	조 라이트	2005
오페라의 유령	가스통 루르	오페라의 유령	조엘 슈마허	2004
오 형제여 어디 있는가	호머	오 형제여 어디 있는가	조엘 코언	2000

원작	작가	영화	감독	제작 연도
오델로	윌리엄 셰익스피어	오델로	조나단 밀러	1952
오인	앤더슨	오인	알프레드	1956
오하루의 일생	아하라 사이카쿠	오하루의 일생	미조구치 겐지	1952
올란도	버지니아 울프	올란도	샐리 포터	1993
올리버 트위스트	찰스 디킨스	올리버 트위스트	프랑크 로이드	1922
		올리버 트위스트	데이비드 린	1948
		올리버	캐롤 리드	1968
와호장룡	왕두루	와호장룡	이안	2000
왕자와 거지	마크 트웨인	왕자와 거지	윌리엄 키글리	1937
			돈 채피	1962
			리처드 플라이셔	1978
욕망	줄리오 코타자르	욕망	미켈란젤로 안토니오니	1966
욕망이라는 이름의 전차	테네시 윌리엄스	욕망이라는 이름의 전차	엘리아 카잔	1951
원스 어폰 어 타임 인 아메리카	해리 그레이	원스 어폰 어 타임 인 아메리카	셀지오 레오네	1984
위대한 개츠비	F.스콧 피츠제럴드	위대한 개츠비	잭 클레이턴	1974
위대한 유산	찰스 디킨스	위대한 유산	데이비드 린	1946
위험한 관계	라클로	사랑보다 아름다운 유혹	로저 컴벌	1999
율리시즈의 시선	호메로스	율리시즈의 시선	앙겔로 폴리스	1995
의뢰인	존 그리샴	의뢰인	조엘 슈마허	1994
이창	코넬 울리치	이창	알프레드 히치콕	1954
2001 스페이스 오디세이	아서C 클라크	2001 스페이스 오디세이	스탠리 큐브릭	1968
인도로 가는 길	E.M. 포스터	인도로 가는 길	데이비드 린	1984
잃어버린 시간을 찾아서	마르셀 프루스트	스완의 사랑	폴커 슐렌도르프	1984
		잃어버린 시간을 찾아서	라울 리즈	1999
잉글리시 페이션트	마이클 온다치	잉글리시 페이션트	앤서니 밍겔라	1996
잊혀진 선조들의 그림자	코빈 유빈스키	잊혀진 선조들의 그림자	파라자노프	1964
작은 신의 아이들	마크 메도프	작은 신의 아이들	랜다 하인즈	1986
작은 아씨들	루이자 메이 올콧	작은 아씨들	조지 쿠커	1933
			마빈 르로이	1949
			데이빗 리치	1978
			질리언 암스트롱	1994
장미의 이름	움베르토 에코	장미의 이름	장 자크 아노	1986
재와 다이아몬드	안드레예프스키	재와 다이아몬드	안제이 바이다	1958

원작	작가	영화	감독	제작 연도
재키 브라운	엘모어 레오나드	재키 브라운	쿠엔틴 타란티노	1997
전망 좋은 방	E.M. 포스터	전망 좋은 방	제임스 아이보리	1985
전원교향곡	앙드레 지드	전원교향곡	쟝 들라누아	1946
전쟁과 평화	톨스토이	전쟁과 평화	킹 비도	1956
			세르게이 본다르추크	1968
젊은 사자들	어윈 쇼	젊은 사자들	에드워드 드미트릭	1958
정글 북	루드야드 키플링	정글 북	졸탄 코사	1942
			울프갱 리서만	1967
			스티븐 소머즈	1994
정복자 펠레	넥소	정복자 펠레	빌 어거스트	1987
정원사 챈스의 외출	저지 코진스키	정원사 챈스의 외출	핼 애쉬비	1976
제3의 사나이	그레엠 그린	제3의 사나이	캐롤 리드	1949
제르미날	에밀 졸라	제르미날	클로드 베리	1993
제인 에어	샬롯 브론테	제인 에어	스티븐슨	1944
			프랑코 제피렐리	1996
제트	바실리 바실리코스	제트	코스타 가브라스	1969
조이럭 클럽	에이미 탄	조이럭 클럽	웨인 왕	1993
주노와 공작	숀 오케이시	주노와 공작	알프레드 히치콕	1930
주라기 공원	마이클 크라이튼	주라기 공원	스티븐 스필버그	1993
주홍글자	나사니엘 호손	주홍글자	롤랑 조페	1995
죽음 전의 키스	이라 레반	죽음 전의 키스	제르드 오스왈드	1956
쥬드	토마스 하디	쥬드	마이클윈터버텀	1996
쥴과 짐	앙리 피에르	쥴과 짐	트뤼포	1961
지난 여름 갑자기	테네시 윌리엄스	지난 여름 갑자기	조셉 L.맨키비츠	1959
지붕 위의 바이올린	샬롬 아레이쳄	지붕 위의 바이올린	노만 주이슨	1971
지상에서 영원으로	제임스 존스	지상에서 영원으로	프레드 진네먼	1953
진주 귀걸이를 한 소녀	요하네스 베르메르	진주 귀걸이를 한 소녀	피터 웨버	2003
찰리와 초콜릿 공장	로알드 달	찰리와 초콜릿 공장	팀 버튼	2005
참을 수 없는 존재의 가벼움	밀란 쿤데라	프라하의 봄	필립 카우프만	1988
책 읽어주는 여자	레몽 장	책 읽어주는 여자	미쉘 드빌	1988
채털리 부인의 사랑	D.H.로렌스	채털리 부인의 사랑	저스트 잭킨	1982
천사와 벌레	A.S.바이어트	천사와 벌레	필립 하스	1995
철도원	아사다 지로	철도원	후루하타야스오	1999
카르멘	메리메	카르멘	카를로스 사우라	1983
카미유 클로테	안느 델베	카미유 클로테	브루노 뉘탕	1988

원작	작가	영화	감독	제작연도
카프카	프란츠 카프카	카프카	스티븐 소더버그	1991
			데이비드 존슨	1993
케이프 피어	존 D. 맥도날드	케이프 피어	J. 리 톰슨	1962
케인호의 반란	허만 욱	케인호의 반란	에드워드 드미트릭	1988
콜렉터	존 파울즈	콜렉터	윌리엄 와이저	1965
콩고	마이클 크라이튼	콩고	프랭크 마샬	1995
쿼바디스	쉔케비치	쿼바디스	머빈 르로이	1951
크림슨 타이드	마이클 쉬퍼	크림슨 타이드	토니 스콧	1995
킬리만자로의 눈	어니스트 헤밍웨이	킬리만자로의 눈	헨리 킹	1952
타워링	로빈슨	타워링 인페르노	어윈 알렌	1974
타임투킬	존 그리샴	타임투킬	조엘 슈마허	1997
타잔	에드가 라이스 버러스	타잔	휴 허드슨	1984
태양은 가득히	하이스미스	태양은 가득히	르네 클레망	1960
테스	토마스 하디	테스	로만 폴란스키	1979
토키 타키타니	무라카미 하루키	토키 타키타니	이치카와 준	2004
티파니에서 아침을	트루만 캐포티	티파니에서 아침을	블레이크 에드워드	1961
파테르 판찰리	반다피드 헤이	파테르 판찰리	쇼타아지트 리아	1955
파피용	앙리 샤리에	파피용	프랭클린J샤프너	1973
패왕별희	이벽화	패왕별희	첸 카이거	1993
펠리칸 브리프	존 그리샴	펠리칸 브리프	알란J. 파큘라	1993
포레스트 검프	윈스턴 그룸	포레스트 검프	로버트 제미키스	1994
포카혼타스	존 데이비스	포카혼타스	에릭 골드버그	1995
폭로	마이클 크라이튼	폭로	배리 레빈슨	1994
폭풍의 언덕	에밀리 브론테	폭풍의 언덕	윌리엄 와이저	1939
			로버트 푸에스트	1970
			피터 코스민스키	1992
프라이멀 피어	윌리엄 디엘	프라이멀 피어	그레고리 호블릿	1996
프랑켄슈타인	메리 셸리	프랑켄슈타인	보리스 칼로프	1931
			케네스 브래너	1994
프렌지	아서 라 번	프렌지	알프레드 히치콕	1972
피와 모래	부리스코 이바니에스	피와 모래	마물리안	1941
필라델피아 이야기	필립 베리	필라델피아	조나단 드미	1993
하워즈 엔드	E. M. 포스터	하워즈 엔드	제임스 아이보리	1992
해리포터와 마법사의 돌	조앤 K 롤링	해리포터와 마법사의 돌	크리스 콜럼버스	2001
해리포터와 비밀의 방		해리포터와 비밀의 방	크리스 콜럼버스	2002
해리포터와 아즈카반의 죄수		해리포터와 아즈카반의 죄수	알폰소 쿠아론	2004

원작	작가	영화	감독	제작 연도
해리포터와 불의 잔	조앤 K 롤링	해리포터와 불의 잔	마이크 뉴웰	2005
해리포터와 불사조 기사단		해리포터와 불사조 기사단	데이빗 예이츠	2007
하메트	조 고어스	하메트	빔 벤더스	1982
햄릿	윌리엄 셰익스피어	햄릿	로렌스 올리비에	1948
			프랑코 제피렐리	1990
향수	파트리크 쥐스킨트	향수	톰 튀크베르	2006
허클베리 핀의 모험	마크 트웨인	허클베리 핀의 모험	스티븐 소머즈	1993
헛소동	윌리엄 셰익스피어	헛소동	케네스 부라나	1993
헨리 5세	윌리엄 셰익스피어	헨리 5세	로렌스 올리비에	1944
현기증		현기증	알프레드 히치콕	1958
후라이드 그린 토마토	패니 플래그	후라이드 그린 토마토	존 애브넷	1991
휴전	윌리엄 와튼	휴전	렌키스 고든	1991
희랍인 조르바	니코스 카잔차키스	희랍인 조르바	미카엘 카코야니스	1964

〈한국작품〉

원작	작가	영화	감독	제작 연도
감자	김동인	감자	변장호	1987
갯마을	오영수	갯마을	김수용	1965
걸어서 하늘까지	문순태	걸어서 하늘까지	장현수	1992
겨울 나그네	최인호	겨울 나그네	곽지균	1986
겨울 여자	조해일	겨울 여자	김호선	1977
경마장 가는 길	하일지	경마장 가는 길	장선우	1991
고가	정한숙	고가	조문진	1977
고구려의 혼	김마부	고구려의 혼	임운학	1949
고래사냥	최인호	고래사냥	배창호	1984
꼬방동네 사람들	이동철	꼬방동네 사람들	배창호	1982
과부춤	이동철	과부춤	이장호	1983
구름은 흘러도	안소임	구름은 흘러도	유현목	1959
그들도 우리처럼	최인석	그들도 우리처럼	박광수	1990
그들의 행복		그들의 행복	이규환	1947
그 섬에 가고 싶다	임철우	그 섬에 가고 싶다	박광수	1993
그 여자의 일생	이광수	그 여자의 일생	김한일	1957
그해 겨울은 따뜻했네	박완서	그해 겨울은 따뜻했네	배창호	1984
금삼의 피	박종화	연산군	신상옥	1961

원작	작가	영화	감독	제작연도
김약국의 딸들	박경리	김약국의 딸들	유현목	1963
깃발 없는 기수	선우휘	깃발 없는 기수	임권택	1979
깊고 푸른 밤	최인호	깊고 푸른 밤	배창호	1985
깊은 슬픔	신경숙	깊은 슬픔	곽지균	1997
꿈	이광수	꿈	신상옥	1955
			배창호	1990
끊어진 항로		끊어진 항로	이만흥	1948
나그네는 길에서도 쉬지 않는다	이제하	나그네는 길에서도 쉬지 않는다	이장호	1987
나는 너를 싫어한다	김광주	나는 너를 싫어한다	권녕향	1957
나는 소망한다 내게 금지된 것을	양귀자	나는 소망한다 내게 금지된 것을	장길수	1994
낙타는 따로 울지 않는다	김한길	낙타는 따로 울지 않는다	이석기	1991
난장이가 쏘아올린 작은 공	조세희	난장이가 쏘아올린 작은 공	이원세	1981
남부군	이 태	남부군	정지영	1990
남자의 향기	하병무	남자의 향기	장현수	1998
낯선 여름	구효서	돼지가 우물에 빠진 날	홍상수	1996
내게 거짓말을 해봐	장정일	거짓말	장선우	1999
너에게 가마 나에게 오라	송기원	나에게 오라	김영빈	1996
너에게 나를 보낸다	장정일	나에게 너를 보낸다	장선우	1994
너희가 재즈를 믿느냐	장정일	너희가 재즈를 믿느냐	오일환	1996
눈꽃	김수현	눈꽃	박철수	1992
단종애사	이광수	단종애사	전창근	1956
단지 그대가 여자라는 이유만으로	이윤택	단지 그대가 여자라는 이유만으로	김유진	1990
대지의 성좌	박계주	대지의 성좌	조용진	1962
독짓는 늙은이	황순원	독짓는 늙은이	최하원	1969
돌아서서 떠나라	이만희	약속	김유진	1998
동승	함세덕	마음의 고향	윤용규	1949
땜장이 아내	정다운	땜장이 아내	박철수	1983
땡볕	김유정	땡볕	하명중	1984
똘똘이의 모험	김영수	똘똘이의 모험	이규환	1946
DMZ	박상연	공동경비구역 JSA	박찬욱	2000
레테의 연가	이문열	레테의 연가	장길수	1987
렌의 애가	모윤숙	렌의 애가	김기영	1969
마요네즈	전혜성	마요네즈	윤인호	1999
마의태자	이광수	마의태자	전창근	1956

원작	작가	영화	감독	제작연도
만다라	김성동	만다라	임권택	1981
만선	천승세	만선	김수용	1967
망명의 늪	이병주	망명의 늪	김수용	1978
맹인 안요한 목사의 생애	이청준	낮은 데로 임하소서	이장호	1981
맹진사댁 경사	오영진	시집가는 날	이병일	1956
매춘	윤중웅	매춘	유진선	1988
먼동이 틀 때	심 훈	먼동이 틀 때	심 훈	1927
메밀꽃 필 무렵	이효석	메밀꽃 필 무렵	이성구	1967
무궁화 꽃이 피었습니다	김진명	무궁화 꽃이 피었습니다	정진우	1995
무궁화		무궁화	안철영	1948
무녀도	김동리	무녀도	최하원	1972
무소의 뿔처럼 혼자서 가라	공지영	무소의 뿔처럼 혼자서 가라	오병철	1995
무정	이광수	무정	박기채	1939
무진기행	김승옥	안개	김수용	1967
물레방아	나도향	물레방아	이 현	1956
물레방아	나도향	물레방아	이만희	1966
물의 나라	박범신	물의 나라	유영진	1989
바람불어 좋은 날	최일남	바람불어 좋은 날	이장호	1980
바보들의 행진	최인호	바보들의 행진	하길종	1975
바보선언	이동철	바보선언	이장호	1983
밤마다 천국	박승훈	밤의 천국	김양득	1982
밤의 태양		밤의 태양	박기채	1948
백치 아다다	계용묵	백치 아다다	이강천	1956
백치 아다다	계용묵	아다다	임권택	1987
벌레 이야기	이청준	밀양	이창동	2007
벙어리 삼룡이	나도향	벙어리 삼룡이	신상옥	1964
병태만세	최인호	병태만세	김수형	1980
별들의 고향	최인호	별들의 고향	이장호	1974
별아 내 가슴에	박계주	별아 내 가슴에	홍성기	1958
분례기	방영웅	분례기	유현목	1971
불꽃	선우휘	불꽃	유현목	1975
불새	최인호	불새	김영빈	1997
불의 딸	한승원	불의 딸	임권택	1983
뽕	나도향	뽕	이두용	1985
비극은 없다	홍성유	비극은 없다	홍성기	1959
사람의 아들	이문열	사람의 아들	유현목	1980
사랑	이광수	사랑	이강천	1957

원작	작가	영화	감독	제작연도
사랑방 손님과 어머니	주요섭	사랑방 손님과 어머니	신상옥	1961
			조문진	1978
사랑의 교실	김성민	사랑의 교실	김성민	1948
산불	차범석	산불	김수용	1967
산산이 부서진 이름이여	고 은	산산이 부서진 이름이여	정지영	1991
산유화	정비석	산유화	이용민	1957
살아있는 이중생 각하	오영진	인생차압	유현목	1958
삼포가는 길	황석영	삼포가는 길	이만희	1975
상록수	심 훈	상록수	신상옥	1961
싸리골의 신화	선우휘	싸리골의 신화	이만희	1967
쌍무지개 뜨는 언덕	김래성	쌍무지개 뜨는 언덕	손일포	1965
생명	김말봉	생명	이강천	1958
새떼	최인석	그들도 우리처럼	박광수	1990
서편제	이청준	서편제	임권택	1993
석화촌	이청준	석화촌	정진우	1972
성벽을 뚫고	김영수	성벽을 뚫고	한형모	1949
성황당	정비석	성황당	방한준	1938
		뻐꾸기도 밤에 우는가	정진우	1980
세 여성의 애정	김석인	3여성	박성복	1959
소나기	황순원	소나기	고영남	1978
수잔 브링크의 아리랑	유우제	수잔 브링크의 아리랑	장길수	1991
순교자	김은국	순교자	유현목	1965
순애보	박계주	순애보	한형모	1957
슬픈목가	정비석	슬픈목가	김기영	1960
승방비곡	최독견	승방비곡	윤봉춘	1958
실락원의 별	김래성	실락원의 별	홍성기	1957
아담이 눈뜰 때	장정일	아담이 눈뜰 때	김호선	1993
아버지	김정현	아버지	장길수	1997
아제아제 바라아제	한승원	아제아제 바라아제	임권택	1989
아홉 살 인생	위기철	아홉살 인생	윤인호	2004
안녕하세요 하나님	최인호	안녕하세요 하나님	배창호	1987
압구정동에는 비상구가 없다	이순원	비상구가 없다	김영빈	1993
얄개전	조흔파	고교얄개	석래명	1976
애욕의 피안	이광수	황혼열차	김기영	1957
애인	김래성	애인	홍성기	1956
어느 운명의 별 아래	조남사	유전의 애수	유현목	1956

원작	작가	영화	감독	제작연도
어느 창녀의 죽음	김성종	뜸부기 새벽에 날다	김수형	1984
어둠의 자식들	황석영	어둠의 자식들	이장호	1981
어제 내린 비	최인호	어제 내린 비	이장호	1974
여성전선	정비석	여성전선	김기영	1957
여제자	하근찬	내 마음의 풍금	이영재	1999
역마	김동리	역마	김강윤	1967
엽기적인 그녀	김호식	엽기적인 그녀	곽재용	2001
영원한 제국	이인화	영원한 제국	박종원	1995
영자의 전성시대	조선작	영자의 전성시대	김호선	1975
오몽녀	이태준	오몽녀	나운규	1937
오발탄	이범선	오발탄	유현목	1961
옥비녀	차범석	옥비녀	강대진	1968
왕십리	조해일	왕십리	임권택	1976
욕망의 거리	한수산	욕망의 거리	김현명	1985
우담바라	남지심	우담바라	김양득	1989
우리들의 일그러진 영웅	이문열	우리들의 일그러진 영웅	박종원	1992
우리들의 넝쿨	최일남	바람 불어 좋은 날	이장호	1980
우리들의 전쟁		우리들의 전쟁	신경균	1945
우리들의 행복한 시간	공지영	우리들의 행복한 시간	송해성	2006
우묵배미의 사랑	박영한	우묵배미의 사랑	장선우	1990
유정	이광수	유정	김수용	1966
유혹의 강	정비석	유혹의 강	유두연	1958
은마는 오지 않는다	안정효	은마는 오지 않는다	장길수	1991
을화	김동리	을화	변장호	1979
이끼 낀 고향에 돌아오다	윤조병	지하실의 칠인	이성구	1969
익명의 섬	이문열	안개마을	임권택	1982
인간단지	김정한	인간단지	이원세	1975
인간시장	김홍신	인간시장	진유영	1989
인생화보	김래성	인생화보	이창근	1957
일월	황순원	일월	이성구	1967
잃어버린 너	김윤희	잃어버린 너	원정수	1991
잉여인간	손창섭	잉여인간	유현목	1964
자나 깨나	박계주	자나 깨나	백순성	1959
자유부인	정비석	자유부인	한형모	1956
			강대진	1969
			박호태	1981
			박재호	1990

원작	작가	영화	감독	제작 연도
짝코	김충희	짝코	임권택	1980
장군의 수염	이어령	장군의 수염	이성구	1968
장군의 아들	홍성유	장군의 아들	임권택	1989
장마	윤흥길	장마	유현목	1979
장희빈	이서구	장희빈	정창화	1961
재생	이광수	재생	홍성기	1960
저기 소리없이 한 점 꽃잎이 지고	최 윤	꽃잎	장선우	1996
적도의 꽃	최인호	적도의 꽃	배창호	1983
전태일 평전	조영래	아름다운 청년 전태일	박광수	1995
젊은 그들	김동인	젊은 그들	신상옥	1955
젊은 날의 초상	이문열	젊은날의 초상	곽지균	1991
접시꽃 당신	도종환	접시꽃 당신	박철수	1988
죽음에 관한 한 연구	박상륭	유리	양윤호	1996
찔레꽃	김말봉	찔레꽃	신경균	1957
청일전쟁과 여걸 민비	이서구	청일전쟁과 여걸 민비	임원식	1965
청춘극장	김래성	청춘극장	홍성기	1959
			강대진	1967
청춘스케치	이규형	청춘 스케치	이규형	1987
청춘행로	김춘광	청춘행로	장황연	1949
추락하는 것은 날개가 있다	이문열	추락하는 것은 날개가 있다	장길수	1989
축제	이청준	축제	임권택	1996
칠수와 만수	오종우	칠수와 만수	박광수	1988
카인의 후예	황순원	카인의 후예	유현목	1968
타인의 둥지	김창동	타인의 둥지	이기환	1982
타인의 방	최인호	타인의 방	김문옥	1979
태백산맥	조정래	태백산맥	임권택	1994
토지	박경리	토지	김수용	1974
퇴마록	이우혁	퇴마록	박광춘	1998
하늘만 맑건만		하늘만 맑건만	서석주	1947
하얀 전쟁	안정효	하얀 전쟁	정지영	1992
헐리우드 키드의 생애	안정효	헐리우드 키드의 생애	정지영	1994
현해탄은 알고 있다	한운사	현해탄은 알고 있다	김기영	1961
혈맥	김영수	혈맥	김수용	1963
화분	이효석	화분	하길종	1972
화엄경	고 은	화엄경	장선우	1993

원작	작가	영화	감독	제작 연도
황진이	최인호	황진이	배창호	1986
흑맥	이문희	흑맥	이만희	1965
흙	이광수	흙	권영순	1960
			장일호	1967

참고문헌

┃ 기본 자료

E.M. 포스터, 민승남 옮김, 「인도로 가는 길」, 열린책들, 2006.
마이클 온다치, 박현주 옮김, 「잉글리쉬 페이션트」, 그책, 2010.
이청준, 「서편제」, 열림원, 2005.
이청준, 「밀양」 – 이청준 소설, 원제 '벌레 이야기', 열림원, 2007.

┃ 국내 논저

강심호, 『디지털 에듀테인먼트 스토리텔링』, 살림, 2005.
강현구, 「문화콘텐츠 개발을 위한 문학창작론」, 『한국문예비평연구』20집, 2006.
강현구 외, 『문화콘텐츠와 인문학적 상상력』, 글누림, 2005.
고 욱·이인화 외, 『디지털 스토리텔링』, 황금가지, 2006.
권오룡 엮음, 『이청준 깊이 읽기』, 문학과 지성사, 1999.
김 건, 『디지털시대의 영화산업』, 삼성경제연구소, 2006.
김경용, 『기호학의 즐거움』, 민음사, 2001.
김동규 외, 『문학과 영화 이야기』, 학문사, 2002. ** 부록
김병익, 「컴퓨터는 문학을 어떻게 변화시킬 것인가」, 『동서문학』, 1994 여름호.
김성곤, 『문학과 영화』, 민음사, 2002.
＿＿＿, 『김성곤의 영화기행』, 효형출판, 2002.
＿＿＿, 『퓨전시대의 새로운 문화읽기』, 문학사상사, 2003.
＿＿＿, 『영화 속의 문화』, 서울대학교 출판부, 2004. ** 제4부 1장
김성도, 『디지털 언어와 인문학의 변형』, 경성대학교출판부, 2004.
김성동, 『영화, 열 두 이야기』, 철학과 현실사, 2004. ** 제4부 2장
김영혜, 「한에 이르지 못한 아름다운 영화 〈서편제〉」, 『문화시평』, 1993. ** 제4부 3장
김용석, 『깊이와 넓이 4막 16장』, 휴머니스트, 2002.
김정남, 「다매체시대, 소설의 장르적 정체성에 관한 연구」, 『현대소설연구』22, 2004.
김정호, 『영화 따라잡기』, 평민사, 2007. ** 제3부
김종회·최혜실 편저, 『사이버문학의 이해』, 집문당, 2001.
김중철, 「영화의 대중성과 소설의 확장 가능성」, 『문화변동과 인간 그리고 문화연구』, 깊은
　　　샘, 2001.
노귀남, 「소리의 빛과 한의 리얼리티」, 『소설 구경 영화 읽기』, 청동거울, 2005. ** 제4부
　　　3장

문학과 영상학회 편, 『영미문학 영화로 읽기』, 동인, 2001.

문학과 영화 연구회, 『우리 영화 속 문학 읽기』, 월인, 2003. ** 제4부 3장, 부록

문학사연구회, 『소설 구경 영화 읽기』, 청동거울, 2005.

박기수, 「문화콘텐츠교육의 현황과 전망」, 『국제어문』37, 국제어문학회, 2006.

박상천, 「매체의 변화와 문학의 변화」, 『문화변동과 인간 그리고 문화연구』, 깊은샘, 2001.

박유희, 『디지털시대의 서사와 매체』, 동인, 2005.

박진·김행숙, 『문학의 새로운 이해』, 청동거울, 2004. ** 제2부 3장

방현석, 『소설의 길 영화의 길』, 실천문학사, 2003. ** 제2부 3장

배주영, 『디지털 애니메이션 스토리텔링』, 살림, 2005.

백혜원, 『다매체 시대의 소설연구』, 한국교원대 대학원 석사논문, 2008.

베니 김, 『영화 매니지먼트』, 문지사, 2002.

서동훈, 「문화콘텐츠 서사의 모티프 변용 양상 연구」, 『배달말』36, 2005.

송병선, 『영화 속의 문학 읽기』, 책이있는 마을, 2001.

송희복, 『영상시대의 글쓰기와 문학교육』, 월인, 2005.

심경석, 「인도로 가는 길」, 『영미문학 영화로 읽기』, 동인, 2001. ** 제4부 1장

영화진흥위원회 교재편찬 위원회, 『영화 읽기』, 커뮤니케이션북스, 2004.

오영미, 『문학과 만난 영화』, 월인, 2007. ** 제4부 4장

은혜정, 『새로운 매체 환경과 콘텐츠』, 커뮤니케이션북스 , 2005.

이남호, 「소설이란 무엇인가」, 『문학을 사랑하는 젊은이들에게』, 고려대학교출판부, 1999.
　　　 ** 제1부 2장

이선이 편저, 『사이버문학론』, 월인, 2001.

이용욱, 「디지털서사학의 현황과 전망」, 『비평문학』30호, 2008.

이은애, 「기능 전환을 통한 트랜디 드라마 서사구조의 새로운 변화 가능성을 위한 시론」,
　　　 『한국문예비평연구』23집, 2007.

이향만, 『미국소설과 영화의 만남』, 동인, 2005.

인문콘텐츠학회, 『문화콘텐츠입문』, 북코리아, 2006.

정경운, 『문화서사와 콘텐츠』, 심미안, 2005.

정선혜, 「해리포터, 그 신드롬 뒤의 숨겨진 두 얼굴」, 『어린이 문학교육 연구』, 제2권 1호,
　　　 2001.

조하선, 『내 영혼을 위한 시네마』, 샨티, 2004.

최동호, 「디지털시대의 새로운 문학 환경과 글쓰기의 방법론 연구」, 『한국시학연구』제9
　　　 호, 2003.

최동호 외, 『영화 속의 혹은 영화 곁의 문학』, 모아드림, 2003.

최예정 외, 『스토리텔링과 내러티브』, 글누림, 2005.

최인자, 『서사문화와 문학교육론』, 한국문화사, 2001.

최혜실 외, 『문화산업과 스토리텔링』, 다홀미디어, 2007.

최혜실, 『문화콘텐츠 스토리텔링을 만나다』, 삼성경제연구소, 2006. ** 제2부 2장
______, 『방송통신융합시대의 문화콘텐츠』, 나남출판, 2008.
표정옥, 「한을 구현하는 다성성과 축제성」, 『48회 국어국문학 학술대회 논문집』, 2005.
한국미래문화연구소, 『문화변동과 인간 그리고 문화연구』, 깊은샘, 2001.
한혜원, 『디지털 게임 스토리텔링』, 살림, 2005.
허만욱, 『현대소설의 이해와 비평적 감상』, 보고사, 2006.
______, 「디지털시대의 새로운 문학 환경과 현대소설의 정체성 고찰」, 『우리문학연구』
　　　　제19집, 2006.
______, 「문화콘텐츠에서 서사매체의 변용과 발전 전략 연구」, 『우리문학연구』 제29집,
　　　　2010.
홍성원 외, 『문학을 사랑하는 젊은이들에게』, 고려대학교 출판부, 1999. ** 제1,4부 2장

❙ 국외 저서

그래고리 플랙스먼 엮음, 박성수 옮김, 『뇌는 스크린이다』, 이소출판사, 2002.
도날드 스포토, 이형식 옮김, 『히치콕』, 동인, 2005.
로버트 리차드슨, 이형식 옮김, 『영화와 문학』, 동문선, 2000.
루이스 자네티, 박만준·진기행 옮김, 『영화의 이해』, K-books, 2009.
마이클 티어노, 김윤철 옮김, 『스토리텔링의 비밀』, 아우라, 2008.
벨라 발라즈, 이형식 옮김, 『영화의 이론』, 동문선, 2003.
스튜어트 보이틸라, 김경식 옮김, 『영화와 신화』, 을유문화사, 2005.
시모어 채트먼, 김경수 옮김, 『영화와 소설의 서사구조』, 민음사, 1996.
앙드레 바쟁, 안병섭 옮김, 『영화란 무엇인가』, 집문당, 1998.
에드워드 윌슨, 최재천·장대익 옮김, 『통섭』, 사이언스 북스, 2008.
앤드류 달리, 김주환 옮김, 『디지털 시대의 영상 문화』, 현실문화연구, 2003.
앨빈 커넌, 최인자 옮김, 『문학의 죽음』, 문학동네, 1999.
요하임 패이, 임정택 옮김, 『영화와 문학에 대하여』, 민음사, 2002.
유리 로트만·유리 치비안, 이현숙 옮김, 『스크린과의 대화』, 우물이 있는 집, 2005.

** 표시의 참고문헌은 이 책의 저술에 많은 도움을 준 글들이다.

허만욱(許萬煜)

현재 남서울대학교 교양학부 교수
문학박사, 문학평론가, 소설가, 수필가
월간 〈한국시〉 주간
(사)한국어문능력개발원 이사 등으로 활동하고 있음

주요 논저 및 작품

『소설 창작의 이해와 실제』, 『문학과 비평의 이해』, 『문예창작의 이해』, 『현대소설의 이해와 비평적 감상』, 「이태준 소설의 창작기법 고찰」, 「이청준 소설에 나타난 탐색과 해체적 글쓰기의 미학 연구」, 「1910년대 도시성 소설 연구」, 「여성소설에 나타난 내면의식의 형상화 연구」, 「디지털시대 수필문학의 콘텐츠 방안 시론」, 「소설 〈벌레 이야기〉와 영화 〈밀양〉의 모티프 변환 연구」, 「문화콘텐츠에서의 디지털스토리텔링 양상과 방향 연구」, 「디지털시대의 새로운 문학환경과 현대소설의 정체성 고찰」, 「다매체시대, 수필문학의 장르적 정체성과 발전 방안 연구」, 「문화콘텐츠에서 서사매체의 변용과 발전 전략 연구」, 「공룡의 땅」, 「가을예감」, 「스쿠온크의 눈물」 외 다수

다매체 융합의 시대
문학, 영화로 소통하기

2010년 8월 31일 1판 1쇄 펴냄
2013년 2월 28일 1판 2쇄 펴냄
2016년 2월 29일 1판 3쇄 펴냄

지은이 허만욱
펴낸이 김흥국
펴낸곳 도서출판 보고사

등록 1990년 12월 13일 제6-0429호
주소 경기도 파주시 회동길 337-15 보고사 2층
전화 031-955-9797(대표), 02-922-5120~1(편집), 02-922-2246(영업)
팩스 02-922-6990
메일 kanapub3@naver.com / bogosabooks@naver.com
http://www.bogosabooks.co.kr

ISBN 978-89-8433-849-4 03800
ⓒ 허만욱, 2010

정가 18,000원
사전 동의 없는 무단 전재 및 복제를 금합니다.
잘못 만들어진 책은 바꾸어 드립니다.